지역 · 주체 · 소수자 담론과 욕망 표상

류종렬 · 박경수 외 공저

국학자료원

이 도서의 국립중앙도서관 출판시도서목록(CIP)은 서지정보유통지원시스템 홈페이지(http://seoji.nl.go.kr)와 국가자료공동목록시스템(http://www.nl.go.kr/kolisnet)에서 이용하실 수 있습니다.
(CIP제어번호: CIP2014005361)

◇ 책을 내면서 ◇

이 책을 내면서 '동행'이란 말이 먼저 떠오른다. 함께 길을 가는 사람이 학문의 세계에도 필요하다. 학문의 길을 흔히 묵묵하게 혼자서 가는 외길이라 하지만, 그런 외길의 학문이 과연 행복할까? 학문도 궁극적으로 행복한 삶을 위해 추구되는 것이라면, 서로 학문적 의견을 나누고 공감하면서 학문의 발전을 추동해가는 것이 외길의 학문보다 더 행복하지 않을까 한다.

이 책에 글을 실은 사람들은 적어도 부산외국어대학교란 터에서 학문적 인연을 쌓은 사람들이다. 한때는 스승과 제자 또는 선배와 후배로 인연을 맺었지만, 어느덧 학문적 동행자로 함께 길을 가고 있다. 그런 동행의 학문적 결실이 『1930년대 문학의 재조명과 문학의 경계 넘기』(2010)였다. 이 책이 당해년도 문화체육관광부의 우수학술도서로 선정되어 학문적 동행이 갖는 행복감이 배가 되었다. 4년 뒤, 학문적 동행의 두 번째 결실을 『지역 · 주체 · 소수자 담론과 욕망 표상』이란 제목으로 세상에 내어놓는다. 앞으로도 세 번째, 네 번째 등의 결실로 계속 이어지리라 믿는다.

이 책은 전체 3부로 구성되어 있다. 제1부의 '지역 · 주체 · 소수자 담론'은 문학에서 지역, 주체, 소수자가 갖는 특성과 의미를 여러 가지 측면에서 살핀 글들을 모은 것이다. 일제 강점기 진주지역의 소년문예운동의 성격을 '진주새힘사'를 중심으로 고찰한 글, 일제 말기 재중 조선족의 동시가 갖는 담론 양상을 다각도로 고찰한 글, 2000년대 부산영화를 통해 '지역성' 왜곡의 문제를 통찰한 글이 '지역' 담론의 장에 놓인다면, 일제 후반기 국민시의 성격을 면밀한 층위에서 살피면서 그 형식적 특성을 고찰한 글이 '주체'(또는 반주체) 담론의 장에 해당된다. 그리고 김지하의 미학에 나타난 소수자 인식의 양상을 논의한 글과 현대시에 투영된 이방인과 다문화의 문제를 비판적으로 성찰한 글이 '타자' 또는 '하위주체'와 연관된 '소수자' 담론을 형성하고 있다.

제2부의 '전통 · 반전통과 욕망 표상'은 김지하의 미학을 전통과 반전통의 측면에서 고찰한 글, 오정희와 박완서의 소설에서 욕망공간이 갖는 타자 지향성, 그리고 이의 사회학적 의미를 고찰한 글, 근래 동북아시아지역에서 인기를 얻으며 방영된 「겨울연가」 등 텔레비전 인기 드라마와 관련된 문화적 동질감의 문제를 사춘기적 욕망과 콤플렉스의 측면에서 성찰한 글을 포함하고 있다. 제3부의 '문학교육의 제도 · 현황 · 과제'는 크게 국어교육과 외국어로서의 한국어교육의 제도화 과정, 현황, 그리고 전망과 과제 인식을 보여주는 글들로 구성되어 있다. 국어교육과 관련하여 1960년대 초기 향토학교를 중심으로 문학교육의 제도화 과정을 살피고, 해방 직후 국어교육의 제도를 구성하는 사회심리적 기반을 매체 분석을 통해 고찰했다. 외국어로서의 한국어교육과 관련하여 특히 한국문학교육의 현황과 과제를 문학갈래, 연구방법론 등의 측면에서 고찰하고, 해외의 한국문학교육과 관련된 연구 현황과 과제도 전반적으로 검토했다.

이상 3부로 구성된 글들이 개별적으로는 다양한 관심사와 다양한 방법론적 접근을 보여준다는 점에서 독자성을 띠면서도 각 부별로 일정한 주제로 수렴되고 있다는 데 특징이 있다. 이런 점에서 이 책에 수록된 글들이 학문적 동행의 의미를 충분히 갖는다. 그리고 이와 같은 학문적 동행은 비단 이 글의 필자들에게 한정되는 것이 아니라 동학의 여러 학자들에게도 이어지고 확대될 것으로 믿는다.

학문적 동행을 통한 두 번째 결실은 사실 올해로 진갑을 맞는 류종렬 교수를 축하하는 의미도 갖는다. 육십갑자를 채우고 다시 시작하는 인생길이 외롭지 않고 늘 여러 학문적 동행자들과 함께 있다는 행복감을 갖기를 바란다. 어려운 여건에서도 학문적 동행의 길을 닦아준 국학자료원 정찬용 원장님, 정구형 대표이사와 여러 식구들에게 진심으로 고마운 마음을 보낸다. 남을 위해 베푸는 따뜻한 마음은 언젠가 당신을 위한 따뜻한 마음으로 다시 전해질 것으로 믿는다. 참 행복한 동행이다.

2014년 2월 14일

저자를 대표하여 박경수가 쓰다.

◇ 목차 ◇

第3部 문학교육의 제도 · 현황 · 과제

제1부

지역 · 주체 · 소수자 담론

일제 강점기 진주지역 소년문예운동과 진주새힘사 연구

박경수

1. 서론

일제 강점기의 아동문학에 관심을 가지다 보면, 1920년대 후반부터 1930년대 전반까지 '진주배달사', '진주새힘사', '진주새틀단', '진주새싹사' 등을 자신의 소속 단체 이름으로 밝히면서 일간지 매체인 신문이나 아동문학 매체인 『신소년』, 『별나라』 등에 동시(동요 포함)[1]나 동화 등을 발표하고 있는 이들을 여럿 만나게 된다. 이들 중에는 특히 '진주새힘

1) 이 글에서 사용하는 동시는 성인시와 상대되는 용어로 아동을 시적 주체로 삼거나 아동 또는 아동생활을 대상으로 아동의 관점에서 아동 자신이 쓴 시와 아동을 위해 성인이 쓴 시를 모두 포괄하는 명칭으로 사용한다. 그리고 이 동시에는 노래화되기를 바라거나 노래로 부를 수 있도록 쓴 '동요'를 포함하는 것으로 규정한다. 동시와 동요의 개념, 그리고 이들 용어의 구분에 대한 필자의 견해는 『아동문학의 도전과 지역 맥락』(국학자료원, 2010), 17~19쪽에서 좀 더 구체적으로 개진한 바 있다.

사' 소속임을 내세우는 이들을 자주 접하게 되는데, 이들이 바로 정상규, 손길상, 이재표, 차우영수 등으로 비록 짧은 기간이지만 활발하게 아동문학 작품들을 발표하고 있음을 알게 된다. 이뿐만 아니라 이들은 다른 지역 소년문예운동 단체의 결성 등을 통해 진주새힘사를 기반으로 한 조직 확대를 꾀하기도 하고, 사회주의운동 결사체의 조직 결성에 관여하는 등의 활동을 했다는 사실도 확인하게 된다.

그렇다면 1920년대 후반 이후 진주에서 결성된 진주새힘사 등의 단체는 어떤 배경에서 결성된 단체이며, 이들 단체의 조직과 활동 등은 어떠했는지 궁금할 수밖에 없다. 그리고 다른 소년문예운동 단체보다 두드러진 활동을 보여준 진주새힘사에 소속된 정상규, 손길상, 이재표 등은 어떤 이들이며, 이들은 왜 아동문학 작품의 창작에 열성이었는지, 그리고 이들의 아동문학 작품들은 어떤 면모를 보여주는지에 대해서도 당연히 관심을 두게 된다.

그런데 일제 강점기 진주지역의 문학활동에 대해서는 강희근이 진주지역 최초의 동인지로 발행된 『신시단』(1928.8)을 주목하여, 이 동인지의 성격과 이 동인지에 시 작품을 발표한 문학청년들의 문학활동 면모를 밝히고자 한 논의[2]가 진주지역 문예운동 연구의 첫 자리에 놓일 수 있다. 이후 이순욱이 일제 강점기 진주지역 문예운동을 포함하여 광복기와 한국전쟁기로 이어진 흐름을 문학 관련 자료의 꼼꼼한 검증을 통해 개관하는 한편, 특히 한국전쟁기에 간행된 설창수, 이경순, 조진대의 공동 창작집인 『삼인집』에 대해 집중 논의한 바 있다.[3] 이들 논의는 물론 진주지

---

2) 강희근, 「『신시단』 연구」, 『우리 시문학 연구』, 예지각, 1985, 207~223쪽. 이 글은 「시 전문지 『신시단』의 의의－진주의 문예운동」, 『문예』, 1977년 가을호(1977)에 처음 발표된 것을 보완하여 재수록한 것이다.

3) 이순욱, 「근대 진주 지역문학과 『삼인집』」, 『지역문학연구』 제10호, 경남 · 부산지역문학회, 2004.11, 303~323쪽.

역 문학을 성인문학 중심으로 검토한 것이다. 그렇지만 『신시단』에 시를 발표한 김병호, 엄흥섭, 소용수 등이 성인시뿐만 아니라 상당수의 동시를 비롯한 아동문학 작품도 발표한 이들이라는 점에서 아동문학과 연결되는 논의 지점을 포함하고 있다. 특히 후자의 논의에서 이순욱은 김병호, 엄흥섭, 소용수, 정상규, 손길상, 이재표 등이 근대 진주 지역문학을 이끈 1세대 작가들로 말할 수 있다고 하면서 이들이 『신시단』뿐만이 아니라 『신소년』, 『별나라』, 『아이생활』 등 아동매체와 신문 등을 통하여 문학활동을 전개했음을 언급했다.[4] 진주지역 문학활동이 아동문학과 연계되어 있음을 거듭 확인해주는 셈이다.

일제 강점기 진주지역 아동문학에 관한 논의는 필자와 박태일이 경남 · 부산지역 아동문학의 형성과 전개과정을 각기 다른 매체를 통해 파악하는 자리에서 이루어지기 시작했다. 필자는 일제 강점기에 발행된 일간지 매체인 신문을 대상으로,[5] 박태일은 1920년대 중반 이후 발행된 『신소년』, 『별나라』, 『아이생활』 등 아동문학 매체를 대상으로 해당 매체에 발표된 경남 · 부산지역 아동문학 작품들을 전반적으로 살피는 논의[6]를 펼쳤다. 이들 논의에서 진주지역과 연관된 이들의 아동문학 작품

4) 이순욱, 위의 글, 305쪽.

5) 필자가 일간지 신문에 발표된 부산 · 경남지역 관련 아동문학 작품들을 조사, 연구한 결과는 다음과 같다. ① 박경수, 「일제 강점기 일간지를 통해 본 경남 · 부산지역 아동문학」, 『한국문학논총』 제37집, 한국문학회, 2004. ② 박경수, 「일제 강점기 일간지를 통해 본 경남 · 부산지역 아동문학(2)」, 『한국문학논총』 제40집, 한국문학회, 2005. ③ 박경수, 「일제 강점기 일간지를 통해 본 경남 · 부산지역 아동문학(3)」, 『우리문학연구』 제18호, 우리문학회, 2005. ④ 박경수, 「일제 강점기 일간지 게재 부산경남지역 동시 연구」, 『한국문학논총』 제56집, 한국문학회, 2010. ⑤ 박경수, 「부산 · 경남지역 아동문학의 현황과 전개과정 연구」, 『우리문학연구』 제31집, 우리문학회, 2010. 필자는 이상의 논의들을 모아서 앞의 책(『아동문학의 도전과 지역 맥락』)으로 간행했다.

6) 박태일, 「나라 잃은 시기 아동잡지로 본 경남 · 부산지역 아동문학」, 『한국문학논

들이 전반적으로 찾아지는 성과를 거두는 한편 이들 작품들이 부분적으로 검토되었다. 필자는 특히 선행 논의를 거치면서 진주새힘사를 비롯한 진주지역 소년문예운동 단체의 성격을 구체적으로 파악할 필요성을 절감하면서 진주새힘사에 소속된 이들의 아동문학 작품들을 폭넓게 조사하여 이들의 작품세계를 구명하는 일이 일제 강점기 진주지역 아동문학, 나아가서 경남지역 아동문학의 전개과정을 밝히는 데 매우 중요한 과제임을 인식했다. 이 글은 바로 이러한 과제 인식에 따라 진행된 것으로, 일제 강점기 진주지역 소년문예운동의 전개과정을 파악하는 한편, 진주새힘사의 성격을 구명하는 것을 중심으로 진주새힘사에 소속된 아동문학가들의 문학세계를 구체적으로 밝히는 것을 목표로 한다. 이 글이 진주지역 아동문학은 물론 지역 아동문학 연구의 새로운 출발과 도전을 위한 중요한 디딤돌이 되기를 기대한다.

2. 진주지역 소년운동 단체의 결성과 소년문예운동

1) 진주의 소년운동 단체의 결성 배경과 과정

진주지역 소년운동은 1920년 초로 거슬러 올라간다. 이정호李定鎬는 『어린이』 창간호(1923.3)에서 다음과 같이 언급한 바 있다.

> 글房이나 講習所나 主日學校가 아니라 社會的 會合의 性質을 띄인 少年會가 우리 朝鮮에 생기기는 慶尙南道 晉州에서 組織된 晉州少年會가 맨 처음이엇습니다.[7]

총』 제37집, 한국문학회, 2004, 149~200쪽.

진주소년회가 '사회적 회합'의 성격을 지닌 단체로 국내에서 상당한 반향을 일으킨 소년운동 조직이었다는 사실은 『개벽』지의 기록을 통해 좀 더 분명하게 파악된다.

> 벌서 年前의 일로 기억된다. 慶尙南道 晉州 市內의 少年들이 少年會를 組織하야 그 하는 일이 매우 滋味스럽던 中 그만 中途에 萬歲運動을 일으킨 탓으로 그 幹部는 一體로 檢擧되고 그 會는 解散되얏다. …(중략)… 그러나 少年會-라 하는 그 곱고 아름다운 이름은 永遠히 우리를 記憶의 한 모퉁이를 차지하게 되엇스며 少年會를 組織하엿섯다- 하는 그 사실은 朝鮮 少年으로서 自覺의 첫 소리가 되엇섯다. 반듯이 그 少年會의 울림에 應하야써 그리된 것은 아니엇겟지마는 朝鮮 少年들은 昨年 以來로 自覺의 程度가 훨신 나위여써 或은 團, 或은 會, 或은 俱樂部, 或은 契의 名稱 等으로써 幾多의 少年集會가 多數 地域에서 일어남을 보게 되엇스며[8]

이상의 기록을 참고한다면, 진주소년회晉州少年會는 1920년에 조직되었으며, 이 소년회가 1921년에 들어 3·1만세운동 사건으로 검거, 해산되고 말았지만 이후 각 지역 소년단체의 결성에 커다란 자극이 되었다는 것이다. 김정의도 『한국소년운동사』에서 진주소년회가 국내에서 처음 조직된 소년 단체라고 단정하기는 어렵지만 '소년운동계의 큰 자각'을 불러일으킨 소년운동 조직으로 효시가 된다는 점을 인정한 바 있다.[9] 당

---

7) 이정호, 「『어린이』를 發行하는 오늘까지」, 『어린이』 제1권 제1호(1923.3), 1쪽.
8) 미상, 「可賀할 少年界의 自覺」, 『개벽』 통권 제16호(1921.10), 57~58쪽.
9) 김정의, 『한국소년운동사』, 민족문화사, 1993, 93쪽. 이 책에서 저자는 안변소년회, 왜관소년회가 1919년에 조직되었다는 『동아일보』의 기사가 있음을 밝히면서, 이들 소년회와 진주소년회 중 어느 소년회가 먼저 결성된 것인지 명확하게 파악하기 어렵다고 했다. 소년회의 최초 결성에 대해 서로 다른 기록들이 있기 때문이다. 그런데 안변소년회와 왜관소년회의 결성을 기록하고 있는 『동아일보』의 기사가 각각

시 진주소년회의 만세운동 사건을 취재한 기사에 따르면, 진주소년회는 1920년 8월에 결성되었고, 1921년에는 '진주소년운동회晉州少年運動會'로 명칭을 바꾸어 독립만세운동을 계획했던 것으로 파악된다.[10)]

진주소년회의 결성을 계기로 여러 지역에서 소년회가 창립되었을 뿐만 아니라 1921년 5월 1일에 '천도교소년회天道敎少年會'가 발족하게 되었다.[11)] 소년운동은 이 천도교소년회를 중심으로 방정환方定煥과 김기전金起田을 지도자로 전국 각 지역에 지회가 만들어지면서 본격 전개되었다. 천도교소년회의 진주 지회 성격인 '진주천도교소년회晉州天道敎少年會'도 1923년 2월에 창립되었다.[12)] 천도교의 후원을 받은 천도교소년회는 이후 1923년 3월 일본 동경에서 어린이문제를 연구하는 단체로 방정환, 손진태, 강영호 등이 동인이 되어 창단된 '색동회'와 보조를 같이 하는 한편 1923년 3월에 『어린이』지를 창간하여 소년운동을 이끌었다. 여기에 진주천도교소년회도 중요한 지역 지회로서 역할을 한 것으로 보인다. 진

1926년 12월 19일자와 1927년 8월 15일자의 기록이란 점에서 1919년에 소년회가 조직되었다는 기록은 정확성을 의심하게 한다. 앞으로 안변소년회와 왜관소년회의 결성 시기를 정확하게 파악하는 과제가 있지만, 진주에서는 진주가 어린이운동의 발상지였다고 하고, 진주문화사랑모임이 중심이 되어 어린이운동의 발상지를 기념하는 표지석을 2011년 5월 5일에 진주교육청 청사 앞에 세웠다.

10) 『동아일보』(1921.6.24)의 기사(3면) 「紀念으로 萬歲를 陰謀한 晉州少年會」에서 "작년 팔월경에 이십 이하의 학생청년으로 조직된 진주소년회(晉州少年會)는 조선독립을 목뎍하고 긔회를 보와 독립만세를 부르랴 하엿스나 형편에 의하여 중지하고 금년에 다시 진주소년운동회(晉州少年運動會)로 조직하고……"라고 기록하고 있다.

11) 이정호, 앞의 글(「『어린이』를 發行하는 오늘까지」), 1면에서 "再昨年 봄 五月 初승에 서울서 새 誕生의 첫 소리를 지른, 天道敎少年會"라고 했다.

12) 『동아일보』(1923.2.12)의 「천도교소년회(天道敎少年會)」 기사에서 "晉州天道敎會에서는 少年의 智育體育德育의 發達을 圖하며 그의 精神 向上과 人格 修養을 하기 爲하야 天道敎少年會를 組織하고 二月四日 正午에 創立總會를 天道敎區 內에 開催하야……"라고 기록하고 있다.

주천도교소년회는 유락부遊樂部, 담론부談論部, 학습부學習部, 위열부慰悅部를 두었는데, 직접적으로 문예창작을 하는 부서는 없었던 것으로 파악된다.[13)]

여기서 진주천도교소년회의 일원은 아니었지만, 진주 출신으로 방정환과 함께 '색동회'의 창립 멤버로 참여하고 천도교소년회의 일원으로 활동했던 것으로 파악되는 강영호(姜英鎬, 1896~1950)의 아동문학 활동이 일부 파악된다.[14)] 필자가 확인한 바에 따르면, 그는 특히 『어린이』지의 발행 초창기에 아동문학에 관여한 것으로 드러난다. 『어린이』 창간호(1923.3)에 우촌雨村 또는 강우촌姜雨村이란 필명으로 전래동요 「파랑새요」를 해설과 함께 올리고, 이후 『어린이』 제1권 제3호(1923.4)에 번역동화 「伊太利 이약이 노란 수선꼿」과 『어린이』 제2권 제4호(1924.4)에 전래동화로 「장자연못」을 쓴 것이 확인된다. 이 외에도 『천도교회월보』에 소설 2편, 시 1편, 산문 1편이 이미 찾아져서 언론에 알려진 바 있다.[15)]

---

13) 『동아일보』(1923.2.12)의 위의 기사(「천도교소년회(天道教少年會)」)에 의하면, 창립 총회에서 선출된 임원으로 전무위원(專務委員) 김병주(金秉宙), 위락부(慰樂部) 황철수(黃哲秀) · 박태기(朴泰基), 담론부(談論部) 박태홍(朴台弘) · 이창균(李昌均), 학습부(學習部) 김영호(金永鎬) · 김기호(金基浩), 위열부(慰悅部) 오경표(吳景杓) · 강치남(姜致楠)을 올리고 있다.

14) 강희근 교수는 자신의 홈페이지(http://www.hwagye.com)에서 2008년 4월 30일에 올린 소논문인 「한국 아동문화운동의 흐름과 진주, 그리고 강영호」에서 강영호가 진주의 초창기 아동문학가 활동했음을 언급한 바 있다. 그러나 이 글에서 강영호의 아동문학이 동경대 신문이나 『개벽』이나 『어린이』지 등에서 다수 찾아질 개연성이 있다고만 하고 구체적인 작품 제시는 없었다.

15) 『경남일보』(2009.5.5)의 기사 「소년운동가 강영호 선생 문학 작품 발견」(강동욱 기자 작성)에서 심국보(필명 '탁암') 씨가 『천도교회월보』에서 강영호(필명 : 姜雨村)의 문학 작품으로 ① 「부부」 : 1920년 6월호에 실린 것으로 진주를 배경으로 한 동학 · 천도교 관련 소설. ② 「彼 -너에게」 : 1922년 1월호에 게재한 시, ③ 「백의 노인」 : 1922년 2월호에 실린 산문, ④ 「어둠속에서」 : 1922년 12월호 게재한 소설을 찾아냈다고 전하고 있다. 그리고 심국보 씨는 '탁암'이란 필명으로 다음의 '한울

앞으로 그의 문학활동의 면모가 좀 더 구체적으로 파악되어야 하겠지만, 현재로서는 그의 아동문학 관련 활동은 모두 창작된 작품이 아니라는 점에서 한계가 있다.

천도교소년회는 창립 이후 소년운동의 확대를 꾀하면서 소년운동 관련 단체를 연합하기 위한 1923년 4월 17일에 '소년운동협회少年運動協會'를 만들게 된다.[16] 여기에 천도교소년회가 중심이 되고 '불교소년회', '조선소년군' 등 가세한 것으로 나타난다. 이 소년운동협회는 천도교소년회의 창립 1주년이 되는 5월 1일을 '어린이날'로 정하여 매년 이 날에 각종 행사를 열었다. 이 행사에 색동회와 어린이사도 적극 참여하여 지원했다. 그런데 소년운동협회 주최의 주요 활동은 총회, 계몽, 체육, 오락 등의 행사에 치중되었고 문예운동 분야는 상대적으로 저조했다.[17] 다만 색동회가 『어린이』지를 무대로 아동문학 운동을 활발하게 펼쳤다. 방정환, 이정호, 윤극영, 정인섭 등이 동시(동요 포함), 동화, 동극 등을 적극 창작하여 발표하였으며, 특히 윤극영은 1924년 봄에 '따리아회'를 만들어 동요운동을 주도했다.[18]

그런데 소년운동협회의 소년운동과 『어린이』지를 중심으로 한 아동문학운동은 '사회적 새 인격의 향상', '수운주의적 교양', '소년대중의 공

연대' 카페(http://cafe.daum.net/hanwoolsalrim)에 「진주소년운동과 우리나라 어린이운동 발상지」(1~4)에서 강영호를 비롯하여 초창기 천도교와 관련한 진주지역 소년운동과 소년운동가들에 관하여 상당한 자료를 조사한 결과를 토대로 글을 올린 바 있다.

16) 김정의, 앞의 책, 121~124쪽 참조.

17) 조찬석, 「일제 하의 한국소년운동」, 『논총』 제4집, 인천교육대학, 1973, 80~81쪽. 이 글을 기초로 김정의가 작성한 「소년운동단체의 분야별 활동상(1923~1925)」(김정희, 앞의 책, 144쪽)을 참고하면, 총회 290회, 체육 204회, 계몽 185회, 오락 148회인 반면 문예는 83회로 나타난다.

18) 정인섭, 『색동회 어린이운동사』, 학원사, 1975, 37~39쪽, 72~83쪽 참조.

고한 단결'을 주요 강령으로 내세우며 전개되었다. 표면적으로 민족운동을 내세우지 않았지만, 민족 현실에 대한 자각과 소년의 미래 책무를 강조하는 계몽운동을 전개했다고 말할 수 있다.[19] 그런데 1917년 러시아 혁명 이후 파급되기 시작한 사회주의사상은 소년운동에도 영향을 미쳤다. 1923년 3월에 무산소년운동단체로 '반도소년회半島少年會'가 정홍교丁洪敎, 고장환高長煥, 이원규李元珪 등의 주도로 조직되었다.[20] 이 반도소년회는 당시의 소년운동이 소년운동협회 중심으로 전개되는 것에 불만을 가지면서 틈을 보아 소년운동의 주도권을 갖고자 했다. 1925년 5월 24일 반도소년회는 불교소년회, 새벗회, 명진소년회, 선명청년회소년부, 중앙기독교소년부 일부, 천도교소년회 일부를 규합하여 발기 총회를 개최하고 회의 명칭을 '오월회五月會'로 하기로 했다.[21] 오월회는 이후 한 동안 소년운동협회와 대립하면서 세 확장을 꾀했다. 전남, 강원, 강경, 북청, 해주, 황해, 개성 등 전국적으로 지역 소년연맹이 잇따라 조직되었다. 그러다 1927년 10월 16일 소년운동협회 측과 타협이 이루어져 '조선소년연합회朝鮮少年聯合會'의 결성을 보게 된다. 당시 위원장은 방정환, 중앙상무서기에 고장환, 연성흠 등이 올랐고, 선전조직부, 조직연구부, 교양부, 출판부, 체육부, 재정부 등의 하부 조직을 갖게 되었다. 그러면서 "감상적인 동요, 소설들을 전문으로 하는 출판물을 배척하고 과학과 건전한 지도적 문화운동"에 주력하는 잡지를 후원하기로 했다.[22] 이로써 소년문

19) 윤석중, 「동심으로 향했던 조선혼」, 『사상계』 1962년 5월호, 사상계사. 이 글은 김정의, 『한국의 소년운동』, 혜안, 1999, 271~282쪽에 재수록되었다. 윤석중의 견해는 김정의, 같은 책(『한국의 소년운동』), 273~274쪽 참조.
20) 신재홍, 「1920년대 한국청소년운동」, 『인문과학연구』 제2집, 성신여자대학교 인문과학연구소, 1983, 109쪽.
21) 김정의, 앞의 책(『한국소년운동사』), 189쪽.
22) 이는 『동아일보』(1927.10.19)의 기사.

예운동은 천사동심주의가 배격되고, 점차 사회주의 의식을 앙양하는 문예운동으로 전환하게 되었다.

조선소년연합회는 이후 오월회의 '경성소년연맹京城少年聯盟'으로의 전환(1928.2.16)을 계기로 '조선소년총동맹朝鮮少年總同盟'으로 개칭하기로 결의(1928.3.25)하게 된다.[23] 이때 정홍교가 위원장이 되며, 무산계급소년운동의 성격을 분명히 하게 된다. 조선소년총동맹은 일제의 명칭 불허로 '조선소년총연맹朝鮮少年總聯盟'으로 바뀌었는데,[24] 소년운동협회와 색동회에서는 조선소년총연맹과 결별하게 되었다.[25] 이후 조선소년총연맹은 전국적인 조직 확대 사업에 착수하게 되는데, 먼저 동래소년연맹, 공주소년연맹, 함평소년연맹 등 8개 단체의 가맹을 승인(1928.6.3)[26]하는 한편, 제1착으로 경남소년연맹의 결성(1928.7.8)을 밀양소년회관에서 갖게 된다.[27] 이때 밀양의 박해쇠(朴亥釗, 본명 박석정), 동래의 김규직金圭直이 조직위원으로 참가하게 된다.

경남소년연맹의 하부조직으로 진주소년동맹晉州少年同盟이 1928년 7월 11일에 진주청년동맹회관에서 결성된다. 이때 진주소년동맹의 집행위원으로 이재표李在杓, 김인규金仁奎, 정상규鄭祥奎 3인이 선출된다.[28] 이들 셋 중에서 김인규에 대한 활동상은 잘 알 수 없으나, 이재표와 정상규는 이후 진주새힘사의 일원으로 무산계급 소년문예운동을 펼친 인물이다. 진주청년동맹은 1928년 1월 29일 분산적 청년운동을 통일하기 위하여 기존 진주소년회를 재조직하면서 명칭을 바꾼 것인데, 진주청년동맹

---

23) 정홍교, 「어린이운동소사」, 『연합신문』(1949.5.5), 연합신문사.
24) 김정의, 앞의 책(『한국의 소년운동』), 275쪽.
25) 신재홍, 앞의 글, 107쪽.
26) 『동아일보』(1928.6.6) 기사(3면) 「일면일회 조선소년총연맹 집행위원회에서 결의」에 의함.
27) 『동아일보』(1928.6.6) 기사(3면) 「조선소년총연맹 도연맹 조직」에 의함.
28) 『중외일보』(1928.7.16) 기사(4면) 「진주소년동맹 발기인회 개최」에 의함.

의 관여에 따라 진주소년동맹의 결성도 이루어진 것으로 생각된다.[29] 정상규와 이재표 모두 진주소년동맹 집행위원이 되는 과정에서 진주청년동맹의 추천이 있었을 것으로 보이며, 특히 정상규는 진주소년동맹의 결성 이전부터 소년문예운동의 전력이 있었던 것으로 파악된다. 정상규는 『동아일보』에 동시 「가랑닙」(1927.11.23)을 발표하면서 자신의 소속을 '진주배달사'라고 밝힌 바가 있고, 또한 『신소년』 제6권 제7호 1928.7)에 동시 「청개골」을 투고하여 발표하면서 '진주노구조리회'라고 소속을 붙였다. 이재표도 진주소년동맹의 결성 이후지만, 『아희생활』(1929.3)에 독자문예를 통해 동요를 발표하면서 '진주새싹사'로 그 소속을 밝힌 바 있다. 그러나 진주배달사, 진주노구조리회, 진주새싹사의 성격을 구체적으로 알아낼 만한 자료를 찾기 어렵다. 아마도 야학이나 주일학교 등을 매개로 소년문예운동을 추구했던 모임이 아니었던가 한다. 모임의 취지는 노동야학이나 소년문예운동과 연관되어 있었을 것으로 추정되지만, 이들 모임에 속한 이들이 조직적인 활동을 전개했는지의 여부를 알 수 없다.

진주소년동맹은 다시 그 산하에 여러 소년문예운동을 중심으로 한 소년운동 단체를 결집했던 것으로 생각된다. '진주새힘사', '진주동무회', '진주새틀단' 등이 이에 해당하는 소년문예운동 단체라고 하겠는데, 이들 단체가 언제 결성되고, 또 어떤 이들이 활동하게 되었는지를 밝히는 일을 다음 순서로 진행하고자 한다.

29) 『동아일보』(1928.2.10)의 기사(3면) 「진주청년동맹 창립 대회 개최」에 의함.

2) 진주새힘사 등 소년문예운동 단체의 결성과 활동

진주소년동맹의 산하 조직이면서도 독자적인 소년운동과 소년문예운동을 주도했던 단체가 '진주새힘사'였던 것으로 파악된다. 우선 자신이 동시를 일간지 매체나 아동 잡지 등에 발표하면서 '진주새힘사' 소속임을 밝히고 있는 이들이 여럿 있다. 진주소년동맹의 집행위원으로 선출되었던 정상규, 이재표 외에 손길상孫桔湘, 차우영수車又永秀[30] 등이 그들이다. 특히 정상규와 이재표는 '진주노구조리회'와 '진주새싹사'에 각각 소속되어 있었는데, 1929년 말부터 진주새힘사 소속으로 모두 변경되었다.

진주새힘사는 언제 결성되었을까? 이를 알 수 있는 직접적 자료가 없지만, 정상규, 이재표 등이 자신들의 소속을 '진주새힘사'라고 밝히면서 작품을 발표했던 때를 고려하여 추정할 수 있다. '진주새힘사' 소속임을 가장 먼저 밝힌 글이 『별나라』 제4권 제4호(1929년 5월호)에 발표된 정상규의 동요 「금방울 소래」에서이다. 그리고 가장 나중에 진주새힘사 소속으로 작품을 발표한 것이 『신소년』 1930년 11월호에 발표된 정상규의 동요 「허재비 일생」과 손길상의 동요 「농촌야학생행진곡」이다. 이를 통해 진주새힘사는 적어도 1929년 5월 이전에 창립되었으며, 1930년 말까지 2년 가까이 존속되었던 것으로 파악된다.

그런데 이 진주새힘사의 성격에 대해 알 수 있는 내용이 1933년 11월 당시 '십자가당 사건十字架黨事件'으로 체포된 김복동金福童을 심문하는 과정에서 드러난다. 다음 자료를 보자.

여기에서 피의 사건을 말하고 이 사건에 대하여 진술할 것이 있는

30) 진주새힘사 소속으로 작품을 발표한 차적향(車赤響)이 있다. 차적향은 차우영수(車又永秀)의 필명일 개연성이 있다고 보아 차우영수와 다른 이로 보지 않았다.

지 어떤지를 물었더니 다음과 같이 진술하다.

답 : 묻는 바와 같이 농군사라는 것을 조직한 일은 있으나 현재 그 단체는 자연히 해소되어 버렸다.

문 : 농군사를 조직한 연월일과 그 동기를 말하라.

답 : 연월일은 소화 六년 五월이었는데 그 동기는 어떤 근거가 있는 것은 아니고, 나는 학교를 졸업하고 가정에서 가사를 돕고 있을 때 별나라, 어린이, 아동 생활 등을 구독했는데 그 기사에 취미를 느껴 나도 때로는 잡지를 발행하는 곳에 투고하기도 했는데, 그 때 잡지면에서 보면 이름 위에 堂號를 붙이거나 또는 社名을 붙이기도 하므로 나도 투고할 때에 東友社라는 사명을 붙여 투고를 시작했으므로 한 번도 면회한 일이 없음에도 잡지면에서는 많은 친구를 만들어 서로 편지를 주고받기도 했다. 그런데 소화 五년 겨울 무렵 전에 잡지로 친구가 된 慶尙南道 晋州의 鄭祥奎라는 사람에게서 新力社라는 단체를 만들고 나에게 규약 한 부를 우송하고 입사하라고 권유했지만 그 당시에는 西面경찰관 주재소에서 설유를 들은 일도 있었으므로 거절한 일이 있었다. 그 다음 해 三월 중순경에 나의 숙부 金五奉이 元山府外斗山里 六번지에 거주하고 있는데 元山의 수출하는 소 검역소에 취직자리가 있으니 오라는 편지가 있어서 갔더니 나이가 모자란다고 해서 약 一개월 반 동안 그 지방에 체재했는데, 전에 잡지면에서 친구가 된 元山府 上里 一洞의 朴炳道를 만나서 잡담을 하다가 우리들도 무엇인가 강고한 단체를 만들어 보면 어떻겠느냐고 朴이 말하므로 나는 그것에 찬성했는데, 朴이 말하기를 현재 조선의 현상은 거의 농민이 차지하고 있으므로 무엇인가 단체를 만든다 하더라도 우선 농민의 힘을 이용하지 않으면 안되겠으니 그것에 적합한 사명으로 단체를 조직하지 않겠느냐고 하므로 나도 그것에 동감이라고 했다. 그래서 사명을 農軍社라는 명칭을 붙여 결사를 조직하자고 논의가 되고, 그 조직에 대해서는 내가 맡아 가지고 집으로 돌아온 뒤에 전의

晋州의 鄭祥奎가 보내온 新力社의 강령과 규약에 준하여 규약을 만들어 동지에게 우송하여 조직하게 되었다.

문 : 그 규약면에 있는 강령은 무엇인가.

답 : 전 조선 무산소년 작가를 망라하여 조직하는데,

一, 무산소년 작가의 친목을 도모할 것.

二, 무산소년 문예 창작에 힘쓸 것.

三, 일체의 반동 작품을 박멸할 것.

등이다.

문 : 반동 작품을 박멸한다는 것은 무엇을 말하는가.

답 : 공산주의가 아닌 일체의 반동 작품을 박멸한다는 것이다.

문 : 박멸하는 방법은 무엇인가.

답 : 鄭祥奎는 그 실행방법으로는 도저히 직접행동을 할 수는 없고 다만 한 가지 길이 있는데 그것은 이론투쟁을 하여 이론으로 이기는 것이 곧 성공이라고 했으므로 실행방법으로도 이론투쟁의 방법을 취했었다.

……(중 략)……

문 : 주된 간부는 누구인가.

답 : 농군사는 晋州의 鄭祥奎에게서 계통이 이어진 것이니 鄭祥奎가 가장 중요한 간부이며 다음은 나와 元山의 朴炳道이다.[31]

---

31) 국사편찬위원회, 「십자가당 사건」, 『한민족독립운동사자료집 47』, 국사편찬위원

이상 김복동의 심문조서를 통해, 강원도 홍천군에서 조직된 '동우사同友社'라는 농군사가 정상규가 보내온 진주신력사晋州新力社의 강령과 규약에 따라 결성되었다는 것이다. 여기서 진주신력사는 진주새힘사를 한자어로 바꾼 명칭임이 분명하다. 그렇다면 진주새힘사의 규약에 있는 강령이 "전 조선 무산소년 작가"를 망라하여 조직하는 것으로, 첫째, 무산소년 작가의 친목과 둘째, 무산소년 문예 창작, 셋째 일체의 반동 작품 박멸에 두었음을 알 수 있다. 사회주의사상에 입각한 무산소년운동이 전국적으로 확산되는 과정에서 진주지역에서 사회주의 무산계급 소년문예운동을 펼치기 위해 조직된 단체가 바로 진주새힘사였음을 확인하게 된다. 정상규의 활동은 이 심문조서를 통해 진주지역에 한정된 소년문예운동만을 한 것이 아니라 전국의 여러 지역 소년문예운동가 또는 농민운동가와의 통신과 교류 등을 통해 교분을 쌓으면서 일정한 영향력을 미치고 있음을 다음 자료들을 통해 알 수 있다. 다음 『신소년』지의 「독자담화실」에 올려진 글들을 보자.

> ① 晋州 게신 鄭祥奎 씨 조흔 作品을 만히 내여주시고 편지나 자주 하여 주옵소서(安浩生, 철원).[32]

> ② 정상규 형 李華龍 형 朴奇龍 형 소식 통하는 것이 엇덧습닛가(鄭泰賢, 松火泉洞).[33]

> ③ 새힘社 鄭祥奎 동무 …(중략)… 健鬪하십니까? 우리는 현실이

회, 1999. 동 자료는 국사편찬위원회의 한국사데이터베이스(http://db.history.go.kr)에 올려진 자료를 참고한 것이다. 본래 자료의 원문은 일본어로 되어 있으나, 이를 국역한 자료를 참고했다.

32) 『신소년』 제8권 제2호, 1930.2, 53쪽.

33) 『신소년』 제8권 제5호, 1930.5, 51쪽.

매저준 핏줄을 가치 탄 兄弟오니 서로 呼應하는 벗이 되기 위하야 通信으로 서로서로 알고 지나며 연락을 취하여 갓흔 일꾼이 됩시다(金明謙, 利原).[34]

④ 鄭祥奎 朴鶴洙 여러 동무! 인제부터 서로 사랑하며 通信으로 連絡을 取 하는 것이 엇더합니까(金貞林, 茂山)?[35]

⑤ 晉州새힘社에서 活躍하는 鄭祥奎 동무의 現住所를 아는 이가 잇스면 直接으로나 或은 書面으로 아르켜 주면 感謝 감사하겟습니다(朴大永, 南海).[36]

⑥ 鄭祥奎 …(중략)… 여러 동무 그동안 消息 업서 궁금합니다(韓碧松, 忠州).[37]

이상의 글들에서 보듯이, 정상규는 전국 여러 지역의 소년운동가 또는 소년문예운동가와 통신으로 연락을 취하면서 무산소년운동의 확산을 꾀하고 있었다. 특히 남해의 박대영은 '남해새힘사'를 조직한 것으로 드러난다.[38] 정상규는 1931년 이후부터 노동야학을 통한 소년 내지 농민들의 의식화를 의해 '새힘사'의 조직을 주변 지역으로 확대하거나 전국의 노동야학 운동가들과 교류를 했던 것으로 보인다. 소년문예운동을 사회주의이론에 입각한 작품 활동을 통해 간접적인 투쟁을 추구했던 것에 대한 한계를 인식하고 행동을 통한 이론적 실천을 통해 일제에 직접 맞서

34) 『신소년』 제9권 제2호(1931.2), 51쪽.
35) 『신소년』 제9권 제6호(1931.6), 48쪽.
36) 『신소년』 제9권 제7호(1931.7), 53쪽.
37) 『신소년』 제9권 제11호(1931.11), 48쪽.
38) 박대영(朴大永)은 『매일신보』 1930년 10월 22일자로 시 「가을밤」을 발표하면서 글쓴이의 소속을 '남해새힘사'라고 적고 있다. 그는 1931년 이후 『신소년』지에 상당수의 동시를 발표하기도 했다.

는 쪽으로 방향 전환을 했던 것이다. 이런 이유 때문인지 1927년 말부터 1930년 말까지 『신소년』, 『별나라』 등과 일간지 매체에 시, 동시, 동화 등 상당한 작품을 발표했던 그가 1931년 4월 이후에는 작품을 발표한 자취를 찾을 수 없다. 정상규뿐만 아니라 진주새힘사의 일원이었던 이재표, 손길상, 차우영수 등도 1931년 이후에는 작품을 거의 발표하지 않고 있다. 진주새힘사에 어떤 외부적 탄압이 가해져서 문예운동을 지속시키기 어려워졌거나, 아니면 앞서 언급한 것처럼 실천적 투쟁 쪽으로 방향을 전환하지 않았는가 한다. 그는 실제 1932년 7월 비밀결사체인 조선공산당 경기도전위동맹 준비회 사건으로 검거되어 3년 징역형을 언도받은 바 있는데, 당시 그는 김순봉金順鳳이란 가명을 쓰면서 경기도 안성군 죽산농우학원 교사로 활동하고 있었음이 드러난다.[39)]

진주새힘사 외에 진주동무회와 진주새틀단에 대해서는 명확하게 그 성격을 파악할 수 있는 자료를 찾지 못했다. 다만 진주동무회와 진주새틀단이 진주새힘사의 결성을 전후하여 생겨난 소년문예운동 단체로 보이며, 이들 단체에 소속된 몇몇의 이름을 알 수 있는 정도이다.

진주동무회의 경우, 자신이 진주동무회 소속임을 밝히면서 동시를 발표한 이가 정원규鄭元奎, 최재학崔在鶴, 천이청千二淸, 이순기李順基, 권주희權周熙 등이 있다. 그런데 이들은 다른 작품에서 '진주공보교晉州公普校'로 소속을 밝히기도 했는데, 당시 진주공립보통학교 학생 신분으로 있던 이들 중 소년문예운동에 관심을 두었던 이들이 상당수 진주동무회에 참여했던 것으로 보인다. 이들 중 정원규가 동시 「돈 버리 가신 뫼님」을 『조

39) 『동아일보』(1932.7.17) 기사 「확대되는 죽산 사건」과 국사편찬위원회의 한국사데이터베이스(http://db.history.go.kr)에 올려진 『사상에 관한 정보(4)』에 실린 「비밀결사 조선공산당경기도전위동맹준비위 검거에 관한 건」(경고비 제5289호, 1932.9.2)을 참고함.

선일보』 1930년 1월 26일자로 발표하면서 '진주동무회' 소속임을 밝힌 바 있는데, 이 작품이 '진주동무회' 소속임을 처음 밝힌 아동문학 작품이 아닌가 한다. 이로써 진주동무회는 적어도 1930년 1월 이전에 결성되었던 것으로 보인다.

그런데 진주동무회와의 관련 여부가 주목되는 '동무사'란 단체가 진주동무회의 결성 이전에 있었다. 동무사 관련 다음 기사를 보자.

> 맹휴중의 진주(晉州)고등보통학교와 농업학교의 주모자로 고등보통학교에서 열 명, 농업학교에서 열 다섯 명의 퇴학생을 내엇다 함은 긔보한 바어니와 퇴학생 중의 한 사람인 농업학교 학생 정만긔(鄭萬基)를 경찰이 불러다가 취됴하는 한편에 그의 가택을 수색하고 일긔장을 들처본 결과 사상연구(思想硏究) 긔관으로 또는 학생운동의 전위대(前衛隊)라고 할 만한 「동무사」란 단톄가 조직되어 잇는 것을 발견하고 이에 단서를 어더 이 동무사의 간부인 이번 퇴학생 좌긔록인을 지난 십구일에 인치하고 엄즁히 취됴하는 동시 가택까지 수색을 하얏으나 별다른 서류는 업섯고 수년전 동무사가 조직되든 당시 긔념 촬영한 사진 한 장과 최근에 회원 일동이 박은 긔념 사진 두 장을 압수하얏다는데 동무사는 거금 오년 전에 비밀리에 조직되어 삼십여 명 회원으로 사회과학 사상운동에 대한 모든 연구를 하야 왓다 하며 지도자로는 당대 청년유지 김모(金某)가 배후에 잇서 왓슴으로 당국에서는 전긔 김모를 자못 주목한다더라(진주).
>
> ▲ 晉州高普校 李瑢琪 蘇瑢叟 陳昌鉉 鄭太伊 ▲ 晉州農校 鄭萬基 ▲ 晉州師範校 朴南祚[40)]

이상의 기사를 참고하면, 동무사란 조직이 위 사건이 발생된 5년 전인

40) 『동아일보』(1928.7.23) 기사 「맹휴생간의 결사 폭로-압수된 일긔장에서 비밀결사 발로」.

1923년에 결성되었다는 것, 이 조직이 사회주의 사상 연구를 위한 진주 지역 학생들의 비밀결사 조직이었다는 것,[41] 그리고 1928년 현재 조직원들이 30여 명이 되었다는 것, 그리고 소용수蘇瑢叟, 정태이鄭太伊, 박남조朴南祚 등이 동무사의 조직원들이라는 것이다. 그런데 이 기사의 발표 내용은 얼마 가지 않아 오보였음이 드러난다. 다음 기사를 보자.

> 진주경찰서에서는 「동무사」란 단톄가 잇는 것을 발견하고 혹은 이것이 사상연구의 긔관이나 아닌가 하야 비상한 활동을 계속 하얏스나 원래 이 동무사라는 단톄는 학생들끼리 동요(童謠) 기타 문예 방면의 수양긔관으로 하등 불온하다 할 만한 뎜이 업슬 뿐 아니라 단순한 학생의 모임으로 배후에도 하등의 지도자가 업는 것이엇슴으로 이 사실이 판명되는 동시에 정한에서도 일시 검속하얏든 학생들을 전부 석방하엿다더라(진주).[42]

위의 기사에 따르면, 동무사는 사회주의사상 연구를 위한 비밀결사체가 아니라 "동요童謠 기타 문예 방면의 수양긔관", 즉 문예활동을 위한 학생들의 순수한 모임이라는 것이 판명되었다는 것이다. 물론 배후도 없었기 때문에 일시 검속되었던 학생들이 모두 무죄 방면되었다. 진주청년회와 관련되었다고 하는 경찰의 앞선 발표도 허위가 되었고, 동무사가 1923년에 결성되었다고 한 것도 근거가 없어 보인다. 진주고등보통학교가 설립된 해가 1925년인데, 동무사의 결성이 아무리 빨라도 1925년을 넘기

41) 정세현, 『독립운동사 9권』, 독립운동사편찬위원회, 1977, 448쪽과 조동걸, 「한국근대학생운동조직의 성격 변화」, 역사학회, 『한국근대민족주의운동사연구』, 일조각, 1987, 345쪽에서는 『동아일보』(1928.7.23) 기사만을 근거로 진주 '동무사'를 사회과학연구 비밀조직으로 정리하고 있다. 그러나 이는 이후의 기사를 보지 못한 오류이다.

42) 『동아일보』(1928.7.28) 기사 「문예수양기관을 결사로 간주 검속」.

어렵다고 생각된다. 동무사의 동인으로 밝혀진 소용수는 1923년 말부터 『어린이』, 『신소년』 등에 동시를 발표하기도 했지만, 정태이나 박남조 등은 시와 동시를 1927년 말부터 『조선일보』 등 매체에 발표하기 시작[43] 한 것으로 보아 동무사의 결성은 1927년 경이 아닌가 한다. 동무사의 일원인 소용수, 정태이, 박남조 등이 발표한 문학 작품에서도 뚜렷한 사회주의 사상의 경향성을 찾기 어렵다는 점에서도 동무사는 진주새힘사와는 성격이 다른 순수 문예활동 단체였음을 확인할 수 있다.

그러면 동무사와 진주동무회는 어떤 관련이 있을까? 두 단체 역시 별개의 모임이라는 것이 필자의 결론이다. 왜냐하면 동무사는 1927년 경에 진주지역 진주고등보통학교, 진주농업학교, 진주사범학교 등 문예에 관심을 둔 청년학생들의 연합 모임의 성격을 갖는다면, '진주동무회'는 동무사보다는 늦게 결성된 소년문예운동 단체로 '동무사'의 회원들보다는 나이가 어린 진주공립보통학교 학생들이 주축이 된 소년문사들의 모임이란 점이 드러나기 때문이다. 그리고 소용수, 정태이 등이 진주동무회 소속 소년문사들과 달리 시와 동시 등을 발표할 때 소속 학교명만 밝히고 있는 점도 진주동무회 소속 소년문사들과는 무관함을 드러낸다. 앞으로 진주지역의 동무사와 진주동무회의 성격을 좀 더 구체적으로 파악해야 하는 일이 과제로 주어져 있는 셈이다.

다음 진주새틀단에 소속된 이로는 안송安松만이 확인된다. 그는 『조선일보』를 통해 1930년 3월부터 7월 사이에 시와 동시를 16편 정도 발표한 바 있는데, 당시의 소속을 '새틀단'이라 했다. 진주새틀단은 진주새힘사나 진주동무회와 또 다른 조직으로서 소년문예운동에 관계했던 것으로 보인다. 안송이 '새틀단'의 소속임을 밝히고 있는 첫 작품이 『조선일

43) 박경수, 앞의 책(『아동문학의 도전과 지역 맥락』), 120~122쪽.

보』 1930년 3월 22일자로 발표한 시 「보름밤에」 인데, 그 이전 1930년 2월까지 발표한 작품들에서는 특별히 소속을 밝히지 않았다는 점을 고려하면, 진주새틀단은 1930년 3월경에 조직된 단체로 여겨진다.

진주지역 소년문예운동은 1920년대 말부터 1930년대 초까지 진주새힘사, 진주동무회, 진주새틀단에 소속된 이들을 중심으로 매우 활발하게 전개되었다. 앞으로 진주동무회와 진주새틀단의 성격과 그 소속 인물들의 아동문학에 대해서는 다음 기회에 논의할 과제로 남겨두고, 여기서는 진주새힘사 소속 정상규, 이재표, 손길상, 차우영수가 소년문예운동의 일환으로 발표한 동시, 동화 등 아동문학 작품을 집중 고찰해 보고자 한다.

3. 진주새힘사 소속 문학청년의 아동문학과 작품세계

1) 정상규의 아동문학

정상규(鄭祥奎, 1914~?)는 진주새힘사의 결성 주역이면서 핵심 인물로 당시 무산계급 소년문예운동을 주도했음을 앞에서 밝혔다. 그의 출생년도는 『동아일보』의 '어린이 페지'에 「가랑닙」(1927.11.23)을 그의 첫 작품으로 발표하면서, 소속을 '진주배달사'라고 하고 당시 나이를 14세로 밝힌 데에서 우선 파악할 수 있다. 그리고 그가 1932년 7월 비밀결사 조선공산당 경기도전위동맹 준비위 사건으로 피검되어 조사를 받은 심문조서에서 그의 본적은 "경상남도 진주군 진주읍 본정 230"이며 당시 나이는 19세, 별명은 김순봉金順鳳, 경기도 안성군 이죽면 죽산리 사설강습소인 농우학원 교사(1932년 2월 하순 부임)로 있었음이 드러난다. 그리고 그는 이 사건으로 1934년 9월에 징역 3년을 언도 받았다는 사실도 알 수 있다.[44] 이로써 정상규는 1914년 진읍주에 태어났으며, 일정 기간 학업[45] 후 진주배달사(1927.11) → 진주노구조리회(1928.7) → 진주소년동맹(1928.7) → 진주새힘사(1929.5) → 경기도전위동맹준비위에 관여하다 1932년 7월에 체포되어 1934년 9월에 징역 3년을 받고 투옥되었다는 사실까지 확인된다. 그러나 이 이상 정상규의 행적을 알 수 있는 자료를 현재 확보하지 못하고 있다.

정상규의 생애에 대한 사항을 충분히 파악하지 못한 단계이지만, 그는 1927년 말부터 1930년 말까지 『동아일보』, 『조선일보』, 『중외일보』 등 일간지 매체와 『신소년』, 『별나라』, 『아희생활』 등 아동잡지들에 시, 동시, 동화 등을 상당수 발표한 것으로 드러난다. 그가 활발하게 아동문학 작품을 발표하고 있을 당시 김병호(金炳昊: 1904~1959)[46]는 정상규와 그의 동시에 대해 다음과 같이 언급한 바 있다.

> 鄭祥奎 君은 나의 가장 사랑하는 少年作家의 한 사람이다. 그는 階級意識이 確立된 피오니-ㄹ이다. 工場과 農村을 題材삼아 無産派 立場에서 푸로童謠를 써주는 者는 少年作家 中에는 새힘社 동무들이요 그 中에도 이 鄭祥奎 君일 것이다.[47]

---

44) 조선공산당 경기도당전위동맹 준비위 사건과 관련해 『동아일보』(1932.7.17), (1932.7.19), (1934.9.15), (1934.9.22) 등에서 여러 차례 기사화했다. 그리고 이 사건 관련 사건 개요와 사건 관련자 본적, 주소, 직업, 연령 등에 관한 자료는 국사편찬위원회의 한국사데이터베이스(http://db.history.go.kr)에 올려진 『사상에 관한 정보(4)』에 실린 「비밀결사 조선공산당경기도전위동맹준비위 검거에 관한 건」(경고비 제5289호, 1932.9.2)과 『소화 9년 3월 치안현황』의 자료를 참고함.

45) 정상규가 농우학원 교사로 있었다는 점에서 그가 진주에서 농업 관련 학교(진주농업학교)에 다녔을 개연성이 있다.

46) 박경수, 『잊혀진 시인, 김병호의 시와 시세계』, 새미, 2004, 192~204쪽에서 김병호의 생애를 밝히고 있다.

47) 김병호, 「신춘당선가요만평」, 『조선일보』(1930.1.14).

김병호는 정상규가 "階級意識이 確立된 피오니-ㄹ"이며 진주새임사의 일원 중에 가장 뚜렷하게 소년문예운동을 펼치는 이라고 했다. 사회주의 사상에 입각한 계급의식을 분명하게 견지한 전위적 프로아동문학가로서 그의 위치를 높이 평가하면서 앞날에 대한 기대를 표명하고 있는 셈이다. 당시 정상규와 같은 입장에서 프로아동문학을 추구했던 김병호로서는 동향의 후배인 정상규의 아동문학 작품들을 호의적으로 평가했다.

정상규는 실제 진주새힘사의 핵심 인물이었고 일원들 중에서 가장 활발하게 소년문예운동을 펼쳤다. 지금까지 필자가 확인한 정상규의 문학 작품들은 시 4편, 동시(동요 포함) 45편, 동화 6편(1편은 목록만 확인), 아동문학평론 1편으로 50편을 넘는다.[48] 물론 당시 매체를 한층 확대해서 찾으면 그의 작품을 더 찾을 수 있는 여지가 있다. 그의 작품 중 단연 동시가 가장 많은 비중을 차지하고, 그 다음이 동화이다. 그만큼 정상규가 동시와 동화를 소년문예운동의 중심으로 삼았음을 알 수 있다.

정상규의 동시는, 김병호가 지적한 것처럼, 무산계급적 입장이 반영된 프로동시의 성격을 갖는다. 그의 첫 작품인 「가랑닙」(『동아일보』 1927. 11.23)부터 이런 점이 드러난다.

一. 가랑닙 보스스락
어데를 굴러가오
배곱하 밥달라고
이저집 동량하려
땡글글 굴러가오

48) 정상규의 문학 작품 목록은 이 글의 뒤에 '부록'으로 붙은 「진주새힘사 소속 아동문학가의 문학 작품 목록」을 참고하기 바란다. 이하 진주새힘사 소속 아동문학가의 문학 작품 목록도 '부록'에 함께 모아서 정리했다.

二. 가랑닙 보스스락
어데를 굴러가오
빨간몸 치우닛가
옷달라 동량하려
땡글글 굴러가오

— 정상규, 「가랑닙」 전문

위의 동시는 시적 대상을 보는 관점이 다른 동시 작품들과 차별화되어 있다. 이리저리 굴러다니는 가랑잎을 보며 첫째 연에서는 "배곱하 밥달라고" 동냥하는 굶주림의 현실을 떠올리고 있으며, 둘째 연에서는 "빨간몸 치우닛가"라고 하여 가난과 추위로 고통 받는 현실과 시상을 연결하고 있다. 이처럼 그의 첫 동시 작품은 굶주림, 가난, 그리고 추위의 고통스러운 현실을 반영하고 있다는 점에서 천사주의의 동심을 추구하는 작품들과 구별된다.

정상규는 위의 작품 이후 발표된 동시들에서도 기본적으로 비판적 현실인식을 반영하면서 무산계급의 상황에 놓인 대상들에 특별한 관심을 보였다. 다음 동시 「퇴학退學」(『조선일보』 1929.11.21)을 보자.

산길만 산길만
　이십리 길을
새벽서리 찬바람에
　발발떨면서
신못신은 맨발로
　학교왓것만
오늘도 선생님께
　쫏겨나왓네

책보를 깔고안저

교문압헤서
바람소리 글소리
가–겨 거–겨
넉달치 월사금
안가저 왓다
선생님께 집에가라
쫓겨 나왓네

– 정상규, 「퇴학(退學)」 전문

동시 「퇴학」은 먼 산길을 새벽 추위에 떨면서 맨발로 걸어 학교에 왔지만, 학비를 내지 못해 학교에서 쫓겨나온 한 아이의 안타까운 현실을 반영하고 있다. 가난의 현실이 아이를 교문 밖으로 내쫓은 것이다. 그렇지만 이 작품에서 배움에 대한 아이의 열망은 "책보를 깔고안저/교문압헤서/바람소리 글소리/가–갸 거–겨"라고 했듯이, 바람결에 들려오는 글소리라도 들으려는 애틋한 노력으로 각인되어 있다. 이런 점에서 정상규의 동시는 가난 때문에 좌절의 고통을 겪어야 하는 아이들의 생활현실을 반영하면서도 아이들에 대한 따뜻한 애정을 담고 있다는 점이 특징이다. 다음의 「허재비 일꾼」(『신소년』 제8권 제11월호, 1930.11)에서도 '허재비', 즉 허수아비의 고달픈 모습을 묘사하면서도 이를 바라보는 시선이 동정적이다. 이 동정적 시선은 애틋하면서도 약간의 풍자적 웃음을 동반하고 있다.

1
지주네집 논두럭에 키다리일꾼
얼골빗 시커먼 허재비라오
쨍쨍한 더운날 쉬지도안코
누른벼만 직히는 일꾼이라오.

2
참새떼가 짹짹짹 놀녀주어도
고초쟁이 머리우서 맴을돌아도
장대든 허재비는 쌈만흘니고
엽눈도 안보는 일꾼이라오
3
죽도록 일해준 허재비일꾼
지주님게 품싹은 얼마나엇소
욕심쟁이 영감은 지주영감은
귓써러진 돈한푼도 아니준다오!!

— 정상규, 「허재비 일꾼」 전문

위의 동시는 허수아비가 열심히 일하고도 품삯을 받지 못하고 있는 상황에서 '지주영감'과 대립되는 처지를 문제 삼고 있다. 그렇지만 참새떼가 놀리고 고추잠자리가 맴을 돌아도 "장대든 허재비는 쌈만흘니고/엽눈도 안보는 일꾼이라오"라거나 "욕심쟁이 영감은 지주영감은/귓써러진 돈한푼도 아니준다오!!"와 같은 표현에서 해학적이면서도 풍자적인 웃음을 유발하게 한다. 이 점이 정상규의 동시가 궁핍한 무산계급의 현실을 담아내면서도 계급현실을 이분법으로 획일화하면서 메시지를 지나치게 앞세우는 선전선동적 동시와 구별되는 특징이다. 정상규의 동시가 프로동시로서 일정한 수준에 도달했다고 말할 수 있는 까닭이 여기에 있다.

그런데 정상규의 동화는 동시에 비해 다소 경직된 현실인식을 보여주면서 계급투쟁의 목적의식을 비교적 강하게 피력하고 있다. 그는 1931년 『동아일보』 신춘문예 동화 부문에서 「삼봉이의 발꼬락」이 가작 당선되기 이전에 『조선일보』를 통해 여러 편의 동화를 투고하여 발표한 바 있다.

그가 처음 발표한 동화가 「나는 소병정입니다」(1930.1.24~25)이다.

이 작품은 서술적 화자인 '나'가 소(牛) 병정이 되게 된 까닭을 이야기하는 방식을 취한 우의적 동화이다. 이 동화에 따르면 '나'는 제대로 먹지도 못하면서도 멍텅구리처럼 묵묵하게 석탄을 수레에 실어 나르는 소였다. 그런데 불의의 사고를 겪고 다행히 구조된 소는 면장집 마굿간에 머물면서 자신과 너무나 처지가 다른 면장집 소를 보면서 심한 차별에 의한 불평을 가지게 되고, 결국 불평을 해소할 소나라를 건설하기 위한 병정이 된다는 것이다. 면장집의 부자 소와 노동하는 가난한 소를 대립시켜 계급적 차별을 인식하게 함으로써 계급투쟁을 위한 전위로 나설 것을 설득하는 목소리를 작품을 통해 구현하고자 했다.

같은 지면에 발표된 「어린 심부름꾼」(1930.1.30) 역시 계급적 차별의 문제를 각성하는 것을 목적으로 삼은 동화인데, 반기독교적 입장이 들어있어 흥미롭다. 이 동화에서 '나'는 어릴 때부터 고아 신세가 되어 서양인 목사 집에 들어가서 심부름꾼으로 지내면서 자연스럽게 기독교 신앙인이 된다. 그러나 차별적 박대를 겪고 집을 나와 공장 노동자로 들어간다. 작가는 이 작품을 통해 노동자의 계급적 차별과 그에 따른 불만은 위선적 신앙을 통해 해결될 수 없고 오직 투쟁적 행동을 통해 해소되어야 한다는 입장을 나타내고 있다.

정상규의 동화들은 계급투쟁의 실천적 행동을 다양한 상황에서 보여주고자 한 작품들이라 말할 수 있다. '소년소설'로 발표한 「뿌리 업는 사람들」(1930.4.13~16)에서는 계급투쟁의 대상을 지주나 공장 주인이 아니라 마적단으로 설정하고 있고, 역시 '소년소설'로 발표한 「천수의 소원」(1930.8.7~9)에서는 도시의 부르주아 계급집단 전체를 상정하고 있다. 그런데 「뿌리 업는 사람들」에서 주인공 '태준'은 집단에 맞서는 개인의 영웅적 활약에도 불구하고 가족은 물론 수많은 사람들의 희생을 불러오는 한계를 보여주었다. 「천수의 소원」에서도 집단에 맞서는 개인의 투쟁이 갖는 한계를 초월적 힘을 통해 해소하는 것으로 귀결함으로써 리얼리즘 동화가 피해야 할 비현실적인 국면을 노정하는 문제점을 드러냈다고 말할 수 있다.

정상규의 문학활동은 사실 그리 오래 진행되지 못했다. 그의 첫 작품으로 『동아일보』 1927년 11월 23일자로 발표된 동시 「가랑닙」이고, 그의 마지막 작품이 같은 신문에 1931년 3월 27일자로 발표된 동시 「밤ㅅ길」이다. 동시에서 시작하여 동시로 문학활동을 마감한 셈이며, 작품 발표기간만 따지면 3년 4개월 정도에 불과하다. 그런데 이 짧은 기간 동안에 50편이 넘는 동시, 동화 등을 발표했다는 것은 그의 아동문학에 대한 열정이 대단했음을 확인할 수 있고, 특히 그는 동화보다 동시 분야에서 프로동시의 길을 넓히는 데 지역 소년문예운동가로서 주목할 활동을 했다고 말할 수 있다.

2) 손길상의 아동문학

손길상孫桔湘은 정상규, 이재표와 함께 진주새힘사를 이끌어간 핵심인물들 중의 한 사람이다. 현재 손길상의 생몰년도를 알 수 있는 자료를 확보하지 못한 단계이지만, 정상규, 이재표 등과 나이 차이가 별로 나지 않을 것으로 짐작된다. 진주새힘사의 다른 이들과 마찬가지로 손길상도 노동야학을 통한 소년문예운동에 헌신적이었다는 점을 다음 김병호의 언급을 통해 알 수 있다.

> 새힘社의 동무인 만큼 題材와 作品行動이 무리를 쒸여넘는 것이 잇다. 孫君(필자 주: 孫桔湘)은 只今 勞動夜學을 獻身的으로 支持하고 잇다.[49]

진주새힘사의 일원으로 노동야학을 헌신적으로 지지하고 있음을 밝히면서 "題材와 作品行動이 무리를 쒸여넘는 것이 잇다"고 한 것은 손길상의 활동 영역이 진주새힘사를 넘어서 다른 곳까지 미치고 있음을 시사한다. 실제 그는 1930년 4월 6일 개최된 진주청년동맹 정기대회에서 신임집행위원으로 선출되는데, 손길상은 신태민申泰珉과 함께 '소년부'를 책임지는 위치에 있게 된다.[50] 그의 소년문예운동이 진주새힘사를 발판으로 진주청년동맹과 연결되어 있는 것이다. 그런데 무산계급 소년운동을 위한 조직에 참여하여 실천적인 활동을 강화할수록 그의 아동문학 작품 발표는 상대적으로 뜸해지는 경향을 보인다. 1933년 10월 25일에는 일본 반제 및 공청원(共青員, 조선공산청년동맹원의 약칭) 가담 혐의 건으로 일본경시청에 피검되었다가 동년 12월 20일에 기소보류 처분으로 풀려난다.[51] 손길상은 이 사건 이후 중국 신경(新京, 현재 장춘)으로 건너가 아동문학가로서의 활동을 계속한 것으로 파악된다. 다음 기사를 보자.

> 신경조선인청년회 회장(新京朝鮮人青年會 會長) 이홍주(李鴻周) 씨와 만주국 문교부(滿洲國 文教部)에 있는 손길상(孫桔湘) 씨와 활동하여 금번 신경에 아동문학연구회(兒童文學硏究會)를 조직하고 각 방면의 유지 후원을 얻어 그 성과가 매우 좋다는데 그 내용 급 임원은 여좌하다 한다.[52]

---

49) 김병호, 「사월의 소년지 동요」, 『조선일보』 1930.4.26.

50) 『중외일보』(1930.4.10)의 기사 「진주청맹의 신임위원회 원유회 개최 준비」.

51) 독립운동사편찬위원회, 「일본 경시청에 송치된 鄭在瑛 · 孫桔湘, 기소보류 처분됨」, 『독립운동사자료집』 별집 3, 원호처, 1975.

52) 『조선중앙일보』(1936.3.6)의 기사 「新京청년회에서 아동문학연구회」. 같은 신문 같은 지면의 다른 항에서 아동문학연구회 창립 기념으로 '현상소년소녀동화대회'를 개최했다는 기사를 게재하고 있다.

손길상이 어떤 연고와 이유로 만주국 문교부에 들어가서 일하게 되었는지 알 수 없으나, 국내에서 쌓은 아동문학 창작과 활동 경험을 토대로 중국 신경에서 아동문학연구회를 조직한 것으로 보인다. 그러나 그의 아동문학가로서의 활동을 아쉽게도 여기서 더 이상 파악하지 못했다.

손길상이 진주새힘사에 가담하여 활동한 때를 전후하여 발표한 문학작품들은 현재까지 확인한 바로는 시 1편, 동시 22편, 동화 3편으로 모두 26편이다. 정상규의 경우와 마찬가지로 동시와 동화가 대부분을 차지한다.[53] 동시는 주로 『조선일보』와 『신소년』에 주로 발표했고, 동화는 『동아일보』에 3편 모두 발표했다. 신문의 경우 매체 선호 의식이 뚜렷하지 않으나 아동잡지의 경우에는 『신소년』에만 동시를 발표하고 있어 매체 선호를 분명히 했다.

손길상의 작품 발표는 『조선일보』 1929년 1월 23일자로 발표한 동시 「겨울밤 거리」로 시작하여 『신소년』 제9권 제11호(1931.11)에 발표한 동시 「공장 아씨의 노래」까지 지속적으로 이어져 있다. 작품 발표 기간이 3년 정도가 된다. 그런데 1930년 4월 진주청년동맹 집행위원 선출 이후에는 시 1편, 동시 4편에 그치고 있는 점으로 보아, 그의 문학활동이 창작보다 실천 쪽으로 옮겨갔음을 짐작할 수 있다.

손길상은 『동아일보』 1929년 신춘문예 아동작품 현상공모에 「나그네님」(2.6)을 투고하여 선외작품으로 선정된 바 있다. 「나그네님」은 추운 겨울임에도 여름옷을 입고 가는 나그네를 걱정하는 작품인데, 가난의 현실에 놓인 사람에 대한 인간적 배려와 관심을 보여주고 있는 점이 정상규의 동시와 맥락을 같이 한다. 그의 또 다른 동시 「어머니께」(『조선일보』 1930.1.26)를 보자.

---

53) 손길상의 자세한 작품 목록은 '부록'을 참고 바란다.

어머님 이제는 걱정마서요
저도요 설이라 옷해달라고
이제는 아-니 졸으겟서요

저는요 마음을 곳쳣슴니다
한째의 밥도요 못먹는우리
무-슨 설날이 잇겟슴니가

어머님 써러진 옷이라도요
쌔끄시 빠라서 지어서주고
날보고 질겁게 우서주서요

— 손길상, 「어머니께」 전문

손길상의 동시 작품들은 불편부당한 현실이나 가난의 현실을 문제 삼는다. 「인형人形」(『조선일보』 1929.12.26)에서는 때리고 맞아도 말 못하는 부당한 현실을 인형에 비유해 표현했으며, 「우리 집안」(『조선일보』 1930.1.23), 「농촌農村의 밤」(『조선일보』 1930.2.4), 「제비의 노래」(『조선일보』 1930.2.13) 등 작품에서는 가난 때문에 힘든 노동을 해야 하는 당대의 현실을 반영하고 있다. 위의 동시에서 시적 화자는 설날이 되었지만, "한때의 밥도요 못먹는우리" 집의 현실 때문에 새 옷을 찾지 않고 떨어진 옷이라도 깨끗이 빨아 입겠다는 성숙한 자세를 보인다. 이 작품은 시적 형상화의 측면에서 상투적인 표현과 다분히 의도적인 언술로 구성된 한계를 보이지만, 객관적 현실에 대한 구체적 경험을 바탕으로 한 시적 언술을 채택함으로써 독자의 정서적 공감을 높이려 했다.

멧마리 개암이
쌈터로가네

총칼들메고서
쌈터로가네
총칼이휘도는
무서운쌈터
그래도 힘잇게
쌈터로가네
어저쎄사홈진
동모일흔터
동모들대오로
쌈터로가네
죽어도싸우고
죽이련다고
넷마리깨암이
쌈터로가네

— 손길상, 「싸우러 가는 개미」 전문

위의 「싸우러 가는 개미」(『중외일보』 1929.10.1)는 계급주의적 색채를 지닌 의식 있는 작품이다. 그러나 개미들이 싸움터로 가면서 그들대로의 연대의식을 드러내고 있기는 하지만, 싸움의 목적이나 계급적 대립이 드러나지 않을 뿐만 아니라 반복구문에 의한 의미의 중첩이 작품의 탄력성과 긴장을 해치고 있다. 그의 동시는 압축적인 묘사를 통한 긴장미를 갖기보다 산문적인 진술에 의한 '이야기'의 언술을 보여준다. 다음은 그의 마지막 동시 작품이기도 한 「공장아씨의 노래」(『신소년』 제9권 제11호, 1931.11) 일부를 보자.

어제밤에 공장감독 오라하길네
무엇할가 이상해서 가보앗드니
일원짜리 세낫너은 봉투하나를

내손에다 쥐여주며 하는말솜씨

공장동무 하는일 일너만주면
얼마든지 돈푼은 준다고하지
내가내가 그돈에 팔일줄아나
말솜씨가 너무조와 우습고나야

— 손길상, 「공장아씨의 노래」 일부

위의 동시는 돈과 감언이설로 노동자를 회유하려는 공장감독과 이에 넘어가지 않고 꿋꿋하게 처신하는 '공장아씨'를 대립시키면서 노동자로서의 의식 고양을 강조하고 있는 작품이다. 그런데 이 시는 설명적 진술에 의한 이야기의 언술을 보여줌으로써 시적 긴장감을 잃고 말았다. 시에 이야기를 수용하되 이를 압축적인 묘사를 통해 서정적으로 형상화하지 못한 한계를 드러내고 있다.

손길상의 동화로 관심을 돌려보자. 그는 3편에 불과한 동화를 발표했지만, 동시보다 동화에 더 뛰어난 재능을 보여주었다고 말할 수 있다. 첫 동화인 「가랑닙 형제의 대화」(『동아일보』 1929.11.28)는 서술적 화자인 '나'가 추운 겨울밤 가랑닙 형제의 대화를 엿듣게 되면서 본 이야기가 시작된다. 액자식 구성을 보여주는 이 작품은 대화체 서사 양식을 결합한 동화이면서 또한 가랑잎을 의인화하고 있다는 점에서 우의적인 동화이기도 하다. 가랑잎 형제가 부모를 잃고 가난과 추위 속에서도 죽기를 무릅쓰고 부모를 찾아간다는 이야기를 대화로 구성한 다음, "부모를 일코 헐벗고 주린 우리들이 안일까!"라는 결구를 통해 가랑잎과 동일시되는 아이들의 현실에 대한 각성을 주제로 부각시켰다. 짧은 동화이지만 사회의식을 강조한 작품이다.

손길상의 다음 동화인 「동무의 원수」(『동아일보』 1930.2.20)는 부잣집 주인과 그 집의 고방에서 볏섬의 쌀을 몰래 먹던 쥐들과의 대립과 갈등, 그리고 복수를 그린 작품이다. 여기서 부잣집 주인이 경제적 부를 가진 부르주아 계급의 전형이라 한다면, 쥐들은 경제적 약자인 프롤레타리아 계급을 대신하는 것으로 설정되었다. 그러나 부잣집 주인과 쥐들의 관계를 빈부 차이에 의한 계급적 차별의 관계로 보기 어렵다는 점에서 설득력이 약하다. 쥐들의 생리가 누구의 곡식이든 몰래 훔쳐 먹을 수밖에 없는데, 이런 쥐들이 계급적 적대 관계에서 주인의 착취에 대항하는 프롤레타리아 계급으로 설정되는 것 자체가 무리이고 억지이다. 그럼에도 이 작품에서 쥐들은 자신들의 동료 쥐를 죽인 주인에 앙갚음하기 위해 밤에 몰래 주인이 자는 방에 들어와 닥치는 대로 물건을 망가뜨린다는 플롯을 보여준다. 이 역시 대책 없이 불평과 불만을 표출하는 비이성적 행위로, 계급투쟁의 관념에 매몰되어 작품의 전개를 경직된 방향으로 끌고 갔기 때문이다.

그런데 「어린 나무꾼들」(『동아일보』 1930.3.8~9)은 계급적 차별에 의한 갈등과 복수를 그리고 있다는 점에서 앞의 작품과 구도가 같지만, 앞의 작품과 달리 인물의 관계 설정이나 상황 설정이 자연스럽다. 아버지의 권력을 믿고 다른 아이들을 자주 놀리는 은행 집 아들 귀동이, 이에 격분하여 귀동이를 혼내자고 모의하는 아이들, 이를 고자질한 귀동이집 머슴의 아들인 순동이의 관계 설정이 적절하면서 스토리의 전개가 순차적 구성으로 이루어져 쉽게 읽히는 작품이다. 이 작품은 계급적 갈등을 획일적으로만 구도화하지 않고, 복합적인 관계를 짚어냄으로써 한층 개연성 있는 이야기로서 설득력을 갖추고 있다고 말할 수 있다. 이처럼 손길상의 동화가 한결같은 수준을 보여주는 것은 아니지만, 대체로 인물들간의 갈등 관계와 스토리의 전개가 자연스럽다는 점에서 의의를 갖는다.

3) 이재표, 차우영수의 아동문학

이재표(李在杓, 1912~?)는 정상규와 함께 진주소년동맹의 결성에 참여한 집행위원의 한 사람이자 진주새힘사의 중요 일원이었다. 그 역시 정상규와 함께 1932년 7월 비밀결사체인 조선공산당 경기도전위동맹 준비위 사건에 연루되어 조사를 받고, 또한 같은 해 12월에 일본에서 발행된 『우리동무』의 불법 배포와 관련하여 검거되어 심문을 받은 바 있다.[54] 이때 기록된 조서에 의하면, 그의 본적은 "경남 진주군 진주읍 본정 33"이며, 직업은 저술가, 나이는 21세로 기록되어 있다. 정상규보다 2살 위인 1912년생으로 파악된다.

이재표가 진주새힘사의 일원으로 아동문학을 발표하고 있을 당시 김병호는 그에 대해 다음과 같이 언급한 바 있다.

> 李君(필자 주: 李在杓)은 晉州邑에서 한 三마장이나 먼 夜學校 指導者로서 밤마다 늣도록 그들을 가르치며 낫이면 재갈 실는 勤勞少年이다.[55]

위의 글에서 보듯이, 이재표는 진주읍에서 약간 떨어진 농촌에서 야학교 교사를 하면서 소년문예운동에 나서서 활동하고 있었음이 드러난다. 물론 그의 아동문학 작품 발표는 진주새힘사 시절 이전인 1929년 '진주새싹사' 시절부터 이루어진다. 그가 일간지 매체와 아동잡지 등에 발표한 아동문학 작품들은 현재까지 확인한 바로는 동시 12편, 동화 3편이 전

54) 국사편찬위원회의 한국사데이터베이스에 올려진 『사상에 관한 정보(4)』(경고비 제5289호, 1932.9.2)과 『출판법위반급기타검거에 관한 건(우리동무 사건)』(1932.12.15) 자료 참조.

55) 김병호, 「최근동요평」, 『음악과 시』 창간호, 1930.8.

부이다. 작품 활동보다 야학교사로서 그리고 청년동맹의 일원으로 더 적극적인 활동을 한 것으로 보인다.

그런데 이재표의 동시가 처음부터 계급의식에 입각한 세계인식을 보여주는 것은 아니었다. 그의 첫 동시인 「제비」(『중외일보』 1929.3.24)를 보자.

강남갓든제비님
봄편지물고
정든넷고향
차저옵니다
화려한이동산이
그리웁다고

강남갓든제비님
속히와다오
정들엇든넷고향엔
봄이왓서요
화려한이동산엔
꼿치피엿소

— 이재표, 「제비」 전문

동시 「제비」는 진주새싹사 시절에 발표한 작품이다. 『아희생활』(1929.3)에 동시 「눈사람」을 발표하면서 자신의 소속을 '진주새싹사'라고 밝힌 바 있는데, 위의 동시는 바로 그 당시에 발표한 작품으로 아직 계급주의적 색채를 드러내고 있지 않다. 고향에 대한 그리움을 봄소식을 가져다주는 제비를 매개로 표현하고 있다. 그러나 이 시는 상투적인 시상의 연결 때문에 습작 수준을 넘지 못하고 있다. 그런데 1929년 말에 쓴 「참새!」(『동아일보』 1929.12.19)부터는 사정이 다르다. 1929년 중반 무렵부터 결성된 진주새힘사에 가담하면서 그의 작품세계도 달라진 것으로 보인다. 일정 기간 사회주의 사상에 대한 학습과정이 있었다고 짐작되는 일이다. 동시 「참새!」는 굶주림의 현실에 놓인 소작농이 모이를 찾는 참새들과 정서적인 연대를 느끼면서 북간도로 떠나게 되는 상황을 노래하고 있다. 그의 동시와 동화가 그려내는 세계는 이처럼 궁핍한 현실이거나 농촌이나 공장에서 힘겹게 살아가는 농민이나 노동자의 모습을 반영하고 있다. 『신소년』 제7권 제12월호(1930.11)에 발표한 그의 마지막 동시 「도라온 언니」의 일절을 더 살펴보자.

> 우리언니 서울갓다 오날왓서요
> 몃몃달을 고생하야 쌧쌧말늣죠
>
> 밤에는 돈버리 낫엔배워도
> 시컴은 그얼골이 더씩씩해요
>
> ― 이재표, 「도라온 언니」 일절

위의 동시는 서울에서 노동야학으로 살아가는 '우리 언니'의 당당한 귀향을 묘사하고 있다. 노동야학으로 힘겹게 살아가지만, 검은 얼굴이 더 씩씩한 노동자로서의 표상이라고 말했다. 이재표의 동시도, 손길상의 동시가 그러했듯이, 노동자나 농민 또는 그들을 대신 표상하는 '새' 등을 시적 대상으로 삼되, 이들의 힘겨운 생활이나 곤란을 이야기로 제시하려는 서술적(narrative) 경향이 두드러진다. 그런데 이재표 동시의 서술적 경향은 손길상 동시의 경우와 마찬가지로 이야기 자체의 전달에 치중하다 보니 시적 긴장을 확보하지 못하는 한계를 보이고 있다.

그러면 이재표의 동화는 어떠한가? 동화 「새로운 동리」(『조선일보』

1930.2.22~3.2)는 시간 역전의 기법과 액자식 구성을 보여준다는 점에서 주목되고, 엄동설한의 추위에 죽어가는 어린 거지 창호와 이를 돕는 부잣집의 늙은 하인 윤식의 이야기가 훈훈한 감동을 불러일으킨다. 그렇지만 윤식 어머니의 가출 원인이 막연하고, 창호와 하루를 지낸 윤식이 창호를 특별하게 동정하고 창호의 죽음을 비통해 하는 상황은 필연성이 약한 플롯으로 설득력이 약하다. 이재표의 또 다른 동화인 「물 푸는 여름」(『조선일보』 1930.8.21)은 심한 가뭄이 들자 진수가 논에 물을 대기 위해 혼신을 다해 물을 푸는 상황을 이야기한다. 가난 속에서 힘겹게 살아가는 사람들을 포착하는 이재표의 동화가 갖는 강점은 이들 인물들의 분노를 극한으로 발산하거나 극단의 행위를 하지 않고 오히려 자연에 순응하거나 공동체적 연대의식을 통해 어려움을 이겨내고자 노력한다는 점에 있으며, 이런 점에서 그의 동화가 이념적 경직성에서 어느 정도 벗어나 있는 모습을 보여준다. 그러나 그의 동화 역시 설명적 진술이 많고, 구성상의 유기성이 부족한 점 등의 이유 때문에 작품의 완성도가 떨어진다고 비판받을 여지가 있다.

차우영수(車又永秀, 1912~?)는 1912년생[56]으로 이재표와 동갑의 나이로 진주새힘사의 일원으로 참여한 것으로 파악된다. 그런데 그의 아동문학 창작은 활발하지 못했다. 작품 창작보다 실천적 투쟁에 더 열심이지 않았는가 한다. 그는 1935년 4월 11일에 조선공산청년동맹 재건운동에 연루되어 피검되었는데,[57] 1937년 6월 11일 최종 심리 끝에 징역 5년의 판결을 받은 바 있다.[58] 이후 차우영수의 행적이 더 이상 드러나지 않

56) 『동아일보』(1935.9.27)의 기사 「조선공청동맹 사건 명일, 함흥에서 개정」. 이 기사의 끝에 출정 피고자의 명단이 붙어 있는데, 차우영수는 제2차 조선공산청년동맹 사건 관계자로 올라 있으며 당시 나이가 24세로 기록되어 있다. 1935년에 24세이니 이를 역산하면 1912년생이 된다.

57) 위의 『동아일보』(1935.9.27)의 기사 「조선공청동맹 사건 명일, 함홍에서 개정」.

는 점으로 미루어 보아 수감생활 도중 사고를 당했을 개연성도 있다.

차우영수가 진주새힘사의 일원으로 있으면서 발표한 문학 작품은 시가 1편, 동시가 7편으로 모두 8편에 불과하다. 여기에 차우영수의 필명으로 보이는 차적향車赤響의 동시 1편을 포함해도 9편이 현재까지 필자가 확인한 작품의 전부이다.

차우영수의 동시가 어떤 모습을 보여주는지, 「늙은 아버지」(『조선일보』 1930.2.5)와 「저녁 연기」(『신소년』 제8권 제3호, 1930.3)를 살펴보자.

①
강건너 面長집
나리곡간에
새벽부터 밤늦게
일하는압바
나희만타 일자리에서
쫏겨나섯지

일터에서 쫏겨나온
늙은아버지
나희만허 지게도못지고
北間島엔 돈흔타고
차저갑니다

— 차우영수, 「늙은 아버지」 전문

②
공장갓다 논길로
　도라오면은
집집마다 저녁연긔

58) 『동아일보』(1937.6.11)의 기사 「최고 십년 구형」.

나붓기는대
우리 집 굴둑엔
연기안나죠.
양식업는 어머니
밥못짓고요.
늙은이마 집흐리고
걱정하시며
이웃집에 양식쑤기
밧브답니다.

— 차우영수, 「저녁 연기」 전문

①의 「늙은 아버지」는 시의 화자를 소년으로 설정하고, 소년의 아버지가 지주인 면장집 일을 죽도록 하고도 나이 탓에 쫓겨나 살길을 찾아 북간도로 갔다는 슬픈 현실을 이야기하고 있다. 지주의 횡포에 소작인이 품팔이로 전락하거나 막연한 기대로 북간도행 이민자의 행렬에 들어서는 한민족 이산(Diaspora)의 현실을 동시를 통해 고발하고 있는 것이다. ②의 「저녁 연기」에서 화자는 연기 나는 공장 굴둑과 연기 나지 않는 '우리 집'을 대비시키면서 먹을 양식이 없어 끼니 걱정을 하는 '우리 집'의 가난한 현실을 담고 있다. 이처럼 차우영수의 동시는 일자리가 없는 현실, 먹을 것이 없는 무산계급의 현실에 집중하고 있다.

4. 결론

이 글은 지금까지 일제 강점기 아동문학 연구에서 제대로 논의되지 못한 지역 아동문학의 면모를 밝히기 위한 일환으로 진주지역 소년문예운동의 전개과정을 파악하고, 특히 진주지역 소년문예운동의 중심이 된 진주새힘사의 성격과 그에 소속된 문학청년들의 아동문학 작품들의 문학 세계를 고찰했다. 여기서 주요 논의 사항을 제시하면 다음과 같다.

첫째, 진주지역 소년문예운동은 소년운동의 전개과정에서 이루어진 것으로 보고, 1920년 8월에 결성된 진주소년회로부터 1928년 7월 11일에 결성된 진주소년동맹까지 소년운동의 전개과정을 살폈다. 이 과정에서 진주 출신으로 천도교소년회에서 활동한 강영호(姜英鎬, 1896~1950)의 아동문학 활동이 일부 파악되었지만, 모두 창작 작품들이 아니었다는 한계가 있었다. 사회주의 사상과 연관된 소년문예운동은 아니지만, 1927년 경에 진주지역 진주고등보통학교, 진주농업학교, 진주사범학교에 재학중인 청년학생들이 순수 문예활동을 위해 구성한 진주동무사가 있었다. 이 진주동무사의 일원이었던 소용수와 정태이가 1923년 이후부터 성인시를 쓰는 한편 동시를 발표하기도 했다.

둘째, 경남소년연맹의 하부조직이기도 한 진주소년동맹이 결성된 이후 소년문예운동이 본격 전개되었다. 이재표와 정상규는 진주소년동맹의 집행위원으로 선출되기도 했는데, 이들은 후에 진주새힘사를 조직하여 소년문예운동을 활발하게 전개했다. 당시 진주소년동맹은 다시 그 산하에 진주새힘사, 진주동무회, 진주새틀단 등을 그 산하에 두면서 소년문예운동을 펼친 것으로 보았다.

셋째, 진주새힘사는 진주소년동맹의 산하 조직이면서도 독자적인 소년운동과 소년문예운동을 주도했던 단체였다. 여기에 정상규, 이재표를 중심으로 손길상, 차우영수 등이 가담하여 활동했다. 이 진주새힘사는 적어도 1929년 5월 이전에 창립되었으며, 1930년 말까지 2년 가까이 존속되었던 것으로 파악된다. 그리고 진주새힘사는 사회주의사상에 입각한 무산소년운동이 전국적으로 확산되는 과정에서 진주지역에서 사회주의 무산계급 소년문예운동을 펼치기 위해 조직된 단체이지만, 정상규가 전국의 여러 지역 소년문예운동가 또는 농민운동가들과의 교류 등을 통해 소년문예운동의 전국적 확산을 꾀했다.

넷째, 진주동무회는 진주공립보통학교 학생들이 주축이 된 소년문사들의 모임으로 소년문예운동의 실천적 활동을 보여주었으며, 진주새틀단은 진주새힘사나 진주동무회와 또 다른 조직으로서 안송을 중심으로 소년문예운동의 폭을 넓히는 데 기여했다.

다섯째, 진주지역 소년문예운동은 1920년대 말부터 1930년대 초까지 진주새힘사, 진주동무회, 진주새틀단에 소속된 이들을 중심으로 매우 활발하게 전개되었다.

여섯째, 정상규는 진주새힘사의 대표적인 아동문학가로 활동했으며, 그의 동시는 가난 때문에 좌절의 고통을 겪어야 하는 이들의 생활현실을 반영하면서도 이들에 대한 따뜻한 애정을 담고 있다는 특징을 보여주었으며, 그의 동화는 이에 비해 다소 경직된 이념 추구와 계급 차별의 이분법적 구도의 한계를 지녔다.

일곱째, 손길상의 동시도 가난의 현실에 놓인 이들에 대한 인간적 배려와 관심을 보여주고 있는 점이 정상규의 동시와 맥락을 같이 했다. 그러나 그의 시는 설명적 진술에 의한 이야기의 언술을 보여줌으로써 시적 긴장감을 잃고 있는 문제점이 노정되었다. 그의 동화는 동시와 달리 계급적 갈등을 획일적으로만 구도화하지 않고, 복합적인 관계를 짚어냄으로써 한층 개연성 있는 이야기로서 설득력을 갖추고 있었다.

여덟째, 이재표의 동시와 동화가 그려내는 세계는 궁핍한 현실이거나 농촌이나 공장에서 힘겹게 살아가는 농민이나 노동자의 모습을 반영하고 있었으며, 차우영수는 일자리가 없는 현실, 먹을 것이 없는 무산계급의 현실에 집중하는 동시를 발표했다.

이상 일제 강점기 진주지역 소년문예운동은 자료의 한계 등으로 충분히 밝혀진 것은 아니다. 앞으로 진주동무사, 진주동무회, 진주새틀단 등의 성격을 좀 더 구체적으로 밝히기 위한 노력이 필요하며, 진주새힘사에 소속된 정상규, 손길상, 이재표, 차우영수의 생애를 좀 더 구체적으로 밝히면서 이들의 아동문학 작품들을 한층 폭넓게 논의하는 일이 과제로 남아 있다고 할 것이다. 그리고 이 연구를 계기로 아동문학의 연구가 진주지역 외에도 아동문학을 활발하게 전개한 지역의 아동문학 활동의 면모를 밝히는 작업으로 확대되기를 기대한다.

■ 참고문헌

강희근, 「『신시단』 연구」, 『우리 시문학 연구』, 예지각, 1985.

국사편찬위원회, 「십자가당 사건」, 『한민족독립운동사자료집 47』, 국사편찬위원회, 1999.

김병호, 「신춘당선가요만평」, 『조선일보』 1930.1.14.

_____, 「최근동요평」, 『음악과 시』 창간호, 1930.8.

김자연, 『아동문학 이해와 창작의 실제』, 청동거울, 2003.

김정의, 『한국소년운동사』, 민족문화사, 1993.

독립운동사편찬위원회, 「일본 경시청에 송치된 鄭在瑛 · 孫桔湘, 기소보류 처분됨」, 『독립운동사자료집』 별집 3, 원호처, 1975.

미 상, 「可賀할 少年界의 自覺」, 『개벽』 통권 제16호, 1921.10.

박경수, 「부산 · 경남지역 아동문학의 현황과 전개과정 연구」, 『우리문학연구』 제31집, 우리문학회, 2010.

_____, 「일제 강점기 일간지 게재 부산경남지역 동시 연구」, 『한국문학논총』 제56집, 한국문학회, 2010.

_____, 「일제 강점기 일간지를 통해 본 경남 · 부산지역 아동문학(2)」, 『한국문학논총』 제40집, 한국문학회, 2005.

_____, 「일제 강점기 일간지를 통해 본 경남 · 부산지역 아동문학(3)」, 『우리문학연구』 제18호, 우리문학회, 2005.

_____, 「일제 강점기 일간지를 통해 본 경남 · 부산지역 아동문학」, 『한국문학논총』 제37집, 한국문학회, 2004.

_____, 『아동문학의 도전과 지역 맥락』, 국학자료원, 2010.

_____, 『잊혀진 시인, 김병호의 시와 시세계』, 새미, 2004.

박민수, 『아동문학의 시학』, 춘천교육대학교 출판부, 1999.

박태일, 「나라잃은시기 아동잡지로 본 경남 · 부산지역 아동문학」, 『한국문학논총』 제37집, 한국문학회, 2004,

신재홍, 「1920년대 한국청소년운동」, 『인문과학연구』 제2집, 성신여자대학교 인문과학연구소, 1983.
윤석중, 「동심으로 향했던 조선혼」, 『사상계』 1962년 5월호, 사상계사.
이순욱, 「근대 진주 지역문학과 『삼인집』」, 『지역문학연구』 제10호, 경남 · 부산지역문학회, 2004.11.
이재철, 『아동문학개론』, 서문당, 개정판, 1996.
이정호, 「『어린이』를 發行하는 오늘까지」, 『어린이』 제1권 제1호, 1923.3.
정세현, 『독립운동사 9권』, 독립운동사편찬위원회, 1977.
정인섭, 『색동회 어린이운동사』, 학원사, 1975.
정홍교, 「어린이운동소사」, 『연합신문』, 연합신문사, 1949.5.5.
조동걸, 「한국근대학생운동조직의 성격 변화」, 역사학회, 『한국근대민족주의운동사연구』, 일조각, 1987.
조찬석, 「일제 하의 한국소년운동」, 『논총』 제4집, 인천교육대학, 1973.

강희근 교수 홈페이지(http://www.hwagye.com)
국사편찬위원회의 한국사데이터베이스(http://db.history.go.kr)
한울연대 카페(http://cafe.daum.net/hanwoolsalrim)
* 신문, 아동잡지 등 자료는 각주로 대신함.

■ [부록] 진주새힘사 소속 아동문학가의 작품목록

1. 정상규

(1) 일간지 신문에 발표한 작품

【시】「고향의 꿈」(『동아일보』 1930.2.22), 「보리타작한 날」(『조선일보』 1930.6.15), 「懷友」(『조선일보』 1930.7.11), 「떠나는 밤」(『조선일보』 1930.8.2)

【동시】「가랑닙」(『동아일보』 1927.11.23), 「아츰」(『동아일보』 1928.7.28), 「나의 동생」(『동아일보』 1928.8.1), 「금붕어」(『조선일보』 1928.10.20), 「냠냠이」(『중외일보』 1929.3.20), 「봄 구름」, 「반통 물장사」(이상 『중외일보』 1929.7.11), 「녀름달」(『동아일보』 1929.7.11), 「소금쟁이」, 「여름 햇볏」(이상 『동아일보』 1929.7.17), 「빨-간 가랑닙」(『조선일보』 1929.10.17), 「기다림」, 「떠나는 서름」(이상 『동아일보』 1929.11.2), 「내버린 흔 신짝」(『동아일보』 1929.11.10), 「공장 간 누나」(『동아일보』 1929.11.18), 「退學」(『조선일보』 1929.11.21), 「도라오는 길」(『중외일보』 1930.1.3, 신춘동요 가작), 「설날 아츰」(『조선일보』 1930.1.17), 「그믐날 밤」(『조선일보』 1930.1.18), 「나의 동무」(『조선일보』 1930.1.30), 「길동무」(『조선일보』 1930.2.7), 「길동무」(『중외일보』 1930.2.9/*『조선일보』 1930.2.7 발표 작품과 동일), 「허재비 병뎡」(『조선일보』 1930.3.7), 「길 일흔 아가」(『조선일보』 1930.3.16), 「비 오는 밤」(『조선일보』 1930.7.11), 「주서온 붓」, 「녀름달」(이상 『조선일보』 1930.7.25), 「동정」(『조선일보』 1930.7.30), 「부헝새 우는 밤」(『중외일보』 1930.8.31/1930.9.17 중복 발표), 「불상찬어요」(『중외일보』 1930.9.19), 「밤ㅅ길」(『동아일보』 1931.3.27)

【동화】「삼봉이의 발꼬락」(『동아일보』 1931.1.4), 「나는 소병정입니다」(『조선일보』 1930.1.24~25), 「어린 심부름꾼」(『조선일보』 1930.1.30), 「섀리 업는 사람들」(『조선일보』 1930.4.12, 15~16), 「천수의 소

원」(『조선일보』 1930.8.7~9)

(2) 아동잡지에 발표된 작품

【동시】「달님 生日」(『신소년』 제6권 제4호, 1928.4), 「청개골」(『신소년』 제6권 제7호, 1928.7), 「봄」(『아희생활』, 1929.3), 「금방울 소래」(『별나라』 제4권 제4호, 1929.5), 「가랑닙」(『신소년』 제7권 제7 · 8호, 1929.8/*『동아일보』 1927.11.23 작품과 다름), 「일허진 배」(『아희생활』 1929.9), 「아츰」(『아희생활』, 1929.10), 「工場主」(『신소년』 제7권 제12월호, 1929.12), 「눈 오는 날」(『신소년』 제8권 제2호, 1930.2), 「옵바 써나는 밤」(『신소년』 제8권 제4호, 1930.4), 「어머니 눈물」(『별나라』 제8권 제4호, 1930.4), 「그리운 형님」, 「*제목 미상」(이상 『신소년』 제8권 제8호, 1930.8), 「허재비 일순」(『신소년』 제8권 제11월호, 1930.11)

【동화】「죽인 고양이」(『신소년』 제7권 제7 · 8호, 1929.8)

【아동문학평론】「글 쓸 동모여 자각하라」(『아희생활』, 1929.10)

2. 손길상

(1) 일간지 매체에 발표한 작품

【시】「동무들에게」(『조선일보』 1930.5.20)

【동시】「겨울밤 거리」(『조선일보』 1929.1.23), 「나그네님」(『동아일보』 1929.2.6), 「싸우러 가는 개미」(『중외일보』 1929.10.1), 「人形」(『조선일보』 1929.12.26), 「우리집안」(『조선일보』 1930.1.23), 「어머니께」(『조선일보』 1930.1.26), 「兄님 사오신 나팔」(『조선일보』 1930.1.30), 「農村의 밤」(『조선일보』 1930.2.4), 「제비의 노래」(『조선일보』 1930.2.13), 「工場」(『조선일보』 1930.3.28), 「맛치질 하는 아희의 노래」(『조선일보』 1930.3.28), 「언니의 노래」(『중외일보』 1930.1.28/1930.4.7)

【동화】「가랑닙 兄弟의 對話」(『동아일보』 1929.11.28), 「동무의 원수」(『동아일보』 1930.2.20), 「어린 나무꾼들」(『동아일보』 1930.3.8~9)

(2) 아동잡지에 발표한 작품

【동시】「지는 쏫」(『아희생활』, 1929.9), 「버림 바든 집신」(『신소년』 제7권 제12월호, 1929.12), 「日本 가신 옵바」(『신소년』 제8권 제2호, 1930.2), 「더러운 세상」(『신소년』 제8권 제3호, 1930.3), 「나물 캐러」(『신소년』 제8권 제4호, 1930.4), 「써나는 아희의 노래」(『신소년』 제8권 제6호, 1930.6), 「싸우러 가는 개미」(『새벗』 1930.7), 「공장 누나에게」(『소년세계』 1930.7), 「農村夜學生行進曲」(『신소년』 제8권 제11호, 1930.11), 「공장 아씨의 노래」(『신소년』 제9권 제11호, 1931.11)

3. 이재표

(1) 일간지 매체에 발표한 작품

【동시】「제비」, 「봄」(이상 『중외일보』 1929.3.24), 「참새」(『동아일보』 1929.12.19), 「설마지 人形」(『중외일보』 1930.1.17), 「달님!」(『조선일보』 1930.1.26), 「아츰 햇님」(『조선일보』 1930.1.30), 「지겟꾼 아버님」(『조선일보』 1930.3.7)

【동화】「새로운 동리」(『조선일보』 1930.2.22~3.2), 「물 푸는 여름」(『조선일보』 1930.8.21)

(2) 아동잡지에 발표한 작품

【동시】「눈사람」(『아희생활』, 1929.3), 「바닷가에 우는 새」(『별나라』 4권 제6호, 1929.7/*『신소년』 제7권 제7 · 8월호, 1929.8. 개작 재발표), 「야학」(『별나라』 제8권 제4호, 1930.4), 「도라온 언니」(『신소년』 제7권 제12월호, 1930.11)

【동화】「流浪少年」(『신소년』 제7권 제12월호, 1930.11/*소년소설)

4. 차우영수

【시】「봄 언덕」(『조선일보』 1930.2.20)

【동시】「초생달」(『별나라』 제4권 제6호, 1929.7), 「부헝이」(『동아일보』 1929.11.2), 「우리 애기」(『동아일보』 1929.11.3), 「늙은 아버지」(『조선일보』 1930.2.5), 「라팔 소래!」(『조선일보』 1930.2.13), 「신작」(車赤響, 『조선일보』 1930.2.14), 「저녁 연긔」(『신소년』 제8권 제3호, 1930.3)

일제 후반기 국민시의 성격과 형식

고봉준

1. 일제 후반기 문학과 시기 구분의 문제

일제 후반기 문학 연구에는 시기 구분의 문제가 개입되어 있다. 이것은 중일전쟁 이후 일본이 총동원의 신체제를 구축한 1937년부터 일본의 패전에 이르는 시기를 하나의 단일한 시기로 설정할 것인지 아닌지의 문제, 특히 통상적으로 사용되고 있는 '일제 말기'를 어떻게 규정할 것인가의 문제이기도 하다. 일제 후반기 문단의 주요 필진의 한 사람이었던 백철은 해방 직후 식민지 시대의 문학을 회고하면서 "1941년 말부터 1945년까지의 약 5년간은 조선신문학사상에 있어서 수치에 찬 암흑기요 문학사적으로는 백지로 돌려야 할 부랑크의 시대였던 것이다"[1]라고 썼다.

---

1) 백철, 『조선신문학사조사』, 백양당, 1949, 399쪽.

백철의 이 주장은 오랫동안 한국문학사가 일제 말기를 '암흑기'로 평가하게 만든 최초의 발언이라는 점에서 중요성을 지니는데, 특히 그가 암흑기의 시작점을 『국민문학』의 창간에 맞추고 있다는 점은 흥미롭다. 후대의 많은 연구자들이 이 주장을 반복하는 과정에서 확인되듯이, 백철이 일제 말기를 '41년 말부터'로 규정한 근거는 1930년대 후반 문예지의 양대 산맥이었던 『인문평론』과 『문장』이 폐간되었다는 점, 그리고 『국민문학』이 일본어로 발행되었다는 것이다.[2] 하지만 '언어'를 기준으로 삼는 이러한 태도는 '일본어시=친일시'라는 등식을 초래할 수 있다.[3] 또한 1939년 10월 이미 국민문학의 건설과 내선일체의 구현, 총력전 수행에의 적극적인 협력을 내걸고 <조선문인협회>가 건설되었다는 사실을 고려하면 식민지 후반기 문학의 시작점을 '41년 말'로 설정하는 것은 설득력이 떨어진다. 오히려 식민지 후반기의 문학은 소설가 김성민이 『녹기연맹』에서 밝히고 있듯이 중일전쟁을 전후한 시기로 설정하는 것이 타당해 보인다. 1940년 6월 소설가 김성민(宮原惣一, 미야하라 소이치)은 일본어 장편소설 『녹기연맹』을 출간했는데, 그는 '작가의 말'에서 이 작품의 실질적인 창작배경을 중일전쟁과 관련시켜 이렇게 설명하고 있다. "지나사변을 계기로 근 이삼 년 동안 반도인 사이에 황국신민으로서의 자각이 강화되었습니다. 실로 그것은 노도와 같은 기세로 조선 전체를 석권하고 있습니다… 이렇게 동트기 전의 서광이 어렴풋이 보이기 시작한 1936~1937년 무렵의 환경을 이 소설에서 다루어 보았습니다."[4]

---

2) 오세영 또한 "전시 국민 총동원 체제가 확립되었고 한국어의 사용이 전면 금지되었으며 한국어로 쓰인 언론 매체의 폐간이 뒤따"랐다는 점을 기준으로 1941년 이후를 '암흑기'로 명명하고 있다. 오세영, 「암흑기의 '국민시'」, 관악어문연구학회 편, 『관악어문연구』 10집, 1985, 97쪽.

3) 이에 대해서는 김응교, 「일제 말 조선인이 쓴 일본어 시의 전개과정」, 와타나베 나오키 외, 『전쟁하는 신민, 식민지의 국민문화』, 소명출판, 2010 참고.

1937년은 일본이 조선에서 총력전 체제의 정비에 돌입한 해이다. 그해 10월에 황국신민의 서사가 제정되었고, 1938년에는 육군특별지원병령이 발표되었고, 1940년에는 창씨개명이 실시되었으며, 1942년에는 징병령 및 국민학교 의무교육 결정이 내려졌는데, 이 일련의 과정을 통해 한편으로는 조선인을 전쟁에 동원하는 시스템이 갖춰졌고, 또 한편으로는 조선인을 '국민=신민'으로 주체화하려는 움직임이 작동했다. 김성민이 '지나사변'을 특별히 지적하여 강조한 이유 역시 이러한 과정을 염두에 두었기에 가능했다.

그렇다면 일제 후반기(1937~1945) 문학을 규정하고 있었던 상징적 가치는 무엇이었을까? 그것은 <조선문인협회>의 결성에서 분명히 확인되듯이 '국민' 문학 건설과 내선일체, 그리고 총력전이었다. 『문장』과 『인문평론』이 폐간되고 일문잡지 『국민문학』이 등장한 것, 이후 <조선문인협회>가 <조선문인보국회>(1943.4)로 확대 재편된 것은 이러한 과정으로 이해되어야 한다.[5] 알다시피 『국민문학』은 국체 관념의 명징, 국민정신의 앙양, 국민 사기의 진흥, 국책에의 협력, 지도적 문화이론의 수립, 내선문화의 종합, 국민문화의 건설을 창간의 취지로 제시했다. 여기에서 가장 중요한 개념은 바로 '국민', 즉 '신민=국민'이라는 등식이었다. 이런 점에서 최재서가 주재한 『국민문학』은 일제 후반기 문학의 특징을 보여주는 일종의 보통명사였다. 일제 후반기의 담론장에서 '국민'은 '주체'의 대명사였다. 흔히 '제국적 주체'[6]라고 평가되는 이 시기의 '국민-주체'는 르네상스 이후의 서구 근대가 지속적으로 상정해온 보편적

---

4) 친일반민족행위진상규명위원회 편, 『친일반민족행위관계사료집 16』, 선인, 2009, 251쪽.

5) 1943년 4월 부민관에서 조선문인협회 조선하이쿠작가협회, 조선센류협회, 국민시가연맹이 통합하여 결성되었다.

6) 정종현, 『동양론과 식민지 조선문학』, 창비, 2011, 33쪽.

주체로서의 '인간'을 극복한 탈脫근대적 주체로 이해되었고, 따라서 근대 초기의 네이션 빌딩nation-building에서 국민화의 결과로 생산된 '국민'과도 달랐다. 이것은 '국민은 인간을 이긴다'는 명제에서 단적으로 드러나듯이 근대 서구의 휴머니즘을 비판하면서 성립한 '국민'이다. 때문에 이 시기의 국민적－제국적 주체로서의 '청년'에게는 이전 시기와 달리 어떠한 낭만성도 부여되지 않는다. 대신 그들에게는 징병, 훈련, 교육, 규율, 양성 등의 국민화 과정만이 부여될 뿐이다. 이렇게 본다면 일제 후반기의 문학장을 관통하고 있는 '국민화'는 근대적 국민을 '제국적 주체－국민'으로 변모시키는 주체생산의 기획이며, 식민지의 담론장에서 그것은 비국민을 '신민＝국민'이라는 등식을 이용하여 '국민'으로 동원하는 식민지 전략의 일환이었다. 이를 위하여 일본인들에게는 근대적 인간, 국민으로부터 벗어날 것이 요청되었고, 조선인들에게는 '신민＝국민'이라는 등식을 내면화할 것이 요구되었다. 일제 후반기의 '국민문학'이란 결국 이 등식을 감성의 차원에서 언어화하는 문제였다. 만일 구체적인 역사적 맥락을 배제할 수 있다면 이 시기의 '제국적 주체＝신민＝국민'이라는 등식만큼 '상상의 공동체'라는 개념에 적합한 것도 찾아보기 어려울 것이다.

2. 국민문학, 고쿠민분가쿠의 조선적 형식

일제 후반기 문학의 기본성격은 중일전쟁(1937), 신체제 선언(1940), 태평양전쟁(1941)으로 이어지는 시국의 변화에 연동된 문학의 국민화, 또는 국민화의 수단으로서의 국책문학으로 요약할 수 있다. 한 마디로 그것은 "일본정신의 예술화와 문화화"[7]를 통한 신민의 국민화 장치였다. 백철의 회고에서도 확인되듯이 일반적으로 일제 후반기 문학은 흔히 1941년 11월 『국민문학』의 창간을 중심으로 설명된다. 『국민문학』이 창간되기 직전에 『국민시가』(1941.9)가 창간되었다는 사실을 기억하는 사람들은 드물다.[8] 알다시피 일제 후반기에 등장한 '국민문학'이라는 개념은 당시 대정익찬회가 주도한 '고쿠민분가쿠'의 파생적 산물이었다.[9] 1940년 10월 제2차 고노에 내각은 7월에 결정된 기본국책요강에 기초하여 신체제 운동을 추진하기 위해 광범위한 국민조직인 대정익찬회를 조직했다. 대정大政이란 '천하의 정치'라는 의미이고, '익찬'이란 "곁에서 손을 거들어 도와주다", "천자의 정치를 보좌한다"는 의미이다. 대정익찬회는 군부에 의한 독재를 민간의 손으로 되찾으려는 신체제를 목표로 개혁을 기대하는 민간의 마음을 하나로 모으기 위해 발족된 단체였다. "고노에 후미마로가 구상한 대정익찬회는 처음에는 신체제로 불렸으며, 주동력의 방향 여하에 따라서는 군과 관헌의 강력한 정치적 책동을 철주(간섭하여 자유로이 못하게 하다)하기에 충분한 민간의 정열을 결집하는 형식"[10]이었다. 대정익찬회문화부는 개전 직후인 1941년 12월 문학자애국대회를 개최, 이후 1926년에 창립된 작가의 직능단체인 문예가협회를 모체로 대정익찬회 산하에 일본문학보국회(1942.5)를 설립했다. 이 시기 일본에서는 잡지 『국민시』가 창간되는 등 '국민시'에 관한 논의가 등장

---

7) 박영희, 「전쟁과 조선문학」, 『인문평론』 창간호, 1939.10, 40쪽.
8) 『국민시가』의 서지사항과 성격에 대해서는 최현식의 논의가 독보적이다. 최현식, 「일제 말 시 잡지 『국민시가』의 위상과 가치 (1)」, 『사이』 14호, 국제한국문학문화학회, 2013.5, 515~566쪽 참고.
9) 최현식, 「이광수와 '국민시'」, 『상허학보』 22집, 상허학회, 2008.2, 309쪽.
10) 요시노 타카오, 노상래 옮김, 『문학보국회의 시대』, 영남대학교출판부, 2012, 85~86쪽.

했고, '소국민'이라는 이름으로 어린 학생들에게도 '국민시' 창작이 강요되었다.[11] 당시 일본에서 '국민시' 논의를 이끌었던 대표적인 논객은 미요시 다츠지(三好達治)와 오에 미츠오(大江滿雄)였다. 미요시 다츠지(三好達治)는 동인지 『시와 시론』, 『시 · 현실』 같은 모더니즘에서 출발하여 『문학계』를 거쳐 『사계』로, 즉 상징주의의 영향을 받은 주지파 모더니스트에서 점차 일본 고유의 시 세계로 회귀하는 양상을 보였고, 오에 미츠오(大江滿雄)는 기독교적 휴머니즘에서 출발하여 프롤레타리아 문학운동에 참여했다가 전향한 공산주의자였다. 미요시 타츠지는 1920년 19살의 나이로 함경북도 회령에 위치한 공병 제19대대에 사관생후보로 취임하여 1년간 군 생활을 했다. 중학교를 그만두고 오사카 육군지방유년학교에 입학했는데, 학교에서 도망쳤다가 헌병대에 붙잡혀 교육 차원에서 조선으로 보내진 것이다. 그는 1940년 다시 조선으로 건너와 약 2개월 동안 서울, 경주, 부여 등지를 여행하면서 조선인과 조선풍경을 모티프로 한 다수의 작품을 남겼는데, 서정주는 훗날 "미요시 타츠지는 나도 좋아서 한동안 읽은 일이 있는 당대 일본의 제일 좋은 시인 중에 하나였다"[12]라고 회고하기도 했다.

---

11) 이 시기에 출간된 책들 중 국립중앙도서관이 소장하고 있는 '국민시' 자료는 다음과 같다. (1) 中山省三郎 編, 『國民詩』 第 1−2輯, 東京:第一書房, 昭和17−18[1942~1943] (2) 大江滿雄, 『國民詩について』, 東京:育英書院, 昭和19[1944] (3) 北原白秋 等 著, 『少國民詩』, 日本少國民文化協會 編, 東京:帝國教育會出版部, 昭和19[1944] (4) 照井瓔三 著, 『國民詩と朗讀法』, 東京:第一公論社, 昭和17[1942] (5) 道久良 編, 『國民詩歌』, 京城:國民詩歌發行所, 昭和16[1941] (6) 北原隆吉(白秋) 著, 『(大東亞戰爭)少國民詩集』, 大阪:朝日新聞社, 昭和18[1943] (7) 水谷まさる 著, 『(小國民詩集)日本の朝』, 東京:金蘭社, 昭和17[1942] (8) 榊原美文 著, 『國民詩朗讀のために』, 大阪:日本出版社, 昭和17[1942] (9) 北原隆吉(白秋) 著, 『(少國民詩集)港の旗』 第20卷, 東京:アルス, 昭和17[1942].

12) 서정주, 『서정주문학전집 3』, 일지사, 1972, 241쪽.

일본에서 시작된 '국민시' 논의는 곧 조선에 유입되었다. 조선에서도 1941년 9월 월간 『국민시가』(고쿠민시카)가 창간되었다. '고쿠민분카구'의 하위개념이자 조선적 · 운문적 형식이라고 말할 수 있는 이 잡지는 '국민'이라는 개념을 제호에 도입한 최초의 문예지였다.[13] 이후 최재서가 주재한 『국민문학』과 1943년 조선문인협회가 출간한 『조선국민문학집』, 그리고 1945년 2월에 창간된 『국민시인』이 '국민문학' 개념의 계보를 형성했다. 그리고 1941~1942년에 『매일신보』에는 '국민시가' 코너가 만들어져 김동환, 주요한 등의 필진들이 '국민시' 논의를 개진했다. 물론 이들보다 조금 앞선 시기인 1938년 7월에 조선의 모든 인적 · 물적 자원을 총동원하는 국가총동원 체제 일환으로 국민정신총동원조선연맹이 결성되었고, 1939년에는 국민총력조선연맹으로 개편되어 일문日文 월간지 『국민총력』을 출간했으며, 1943년부터는 『경성일보』에서 월간으로 『소국민』을 발행하는 등 '국민'이라는 제호가 일반화되었다. 바야흐로 '국민시', '국민문학'의 시대가 시작된 것이다. 1940년 이광수는 '국민문학'을 다음과 같이 정의했다.

> 국민문학이란 무엇인가. 그것은 우리 국가생활이라는 것을 염두에서 떠내지 말고 지어진 문학이다. 국가 · 국민이란 것을 깊이 인식하고 그것이 어떻게 소중하고 고마운 것임을 깊이 느끼고 이 국가생활을 통하여서 인류의 최고 이상을 실현하자는 감격을 가진 작가의 작품이다. 작품 속에 국가란 말이 한 마디도 아니 나와도 좋다. 나와도

13) 서정주는 1942년 다쓰시로 시즈오라는 창씨 명으로 '매일신보'에 「시의 이야기—주로 국민시가에 대하여」를 발표했는데, 이 글은 미요시 타츠지(三好達治)의 '국민시가론'의 영향을 받아 쓰였고, 대략 1944년까지 이 잡지의 편집에 참여한 것으로 알려져 있다. 그리고 이 잡지가 창간되기 이전인 1940년 3월에 이미 이광수가 「내선일체와 국민문학」처럼 '국민문학' 개념을 포함한 평문을 썼다는 사실은 주목을 요한다.

좋다. 종교소설도 좋고 연애소설도 좋고 무슨 소설도 좋다. 다만 국가에 대한 신뢰와 애정과 감격인 작가에 주관의 향기가 흐르면 그것은 국민문학이다. 재료가 문제가 아니라 그 조제 원리와 조제방법이 문제가 되는 것이다. 국민생활을 백안시하는 문학은 국가의 쇠퇴기에만 발생하는 문학이다. 국가의 비상시나 홍륭기에 있어서는 그러한 반국가적인 문학은 존재함을 용허 아니하는 것이다.[14]

이 시기에 '국민'이라는 제호를 강조한 문예지는 『국민시가』(1941), 『국민문학』(1941), 『국민시인』(1945)의 세 가지가 있었다. 이 가운데 제일 먼저 창간된 『국민시가』는 대체적으로 조선에 거주하는 일본문인들이 주요 필진으로 참여했다. 그것은 이 잡지의 중심이 '단카(短歌)'였다는 사실에서도 쉽게 확인된다. 이 잡지의 편집자인 미치히사 요시미(道久良)는 조선총독부산림부 직원이기도 했는데, 그는 창간호의 편집후기에서 "고도국방국가 체제 완수에 이바지하기 위해 국민총력의 추진을 지향하는 건전한 시가의 수립에 복무"[15]할 것을 목표로 제시하고 있다. 미치히사 요시미는 1920년대 조선총독부의 민요조사사업에 참여하여 동경에서 발행된 『조선민요의 연구』(동경: 坂本書店, 1927)에 「화전민의 생활과 가요」을 집필하기도 했다. 반면 최재서가 주재한 『국민문학』의 필진은 조선인이 중심이었고, 인문사人文社에서 『국민문학』의 자매지 형태로 발행되었던 『국민시인』은 조선문인보국회 시분과의 기관지였다. 이 잡지의 표지 하단에는 '조선문인보국회시부회기관지'라는 글씨가 인쇄되어 있다. 이 잡지의 판권지에는 최재서와 함께 경성제국대학에서 사토 키요시 교수 밑에서 영문학을 공부한 스키모토 나가오(杉本長夫)가 편집인 겸 발행인으로 표시되어 있다. 최재서의 선배이기도 한 그는 이후 조

14) 이광수, 「국민문학의 의의」, 『매일신보』 1940.2.16.
15) 미치히사 요시미(道久 良), 「편집후기」, 『국민시가』 창간호, 1941.9, 96쪽.

선문인협회의 중추로 성장하여 『국민문학』에 다수의 글을 남기기도 했다.[16] 이로 미루어볼 때 『국민시인』은 조선인과 일본인이 함께 필진으로 참여한 듯한데, 그 핵심은 사토 키요시-스키모토 나가오-최재서로 연결되는 경성제대의 학맥이었던 듯하다. 『아단문고 미공개 자료 총서 영인본』(소명출판, 2011) 9권에 포함된 1945년 1 · 2월 합본호에는 사토 키요시의 평문 「시혼의 동인」이 권두평론으로 실려 있고, 이어 「키요씨 선생의 사람됨과 그의 작품을 말하다」라는 제명의 좌담회가 연이어 실려 있는 것으로 보아 이 잡지의 기본적인 편집방향에는 사토 키요시의 시각이 짙게 투영되어 있었던 듯하다. 이 좌담회의 참석자는 최재서, 스키모토 나가오(杉本長夫), 노리타케 카즈오(則武三雄),[17] 서정주(達城靜雄)였다. 서정주는 이 잡지의 편집후기에도 편집 실무자로 이름이 등장한다.[18] 이는 그가 직접 편집 실무에 참여했음을 의미한다. 또한 이 잡지

---

16) 김재용, 『협력과 저항』, 소명출판, 2004, 31쪽.

17) 노리타케 카즈오는 1928년(19세)에 조선으로 건너와 약 17년간 조선에서 살았다. 『압록강』, 『조선시집』 등을 출간할 정도로 조선의 풍경을 담은 작품을 다수 창작했다. 노리타케는 1939년 신의주에서 경성으로 옮겨와 조선총독부 촉탁직원으로 근무했다. 이 해에 『중대시집』 31편을 『국민문학』에 게재했다. 그리고 1941년에는 이영준, 김환기, 변동림, 허진, 노천명, 이태준 등과 교유하고, 정인택과 정비석의 소개로 정지용, 백석, 서정주, 김사량, 김종한 등을 알게 된다. 특히 이영준과 백석을 좋아했는데, 이영준의 이름을 따서 「이영준」이라는 작품을 쓰기도 했고, 1978년에는 백석을 떠올리며 『양파』라는 제목의 시집을 출간하기도 했다. 이 시집에서 그는 "조선에서 젊은 시절을 보낸 나는 걸음걸이까지 조선 사람에게 영향을 받아, 일본에 돌아온 후에도 조선 사람처럼 느긋하게 걸었다. 민족성이다. 현재 그 땅은 남과 북으로 나뉘어 불행한 나라다. 백석이 양파를 든 모습을 본 것은 조선과 만주의 국경선을 가로지르는 다리 위에서였다. 두세 번째로 유명한 그가 만주에서 양파를 사서 다리를 건너 조선으로 돌아오는 것이다. 그리고 십여 알의 양파를 한 쪽 손에 들었다. 국경을 넘어온 양파여. 세관원이었던 백석이여"라고 백석을 추억하기도 했다. 한성례, 「조선에 온 일본 시인들, 그리고 이색적인 시인들」, 월간 『유심』, 2010.7.

에는 스키모토 나가오의 시집 『신주의 종』과 사토 키요시의 시집 『내선의 율동』,[19] 노리타케 카즈오의 시집 『풍영집』의 광고가 나란히 게재되어 있는데, 이는 이들이 인문사社와 『국민시인』의 주도세력이었음을 추측하게 한다.

3. 문학 이념으로서의 국민시, 주체로서의 국민

국민문학은 유럽의 전통에 뿌리박은 이른바 근대문학의 한 연장으로서가 아니라, 일본정신에 의하여 통일된 동서 문화 종합을 터전으로, 새롭게 비약하려는 일본 국민의 이상을 담은 대표적인 문학으로서, 금후의 동양을 이끌고 나갈 사명을 띠고 있는 것이다.[20]

> 서구 제국의 문화가 그 근원에 있어서는 조금씩이라도 모두 희랍 로마 문화의 혜택에서 출발하는 것처럼, 동양의 정신문화라는 것은 그 전부가 근저에 있어서 한자를 중심으로 하는 일환의 문화를 운위하는 것임은 두말할 필요도 없다. 동아공영권이란 또 좋은 술어가 생

18) 서정주는 자신이 『국민시가』의 편집을 맡았다고 회고했다는데, 실제로 서정주가 편집에 참여했던 잡지는 인문사에서 발행했던 『국민시인』이었던 듯하다. "나는 이내 최재서의 초청으로 그가 경영하던 출판사 '인문사'에 들어갔다. 그래서 처음에는 거기서 나오고 있던 일본어 잡지 『국민문학』의 편집을 돕다가 이어 『국민시가』라는 것이 창간되자, 그걸 주로 맡게 되었다." 서정주, 『서정주문학전집 3』, 일지사, 1972, 241쪽.
19) 사토 키요시의 미간행 시집 『내선의 율동』에 대해서는 김윤식, 『최재서의 『국민문학』과 사토 키요시 교수』, 역락, 2009, 84~98쪽 참고.
20) 최재서, 「국민문학의 요건」(일문), 『국민문학』 창간호, 1941.11. 이 인용은 최재서, 노상래 옮김, 『전환기의 조선문학』, 영남대학교출판부, 2006, 48쪽에서 가져왔음.

긴 것이라고 나는 내심 감복하고 있다. 동양에 살면서도 근세에 들어 문학자의 대부분은 눈을 동양에 두지 않았다. 몇몇 동양학자들이 따로 있어 자기들이 일상 사용하는 한자의 낡은 문헌들을 자의적으로 해석해 내는 정도에 그쳤었다. 시인은 모름지기 이 기회에 부족한 실력대로도 좋으니 먼저 중국의 고전을 비롯하여 황국의 전적들과 반도 옛 것들을 고루 섭렵하는 총명을 가져야 할 것이다.[21]

일제 후반기 '국민문학'과 '국민시(가)'의 기본 성격은 "일본정신의 예술화"와 전쟁 수행을 위한 총동원에 복무하는 것이었다. 이런 맥락에서 보면 1939년 무렵부터 친일시가 본격적으로 등장하고 그 내용이 주로 내선일체를 미학적으로 정당화하거나 전쟁에 동원되는 '국민(병사)'을 영웅적으로 칭송하는 방향으로 흐른 것은 상식적인 결과라고 말할 수 있다. 일본 정신을 '시(가)'의 형식으로 표현하되, 일본 전통시가의 형식을 빌려 내선일체의 진정성을 찬양해야 한다는 것은 이 시기 '국민문학'과 '국민시(가)'에 부여된 일종의 정언명령이었다. '국민문학'은 서구 근대가 제시한 보편적 주체인 '인간'을 삭제하고 그 자리에 '국민'을, '전쟁하는 신민'을 위치시킴으로써 '국민'이 '인간'을 초극한 존재임을 강조한다. 그러나 이러한 주체화의 과정에 '문학', 특히 식민지 문학에 강요된 '국민문학'이라는 문제가 개입되면 사정이 조금 달라진다. 그것이 '문학', 그리고 당시 유행했던 개념을 빌린다면 '문화'의 영역에서의 일신과 변화와 평행하게 진행되어야 하기 때문이다. 이런 까닭에 위의 두 인용문은 논의의 출발점을 충분히 제공해줄 듯하다. 더욱이 그것이 '소설'이 아니라 형식의 이데올로기에서 자유롭지 않은 '시(가)'일 경우 사정은 한층 복잡하다.

---

21) 서정주, 「시의 이야기-주로 국민시가에 대하여」, 『매일신보』 1942.7.12~17.

최재서의 주장처럼 '국민문학'은 유럽적 전통에 근거한 근대문학의 연장이 아니라 그것과의 단절과 초극을, "일본정신에 의하여 통일된 동서문화 종합을 터전으로, 새롭게 비약하려는 일본 국민의 이상을 담은 대표적인 문학"이 될 것을 요청받았다. 1941~9142년에 개최된 『문학계』와 『중앙공론』의 좌담회가 서구 근대를 "정치상으로는 데모크라시, 사상적으로는 리버럴리즘, 경제상으로는 자본주의"[22]로 규정하고 일본적 전통에 의해 그것의 극복을 주장한 것도 같은 맥락에 있다. 최재서의 주장에 비해 "동양에 살면서도 근세에 들어 문학자의 대부분은 눈을 동양에 두지 않았다"라는 자기비판으로 출발하는 서정주의 발언은 강렬함은 덜하지만 문화 · 문학 · 예술의 영역에서 '서구'로부터 벗어나 '동양'의 '고전'으로 돌아가야 한다는 주장을 담고 있다. 물론 여기에서 '동양'이란 결국 '일본'이라는 보편에 의해 종합됨으로써 '일본'과 동일시될 그것이다. 최재서가 『국민문학』에서 반복적으로 '문화주의'와 '문화생활'을 구분하면서 "국가적 입장"에서 문화주의를 문제삼아야 한다고 주장한 것이나 1930년대 후반 향토성 · 동양사상 · 전통 · 토속성 등이 문학의 핵심적인 주제로 부상한 것은 모두 문화와 예술의 차원에서 서구 근대를 초극해야 한다는 요청에 대한 응답이었다. 하지만 문제는 "국민문학이라는 것은 국민적인 입장에 서서 국민의식을 가지고 쓰인 문학"(최재서)임을 수긍한 후에 발생한다. 과연 조선인은 어떻게, 어떤 방법을 통해 '국민'이 될 수 있는가? 여기에 대한 자기 확신이 없는 상태에서의 창작은 '협력'이나 '친일'이라고 말할 수는 있으나 온전한 의미에서의 '국민문학'이기는 어렵다. 이광수는 "국가에 대한 신뢰와 애정과 감격인 작가에 주관의 향기가 흐르면 그것은 국민문학이다. 재료가 문제가 아니라 그 조제 원리와

---

22) 나카무라 미츠오 외, 『태평양전쟁의 사상』, 이경훈 외 옮김, 이매진, 2007, 47쪽.

조제 방법이 문제"[23]라고 말했지만 문학인들에게 이 주장만큼 난해한 문제는 없었다. 이 시기에 발표된 평문이나 좌담회는 이 문제를 직시하고 있었다. 가령 『국민문학』 창간호 좌담 「조선문단의 재출발을 말한다」에서 경성제대 교수 가라시마 다케시는 "작가가 대동아공영권 확립의 의의를 지적知的으로 파악하는 것을 신문학 출발의 전제로 삼는 것에는 전적으로 동감"하지만 "문학의 본령"이 선전과 계몽이 아닌 이상 작가는 "지적으로 파악한 것을 자기의 생활 속에서 융화시키고 감정으로까지 축조해내서 그 혼연한 신시대의 의식을 가지고 현실에 맞서"지 않으면 안 된다고 주장한다. "작가는 우선 시대의 사상과 감정을 자기 안에서 형성하기 위해 노력"해야 한다는 것이다. 실제로 이러한 문제의식과 비판은 '국민문학'이 피하기 어려운 것이었고, 그런 만큼 거의 모든 좌담 자리에서 반복되는 양상을 보였다. 서인식이 현영섭의 『조선인의 나아갈 길』을 비판하면서 "내지인과 조선인이 동근동조의 혈연적 연관"을 지녔다는 내선일체의 이념은 "사실史實에서가 아니라 현실에서, 과거에서가 아니라 현재에서 파악"되어야 실천할 수 있다고 지적한 것도 같은 맥락이다. 내선일체나 국민문학은 '지적'인 차원에서는 쉽게 도달할 수 있지만, 그것이 '감정'과 '현실'에서 가시화되기는 쉽지 않다. 이 문제를 돌파하기 위해서 '작가'와 '조선인'은 먼저 '신민=국민'이 되어야 한다고 믿었는데, 그것은 창씨개명이나 일본에 협력하는 것만으로는 달성될 수 없는 것이었다. '지적'인 차원에서의 '국민화'는 '위'에서 시작된 수직적 주체화의 방향이며, 그것이 '감정'과 '생활'의 차원에서 강력한 효과를 발생시키기 위해서는 '아래'에서 시작되는 자발적 복종에의 욕망이 필요하기 때문이다. 현영섭과 최재서가 찾은 이 문제의 해답은 '죽음'이다. 최재서는 조선

23) 이광수, 「국민문학의 의의」, 『매일신보』 1940.2.

의 작가들에게 "뱃속으로부터 올라오는 힘이 없고 열정이 없"[24]는 이유는 "피로써 국토를 지킨다는 각오가 없"기 때문이고, "반도인이 일본에 대하여 조국 관념을 가장 유일한 길은 제국 군인이 되어 직접 국토 방위의 임무를 맡는 것 외에는 없다"[25]고 단언한다. 제국 일본에게, 그리고 자신에게 스스로가 '국민'임을 증명하고 확실한 '조국' 관념을 획득하기 위해서는 전장에 나아가 피를 흘려야 한다는 것이다. 현영섭 역시 「내선일체완성에의 길」에서 "조선인인……일본인으로 죽을 뿐이다"라는 주장을 통해 '죽음'이 '국민'의 삶을 완성하는 길임을 천명했다. "황민으로서의 삶은 일본 제국의 광대한 영토에 편재하지만, 그 삶이 완수되는 것은 일본이라는 자격을 얻을 때뿐이다. 그리고 식민지/제국의 생명－권력은 그 자격과 죽음의 교환을 제안한다."[26] 조선인이 '국민(일본인)'이 되는 유일한 길은 (일본을 위해 싸우다) 죽는 것이며, 이는 죽음이 곧 삶을 지탱시키는 원리라는 난해한 물음으로 다가온다. 이러한 죽음의 권리는 모리스 블랑쇼가 '공포정치'[27]에서 읽어낸 '죽음'의 의미와 정확히 일치한다.

---

24) 최재서, 「징병제 실시와 지식계급」, 『전환기의 조선문학』, 영남대출판부, 2006, 149쪽.

25) 같은 책, 152쪽.

26) 차승기, 「흔들리는 제국, 탈식민의 문화정치학」, 한국－타이완 비교문화연구회, 『전쟁이라는 문턱』, 그린비, 2010, 173쪽.

27) "결국 누구에게도 자신의 삶에 대한 권리란, 실제로 나눠지고 물리적으로 구분되는 자신의 실존에 대한 권리란 없다. 이것이 공포정치의 의미이다. 개개의 시민은 말하자면 죽음에의 권리를 갖는다. 죽음은 그에 대한 유죄 판결이 아니라, 그의 권리의 본질이다. 그는 죄인으로서 제거되는 것이 아니라, 스스로가 시민임을 확인하기 위해 오히려 죽음을 필요로 하고, 그리고 죽음의 소멸 가운데 자유는 그를 태어나게 한다." 모리스 블랑쇼, 『카프카에서 카프카로』, 이달승 옮김, 그린비, 2013, 38쪽.

4. 국민시의 시형(詩形)과 예술성

일제 후반기의 '국민-주체'에게는 '죽음=삶'이라는 비상식적 논리가 '윤리'라는 이름으로 강제되었다. 이 시기에 발표된 상당수의 언설에서 '국민문학', '국민시(가)'는 '생활', '윤리' 등의 개념들과 이웃 관계에 있다. 예를 들어 좌담 「국민문학의 1년을 말한다」(『국민문학』, 1942.11)에서 참석자 유진오는 지난 1년간의 창작을 되돌아보며 작가들이 "정치와 생활을 분리해 생각"했다고 지적하면서 "정치적인 것이기 때문에 안 된다는 것도 아니고, 정치적인 것을 쓰지 않아서 나쁘다는 것도 아"[28]니라고 주장한다. 이에 다나카 히데미쓰(田中英光)[29]는 유진오의 발언을 지지하면서 정치성을 고려하지 않아도 "생활에 충실한 것을 예술적이고 세련되게 쓰면 그것이 그대로 국민문학이 된다"라고 말하면서 『만엽집』에 등장하는 작가 미상의 노래들 또한 훌륭한 국민문학이라고 주장한다. 이에 대해서 최재서는 "생활에 충실하다면 국민문학"이라는 취지의 발언을, 다나카는 이때의 '생활'이 "실제 생활이 아니라 윤리로서의 생활"임을 주지시키고 있다. 그러니까 "일본정신의 예술화"를 목표로 등장한 '국민문학', '국민시(가)'는 국민의식이나 조국관념 같은 초월적 가치에 의해 매개되어야 하는 것이지 일제의 정책을 계몽 · 선전함으로써 도달할 수 있

---

28) 문경연 외 편역, 『좌담회로 읽는 『국민문학』』, 소명출판, 2010, 278쪽.

29) 다나카 히데미쓰(田中英光, 1913~1949)는 동경 출생의 소설가이다. 1935년부터 약 8년간 조선에 체류했다. 1935년에 쓴 단편이 다자이 오사무의 눈에 띄어 일본 문단에 등단했고, 훗날 다자이 오사무의 죽음에 충격을 받아 그의 무덤 앞에서 자살했다. 1942년 9월 5일 이후 잠시 조선문인협회 총무부 간사를 맡기도 했다. 이석훈과 각별한 교우관계였고, 이광수, 유진오, 이효석, 이무영, 정비석, 조용만, 정인택, 최정희 등과도 친밀한 관계였다. 대표작으로 일본문인 사카모토와 조선문인 노천심의 사랑을 배경으로 쓴 『취한 배』가 있다.

는 경지가 아니었던 것이다. 스키모토 나가오(杉本丈夫)의 표현을 빌리면 그것은 "부르짖음에 지나지 않"는다.[30] 그럼에도 불구하고 조선인 작가들에게, 또는 그들 스스로가 일제의 정책을 선전하는 것과 '국민문학', '국민시(가)'를 동일시했던 까닭은 '신민'과 '국민' 사이에 조선인이 넘을 수 없는 부등호(≠)가 존재했기 때문이며, 목적의식적인 문학의 선전적 효용으로 그것을 돌파하려 했던 조선의 문학인들은 한층 과격한 방식으로 일제에 복무함으로써 그것이 가능하다고 믿었던 듯하다. 하지만 이 시기에 행해진 좌담들을 살펴보면 그러한 문학적 경향이 문학의 질적 하락을 불러옴으로써 애초의 의도마저 달성하지 못했다는 비판이 일반적인 평가였다. 그러므로 조선인들에게 '신민=국민'이라는 등식에는 운명적인 미끄러짐이 있을 수밖에 없었다. 이는 당시 재조일본문학인들의 작품과 조선문학인들의 작품을 단순하게 비교해보아도 쉽게 확인된다. '신민=국민'이라는 등식을 의심하지 않았던 재조일본문학인들에게서는 과격하고 기계적인 표현을 통해서라도 도달하고 싶은 조급함이 거의 없었다.

이러한 사실은 질문의 방식을 조금 바꿔보면 한층 분명해진다. 만일 '국민문학'과 '국민시(가)'가 일제의 정책을 계몽 · 선전하는 도식적인 언어의 반복으로 성취할 수 있는 것이었다면, 당시 '국민문학'과 '국민시(가)'에 관한 논의에서 『만엽집』이나 『고사기』 같은 전통적인 텍스트들은 왜 그토록 집요하게 강조되었던 것일까? 또한 일본의 전통을 동아 전체를 영도할, 나아가 동양 · 서양의 문화를 종합한다는 주장이나, 그 방편으로 제안된 서구 근대의 초극은 '국민문학'과 '국민시(가)'와 관련하여 어떤 함의를 지니는 것일까? 이 물음에 답하기 위해서는 '국민시(가)'를

30) 문경연 외 편역, 『좌담회로 읽는 『국민문학』』, 소명출판, 2010, 298쪽.

이해하는 기존의 태도에서 조금 벗어날 필요가 있다. 물론 이 거리가 '국민시=친일시'라는 기존의 논의를 부정하거나 그것과는 다른 시각을 제안하기 위해서 요구되는 것은 아니다. 다만 기존 연구에서 '국민시'는 항상 '내용'의 차원에 강조점이 두어져 그것이 일본의 국책을 선전하거나 미화했다는 비판만을 받았다. '국민시=친일시'라는 등식이 선험적 조건처럼 작용함으로써 그것의 시적 특징이나 형식 같은 다른 면모를 은폐하는 효과를 재생산했던 것이다. 가령 오세영은 「암흑기의 '국민시'」에서 "일제 어용시란 순수문학이 아니고 일종의 목적문학인 까닭에 그 작품에서 전달하고자 하는 메시지의 내용이 무엇인가 하는 측면"에서부터 살피는 것이 순서라고 주장하면서 국민시를 내선일체와 황도사상의 고취, 태평양전쟁의 합리화와 전의 고취, 승전 축하–기념시, 전쟁영웅에 대한 찬양–찬가, 징병 독려 및 자원입대 강요의 다섯 가지로 구분하고 있다. 물론 이러한 구분에 이어 언어, 형식, 소재, 표현의 특징을 간략하게 지적하고 있지만, 전체적인 논의의 초점은 시가 표현 · 전달하고 있는 내용에 맞춰져 있다. 김응교 역시 「일제 말 조선인이 쓴 일본어 시의 전개과정」에서 "시 내용의 변이과정을 시대의 변화"에 맞추어 (1) 남태평양에서의 승리 찬양–승리기(1941.12~1942.6), (2) 내선일체와 징병제 강화–패전기(1942.6~1944.6), (3) 죽은 자에 대한 송가–대공습기(1944.6~1945.8)로 정리하고 있다. 시기와 내용의 구분에서 미세한 차이는 가능하지만 전반적으로 일제 후반기의 '국민시(가)'는 이런 방식으로 분류되어 왔다. 그런데 당시의 '국민시' 논의에는 '내용(국책 선전과 계몽)' 이상의 어떤 것이 포함되어 있었다.

1943년 2월 『국민문학』은 '시단의 근본문제를 말한다'라는 제명의 좌담회를 개최했다. 이 좌담회에는 사토 키요시, 가네무라 류사이(김용제), 데라모토 기이치(사토 키요시의 제자이자 시인. 일제말기 국민문학계를 주도했다), 조우식(비평가이자 화가), 스키모토 나가오(훗날 『국민시인』의 발행인)가 참석했고, 『국민문학』 측에서는 최재서와 김종한이 참여했다. 이 좌담에서 김종한은 시인의 혁신과 관련하여 중요한 문제를 제기한다.

> 일본인이 되어야 한다는 것은, 두부장수든, 채소장수든, 관리든, 선생이든, 누구나 그래야 한다고 생각하는 공통된 대의명분처럼 근본적인 마음이라고 봅니다. 그러나 시인의 혁신은 실제 문제로 생각해 보면 그런 것이 아닙니다. 국어에 숙달해서 그 기계성을 초극하는 것도 혁신이겠고, 만요[萬葉]의 정신을 체득하는 것도 혁신의 훌륭한 방법일 것입니다. 또한 취미로 하이쿠나 단카를 배우는 것도 혁신의 구체적인 길일 것입니다.[31]

여기에서 김종한은 "일본인이 되어야 한다는 것", 즉 국민화와 "시인의 혁신"을 구분하고 있는데, 그것은 '국민문학', '국민시(가)'의 맥락에서 시인에게 요구되는 '혁신'은 국민의식을 고취하고 조국관념을 갖는 것과 동일하지 않다는 의미이다. 김종한의 이러한 지적은 1942년 11월에 있었던 좌담회 '국민문학의 1년을 말한다'에서 스키모토 나가오(杉本丈夫)의 비판과 일맥상통한다. 이어서 김종한은 시인의 혁신에는 국어(일본어)에 능통하는 것, 『만엽집』(만요슈)의 정신을 체득하는 것 등의 방법이 있을 수 있으며, 하이쿠나 단카를 배우는 것 역시 그 가운데 하나라고 주장한다. '단카'는 5 · 7 · 5 · 7 · 7조에 맞춰 모두 합해 31글자로 완결되는 일본의 정형시 단가短歌를 의미한다. 이 시기 일본의 대표적인 전통이라고 칭송된 『만엽집』에는 4,500수의 단가가 실려 있다. 김종한의 이러한 문제제기가 당시 어느 정도의 반향을 불러일으켰는지는 확인할 수 없

31) 김종한, 좌담 「시단의 근본문제를 말한다」, 『국민문학』, 1943.2.

다. 하지만 『국민시가』의 일면을 살펴보면 김종한의 지적이 중요했음을 확인할 수 있다. 이 잡지는 특이하게도 창작란을 '단가短歌작품'과 '시작품'으로 구별하고 있고, 분량이나 비중의 측면에서도 단가短歌가 시詩보다 압도적이다.[32] 가령 1941년 9월호의 경우 4편의 비평 가운데 1편(「단가의 역사주의와 전통」)이, 1941년 10월호의 경우 6편의 비평 가운데 2편(「단가의 역사주의와 전통」, 「대륙단가비망록」)이, 1941년 12월호의 경우 5편의 비평 가운데 3편(「문학적 전통」, 「단가의 역사주의와 전통」, 「단가의 전통 또는 정신과 혁신」)이 직접적으로 단가短歌에 관한 것이다. 이것은 『국민시가』의 필진이 매우 제한적이었음에서 비롯되는 현상이기도 했으나, 실제로 단가短歌를 일본적 전통의 중요 형식으로 인식하고 있었음을 의미한다. 김종한 또한 '단카'에 상당한 관심을 갖고 있었다. 김종한은 『국민문학』 좌담회가 개최되기 1년 전인 1942년 4월에 『녹기』(1942.4)에 발표한 「단가문외관短歌門外觀」에서 '단카'를 "청탁淸濁을 아우른 넉넉함이 넘치고 있다……대동아건설에 필요한 일본민족의 친화성이나 포용력이 있는 것이다"[33]라고 고평하고 있다. 이 글의 도입부는 '하이쿠'를 좋아하는 이석훈과 '단가'를 좋아하는 자신을 비교하는 것으로 시작되나, 그 끝은 "하나도 남김없이 근대는 종언終焉을 고하지 않으면 안 될 것이다"라는 근대초극에의 의지로 수렴되고 있다.

또 하나, '국민시(가)'와 관련한 필진의 상당수가 1920~1930년대에 조선의 전통음악, 민요, 한시 연구에 참여했던 일본인이었음은 주목을 요

32) 1935년 경성의 조선공론사에서는 조선을 소재로 한 일본인들의 단가모음집 『조선풍토가집』이 출간되었다. 이 책은 이 시기 '단가'의 위상을 보여주는 중요한 책인데, 이에 대해서는 구인모, 「단가로 그린 조선의 풍속지」, 『사이』 1권, 국제한국문학문화학회, 2006, 215~235쪽 참고.

33) 친일반민족행위진상규명위원회 편, 『친일반민족행위관계사료집 16』, 선인, 2009, 434쪽.

한다. 그들은 일제의 대표적인 이데올로그였지만, 시를 단순한 이데올로기의 선전장으로만 여기지는 않았다. 가령 『국민시가』의 대표적인 필진 가운데 한 사람인 다나카 하츠오(田中初夫)는 『조선급만주』에 조선아악雅樂의 악률에 관한 글을 연재하기도 했다. 상당한 분량의 이 글에서 그는 서양, 중국, 일본, 인도 등의 음악이론과 조선의 음악이론을 비교하면서 조선 음악의 독자성을 해명하려 했으며,[34] 그의 이러한 시각은 당대는 물론 오늘날까지도 중요한 선행연구로 평가된다. 아울러 이 시기에 조선에서 활동했던 일본인 시인들, 가령 노리타케 가츠오(則武三雄), 미요시 다츠지(三好達治) 등도 모더니즘이나 자유시형에서 출발했으나 일제 후반기로 접어들어서는 단형의 빼어난 서정시를 쓰는 쪽으로 경향을 바꾼 문학인들이었다. 자유시, 모더니즘, 계급주의에서 각각 출발했던 많은 시인들이 이 시기에 이르러 일제히 일본의 전통시형에 근접하고 있음은 우연의 일치일까? 어쩌면 그것은 메이지(明治) 시기에 서구 근대를 모방하기 위해 버려야만 했던 전통 형식을 '근대의 초극'이라는 모토 하에 복권시키려 했던 것은 아니었을까? 일본은 메이지 시대에 서구시를 수용하기 위해 전통적인 시 형식들을 모두 부정했다. 가령 서양의 근대문학이 구체적인 작품의 형태로 처음 일본의 독자들에게 소개된 것은 1882년 영미시의 번역과 번역자들의 창작시를 모은 『신체시초新体詩抄』였다. 셰익스피어, 토마스 그레이, 롱펠로우, 테니슨 등의 시를 번역한 이 책에서 번역자들은 근대 장시에 어울리는 매체를 마련하기 위해 한시, 와카, 하이카이 등의 정형을 모두 버리고 전통적인 운율인 7 · 5조만을 '쓸모 있는 과거'로 간주, 그것에 일정한 변형을 가했다.[35] 일제 후반기의

34) 김수현, 「일제 강점기 국악 관련 학술적 연구 경향 고찰」, 『한국음악사학보』 48권, 한국음악사학회, 2012, 86~89쪽 참고.

35) 이 과정에 대해서는 가와모토 고지(川本皓嗣), 「일본 시가에서 전통과 근대의 상호

'국민시(가)'에서는 정반대의 의지가 작용했는데, 그것은 서구의 근대문학을 '초극'의 대상으로 설정하고 일본의 과거 전통 시형을 되살려 그것을 '동아'의 공통적 시형詩形으로 뿌리내리게 하려는 움직임이었다. 이 지점에서 '국민시(가)'는 다시 음악성이 강조되거니와, 그것은 '국민시(가)'에 관한 이론적 논의들이 시의 음악성, 즉 낭독/낭송에 커다란 관심을 기울였다는 것, 미치히사 요시미(道久 良)가 창간한 잡지의 제명이 '국민시'가 아니라 '국민시가'였다는 사실에서 확인된다. 사정이 이렇다면 이광수가 일본정신의 혈통성을 강조하기 위해 자신의 첫 '국민시'를 '와카'로 지은 것[36]이나 1940년대에 김억이 『만엽집』을 초역하고 『애국백인일수』(1941)의 와카를 시조 형식으로 번역한 행위 또한 같은 맥락에서 이해할 수 있지 않을까? 한때 최남선은 '시조'를 '조선심'을 표현하는 조선 고유의 음률이라고 정의했는데, 그렇다면 김억은 "최남선이 가다듬은 평시조의 엄격한 형식을 와카의 형식에 적응시키면서, 결국 민족의 공통감각을 팔굉일우의 이상을 표상하는 제국의 공통감각 속으로 흡수시켜버리고 말았"[37]던 것은 아닐까? 또한 이것이 일제 후반기에 많은 일본인-특히 스키모토 나가오(杉本丈夫)[38]-이 김종한의 시를 높이 평가한 이유

관계」, 『동아시아문화연구』 43호, 한양대학교 동아시아문화연구소, 2008 참고.

36) 이광수의 '국민시'와 '와카'에 대해서는 최현식, 「이광수와 '국민시'」, 『상허학보』 22호, 상허학회, 2008 참고.

37) 구인모, 「한국근대시와 '국민문학'의 논리」, 동국대학교 박사논문, 2005, 205쪽.

38) "저는 실은 김종한 씨에 대해 잘 알지 못하고 단지 시를 통해서만 김종한 씨의 사고방식을 여러모로 상상하고 있었습니다. 그런데 이번에 김종한 씨가 보여주신 시적 태도가 제게 지금까지 상상하던 것과 정확히 일치하더군요(중략). 저는 생활을 파악해서 생활 그 자체를 태책해 나가는 방식이 진실되다고 봅니다. 우리가 감동받는 것을 단적으로 파악하지 못하면 진정한 시는 나오지 않습니다. 우리는 언어를 연마하고 있기 때문에 관념적으로 언어를 구사할 수는 있지만 생활 속에서 파악한 것이 아니면 안 됩니다. 그것이 김종한 씨의 사례에 잘 나타나 있습니다. 언뜻 드러나 있지 않은 것처럼 보이는 것에도 참된 진실성이 있습니다. 예를 들어 글라이더

도 여기에 있었던 것은 아닐까?[39]

5. 1930년대 후반 담론의 지형과 국민시

일제 후반기 시의 성격은 '국민시' 논의와 분리될 수 없다. 그동안 '국민시'에 관한 논의는 주로 '언어'를 중심으로 진행되어 왔다. 이 경우 '국어(일본어)'가 공식 언어가 되고, '조선어'로 발행되던 매체들이 『국민문학』으로 통폐합되었다는 사실, 그리고 '국민문학'이 천황제 파시즘과 전시 체제의 문학적 이데올로기부터 기능했다는 점이 강조됨으로써 1941년 이전과 이후의 시기가 분절된다. 하지만 이 논문은 1941년 이후에 본격화된 '국민문학' 담론이 이미 중일전쟁 이후의 정세 속에서 논의되고 있었다는 점에 주목하였다. 물론 여기에는 1941년 이전에도 이미 '국민문학(국민시)'에 관한 논의들이 다수 있었다는 실증적인 이유도 포함된다. 일반적으로 일제 후반기의 '국민시'는 1941년에 창간된 『국민문학』을 중심으로 논의되어 왔으나, 최재서가 동명의 잡지를 창간하기 이전에도 '국민시' 논의는 있었고, 실제로 『국민문학』보다 앞선 시기에 조선에

를 날리는 것을 그린 「유년(幼年)」에는 침착한 정조 속에 진실성이 담겨 있습니다. 굉장히 간단한 표현이었지만, 정말 좋았습니다." 문경연 외 편역, 『좌담회로 읽는 『국민문학』』, 소명출판, 2010, 298~299쪽.

39) 이 부분의 추론에 대해서는 본 논문의 심사과정에서 심사위원 가운데 한 사람으로부터 위험한 '추론'이라는 지적이 있었다. 일면 타당한 지적이라고 생각한다. 필자 또한 여기에 대해서 단정할 수준에 도달해 있지 않다. 하지만 현상들 간의 유사성과 인과성을 '추론'하여 재구성하는 것이 문학 연구의 범위와 한계를 벗어나는 억측이라고 생각하지는 않으며, 이 추론 부분에 대해서는 후속 작업을 진행할 예정임을 밝혀둔다.

서 『국민시가』가 발행되었다. 따라서 일제 후반기 시의 성격 고찰에서 중요한 위치를 점하고 있는 '국민시' 논의는 1941년 9월 창간된 월간 『국민시가』와 1945년 『국민문학』의 자매지로 인문사에서 발행한 조선문인보국회 시분과의 기관지 『국민시인』(1945)에까지 확대될 필요가 있다. 즉 『국민시가』(1941), 『국민문학』(1941), 『국민시인』(1945)을 하나의 계열로 인식하고, 그 내부의 차이와 반복을 구명하는 것이 '국민시'에 대해 정확한 이해를 가져다줄 것이다. 1941년에 창간된 『국민시가』는 당시 조선에 거주하고 있던 일본인들이 주도했고, 1945년에 창간된 『국민시인』은 사토 키요시를 정점으로 한 경성제국대학의 영문학도들이 실질적인 주도세력이었다. 이러한 주도세력의 성격 차이는 두 잡지의 지향점에서 미세한 차이로 드러났다면, 그럼에도 불구하고 이들 잡지는 천황제 파시즘을 옹호하고 전시 체제를 선전하는 국책문학의 성격 이외에 일본의 전통적 시가 형식을 통해 서구 근대문학의 가치를 초극하려는 시도를 보였다는 점에서 흥미로운 일치점을 드러낸다. 이 시기의 '국민시'는 국책의 중요성만이 아니라 시 특유의 '형식'에 대한 논의를 통해서 '국민'시이면서 국민'시'여야 한다는 예술적 강박을 노출하고 있었다. 이런 맥락에서 '국민시' 논의에 하이쿠, 단카 등의 형식 논의가 도입되었고, 조선의 시인들이 일본적 시형과 조선적 시형을 절충하려는 노력을 했다는 사실을 '국책'의 도구적 성격만큼이나 중요한 의미를 갖는다. 지면의 제한과 필자의 한계 때문에 일본적 정형이 자유시형과 어떻게 충돌하고 어떤 과정을 거쳐 그것들을 밀어냈는가를 밝히지는 못했지만, 이것은 '내용' 중심의 '국민시' 논의가 시(가)의 '형식'에 관한 연구를 통해 보충될 때 '국민시'의 의미와 성격이 전체적으로 드러날 것임을 말해준다. 일제 후반기에 등장한 '국민시' 담론은 '내용'의 이데올로기인 동시에 '형식'의 이데올로기였다. 이런 맥락에서 1930년대 후반에 급격히 늘어난 '향토성'과 '전통'에 대한 논의도 '국민시'의 성격을 연구함에 있어서 배제할 수 없을 것이다.

■ 참고문헌

『국민시가』, 『국민시인』.

가와모토 고지(川本皓嗣), 「일본 시가에서 전통과 근대의 상호관계」, 『동아시아문화연구』 43호(한양대학교 동아시아문화연구소 편), 2008.

구인모, 「단가로 그린 조선의 풍속지」, 『사이』(국제한국문학문화학회 편) 1권, 2006.

______, 「한국근대시와 '국민문학'의 논리」, 동국대학교 박사논문, 2005.

김수현, 「일제 강점기 국악 관련 학술적 연구 경향 고찰」, 『한국음악사학보』 48권(한국음악사학회 편), 2012.

김윤식, 『최재서의 『국민문학』과 사토 키요시 교수』, 역락, 2009.

김응교, 「일제 말 조선인이 쓴 일본어 시의 전개과정」, 와타나베 나오키 외, 『전쟁하는 신민, 식민지의 국민문화』, 소명출판, 2010.

김재용, 『협력과 저항』, 소명출판, 2004.

김종한, 좌담 「시단의 근본문제를 말한다」, 『국민문학』, 1943.2.

나카무라 미츠오 외, 이경훈 외 옮김, 『태평양전쟁의 사상』, 이매진, 2007.

모리스 블랑쇼, 이달승, 『카프카에서 카프카로』, 그린비, 2013.

문경연 외 편역, 『좌담회로 읽는 『국민문학』』, 소명출판, 2010.

미치히사 요시미(道久 良), 「편집후기」, 『국민시가』 창간호, 1941.9.

박광현, 『「현해탄」 트라우마』, 어문학사, 2013.

박영희, 「전쟁과 조선문학」, 『인문평론』 창간호, 1939.10.

백 철, 『조선신문학사조사』, 백양당, 1949.

서정주, 「시의 이야기－주로 국민시가에 대하여」, 『매일신보』 1942.7.12~17.

______, 『서정주문학전집 3』, 일지사, 1972.

오세영, 「암흑기의 '국민시'」, 관악어문연구학회 편, 『관악어문연구』 10집, 1985.

요시노 타카오, 노상래 옮김, 『문학보국회의 시대』, 영남대학교출판부, 2012.
이광수, 「국민문학의 의의」, 『매일신보』 1940.2.16.
정종현, 『동양론과 식민지 조선문학』, 창비, 2011.
차승기, 「흔들리는 제국, 탈식민의 문화정치학」, 한국-타이완 비교문화연구회, 『전쟁이라는 문턱』, 그린비, 2010.
최재서, 노상래 옮김, 『전환기의 조선문학』, 영남대학교출판부, 2006.
최현식, 「이광수와 '국민시'」, 상허학회 편, 『상허학보』 22집, 2008.2.
______, 『서정주 시의 근대와 반근대』, 소명출판, 2003.
______, 「일제 말 시 잡지 『국민시가』의 위상과 그 가치 (1)」, 『사이』 제14호, 국제한국문학문화학회, 2013.
친일반민족행위진상규명위원회 편, 『친일반민족행위관계사료집 16』, 선인, 2009.
한성례, 「조선에 온 일본 시인들, 그리고 이색적인 시인들」, 월간 『유심』, 2010.7.

일제 말기 재중 조선족 동시의 담론 양상 연구

–『만선일보』 소재 동시를 중심으로

박경수

1. 들머리

일제는 1931년 9월 만주를 침공하고, 다음 해인 1932년 3월 1일 괴뢰 정권인 만주국을 세웠다. 만주국은 당시 신경(新京, 현재의 長春)을 수도로 하여 만주에 거주하는 일본인, 조선인, 한족, 만주족, 몽골족을 합한 오족의 동아연맹체로서 일제가 간접 지배하는 방식으로 세워졌다. 일제는 조선 반도의 총독부제總督府制나 동남아시아에서의 군정제軍政制처럼 직접 지배하는 방식과 달리 친일세력을 내세워 '내면 지도'를 통해 지배하는 방식을 선택했다.[1] 그러면서 오족 간의 민족 문제를 교묘하게 이용

1) 임성모, 「만주국협화회의 대민지배정책과 그 실태」, 『동양사학연구』 제42집, 동양사학회, 1993, 100쪽.

하여 겉으로 오족의 민족협화民族協和와 왕도낙토王道樂土를 건국이념으로 내세웠다. 이는 일제가 민족자결에 대항하여 만주국을 효율적으로 식민통치하기 위한 것이다.

일제는 만주국을 세우기 이전부터 정책을 선전홍보하기 위한 매체가 필요했다. 특히 조선인을 대상으로 선전홍보를 통한 협력을 이끌어내기 위해 총독부 기관지인 『매일신보』의 기자였던 선우일鮮于日을 앞세워 1919년 7월 만주 봉천에서 『만주일보』를 간행하는 데 보조금을 지원했다. 선우일이 국내의 『조선일보』 편집국장 자리로 갔다가 다시 용정으로 돌아온 이후 1924년 12월에 『간도일보』를 창간, 발행하는 데에도 일제는 상당한 후원을 했다. 일제는 선전홍보를 강화하기 위해 수도인 신경에도 기관지 매체가 필요했다. 1933년 8월 25일 재단법인체로 출발된 『만몽일보』가 그 대상이었다. 『만몽일보』의 창간에도 일제의 상당한 재정적 후원이 있었음은 물론이다. 창간 당시 사장은 이경재李庚在이고 편집국장은 김동만金東晩이었는데, 1936년 이경재가 물러나자 김동만이 사장이 되었다. 그해 11월에는 재정이 어려워진 『간도일보』를 매수하여 만몽일보사는 사세를 크게 확장했다.[2]

일제는 1937년 7월 대륙팽창주의의 야욕을 가지고 중일전쟁을 일으켰다. 이 전쟁에서 승리한 일제는 만주지역에서 선전홍보와 통제를 강화하기 위해 그해 10월 21일자로 『만몽일보』의 제호를 『만선일보』로 고치고, 만몽일보의 지사를 만선일보사로 합병했다. 당시 만선일보사의 사장은 이용석李容碩, 부사장 이성재李性在, 주필 염상섭廉想涉, 편집국장 박팔양朴八陽으로 발행 부수가 2만 부에 달했다.[3] 『만선일보』는 이후 일

2) 최상철, 『중국조선족 언론사』, 마산: 경남대학교 출판부, 1996, 113~119쪽과 정진석, 『한국언론사』, 나남, 1990, 578~579쪽 참조.
3) 정진석, 위의 책, 580쪽.

제의 재정적 보조를 받아서 지면을 늘리고 조 · 석간으로 1945년 해방 때까지 발행을 계속하며 만주국의 대변지이자 일본 관동군의 기관지로서 가장 영향력이 큰 일간지 매체로 기능했다.[4]

만주국의 어용기관지였던 『만몽일보』와 『만선일보』에 만주 조선인을 비롯한 국내 문학인과 문학청년들의 문학 작품들이 상당히 많이 게재, 발표되었다. 그런데 아쉽게도 『만몽일보』의 일부(1937년 7월분 일부)만 현재 마이크로필름으로 확인할 수 있을 뿐,[5] 신문 전체의 면모를 파악할 수 없는 상황이다. 그런데 이 『만몽일보』를 검토한 장춘식에 의하면, 시(시조 포함) 15편, 윤백남의 소설 1편, 동시(동요 포함) 2편, 동화 2편을 찾을 수 있었다고 했다. 그리고 시와 소설은 '학예면'을 통해 발표되었고, 아동문학은 별도의 지면이 없었던 것으로 파악했다.[6]

『만선일보』도 현재 그 전모를 파악할 수 없지만, 『만몽일보』에 비해 그나마 상당한 지면을 확인할 수 있는 상황이다. 1939년 12월부터 1940년 9월까지 영인본으로 간행되었고,[7] 이후 1940년 10월부터 1942년 10월까지의 지면을 마이크로필름으로 확인할 수 있다.[8] 1937년부터 1945년까지 약 8년에 걸쳐 간행된 신문에서 비록 3년 치가 채 못 되고 많은 결락이 있는 분량이지만, 이들 지면에 많은 문학 작품들이 발표되었음을 확인할 수 있게 된 것이 그나마 다행이라면 다행이다. 그리고 영인본과 마이크로필름에 수록된 문학 관계 기사와 작품들에 대한 목록 작업이 진

---

4) 최상철, 앞의 책, 119~120쪽.
5) 『만몽일보』(마이크로필름), 서울이미지연구소, 1988.
6) 장춘식, 「『만몽일보』 소재 문학 작품의 제 양상」, 『문학과 예술』(2007.2). 여기서 밝힌 동시 2편은 '동요'로 발표된 리광현의 「오리」(1937.7.21)와 김종하(金宗河)의 「둥근 달님」(1937.7.21)이다.
7) 한국학문헌연구소 편, 『만선일보』 전 5권, 아세아문화사, 1988.
8) 『만선일보』(마이크로필름), 서울이미지연구소, 1988.

행되어 좀 더 쉽게 문학 작품을 파악할 수 있게 되었다.[9)]

그런데 『만선일보』 소재 문학 작품 중에서 시 작품에 관한 논의는 주로 성인시를 대상으로 이루어졌다. 채훈의 『재만한국문학연구』,[10)] 오양호의 『일제 강점기 만주조선인문학연구』,[11)] 조규익의 『해방 전 만주지역의 우리 시인들과 시문학』[12)] 등에서 만선일보 소재 시작품들에 대한 집중적인 논의가 이루어졌다. 그런데 이들 논의는 영인본에 수록된 시작품들만을 대상으로 했다는 점에서 일정한 한계가 있으며, 아동문학 작품들에 대해서는 거의 관심을 두지 않았다.[13)]

『만선일보』 소재 아동문학 작품에 대한 논의는 중국 조선족 학자인 김만석에 의해 먼저 이루어졌다. 비록 제한된 『만선일보』(영인본) 자료를 대상으로 한 것이지만, 이호남, 김련호, 염호열 등을 중심으로 한 동시 작품들의 성격을 여러 측면에서 파악하고자 했다.[14)] 그러나 『만선일보』가 친일어용적 신문이었음을 인정하면서도 "그 주체사상 측면에서 짙은 지역성과 민족성의 특징을 보여주면서 진보적 경향성을 뚜렷이 드러내고 있다"[15)]고 전제하고 일부 작품들을 선별하여 검토했다는 점에서 문제를 지닌다. 이후 국내의 김화선이 『만선일보』(영인본)의 아동문학 작

---

9) 大村益夫 · 李相範, 『「만선일보」 문학관계기사색인(1939.12~1942.10)』, 東京: 早稻田大學 語學教育硏究所, 1995. 그런데 아동문학 관련 기사색인의 목록을 실제 자료를 통해 확인했을 때 여러 오류가 드러났다. 성명과 날짜 표기 등에서 일부 오류가 있었고, 아동용 단문(수필)이 상당수 동시로 오인되어 있었다.

10) 채훈, 『재만한국문학연구』, 깊은샘, 1990.

11) 오양호, 『일제 강점기 만주조선인문학연구』, 문예출판사, 1996.

12) 조규익, 『해방 전 만주지역의 우리 시인들과 시문학』, 국학자료원, 1996.

13) 채훈, 오양호, 조규익의 저서 중 조규익의 저서(43~44쪽)에서만 창작동요에 7.5조의 리듬이 수용되고 있음을 간략하게 논의한 것이 전부이다.

14) 김만석, 「1940년대 전반기의 재만 조선아동시가에 대한 고찰」, 『김만석 아동문학 연구－중국조선족 아동문학사 및 평론』, 시와 사람, 1999, 21~32쪽.

15) 김만석, 위의 글, 24쪽.

품을 개관하는 논의를 했다.[16] 그 결과 일제의 식민담론에 편승한 작품들도 있지만, "식민화의 논리가 아동문학 작품에 오면 지극히 단순한 차원으로 떨어지고 만다"고 하여 '가난한 현실과 학교생활', '이주와 이산의 아픔, 그리고 개척민의 삶'을 표현한 작품들도 상당수 있음을 말하면서도 "아동문학장의 경우 만주국 내부에서 제국주의 담론을 파열할 수 있는 저항의 토대를 찾아보기 어려운 것만은 사실이다"[17]고 했다. 박태일은 현재 확인 가능한 『만선일보』 소재 작품들을 대상으로 『만선일보』의 매체적 성격과 주요 필진의 면면을 파악하면서, 이들은 "체제 내적 이익을 한결같이 꾀하고 그러한 문학 활동에 이바지한 사람"들임을 말하고 경남 · 부산 지역문인들을 중심으로 그 점을 거듭 확인하는 논의를 펼쳤다.[18] 다만 『만선일보』에 동화, 동요, 소년소설 등을 다수 발표한 남대우의 경우, 그의 꾸준한 문학열에 의해 투고된 작품들로 비이념적이거나 서정적인 작품들이라고 파악했다.[19]

이상의 선행 연구를 통해 확인했듯이, 『만선일보』에 발표된 일제 말기 아동문학 작품들에 대해서는 국내나 국외 학계에서 아직 제대로 주목받지 못했다고 말할 수 있다. 성인문학 중심으로 연구가 진행되어온 탓과 『만선일보』의 매체에 대한 부정적 인식과 제한된 자료의 상황 등이 겹쳐서 연구가 부진했다고 말할 수 있다. 그러나 『만선일보』 소재 아동문학 작품들에 대한 논의가 계속 이어져야 하는 까닭은 다음과 같다.

첫째, 『만선일보』는 당시 만주 거주 조선인의 문학 작품 발표 매체였을

---

16) 김화선, 「『만선일보』에 수록된 일제말 아동문학 연구」, 『비평문학』 제19호, 한국비평문학회, 2004, 99~119쪽.
17) 김화선, 위의 글, 117~118쪽.
18) 박태일, 「『만선일보』와 경남 · 부산 지역문학」, 『현대문학의 연구』 제36집, 한국문학연구학회, 2008, 33~83쪽.
19) 박태일, 위의 글, 62~65쪽.

뿐만 아니라 국내 거주 문학인들의 문학 작품 발표 매체이기도 했다. 국내의 주요 일간지 매체였던 『동아일보』, 『조선일보』, 『조선중앙일보』가 강제 폐간된 이후 『만선일보』는 『매일신보』와 함께 문학청년들에게 한글로 문학 작품을 발표할 수 있는 기회를 제공하면서 그들의 문학 욕구를 채워주는 매체로 기능했다. 이런 점에서 『만선일보』에 발표된 아동문학 작품들은 국내 아동문학과 어떻게 연계되고 있는지를 포함하여 당시 만주에서 진행된 아동문학의 실상을 온전하게 파악하는 데 매우 중요하다.

둘째, 『만선일보』는 분명 당시 만주국의 친일 어용기관지였다. 그런데 친일어용의 식민담론이 아동문학에 어느 정도 미쳤는지 좀 더 분명하게 파악하는 것도 과제이다. 선행 연구자들이 『만선일보』에 발표한 아동문학에 대해 '진보적 경향성'이 뚜렷하다고 하거나, 식민화의 논리가 지극히 단순한 차원으로 떨어진다거나, "비이념적이거나 흔한 서정적 현실"을 보인다고 했다. 말하자면 『만선일보』에 발표된 아동문학 작품들을 싸잡아서 친일어용 작품으로 몰아칠 수 없음을 살핀 셈이다. 과연 『만선일보』에 발표된 아동문학 작품들의 모습이 구체적으로 어떠한가에 대한 폭넓고도 객관적인 성찰이 필요하다.

셋째, 『만선일보』에 아동문학 작품을 발표한 이들의 생애나 문학 이력에 대해 밝혀진 바가 극히 일부분에 지나지 않는다. 선행 연구들을 통해 당시 만주 거주의 아동문학인으로 채택룡, 이호남, 김련호, 백민, 염호열, 천청송, 한해수, 함형수 등이, 국내 거주 아동문학인으로 남대우가 주요 관심의 대상이 된 정도이다. 물론 이들은 다른 이들보다 상대적으로 아동문학 작품들을 많이 발표한 이들이다. 그런데 이들 중 채택룡, 함형수, 남대우의 면모만 어느 정도 구체적으로 드러났을 뿐 나머지 아동문학인들의 면모는 여전히 충분히 논의되지 못한 상태로 있다.

이외에도 『만선일보』에 문학 작품을 발표했던 이들 중 상당수가 남한과 북한으로 귀향하여 문학 활동을 계속했다는 점에서 중국 조선족 문학, 한국문학, 북한문학 등과의 연관성과 맥락을 파악하기 위해서도 마땅한 논의가 있어야 한다. 필자는 이 글에서 이상과 같은 문제의식을 가지고 『만선일보』 소재 아동문학 작품들에 관심을 가지되, 단계적 논의를 위해 먼저 동시(동요, 소년시 포함)[20]의 성격을 밝히는 데 집중하고자 한다. 그리고 『만선일보』에 게재된 동시를 대상으로 일제 말기 재중 조선족의 아동문학의 면모와 성격을 밝히는 데 집중하기 위해 당시 만주 거주 문학인의 작품을 중심으로 논의하고자 한다.

2. 『만선일보』 소재 동시의 현황과 작가의 면모

『만선일보』 소재 동시 작품들을 구체적으로 논의하기 이전에 먼저 해당 매체에 발표된 아동문학 작품들을 전체적으로 개관할 필요가 있다. 비록 제한된 지면밖에 볼 수 없는 상황이지만, 아동문학 작품들이 『만선일보』에 발표된 상황을 통해 아동문학 작품의 발표의 전체적 면모와 시기별 변화과정을 파악할 수 있다. 현재 확인 가능한 『만선일보』(1939. 12~1942.10)를 통해 파악되는 아동문학 작품은 다음과 같다.

---

20) 여기서 동시는 아동이 직접 쓴 아동시를 포함하여 성인이 아동을 위해 쓴 시를 모두 포함하는 개념이며, 규칙적인 리듬의 유무에 따라 동요와 구별해서 보는 관점을 취하지 않고, 시의 보편적 개념 아래 단지 성인시와 구별되는 용어로 동시 속에는 노래로 불리는 동요를 포함하는 것으로 규정한다. 그리고 동시의 범주를 소년시(또는 소년소녀시)를 포함하는 것으로 넓게 잡았음을 밝혀둔다.

<표 1> 『만선일보』(1939.12~1942.10) 소재 아동문학 작품 현황

연도	동시 (동요 포함)	동화(소년소설 포함)	동극	계
1939년 12월	7	2	1	10
1940년 1월	8	3	0	11
1940년 2월	4	1	0	5
1940년 3월	11	4	0	15
1940년 4월	9	4	0	13
1940년 5월	8	3	0	11
1940년 6월	18	9	0	27
1940년 7월	3	2	0	5
1940년 8월	8	4	1(동요극)	13
1940년 9월	5	1	0	6
1940년 10월	15(13)	3	1(1)	19(14)
1940년 11월	29(11)	6	1	36(11)
1940년 12월	15	1	2	18
1941년 1월	10	5	0	15
1941년 2월	10	5	0	15
1941년 3월	13	5	0	18
1941년 11월	19	5	0	24
1941년 12월	11	4	0	15
1942년 1월	1	1	0	2
1942년 2월	6	2	0	8
1942년 3~10월	0	0	0	0
계	210(24)	70	6(1)	286(25)
( )의 숫자는 『조선아동문학집』(조선일보사출판부, 1938)에 수록된 작품들 중 『만선일보』에 재발표된 작품들의 숫자를 별도로 표시한 것임.[21]				

21) 『조선아동문학집』(조선일보사출판부, 1938)에 수록된 동요, 동극 중에서 선별된 작품들이 『만선일보』에 재수록 발표되었다. 1940년 10월 5일부터 1940년 11월

이상 <표 1>에서 보듯이, 『만선일보』에 발표된 아동문학 작품은 동시 210편, 동화 70편, 동극 6편인데, 이 중에서 『조선아동문학집』에 이미 수록된 작품으로 재발표된 작품을 제외하면 동시 186편, 동화 70편, 동극 5편으로 총 261편이다. 결락된 신문 지면이 많음에도 짧은 기간에 많은 아동문학 작품들이 일제 말기 만주에서 발표된 셈이다. 이는 당시 국내에서 유일하게 국문으로 발행되던 일간지 매체인 『매일신보』보다 월등히 많은 작품들이 발표된 것으로,[22] 국내보다 국외 만주에서 아동문학 발표가 더 활발하게 이루어졌음을 보여준다. 특히 동시의 발표가 동화, 동극보다 상대적이지만 더욱 활발했다.

그런데 동시 발표는 월 평균 1939년 7편, 1940년에 11.08편, 1941년에 12.6편, 1942년 0.7편으로, 1940년과 1941년에 활발하게 이루어졌으나 1942년에는 1, 2월까지 겨우 7편이 발표되고 이후에는 중단되고 말았다. 일제가 1941년 하와이 진주만 기습공격 이후 전시 총동원 체제로 몰아가면서 극도의 언론 통제를 가했기 때문에 전시홍보에 치중한 매체에서 아동문학 작품이 발표될 기회는 거의 없었던 것으로 생각된다.

다음으로 『만선신보』에 발표된 동시 작품들을 작가별로 파악해보자. 『만선신보』에서 동시 작품을 2편 이상 발표한 이들을 순서대로 표로 보이면 다음과 같다.

12일까지 동요로는 최순애(崔順愛)의 「옵바생각」을 시작으로 윤석중(尹石重)의 「굴렁쇠」까지 24편, 동극으로는 신고송(申鼓松)의 「요술모자」(1940.10.15~17)가 재수록되었다.

22) 박경수, 『아동문학의 도전과 지역 맥락』(국학자료원, 2011), 226쪽. 이에 의하면, 『매일신보』 1939년 동시 3편, 동화 39편, 동극 0편, 1940년 동시 8편, 동화 8편, 동극 0편, 1941년 동시 92편, 동화 42편, 동극 3편, 1942년 동시 18편, 동화 7편, 동극 1편으로 총 221편으로 파악되었다. 이중 동시는 121편으로 『만선일보』에 발표된 210편보다 현저하게 적다.

<표 2> 『만선일보』(1939.12~1942.10) 소재 동시 작가별 작품 목록

편수	작자	작품
16편	김련호(金蓮湖)	「시골 봄」(400526), 「나고 너고」(400605), 「피리」(400606), 「연노래」, 「귀뚜라미」, 「다람쥐」(이상 401107), 「심술쟁이」(401110), 「저녁놀」(401119), 「밤엿장사」(401215), 「첫재」(410129), 「우습고 딱한 일」(410222), 「솔개미와 병아리」(410301), 「고추짱아」(411102), 「팽이」(411109), 「기차」(411130), 「눈」(411207)
11편	이호남(李豪男)	「두만강의 봄」(400324), 「봄버들」(400331), 「破臺」(400602), 「그네」(李好男, 400717), 「소낙비」(400804), 「정에」(400918), 「할머니 산소」(401003), 「이삭 줍는 할머니」(401106), 「밤엿장사」(401122), 「첫눈」(401208), 「신장노」(410112)
9편	윤동향(尹童向)	「뱃사공」(410209), 「어깨동무」(410304), 「고양이 뒤따라 가보자」(410314), 「엄마 목소리」(410316), 「달밤」(410321), 「애기 소」(411102/411214), 「애기 토끼」(411109), 「갈매기야」(411207), 「토끼 발자국」(420223)
8편	남대우(南大祐)	「엄마 무덤 가는 길」(南曙宇, 391217), 「베개 애기」(金永釪, 400114), 「허수아비」(401107), 「음매음매 우리소」(金永釪, 410103), 「아가가 혼자 깨어」(410228), 「자장노래」(410315), 「절간」(411118), 「단풍」(411130)
6편	강소천(姜小泉)	「숨박곡질」(401020), *「호박꽃초롱」(401027), 「人形의 자장가」(401207), 「눈 온 아침」(401213), 「내 이름」(410116), 「내 주먹」(笑泉, 410206)
5편	장시욱(張時郁)	「새벽달」(411109), 「쓸쓸할거야」(411214/420215), 「오리」(411221), 「눈」(420201), 「다듬이」(420208)
	정동영(鄭童影)	「할머니」(400911), 「병아리」(410109), 「엄마하고 애기하고」(410211), 「사진」(410309), 「잠들 마음」(410325)
	아저씨	「수수갱이집」(400602), 「박아지」(400604), 「인형 엄마」(400607), 「우박」(400622), 「풀밧」(400626)
4편	이인수(李仁洙)	「조금 오는 밤」(391203), 「공장 간 누나」(400803), 「심심한 대낫」(400810), 「애기살구 장수」(400824)
	이술건(李述建)	「枯木 영감」(391210), 「난로」(391217), 「밤하늘」(400

		305), 「팔둑시계」(400331)
3편	염호열(廉浩烈)	「할미꽃」(400414), 「달님」(400512), 「잘 거거라 제비야」(411207)
	채택룡(蔡澤龍)	「가을 왔다지」(400331), 「봄」(400428), 「비행긔」(401230)
	노월(蘆月)	「연기」(410206), 「애기 인형」(410208/410227), 「별」(410305)
2편	강상도(姜尙道)	「비둘기」(391203), 「억개동무」(400218)
	김호숙(金祜淑)	「우리 동생」(400128), 「봄이 오며는」(400428)
	한해수(韓海洙)	「부엉이」(400310), 「파랑새」(400421)
	김용관(金溶寬)	「다디미질」(400310), 「바람」(401127)
	이태남(李太男)	「종달새야」(太二男, 400601), 「소낙비」(李太男, 400716)
	최수복(崔守福)	「자장가」(400821), 「쪼겨난 오누」(410222)
	박금동(朴金東)	「순히」(400902), 「호박순」(400922)
	최옥란(崔玉蘭)	*「햇빛은 쨍쨍」(401009), *「꼬부랑할머니」(401016)
	손소희(孫素熙)	「엄마 드러바요」(401109), 「팽이」(401115)
	양은모(良殷模)	「나팔꽃 아가」(411102), 「닭의 털 날리기」(420201)
	윤석중(尹石重)	*「외나무다리」(401111), *「굴렁쇠」(401112)
	이규엽(李奎燁)	「미련한 농부」(400121), 「썰매」(400225)
	홍순영(洪淳瑛)	「가을 오며는」(401120), 「비가 와요」(401123)
	차칠선(車七善)	「박물장사 할머니」(410312), 「목욕탕교실」(410319)
	이동국(李東國)	「대장」(411109), 「우리 애기」(李童國, 411130)
	강학웅(姜鶴熊)	「단풍닙」(411109), 「거미」(411123)
	장봉안(張鳳顔)	「물방아」(411130), 「꽃닙」(411214)
	장성근(張成根)	「하나, 두 개, 세 알」(411102), 「옷뚝이」(411207)
	원촌영일(元村榮一)	「군밤」(411109), 「거미」(411123)
* 표는 『조선아동문학집』(조선일보사출판부, 1938)에 수록된 작품들 중 『만선일보』에 재발표된 작품임.		

이상 <표 2>에서 보듯이, 김련호金蓮湖가 16편으로 가장 많이 발표했고, 다음 이호남李豪男(11편), 윤동향尹童向(9편), 남대우南大祐(8편), 강소천姜小泉(6편), 장시욱張時郁(5편), 정동영鄭童影(5편), 아저씨(5편)[23]의 순서로 동시를 많이 발표했다. 이인수李仁洙, 이술건李述建, 염호열廉浩烈, 채택룡蔡澤龍, 노월蘆月 등도 3편 이상 작품과 함께 이름을 올린 이들이다. 강상도姜尙道, 강학웅姜鶴熊, 김호숙金祜淑, 손소희孫素熙, 윤석중尹石重, 이규엽李奎燁, 양은모良殷模, 장봉안張鳳顔, 장성근張成根, 차칠선車七善, 최수복崔守福, 최옥란崔玉蘭, 한해수韓海洙, 홍순영洪淳瑛 등이 2편의 동시 작품을 발표한 이들로 파악된다.

『만선일보』에 동시를 발표한 이들은 대부분 만주 태생이거나 북한 출신으로 만주에 거주했던 이들이다. 국내에 거주하면서 『만선일보』에 특별히 많은 작품을 남긴 남대우(南大祐, 1913～1948)는 이례적인 경우에 속한다. 남대우(南大祐, 1913～1948)[24]와 강소천(姜小泉, 1915～1962)[25]은 국내에서 아동문학가로 이미 많이 알려져 있었던 인물이고, 손소희(孫素熙, 1917～1986)[26]는 1939년 만주로 건너가 장춘에 있는 『만선일보』

23) '아저씨'란 필명으로 발표된 작품들은 『만선일보』에서 '우리들판'을 통해 발표된 것들이다. 당시 아동문학가로 만주에 와 있던 강소천이 '아저씨'란 필명으로 글을 발표했을 개연성이 있다.

24) 남대우는 경상남도 하동 생으로 1920년대 말부터 동시, 동화 등 아동문학 작품들을 『별나라』 등 아동문예지와 『동아일보』 등 일간지 매체를 통해 많이 발표했다. 『만선일보』에 발표된 아동문학 작품들은 1940년 10월부터 『만선일보』 하동지국을 운영하며 만선일보사의 취재 기자 노릇을 하면서 투고한 작품들로 보인다. 그의 작품에 필명을 김영우(金永釪)로 발표한 작품을 포함했다. 그의 유고집으로 『우리동무』(도서출판 정윤, 1992)가 남겨져 있다.

25) 본명은 강용률(姜龍律)로 함경남도 고원 출생이다, 1937년 함흥영생고보를 졸업하고 1940년경에 간도로 가서 1년 정도 교회에서 주일학교 교사생활을 하면서 틈틈이 작품을 발표한 것으로 판단된다. '아저씨' 등 여러 필명으로 발표된 작품이 강소천의 작품일 개연성이 있다.

학예부 기자로 일하면서 『만선일보』에 시, 동시 등을 상당수 발표했다. 윤석중과 최옥란[27]은 『조선아동문학집』(1938)에 수록된 작품이 신문의 '명작동요'란에 재수록됨으로써 『만선일보』에 이름이 오른 경우이다. 이들을 제외하면 김련호, 이호남, 윤동향, 염호열, 장시욱이 동시 창작에 매우 열성적이었던 인물로, 이들을 중심으로 1940년대 전반기 동시 창작이 주도되었다고 말할 수 있다. 그런데 이들의 생애나 문학 이력에 대해 지금까지 어느 정도 밝혀진 인물은 몇몇에 지나지 않는다. 현재까지 필자가 파악한 주요 아동문학인은 다음과 같다.

먼저 가장 많은 동시를 발표한 김련호金蓮湖, 金演暐는 현재까지 생몰연도를 알 수 없으나 함경남도 단천 생으로 단천포항의숙 강습과를 다녔던 것으로 파악된다.[28] 그가 만주에 거주한 시기는 정확하게 알기 어렵다. 그런데 1940년 8월에 발표한 동화 「세 동무」(1940.8.13~15)에서도 자신의 소속을 단천으로 밝히고 있는 점으로 보아 만주 이주 시기는 적어도 1940년 9월 이후로 예상된다. 해방 이후에는 그가 북한으로 돌아가서 계속 작품 활동을 했던 것으로 파악된다.[29] 『만선일보』에 동시 이외에도 동화 「노랑새」(1941.1.9~10, 신춘문예 당선동화 1등)와 동요극 「세

---

26) 손소희는 함경북도 경성 출생으로 그가 만주시절 발표한 시로 『만선일보』에서 13편과 『재만조선시인집』(1943)에서 3편이 확인된다.

27) 최옥란의 작으로 알려진 「햇볓은 쨍쨍」이 궁창현이 휘문고보 교지 『휘문』 제2호(1924.6)에 발표된 것임을 주장한 바 있다. 민충환, 「햇볓은 쨍쨍한데」, 『시와 동화』(2007년 가을호). 최옥란에 대한 인적 사항은 현재까지 거의 알려진 바가 없다.

28) 『조선일보』(1938.12.11)에 작문 「엄마 생각」이 투고, 발표되었는데, 당시의 소속을 '단천포항의숙 강습과'로 적어놓고 있다. 『매일신보』에 동요 「보슬비」(1941.2.9)를 발표하기도 했다.

29) 해방 직후 김련호가 지은 「조선청년행진곡」(1947년 창작, 김원균 작곡)이 김정은 시대 개막과 함께 북한 청년들 사이에 인기를 끌면서 불리고 있다는 기사가 있다. 「'김정은 시대' 개막 이후 북서 뜨는 노래」, 『충청일보』 2012.1.5.

동무」를 발표하는 등 아동문학 작품을 가장 활발하게 발표한 작가이다.

김련호 다음으로 동시를 많이 발표한 이가 이호남李豪男, 李好男이다. 그 역시 생몰연도를 알 수 없으나, 간도 생으로 해방 후 북한에서 거주했던 것으로 파악된 바 있다.[30) 『재만조선시인집』(1943)에 그의 창시명이 궁림 호宮林 豪이며, 성인시를 쓴 시인들 외에 동시를 쓴 시인으로 유일하게 그의 작품 5편이 수록되어 있다.[31] 그만큼 그가 당시 간도 태생의 대표적인 동시 시인으로 활동했음을 알 수 있다. 『만선일보』 이외에도 『매일신보』에 동화 「뭐? 무서울 것 업서」(1941.9.1) 등을 발표하기도 했다.

윤동향尹童向도 생몰연대를 알 수 없으나, 평안북도 구성 출생으로 1940년에 구성 관서심상소학교館西尋常小學校를 마친 것으로 파악된다.[32] 『만선일보』에 발표한 그의 동시 작품들은 10대 중후반인 문학 청년기에 쓴 작품들로 보인다. 그런데 『만선일보』에 동시를 발표했던 전후로 『조선일보』와 『매일신보』에도 그의 동시 작품들이 발표되고[33] 있는 점을 고려하면, 그가 국내에 거주하면서 『만선일보』에 작품을 투고한 것으로 추정된다.

---

30) 김만석, 앞의 책, 244쪽에서 이호남이 "소학교 때부터 간도 땅에서 살다가 1946년 북조선으로 나감"이라고 각주를 붙이고 있다.

31) 김조규 편, 『재만조선시인집』(간도: 예문당, 1943)에 수록된 이호남의 동시는 「신장노」, 「애기와 코스모스」, 「팽이와 팽이채」, 「촌 정거장」, 「포도 넝쿨」로 모두 5편이다. 『재만조선시인집』은 만주국 건국 10주년을 기념하여 낸 시집으로 김달진(金達鎭) · 김북원(金北原) · 김조규 · 남승경(南勝景) · 이수형(李琇馨) · 이학성(李鶴城) · 이호남(李豪男) · 손소희(孫素熙) · 송철리(宋鐵利) · 유치환(柳致環) · 조학래(趙鶴來) · 천청송(千青松) · 함형수(咸亨洙) 등 13명의 재만시인(在滿詩人)의 시 작품 51편을 수록하고 있다.

32) 『조선일보』에 동요 「여름철」(1939.8.13)과 「개미」(1939.8.20)을 발표하면서 소속을 '관서심소(館西尋小) 6'과 '구성관서심소(龜城館西尋小)'로 밝힌 바 있다.

33) 윤동향은 『매일신보』에 「엄마 일흔 병아리」(1941.10.12), 「참새야」(1942.2.15) 등을 발표하기도 했다.

위의 김련호, 이호남, 윤동향과 국내에서 아동문학인으로 이름이 알려진 남대우, 강소천을 제외하면, 장시욱張時郁과 정동영鄭童影이 다음으로 동시를 많이 발표한 이들이다. 장시욱은 동요「다듬이」(1942.2.8)를 발표하면서 소속을 '사리원'으로 밝히고 있어서 당시 함경남도 사리원에 거주하고 있었음을 알 수 있다. 정동영은 1941년『만선일보』신춘문예에 동시「병아리」(1941.1.9)를 투고하여 2등 당선되기도 했는데, 소년시「할머니」(1940.9.11)를 발표하면서 소속을 '소나무회'로 밝힌 바 있는 점으로 보아 일찍이 문학에 뜻을 두고 습작을 했던 것으로 생각된다. 그런데 정동영이 소속된 '소나무회'는, 이인수李仁洙가『만선일보』에 동시「애기 살구 장수」(1940.8.24)를 발표하면서 이름 위에 '회령會寧'(함경북도 회령)으로 소속을 밝힌 것과 작품 끝에 '회령 소나무회'로 다시 소속을 추가한 것을 참고하면, 정동영과 이인수는 당시 '회령 소나무회'의 일원으로 문학 활동을 했음을 알 수 있다.

국내에서 작품을 투고한 이들과 달리 이술건李述建, 강상도姜尙道, 염호열廉浩烈, 한해수韓海洙, 김호숙金祜淑 등은 모두 당시 만주에 거주하면서 동시를 발표했던 이들로 파악된다. 이술건은『만선일보』에 동화「짝신발」(1940.3.10)을 발표하면서, 그리고 강상도도 동시「억개동무」(1940.2.18)를 발표하면서 각각 소속을 '대삼가자협화국민학교大三家子協和國民學校 제4학년第四學'과 '부여현 협화국민학교扶餘縣 協和國民學校 4학년四學年'으로 밝힌 바 있다. 당시 대삼가자협화국민학교는 현재의 길림성 부여현에 있던 초등학교인데, 이술건과 강상도가 같은 초등학교에 재학하면서 동요와 동화를 투고한 문학소년이었음이 드러난다. 그리고 염호열(廉浩烈, 1923~1952), 한해수韓海洙, 김호숙金祜淑은 모두 1940년대 전반기에 만주에 거주하고 있었던 이들이다. 이중 염호열은 1923년 화룡현 부홍향 송월촌에서 출생하여 1938년 신동소학교를 졸업한 후 1942년부터 1944년 7월까지 『만선일보』 화룡지국 기자로 근무하면서 동시와 동화를 다수 발표한 아동문학인이다.[34] 김호숙은 당시 만주 거주 문학청년이었다는 언급이 있는데,[35] 『만선일보』에 동화 「희와 순이」(1940.3.3)를 발표하면서 자신의 소속을 '부여현 대삼가자국민교扶餘縣 大三家子國民校'로 표시한 바를 통해 그가 이술건, 강상도 등과 같이 길림성 부여현에 있는 대삼가자국민학교를 다녔던 것으로 파악된다.

『만선일보』에서 3편의 동시를 발표한 채택룡(蔡澤龍, 1913~1998)은 중국 조선족 아동문학의 선구자로 평가받기도 한 이로 그의 이력이 비교적 자세하게 밝혀져 있다. 그는 1913년 함경북도 회령 출생으로 1931년 일본대학 예술과에 입학했다가 중퇴하고 1936년에 만주로 건너와 연길 명륜소학교에서 교사 생활을 하며 아동문학가로 본격 활동하다 1998년(86세)에 작고한 이다.[36] 그는 나이 14세 때(1927년)에 쓴 동요를 「어린 동생」(『별나라』, 1928.3)에 투고하여 발표하면서 프로아동문학운동에 참여하다 1930년에 『3인 동요집』(원산: 원산문화학원)을 출판한 바 있다.

『만선일보』에 작품을 투고한 이들은 편의상 만주에 거주하고 있었던 이들과 국내에 거주하고 있었던 이들로 구분할 수 있다. 이미 언급한 김연호 · 이호남 · 이술건 · 염호열 · 한해수 · 김호숙 · 채택룡 등이 전자에 속하며, 남대우 · 윤동향 · 장시욱 · 정동영 · 이인수 등이 후자에 속한다.

34) 김만석, 「중국조선족아동문학 창작자」, 『중국조선족아동문학사』(영인본), 한국문화사, 1996, 175~176쪽에 염호열의 해적이가 나와 있다.

35) 김만석, 앞의 책(『김만석 아동문학연구－중국조선족 아동문학사 및 평론』), 22~23쪽.

36) 김만석, 앞의 책(『중국조선족아동문학사』), 212~213쪽에 채택룡의 해적이를 싣고 있다. 이후 채택룡의 아동문학 활동 전반에 대하여 다음 글에서 논의했다. 김만석, 「채택룡의 아동문학활동과 그 문학사적 의의에 대하여」, 앞의 책(『김만석 아동문학연구－중국조선족 아동문학사 및 평론』), 240~253쪽.

전자에 최수복 · 송철리 · 이태남을, 후자에 이규엽 · 차칠선을 추가할 수 있다.

전자에 속하는 최수복崔守福은 만주 흥경興京에 거주하면서,[37] 1933년 이후『동아일보』에 상당수의 동요를 투고, 발표하는 등 국내에서 간행된 매체에도 자주 작품을 올리기도 했다.『만선일보』에 동시 1편(「자장자장 자-장」, 1939.12.8)만 올린 송철리(宋鐵利, 창시명 '석산청태石山青苔'[38])는 만주에 거주하며 많은 문학 작품을 발표한 이다. 그는『만선일보』에 동시, 동화, 소설 각 1편씩을 발표한 것 외에 성인시 17편(시조 1편 포함)을 발표했으며,『만주시인집』에 6편,『재만조선시인집』에 3편을 발표하는 등 매우 활발한 작품 활동을 했다.[39] 그의 생몰연도는 알려진 바 없으나, 함경남도 혜산 출신으로 1930년대 중반부터 시를 본격 발표하기 시작했던 것으로 보인다. 그는 1935년 3월부터『동아일보』,『조선중앙일보』 등에 시를 발표하고 있는 것이 확인되며, 1937년 이후에는『매일신보』에서도 그의 시가 발견된다. 그가 언제 만주로 이주했는지 확실하게 알 수 없지만,『매일신보』 1937년 1월 14일자에 동요「발자욱」이 당선되었을 때 당시 소속을 '만주'로 밝히고 있는 점으로 미루어 볼 때, 1936년 이전에 만주로 이주하여 본격적인 작품 활동을 했다고 말할 수 있다. 그리고 이태남李太男은『만선일보』에 동시를 발표하면서 '간도성 연길현 유서촌 공립 용수국민학교間島省延吉縣裕庶村公立龍水國民學校' 3학년생임을 밝히고 있어서 그가 간도 연길의 용수국민학생으로 동시 작품을 투고한 문학소년이었음을 알 수 있다.

---

37) 최수복(崔守福)은 동요「엄마」를『동아일보』(1933.9.29)에 발표하면서 소속을 '만주 홍경'으로 밝힌 바 있다.

38)『재만조선시인집』에 창시명이 '석산청태(石山青苔)'로 기록되어 있다.

39) 조규익이 영인본『만선일보』와『만주시인집』,『재만조선시인집』 등에 발표된 그의 시 작품들을 대상으로 논의한 바 있다. 조규익, 앞의 책, 79쪽.

후자에 속하는 이규엽李奎燁은 서울 출생으로 1936년 이후에 『매일신보』 등을 통해 주로 동화를 써온 작가인데, 『만선일보』에도 눈을 돌려 동화 7편과 동시 2편을 발표한 것으로 파악된다. 그리고 차칠선(車七善, 1910?~?)[40]은 전라북도 군산 출생으로 일찍이 『매일신보』에 동시 「미운 가을」(1930.11.6)을 발표한 이래 시, 시조, 동시 등을 틈틈이 발표해 왔다. 『만선일보』에 발표한 동시 2편은 그가 군산에 거주하면서 투고한 작품으로 보인다.

이상에 언급한 이들 외에 『만선일보』에 시와 동시를 다수 발표한 노월蘆月을 비롯하여 강학웅, 양은모, 이동국, 장봉안, 장성근 등에 대해서는 아직 어떠한 이력도 밝히지 못한 단계에 있다. 작품을 쓴 이의 이력을 밝히는 일이 작품 논의의 필수조건은 아니지만, 그만큼 『만선일보』에 발표한 작품의 논의가 부분적으로 한계를 안고 진행될 수밖에 없는 셈이다.

3. 『만선일보』 소재 동시의 담론 양상

1) 낙관적 세계인식과 식민주의 담론의 수용

『만선일보』가 만주국의 친일 · 어용 매체이자 일본 관동군의 기관지였다는 점에서 이 신문에 발표된 동시 중에서 만주국의 건국이념인 민족협화와 왕도낙토의 이상을 선전, 홍보하는 작품들이 없을 수는 없다. 그

40) 『동아일보』(1966.9.29)의 「표창 받는 모범장서가」의 기사에 차칠선의 사진과 함께 간단한 소개가 있다. 이에 의하면, 그는 1966년 당시 57세로 기록되어 있으며, 군산상업보통학교를 졸업하고, 해방 후 8년간 전북일보 기자 생활을 했고, 학교 서무과장을 지내다 당시 군산상공회의소 사무국장 겸 국민재건운동 청년회 지도위원으로 활동하고 있다고 했다.

런데 동시가 어린이의 시선으로 대상을 보고 느끼는 점을 표현하는 특성상 친일 · 식민담론을 직접적으로 구현하는 작품은 찾기 어렵다. 다만 시적 대상에 대한 의식 지향성에서 낙관적 세계인식을 통해 민족협화나 왕도낙토의 이념을 간접적으로 구현하고 있다고 판단되는 작품들이 있다. 당시 이호남이 쓴 일련의 동시는 이런 점에서 관심을 갖게 한다. 다음 동시를 보자.

> 흘으는 어름장에
> 겨울보내고
> 두만강 개버들에
> 휜꽃피면은
> 만주땅 건너오는
> 이사꾼배엔
> 봄마지 히망타령
> 놉허옵니다
>
> — 이호남, 「두만강(豆滿江)의 봄」(1940.3.24) 전문

위의 동시는 '어름장'의 겨울을 보내고 '휜꽃'이 피는 봄을 맞이한다고 한 점에서는 평범한 시상의 전개를 보이는 작품이다. 그런데 그것이 두만강을 건너 만주로 가는 이민자들의 삶에 대한 희망과 연결되고 있다는 점에서는 사회현실에 대한 일정한 의식을 반영하고 있다. 이 작품에 대해 "조선민족이 살길을 찾아 두만강 건너 만주땅에 건너온 력사가 그대로 반영되고 있다"[41]고 한 까닭도 이런 점에서 이해된다. 그런데 만주로의 이민 역사가 이 작품에서처럼 "봄마지 히망타령"의 노래를 높이 부르는 현실로 반드시 낙관할 수 없었다는 점에서 문제가 제기된다. 만주에

41) 김만석, 앞의 책, 24쪽.

서도 특히 남만주와 압록강 이북 지역은 산간지역이 많아 경작지가 협소하고, 토지 소유도 소농적인 형태가 지배적이었다. 여기다 1936년 10월부터 시작된 일제의 '동변도치변공작東邊道治本工作'에 따른 치안 중심의 집단부락 건설로 일제의 선전 효과와는 달리 수확기에도 농민들이 토벌대에 징발되고 집단부락 건설에 강제 동원되는 등 농민의 생활 고통이 심각하게 되었다.[42] 여기에 하층 조선인에 대한 소작료 착취가 민족간의 대립으로 치닫는 상황이 전개되었다.[43] 이런 사정에도 불구하고 만주로의 이민을 희망적인 현실로 낙관하는 태도는 협화회를 통해 선전하는 '왕도낙토'의 이상에 간접적으로 동조하는 것이라고 말할 수 있다. 이호남의 또 다른 동시를 보자.

> -햇님은 말하기를-
> 옛날에
> 이집은 누가지엇으며
> 이집을 步哨하는 兵정은
> 어디메갓느냐고?
> 오솔길 마저업서진
> 石佛師嶺에
> 문어저가는 破壘는
> 쓸쓸도해요
> 승狼이떼 가진숭내우름하는밤
> 새들만이 동무한다오
> 새들은 이약이하기를

42) 임성모는 만주국협화회의 전개과정을 논의하면서 협화회의 제2차 조직 개편 이후 전개된 이른바 '동변도치본공작'의 선전 목표와 그 실상을 구체적으로 논의한 바 있다. 임성모, 앞의 글, 123~147쪽.
43) 신규섭, 「'만주국'의 협화회와 재만 조선인」, 『만주연구』 제1집, 만주학회, 2004, 123쪽 참조.

지금에
이집은 문어저도 고칠줄 모르나
이고을노리든 馬賊은업서젓스니
破臺는 우리들 집이되엇다고

— 이호남, 「파대(破臺)」(1940.6.2)에서

위의 동시 「파대破臺」는 이미 친일시로 해석된 바 있는 작품이다.[44] '햇님'과 '새들' 사이의 대화 형식으로 구성된 작품이지만, '햇님'과 '새들'이 대화하는 파대破臺의 역사에 대한 이야기에는 역사현실을 이분법적으로 재단하는 세계관이 작용하고 있다. 그것은 파대의 이야기에서 "이집을 步哨하는 兵정"과 "이고을노리든 馬賊"을 대립 관계로 설정하는 데에서 드러난다. "이집을 步哨하는 兵정"이란 사실 일제의 관동군 병사이고, "이고을노리든 馬賊"이란 항일혁명군을 일제의 시각에서 이른 속어이다. 결국 이 집을 지켰던 병정들이 마적들 때문에 물러나고 쓸쓸하게 남겨진 파대는 햇님과 새들의 집이 되었다는 이야기에는 항일혁명세력과 민중을 분리시키는 일제의 치본공작治本工作[45]을 수용하는 태도가 작용하고 있는 것이다. 이런 점에서 위의 동시는 일제의 식민담론을 수용한 친일시인 것이다.

이호남은, 앞서 언급했듯이, 『재만조선시인집』에 유일하게 동시 시인

44) 최삼룡, 「해방 전 중국조선족문학에서 친일과 친일성향에 대하여」, 『20세기 중국조선족문학사료전집』 제6집(연변인민출판사, 2002), 19~22쪽과 27~28쪽에서 윤해영, 이길생, 송지영, 송철리, 최재철, 조학래, 이호남 등이 친일시를 썼으며, 최분옥의 「대지(大地)의 모(母)」, 최종식의 「밤」, 신상보의 「사막(沙漠)」, 조학래의 「만주」, 유치환의 「수(首)」도 친일성향의 시로 꼽고 있다.

45) 일제는 만주국의 치안 유지를 위해 관동군에 의한 무력 진압 위주의 '치표공작(治標工作)'과 함께 혁명세력과 민중을 분리시키는 '치본공작(治本工作)'을 수행했다. 만주국협화회(滿洲國協和會)는 바로 이 치본공작의 사상전을 주도하는 관동군에 의해 결성된 조직체였다. 임성모, 앞의 글, 101~102쪽 참조.

으로 그의 작품이 수록될 정도로 당시에 윤동주, 채택룡으로 이어지는 만주의 대표적인 조선족 동시 시인이다. 『만선일보』에 먼저 발표되고 『재만조선시인집』에 일부 재수록된 동시 「신장노」를 추가로 보자.

신장노는 발도듬해
봐도봐도 긋도안뵈고
신장노는 전보줄이
작구작구 짜어만 갓네
 신장노로 복순네
 강동으로 이사해가고
 신장노로 우리누나
 가마타고 시집가지

— 이호남, 「신장노」(1941.1.12) 전문[46]

위의 동시에 대하여 중국 조선족 아동문학평론가인 김만석은 "당시 어린이들이 일본침략자들의 략탈적 본질을 리해하는 대로 떠밀어주고 있다"[47]고 매우 호의적인 평가를 한 바가 있다. 그러나 이 해석은 중국 조선족 아동문학의 역사를 긍정적으로 평가하려는 의도가 개입됨으로써 빚어진 결과로 보인다. 이 작품의 시적 대상인 '신작로' 자체가 일제가 동북지역의 물산을 약탈하기 위해 조성된 것이었다고 지적한 점에 대해서는 이견이 없다. 그러나 이 작품은 일제의 침략적 본질을 투시하고 있는 작품이 아니다. 오히려 발돋움을 해도 보이지 않을 정도로 길게 뻗은 신작로를 통해 근대적인 변화에 위압감마저 느끼고, 근대적 변화가 주는

46) 『재만조선시인집』(99쪽)에는 『만선일보』에 발표되었던 작품에서 4행까지만 수록되어 있다. 표기도 일부 바뀌어 있는데, 작품의 전문은 다음과 같다. "신장노는 발도둠 해/봐도 봐도 끝은 않뵈고//신장노는 전보줄이/작구작구 딸어만 갔네."
47) 김만석, 앞의 책(『중국조선족아동문학사』), 34쪽.

삶의 혜택을 누리는 상황을 묘사하고 있다. 신작로는 '복순네'가 강동으로 이사 가고, 우리 누나가 시집가는 길이다. 말하자면 신작로는 고통스런 이향의 길이 아니라 새로운 삶의 터전을 마련하는 이사 길이며, 새로운 삶에 대한 기대와 행복을 갖게 하는 신행길로 긍정적이고 희망적인 삶을 예정하는 상징성을 갖는다. 이런 점에서 이 동시는 일제가 내세우는 근대화의 식민주의 담론에 편승하고 있는 작품이다.

다음 김련호의 동시 「기차」도 동일한 맥락에서 읽을 수 있는 작품이다.

기차는 달려달려
산넘어 내건너
새땅에 간단다

달리자 우리도
가자가자 달리자

우리도 달려달려
새땅에 가보자

— 김련호, 「기차」(1941.11.30)에서

식민 지배자의 입장에서 근대성은 식민주의적 속성을 밝혀주는 중요한 계기가 된다. 식민지 지배문화는 문명, 과학, 근대화 등을 식민 지배의 인식 장치로 삼고, 피지배문화는 야만, 비이성 등으로 인식하여 타자화하려 한다. 여기서 식민주의적 속성을 대변하는 근대성은 휴머니즘적 시각에서 특별한 의미를 갖는다.[48] 그것은 근대성의 시혜이면서 피지배문

48) 박주식, 「제국의 지도 그리기」, 고부응 엮음, 『탈식민주의 이론과 쟁점』, 문학과지성사, 271~279쪽 참조.

화와 분리되는 제국주의적 담론으로 작용한다. 이런 관점에서 '신작로'와 '기차'는 근대성을 상징하는 식민지 지배문화로 기능하며, 휴머니즘이 구현되는 새로운 세계에 대한 이상과 환상을 갖게 만든다. 위의 동시에서 '기차'는 만주개척 시대에 '새 땅'을 약속하는 근대적 힘을 보여주며, "우리도 달려달려" 가는 민족협화의 낙토를 꿈꾸게 만든다.

『만선일보』 소재 동시들 중에는 긍정적이고 낙관적인 세계인식을 보이는 작품들이 많은 편이다. 기본적으로 시적 대상이 되는 사물이나 상황에 대한 묘사의 관점은 시인의 현실에 대한 세계관, 즉 세계인식에 좌우된다고 말할 수 있다. 따라서 시적 대상을 긍정적이고 낙관적으로 묘사하는 태도는 그에 상응하는 시인의 세계관이 작용된 것으로 볼 수 있다. 물론 긍정적이고 낙관적인 세계인식을 보인다고 해서 앞서 논의한 이호남과 김련호의 동시처럼 모두 식민주의 담론을 승인하고 있는 작품으로 몰아칠 수는 없다.

1920년대 말 이후 1930년대에 사회주의적 세계관에 기초한 프로동시를 썼던 채택룡이 1940년대 『만선일보』에 쓴 동시가 기존 동시와 완전히 상반되는 작품세계를 보여주는 것에 대해 어떻게 해석할 수 있을까?

> 뒷동산 진달래쏫 활작피고요
> 압시내 피리소리 들녀오면은
> 노랑나비 흰나비 펄펄춤추고
> 강남갓든 제비도 날어옵니다
>
> — 채택룡, 「봄」(1940.4.28) 일부

7 · 5조의 규칙적인 리듬에 맞춘 위의 동시는 봄을 맞이한 세상을 매우 긍정적으로 묘사하고 있다. 진달래꽃, 피리소리, 노랑나비와 흰나비, 제

비 등이 어우러진 봄의 세상은 생동감이 넘치는 즐거운 세상이다. 채택룡이 비판적 현실인식에 기초하여 불합리한 세계를 폭로하거나 때로 혁명적 전위의식을 강하게 피력하기도 했던 이전의 동시와는 매우 다른 세계인식을 보여주는 작품이다. 여기에 봄에 대한 화려한 수사가 '왕도낙토'의 이상을 상상하게 한다고 조심스럽게 말해볼 수 있다.

채택룡의 다음 동시는 또 다른 차원에서 일제의 파시즘이 군국주의의 전시 체제로 나아가는 도정에서, 의도적이었든 그렇지 않았든 간에, 군국주의의 공포는 가리면서 비행기에 대한 선망의식을 갖게 하는 작품이다.

> 와르르
> 하나
> 둘
> 셋
> 비행긔가 쎳－네
> 잠자리가 쎳－네
> 놉피도 쎳－네
>
> 와르르
> 하나
> 둘
> 셋
> 저－비행긔 탄사람
> 무섭지도 안나
> 햇님에 다어도
> 쓰겁지도 안나

— 채택룡, 「비행긔」(1940.12.30) 전문

위의 동시에서 상공을 날고 있는 비행기는 단순히 멋지거나 신기한 대상이 아니다. "와르르/하나/둘/셋" 하고 세듯이, 작품 속의 비행기는 편대를 이루어 공중을 날면서 그 위용에 감탄과 부러움을 자아내게 한다. 일제가 항일유격대를 공격하거나 아시아태평양전쟁을 준비하기 위한 훈련으로 항공 편대를 띄운 의도는 일체 가려져 있지만, 하늘 높이 비상하는 비행편대에 대한 선망과 부러움을 부추김으로써 군국주의의 공포와 전쟁의 위협에는 맹목이 되도록 눈을 가리고 만다.

이상 이호남, 김련호, 채택룡의 일부 동시에 한정하여 살폈지만, 낙관적인 세계인식의 동시가 때로는 일제가 선전, 홍보하는 민족협화와 왕도낙토의 식민주의 담론에 쉽게 동화될 여지를 가지고 있음을 분명히 확인할 수 있다.

2) 탈이념적 세계인식과 순수담론의 형상화

『만선일보』 소재 동시 중에서 가장 많은 비중을 차지하는 작품이 탈이념적 순수 서정을 노래한 작품들이다. 이들 작품들은 식민주의든 탈식민주의든 어느 쪽의 담론에도 편향되지 않는 탈이념적인 작품들이라는 점에서 편의상 순수담론을 형상화한 동시로 규정하고자 한다. 앞에서 이미 논의했듯이, 『만선일보』 소재 동시 중에는 일제의 식민주의 담론을 직접적으로 구현하는 작품들은 거의 없으며, 다만 세계인식의 측면에서 현실을 긍정적이고 낙관적으로 묘사하고 있는 작품들 중에 일제가 선전, 홍보하는 민족협화와 왕도낙토의 이상을 간접적인 방식으로 수용한 작품들을 더러 만날 수 있었다.

『만선일보』가 일본 관동군 기관지로서 갖는 친일 · 어용적 성격은 주로 논설 등 산문 기사에 가장 강하게 드러나며, 성인문학 중에서는 소설, 수필, 희곡, 평론 등 산문장르가 시, 시조 등 운문장르에 비해 더 뚜렷하게 드러나는 편이다. 아동문학의 경우에도 동화, 동극, 수필 등 산문장르에서 쉽게 친일 · 어용적 식민주의 담론을 펴고 있는 작품들을 만나게 된다. 그러나 동시의 경우는 다른 문학 장르와 사정이 많이 다르다. 어린이의 순수한 동심을 노래하는 동시 장르의 특성상 성인문학과 달리 이념적 추수에서 비교적 자유로울 수 있기 때문에 순수담론의 동시가 주류를 이룰 수밖에 없다. 여기에 일제의 언론 검열로 탈식민주의, 반제국주의를 지향하는 현실비판적 문학 작품은 거의 게재되기 어려운 상황에 놓여 있었던 사정을 고려하면 순수담론의 동시가 자주 게재되는 것은 매우 자연스럽다.

순수담론의 동시는 동심의 순수성을 바탕으로 계절이나 자연을 대상으로 노래하는 작품들이 대부분이다. 그리고 어린이가 자주 접하는 사물을 묘사하거나, 어린이와 친근한 관계의 사람, 이를테면 어머니나 아기, 부모, 형제, 친구 등을 대상으로 동심을 형상화한 작품들도 쉽게 만날 수 있다.

먼저 자연을 대상으로 동심을 노래한 다음 작품을 보자.

一. 넓고넓은 하늘나라
빤작빤작 별님나라
샛파란 저하늘엔
누가누가 사―나

二. 밝은달님 노는나라
번쩍번쩍 은빛나라
멀고먼 저하늘엔
별님아가 살―지

三. 밝고밝은 달님나라
오롱조롱 별님나라
달님은 방—긋
별아기 빤—작

— 이술건, 「밤하늘」(1940.3.5) 1, 2연

위의 동시를 쓴 이술건은 당시 길림성 부여현에 있었던 대삼가자협화국민학교 4학년 학생으로 투고한 작품이다. 밤하늘의 달과 별을 보는 시선이 어린이다운 순수성을 보여준다. 시적 화자는 달과 별을 '달님'과 '별아기'로 의인화된 대상으로 호명하면서 '달님'과 '별아기'가 사는 밤하늘을 매우 정감 있게 묘사하고 있다. 물론 '달님'과 '별아기'가 사는 밤하늘의 세상은 아름답고 신비화된 미지의 세계이다. 시적 화자는 이런 신비하고 아름다운 세계를 순수한 동심으로 꿈꾸고 있는 것이다. 다음 동시 「연노래」도 하늘을 나는 연을 통해 하늘 높이 비상하고 싶은 어린이의 마음을 표현하고 있다.

연아연아 올려라
바람타고 퍼—ㄹ펄
저산까지 올려라
얼사둥둥 두둥실

연아연아 올려라
바람타고 훨—훨
구름까지 올려라
둥실둥실 얼사둥

— 김련호, 「연 노래」(1940.11.7) 전문

하늘 높이 비상하고 자유롭게 날기를 소망하는 마음은 인간의 원초적인 욕망일 수 있다. 특히 어린이의 입장에서 그러한 욕망을 더 크고 순수하다고 말할 수 있다. 따라서 '새'나 '연'과 같이 하늘 높이 비상하는 대상에 자아를 투사하여 그 욕망을 실현시키고 싶어 한다. 위의 동시 「연 노래」에서도 바람을 타고 산꼭대기와 구름까지 오르고 싶은 소망이 연을 통해 간접화되어 있다. 그런데 이런 간접화된 욕망은 대상과 자아를 동일시할 때 동일한 감정을 느끼게 된다. 그 동일성의 감정이 바로 "얼사둥둥 두둥실"로 표현되고 있다.

시적 대상을 자연이나 사물로부터 어린이와 자주 접하게 되는 인간적 대상으로 바꾸어 순수한 동심을 노래한 작품을 살펴보자.

나는나는 나--는말야
세상에서 첫재조흔곳
엄마엄마 울엄마품안
따스한품 그품안이지

나는나는 나-는말야
세상에서 첫재맛난건
엄마엄마 울엄마젓
달큼한 것 그젓분이지

— 김련호, 「첫재」(1941.1.29) 전문

동시는 물론이고 성인시에서도 어머니는 가장 행복했던 순간으로 자아를 되돌아가게 하는 존재로 흔히 묘사된다. 위의 동시 「첫재」에서도 세상에서 첫째로 좋은 곳이 "울엄마품안"이고, 세상에서 가장 맛있는 것이 "울엄마젓"이라고 했다. 이처럼 어머니는 인간에게 최고의 평안과 최고의 행복감을 느끼게 하는 안식처이자 이상적인 여성으로서의 아니마 anima[49]이다.

어머니가 원초적인 그리움과 행복감을 자아내는 대상이라면, 어린 아기 역시 마찬가지이다. 다만 어머니가 그 완숙함과 넉넉함에서 심리적 안정과 행복을 느끼게 한다면, 어린 아기는 정반대로 미결정의 무한한 가능성과 순결성에서 심리적 행복과 즐거움을 부여한다. 특히 '잠든' 아기는 그 순결성이 가장 잘 보존되어 있는 모습을 대표한다.

①
자장자장 자아장
엄마 목소리!
애기엽페 고양이
고이 잠들고
들창넘어 별님도
고이 잠들고

— 윤동향, 「엄마 목소리」(1941.3.16)에서

②
오물오물 꽃입술 탐스럽게 담을고
반짝반짝 샛별눈 얌전하게 감구서
옴추리는 박꽃처럼 감을감을 소르르
아가야! 잠들어라 아지랑이 꿈속에

49) G. 바슐라르(Bachelard)는 C. G. 융(Jung)이 말한 아니마(anima)와 아니무스(animus)의 심리를 철학과 시학의 원리로 설명하려 했다. 그에 의하면 태초의 인간이 양성을 상실한 후 아담은 '엄격한 힘'의 보관자로, 이브는 '다정한 부드러움'의 관리자로 이상화되어 각각 아니무스와 아니마의 원형적 존재가 되었으며, 특히 아니마에는 인간 이상화의 공통 원리, 존재, 조용함을 바라는 몽상원칙이 있다는 것이다. 가스통 바슐라르, 김현 역, 『몽상의 시학』, 홍성사, 1978, 101쪽 참조.

자장자장 자-장 고흔아간 자-장
잘먹고 잘노는 우리아간 자-장
자장자장 자-장 고흔아간 자-장
잘자고 잘자라는 우리아간 자-장

– 송철리, 「자장자장자-장」(1939.12.8) 부분

위의 ①과 ②의 동시는 모두 '잠든' 아기의 순결성을 노래한 작품이다. 윤동향의 동시 ①의 「엄마 목소리」는 '잠든' 아기의 평화로움이 아기 옆의 고양이와 들창 넘어 있는 '별님'까지 전이됨으로써 순결성의 우주적 확산을 보여준다. 이는 "고이 잠들고"의 반복적 표현을 통해서 드러난다. 이에 비해 송철리의 동시 ②의 「자장자장자-장」은 잠을 자는 아기의 모습 자체에 시선을 집중하고 있다. 그러면서 아기의 잠자는 모습은 내면의 외현화를 통해 표현하고 있다. 즉, 아기의 탐스럽고 얌전한 모습과 조용히 잠자는 모습이 '꽃입술', '샛별눈', '박꽃'으로 묘사되어 있고, 아기가 잠든 세상은 '아지랑이 꿈속'과 같다고 형상화했다. 순결한 존재로서의 아기의 외현화는 아기의 외적 모습에만 한정되지 않고, "잘먹고 잘노는", "잘자고 잘자라는" 외적 행동성으로 연결되어 있다. 이는 아기의 미래에 대한 소망적 사고를 표현한 것임은 물론이다.

이상 『만선일보』에 발표된 이술건, 김련호, 윤동향, 송철리의 동시를 통해 살펴보았듯이, 순수담론의 동시는 동심의 순수성에 기초하여 시적 대상을 밝고 긍정적으로 묘사하거나, 아름답고 환상적인 세계로 표상하기도 한다. 이런 점에서 앞서 논의한 낙관적인 세계인식을 바탕으로 식민주의 담론을 수용한 동시와 쉽게 조우될 수 있는 여지를 가진다. 그러나 그것이 인간의 원초적인 심성을 토대로 탈이념적 세계를 구축하고 있다면, 그 자체 동시의 보편적 세계인식을 보여주는 작품들로 식민주의의

담론을 수용한 작품들과 구분되는 것으로 본다.

3) 비판적 세계인식과 탈식민주의 담론의 가능성

탈식민주의는 식민주의 '내부로부터의 저항'이다. 따라서 탈식민주의 담론은 식민주의 담론에 대한 비판과 저항으로부터 '내적 모순'을 드러내면서 식민주의적 지배를 극복하려는 것이다. 그런데 이런 탈식민주의는 일방성을 보이는 것이 아니라 '양가성(ambivalence)'과 '혼종성(hybridity)'을 특징으로 한다는 것이 바바H. Bhabha의 견해이다.[50] 여기서 관심의 대상은 '양가성'이다. 혼종성이 문화적 인종적 측면에서 실제적으로 경험하는 문제와 강하게 연계되어 있다면, 양가성은 가치적 태도적 측면과 관련된 것으로 정신적이면서 동시에 행동적인 양면성을 지닌다. 양가성이 하나의 대상에 대해 서로 상충하는 경향, 태도 혹은 감정을 의미[51]하듯이, 식민지 지배와 피지배의 관계에서, 피지배자는 지배자가 요구하는 '규칙을 따르면서 동시에 어기는' 양가적 반응을 보이는 것이다.[52]

『만선일보』에 발표된 동시들은 사실 식민주의에 대해 정치적 태도나 감정을 직접적으로 드러내는 작품은 거의 없다. 언론 검열이 심하게 진행되는 상황에서 식민주의를 비판하는 담론의 글이 제도적 매체에서 허용되지 않았기 때문이다. 언론 검열로부터 자유로운 제도권 밖의 매체나 항일유격대의 아동단원을 대상으로 한 아동가요나 항일유격구에서 불린 동요에서 항일혁명의 의지를 직접 표현할 수 있었다.[53] 다만, 식민지 지

50) 박상기, 「탈식민주의의 양가성과 혼종성」, 고부응 엮음, 앞의 책, 226쪽.
51) 박상기, 위의 글, 227쪽.
52) 박상기, 위의 글, 231쪽.
53) 해방 이전 항일아동문학기의 유격대 아동문학과 유격구 아동문학, 특히 아동가요에 대해서는 김만석, 앞의 책(『중국조선족아동문학사』), 39~58쪽에서 자세히 논

배세력이 선전, 홍보하는 민족협화와 왕도낙토의 이념을 일방적으로 허용하지 않으면서, 구체적 대상이나 삶에 대한 진지한 성찰을 통해 대상과 삶의 상황이 갖는 내적 모순이나 균열을 포착하여 드러냄으로써 간접적으로 탈식민주의의 가능성을 보여주는 작품을 찾을 수 있다. 이를테면 다음 이성덕의 동시 「빈집」을 보자.

저건너 언덕밋헤
빈집 한 채는
아슬아슬 겨울밤에
누가 자나요
山너구리 토끼아재
자고 간다오

저기저기 저山밋헤
빈집 한 채는
문도업고 울도업는
험한 山골집
길을가다 쉬여가는
빈집 이란다

— 이성덕, 「빈집」(1940.3.3) 전문

위의 동시는 현실에 대한 정치적 태도를 직접 드러내는 작품이 아니다. 그렇지만 시적 대상인 '빈집'에 대한 양가적 인식을 드러냄으로써 식민지 현실의 내적 모순을 간접적으로 드러내게 된다. 현상적으로 '빈집'은 주인이 떠난 폐허의 공간이다. 이 작품에서도 '빈집'은 "문도업고 울도업는/험한 山골집"으로 삶의 터전이 파산된 비극적 공간으로 표상되어

의한 바 있다.

있다. 이런 점에서 왕도낙토를 부르짖는 식민지의 현실 모순과 균열을 이 작품이 포착하고 있다고 말할 수 있다. 그런데 '빈집'은 삶의 비극적 공간으로만 남아 있지 않다. "山너구리 토끼아재/자고" 가고, "길을가다 쉬여가는" 곳이기도 하다. 빈 공간이 안식과 휴식의 공간으로 다시 채워지는 것이다. 따라서 위의 동시는 '빈집'에 대해 비움:채움, 떠남:모임, 폐허:안식이란 양가적 태도를 보여준다.

다음 이술건의 동시 「枯木나무」도 양가적 태도를 보여준다는 점에서 동일한 맥락을 지니고 있다.

一.
영감영감 枯木영감
칩지안해요
초록족기 파란옷을
버스시고도
발가숭이 枯木영감
버티신다나
하로종일 왼종일을
웃독서잇네

二.
영감영감 枯木영감
눈이오면야
가지마다 하-얀꽃
보기조태도
소나무의 파란옷을
불어하시나
북풍부는 겨울밤에

울으신다네

– 이술건, 「枯木영감」(1939.12.10) 전문

위의 동시에서 시적 제재이면서 대상은 고목枯木이다. 그런데 이 고목은 '고목영감'으로 의인화되어 있다. 그만큼 이 작품에서 '고목영감'이 처한 상황은 인간 현실의 상황과 비교될 수밖에 없다. '고목영감'은 의인법에 의한 근본비교(fundamental comparison)[54]로부터 파란 옷을 입은 '소나무'와 대립적 국면에 놓여 있다. 시적 화자는 북풍이 부는 겨울의 상황에 처한 고목영감에 대해 양가적 태도를 보인다. 그것은 1연에서 '고목영감'이 초록 조끼와 파란 옷을 벗고도 "하로종일 윈종일을/옷독서잇네"라고 했듯이 고통스러운 현실에서도 참고 인내하는 존재의 표상으로 노래되었지만, 2연에서 '고목영감'은 하얀 눈꽃을 달고 있어도 파란 옷을 입은 소나무를 부러워하며 고통에 울고 있다고 했다. 이처럼 '고목영감'은 고통스러운 현실에서 꿋꿋하게 살아가는 강인한 존재이지만, '소나무'와의 상대적 인식을 통해 현실적 고통에 괴로워하는 존재로 형상화되고 있다. 여기서 '고목영감'의 처지가 만주 유이민의 처지에 비견되는 것이라면, '고목영감'에 대한 양가적 태도는 피식민 주체를 타자화하여 냉철하게 인식하고 있다고 말할 수 있다.

시적 대상에 대한 양가적 태도는 박재성의 「쪽배」(1940.5.19), 이영수의 「엄마」(1939.12.17), 이우범의 「누가누가 잠자나」(1940.3.3) 등에서도 찾아지지만, 이들 작품들도 앞서 논의한 작품들처럼 작품 자체가 현실적 삶의 심각성을 직접 드러내고 있는 것은 아니다. 다음 장시욱의 「눈」도 이 점에서 마찬가지지만, '눈'에 대한 각별한 의식을 담고 있다는 점에서 주목된다.

---

54) 김준오, 『시론』, 제4판, 삼지원, 2001, 192쪽.

바실바실 내리는
싸락눈은
대굴대굴 장독간에
싸래기되고
보실보실 내리는
함박눈은
보들보들 하이-얀
떡가루된다

— 장시욱, 「눈」(1942.2.1) 전문

'눈'을 제재로 한 동시에서 '눈'은 흔히 '꽃'이나 '옷(솜)'의 이미지로 형상화된다. 이에 비해 위의 동시에서는 '눈'은 '싸라기'나 '떡가루'와 같이 먹을 것으로 비유되고 있다. 눈을 먹을 것에 비유하고 있는 것 자체가 그만큼 먹을 것이 절박한 만주의 궁핍한 현실을 암시하는 것이지만, 싸락눈-싸라기, 함박눈-떡가루로 연결된 심상의 전이가 서로 상반된 의식을 보여주고 있다. 즉, 바실바실:보실보실, 대굴대굴:보들보들, 싸래기(싸라기):떡가루와 같이 서로 대응되는 어휘를 통해 전자에 대해서는 부정적 의식이 후자에 대해서는 긍정적 의식이 작용되고 있음을 알 수 있다. 말하자면 눈은 먹을 것을 대신하는 환유적 이미지로 먹을 것에 대한 욕망을 표현하지만, 한편으로 싸라기와 떡가루로 분리 인식되듯이 양가적인 시선이 작용하고 있는 것이다.

탈식민주의 담론의 가능성은 시적 대상에 대한 양가적 인식을 보이는 작품에서만 발견되는 것은 아니다. 시적 대상이나 상황을 기본적으로 비판적인 시각에서 바라보면서 '왕도낙토'의 식민주의 이념이 현실과의 균열, 즉 현실과 상반되는 모순을 지니고 있다는 점을 은밀하게 말하는 작품을 드물게 만나게 된다. 장시욱의 다른 동시 「쓸쓸할거야」(1942.2.15)

에서 겨울나무를 새 동무와 옆 동무를 모두 잃고 쓸쓸하게 졸고 있는 상황으로 묘사한 경우도 그렇고, 다음 강소천의 「눈 온 아침」도 담담하게 현실적 삶의 곤란을 드러내고 있다.

> 거지 아이가 눈길 우으로
> 타박 타박 걸어간다
>
> 그뒤으로 발자욱이
> 부즈런이 딸아간다
>
> — 강소천, 「눈 온 아침」(1940.12.13) 전문

위의 동시는 눈길 위를 걸어가는 거지 아이의 모습을 오히려 냉정하고 담담하게 묘사함으로써 감정적 착색이 많은 작품보다 오히려 비극적 정황을 더욱 고조시킨다. 이런 점에서 다음 정동영의 소년시 「할머니」도 마찬가지인데, 만주 이민지에서 겪는 삶의 모순과 곤란이 한층 구체적으로 드러난다.

> 배달부가 산비탈을도라옵니다 가방메고터벅터벅도라옵니다 압눕에서 빨래하든 꼬방할머니 허리굽고 이다빠진 꼬방할머니 빨래방매내팬치고 이러섭니다 행여나오늘은아들한테서 뒷따로돈벌러간 아들한테서 방가운편지가 오는가하고
>
> 배달부는 암말업시지나갑니다 터벅터벅 암말업시지나갑니다
>
> 할머니는 집으로도라옵니다 긴—한숨쉬며쉬며 도라옵니다 은동이금동이 외아들하나 고이고이길러낸외아들하나 뒷따로 돈버리들어간지가 아홉달보름을곱게되는데 여태것 편지한장 오지안어서 긴—한

숨쉬며쉬며도라옵니다

— 정동영, 「할머니」(1940.9.11) 전문

위의 소년시는 이야기를 담은 서술시(narrative poetry)에 속한다. 서술적 담화의 주인공인 '꼬방할머니'는 외아들 하나를 귀하고 곱게 길렀는데, 그 외아들이 돈벌이를 하러 떠난 지 아홉 달 보름이나 되었지만 편지 한 장 소식이 없다. 그래서 배달부가 올 때마다 외아들이 보낸 반가운 편지가 있을까 하여 하던 일을 팽개치고 가보지만, 결국 한숨을 쉬며 돌아온다는 이야기가 들어 있다. 이 시는 이처럼 이민지 만주의 현실이 얼마나 힘든 삶의 노정 속에 있는지 '꼬방할머니'의 이야기를 통해 안타깝게 호소하고 있다. 그러나 이 서정적 호소는 주관적 감정을 직접 표현하는 방법이 아니라 "터벅터벅도라옵니다", "암말업시지나갑니다", "한숨쉬며 쉬며 도라옵니다"와 같은 구절의 반복을 통해 안타까운 정황을 간접적으로 느끼게 한다. 그리고 이 작품은 외아들의 떠남과 외아들에 대한 기다림, 소식에 대한 기대와 무소식에 대한 실망이 교차되는 상황을 동시에 보여준다는 점에서 양가적 시선과 태도가 작용하고 있는 작품으로도 볼 수 있다.

이상에서 이성덕, 이술건, 장시욱, 강소천, 정동영 등의 작품들을 살펴봄으로써 『만선일보』에 게재된 동시 중에서 시적 대상에 대한 양가적 태도를 특징으로 하는 탈식민주의 담론의 가능성을 찾을 수 있었다. 그러나 이들 작품들은 직접적으로 식민주의 담론을 비판하거나 행동적 실천을 목표로 하는 작품들이 아니라는 점에서 말 그대로 '가능성'의 차원에 머물러 있는 한계를 지니고 있었다. 그럼에도 이들 작품들이 돋보이는 까닭은 식민주의 담론의 허구성을 성찰하고, 그 균열의 틈새를 포착하는 의식을 내재하고 있다고 볼 수 있기 때문이다. 『만선일보』 소재 동시를 괴뢰 만주국의 대변지이자 일본 관동군의 기관지라는 생각만으로 일방 재단하거나 평가할 수 없는 이유가 여기에서 찾아진다.

4. 마무리

이 글은 일제의 괴뢰정권인 만주국에서 일본 관동군의 기관지로 발행된 『만선일보』 소재 동시 작품들의 전체적인 면모와 성격을 파악하기 위한 목적에서 논의를 진행했다. 그동안의 선행 논의들이 대부분 『만선일보』의 영인본(1939.12～1940.9)에 수록된 작품들만을 대상으로 그것도 주로 성인시를 대상으로 검토했다면, 이 글에서는 영인본 이후에 발행된 신문(1940.10～1942.10)에 수록된 작품들까지 추가 고찰함으로써 논의의 대상을 크게 확대했다. 지금까지 논의한 중요 사항을 정리하면 다음과 같다.

첫째, 『만선일보』에 발표된 아동문학 작품들은 당시 국내에서 유일하게 국문으로 발행되었던 『매일신보』에 발표된 아동문학 작품들보다 월등히 많았다. 이는 국내보다 국외 만주에서 아동문학 발표가 더 활발하게 이루어졌음을 보여주는 것이다.

둘째, 『만선일보』에 동시를 발표한 작품들을 작가별로 파악했을 때, 김련호金蓮湖, 이호남李豪男, 윤동향尹童向, 남대우南大祐, 강소천姜小泉, 장시욱張時郁, 정동영鄭童影의 순서로 동시를 많이 발표했으며, 이인수李仁洙, 이술건李述建, 염호열廉浩烈, 채택룡蔡澤龍, 노월蘆月, 김호숙金祜淑 등도 여러 편의 동시를 발표한 이들로 파악되었다. 그리고 이들의 이력을 가능한 대로 파악하고, 만주에 거주하고 있었던 이들과 국내에 거주하고 있었던 이들로 구분하여 국내 아동문학과의 연계성을 파악했다. 김연호 · 이호남 · 이술건 · 염호열 · 한해수 · 김호숙 · 채택룡 · 최수복 · 송철리 등이 전자에, 남대우 · 윤동향 · 장시욱 · 정동영 · 이인수 · 이규엽 · 차칠선 등이 후자에 속하는 아동문학가들로 동시를 발표했다.

셋째, 『만선일보』 소재 동시를 담론 양상을 기준으로 '낙관적 세계인식과 식민주의 담론의 수용', '탈이념적 세계인식과 순수담론의 형상화', '비판적 세계인식과 탈식민주의 담론의 가능성'의 세 가지 유형으로 구분하여 살폈다.

넷째, 낙관적 세계인식을 바탕으로 일제가 선전, 홍보하는 민족협화와 왕도낙토의 식민주의 담론을 수용한 작품들로 이호남, 김련호, 채택룡의 일부 동시가 있었다.

다섯째, 탈이념적 세계인식과 순수담론을 형상화한 동시는 동심의 순수성에 기초하여 시적 대상을 밝고 긍정적으로 묘사하거나, 아름답고 환상적인 세계로 표상한 작품들이다. 이술건, 김련호, 윤동향, 송철리의 동시를 비롯한 상당수의 작품들이 이 유형에 해당되었다.

여섯째, 시적 대상에 대한 양가적 태도를 특징으로 하는 탈식민주의 담론의 가능성을 보여주는 작품들로 이성덕, 이술건, 장시욱, 정동영 등의 작품들을 찾을 수 있었다. 그런데 이들 작품들은 직접적으로 식민주의 담론을 비판하는 작품들이 아니라는 점에서 일정한 한계를 지니고 있지만, 식민주의 담론의 허구성을 성찰하고, 그 균열의 틈새를 포착하고 있다는 점에서 의의를 가진다.

이 글은 이상과 같은 사항을 검토했음에도 여러 가지 과제를 남겨둔 채 마무리되었다. 앞으로 『만선일보』에 동시를 발표한 이들의 면모를 여러 주변적 자료를 통해 좀 더 파악해야 하면서, 작가별 아동문학 작품들을 다른 매체의 지면까지 두루 조사하여 논의할 필요가 있다. 그리고 『만선일보』에 문학 작품을 발표한 이들의 문학이 이후 남북한의 문학은 물론이고 중국 조선족 문학과 어떻게 연관되면서 또한 계승되고 있는지를 파악하는 일도 향후의 과제로 남겨져 있다. 한국문학의 논의가 한민족 디아스포라 문학을 포함하여 그 외연을 넓히면서 한층 활발하게 진행되기를 기대한다.

■ 참고문헌

「'김정은 시대' 개막 이후 북서 뜨는 노래」, 『충청일보』(2012.1.5).
「표창 받는 모범장서가」, 『동아일보』(1966.9.29).
『만몽일보』(마이크로필름), 서울이미지연구소, 1988.
『조선아동문학집』, 조선일보사출판부, 1938.

가스통 바슐라르, 김현 역, 『몽상의 시학』, 홍성사, 1978.
고부응 엮음, 『탈식민주의 이론과 쟁점』, 문학과지성사.
김만석, 『김만석 아동문학연구－중국조선족 아동문학사 및 평론』, 시와 사람, 1999.
______, 『중국조선족아동문학사』(영인본), 한국문화사, 1996.
김조규 편, 『재만조선시인집』, 간도: 예문당, 1943.
김준오, 『시론』, 제4판, 삼지원, 2001.
김화선, 「『만선일보』에 수록된 일제말 아동문학 연구」, 『비평문학』 제19호, 한국비평문학회, 2004.
남대우, 『우리동무』, 도서출판 정윤, 1992.
大村益夫 · 李相範, 『「만선일보」 문학관계기사색인(1939.12~1942.10)』, 東京: 早稲田大學 語學教育硏究所, 1995.
민충환, 「햇볕은 쨍쨍한데」, 『시와 동화』(2007년 가을호).
박경수, 『아동문학의 도전과 지역 맥락』, 국학자료원, 2011.
박태일, 「『만선일보』와 경남 · 부산 지역문학」, 『현대문학의 연구』 제36집, 한국문학연구학회, 2008.
신규섭, 「'만주국'의 협화회와 재만 조선인」, 『만주연구』 제1집, 만주학회, 2004.
오양호, 『일제 강점기 만주조선인문학연구』, 문예출판사, 1996.
임성모, 「만주국협화회의 대민지배정책과 그 실태」, 『동양사학연구』 제42집, 동양사학회, 1993.

장춘식, 「『만몽일보』 소재 문학 작품의 제 양상」, 『문학과 예술』, 2007.2.
정진석, 『한국언론사』, 나남, 1990.
조규익, 『해방 전 만주지역의 우리 시인들과 시문학』, 국학자료원, 1996.
채 훈, 『재만한국문학연구』, 깊은샘, 1990.
최삼룡, 「해방 전 중국조선족문학에서 친일과 친일성향에 대하여」, 『20세기 중국조선족문학사료전집』 제6집, 연변인민출판사, 2002.
최상철, 『중국조선족 언론사』, 마산: 경남대학교 출판부, 1996.
한국학문헌연구소 편, 『만선일보』 전 5권, 아세아문화사, 1988.

김지하 미학에 나타난 소수자 인식 양상 연구

– '남조선 사상'을 중심으로

정훈

1. 들어가며

시인이자 사상가인 김지하의 미학에서 소수자 인식이 어떤 양상으로 드러나는지 고찰해 보는 것이 이 글의 목적이다. 오랫동안 강연과 출간을 통해 한국 사회의 진단과 민족적인 전망을 제시해 온 그의 행보는, 한국 지식인 사회의 '변방'에 맴돈 측면이 없지 않았다. 그 이유는 그의 사상적인 내용물이 주류 담론으로 떠오르기에 몇 가지 한계가 있었기 때문이다. 자칫 국수주의에 빠질 수도 있을 한민족에 대한 과도한 평가와 역사적인 검증을 필요로 하는 고대 상고사의 주관적인 치우침이나 믿음, 그리고 동학의 이해를 바탕으로 하는 후천개벽설의 개진 등이 학계에서는 일종의 거부감으로 비춰진 것이 사실이다. 김지하에 대한 이런 몇몇 시선들을 분석하고, 이에 대한 면밀한 논리적 인식이 그의 사상에서 어떻게 나타나는지는 김지하 연구에서 반드시 짚고 넘어가야 할 숙제이다.

본고에서 문제 삼고자 하는 것은 김지하의 '남조선 사상'에 나타나는 소수자 인식 양상이다. 김지하는 여러 강연과 산문에서 남조선 사상, 혹은 '남' 사상을 얘기했다. 이 가운데 그의 남조선 사상의 줄기를 분명하게 찾을 수 있는 글이 『남조선 뱃노래』에 수록해 있는 「남조선 뱃노래」이다. 이 글의 부제는 '강증산의 '남' 사상 음미'다. 증산 강일순(1871~1909)의 종교 사상에서 핵심을 차지하는 '남' 사상의 골자는 김지하에게 변형되어 고스란히 이어져 내려온다. 최남선은 1946년에 출간한 『조선상식문답』에서 이렇게 말했다.

> 남조선이란 것은 본래 조선 민족의 현실고에 대한 정신적 반발력에서 만들어 낸 이상사회의 표상이니 이것의 의미를 살펴보면 조선어에 남쪽을 '앒' 곧 앞쪽으로 생각하기 때문에 남조선이라 함은 곧 전방에 있는 조선, 앞으로 다가올 조선을 나타낸 것입니다. 언제까지고 희망으로 품는 조선이 곧 남조선입니다.[1]

다가올 조선의 미래, 곧 오랫동안 고통 받았던 조선 민중의 이상적인 사회나 세계를 꿈꾸었던 민족적인 희망이 집단적 무의식의 형태로 발현된 것이 남조선 사상이다. "조선 민족의 현실고에 대한 정신적 반발력에서 만들어 낸 이상사회의 표상"은 정감록과 같은 비결을 통해 예언적인 비전으로 드러난다. 어느 사회에나 민중들은 현실의 고통을 이겨내고 극복하려는 노력과 함께 앞으로 다가올 미래의 복된 상을 그려왔다. 특히 조선 시대 이후부터 민중의 삶은 전쟁과 기아, 그리고 위정자들의 수탈과

1) 최남선 지음(최상진 해제), 『조선상식문답』, 두리미디어, 2007, 183쪽.

학정에 시달려온 백성들의 사무친 한이 해소되지 못한 상태로 줄곧 이어져 내려왔다. 이들에게 고통스러운 현실을 타개하는 방법 가운데 하나가, 언젠가는 고통이 사라지는 복된 삶을 누리는 유토피아가 지금 이곳에서 펼쳐지리라는 낙관적인 믿음을 지니는 것이다.

김지하는 1980년대 무렵부터 생명사상에 입각한 미론美論을 펼쳐왔다. 그의 미학의 핵심에는 율려와 풍류, 그리고 상고사와 동학으로부터 연유하는 우주 인식이 들어 있다. 그는 생태계 혼란과 맞물려서 몸과 정신이 병들어 있는 현대사회를 치유하기 위한 방안을 전통사상과 예술에서 꾸준히 찾고 있다. 서양문명과 사상의 실험이 오늘날의 세계에 대한 대안이 될 수 없음을 일찌감치 간파한 그의 시선이 우리 전통 사상과 철학으로 향한 점은 당연하다. 특히 오랜 세월 동안 주류에서 배척당한 기층 민중의 현실과 그들의 마음을 깊게 헤아리는 과정에서 발견한 증산의 '남' 사상에 대한 관심은, 그가 전 우주적인 병적 착란에 빠져있는 현실을 모색하고 타개할 사상적인 대안으로까지 점칠 수 있다. 그에게 '남'은 여러 의미 구조를 지니고 있는 가운데서도 "오늘날의 세계적 남북 대결 구조 안에서 볼 때 착취당하고, 멸시당하고, 약탈당해 온 제3세계 즉 민중의 실체를 의미"[2]한다. 또한 강증산의 말을 빌어 이렇게 설명한다. 다시 말해 "강증산 선생은 남조선 사상을 말하면서 남조선이란 '남은 조선 사람'을 뜻한다고도 했습니다. 동서양의 모든 고등 종교, 기성 종교 교파에게 다 빼앗기고 나머지 된 쓸모없는, 괄시받는 조선 사람 즉 문자 그대로 밑바닥 민중을 남조선이라 불렀"[3]다는 것이다.

김지하에게 민중은 우주적 생명 의식이 집약된 존재다. 그런데 지금까지 죽임의 문화가 판을 치는 상황에서 그는 살림의 중요성의 역설과 생

2) 김지하, 『남조선 뱃노래』, 자음과 모음, 2012, 319쪽.
3) 위의 책, 319쪽.

명미학의 다채로운 전개를 펼쳐왔다. 생명문학 작품의 창작에서부터 생명 미학적 인식으로 나아가는 도정에서 발견한 새로운 의미의 남조선 사상은, 그에 따르자면 "민중 속에서 적극적이고 조직적으로 후천개벽이 진행되어 전 세계가 전환, 변혁되는 것"[4]이 되고, 이 '남'이라는 '민중'이 희구하는 평화적이고 참된 의미의 삶을 위한 은밀하고도 창조적인 사상체계가 녹아있는 것이 된다. 남조선 사상의 민중 주체적인 성질은 김지하의 미학에서 '소수자'나 '주변인'으로서 '쓸쓸한 대중'이 갖는 성격과 대응된다. 증산이 말하는 '남은 조선사람'은 "부유하거나, 강하거나 지혜로운 사람이 아니라, 억압받고 지배받는 계층이며, 재겁災劫에 쌓이고 잔피殘疲에 빠져 허덕이는 사람들이다."[5] 어느 축에도 끼지 못하는 '못난 사람'으로서 소수자가 될 수밖에 없는 존재들이 김지하 미학과 사상의 도정에서 자리 잡게 되는 의미 맥락이 남조선 사상의 전개를 통해 여실하게 드러난다.

2. 남조선 사상의 연원과 김지하 미학

남조선 사상의 연원이나 배경은 '이상사회론', '미륵사상', '진인대망眞人待望 사상'과 궤를 함께 한다.[6] 김지하에 따르면 남조선 사상은 계룡산과 깊은 관련을 맺으면서 발전해 왔다.

4) 위의 책, 320쪽.
5) 김철수, 「증산도 사상에 나타난 '남조선 사상'」, 『증산도사상』 제5집, 증산도사상연구소, 2001, 170쪽.
6) 이는 김철수의 위의 논문에 따른 것이다. 위의 글, 144~159쪽.

남조선 사상은 그 본디 연원을 알 수 없으나 매우 오래 전부터 한반도의 민중 속에 전설로서, 소망으로서, 혹은 도참으로서 떠돌아다니며 미만 되어 온 민중 사상의 핵심입니다. 특히 그것은 계룡산과 관련을 맺으면서 발전해 왔습니다. 계룡산이 새로운 왕조의 도읍지로서, 태평 선경의 개활지로서, 전 민중의 소망의 땅, 지복의 땅으로 이야기되어 온 것은 널리 알려져 있는 바와 같습니다. (…중략…) 계룡산의 구조는 삼태극의 형국으로서 회룡고조, 즉 활모양으로 몸을 구부린 용의 꼬리가 다시 그 용의 머리를 쳐다보는 형국으로 되어 있습니다. 이것은 태극의 형상입니다. 이 태극의 지형을 갖고 있는 산천에서 후천개벽의 새로운 지상 선경이 열린다는 것이 민중 신앙, 민중적인 개벽신앙의 골자입니다.[7]

계룡산의 구조가 태극의 형상을 띠고 있고, 이 지형적이고 지리적인 형태 때문에 오래 전부터 민중들 사이에서 "후천개벽의 새로운 지상 선경"을 펼칠 신성한 장소로 회자되고 있다는 설명이다. 계룡산과 아울러 남조선 사상 및 신앙과 밀접한 것이 정감록 신앙이다. 정감록 신앙에서 나타나는 "현실부정, 구세주의, 천도설, 은둔주의, 낙관적 운명관"[8]은 민중이 지금까지 겪어왔던 숱한 현실적인 고통을 이겨내고 앞으로 전개될 새로운 세상에 대한 신앙이 습윤되어 있다. 가까운 장래에 진인이 출현해 우리민족을 영원한 지상천국으로 인도하리라는 믿음은, 특히 현실의 모순을 온몸으로 체감하는 사람들에게 잠재적인 신앙으로 귀결된다. 미륵이나 메시아와 같은 진인에 대한 갈망이다. '남조선'은 그런 존재의 출현과 함께 복된 세상을 가져다주는 후천개벽적 대전환의 공간적인 상징이다. 그러면 '뱃노래'는 무슨 뜻일까. 증산의 말을 빌어 김지하는 "서양

7) 김지하, 앞의 책, 314~315쪽.
8) 김홍철, 「구한말 사회 상황 연구－원불교 출현의 사회배경, 특히 메시아니즘을 중심으로－」, 『원불교사상』 제2권, 원광대학교 원불교사상연구원, 1977, 38쪽.

의 문명신들이 남조선 뱃노래를 부르며 그 문명의 이기, 즉 과학과 기술과 온갖 형태의 편리한 물질문명을 거느리고 남조선으로 배타고 들어온다"[9] 한다. 부연하면 "인류사와 문명사의 모든 문제들이 남조선, 즉 남은 조선사람, 즉 한국 민중 속으로, 제3세계로, 제3민중에게로, 그들의 일상적인 삶의 한복판으로 끊임없이 몰려들어 옴으로써 문명의 중심이 이동되는 것을 보여"[10]준다.

민중 · 제3세계 · 제3민중 등 여러 의미로 수렴할 수 있는 맥락을 지닌 남조선 사상의 개념은 김지하 미학의 구성 원리 중 하나인 '그늘'과도 중요한 상관성을 지닌다. 판소리 용어인 그늘은 서구 미학의 미의식으로 볼 때 이해하기 어려운 측면이 존재한다. 그도 그럴 것이 그늘은 이중적이면서도 교호적이기 때문이다. 가령 "빛이면서 어둠이고 어둠이면서 빛이고", "웃음이면서 눈물이고, 한숨과 탄식이면서 환호요 웃음"이다. 또한 "천상의 체험이면서 지상의 세속적 삶이고 이승이면서 저승", "환상이면서 현실이고 초자연적인 의식이면서 현실적 감각"이다. 그리고 "주관과 객관, 주체와 타자를 넘나"드는 것들을 아우르는 것이 그늘인 것이다.[11] 이중성과 양면성을 지닌 그늘의 독특한 미적 속성은 김지하 미학의 전개 양상에서 꾸준하게 거론되는 것이기도 하다. 김지하의 그늘론은 그의 미학적 얼개를 구성한다. 그는 연담 이운규가 김일부에게 준 화두였던 '영동천심월影動天心月'을 해석하는 가운데 그늘의 의미심장한 뜻을 끄집어낸다.[12] '영동천심월'은 '그늘이 우주를 바꾼다'는 뜻이다. '천심월'

9) 김지하, 앞의 책, 321쪽.

10) 위의 책, 321쪽.

11) 김지하, 「그늘이 우주를 바꾼다」, 『김지하 전집3』, 실천문학사, 2002, 310쪽.

12) 이운규가 김일부에게 던진 화두에 관한 일화를 잠깐 소개하면 다음과 같다. "호는 연담, 이름은 이운규입니다. 이운규 선생은 충청도 연산에서 살던 분인데 이 분 밑에 세 제가가 있었어요. 한 분은 여러분이 잘 아는 동학의 수운 최제우 선생이고,

은 '우주핵'이다. 그리고 하늘의 마음이고, 하느님의 마음이다. '그늘'이라고 하는 역동적이고 이중적인, 그리고 카오스적인 실체가 우주의 핵을 움직인다는 말에서 그늘이 갖는 오묘함을 떠올리게 한다. 그늘은, 김지하의 개인적 체험이 보태져 '흰 그늘'로 변용되기도 한다. 그늘이되 흰 그늘이라 함은 "흰 빛 초월의 아우라"[13] 같은 신성神性의 뜻이 좀 더 강한 측면에서 그렇다. 이 흰 그늘은 "혼돈적 질서, 역동적 균형, 기우뚱한 균형, 비평형적 평형, 균형이 아닌데 균형을 잡는 것"[14]이다. 부연하면 흰 그늘은 살아있는 균형이고, 이는 늘 한편으로 기우뚱하다. 김지하에 따르면 "이렇게 형용모순인 서로 다른 균형을 가지고 있는 것이 흰 그늘"[15]이라는 말이다. 그는 흰 그늘이, 엇박으로 나아가는 '붉은악마'의 구호와 함성에 잘 나타나는 혼돈스럽고 카오스적인 것의 질서와 깊은 관련이 있음을 역설한다. 여기에서 그가 들고 있는 개념이 '태극이면서 궁궁'이다.

> 태극이면서 궁궁. 태극은 주역이라는 우주론, 세계질서를 상징하는 부호입니다. 이수분화이고 균형입니다. 궁궁은 뭘까요? 궁궁은 『정감록』에 나오는 말입니다. 혼돈한 비밀스런 삶의 장소입니다. 거기 가면 군대가 아무리 쳐들어오거나 반란이 일어나거나 서양 오랑캐가 쳐들어와도 죽지 않고 살 수 있다고 합니다. 계룡산이 궁궁처럼 생겼죠? 회룡고조(回龍顧祖), 용이 몸을 딱 비틀면서 꼬리가 할아버지를 되돌

또 한 분은 우리나라 주역, 정역을 처음 연 김일부 선생입니다. 그리고 남학의 김광화라는 분이 있었어요. 스님인데, 혁신불교를 했어요. 불교를 확 뒤집어놓은 거죠. 남학이라는 것은 일종의 혁명적 불교인데, 그 전통이 조금 들어가 있는 데가 원불교인 듯합니다. 이 세 분을 가르쳤는데, 수수께끼 같은 말을 한마디 세상 앞에 던져놓고 어느 날 새벽에 없어져 버렸어요. 뭐라고 했느냐?/"그늘이 우주를 바꾼다. 이 뜻을 해석하라." 김지하, 『흰 그늘의 미학을 찾아서』, 실천문학사, 2005, 85~86쪽.

13) 위의 책, 324쪽.

14) 위의 책, 324쪽.

15) 위의 책, 325쪽.

아보고 있는 형상입니다.[16]

태극과 궁궁이 모순된 상태로 함께 놓여 있다는 설명이다. 이 혼돈적 질서와 계룡산의 형국이 잇닿는 접촉면에서 민중이 역사적으로 보여줬던 이중적인 면모가 드러난다. 김지하는 역사적으로 "민중사, 민중의 마음, 민중적 생성, 생명, 영성까지도 다 이렇게 이중적"[17]이라고 보았다. 즉 "난리를 피하"면서 "동시에 역성혁명, 반란을 꾀"[18]하는 특징이 분명히 있었고, 이런 이중적이고 모순된 측면을 동시에 지니고 있는 민중적 생명을 '태극궁궁'이라는 말로 상술하는 것이다.

남조선 사상은 김지하 미학사상의 한국적 사상 및 전통 계승과 이의 전유專有 양상에서 볼 때 종교적 신앙에 닿아 있는 것이 사실이다. 모든 종교가 그렇듯이 남조선 신앙 역시 민중의 절대적인 믿음을 전제한다. 비전秘傳으로 내려오는 민중 신앙에 대한 각별한 관심과 인식은 김지하 미학의 속살을 다양한 결들로 가득 채우는 기능을 한다. 김지하가 민간 신앙에 각별한 관심을 기울이는 것에 대한 사람들의 호오감정을 떠나 남조선 사상을 담론화하는 그의 노력은 종교적인 믿음과 별개의 것으로 이해해야 한다는 사실을 일깨워준다. 왜냐하면 "우리가 종교를 단지 감정의 영역에 속하는 것으로만 규정해버린다면 종교는 그것이 가지고 있는 진지성과 진리 그리고 궁극적 의미를 잃"[19]어버리기 때문이다. 남조선 사상이 지니고 있는 종교적 속성 또한 궁극적인 진지성을 바탕으로 접근해야 한다. 남조선 사상이 미신의 일종이라거나 우매한 민중의 전근대적

16) 위의 책, 325쪽.
17) 위의 책, 326쪽.
18) 위의 책, 326쪽.
19) 이준학, 「문학과 종교-문학과 종교의 관계에 대한 학제적 연구」, 『종교와 문화』 제14호, 서울대학교 종교문제연구소, 1998, 109쪽.

인 신앙 형태일 뿐이라는 인식을 떨쳐버리기 위해서는, 남조선 사상의 알갱이라 할 수 있는 '민중'에 대한 김지하의 시각을 살펴볼 필요가 있다. 변혁의 주체로서 정치사회학적인 민중 개념이 아니라, 후천개벽을 이루는 중심 바탕으로서 민중이 지닌 다의적인 함의를 분석하는 일이 중요하다.

3. 남조선 사상과 소수자의 자리

남조선 사상, 혹은 남 사상의 주춧돌인 '민중'은 국민의 절대 다수를 차지하는 양적인 개념과 다르다. 특히 김지하의 미학사상에서 민중은 진리의 담지자로서 기능한다. 현상으로서 드러나지 않는 오묘한 우주의 진리를 구현해내는 존재이다. 따라서 그에게 민중은 국민이나 시민, 아니면 노동자와 농민 같은 사회 계층과 차별화되면서, 어중이떠중이 모든 부류의 사람들을 포괄하는 개념이 아니라는 사실을 알 필요가 있다. 그는 이미 예전부터 민중이 지니고 있는 천심天心을 말해 왔다. 천심은 공부의 최고 경지 즉, 도를 깨닫는 경지이다. 이런 경지가 민중에게 들어있다는 말은 무슨 뜻일까. 공부功夫와 체념諦念을 일러 쿵푸라 한다. 김지하에게 그 공부와 체념을 터득한 사람은 다음과 같다.

> 헌데 나는 요즈음 길거리에서 바로 그 공부를 한 사람을 수없이 만난다. 거리를 가득 메운 학생들, 청년 노동자들, 지식인들, 민족지사들, 백공단, 전경, 쇠파이프, 각목, 화염병, 물대포가 똑 이소룡이 재주부리듯 난무하는 속에 눈물을 질질 흘리면서도 어느 쪽도 찬성하지 않고 제 주장도 하지 않고 불평 한마디 없이 입을 딱 다문 무표정한

얼굴, 머얼건 눈, 아수라판의 이상한 적막! 민초의 공부다. 민초가 삶에서 터득한 체념의 경지다.[20]

"불평 한마디 없이 입을 딱 다문 무표정한 얼굴"의 표상을 지닌 민중은, 지금 이곳 한국 사회에서 자신의 권리와 입지를 지켜내기 위해서 각종 집회나 시민운동에 참여하는 '시민'과 차별성을 갖는다. '시민'이, 의지와는 무관하게 주어진, 그러면서도 근대국가 체제에서 자신의 권리와 삶의 향상을 위해 목소리를 낼 수 있는 권한을 부여받은 명칭이라면 김지하에게 민중은 그런 시민적 권리와 자리에서 비껴 난 자들이라고 말할 수 있다. 이 '천대받은 민중'은 지금의 우리 사회에서 장애인과 여성을 비롯한 소수자이며, 이 소수자의 목소리는 묻혀 있는 셈이다. 그리고 자신의 목소리를 스스로 닫아버린 소수자로서 민중이 지닌 천심은 새로운 시대의 장을 여는 혁명적인 씨앗을 내포한다. 김지하의 후천개벽 사상은 동학과 증산 강일순의 종교사상에 영향을 받은 바가 크다. 특히 남조선사상의 경우, 강증산의 천지 굿이 보여주는 후천개벽적인 민중 사상의 여파가 고스란히 김지하에게 전해진다. 선천의 세계에서 천대받고 괄시받았던 존재들이 후천세계를 여는 주체라는 사실은 증산 자신부터 "과부였던 고수부란 여자에게 당신의 배 위에 올라타고 칼을 들고 천지대권을 내놓으라고 협박하게 했으며 선생 자신은 고수부에게 빌면서 "예, 다 드리겠습니다" 하고 대권을 바치는 굿을 집행하였"[21]던 사실에서 잘 드러난다. 또한 "그는 괄시받는 여자가 후천개벽의 주체임을 분명히 얘기했으며 또한 농투성이, 떠돌이 거지, 온갖 구박받고 천대받고 고통 중에 있는 모든 사람들이 후천개벽의 주체임을 분명히 못 박아 말하였"[22]다.

---

20) 김지하, 『옹치격』, 솔, 1993, 47~48쪽.
21) 김지하, 『남조선 뱃노래』, 자음과모음, 2012, 278쪽.

천대받는 민중의 한과 소망이 남조선 사상에 들어 있다. 공간 · 지리적 요소로서 한반도 이남과, 시간적 요소로서 가까운 장래, 그리고 주체로서 학대받고 천대받는 밑바닥 존재들의 염원이 용해되어 있는 남조선 사상은 바로 남조선 개벽사상이기도 하다. '개벽'은 세상이 새롭게 열린다는 뜻을 지닌 말이다. 이것은 지금까지의 세상이 불완전하여 비뚤어져 있다는 인식과 상통한다. 개벽신앙은 지배계층과 특권층에 있는 사람들보다는 민중들 사이에서 널리 퍼지는 경향이 있어 왔다. 이 오랜 동안의 신앙이 민중들 사이에서 남조선 뱃노래 형식으로 전파되었고, 남조선 사상이라는 응축된 사상체계로 남아 있게 된 것이다. 김지하는 남조선 사상의 실천 강령이 해월 최시형의 십무천十毋天[23]에 가장 잘 나타나 있다고 보았다. 십무천에서 천天은 한울이다. 그리고 한울의 생명이 바로 민중의 생명이다. 동학과 증산 사상에서 말하는 천지공사는 한울인 민중 생명의 동세적인 혁명, 곧 우주변혁을 위한 실천적인 전제조건이다. 남조선 사상과 동학 · 증산의 후천개벽사상은 이 점에서 연결고리가 만들어진다.

민중이 남조선 사상에서 차지하는 위상의 측면에서 볼 때, 소수자로서 오늘날의 민중의 구성원을 이루는 존재는 분명하다. 지배 이데올로기의 영향에서 자유롭지 못하고, 근대과학기술과 이성적 논리에 지배당하는 숱한 사람들이 저지르는 생명 말살의 풍토에서 자유로운 사람이다. 이들은 국가 질서 유지의 측면에서는 수동적이되 죽임에 맞서는 행위에서는 적극적이다. 예수가 한 가난한 어부를 그의 제자로 삼았듯이 수운과 증

---

22) 위의 책, 279쪽.

23) 1. 한울을 속이지 말라. 2. 한울을 업신여기지 말라. 3. 한울을 다치지 말라. 4. 한울을 어지럽히지 말라. 5. 한울을 죽이지 말라. 6. 한울을 더럽히지 말라. 7. 한울을 굶기지 말라. 8. 한울을 부수지 말라. 9. 한울을 싫어하지 말라. 10. 한울을 굴복시키지 말라.

산 또한 못 배우고 천한 사람을 자신들의 후계자로 삼았다.[24] 남조선 뱃노래를 부르며 만경창파 노 저어가는 사람은 하늘의 이치와 원리에 대한 깨달음 이전에, 도적 소굴이 되어버린 세상과 자신을 구할 방책을 끊임없이 캐묻는 자이다. 이들의 생명적 관점은 소박하나마 하늘의 근원적인 생명활동에 닿으려는 의지의 산물이다.

민중은 다수이되 '소수'다. 소수의 영역에 포함시킬 수 있는 민중의 진정한 의미는 바로 자신이 한울님이라는 깨침을 얻은 때에 정립할 수 있다. 티끌 한 올에도 우주가 들어있다는 원리는 동양의 사상과 종교에서 오래 전부터 얘기해 왔던 사실이다. 동학과 증산의 사상에서 우주와 하늘의 이치를 보잘 것 없는 부엌데기 같은 천민에서 찾은 사실은 의미심장하다. 김지하의 미학에서 중요한 의미를 띠는 '그늘' 또한, 갖은 고통과 상처를 보듬고 살아가는 인간 존재의 신산고초에서 새로운 미학적 윤리가 태동한다. 상처와 고통이 없는 사람은 없지만, 이 상처와 고통에 짓눌리지 않고 이를 승화해서 드높은 예술의 경지에까지 나아간 소리꾼을 높이 쳐주었던 김지하는 예술 일반의 분석에서조차 그늘의 유무를 따지곤 했다. 그에게 진정한 예술은 '삭힘'이 있어야 한다. 판소리에서는 시김새다. 그늘의 미학적 · 윤리적 패러다임은 지금까지 민중이 겪어야 했던 숱한 인내와 고초가 마냥 공염불에 그치는 것이 아니라 앞날의 창조적이고 현실적인 대안으로 놓여있다는 낙관적인 전망으로 기능한다.

---

24) 수운을 이어 제2대 교주가 된 최시형(1827~1898)은 머슴 출신이었다. 그리고 증산은 그 당시에 천한 대우를 받았던 여성에게 자신의 법통을 내어준다. 고판례(高判禮)(1880~1935)이다. 증산이 고판례에게 "내가 너를 만나려고 15년 동안 정력을 들였나니 이로부터 천지대업을 네게 맡기리라" 말했다고 전해진다. 증산도 도전편찬위원회 편찬, 『도전』 11:5, 대원출판사, 2003.

4. 소수자의 윤리로 본 남조선 사상의 의미

남조선 사상은 합리적인 이성과 과학적인 방법론을 토대로 해서 전개해나가는 근대 학문이나 사상과 달리 눈에 보이지 않는 절대적인 믿음에 근거한 것처럼 보인다. 그럴 것이 서양의 유토피아처럼 그 어디에도 없었던 세계를 설정하기 때문이다. 그리고 앞서 최남선의 기록에서도 보이듯 앞으로 다가올 조선의 미래란 측면에서 분명 국수주의의 혐의 또한 없지 않다. 그런데 조선 후기부터 시속時俗에서 암암리에 전파된 민간 신앙의 형태라 치부하기에는 그 사상과 내용이 오늘날의 현실과 견주에 시사하는 바가 적지 않다. 이는 현대인의 정신적 질병과, 전 세계적으로 확산되고 있는 문명적인 위기를 생각하면 더욱 그렇다. 근대 서구 철학과 문명이 야기한 여러 병폐들은 인간을 도구적 이성의 수단으로만 간주해 온 결과이다. 물질적인 성공과 부, 그리고 경쟁에서 이겨서 살아남는 사람만이 유의미한 사회구조에서, 지금까지 열외로 놓였던 존재들은 정신적인 박탈감과 소외감을 지닐 수밖에 없다. 하지만 이보다 더욱 큰 문제는 생태계 오염을 비롯한 전 지구적인 환경 파괴와 초국적 거대 자본의 침투에서 비롯하는 정신문화의 박토화薄土化이다. 더욱이 서양의 정신문명과 철학의 흐름과 유행에 대단히 민감한 오늘날 한국 대부분의 지식인들게 우리의 정신문화에 대한 관심과 연구는 미비한 실정이다. 김지하에게 남조선 사상은 이런 열악하고 척박한 한국 지식인의 연구 풍토에 대한 철저한 비판이자 자기실천에 해당한다. 자기실천은, 동서양을 막론하고 팽배해진 사회문화적 질병을 치유하는 수단과 방법을 서구의 지성인들도 실패했다고 스스로 인정한 서양의 철학과 사상에서 찾는 것이 아니라 바로 우리 자신의 정신과 사상에서 찾는 것을 의미한다. 이 고집스러운 자기실천으로 말미암아 남조선 사상은 용도 폐기해야 할 구닥다리 미신 같은 것이 아니라 새 시대의 길을 제시하는 값진 유산과 전통이 되는 것이다.

남조선 사상은 민중의 재발견이라는 측면에서 새로운 연구 과제를 안겨다 준다. 단순하게 지배계층에 맞서 있거나 지배 이데올로기의 훈육 대상으로서 소극적인 집단 개념이 아니라 새로운 세상을 이룩하려는 적극적인 주체의 개념으로 이해하게 한다. 지난 시대에서 민중은 사회과학적인 범주에서 사회 변혁을 위한 주체의 의미가 강했다. 그 민중의 범주에는 노동자, 도시빈민, 농민, 학생과 지식인들이 포함되었다. 이는 민중을 사회개혁과 진보적인 역사관을 바탕에 둔 협소한 의미의 민중관일 뿐이다. 마르크스주의 역사관에 토대를 둘 때 프롤레타리아를 비롯한 민중세력은 그 자체로 긍정적이고 의심할 여지가 없는 사회 발전의 원동력이다. 이때의 민중은 역사적 유물론의 톱니바퀴와 같은 존재로 떨어진다. 남조선 사상을 고찰한 김지하에게 민중은, 지난 세대의 진보사관에서 보면 영락없는 '회색분자'들이다. 즉 사회발전에 대한 뚜렷한 소신이나 철학 없이 그날그날 밥을 먹으면서 살아가는 존재들이다. 이들은 직업의 유무나 경제 능력에 상관없이 오랜 역사의 흐름에서 주류가 되지 못하고 '나머지'로 밀려난 사람들이다. 좋게 말해서 '쁘띠'요, 안 좋게 말해 '룸펜'의 용어로 지칭할 수도 있겠다. 이도 저도 아닌, 그렇다고 내세울 거도 마땅치 않은 어중이떠중이로서 민중이 개벽의 주체라 함은 근원적인 생명의 질서를 이 같은 민중에게서 찾으려 했던 동학정역계 · 증산계 사상의 영향이 김지하에게 뚜렷하게 나타나는 것과 연결해서 이해할 수 있다. '양陽'이 선천세계를 이끌어왔다는 인식에서, 지금까지의 일그러진 세계의 흐름과 질병의 만연, 그리고 비뚤어진 인간문화의 양상들을 극복하기 위해서는 먼저 '원시반본'의 자세가 필요하다는 말이다. '고대로 돌아가자'

는 사상적 의미에서 김지하가 발견한 것이 율려律呂다. 율려는 우주의 질서를 포현하는 음音의 체계다. 이전 시대의 중심음이 황종黃鐘이었다면 후천 시대의 중심음은 황종이 아니라 협종夾鐘이라는 설명이다. 이것은 정역正易을 창시한 김일부의 사상에서 영향을 받았다.

> 김항 선생의 『정역』이라는 것이 있습니다. 이것은 중국의 주역에 대한 '정역(正易)'입니다. 주역의 건곤(乾坤)에서 건(乾)이 황종이죠. 그런데 정역에서 어떤 분이 중심음을 찾았어요. 정역을 공부하다가 알았는데 협종(夾鐘)이라는 거예요. 협종이란 새로운 시대의 중심음이지요. 즉 주역과 정역은 괘도가 달라요, 그림이. 주역의 '팔괘(八卦)'라는 말 들어봤죠? 건곤(乾坤), 우주를 표시하는 그림이 바뀐다는 말입니다. 복희 역의 제자리로 돌아간다는 이야기예요. 여기서 중심음은 황종이 아니라 협종이에요. 그러니까 황종의 위치에 협종이 들어갑니다.[25)]

"황종의 위치에 협종이 들어"가면서 중심음에 변동이 생기고, 이 변동은 혼돈 즉, 카오스오 이어진다. 그러나 완전한 카오스가 아니라 코스모스적인 질서를 끌어안은 카오스모스(혼돈적 질서)의 형국이 오늘날 우리 사회 곳곳에서 벌어지고 있다는 설명과 연관된다. 질서와 혼돈, 그리고 안정과 변화의 몸부림이 기우뚱한 균형을 이루고 있는 오늘날의 세계는 공고한 선천의 이데올로기에 균열이 생기면서 새로운 정신 사상적적 패러다임을 형성하는 중에 있다. 여기서 민중은 단순하게 말해서 협종의 위치에 놓이게 되고, 이 협종의 위치에서 역동적이면서 균형을 유지하는 상황의 중요한 축을 천대받고 희롱당한 어중이떠중이 민중이 맡게 되는 것이다. 김지하의 '민중'은 지난 촛불시위 때 거리로 쏟아져 나온 어린 학생

25) 김지하, 『예감에 가득 찬 숲 그늘』, 실천문학사, 1999, 242~243쪽.

들과 여성, 그리고 쓸쓸한 대중들에게 좀 더 초점이 가 있다. 그는 『정역』에 나오는 '기위친정己位親政', '십일일언十一一言', '십오일언十五一言' 이 세 마디로 이들의 의미를 설명한다.

> 『정역』에는 후천개벽 과정인 '기위친정(己位親政)', '십일일언(十一一言)', '십오일언(十五一言)'이라는 세 마디가 나온다. 기위친정은 개벽이 진행되면 이 세상에서 가장 천대받던 것들이 임금처럼 우주정치를 담당하게 된다는 큰 전환이 일어난다는 뜻이다. '기위(己位)'는 '맨 끌찌'란 뜻이고, '친정(親政)'은 '임금의 직접정치'란 뜻이다. 불교의 '중생이 곧 부처'란 말이나 예수복음에서 '모퉁잇돌이 머릿돌이 된다'는 말과 같다. 산상수훈의 '네페쉬 하야(저주받은 자)'의 예루살렘 입성, 혹은 죽임을 당한 예수의 몸이 부활하여 승천하는 것, 그리고 동학에서 사람이 한울님이라는 말도 다 같은 뜻이겠다./그럼 십일일언은 무엇일까? 이는 이제껏 매만 맞고 구박만 받던 나이 스물 미만의 청소년 어린이들과 젊은 여성들이 정치를 담당한다는 뜻이다. 바로 고대정치, 무위정치(無位政治), 직접민주주의, 화백을 말한다./십오일언은 무엇일까? 바로 이러한 때에는 기존의 지식인과 종교인, 정치인은 한 발 뒤로 물러나 교육, 문화, 종교에 몰두하면서 청소년과 여성의 정치를 음으로 돕게 된다는 것이다.[26]

역학易學적인 해석으로 풀이하는 '기위친정', '십일일언', '십오일언'에서 말하는, 천대받는 존재인 "청소년 어린이들과 젊은 여성"이 새로운 세계를 여는 민중의 핵심 계층이 된다. 이들은 지금까지의 세상에서 모든 제도나 담론과 권력의 헤게모니를 장악했던 "기존의 지식인과 종교인, 정치인"과 뚜렷한 선을 그으면서 그들의 지원을 받으며 새 정치의 중심에 나서게 된다는 이야기다. 타자와 주체의 중심이동, 혹은 타자와 주체

26) 김지하, 『방콕의 네트워크』, 이룸, 2009, 26~27쪽.

의 기능 변화가 지금 이곳에서 일어난다고 이해할 수 있다. 배제와 동화同化의 대상이었던 존재에 대한 역학적인 풀이가 아니더라도 담론의 영역에서 이들의 자리와 중요성을 환기하고 있는 최근 학계의 분위기를 떠올리면 될 것이다.

'남조선 뱃노래'는 진위가 가려지지 않은 「춘산채지가」에 실려 있다. 조선 말 전라감사를 지낸 이서구李書九가 지었다고 알려진다. 남조선 뱃노래에는 세상의 획기적인 전환기가 곧 도래할 것임을 다음과 같은 가사로 나타냈다.

> 배 띄워라 배 띄워라/남조선 배 띄워라//만경창파 너른 바다/두둥실 배 띄워라//(…중략…)//너의 신세 그러하다/이내 운수 좋을시구/들어가세 들어가세/용화도장 들어가세/많고 많은 사람 중에/몇찾아가세/몇몇이나 참례턴가//시들부들 하던 사람/후회한들 어찌하며/한탄한들 무엇하리/탄식줄이 절로난다//어렵더라 어렵더라/찾아가세 찾아가세/회문촌을 찾아가세(…후략…)[27]

남조선 배질을 담당해서 후천을 여는 사람은 증산이 말했던 '남은 조선사람'이다. 김지하의 말을 덧붙이면 "증산의 '남조선 뱃노래'는 남조선 사상의 핵심으로서 한반도(동토(東土))에 서양과학 및 물질문명이 모두 들어와 대융합을 이루어 후천 신문명이 창조된다는 뜻이다. 더욱이 증산은 '남조선'을 가리켜 '예수 믿고 부처 믿고 공자 믿고 해서 다가고 남은, 나머지 조선사람의 사상이 남조선 사상이요, 서천의 물질문명이 화물이 돼서 모두 다 남조선으로 들어오는 배 젓는 소리가 남조선 뱃노래'라고 했으니 허름하고 꺼벙한 삼남三南의 촌놈들, 소외된 민중이 바로 이 창조

27) 이상비, 「남조선 신앙 소고－특히 궁을가와 춘산채지가에 대하여－」, 원광대학교 인문과학대학 국어국문학과, 『국어국문학연구』, 1990, 228, 236쪽.

적 개벽의 참주인공이란 뜻이다. 남조선 사상의 주체를 분명히 한 셈이요, 그 주체의 텅 빈 도덕을 지시한 것이다."[28] 좀 더 구체적으로 말해서 최근의 촛불집회에 주체적으로 참가한 사람들로 빗대면 다음과 같다. "동서고금 일체의 선천 문명에서 이제껏 그저 한낱 보호대상에 불과했던 꼬래비, 천덕꾸러기, 욕을 밥 먹듯 하고 몽둥이나 회초리, 아니면 그보다 더 악질적인 교육이란 이름의 매질과 주리틀기로 경쟁력이나 몰입영어교육이니 하며 단 한 순간도 가만 안 놔두고 볶혀온 어린이, 청소년들 그리고 부엌데기, 집지킴이, 설거지꾼, 성적 노리개이거나 세상에 나가도 남자에 비해 월급이 반 정도밖에 되지 않는 소외여성들"[29]이다. 이들은 세상에 널리고 널렸지만 이들 삶의 방식은 사회 체제나 구조의 억압적인 틀 속에서 자신들의 창조적인 생의 에너지를 저당 잡힌 채로, 그리고 피동적이고 소극적인 형태로 지탱하면서 놓여 있다. 주변인과 소수자로서 이들의 존재방식은 생명의 근본적인 활력과 에너지가 훼손당하고 비뚤어진 사회체계의 부정적인 습속에 잠식당하고 있다.

남조선 사상은 수천 년 동안 존재해왔던 잘못된 체제로 끊임없이 재생산되어 온 이들 천대받는 자들이 실은 새로운 세계와 우주 개혁을 위한 주력꾼이라는 사실을 일깨운다. 김지하의 사상과 미학적 범주에서 남조선 사상이 기능하는 몫은, 확실하고 절대적인 신앙의 측면이 아니라 '예감'에 가까운 것이다. 구한말부터 시속時俗에 널리 전파되었던 남조선 사상은 오늘날 물질적으로나 정신적으로 총체적인 위기에 직면한 인류사회가 앞으로 부딪치게 될 상황을 징후로써 보여준다. 그 속에 천대받고

---

28) 김지하, 「남조선사상의 현대적 의미: 김일부의 정역正易을 중심으로」, 제29회 대전인문학 포럼 강연원고; 김철수, 「19세기 민족종교의 형성과 '남조선 사상'」, 『동양사회사상』 제22집, 동양사회사상학회, 2010, 38쪽에서 재인용.

29) 김지하, 앞의 책, 120쪽.

괄시받았던 존재들의 위상은 동학과 정역을 비롯한 민족사상의 측면에서 변위變位가 이루어진다. 이들 주변인과 소수자로서 갖는 윤리는 우주적이면서 근원적인 생명 윤리의 면모로 시각을 돌려세울 필요가 있다. 범속하지만 세상의 상처와 그늘을 짊어진 자들의 심층무의식에 잠재해 있는 '살림'과 '모심'의 마음을 스스로 깨달아 생명적 실천으로 나아가는 길 속에 남조선 사상의 숨은 의미가 있다.

■ 참고문헌

김지하, 『남조선 뱃노래』, 자음과 모음, 2012.

______, 『방콕의 네트워크』, 이룸, 2009.

______, 『흰 그늘의 미학을 찾아서』, 실천문학사, 2005.

______, 『김지하 전집3』, 실천문학사, 2002.

______, 『예감에 가득 찬 숲 그늘』, 실천문학사, 1999.

______, 『옹치격』, 솔, 1993.

김철수, 「19세기 민족종교의 형성과 '남조선 사상'」, 『동양사회사상』 제22집, 동양사회사상학회, 2010.

______, 「증산도 사상에 나타난 '남조선 사상'」, 『증산도사상』 제5집, 증산도사상연구소, 2001.

김홍철, 「구한말 사회 상황 연구－원불교 출현의 사회배경, 특히 메시아니즘을 중심으로－」, 『원불교사상』 제2권, 원광대학교 원불교사상연구원, 1977.

이상비, 「남조선 신앙 소고－특히 궁을가와 춘산채지가에 대하여－」, 『국어국문학연구』, 원광대학교 인문과학대학 국어국문학과, 1990.

이준학, 「문학과 종교－문학과 종교의 관계에 대한 학제적 연구」, 『종교와 문화』 제14호, 서울대학교 종교문제연구소, 1998.

증산도 도전편찬위원회 편찬, 『도전』, 대원출판사, 2003.

최남선 지음(최상진 해제), 『조선상식문답』, 두리미디어, 2007.

현대시에 투영된 이방인과 다문화

고봉준

1. 다문화 담론과 이동의 시대

문학적 상상력은 우리가 '현실'이라는 단어로 지시하는 다양한 맥락들과 길항하면서 진화한다. 그 진화의 방향은 대개 문학적 상상력을 제약하는 규제적 힘으로서의 현실과 그것을 돌파하려는 문학적 상상력의 해방에의 욕망이 형성하는 벡터vector에 의해 결정된다. 문학 작품은 현실을 투명하게 반영하지 않지만, 동시에 현실과 무관하지도 않다. 이런 까닭에 특정 시기의 문학적 상상력에는 그 시대 전체가 걸려 있는 물음이 투영되기 마련이고, 이러한 물음은 때로 '문학' 자체의 성격 변화를 강제하기도 한다. 문학의 역사성이란 바로 이 물음들의 궤적을 추적하는 일이다. 그렇다면 신자유주의 시대 한국문학의 성격을 규정하는 '현실'의 중핵은 무엇일까? 그것은 '타자'와의 일상적 마주침이다. 타자, 이방인, 마이너리티, 호모 사케르, 다문화 같은 개념들이 문학연구의 전면에 등장한 현상이 이를 말해준다. 특히 '타자'와 '다문화' 담론은 어느덧 문학과 문화 분야의 중심적인 논제가 되었는데, 이는 이것들이 단순한 소재 이상의 의미를 지니고 있음을 말해준다. 문학에 한정해서 말하자면, '타자'와 '다문화'로 상징되는 새로운 현실의 등장은 한국문학의 성격 변화를 주도하는 근본적인 압력이 되고 있다. 물론 이러한 변화의 압력은 자본주의의 성격 변화와 긴밀하게 연동되어 있다. '자본'의 성격 변화가 문학적 상상력의 변화를 규정하는 최종심급은 물론 아니다. 하지만 네이션 빌딩nation-building과정에서 근대 '문학'이 '국민(국가)'이라는 상상의 공동체를 만들어내는 데 중요한 역할을 담당했고, 가라타니 고진의 지적처럼 근대문학이 '국가(state)=자본(captia)=네이션nation'의 삼위일체와 일정한 거리두기 속에서 전개되어 왔듯이, 최근의 한국문학이 '이방인'의 등장에 각별한 관심을 기울이게 된 것은 문학 바깥의 '현실'의 변화에 의해 강제된 측면이 크다. 특히 '이방인'의 출현은 자본주의의 성격 변화와 직결된 문제이다. 알다시피 자본주의는 세 단계의 변화를 거쳐 현재의 신자유주의(금융자본주의)에 이르렀다. 처음에는 민족국가의 경계 내부의 자본주의와 이에 기초한 국제 무역(주권 민족국가들 간의 교역)이 일반적인 형태였고, 이후 '제국'과 '식민지'라는 양극을 통한 경제적, 정치적, 문화적 지배의 형식으로 발전했다. 그리고 최근의 신자유주의는 '자본'과 '노동' 모두에서 민족/국가의 흔적을 지워버림으로써 그것들의 지구적 이동을 촉발시켰다. 인류 역사에서 유래를 찾을 수 없는 이 광범위한 지구적 이동의 시기에 유럽에서 타자의 타자성을 존중하고 차이를 관용해야 한다는 다문화주의적 관용 담론이 등장한 것은 결코 우연이 아니다. "이 범역적 자본주의 이데올로기의 이상적 형태는 다문화주의다."[1] 그래서 타자의 특이성에 대한 다문화주의적 존중은 전도된 방식으로 자신의 우월성을 단언하는 유럽인들의 중심성(신자유주의에서는 자본의 중심성)을 숨기고 있다는 비판과, 타문화에 대한 유럽인들의 '관용' 또한 "항상 지배의 또 다른 표현이며, 개인적 덕목으로서의 관용 역시 이러한 비대칭적 구조를 가지고 있다"[2]라는 의심을 배제할 수 없다. 현실에서 타자의 특이성은 그들이 실재적 타자가 아니라 "전근대적인 생태적 지혜와 매혹의 의례 등등을 지닌 무균적 타자"일 경우에만 관용되는 사례가 많기 때문이다. 자크 데리다는 이러한 태도를 '주권의 선한 얼굴'이라고 명명했다.

> 관용은 자비의 한 형태입니다. 따라서 비록 유대교와 이슬람교 역시 이 개념을 전유하는 듯 보인다고 할지라도, 그것은 기독교적 자비입니다. 관용은 늘 ['힘이 곧 정의다'라는] '최강자의 논거' 편에 있습니다. 관용은 주권의 대리 보충적 흔적이죠. 주권은 오만하게 내려다보면서 타자에게 이렇게 말하죠. 네가 살아가게 내버려두마, 넌 참을 수 없을 정도는 아니야, 내 집에 네 자리를 마련해두마, 그러나 이게 내 집이라는 건 잊지마…… 관용은 바로 이와 같은 주권의 선한 얼굴입니다.[3]

소위 '관용의 문턱'이라고 불리는 배제/포함의 착종상태를 넘어서지 못하는 한, 그들은—타자, 이방인, 소수자 등 어떠한 이름으로 불리더라도—'우리'라는 유기체적 · 자연주의적 정치학에 의해 배제되어야 할 대

---

1) 슬라보예 지젝, 이성민 옮김, 『까다로운 주체』, 도서출판 b, 2005, 352쪽.
2) 웬디 브라운, 이승철 옮김, 『관용』, 갈무리, 2010, 285쪽.
3) 지오반나 보라도리, 손철성 · 김은주 · 김준성 옮김, 『테러 시대의 철학』, 문학과지성사, 232쪽.

상이거나, '인권'이라는 추상적 가치의 보호를 받아야 할 사회적 · 정치적 약자의 위치를 벗어나지 못한다. 이런 까닭에 이방인/이주자/소수자/다문화에 대한 문학적 담론과 재현 전략은 두 가지 난제, 즉 배제/포함의 착종을 넘어서는 인식론적 · 존재론적 시각의 확보와 그것의 윤리적 · 미학적 재현 문제와 마주하게 된다. 문제는 이들 난제가 분리될 수 없기에 인식론적 · 존재론적 정당성으로 윤리적 · 미학적 재현 문제를 해결할 수 없으며, 그 역도 마찬가지라는 사실에 있다. 이 난제들에 적절한 해답을 제시하는 것이 문학(시) 본연의 역할이 아니라고 말할 수도 있으나 주권의 폭력성에 대한 성찰과 비판 없이 지구적 이동에서 발생하는 문제들을 '다문화'라는 이름으로 긍정해버릴 때, 문학은 현실과의 거리두기에 실패하고 하나의 이데올로기('정치의 미학화')로 전락하게 된다. 오늘날 우리는 시장독재의 성격을 띤 신자유주의가 지구적 현실로 대두되고, 자본과 노동이 '국제(inter-nation)'라는 근대적 틀을 넘어 '세계'라는 초민족 · 초국가적 규모로 이동하는 것이 상식으로 굳어짐으로써 국가나 민족 같은 근대적인 공동체/문턱들의 영향력이 약해지는 시대에 살고 있다. '민족/국가'의 영향력이 과거에 비해 현저하게 위축됨에 따라 다양한 국적과 인종, 문화적 주체와 얼굴을 대면하는 경험이 급증했다. 지난 10여 년, 한국 사회에서 '다문화주의'를 비롯하여 '세계화' 이데올로기에 따른 '이동'과 '혼종'의 경험을 담론화하거나, 문화적 현상으로 설명하려는 노력이 꾸준히 증가해온 것도 이 때문이다. '노동력'과 '결혼'에 의한 이주자의 급증은 한국의 정치, 경제, 문화 등의 영역에도 적지 않은 영향을 끼치고 있다. 이주자와의 대면이 더 이상 예외적인 경험이 부인할 수 없는 현실로 굳어짐에 따라 이주자의 삶을 형상화하는 일은 문화의 중요한 관심사가 되었다.

2. 하위주체와 재현의 불가능성

지금까지 지구적 이동에 따른 문화적 사건의 담론화는 마이너리티, 혼종성, 다문화주의의 세 방향에서 진행되어 왔다. 그 가운데 다문화주의 담론은 문학연구는 물론 교육과 행정 영역까지 확장되어 이주자 문제에 접근하는 주요 통로 역할을 담당하고 있다. 다문화주의 담론에 따르면 한국의 문화적 현실은 단일민족주의에서 다양한 문화들이 갈등하고 공존하는 다문화적 상황으로 바뀌고 있다. 국가정체성과 문화정체성의 갈등과 인정,[4] 국민국가적 시민권과 다문화주의 시민권 사이의 문제[5] 등은 이러한 다문화적 상황에서 흔히 제기되는 정치철학적 물음들이다. 유럽의 정치철학에서 그것은 찰스 테일러를 중심으로 한 공동체주의적 다문화주의와 윌 킴리카를 중심으로 한 자유주의적 다문화주의의 논쟁으로 드러났다. 이 논쟁에서 공동체주의는 '선善'을 강조했고, 자유주의는 '권리'를 강조했다. 이때 등장하는 다문화주의란 "민족국가를 전제로 문화집단 간에 문화를 상호 존중해야 한다는 주장"[6]으로 요약할 수 있다. 즉 그것은 근대 민족국가가 등장한 이후에 발생한 문제로서, 한 국가 내부에서 확인되는 다수적 문화와 소수적 문화의 수직적 관계에서 시작되어 노동력의 지구적 이동을 계기로 상이한 민족문화들 간의 관계문제로 확대되었다. 다문화주의는 1970년대 호주와 캐나다가 도입한 이래 유럽 국가들의 이민자 정책의 철학적 기초였다. 이는 서구에서 이민자에 대한

---

4) 이에 대해서는 파트릭 사비단, 이산호 · 김휘택 옮김, 『다문화주의』, 경진, 2012 참고.

5) 이에 대해서는 윌 킴리카, 황민혁 옮김, 『다문화주의 시민권』, 동명사, 2010 참고.

6) 박병섭, 「다문화주의 정치철학이란 무엇인가?」, 사회와 철학 연구회 편, 『사회와 철학』 21집, 2011.4, 423쪽.

동화정책을 비판하기 위해 제안된 개념으로, 종족, 인종, 종교, 문화집단의 권리를 법적으로 인정하고 보호해야 한다는 성격을 띠었다. 더 구체적으로 말하자면 다문화주의(multiculturalism)는 인종과 종교가 다른 소수민족문화, 비주류문화 등 여러 가지 이질적인 주변문화를 주류사회의 제도권 안으로 끌어들여 한 사회의 다양성을 추구하거나, 더 나아가서는 하나의 문화로 통합하려는 사상이나 이념을 일컫는 사회학적 개념이다. 현실과 이상의 괴리를 인정한다고 할지라도, '다문화주의'의 이상은 타자의 문화를 배척하거나 강제적으로 동화시키는 대신 이질적인 문화의 존재를 인정해야 한다는 타자성의 긍정에서 비롯되었다. 하지만 타자성의 긍정/인정이라는 다문화주의의 이상은 최근 유럽 정치권력이 보수화되면서 치명타를 입었다. 영국, 독일, 프랑스 등의 국가수반들은 다문화주의 정책의 실패를 선언하고 강력한 '동화'와 '통합'에의 의지를 밝혔다. 가령 캐머런 영국 총리는 '관용' 대신 '근육질의 자유주의'를 강조했고, 사르코지 프랑스 대통령은 프랑스가 그동안 이민자의 정체성에 지나치게 사로잡혀 정작 프랑스의 국가 정체성을 다지는 데는 소홀했다고 지적했으며, 메르켈 독일 총리는 "다문화의 개념을 채택해 서로 행복하게 살자는 경향이 우리를 지배해 왔지만 이 개념은 완전히 실패했다"고 선언했다. 이러한 선언에 근거해 캐머런은 모든 이주자의 영어 사용 의무화를 위해 학교에서 영국 문화교육을 실시하겠다고 천명했고, 메르켈도 이주민들에게 독일어를 배울 것을 요청했다. 다문화주의가 사회를 통합이 아닌 분리로 몰아감으로써 점차 수명을 다해가고 있다는 조너선 색스(Jonathan Sacks, 1948~)의 지적[7]도 이러한 태도와 일맥상통한다.

---

7) 조너선 색스는 『사회의 재창조』에서 사회 모델을 시골 별장으로서의 사회, 호텔로서의 사회, 함께 만들어가는 고향으로서의 사회로 구분한다. 이 책에서 색스는 1950년대의 영국은 시골 별장 모델이 지배했고, 1950년대 말 이민자가 급증하면서 손님

다문화주의에 대한 색스의 비판은 '차이'를 '차별'로, 타자의 문화에 대한 인정을 해당 사회에 대한 책임의식의 부재로 해석함으로써 다문화주의를 포스트모더니즘적 상대주의와 동일시한다. 실제로 다문화주의가 '차이'를 강조함으로써 사회에 대한 구성원들의 책임감에 문제를 야기한다는 지적은 늘 있었다. 하지만 '다문화주의'의 핵심 문제는 이러한 책임감의 부재가 아니라 '다문화주의'라는 개념이 설정하고 있는 문화들의 대칭적 공존이 사실상 불가능하다는 데 있다. 한국의 경우에도 사정은 마찬가지이다. 흔히 '교육'과 '문화'의 측면에서 한국사회는 '다문화' 사회라고 지칭되지만, 우리 사회에서 이주자의 문화와 한국인의 문화는 한 번도 동등한 위상을 구가한 적이 없다. 뿐만 아니라 이질적인 문화에 대한 '관용'과 '인정'이라는 유럽적 다문화주의의 수사조차 한국에서는 뿌리내리지 못하고 있다. 아시아 각국에서 건너온 이주자들의 문화는 한국사회에서 여전히 터부시되거나 호기심의 대상 정도로만 인식될 뿐이며, 그들의 문화가 이 사회에서 정당한 문화적 시민권을 부여받았다는 근거는 어디에서도 찾을 수 없다. 여전히 우리 사회는 한국 문화가 강력한 중심을 형성하고 있는 가운데, 이주자들의 문화가 몇몇 게토적인 공간을 거점으로 산개하여 명맥을 유지하고 있을 따름이다. 그리고 그 주변적인 문화들마저 강력한 동화주의의 압력에 노출되어 있는 실정이다. 이러한 무의식적 동화주의의 상황을 '다문화'라고 말하는 것은 일종의 이데올로기이다. 이러한 논의가 이주자에 대한 인식론적 · 존재론적 시각의 문제와 연관된다면, 아래에서 살펴볼 문학적 형상화는 윤리적 · 미학적 재현

과 주인, 내부인과 외부인의 차별을 인정하지 않는 다문화주의가 채택되면서 모두가 호텔의 투숙객이 되는 시대가 도래했다고 설명한다. 호텔로서의 사회=다문화주의는 사회에 대한 애착심이나 책임감이 생길 수 없는 사회라는 비판이다. 이에 대해서는 조너선 색스, 서대경 옮김, 『사회의 재창조』, 말글빛냄, 2009 참고.

의 문제와 연관된다.

이주노동자와 결혼이주여성의 수가 늘어감에 따라 소설, 드라마, 영화 등에 이주자가 등장하는 사례들이 점차 증가하고 있다. 하지만 이주자 문제를 형상화한 현대시는 상대적으로 드물며, 특히 문학적 · 예술적 성취에서 심각한 결함을 보여주고 있다. 흔히 이 문제는 시인(예술가) 개인의 재능 문제로 평가되지만, 하위주체를 재현하는 문제를 둘러싸고 제기된 포스트콜로니얼적 물음이 지시하듯이 여기에는 재능 이상의 문제가 개입되어 있다. 알다시피 이주자의 문제를 다룬 시 작품은 매우 드물고 그 수준은 낮은 것이 우리의 문학적 현실이다. 일차적으로 그것은 자기 고백적 발화라는 '시'의 전통적 발화법과 관계가 있다. 시인 자신의 감정이나 감각을 언어화하는 것이 시 장르의 일반적인 특징임을 감안하면 현대시가 이주자를 형상화하지 않는다는 것은 당연해 보인다. 그런데 설령 이주자의 삶을 형상화하려는 의도에서 창작된다 할지라도 이념적 당위나 선善한 의지 같은 준準이데올로기적 수준을 넘어서는 경우를 발견하기는 쉽지 않다. 그것은 "서발턴은 말할 수 있는가?"라는 스피박의 질문이 암시하듯이 하위주체인 이주자에게 문학적 자기표현의 기회가 주어지지 않기 때문이다. 이 경우 하위주체에 대한 문학적 형상화 작업은 전적으로 "말하는 서발턴에 대한 복화술"[8]을 수행하는 한국인-시인에게 맡겨질 수밖에 없다. 이러한 재현의 체제 안에서 그들은 스스로를 재현[대표]할 수 없다. 그들은 오직 재현[대표]될 수 있을 뿐이다. 문제는 스피박이 「하위주체는 말할 수 있는가」라는 논문을 통해 비판했듯이 엘리트 지식인이 하위주체를 '위하여' 쓰는 행위가 실제로는 하위주체에 '대하여' 쓰는 결과를 초래한다는 것이다. 즉 하위주체에 호의를 보이며

---

8) 로잘린드 C. 모리스 엮음, 태혜숙 옮김, 『서발턴은 말할 수 있는가』, 그린비, 2013, 58쪽.

그들을 대변하려는 지식인과 엘리트들의 행위가 그 의도와 상관없이 하위주체를 대상화하거나 자신들의 지식 권력을 강화하는 것으로 귀결된다는 것이다. 존 베벌리 역시 하위주체의 목소리를 재현하는 문학이 오히려 지배 엘리트의 권력을 강화하는 결과를 낳는다는 포스트콜로니얼적 문제의식을 공유하고 있다.

> 스피박은 하위주체가 그 정의 자체로 하위적 · 하층민적이라는 것을 우리에게 말하려고 하는데, 이는 부분적으로 하위주체가 아카데미의 지식(그리고 '이론')으로는 적절하게 재현될 수 없기 때문이다. 또한 아카데미는 적극적으로 하위주체성을 생산하는 실천 행위(하위주체성을 재현하는 행위를 통해 하위주체성을 생산한다)이기 때문이다. 그 자체로 하위주체를 '타자화하는' 것과 연관되어 있을 때, 상아탑이 가진 지식의 관점으로 어떻게 하위주체를 온전히 재현한다고 주장할 수 있겠는가?[9]

하위주체는 스스로를 재현[대표]할 수 없는 존재이다. 만약 하위주체가 말할 수 있다면 그때는 이미 하위주체가 아니다. 때문에 하위주체는 이미–항상 하위주체에 호의를 가지고 있는 누군가(일반적으로는 지식인)에 의해 재현[대표]되는데, 이 재현의 과정이 재현될 수 없는 대상을 재현하려는 불가능성으로 인해서 애초의 의도와 달리 하위주체를 '타자화'한다는 것, 동시에 지식인 엘리트에 의한 재현과정이 선善한 의도와 상관없이 엘리트의 지식 권력을 강화하는 결과를 초래한다는 것이 재현에 대한 포스트콜로니얼적 문제제기이다. 스피박이 '재현'을 정치학과 헤게모니 문제로 이해하는 것도 이 때문이다. 그런데 하위주체에 대한 재현의 불가능성이라는 문제는 또한 하위주체를 재현하는 데 있어서 문학이

9) 존 베벌리, 박정원 옮김, 『하위주체성과 재현』, 그린비, 2013, 44쪽.

가지는 한계의 문제이기도 하다. 위에서 언급한 문제, 즉 이주자를 형상화한 시 작품의 수준이 전반적으로 매우 낮은 것도 이러한 한계와 무관하지 않다. 이주자의 존재론을 둘러싸고 전개되는 정치철학적 논쟁과 달리 하위주체에 대한 문학적 재현의 대다수는 타자에 대한 주체의, 하위주체에 대한 지배주체의 윤리적 태도를 표현하는 정도에 그치기 쉽고, 이때 지배주체－지식인은 하위주체를 재현하는 행위의 상징성에 과도한 의미를 부여하는 경향이 있다. 하위주체를 재현하는 문학 작품들이 대개 하위주체도 우리와 똑같은 인간이라는 식의 동일성을 반복하거나, 그들의 문화를 '인정'하고 차이의 '권리'를 관용해야 한다는 자유주의적 사고의 범위를 벗어나지 못하는 것도 이러한 행위의 상징성 때문이다. 문제는 이러한 동일성의 반복과 확장이 '이주자'의 존재론적 특이성을 포착하기에는 매우 부적절하다는 것, 그럼에도 불구하고 그것은 이주자의 자기－표현이 아니면 사실상 불가능한 성격의 것이라는 데 있다. 때문에 흥미롭게도 하위주체에 대한 문학적 재현과 시적 형상화는 반복적으로 그 선善한 의도와 어긋날 수밖에 없으며, 하위주체는 이러한 실패의 과정을 통해서 한국문학에 자신들의 '흔적'을 남기게 된다. 아래에서는 오랫동안 이주자 문제에 천착해온 하종오의 시와, 비교적 최근에 창작 · 발표된 시 작품에서 이주자가 형상화되는 방식을 살펴보려 한다.

3. 이주자, 현대 세계의 호모 사케르 : 하종오의 시편들

하종오는 2000년대 시단에서 이주노동자, 결혼이주여성, 코시안, 탈북자 등 '타자' 문제에 가장 적극적인 관심을 표명하고 있는 시인이다. 그는

'코시안'의 삶을 그린 『반대쪽 천국』(2004), 신자유주의적 노동 시장의 변화와 이주노동자의 열악한 삶을 고발한 『국경 없는 공장』(2007), 결혼이주여성 문제를 중심으로 우리의 일상에 뿌리내리고 있는 민족적 · 인종적 차별을 비판한 『아시아계 한국인들』(2007), 이주자와 본국에 남은 가족의 형상화를 통해 '이주'라는 현대적 문제를 제기한 『입국자들』(2009), 아시아적 주체에 국한되어 있던 문학적 시선을 지구 전체로 확장시킨 『제국』(2011), 그리고 세계자본주의의 변화 속에서 분단 문제를 조망한 『신북한학』(2012)과 『남북주민보고서』(2013), 지구 전체를 배경으로 연대의 가능성을 타진한 『세계의 시간』(2013) 등처럼 하위주체와 타자의 문제를 중심으로 새로운 문학적 상상력을 펼쳐왔다. 이러한 문학적 작업은 한 마디로 이방인에게 '문학적 시민권'을 부여하려는 실험의 일환이다. 또한 그것은 신자유주의의 등장으로 달라진 삶의 조건과, 그 변화가 우리 시대에 제기하고 있는 다양한 문제들을 '시'의 형식으로 담아내려는 문학적 응전의 산물이다.

하종오의 시에서 이주노동자, 코시안, 결혼이주여성 등을 포괄하는 '이주자/타자'의 형상은 이동성(Mobility) 자체가 삶/노동의 숙명적 조건인 신자유주의/세계화 시대의 '인간'을 가리키며, '고향/근거지'에서 벗어남으로써 정당한 시민적 권리를 박탈당한 현대판 호모 사케르Homo Sacer의 벌거벗은 삶과 연관된다. 그들은 상징적 경계선 밖에 위치한 타자들이다. 때문에 항상 상징적 경계의 '안'으로 동화되거나 배제/추방되어야 할 이방인들로 간주되며, 초대받지 않은 상태로 '우리'의 세계에 들어온 경쟁적 대상이라는 적대적 시선의 포로이다. 따라서 이들은 주권자가 호모 사케르에게 했듯이, 실정법의 적용이 거부되고, '인권'을 포함한 일체의 권리가 부정되며, 법적 정의의 철회를 통해 배제가 정당화되는 지점에 놓인다. 물론 이러한 배제는 주권자에 의해 행해지는 것이면서, 동시에 주권자의 영역을 선명하게 만들거나 강화하는 이중적 기능을 수행한다. 지그문트 바우만의 비유를 인용하자면 이들은 현대의 대표적인 '인간쓰레기'이다. 하종오의 시편들은 이들이 처한 현실을 비판적으로 고발하는 한편, 극단적인 배제와 차별에 직면해 있는 이들의 벌거벗은 삶에 '삶'이라는 보편적 가치를 되돌려주려는 노력을 포기하지 않는다. 그리하여 시인은 수적으로 다수를 점하고 있음에도 불구하고 현실에서는 마치 존재하지 않는 '유령'처럼 취급되고 있는 이들의 존재 자체를 드러내어 모든 '입국자'가 우리와 동일한 시 · 공간에서 살고 있다는 사실을 강조한다. 이 과정은 시선의 빛이 비추어지지 않음으로써 어둠으로 간주되던 어떤 세계에 '시'라는 새로운 조명을 드리우는 과정이며, 비非가시적 존재라는 이유로 '망각'의 대상이었던 '입국자'의 삶을 정당한 '인간'의 범주로 다시 끌어들이는 문학적 투쟁의 일환이다.

> 아비가 젊어서 떠났던 곳에 딸이 늙어서 돌아오니
> 조선족이라고 했다
> 늙은 딸이 돌아온 곳에 따라온 젊은 외손녀도
> 조선족이라고 했다
>
> 그 모녀는 지하 셋방에서 살았다
> 새벽에 어머니가 공장에 일 나가고 딸이 들어오고
> 저녁에 딸이 술집에 일 나가고 어머니가 들어왔다
> 서로 들고 나는 이부자리에서
> 서로 남긴 체온 느낄 때만 조선족이었다
>
> 그 모녀가
> 아비의 고향 외할아비의 고향 처음 찾아왔을 적에
> 직접 지어서 지냈다던 움집도

배가 고파 두레박으로 물 퍼 마시고
고개 처박고 울었다던 깊은 우물도 찾을 수 없었다
뱀장어 잡아 구워 먹었다던 봇도랑은 뭉개지고 거기로 고속도로가
내달리고 있었다

그 모녀는
아비가 젊어서 딸아이 업고 떠났던 곳은
먹을 게 모자라 못 나눠 먹던 데였지만 딸이 늙어서 외손녀 데리고 찾
아온 곳은
먹을 게 남아돌아도 나눠 먹지 않는 데라는 걸 알고는
조선족에게도 되돌아가기 위해
밤낮 번갈아 일하지 않으면 안 되었다

— 하종오, 「아비가 떠난 곳 딸이 돌아온 곳」 전문

이 시에서 '탈향—귀향'의 이중적 과정은 세대를 거듭하여 반복되는 사건으로 등장한다. "아비가 젊어서 떠났던 곳에 딸이 늙어서 돌아오니"라는 구절처럼 이 시는 한국의 식민지 근대와 조선족 여성들의 입국이라는 역사적 사건들을 배경으로 거느리고 있다. 모국母國, 즉 부모의 나라에 온 조선족인 '늙은 딸'과 '젊은 외손녀'의 삶은 그러나 순탄하지 않다. '지하 셋방'이라는 열악한 공간에서 살아가는 이들 모녀는 "새벽에 어머니가 공장에 일 나가고 딸이 들어오고/저녁에 딸이 술집에 일 나가고 어머니가 들어왔다"라는 구절처럼 한 공간에서 살면서도 얼굴을 맞대는 경우가 없다. 그들은 이부자리에 남은 '체온'으로 서로를 느낄 뿐이다. 두 조선족 모녀가 머물고 있는 지금—이곳은 그녀들은 물론, 그녀들의 아비와 외할아버지에게도 불행한 공간으로 각인된다. 일찍이 그녀들은 아비와 외할아버지로부터 그들의 '고향'인 한국에 관한 이야기를 들었을 것이고, 그러한 이야기의 전수과정을 통해서 한국이라는 미지의 나라에 관한 이미

지가 형성되었을 것이다. 그리하여 그녀들은 이곳이 아비와 외할아버지의 고향이면서 조선족에게 기회의 땅이 될 수 있을 것이라는 믿음을 안고 한국을 찾았을 것이다. 그러나 이야기를 통해서 전해들은 아비와 외할아버지의 '고향'은 이미 존재하지 않는다. 그녀들이 그들의 '고향'이었던 곳에서 찾을 수 있는 것은 시간의 폐허 위에 정복자로서 군림하고 있는 '고속도로'가 전부이다. 그렇다면 '고향'의 부재가 곧 문명의 발전만을 의미하는 것일까? 시인은 이러한 문명의 발전이 인간관계 자체에 근본적인 변화를 불러왔다고 말하려는 듯하다. 아비가 떠났던 '고향'은 비록 가난한 곳이었으나 나눌 줄 아는 공동체적 세계였지만, 모녀가 돌아온 아비의 '고향'은 더없이 풍요롭지만 결코 나누지 않는, 오직 개인들 간의 무한한 경쟁만이 삶의 유일한 원칙인 곳으로 변해버렸다. 여기에서 시인은 한국을 찾아온 입국자들의 시선을 통해 한국이라는 자본주의 세계를 비판하고 있다.

> 필리핀인 어미는 자신을 닮았으나/아비가 한국인이고 한국에서 태어났으므로/아들을 한국인이라고 믿었다//미나리꽝 옆 길가에 주저앉은 아들은/미나리 줄기 꺾어 씹어 삼키고/뒤따라온 어미는 앞에 섰다//점심때가 되어서 따뜻해지니/나란히 앉아 햇볕 쬐던 어미와 아들은/다시 한 번 색깔이 같은 피부 서로 보았다//어미가 한국말 잘하지 못하니/자식도 한국말 잘하지 못하여/어미도 말이 없고 자식도 말이 없었다//어미는 학교에 가기 싫어하는 아들 데리고/모롱이 돌다 하늘 향해 한숨쉬고/마을길 걷다 땅 향해 한숨쉬었다//길가 잡풀 옆에 잠시 쪼그려 앉은 어미는/먹을 수 없는 미나리아재비 물끄러미 보고/아들은 터벅터벅 걸어갔다//아비가 한국인인데도 자신의 아들이/한국인을 안 닮았다 해서 따돌리는 것이/필리핀인 어미는 너무 슬펐다
> …(중략)…
> 베트남에서 시집온 젊은 아내는/한국어 이름 지어주기 바랐다/풀

도 국경 넘으면 그 나랏말로 불리고/나무도 국경 넘으면 그 나랏말로 불리고/벌레도 국경 넘으면 그 나랏말로 불리는데//한국인 남편은 모른 척했다/한국어 못한다고 나무라기만 하고/왜 베트남어 배우려 하지 않는지/아이에게 한국말 가르쳐야 하고/베트남어 가르치면 왜 안 되는지/베트남인 아내는 알 듯 모를 듯했다//한국 남자한테 시집와서 살겠다면/한국어 쓸 줄 알아야 한다는 말이나/베트남 여자에게 장가들었다면/베트남어 쓸 줄 알아야 한다는 말이나/서로 똑같이 할 수 있다고 생각하다가도/베트남인 아내는 입 다물곤 했다//한국인 남편이 베트남어 몰라도/베트남인 아내가 한국어 몰라도/당장에 잡초 베러 논둑으로 가야 한다는 것은/살이 뜨거워지는 햇볕 보고는 같이 알아차리고/이따가 쉬러 나무 아래로 가야 한다는 것은/옷 적시는 땀 보고는 같이 알아차리고/나중에 벌레 죽일 농약 치러 밭둑으로 가야 한다는 것은/멀리서 몰려가는 새떼 보고는 같이 알아차렸다

– 하종오, 장시 「코시안리」 부분

2007년에 출간된 『아시아계 한국인들』에 수록된 이 시는 "가난한 송출국에서 잘 사는 유입국으로 이주"하여 자본주의적인 삶을 강요당하고 있는 아시아인들, 특히 아시아계 한국인들의 고통스러운 삶을 장시長詩 형식으로 형상화하고 있다. 이 시에 등장하는 '코시안kosian'이라는 용어는 베트남, 필리핀, 태국, 중국 등에서 이주해온 여성들, 즉 아시아계 한국인을 포괄하는 명칭이다. 이주노동자와 이주여성의 등장은 단순한 외국인의 방문과는 확연하게 다르다. 자신의 모국으로 돌아가는 것을 선택하는 경우도 없지 않지만, 이들은 '이주'라는 역사적 사건을 통해서 이 땅에서 노동하며 살아가기를 원하고 있으며, 심지어 국제결혼의 형식을 빌려서라도 한국인이 되고자 한다. 이 과정에서 각국의 문화적 전통과 관습은 물론 언어와 혈통마저도 뒤섞이기 마련인데, 문제는 이러한 문화적 혼종에 의해 출생하는 혼혈들은 자신들의 부모(대개는 모계)가 겪어야

했던 차별보다 훨씬 심각한 폭력과 배제를 경험하게 된다는 사실이다. 더욱이 이들의 부모가 불법체류자일 경우, 아이들은 '존재' 자체가 '불법'으로 간주되기 때문에 '법'에 호소할 수도 없는 문제가 생긴다. 이 지점에서 이주자, 특히 불법체류자들은 '법=정의'라는 법실증주의의 논리가 내국인-시민권자에게만 국한되면 일면적인 것임을 폭로한다. '이주자'와 '이방인'이 대부분의 국가들에서 약소자나 소수자의 표상으로 간주되는 것은 이 때문이다. 인용시에서 비극적 삶의 원인은 필리핀인 여성과 한국인 남성의 국제결혼이다. "필리핀인 어미는 자신을 닮았으나/아비가 한국인이고 한국에서 태어났으므로/아들을 한국인이라고 믿었다." 한국 사회는 유독 혼혈인에 대해 냉담한 태도를 취한다. 아주 오래전부터 단일민족이라는 신화적 믿음이 존재해왔기 때문에, 따라서 혈통의 단일성은 곧 순수하고, 혼혈은 불순하다는 인종적 · 혈통적 편견이 지배하고 있기 때문이다. 이러한 편견은 사회의 제도를 바꾼다고 해도 결코 단기간에 사라지지 않는다. 더욱 심각한 것은 코시안 가족 내부의 언어 상황이다. 대개 이주자들은 한국어에 서툴러 한국인 남성과 원활하게 의사소통을 할 수 없으며, 그들 사이에서 태어난 자식들 또한 부모들과의 원만한 대화에 실패하는 경우가 대다수이다. 이 시에서 필리핀 출신의 엄마를 둔 아이는 추측컨대 엄마와 더 많은 시간을 보냈기 때문에 또래의 아이들보다 한국말이 서툴렀을 것이고, 그러면서도 엄마의 언어, 즉 모어에도 능통하지 않을 것이다. 이 경우 엄마와 아이가 공유하는 언어가 없기 때문에 사실상 이들의 언어적 관계는 크게 위축된다. "어미가 한국말 잘하지 못하니/자식도 한국말 잘하지 못하여/어미도 말이 없고 자식도 말이 없었다."

흔히 사람들은 한국을 다문화 사회라고 말하며, 다문화 가정을 위한 정책적 배려와 문화적 환대를 게을리 하지 말자고 다짐한다. 그러나 실상 한국의 이주자 정책은 강력한 동화주의 일변도이다. 한국사회의 절대 다수는 암묵적으로 이방인들이 한국의 언어와 문화를 습득해야 한다는 동일화의 원칙을 당연한 것으로 받아들이고, 이방인들의 문화를 허용하거나 이해하려는 태도는 보이지는 않는다. 그러면서도 외국에 이주한 한국인들이 한국문화를 유지하면서 살아가는 모습은 자랑스러워한다. '로마에서는 로마법을 따라야 한다'는 이 폭력적 동일화는 사회와 직장, 심지어 이방인을 가족공동체의 일원으로 맞이한 가족 내부에서도 작동하고 있다. 한국의 국제결혼은 이처럼 문화와 권력의 비대칭성을 당연한 것으로 여긴다. 한국의 남성들은 아내가 한국어에 서툰 것을 탓하면서도 정작 자신이 아내의 언어를 습득해야 한다는 생각은 하지 않는다. 또한 그들의 아이가 모계의 언어를 습득해야 한다는 정당하고도 당연한 요청을 묵살하고 오직 부계의 언어만을 배워야 한다고 주장한다. 그렇기 때문에 이주여성과, 이주여성을 엄마로 둔 아이들은 '언어'의 차원에서는 항상 결핍을 지닌 채 살아가게 된다. "한국인 남편은 모른 척했다/한국어 못한다고 나무라기만 하고/왜 베트남어 배우려 하지 않는지/아이에게 한국말 가르쳐야 하고/베트남어 가르치면 왜 안 되는지/베트남인 아내는 알 듯 모를 듯했다." 이러한 문화와 권력의 비대칭성이 결국 '결혼'이라는 중요한 입사入社를 '매매'의 한 종류로 타락시킨다. 2000년대 이후 하종오의 시세계는 '아시아계 한국인들'에서 '탈북 디아스포라'에 이르기까지 삶의 근거지에서 강제로 추방되어 낯선 땅에 이식된 사람들의 불행한 삶을 뒤쫓고 있다.

베트남에서 온 조리사 쑤언 씨는
한국 공장에 취업해 간
오빠가 보고 싶다 말하고

필리핀에서 온 미장공 알로로드 씨는
한국 가정에 가정부로 간
누이가 보고 싶다 말한다

쿠웨이트 공사장 주변에서 지내면서
영어 몇 마디 뜻이 다 통하는 그들은
한국에서 온 중장비기사 노인철 씨와
식탁에 둘러앉아 식사하다가 묻는다
같은 나라말을 쓰는데도 함께 말하지 않고
이목구비가 닮았는데도 마주치지 않으려하는
저 사람은 같은 나라 사람이 아니냐고

북한에서 온 막일꾼 리성주 씨는
식탁에 둘러앉아 식사하다가도
자신이 지나가면 힐끔거리는 저들 중
한 명이 한국인인 줄은 알아차리지만

— 하종오, 「세계의 시간」 부분

최근 하종오는 지구적 차원에서 삶의 연대를 상상하는 시적 실험을 감행하고 있다. 그는 세계 자본주의 시대에 다른 나라 사람들이 남북한 사람들을 어떤 시선으로 보고 있는가를 상상하고, '국가'와 '권력'의 매개 없이 남북한은 물론 다양한 국적의 소유자들이 "서로 교류하고 소통하고 함께 노동하지 않고서는 공존"(「시인의 말」, 『세계의 시간』, 도서출판 b, 2013)할 수 없다는, 그 공존이 분단을 극복하는 성취라는 신념을 표현한다. 이를 위해 그는 시적 공간을 남한과 북한이 아닌 제3의 국가로 설정한 후 다양한 국적의 인물들을 등장시키는 일종의 판타지를 실험한다. 인용시에 등장하는 "쿠웨이트 공사장 주변"이 바로 그런 공간이다. 베트남 출신의 쑤언, 필리핀 출신의 알로로드, 한국 출신의 노인철, 북한 출신의 리성주가 머물고 있는 이 공간은 흥미롭게도 쿠웨이트이다. 쿠웨이트 국적의 인물을 등장시키지 않음으로써 시인은 이곳을 일종의 중립지대처럼 만들어놓고, 그곳에서 "출신 국가와 근무지와 직종을 생각하지 않고/어디서든 맛있게 음식을 먹는/모든 각자의 한 시간"인 '점심시간'을 상상한다. 국적, 출신지, 직업 등 인간의 행동과 사상을 제약하는 일체의 모든 조건들을 삭제시킴으로써 시인은 이들을 생물학적인 인간 또는 계몽주의가 꿈꾸었던 동등하고 자유로운 '개인'으로서의 인간에 접근시킨다. 이 보편적 존재로서의 인간이 평화롭게 공존하면서 밥을 먹는 장면이야말로 시인이 상상하는 세계화의 참모습이고 탈분단의 가능성일 것이다. 이러한 공간적 설정은 필리핀 출신의 이주자 싼샤이와 한국 출신의 이주자 최주철이 쿠웨이트의 슈퍼마켓에서 함께 머무는 「계산대」, 네팔 출신의 그왈라와 북한 출신의 노동자가 카타르의 건설 현장에서 '한국말'을 매개로 이야기를 주고받는 「한국말」처럼 시집 『세계의 시간』 전체를 관통하고 있다. 그러나 시인의 의도와 달리 이러한 설정은 인물들 모두가 이방인으로서 만날 경우에만 평화적으로 공존할 수 있다는 것, 특히 그들이 모여서 할 수 있는 것은 밥을 먹거나 잡담을 주고받는 등의 매우 제한적인 일뿐임을 드러낸다. 즉 이러한 설정은 쿠웨이트인이나 카타르인이 등장하여 나머지 사람들을 '이방인'으로 간주하는 순간 위태로워지고, 그들이 노동, 정치, 종교 등에 관해 깊은 이야기를 나눌 때에는 언제든지 해체될 수 있다. 이것이 이 시적 실험이 오직 균열된 현실을 봉합하는 판타지로서의 기능에 제한될 수밖에 없다.

4. 노동의 세계적 이동과 다문화적 인류의 탄생

한국은 오랫동안 단일민족/단일혈통에 근거한 민족적 가치를 강조해 왔다. 이러한 민족의식은 타자성에 대한 폭력적인 억압과 배제를 통해서, 또는 '우리' 안에 존재하는 이질적인 혈통을 비가시적 영역으로 밀쳐내는 허구성을 통해 지탱되어온 측면이 크다. 우리의 믿음과 달리 한국은 그 내부에 적지 않은 이질적 요소들을 거느린 채 오늘에 이르렀다. 이것은 굳이 멀리까지 거슬러 올라가지 않아도 쉽게 확인할 수 있다. 한국전쟁 이후에 태어난 다수의 혼혈아들, 특히 미군 주둔 이후에 급증한 다양한 혈통의 혼혈아들은 1970년대 이후 문학의 중요한 소재로 인식되어 왔다. 1970년대 후반에 창작된 김명인의 「동두천」 연작이 그 증거이다. "내가 국어를 가르쳤던 그 아이 혼혈아인/엄마를 닮아 얼굴만 희었던/그 아이는 지금 대전 어디서/다방 레지를 하고 있는지 몰라 연애를 하고/퇴학을 맞아 고아원을 뛰쳐나가더니/지금도 기억할까 그때 교내 웅변대회에서/우리 모두를 함께 울게 하던 그 말 한 마디/하늘 아래 나를 버린 엄마보다는/나는 돈 많은 나라 아메리카로 가야 된대요"(「동두천 4」)라는 진술로 시작되는 이 시는 아마도 한국문학에 나타난 다문화의 상징적인 흔적일 것이다. 그러나 과거의 다문화적 흔적이 대개 '전쟁'이라는 특수한 경험의 산물이었던 데 반해, 최근의 다문화적 흔적은 주로 결혼과 노동시장의 구조적 변화에서 기원하는 측면이 크다.

> 십 년 전 거리를 메운 아이들은 온데간데없고
> 십 년 전 벌집은 그 자리에 있고
> 출렁거리는 술집은 여전하다

구로공단 한구석 조선족 거리를 걷다가
가을 한낮 햇살이 따가워
눈을 크게 치켜떴을 때
문득 구로공단이 달라져 있었다
어릴 적에는 하얀 스카프에 푸른 작업복 무리가 수상했고
스무 살에는 거리를 배회하는 가출 아이들이 낯설었고
지금은 이곳에 있는 내가 낯설다
언제부터일까
이방인들 틈에 내가 이방인같이 보이는 이곳
어느 사이에
국적도 피부색도 방해가 되지 않는
낯선 것을 느끼는 동시에 낯익어 있는
정체 모를 이 끈적함
이국 채소가 식당이 간판이 언어가 내 얼굴을 덮고
공단 울타리를 에워싼 노동자 연대의식이
연례행사처럼 마음속을 드나들고
쿠르드 필리핀 방글라데시 네팔 몽골 연변 구로
그래도 이 거리가 한국이 좋다고 하는 그이들과
삼삼오오 비켜서서 무관하게 밥을 먹고
아파트형 공장 굴뚝에서 연기가 나는,
십 년 전 꽃무늬 치마 팔랑거리며 저만치 걸어가는
내가 중심에 있었다고 생각하는 순간 아무것도 보이지 않는
찰나

— 김사이, 「이방인의 도시」 전문

구로공단의 변화를 배경으로 거느리고 있는 김사이의 시들은 '노동력'의 국제적 이주가 빚어낸 변화를 다문화적 시각으로 포착한 중요한 증거이다. 시인의 시선에 비친 2000년대의 구로공단은 "30여 년 전 산업화의 발과 손이었던/여공은 노동운동사의 유물로 사라지고/사각 콘크리트

건물들이 자본의 기둥처럼/위풍당당하게 우뚝 솟은 이곳엔/여공의 제복을 벗고 발가벗겨진 여성이/불법체류자로 낙인찍혀도 국경을 넘는 아시아 여성이/돈 벌러 홀린 듯이 모여드는데"(「달의 여자들」)처럼 노동운동과 생산의 상징이 아니라 이방인들의 문화가 흘러넘치는 다문화의 거리로 바뀌었다. 여전히 그곳에서 살아가는 노동자들의 삶은 궁핍하고 위태롭지만, '노동'의 성격은 상당히 달라진 것이다. 김사이의 시는 바로 이러한 변화의 한 가운데에서 "노동자문학회가 한 시절 숨을 쉬었던 곳/푸른 물결이 출렁거렸던 곳/그 많던 노동조합은 어디로 갔는지"라는 실존적인 물음을 가져간다. "조선족 거리가 생겨나고 중국유학원이 늘었다/당구장이 줄어들고 커피숍이 사라졌다/노가다꾼들과 아이들 쉼터였던 만화방들이 문을 닫고/동시상영 영화관도 끝내 간판을 내렸다/열기 대신 조선족 도우미들의 노랫소리가 흥청인다"(「출구」) 이주노동자와 다문화의 등장으로 한국의 노동환경은 비약적으로 바뀌었다. '노동'과 '자본'의 갈등은 여전히 존재하지만, 그러한 갈등은 이면에 한국인 노동자와 외국인 노동자의 차이라는 또 다른 갈등을 은폐하고 있다. 인용시의 화자는 지금 이 변화의 중심인 "구로공단 한구석 조선족 거리"를 걷고 있다. 시인은 이러한 변화를 "어릴 적에는 하얀 스카프에 푸른 작업복 무리가 수상했고/스무 살에는 거리를 배회하는 가출 아이들이 낯설었고/지금은 이곳에 있는 내가 낯설다"처럼 자신의 터전이었던 곳에서 느껴야 하는 이방인의 감정을 토로하는 것으로 보여주고 있다. 한때는 고향 같았던 그곳에서 시인은 지금 '타향'을 경험하고 있는 것이다. 이제 구로공단은 "내가 이방인같이 보이는" 이방인의 도시가 되었다. 1987년 노동자대투쟁을 이끌었던 한국의 노동자들을 대신하여 "쿠르드 필리핀 방글라데시 네팔 몽골 연변"에서 온 이방인들이 그곳을 지키고 있다. 그리하여 그곳에서 시인이 할 수 있는 일이란 한때나마 “내가 중심에 있었다고 생각”하는 것 이외에는 없다.

> 국경은 끊임없이 유동한다
> 바람의 방향이 바뀌고 사막의 지형이 달라져 있다.
> 다리를 건너라, 다리 건너
> 길바닥에서 먹이를 찾는 비둘기들에도
> 정의가 있다.
> 김밥을 먹는 너와 네 마음 사이에는 다리가 있다.
> 제발 고함을 지르지 마라.
> 소문은 이데올로기를 잉태하는 자궁이다.
> 얼룩말에게는 얼룩말의 길이 있다.
> 저것은 검은 줄무늬인가, 검은 바탕에 흰 줄무늬인가.
>
> 하루라도 조용했으면 좋겠다.
> 가장 잘 여문 밤에 벌레가 든다.
> 너와 나는 다르다.
> 다른 것은 괴물이다.
> 이게 사람 사는 꼴이냐? 온몸이 시너를 뒤집어쓰고
> 소신공양을 하는 젊은 부처들,
> 막막한 현실 앞에서 무지개는 착시현상이다.
> 네 감각을 의심하라.
> 물속에서 모든 숟가락은 휘어진다.
> 꺼내 보면 멀쩡하다.
>
> 오늘은 이미 내일이다.
> 먼 곳에 있는 것들은 믿지 마라.
> 네 식도로 넘어가는 것들만 믿어라.
> 저 세계를 낯설게 보고

낯선 세계에서 낯익은 얼굴로 살라.

– 장석주, 「이주노동자들」 부분(월간 『현대시』, 2012년 2월호)

장석주의 시는 구체적인 삶의 형상 대신 이주자/이방인들이 감당해야 하는 고통의 근원을 적시하고 있다. 이 시에서 "국경은 끊임없이 유동한다/바람의 방향이 바뀌고 사막의 지형이 달라져 있다"라는 진술은 노동과 삶의 공간적 형식이 달라진 세계화의 시대를 상징한다. 하여, 노동력은 자본의 흐름이 그러하듯이 선진국에서 그 이하의 국가로 흘러들게 마련이다. 이것은 신자유주의가 만들어 놓은 자본과 노동의 자연스러운 지구적 흐름이다. 그러나 "소문은 이데올로기를 잉태하는 자궁이다"라는 진술처럼 이방인의 자격으로 이곳에 도착한 자들은 그들을 둘러싼 '소문'의 희생자가 되기 쉽다. 실제로 타자에 대한 공포와 혐오의 절대적인 부분은 가해자의 무의식이 투영된 소문에 의해 생겨나기 때문이다. "일반적으로 우리는 편견에 대해 불쾌하고 부당하게 여기지만, 소문은 편견을 구미에 맞게 바꿔놓는 재주가 있다."[10] 이 소문의 세계에서 '나/우리'와 다른 것은 '괴물'로 인식된다. "너와 나는 다르다./다른 것은 괴물이다." 모든 다른 것이 '괴물'로 인식되는 세계, 그곳이 바로 우리가 살고 있는 지옥으로서의 현대이다. 이 소문은 마치 곧게 펴진 숟가락이 물속에서 휘어진 것처럼 보이는 착시현상의 일종이지만, 이방인을 제외한 모든 사람들이 착시의 색안경을 쓰고 있는 세상에서 그러한 진리의 항변은 받아들여지지 않는다. 그리고 이러한 현실에 절망한 몇몇 이방인들은 '소신공양'의 분신을 선택한다. 그것은 "이게 사람 사는 꼴이냐?"라는 외침이 암시하듯이 인간 이하의 삶에 대한 무언의 항의이다.

---

10) 니콜라스 디폰조, 곽윤정 옮김, 『루머사회』, 흐름출판, 2012, 69쪽.

자동차로 건너가는 김제 만경 들판
무리를 이룬 겨울 철새들이
2월의 하늘을 덮었다 걷었다 한다
이제 곧 시베리아인지 어디로인지 떠나려는 듯
보따리를 쌌다 풀었다 부산하다
나는 방금 지나쳐온 길가 현수막에서
절대 도망 안가는 베트남 처녀를 되새긴다

문득 나 역시 늘 도망치며 살았다는 생각
사람을 피해 떠돌았다는 생각
이제 누군가를 만나면 내가 이민족 같다
연변 러시아 우즈베키스탄 몽골인지
혹은 태국 인도네시아 필리핀 방글라데시인지
사방팔방 북상과 남하의 갈림길에서
잠시 지쳐 머물다가
다시 떠날 채비에 분주한 철새 같다

하기는 이 생에서 디아스포라 아닌 자
어디 한 번 나와 보라고 해
먼저 돌을 던지라고 해
들판 가득 철새들이 모여 시위를 한다
달리는 차창에 성긴 눈발 몇 점
돌멩이처럼 달려든다
간간 들불 오르는 2월의 김제 만경 들판을
아득히 뗏장처럼 물고 가는 철새들

하늘의 길과 땅의 길이 다르지 않다
멀리 푸릇하게 오른 보리싹이
질끈 눈감고 제 발을 꾹꾹 눌러 밟는다
뿌리를 깊게 내려

텃새로 남거나 텃세를 부리거나
모쪼록 베트남 처녀의 가정이 행복했으면 싶다
얼마 전에 한국의 시인 작가들은
민족을 떼기 위해 설문과 집회를 열었다
– 강연호, 「디아스포라」 전문(월간 『현대시』, 2008년 4월호)

강연호의 시는 이주자들을 디아스포라diaspora로 포착하고, 나아가 떠돎과 이동의 운명을 인간 본연의 실존적 조건으로 확장시켜 사유한다. 이러한 시적 확장과 실존적 추상의 방식은 김태형의 「디아스포라」(월간 『현대시학』, 2006년 7월호)와 오은의 「디아스포라」(시집 『호텔 타셀의 돼지들』)에서도 유사하게 목격된다. 인용시의 장면들을 시간의 순서에 따라 재구성해보자. 먼저 시인은 2월 어느 날 자동차로 김제 만경 들판을 지나다가 "무리를 이룬 겨울 철새들"과 "절대 도망 안가는 베트남 처녀"라는 현수막을 목격한다. 그것들은 '이동'의 운명을 띤다는 점에서 닮았다. 그러나 시인은 이러한 '이동'의 운명에 자신의 과거를 포갬으로써 "이제 누군가를 만나면 내가 이민족 같다"라는 새로운 의미를 생성시킨다. 이처럼 시인이 자신을 이민족으로 감각하는 순간 시인과 "연변 러시아 우즈베키스탄 몽골인지/혹은 태국 인도네시아 필리핀 방글라데시인지"에서 온 이방인들은 유사한 존재가 된다. 그들은 세상을 떠돌면서, 뿌리 내리지 못한다는 점에서 모두 디아스포라인 것이다. 이러한 인식이 실존적 조건의 확장, 즉 "하기는 이 생에서 디아스포라 아닌 자/어디 한 번 나와 보라고 해"라는 발언을 낳는다. 사실 '디아스포라'의 역사적 특수성을 고려하면 이러한 실존적 일반화에 쉽게 동의하기는 어렵다. 그렇지만 이 시의 내적논리에서 이러한 일반화가 부당한 것처럼 다가오지는 않는다. 결국 이러한 일반화로 인해서 타자, 즉 외부를 향했던 시인의 시선은 자신의 내면으로 되돌아오게 되고, "모쪼록 베트남 처녀의 가정이 행복했으면 싶다"라는 타자와 거리를 둔 발언이 생겨나게 된다. 그리고 그 순간에 민족문학작가회의가 '민족'을 떼어내기 위해 '설문과 집회'를 개최했다는 소문이 떠오른다. 바야흐로 '민족'의 시대가 저무는 순간이다.

'이주자'가 등장하는 세 시인의 작품은 저마다 다른 재현의 맥락과 방식을 보여주고 있으나 '이주자'의 존재, 즉 특이성 자체를 시화詩化하는 데 초점을 맞추기보다는 이주자의 등장으로 '나/우리'가 경험하는 세계가 어떻게 변하는가에 더 많은 관심을 쏟고 있다. 이는 소설과 구분되는 시 장르의 특징 때문에 생기는 문제이지만, 이들 시인과 하종오의 시를 비교해보면 의식적으로 하위주체 자체의 삶에 관심을 기울일수록 시는 독자와의 정서적인 유대를 잃게 됨을 알 수 있다. 즉 정당하고도 선善한 의도가 예술적인 성취의 불가능성을 가져오는 이 상황이야말로 하위주체의 재현에서 모든 창작자가 직면하게 되는 딜레마이다. 시 장르는 이 딜레마를 자기 고백이라는 장르적 특징을 통해서 돌파하지만, 상대적으로 이것을 결여한 작품의 경우에는 문학적인 긴장감이 떨어져 애초의 의도마저 배반하는 역설적인 결과를 가져온다.

5. 다문화 담론의 문제점들

이방인의 삶을 형상화한 시들을 대할 때마다 일말의 주저감이 생기는 것은 불가항력적인 일이다. 왜 이러한 주저의 감정의 발생하는 것일까? 그것은 이방인/이주자를 형상화하는 작업의 무의식에 한국사회의 결여/결핍을 보충하려는 부정한 욕망이 존재하는 것은 아닌지 되묻고 싶어지기 때문이다. 만일 그렇다면 그것은 '환대'의 윤리도, 주체와 타자의 경계를 허물어뜨리는 급진적인 정치실험도 아니다. 차라리 그것은 한국인의 중심성(권력)을 재확인하고, 타자의 배제에서 발생하는 모종의 불안감을 윤리적인 포즈로 감싸려는 이중적 기만이기 쉽다. 그렇기 때문에 이주자/이방인의 삶을 형상화하는 것은 '나'의 내면을 드러내거나 감각적인 세계의 풍경을 그려내는 기존의 시적 문법과는 전혀 다른 접근법을 요구한다. 또 하나, 이주자/이방인의 문학적 형상화들이 동일하게 반복하고 있는 것은 그들을 온정과 연민을 기다리는 무력한 존재로 그린다는 것이다. 국가의 경계를 넘는 순간, 그들이 소수자의 위치에 설 수밖에 없고. 그런 까닭에 척도의 권력성이 가장 극명하게 관철되는 곳이 바로 이주자/이방인이라는 것은 부정할 수 없는 사실이다. 그렇지만 정말 그들의 삶이 오직 동정과 연민이라는 구원의 몸짓이 개입해야 할 상처뿐일지는 의심스럽다. 마지막으로 문학적 형상화의 미학적 문제와 관련되는 것이다. 사실 이주자/이방인의 삶을 형상화하는 작업은 그 문제의식의 정당성에 비해서 크게 주목을 받지 못했다. 하종오의 작업이 그 단적인 사례이다. 그런데 비평가들의 이 무관심은 전혀 근거가 없는 것이 아닌데, 그것은 주제의 무게감이 미학적 수준을 압도하고 있기 때문이다. 이러한 문제의식은 결국 '내용'이냐 '형식'이냐는 해묵은 논쟁으로 귀결될 가능성이 많지만, 그렇다고 어느 한쪽을 일방적으로 선택할 수 없는 딜레마를 낳고 있다. 미학적 수준 또는 시적 긴장감이라는 평단의 요구를 거부할 때, 이방인의 삶을 형상화한 시들이 과연 '시'로서의 위상을 지켜낼 수 있을까?[11] 노동력을 원했는데 사람이 왔다는 농담이 있다. 이주노동자

11) 정현종의 「방문객」은 이러한 의심을 피해갈 수 있는 매우 드문 사례의 하나이다. "사람이 온다는 건/실은 어마어마한 일이다./그는/그의 과거와 현재와/그리고/그의 미래와 함께 오기 때문이다./한 사람의 일생이 오기 때문이다./부서지기 쉬운/그래

의 현실을 염두에 둔 일종의 자조이다. 국민국가 시대와 달리 노동자와 국민이 겹쳐지지 않는 현대는 조선족에 대한 한국사회의 이중적인 태도가 증명하듯이 '혈통'을 기준으로 한 인종주의와 언어중심주의가 부활될 가능성이 농후한 시기이다. 주권권력이 이들 이방인에게 원하는 것, 허락하는 것은 미숙련 저임금의 말 잘 듣는 노동력에 머무르는 것이다. 이때 이들은 법 밖에 있지만, 배제되거나 추방되지 않고 오히려 그 사실을 근거로 체제에 포함되는 존재, 방치하면서 관리되는 존재인 호모 사케르가 될 것이다. 하지만 최근 이주노동자들의 활동은 이들이 '노동력'에서 '노동자'로 변모하고 있음을 보여준다. 미약하나마 그들은 '노동자'로서의 지위를 요구하고, 국가권력의 통제를 벗어나 그들에게 허락되지 않은 삶을 구가한다. 이를 통해서 이들은 주권권력의 폭력성과 법의 허구성을 폭로한다. 이것이 우리가 이주노동자에게서 '이주성'을 주목해야 하는 지점이다. 자본주의 하에서 노동자의 힘은 이동성에서 기원한다. 그래서 폴 비릴리오 같은 철학자는 프롤레타리아의 해양적 기원을 주장하기도 했다. 주어진 자리에서 묵묵히 일하는 것, 권력에 의해 부여된 자리를 지키려는 다수적 욕망은 노동자의 잠재성이 아니다. 때문에 우리는 "이주노동자도 노동자다"라고 말하기보다는 '모든 노동자는 이주노동자다'라고 말해야 한다. 하지만 노동자의 '이주성'이 갖는 함의에 주목한 시를 찾는 일은 여전히 어렵다. 이것이 바로 다문화에 대한 담론은 무성하지만 정작 시적인 사유가 그 담론에 미치지 못하는 이유이기도 하다.

서 부서지기도 했을/마음이 오는 것이다./그 갈피를/아마 바람은 더듬어 볼 수 있을 마음./내 마음이 그런 바람을 흉내낸다면/필경 환대가 될 것이다." 정현종, 「방문객」, 『광휘의 속삭임』, 문학과지성사, 2008.

■ 참고문헌

강연호, 「디아스포라」, 월간『현대시』, 2008년 4월호.
김사이, 『반성하다 그만둔 날』, 실천문학사, 2008.
니콜라스 디폰조, 곽윤정 옮김, 『루머사회』, 흐름출판, 2012.
로잘린드 C. 모리스 엮음, 태혜숙 옮김, 『서발턴은 말할 수 있는가』, 그린비, 2013.
박병섭, 「다문화주의 정치철학이란 무엇인가?」, 『사회와 철학』 21집, 사회와 철학연구회, 2011.4, 419~450쪽.
슬라보예 지젝, 이성민 옮김, 『까다로운 주체』, 도서출판 b, 2005.
웬디 브라운, 이승철 옮김, 『관용』, 갈무리, 2010.
윌 킴리카, 황민혁 옮김, 『다문화주의 시민권』, 동명사, 2010.
장석주, 「이주노동자들」, 월간『현대시』, 2012년 2월호.
정현종, 『광휘의 속삭임』, 문학과지성사, 2008.
조너선 색스, 서대경 옮김, 『사회의 재창조』, 말글빛냄, 2009.
존 베벌리, 박정원 옮김, 『하위주체성과 재현』, 그린비, 2013.
지오반나 보라도리, 손철성 · 김은주 · 김준성 옮김, 『테러 시대의 철학』, 문학과지성사, 2004.
파트릭 사비단, 이산호 · 김휘택 옮김, 『다문화주의』, 경진, 2012.
하종오, 『반대쪽 천국』, 문학동네, 2004.
______, 『세계의 시간』, 도서출판 b, 2013.
______, 『아시아계 한국인들』, 삶이보이는창, 2007.

2000년대 부산영화에 나타난 왜곡된 부산의 지역성

권유리야

1. 머리말

영화는 언제나 지역적이다. 구체적인 시공간을 배경으로 하는 영화의 속성상 영화는 지역적일 수밖에 없다. 물론 판타지 장르와 같은 일부 영화에서는 의도적으로 탈지역을 의도하기도 하지만, 일반적으로는 메시지의 설득력 혹은 영화 몰입을 위해 구체적인 지역을 배경으로 하게 된다. 문제는 이 지역성이 체감되는 것과는 다르게, 왜곡되는 경우가 빈번하다는 데 있다. 물론 영화가 제시하는 상상적 현실이 장소성을 변형시키는 것은 당연한 일이다. 하지만 부산을 배경으로 하는 소위 부산 영화가 많아지면서, 부산의 지역성이 사실과 다르게 왜곡되는 것은 심각한 문제다. 따라서 부산영화 연구에서 부산의 지역성 왜곡의 양상을 고찰하는 일은 중요하다.

그동안 한국사회에서 거대수도권 중심의 이데올로기는 다양한 지역공간을 소외시켜 왔다. 지역을 지방 혹은 주변부로 분류하여 왜곡된 이미지를 확정하며, 여기에 그릇된 정치사회적 가치판단을 개입시켜 왔다. 그리고 이렇게 만들어진 지역성을 본질적인 것으로 오해하도록 다양한 장치를 고안해 내었다.[1] 지역성을 고찰하는 작업에서 영화 역시 수도군 중심의 이데올로기로부터 자유로울 수 없는 것이 지역의 운명이다. 실제로 지역이라는 개념 자체가 중앙에 대한 대타적 개념이기 때문에 한국의 문화적 현실은 수도권 중심의 이데올로기와의 관련성 속에서 그 의미를 파악할 수밖에 없다. 이런 상황에서 부산의 이미지는 대개가 실제와 다르게 왜곡되는 것은 피하기 어렵다. 대부분의 영화는 수도권 중심의 매체와 담론에 의해 상상적으로 구성된 허구를 진실처럼 주입하고 있다.[2]

본고는 이렇게 수도권 중심의 지배 이데올로기에 의해서 부산이 실제와는 다르게 왜곡되는 양상을 2000년대 상영된 부산영화를 통해서 확인하고자 한다. 부산의 2000년대는 세계도시로 도약을 위해 도시의 총력을 집중한 시기다. 부산시는 세계화를 최고의 지역발전전략으로 인식하여 부산을 부산－일본 구주, 부산－중국 발해권, 부산=동남아 화남경제권이라는 국제메갈로폴리스化 하겠다는 야심찬 기획을 추진 중에 있다.[3] 그러나 이러한 세계화의 야망은 자연히 부산의 고유성을 부정하고, 수도

1) 부산이 권력이 고안한 도시라는 사실은 일제 강점기로 거슬러 올라간다. 일제에 의한 식민지 근대초기 부산은 일종의 식민도시로 탄생했다. 일본은 부산을 식민지 착취의 교두보로 삼기 위해 주거지역과 상업지역을 용두산 주변에, 그리고 온갖 행정기구를 외곽에 배치함으로써 부산을 경제와 행정, 그리고 문화의 중심지로 만들어갔다. 허병식(2011), 「식민지의 접경, 식민주의의 공백」, 『한국문학연구』 제40집, 동국대학교 한국문학연구소, 9～10쪽.

2) 김용규(2002), 「추상적 공간으로 변하는 부산」, 『오늘의문예비평』 봄호, 41쪽.

3) 부산발전연구원(1995) 「부산 세계화 전략구상을 위한 정책 포럼」, 부산발전연구원 1～17쪽.

권 중심의 도시기획을 그대로 모방하는 것에 불과하다. 부산영화에 수도권 중심의 가치관이 팽배하기 시작한 것도 이즈음이다. 부산의 가치를 사라진 것에 대한 노스탤지어로 묘사하거나, 특정지역의 초고층아파트를 부각시키면서 부산을 과도하게 비현실적인 화려함으로 포장하는 부산영화의 모습에서 부산 고유의 정체성에 대한 고민은 발견하기 어렵다. 이렇게 부산이 오직 세계화의 논리, 거대수도권의 중심의 논리를 뒤좇아가던 시기가 바로 부산영화에서 2000년대인 것이다.

2000년대 시작된 부산국제영화제의 화려한 성공, 영상위원회를 비롯한 영화 관련기관의 부산 이전 확정, 그리고 한국영화 촬영의 40% 이상을 책임지는[4] 영화의 도시 등을 지향하고 있지만, 정작 부산영화에서 참다운 부산성을 찾아보기는 힘들다. 이는 부산국제영화제만 보더라도 확연히 드러난다. 부산국제영화제는 한국의 유일한 국제영화제라는 사실을 수차례 강조하는 데서 영화제의 성격이 부산성이 아니라, 보편성에 있음을 분명히 한다. 그동안의 부산국제영화제 기간 중에 부산 이야기를 시나리오화해서 부산에서 촬영되고 완성되어 상영된 영화는 매우 드물다. 그만큼 부산이란 공간이 단순한 영화의 배경이나 로케이션의 공간에 머물고 있음을 의미한다.

이 과정에서 부산의 삶이 실제와 다른 훈훈한 인정의 공간으로 왜곡되는 것은 피할 수 없다. 사실 부산영화에서 부산이 훈훈한 인정의 공간으로 묘사되는 것은 부산의 실제와 맞지 않다. 부산 역시 행정구역의 팽창과 사회 구조의 복잡화 등으로 대도시가 안고 있는 신자유주의적 파국의

4) 부산영상위원회의 자료에 따르면 2000년 10편의 영화가 부산에서 로케이션되기 시작한 이후, 2001년에 13편, 2002년 19편, 2003년 24편, 2004년 18편, 2005년 30편, 2006년 43편, 2007년 43편 등으로 꾸준히 상승하여 현재 한국영화 촬영의 40%를 부산에서 책임지고 있다. http://blog.naver.com/PostView.nhn?blogId=000naya&logNo=90072163474(검색일: 2012.1.13).

문제에 직면해 있다. 이런 상황에서도 부산영화가 부산을 훈훈한 인정이 남아 있는 대안의 공간처럼 묘사하는 것은 부산을 허구의 공간으로 전락시키는 일이다. 여기에는 영화 촬영 공간과 제작의 주체가 다르다는 문제가 작용한다. 현재 한국의 영화제작사는 서울과 경기지역에 92%가 몰려 있다. 부산이 한국영화 로케이션의 40%를 담당한다고 하지만, 실제 제작사 수는 10% 정도에 불과하다. 부산영화에서 지역성에 대한 탐구가 부재한 이유는 바로 이런 제작과 로케이션의 불균형 때문이다. 거대수도권에서 영화의 대부분이 투자 제작 배급되기 때문에 아무리 부산에서 로케이션되었다 하더라도 영화는 거대수도권의 이익만을 반영할 수밖에 없다. 공간기획이란 지역을 합리적으로 가공하는 작업이다. 따라서 부산영화라는 용어 속에는 부산이 특정한 공간이 아니라, 거대수도권을 우월하게 만들어 주는 배경에 불과하게 되는 것이다.

그런 점에서 부산영화라는 표현은 부산에서 로케이션된 영화라는 단순한 의미가 아니다. 부산이 아직도 수도권 중심의 이데올로기를 실현시키는 배후지로 기능하고 있으며, 그리하여 자발적으로 혹은 강제적으로 부산을 주변화된 지역의 이미지로 조작하려는 의지가 영화 전체에 중요하게 작용하는 식민적 영화생산 시스템의 부산물이 부산영화라는 용어의 실제적인 의미다.

본고는 이러한 문제를 「우리형」(2004),[5] 「마음이」(2006),[6] 「예의 없는 것들」(2006),[7] 「사생결단」(2006),[8] 「1번가의 기적」(2007),[9] 「눈에는 눈, 이에는 이」(2008),[10] 「집행자」,(2009)[11] 「애자」(2009),[12] 「부산」

---

5) 진인사필름(제작), CJ엔터테인먼트(배급), 서울시 강남구 논현동.
6) (주)화인웍스(제작), 쇼박스(주)미디어플렉스(배급), 서울시 강남구 논현동.
7) 롯데엔터테인먼트(제작, 배급), 서울시 중구 소공동.
8) MK픽처스(제작, 배급), 서울시 종로구 필운동.
9) (주)두사부필름(제작), CJ 엔터테인먼트(배급), 서울시 강남구 논현동.

(2009),[13] 「마린보이」(2009),[14] 「해운대」(2009),[15] 「정승필 실종사건」(2009)[16] 등의 12편의 영화를 통해서 확인하고자 한다. 「해운대」, 「부산」, 「1번가의 기적」, 「마린보이」, 「정승필 실종사건」은 부산공간을 직접적으로 제시하고 있으며, 「우리형」, 「마음이」, 「애자」, 「집행자」, 「예의 없는 것들」, 「눈에는 눈, 이에는 이」, 「사생결단」은 사투리를 강조하며 부산성을 간접적으로 환기한다. 하지만 이들 영화는 부산 공간이 전면화하는 양상과는 다르게, 부산을 서울 중심의 시선으로 왜곡시키는 한계가 뚜렷하다.[17] 부산 고유의 특성으로 널리 알려진 훈훈한 인정,[18] 그리고 불행의 이미지[19]는 부산을 타자로 보려는 거대수도권 중심의 이데올로기

---

10) (주)태원엔터테인먼트 · (주)유비유필름(공동제작), 롯데엔터테인먼트(배급), 서울시 강남구 논현동.

11) (주)스폰지이엔티(배급), 실버스푼(배급), 서울시 강남구 신사동.

12) 시리우스 픽쳐스(제작), 시너지(배급), 경기 고양시 덕양구 화정동.

13) (주)오죤필름(제작), (주)싸이더스FNH(배급), (주)스폰지이엔티(제공), 서울시 강남구 논현동.

14) 리얼라이즈픽처스(제작), CJ 엔터테인먼트(배급), 서울시 강남구 논현동.

15) (주) JK FILM · CJ 엔터테인먼트(공동제작), CJ 엔터테인먼트(배급), 서울시 마포구 상암동.

16) (주)화이트리시네마(제작), 롯데엔터테인먼트(배급), 서울시 서초구 서초동.

17) 물론 「집행자」의 경우 영화 촬영과 후반작업은 물론 기획과 투자까지 부산의 힘으로 해냈다고 하지만, 이 역시 사형수의 처참함을 부산의 이미지와 동일시함으로써 부산을 한없이 무기력한 도시로 만들고 있다. http://blog.naver.com/PostView.nhn?blogId=000naya&logNo=90072163474(검색일: 2012.1.13) 참조.

18) 본고에서 사용되는 인정의 개념은 자본논리에 오염되지 않은 인간애를 의미한다. 인정에 내재된 헌신과 희생, 이해와 배려, 용서와 나눔과 같은 원초적 정감은 자본의 횡포에 맞설 수 있는 대항논리로 이해된다. 부산영화에서는 부성애, 모성애, 형제애, 이성애, 휴머니즘 등의 방식으로 구체화한다. 본고는 부산영화에서 인정은 부산을 상징하는 중요한 이미지로 오해되는 것을 지적하고 있다.

19) 충격은 인정과 함께 부산영화의 중요한 소재다. 부산영화에는 살인, 폭력, 밀수, 마약, 가정 파탄, 불치병 등과 같이 일상에서는 쉽게 경험할 수 없는 예외적이고 경악할 만한 충격이 빈번하게 활용된다. 충격이 없이 부산을 언급하기 어려울 정도로

가 만들어낸 허구라는 관점에서, 이들 영화에 나타나는 부산성[20]의 왜곡을 훈훈한 인정과 고통의 상품화라는 두 가지 관점에서 고찰하고자 한다.

마치 부산의 고유성인 것처럼 도식화되는 훈훈한 인정은 부산의 불행을 전제로 할 때만 가능하며, 이는 거대수도권의 안녕을 확인시켜주는 매개로 전락할 뿐이다. 문제는 불행 자체가 적극적으로 상품화하는 데서 더 심각해진다. 최근 들어 부산영화에는 부산의 일상이 처참하게 몰락하는 양상이 두드러지는데, 이는 부산의 극심한 고통을 일회용 청량제로 상품화하는 대도시의 감성기획과 관련이 있다. 부산의 재앙은 충격적 볼거리에 대한 현대인의 관음증을 해소시켜주는 소재로 전락하는 것이다.

본고는 이렇게 부산영화에서 부산이 수도권 중심 이데올로기가 부산을 주변화 함으로써 부산의 모습이 왜곡되고 있음을 밝히고자 한다. 이런 영화 속의 부산 공간의 특성을 토대로 부산영화에 나타나는 인정과 불행이 연민에서 공포로, 그리고 감성마케팅의 방식으로 소비되는 과정을 고찰하려는 것이다.

부산영화에서 충격의 문제는 매우 중요한 역할을 한다. 본고는 이러한 충격을 불행, 고통과 동일한 의미로 사용하기로 한다.

20) 부산성의 문제는 그렇게 간단히 개념화할 수 있는 것은 아니다. 지역성의 하나로 부산성이 무엇이냐 하는 문제는 그동안 오래 논의되어 왔다. 그러나 아직 합일된 정의가 완성된 상태는 아니다. 일반적으로 부산성을 지리적 조건에서 비롯되는 해양성에 바탕을 두고, 여기서 배태되는 개방성, 역동성, 진취성을 말하기도 하며, 역사성에 바탕을 두고 저항성을, 시민들의 구성이 다양한 지역에 바탕을 두고 있다는 점에서 다원성을, 언어의 특성에서 비롯되는 투박하나 인정스러움을 논하기도 한다. 부산성을 한 마디로 규정하기는 힘들지만, 각 영역마다에서 부산의 정체성 논의가 활발하게 진행되고 있어, 어느 정도의 수렴은 앞으로 가능할 것이다.

2. 인정(人情)으로 왜곡된 주변부 공간의식

어느 시대나 모두 마찬가지겠지만 현대도시의 공간 역시 지배권력의 목적에 따라 구성되는 사회 정치의 생산물이다. 도시 공간 기획은 배제된 변두리 집단을 창출하면서 지배 이데올로기를 유지한다. 지방이라는 용어 속에는 지배계급이 국가 전체의 균형 발전이라는 미명하에 주변으로 배제된 공간이라는 의미가 내재해 있다. 물론 지역에 대한 배제의 의도는 뚜렷하게 감지되지 않을 만큼 일상에 매우 미시적으로 분포해 있다. 중앙집권적 지배 이데올로기는 의도적으로 지역을 심각한 장애의 공간으로 전락시킨다.[21] 부산지역 역시 지금까지 중앙집권적 지배 이데올로기로 인해 중앙의 도시와는 거리가 있는 불균형의 도시로 성장해왔다.

이를 만회하기 위해 부산은 지금 모처럼 찾아온 동북아 경제중심 시대를 맞아 세계도시 건설에 온 행정력을 집중시켜 왔다. 부산이 지향해야 할 방향을 동북아의 물류 비즈니스 중심도시, 동남광역경제권의 중추관리도시, 동북아의 해양문화 관광거점도시로 정하고, 이를 실천하기 위한 당면과제와 56대 주요정책과제를 발표하며 세계도시로 도약하려는 의욕을 확실히 하고 있다.[22] 1980년대 이후 더욱 뚜렷이 나타나고 있는 대도시권화 현상으로 부산의 생활권은 더욱 확대되고, 주변 도시와의

---

21) 아르준 아파두라이, 차원현 외 옮김, 『고삐 풀린 현대성』, 현실문화연구, 2004, 333쪽.

22) 부산광역시는 부산의 도시비전을 세계도시라는 대 전제하에 '21세기 동북아 시대 해양수도 건설'에 두고 도시의 목표를 동북아의 물류 비즈니스 중심도시, 동남광역경제권의 중추관리도시, 동북아의 해양문화 관광거점도시로 정하고 이를 실천하기 위한 당면과제와 56대 주요정책과제를 발표해 행정력을 집중시키고 있다. 부산광역시 · 부산발전연구원, 「부산발전 2020 비전과 전략 VI(DYNAMIC BUSAN 2020 ROAD MAP)－문화도시프로젝트」, 부산광역시 · 부산발전연구원, 2005, 61쪽.

관계도 밀접해지고 있다. 2000년부터는 부산 주변에 13개 지역 및 도시가 포도송이처럼 매달려 거대도시권을 형성하게 되었다.[23] 이미 김해, 양산을 위성도시로 거느린 부산은 양적으로 팽창 중이고, 마산, 창원, 진해, 진주, 울산 등과도 접근성이 높아 메트로급 도시의 위상에 육박하고 있다.[24]

그런데 부산영화는 이러한 화려한 도시 발전을 강조하기보다는, 오히려 부산의 인정을 강조한다. 바로 여기가 지배 이데올로기의 지역만들기가 개입하는 지점이다. 부산영화에서 인정이 중요하게 동원되는 데에는 불행을 부산의 감정으로 규정하는 감정기획이 은밀하게 작동한다. 부산영화에서 인정이 강조되는 이유는 인정의 정치적 유용성 때문이다. 사실 불행을 예상하지 않는 인정은 생각하기 어렵다. 인정이란 타자의 불행에 공감하고, 그 불행을 상쇄할 만한 실천을 보여줄 때 생겨난다. 부산영화에서 이러한 인정은 부성애, 모성애, 형제애, 이성애, 휴머니즘 등의 다양한 방식으로 구체화된다. 이를 「우리형」, 「1번가의 기적」, 「눈에는 눈, 이에는 이」, 「마음이」, 「집행자」, 「애자」을 중심으로 살펴보고자 한다.

「우리형」은 싸움꾼 동생이 언청이 형에 대해 애정을 회복해가는 과정을 형 성현이 죽음에 이르는 과정과 동일시한다. 저능아 두식이가 내리치는 돌에 맞아 성현이가 죽는 시점은 종현이 태어나 처음으로 성현을 형으로 부른 날이다. 영화의 구조는 가장 처참한 죽음의 순간에 가장 깊은 형제애가 부각되도록 기획되고 있다. 이러한 영화의 기획은 인정이

23) 부산발전연구원, 「부산 세계화전략 구상을 위한 정책 포럼」, 부산발전연구원, 1995, 22쪽.

24) 살인, 강도 등 5대 강력범죄 발생 건수는 지난해 5만 4천여 건으로, 3년 전에 비해 무려 63%나 늘었다. 특히 지하철 강력범죄 발생 건수는 지난해 2배 넘게 증가했다. http://busanmbc.co.kr/sub01/sub01.html?load=view&newsno=20101018007100******T&page=11(검색일: 2012.1.15).

불행에 면죄부를 주기 위한 장치임을 확인시켜준다. 이런 과정에서 성현의 불행은 삶의 정상적인 일부분으로 오해된다. 영화는 성현의 깊은 형제애를 빌미로 동생 종현의 어떠한 패륜도 이해되어야 한다는 당위가 만들어진다. 형제애라는 인정을 통해 패륜의 이미지는 자연스럽게 소멸되는 것이다.

기장군 이천리의 시골은 반드시 훈훈한 인정과 넉넉한 사람살이가 있을 것이라는 지배권력의 사고는 「1번가의 기적」에서도 연산동 달동네 물만골을 로케이션 장소로 정하는 데서 반복된다. 연산동 물만골의 인정은 무너지기 직전의 불안한 상태와 함께 배치된다. 영화는 산동네 철거반인 건달 필제가 청송마을 1번지 주민으로 동화되는 장면을 극적으로 그려내기 위해 물만골을 온갖 비극의 집결지로 설정한다. 사실 부산의 물만골은 2002년 환경부가 생태마을로 지정[25]할 만큼 정갈하고 아름다운 곳이다. 하지만 영화는 물만골을 수돗물도 끊기기 일쑤고 인터넷은 아예 통하지도 않고 흔한 양변기 하나 없는 궁핍한 개발예정구역의 이미지만을 선택한다. 물만골을 소녀가장 명란이 몸이 불편한 아버지와 동생을 돌보며 지독하게 고단한 삶을 견디어야 하는 빈궁한 공간으로 설정해야만 필제의 가슴 뭉클한 인정이 돋보이기 때문이다. 이로 인해 부산영화에 나타나는 인정은 대도시의 풍요와 안전을 확인시키는 열정노동[26]으로 전락한다. 언제나 중앙집권적 지배 이데올로기는 허구를 통해

---

25) http://popbusan.com/webzin/report/FocusView.aspx?class=cate02&pk=1019&schGbn=tra03&subum=3(검색일: 2012.1.4).

26) 신자유주의가 노동을 보다 효율적으로 관리하고 착취하기 위해 내건 슬로건은 바로 노동의 미학화다. 열정을 측정하는 것은 불가능함에도 불구하고 현대사회는 우리에게 '당신의 열정을 보여달라'고 요구한다. 이는 오늘날 열정은 제도화되고 있음을 보여주는 대목이다. 체제는 열정의 분출을 요구하는 다양한 장치들이 만들어 놓았을 뿐만 아니라 열정을 유사도덕으로 만들어 내는 일에 성공을 거두었다. 악

타자를 열악한 것으로 생산해왔다. 모든 이슈를 빨아들이는 거대수도권과 아무런 차별성 없이 모두 지방으로 불리는 비수도권으로 양분된 한국사회에서는 영화에서도 고유한 지역성은 말살되고 변방과 저개발의 지방성만 남는다. 영화에서 부산하면 으레 구수한 인정을 떠올리게 되는 과정 속에는 이러한 중앙집권적 지배 이데올로기의 시선이 개입되어 있다.[27]

이렇게 부산의 인정을 노동으로 전락시키는 이유는 여러 가지 논의가 가능하지만 부산영화 기획과 제작자들의 무의식 속에 잠재한 지배 이데올로기의 정체성 충돌에 대한 무의식적 갈등의 소산물로도 볼 수 있다. 지금까지 한국의 수도권 중심의 논리 속에는 복수의 정체성이 동일하게 작용할 때, 하나를 제거하거나 변경하는 방식으로 지역의 정체성을 약화시켜 왔다. 국가의 균형발전이라는 미명하에 초거대도시와 중복되는 지역의 문화적 정체성을 약화시키는 이른바 약탈적 정체성의 방식으로 거대수도권은 지역의 추월 가능성을 억압해 왔다.[28] 국가 전체의 입장에서 지역성 강조라는 미명하에 지역은 언제나 수도권의 중앙집권적 지배 이데올로기의 정체성을 위협하지 않는 방향으로 기획되었다. 부산영화의 로케이션 지역이 거의 불행의 이미지를 구축할 수 있는 영도구, 동구, 서

조건을 버티어내는 삶에 대한 치열성을 신자유주의의 제도는 측정하고 있다. 한윤형 외, 『열정은 어떻게 노동이 되는가』, 웅진지식하우스, 2011, 45~47쪽.

27) 실제로 한국영화에서 지역성이 왜곡되기 시작한 건 비단 부산만의 문제가 아니다. http://suyunomo.net/?p=8762&utm_campaign=8762&utm_medium=rss&utm_source=rss(검색일: 2012.1.12) 참조.

28) 소수집단은 언제나 다수가 완결된 전체를 이루거나 혹은 절대적 순수함을 추구하는 데 사소한 장애물로 여겨진다. 집단의 수가 적을수록 또 소수가 힘이 약할수록 다수는 자신들이 단지 다수일 뿐 분명하게 온전한 종족은 되지 못한다는 것에 더욱 분노하며 그 책임을 소수에게 돌린다. 아르준 아파두라이, 장희권 옮김, 『소수에 대한 두려움』, 에코리브르, 2011, 9쪽.

구 등 변두리에 집중된 이유도 여기에 있다. 여기는 일제 강점기 일본인 거주구역의 확대로 밀려난 조선인들의 집단거주지였으며, 한국전쟁으로 전국 각지에서 몰려든 피난민들이 모여든 판자촌이다. 1960년대에는 급속한 산업화로 일자리를 찾아 흘러든 노동인력들이 정착한 곳이기도 하다. 여기 공간은 부산이 첨단문명으로부터 외면당한 혐오의 공간으로 확정하는 데 큰 역할을 한다.

따라서 부산영화에서 부산이 훈훈한 인정의 공간으로 설정되는 배후에는 거대수도권 중심의 지배 이데올로기에서 완전히 벗어나지 못한 구조적 모순이 잠재하고 있는 것이다. 물론 지역의 격차가 크다는 문제는 있지만, 부산은 동북아 시대 관광과 소비의 거점도시로 빠르게 재편되면서 수도권의 위상을 위협할 만큼 급성장한 것 역시 사실이다. 한국은행 조사에 따르면 물론 빈부의 격차가 있기는 하지만 양적으로 보면 부산의 소비수준은 전국 최상위 수준이다. 따라서 부산은 교육과 의료, 유통과 관광 등의 도시의 서비스 인프라가 확실하게 구축되면서[29] 거대수도권이 기존 지니고 있던 지배 이데올로기의 정체성과 충돌을 피하기는 어렵다. 사실 '우리'와 '그들'이라는 이분법에서 우선순위는 '우리'가 아닌 '그들'에 있다. '우리'는 '그들'이 만들어지는 과정에서 기계적으로 생겨난 부산물일 뿐이다. 중앙중심의 논리에서 보면, 주변부인 지역은 타고나는 것이 아니라 만들어진다. 중앙은 지역을 창출하기 위해 일부 사실을 불러내고 일부는 반대로 묻어버린다. 우선 부산의 정체성을 열등하게 할당한 다음, 거대수도권을 우월한 공간으로 설정한다.

이러한 지역의 모습을 「눈에는 눈, 이에는 이」에서 확인할 수 있다. 「눈

---

29) http://news.busan.go.kr/sub/special02.jsp?active_yn=Y&amode=_viw&arti_sno=200903110000031981&begin_date=2007-08-14&cpage=4§_cd=100010(검색일: 2011.12.29).

에는 눈, 이에는 이」에는 지역의 역할을 우선 파국의 이미지로 할당하는 양상이 선명하게 포착된다. 사고의 순서라는 측면에서 보면, 영화의 핵심은 해외유학파 안현민의 범죄가 아니다. 엘리트 안현민의 복수보다 자신의 아버지를 죽이고 재산을 갈취한 비정한 강 사장, 그리고 4명의 부하가 처한 극심한 궁핍이 더욱 중요하게 처리된다. 부산을 결핍의 공간으로 창조한 후, 거대수도권 출신의 인물을 영웅적 존재로 등장시켜야 하는 이유가 바로 여기에 있다. 만일 민철, 도수, 영재, 유곤이 처한 좌천동의 빈곤과 담배 연기 자욱한 오락실이 아니라면, 안현민의 범죄는 정당화될 수 없다. 형사 백 반장이나 엘리트 범죄자 안현민이 아니라, 황폐한 부산지역 그 자체가 영화의 초점이 되는 것이다.

문제는 부산에 대한 공간 인식이 서울 중심의 중앙집권적인 이데올로기가 의도한 허구임에도 불구하고, 이 허구가 현실적인 공감을 얻는다는 데 있다. 극단적으로 과장된 가난과 부패의 이미지는 허구임에도 불구하고 부산에 대한 혐오감을 유발한다. 물론 여기에는 영화 제작상의 한계가 크게 작용한다. 모든 집단적 폭력 속에는 분명히 질서라고 할 만한 것이 있다. 다만 철저한 계산과 외형상의 우연성 때문에 횡포의 배후에 일정한 의도가 존재한다는 사실이 간과되는 것뿐이다.[30] 현지인의 정서가 배제된 영화 제작 현실에서 부산의 풍광을 소비하는 여행자의 시선은 부산을 부랑아, 건달, 깡패, 도우미, 매춘부, 철거촌, 환락가 등과 같은 혐오의 이미지로 확정한다. 부산이 타락하고 적인 이미지로 인식되는 데에는 바로 이러한 허구를 실제로 의도하려는 서울 중심의 이데올로기가 결정적으로 작용하는 것이다.

결국 부산이 혐오도시가 되는 것은 도시 기획의 실패가 아니라, 도시

30) 바로 이 부분이 극대화되면 이념 학살과 그로 인한 정치적인 결과, 즉 문명 학살의 뇌관으로 작용한다. 아르준 아파두라이, 앞의 책, 2011, 75~257쪽.

기획이 성공한 결과다. 「마음이」의 문제가 여기에 있다. 영화에 따르면 11살 찬이와 6살 소이의 불행의 책임은 전적으로 어린 자식을 버린 비정한 엄마에게 있다. 여기에는 엄마가 가출한 이면에 도사리고 있는 영도구 영선동과 초량동의 도시 빈민의 문제가 외면된다. 사실 엄마는 비난의 대상이라기보다 농촌정책의 희생물이다. 하지만 「마음이」는 시야를 가족 내부로 제한함으로써 이를 거대수도권 중심의 도시 기획이 만들어낸 한계라는 점을 적극 은폐한다. 중앙집권적 이데올로기의 작동은 드러냄과 감춤의 기능을 교묘하게 구사하는 데서 드러난다. 사회적 문제를 가족의 문제로 책임 전가시키는 공적 문제의 사적 이전[31]으로 인해 실패와 패륜의 이미지는 전적으로 부산의 것으로 전가된다.

「집행자」에서 사상구 주례2동의 구치소는 죽음의 공포 앞에 울부짖는 짐승의 공간이다. 이는 영화가 부산의 삶을 법무교도관의 시선으로 포착하기 때문에 나타나는 현상이다. 사형수 성환은 교도관 김교위의 알뜰한 인정에 의해서만 존재감을 발견하는 무기력한 존재일 뿐이다. 이 경우 인정은 현실이 어떤가를 냉정하게 파헤치는 것이 아니라, 그 현실을 무마하고 감싸는 역할을 한다. 이렇게 부산영화가 인정이라는 테마에 과도하게 의존할수록 부산 삶의 불확실성이나 예상되는 고통에 대한 공포, 행복과 삶의 질에 대한 문제에 대한 탐색은 포기될 수밖에 없다. 「애자」에서 애자와 엄마 사이의 화해가 문제가 되는 이유도 마찬가지다. 엄마의 암 발병은 엄마의 편애로 어린 애자를 불안한 삶으로 몰아넣은 문제에 대해 언급할 기회를 빼앗는다. 영화는 모녀의 내면의 변화를 밀

31) 공적 문제의 사적 이전이라는 양상은 국가가 자신의 책임을 은폐하고자 할 때 자주 등장한다. 가령 고령화사회의 노인 부양 문제를 효를 강조함으로써 자식들의 죄의식을 유발한다든지, 혹은 출산율 감소의 문제를 여성들의 이기적인 성공 지향으로 책임을 돌리는 방식, 아이 양육의 문제를 시부모나 친정부모에게 전가하는 등에서 자주 찾아볼 수 있다.

도 있게 그리기보다는 암이라는 충격적인 사건 자체에 집중함으로써 문제의 본질을 은폐한다. 죽음에 임박해서 급하게 회복된 모녀관계는 가족 내에서 은밀하게 작동되고 있는 남아선호사상에 대한 정당한 이의 제기를 회피하면서 오직 가족애만을 강조한다.

이렇게 부산영화에 나타난 인정은 중앙집권적 이데올로기가 현실화되면서 지역은 비공식적으로 광대한 네트워크를 만들어내는[32] 비자본적 경제재가 되고 있다. 화폐와 정보가 즉각적으로 이동하는 후기자본주의세계에서는 진정한 인간관계에 대한 시장 거래가 가속화된다. 다만 친밀감의 교류가 금전적 거래와 얼마나 밀착되어 있는지 인지되지 않을 뿐이다.[33] 「우리형」과 「눈에는 눈, 이에는 이」의 형제애, 「애자」의 모성, 「1번가의 기적」과 「집행자」의 휴머니즘과 같은 인정이야말로 가장 교묘한 방식으로 지배 이데올로기를 감춘다. 따라서 헌신적으로 사랑을 베푼다는 이유만으로 인정이 진리에 가까이 있다는 추정은 인정을 이데올로기적으로 이용하는 것이다. 부산영화에서 인정은 늘 비정상적인 경우, 자본과 권력의 배분에 있어서 심각한 충돌의 상황에서만 등장한다. 「1번가의 기적」의 주거문제, 「우리형」과 「애자」는 가족 불화와 가난, 「집행자」의 사형문제에서 인정은 각각 부산의 연산동, 기장군, 사상구를 처참한 공간으로 확정한다.

따라서 부산의 영화에 나타나는 인정을 자본의 횡포에 대항할 대안적 가치로 보는 것은 무리가 있다. 오히려 부산의 열정은 단지 일회용품으로 소비된다. 「예의 없는 것들」에서는 킬러의 청부살인을 심각하게 다루기보다는 웃음거리로 전락시키려는 의도를 감추지 않는다. 짧은 혀를 수

---

32) 아르준 아파두라이, 앞의 책, 2011, 330쪽.
33) 비비아나 A. 젤라이저, 숙명여자대학교 아시아여성연구소 옮김, 『친밀성의 거래』, 에코리브르, 2009, 46~47쪽.

술하기 위해서 청부살인을 한다는 킬러의 절박함은 한낱 냉소의 대상일 뿐이다. 투우 장면 아래로 깔리는 가벼운 음악과 자조적인 보이스 오버는 킬러가 살인청부업자가 된 동기가 거창한 혁명적 가치나 신념 때문이 아니라는 점을 노골화한다. 킬러의 청부살인은 멋진 사랑 고백을 위해 짧은 혀를 수술할 비용을 마련하기 위한 것이다.

이렇게 조롱당하는 삶, 폐기되기 위해 선택되는 「예의 없는 것들」의 킬러는 「마린보이」의 천수와 거의 흡사하다. 「마린보이」에서 전직 수영선수 천수의 몸은 일회용 소모품이다. 신체포기각서까지 쓰면서 혹독한 바다를 견디는 천수의 치열한 열정은 국제마약조직 강 사장, 마약단속반 김 반장, 유리에 의해 이중 삼중으로 이용된다. 그러나 이런 현실에도 불구하고 두 영화는 해피엔딩으로 마무리된다. 「예의 없는 것들」에서 킬러는 "따. 랑. 해"라는 혀 짧은 소리로 발음에 만족하면서 죽어간다. 「마린보이」도 천수와 유리가 남태평양의 아름다운 섬 팔라우에 가면서 마무리된다. 「마음이」에서도 자식을 두고 비정하게 집을 나간 엄마도 맥락 없이 돌아온다. 「부산」에서도 고아 아닌 고아 종철도 술주정뱅이 양부 강수와 보도방 사장인 생부 태석과 급작스런 화해를 한다. 인정은 예측 불가능한 현실의 수많은 절망의 가능성들을 인정이라는 하나의 당위로 봉합한다. 불행마저도 자기 것으로 소유할 수 없게 한다는 점에서 부산을 대안이 없는 비극의 공간으로 전락한다. 「애자」에서 엄마와의 화해가 급진적으로 이루어졌다 해도, 시인인 애자가 엄마와의 관계에서 느끼는 존재론적 절망감의 문제는 해결될 수 없다. 오랫동안 사귀었던 남자의 배신 문제도 해결되지 않은 채 서둘러 봉합되고 만다.

이렇게 「1번가의 기적」, 「눈에는 눈, 이에는 이」, 「마음이」, 「집행자」, 「우리형」, 「애자」, 「예의 없는 것들」을 통해 볼 때, 원초적 인정이 부산의 고유한 속성이라는 상식은 부산의 현실과 맞지 않다. 인정은 다만 불행을 정당화하기 위한 전략에 불과하다. 다시 말해서 인정은 불행을 부산의 이미지로 확정하기 위한 수단일 뿐이다. 따라서 불행이 실제로 부산의 삶을 점령했는가는 핵심이 아니다. 불행이 만들어지는 과정에 개입하는 주체의 문제, 불행이 특정계급에게 어떤 방식으로 사유되느냐가 핵심이 되어야 한다. 불행은 한 인간의 자발적 선택의 결과일 때, 이를 통해 구축된 자기 세계가 확실해진다. 고통은 단순히 부정적 상태가 아니라 인간을 특별한 실존적 존재로 거듭나게 하는 삶의 구성 요소다. 그러나 인정에 의한 낙관적 결말은 고통이 자신과는 아무런 상관도 없는 곳에서 벌어진 타인의 고통으로 외면하게 한다. 지배 이데올로기의 시선에 의해 발견된 불행에는 자신의 내부를 집요하게 파고드는 실존적 고투가 발견되지 않는다. 애초부터 해피엔딩으로 결정된 부산영화에서 인간이 어떤 선택을 해도 그것은 지배담론의 은밀한 강요일 수밖에 없다. 따라서 부산영화가 부산을 원초적 인정의 공간으로 설정하는 한, 부산은 철저하게 중앙집권적 지배 이데올로기에 순응하는 무기력한 공간일 수밖에 없다. 그러므로 이러한 부산영화에서 고유한 부산의 정체성을 확인한다는 것은 사실상 힘들다. 이는 바로 부산 영화가 나아가야 할 정체성 파악이 시급함을 의미하기도 한다.

3. 고통의 상품화를 통한 왜곡된 감성과 예외적 공간

부산영화에서 발견하는 인정의 배후에는 왜곡된 지역성이 자리하고 있지만, 인정을 창출하기 위한 방법으로 고통스런 삶을 이미지화하고 있다는 점도 놓칠 수 없다. IMF 경제 파국을 맞은 1997년 이후 부산영화의 특징 중 주목해야 할 부분은 고아의식이 전면화한다는 점이다. 영화 속 인물들은 대체로 부모와 사별을 하거나 아니면 살아있어도 가족적 근친성을 발견할 수 없는 극심한 고독의 상태에 놓여 있다. 엄혹한 현실을 홀로 고통스럽게 감당해야 한다는 심리적 허기는 단절감으로 인한 극단적인 열패감에 시달리거나, 아니면 과도한 공격성을 표출하는 방식으로 구체화한다.

부산영상위원회의 부산에서 로케이션된 영화의 50~60%가 재개발계획에 의해 밀려난 비루한 삶, 범죄와 파국으로 직결되는 처참한 삶에 집중하는 점을 통해 볼 때,[34] 부산을 존재의 뿌리가 없는 고아적 공간으로 인식하는 부산영화의 편견을 확인할 수 있다. 실제로 이 시기 부산은 인구수가 1995년부터 지속적인 감소세를 보이고, 1997년 이후 마약사범, 폭력사범, 가정파탄 등의 부산의 범죄발생률이 급증하며 삶의 질이 전국 최하위 수준으로 전락한다. 삶의 질의 정확한 지표인 청소년 범죄만 보더라도 2008년 현재 지난 3년 대비 56%가 급증하며 전국에서 가장 높은 수치를 보인다.[35]

부산영화에서 가족적 근친성이 없어 자기 존재를 증명할 뿌리가 없는 고아의 공포가 빈번하게 목격되는 데에는 이러한 현실이 바탕이 되고 있다. 고아의 공포는 바로 고통의 삶을 말한다. 그런데 그 고통은 이미지로 상품화되고 있다는 점이 부산영화의 특징이다. 그리고 이렇게 상품화되는 부산공간은 초거대도시의 공간을 지니고 있지만, 이러한 공간은 예외적 공간으로 치부됨으로써 중앙집권적 지배 이데올로기가 작동하고 있

34) 부산영상위원회 영화 속 부산 자료 참조. http://www.bfc.or.kr/2010/kor/(검색일: 2012.1.16).

35) http://bbsradio.co.kr/03_news/NewsView.asp?divs=01&no=13340&page=3(검색일: 2012.1.16).

음을 볼 수 있다. 부산영화의 이런 모습은 「사생결단」, 「부산」, 「정승필 실종사건」, 「해운대」, 「마린보이」 등에서 선명하게 포착된다.

부산영화는 고통의 한 원인이 되는 고아의식을 부모세대의 타락에서 원인을 찾는다. 문제는 부산영화에서 고아의식이 이러한 자기소멸의 공포를 자신이 타락할 수밖에 없는 불가피성을 변호하기 위한 논리로 역이용당한다는 점이다. 뿌리를 상실함으로 인해서 겪어야 하는 생존의 위협, 사회적 고립감은 자식들이 부모를 비판할 수 있는 정당성을 만들어낸다. 부산영화에서 부모가 하나같이 폭력, 마약, 도피, 무기력, 가난 등의 혐오의 대상으로 설정되는 데에는 객관적 사실이라기보다는 자녀들의 이러한 나르시즘적 욕망이 깊숙이 개입하고 있기 때문이다. 아버지를 패륜으로 설정하는 과정을 전적으로 상도의 입장에서 다루는 「사생결단」에서 우선 이를 확인할 수 있다. 상도는 자신이 마약밀매상이 된 책임이 아버지에게 있다고 거칠게 비난한다. 아버지의 과거가 추악할수록 자식의 아버지에 대한 비난은 설득력을 얻는다. 따라서 「사생결단」에서 중요한 것은 아버지를 패륜자로 낙인찍은 상도의 진술에 대한 진위 판단이 아니다. 아버지의 이미지는 자기세계를 구축하기 위해서 만들어낸 상도의 심리적 구성물이라는 사실이다. 영화가 고백의 형식을 취하는 것도 이와 관련된다. 고백이라는 형식에서 중요한 점은 고백하는 자의 욕망이다. 고백이라는 제도가 있고, 그 후에 고백할 내용이 발명되는 것이다. 「사생결단」에서 상황의 주도권이 상도에게 있는 이유는 상도가 진실하기 때문이 아니라, 상도가 고백의 주체이기 때문이다. 고백은 속성상 그 자체만으로도 진실을 보장받는다. 따라서 고백의 주체가 상도인 한, 아버지는 상도의 욕망에 의해 패륜적 존재로 전락할 수밖에 없다. 확고한 자기 위상에 대한 욕망에 사로잡힌 고아는 상상 속에서 부모를 제거하는 상상살해라는 돌파구를 찾기 마련이다.

「부산」과 「마음이」도 「사생결단」의 연장선상에 있다. 「부산」에는 보도방 사장 태석을 신장암에 걸린 아들 종철을 외면하는 비정한 아버지로 설정되고 있고, 「마음이」에는 엄마를 자기 살 길을 찾아 어린 소이와 찬이 남매를 버리는 패륜녀로 설정하고 있기 때문이다. 이 두 작품에 비해 「사생결단」은 상상살해의 양상이 좀 더 적극적이다. 「사생결단」은 출구 없는 세계에 직면한 고아의 처참한 심정을 아버지와 이전투구식으로 맞서며 아버지를 거부한다.[36]

근대 이후 주체의 성립이란 자신의 뿌리를 훼손하거나 부정하는 등 차별화를 구축하는 방식으로 이루어져 왔다. 한 개체의 주체가 세계로 편입되는 과정에서 최초로 겪는 갈등이 바로 부모와의 관계 설정이다. 세 영화의 인물들은 스스로 고아를 자처하며 환락과 유흥, 그리고 타락의 방식으로 부모를 훼손함으로써 심리적 면죄부를 얻는 것이다. 그리고 이들이 활동하는 공간이 두구동과 우암동, 초량동, 연산동의 퇴락한 공간이란 점은 부모의 현재상을 각각 이들 공간과 동일시하는 자식세대의 공간인식으로 볼 수 있다. 이러한 모습은 21세기 동북아 시대 일류도시를 향한 부산의 미래 기획에 그대로 투영된다. 즉 부산영화가 부모/자녀의 관계를 가해자/피해자라는 이분법으로 도식화하는 데에는 과거의 부산을 추악한 공간으로 전락시킴으로써 과거 부정의 정당성을 확보하려는 현재 부산의 욕망과 관련이 있다는 것이다.

최근 부산시는 2000년대를 전망하는 정책 포럼에서 부산의 현안 목표로 국제화, 세계화를 꼽고 있다. 국제화, 세계화 시대에 부산의 위상과 역할을 세계화의 관문으로 인식하는 것이다. 인구 400만의 세계 28위 규모에 이르렀음에도 국제화, 개방화 시대에 능동적으로 대처할 준비 태세를

36) 마르트 로베르, 김치수 · 이윤옥 옮김, 『기원의 소설, 소설의 기원』, 문학과지성사, 2001, 60쪽.

제대로 갖추지 못한 데 대한 반성의 의지가 분명하다.[37] 2001년 한일월드컵 조 추첨, 세계합창대회, 부산국제영화제, 아시안게임 등 세계적인 행사의 성공적 개최를 통해 세계도시에 대한 가능성을 확인하면서 2020년에는 하계올림픽 유치까지 염두에 두고 있다.[38] 이렇게 부산의 세계도시화전략[39]을 야심차게 추진하고 있는 상황에서 과거 피난도시, 난민촌 부산의 이미지를 쇄신하는 일이야말로 시급한 과제일 수밖에 없다. 물론 과거와 단절을 시도하는 것은 비단 국가 정부만의 문제가 아니라 새로운 비전을 꿈꾸고 있는 집단이면 한결같이 겪는 문제다. 부산영화가 자식의 시선으로 부산을 묘사하는 것은 세계도시에 대한 비전과 과거 청산의 의지가 그만큼 강력함을 알 수 있다.[40]

그러나 과거 청산의 의지만을 보고 부산의 주체성을 설명하기는 어렵다. 영화 속의 공간이 주체적 지역성으로 인식되기 위해서 중요한 것은 현지인의 정서가 녹아있어야 한다. 그럼에도 불구하고 부산영화의 대부분이 지역 고유의 문제와 정서에 밀착한 영화라기보다 부산을 단순한 배경으로 전락시키는 지방화의 논리가 뚜렷하다. 이렇게 영화의 시선이 자식의 시선에 일치시키는 것은 거주자의 시선 대신 관광객의 시선으로 부

---

37) 부산발전연구원, 「부산 세계화전략 구상을 위한 정책 포럼」, 부산발전연구원, 1995, 17~18쪽.

38) 부산광역시 · 부산발전연구원, 「부산발전 2020 비전과 전략 VI(DYNAMIC BUSAN 2020 ROAD MAP)–문화도시프로젝트」, 부산광역시 · 부산발전연구원, 2005, 360쪽.

39) 부산을 2020년까지 세계도시로 발전시키기 위한 중 · 장기 로드맵이 구체화됐다. 부산시와 부산발전연구원은 21세기 동북아 시대의 해양수도를 목표로 부산을 내륙과 해양, 낙동강 등 3대 축으로 육성하는 한편 유비쿼터스 도시(U–시티) 등 7대 프로젝트를 구현하는 방안을 마련했다. http://cafe.daum.net/myauction/5iHW/85?docid=yDTV|5iHW|85|20060102114010&q=%BA%CE%BB%EA%B9%DF%C0%FC%BF%AC%B1%B8%BF%F8%202020%C0%FC%B7%AB(검색일: 2012.2.12).

40) 장세룡 외, 「탈근대 도시성(Postmodern Urbanity)의 탐색–부산의 도시성 이해를 위하여」, 『한국민족문화』 제34호, 부산대학교 한국민족문화연구소, 2009, 340쪽.

산을 구경하기 때문이다.[41] 부산에 대한 이러한 시각적 착취는 부산을 삶의 실제로부터 분리시켜 거대수도권 중심의 이데올로기 속으로 통합시킨다.[42] 관광객의 시선에서 선택되는 것은 척박한 저개발의 지방성이다. 거대한 잉여자본의 축적, 육체 없는 정신의 사용, 안정된 시스템의 구축에서 도시인들이 갈망하는 것은 예상을 뛰어넘는 충격적인 구경거리다. 부산영화에서 불행은 바로 이러한 도시의 피로감을 해소하기 위해 고안된 쇼크의 상품화로 소비된다.

현대의 브랜드화된 상품 세계에서 도시인들이 구매하는 것은 더 이상 범용품이 아니라 특별한 감성을 불러일으키는 상징적 가치나 소비의 규범 혹은 라이프스타일이다. 첨단도시의 소비산업은 물리적 실체보다 감성을 파는 데서 훨씬 큰 이윤을 남겨 왔다. 「부산」, 「마음이」, 「사생결단」에서 부모의 패륜은 그 내용에 대한 반성보다 패륜 자체를 충격적인 볼거리로 과장하는 이른바 감정마케팅에 주력한다. 친밀성의 영역에서 거래 협상과 같은 경제적 교환의 논리는 현대 도시 삶에서 매우 중요하게 다루어진다. 단지 상품을 파는 것이 아니라 감동과 친밀감을 파는 것이다.[43] 「부산」, 「마음이」, 「사생결단」은 표면적으로는 친밀성의 파국의 비윤리성을 계몽하는 듯하지만, 실제로는 그 파국의 현장을 목격하는 데서 더 큰 쾌감을 얻게 하는 이른바 인사이드 아웃사이더[44]의 역할을 자극

---

41) 김용규, 「기 드보르의 스텍타클 이론으로 본 부산공간의 변화」, 새한영어영문학회, 2007, 21~31쪽.

42) 영도다리, 자갈치시장, 부산부두와 같은 쇠락한 공간에 대한 노스탤지어, 이와 반대로 해운대 마린시티와 센텀시티의 최첨단 문명이라는 극단적 이미지로 양분되는 것은 부산을 구체성을 잃은 가상의 도시로 전락시키는 것은 부산을 거대수도권 중심의 이데올로기로 타자화시키는 것이다. 조재휘, 앞의 글, 77~81쪽 참조.

43) 김현미 외, 『친밀한 적』, 이후, 2010, 168~171쪽.

44) 마치 객관적인 시선으로 사건을 고발하고 비판하려는 것 같지만, 실제로는 관음증적 시선으로 그 고통의 현장을 즐기는 양상이 오늘날 대중매체의 시사고발프로그

적으로 보여주며 부산의 파국을 소비한다. 불행조차 색다른 상품거리로 제공하는 감성마케팅은 「해운대」와 「정승필 실종사건」에서도 확인할 수 있다.

「해운대」와 「정승필 실종사건」에서 비극 속에서도 코믹요소가 부각되는 이유가 여기에 있다. 두 영화가 환기하는 부산 해운대와 연산동에서 벌어지는 충격적인 사건은 품격있는 문화상품보다 훨씬 삶을 역동적으로 만들어준다. 고통의 이미지를 충격적으로 과장함으로써 부산의 존재가치를 확보하려는 것이다. 이는 최근 부산이 그만큼 이미지와 스펙터클로 채워진 소비도시로 급속하게 변모하고 있기 때문에 가능한 일이다. 높은 교각 위를 질주하도록 설계된 광안대로 위의 스펙터클한 풍경은 부산의 공간기획이 화려하고 강렬한 이미지 생산에 주력하고 있음을 알 수 있다. 이 중에서 부산의 야심찬 스펙터클 프로젝트는 바로 해운대다. 컨벤션센터, 센텀시티의 고층건물들, 해안가 주변의 초고층 아파트 숲, 이제 해운대는 최고의 부가가치로서의 스펙터클이다.[45]

그러나 「해운대」는 이러한 해운대의 첨단이미지를 곧 사라질 매우 불안한 것으로 바꿔놓는다. 해운대구 우동 마린시티의 초고층빌딩이 시속 800km의 초대형 쓰나미 앞에 순식간에 사라지는 재앙을 화려한 블록버스터급 볼거리로 상품화한다. 자신을 향해 떨어지는 어마어마한 콘테이너 박스를 용케 피하는 광안대교 위 정남이의 모습은 생존을 위해 사투를 벌이는 절박한 몸부림이 아니라 한낱 웃음거리로 전락하는 부산의 현실을 그대로 반영한다. 재난영화의 핵심이 실상 여기에 있다. 재난영화는 재난을 이기는 인간의 능력을 강조하는 것도 아니며, 자연의 위대함을 강조하는 것도 아니다. 재난에 직면한 인간의 처참한 말로를 안전한

램, 뉴스 등이 보여주는 한계다.

45) 장세룡 외, 앞의 글, 358쪽.

데서 구경하는 쾌감을 극대화시켜 현재의 불만을 거두게 한다. 결과적으로 재난영화는 충격을 통한 체제 유지의 기능을 수행한다. 쇼크의 상품화는 신자유주의 국가에 의해 육성되는 내부의 식민주의가 도달한 가장 세련된 정치방식이다. 전쟁의 경악까지도 판매하는 재난자본주의는 군사 안보 영역뿐만 아니라, 모든 재앙을 타인의 고통이라는 방식으로 판매한다. 전쟁이나 자연재해와 같은 충격적인 재앙일수록 목격의 효과는 크다.[46]

「정승필 실종사건」은 「해운대」와는 다른 방식으로 예상치 못한 불행에 대한 호기심을 충족시켜 준다. 「해운대」이 부산의 몰락을 장엄한 스펙터클로 상품화한다면, 「정승필 실종사건」은 부산이 야만으로 전락해 가는 과정을 유머러스한 방식으로 형상화한다. 영화는 계약유치율 100%를 자랑하며 초고속 승진에다 지점장의 두터운 신임을 받는 엘리트 정승필이 연제구 연산동의 폐건물에 갇혀 처참한 난민으로 전락하는 과정에 집중되어 있다. 대도시인들의 무료한 삶이 요구하는 것은 인위적인 환상이 아니라, 눈에 보이는 처참한 상황의 진정성이다.[47] 충격적인 인체를 전시함으로써 관객들은 낯선 것과의 접촉에서 오는 즐거움을 소화하면서 자기 삶의 안전을 확인한다. 현대의 지배권력은 제도를 정비하는 데 저 먼 곳의 타인의 고통을 통해서 구경거리에 대한 경멸과 보는 자의 우월감을 확인시켜주는 감성정치를 구사한다. 이때 아무런 죄의식 없이 타인의 고통을 훔쳐보면서 적어도 자신의 삶은 안전하다는 쾌감을 확인시켜 주는 것이 이 영화의 역할이다. 잔혹한 현실이 너무 많기 때문에 자신은 해결할 수도 이해할 수도 없다는 점에 도덕적 권태와 동정심의 고갈, 그리고 정치적 절망을 초래하면서 보는 것으로 만족하도록 돕는다.[48] 이

46) 피터 W. 싱어, 유강은 옮김, 『전쟁 대행 주식회사』, 지식의풍경, 2005, 125쪽.
47) 올리비에 라작, 백선희 옮김, 『텔레비전과 동물원』, 마음산책, 2007, 22~30쪽.

로 인해 부산영화의 대부분이 불행을 진지하게 성찰하기보다 오락용으로 보편화한다.

이렇게 부산영화에 나타난 부산은 야만과 재앙의 이미지로 해석될 때만 존재가치를 인정받는 예외적 공간이다. 예외적 존재는 배제당하는 방식으로만 체제 내로 포함된다. 배제당하는 방식으로 집단에 포섭되는 극단적인 존재를 예외적 존재라고 할 때, 불행할수록 존재감이 선명해지는 부산은 분명 예외적 공간이다. 권력은 바로 이 예외집단으로부터 자양분을 공급받는다. 예외집단이 없으면 권력은 극도로 약화된다. 따라서 예외가 규칙에서 벗어나는 것이 아니라 오히려 규칙이 스스로의 효력을 정지시킴으로써 예외를 창출한다고 하는 편이 타당하다.[49] 부산영화는 부산이 스스로 생존을 도모할 수 없는 벌거벗은 공간이라는 사실을 주입시키는 데 주력해 왔다. 영화 속에서 부산공간의 이미지는 중앙집권적 지배 이데올로기의 기획물이라는 인식을 조금도 벗어나지 않는다.[50] 이런 인식 속에서 부산은 주체적인 삶의 공간이 아니라 대도시의 불안을 해소하는 특이한 배후지일 뿐이다. 부산의 불행이 없다면 거대수도권의 화려함은 확인되기 어렵다.

고통은 언제나 단일한 형태로 나타나지 않는다. 시공을 초월한 고통은 존재하지 않는다. 불행은 인간 경험의 실존적 배경 가운데 하나다. 불행은 인간의 조건을 규정하는 핵심적인 요소이자 그만큼 공유될 수 없는

---

48) 이른바 병든 자본주의 시대에 이런 식으로 고통을 소비하는 것은 이교도의 땅에서 야만적이고 미개한 행동이 자행되고 있기 때문에, 더 높은 발전 단계에 다다른 서구 문명이 이교도의 땅을 착취해도 괜찮다고 하는 19세기 말의 식민지 착취 논리와 크게 다르지 않다. 아서 클라인만 · 비나 다스 외, 안종설 옮김, 『사회적 고통』, 그린비, 2002, 201~202쪽.

49) 조르조 아감벤, 김항 옮김, 『예외상태』, 새물결, 2009, 66~69쪽.

50) 앙리 르페브르, 양영란 옮김, 『공간의 생산』, 에코리브르, 2011, 82~85쪽.

사적인 경험이다. 그러나 거대수도권의 지배 이데올로기의 산물로 전락한 부산영화에 나타나는 불행에는 삶의 본질이라는 측면에서 접근하려는 의지가 없다.[51] 부산영화에서 미시적 일상이 실종되는 이유도 여기에 있다. 부산영화의 대부분이 서울자본으로 제작되다 보니 부산은 상품화를 위한 공간으로만 설정되고 있다. 이 상품화를 위해 부산은 완전히 타락한 공간이라는 이미지로 만들어진다. 이렇게 부산을 바라보는 대도시적 시선은 오직 부산의 도덕적 실패를 상품마케팅의 소재로만 인식하다 보니, 현지의 목소리와 행동을 말소시키고 오직 보편성을 이끌어낼 수 있는 충격적 사건에만 집중하는 것이다.

충격적인 사건으로만 기억되는 부산은 스스로 존재하는 공간이 아니라, 권태로운 대도시에 활력을 불어넣기 위한 충격적 사건을 전시해야 하는 보편적 공간일 뿐이다. 그래서 부산영화에서 부산의 삶은 실패해야 할 의무를 가지는 것이다. 「마린보이」에서 신체포기각서를 쓴 천수의 신체는 국제적인 마약 비즈니스의 대부 강 사장의 소유물이다. 마약 운반을 위해 컴컴한 바다 속으로 뛰어드는 천수의 모습 속에서 흡사 홍콩을 연상시키는 해운대의 초고층빌딩을 배경으로 펼쳐진 수영만 요트경기장의 화려함은 인간을 질식시키는 비정한 도시로 탈바꿈한다. 천수가 강 사장의 손아귀에서 벗어나려는 노력조차 유리의 계획 하에 있다는 논리는 해운대가 오직 자본논리만이 판을 치는 비정한 공간임을 보여준다. 지난 몇 년 동안 해운대의 센텀시티와 수영만 마린시티를 중심으로 불어닥친 부동산 투기 열풍, 대형재벌과 건설 자본, 지방 권력과 부르주아의 합작품으로서 해운대는 공간의 양극화와 차별화 개념을 이끌어내었다. 80층이 넘는 초고층빌딩들은 해운대를 공존하기를 거부하는 도시 속의 비정

---

51) 아서 클라인만 · 비나 다스 외, 앞의 책, 2002, 192쪽.

도시로 구별하게 한다.[52]

이렇게 해운대를 비정도시로 설정하는 데서 중앙집권적 지배 이데올로기의 이중성을 확인하게 된다. 부산의 가난은 열등감의 소산으로 비판하고, 반대로 첨단도시적 면모는 비정함으로 비판한다. 즉 부산은 어떤 경우가 되더라도 중앙집권적 지배 이데올로기에서 벗어나지 못하도록 고안된다. 그래서 호기심과 혐오감이라는 이중의 방식[53]으로 부산을 배척함으로써 중앙집권적 지배 이데올로기 속에 자리한다. 지역은 특정장소나 경계를 지칭하는 개념이 아니라 관계에 따라 유동적으로 변화하는 개념이다. 부산 역시 초거대도시의 우월성을 확인시켜주기 위한 결핍감을 가진 한에서만 존재할 수 있다. 지배권력이 강력할수록 불쾌하고 끔찍한 것만이 시간이 흘러도 살아남는다고 믿는 것이다. 부산 스스로가 자신의 땅을 마치 낯선 타자들로 가득 찬 혐오스러운 공간으로 인지하는 원시적 열정[54]을 통해 부산에 대한 가해의 작업에 가담한다. 추하기 때문에 살아남는 것이 예외적 정체성이다. 이는 불쾌감의 착취로 설명 가능하다. 과거 근대적 사유에서는 효율성과 유용성이 착취의 대상이었다면, 현대에는 불쾌감이 착취의 대상으로 더 각광받는다.

나치주의자들이 유럽으로부터 러시아에서까지 유대인 학살을 체계적으로 실행하기 위한 전략은 먼저 유대인들에 대한 미움을 심는 일이었다. 즉 먼 곳에 있는 자들에 대한 치명적인 증오를 유발하려면 완전히 부

---

52) 강혁, 「해운대 별곡」, 『오늘의문예비평』, 2009, 171~172쪽.

53) 이는 비인간적이거나 파렴치한 학대라기보다는 표현과 취향의 형성체계였다. 일종의 인간동물원에 대한 관중의 호기심은 이 체계가 만들어낸 결과다. 이는 이미 알고 있는 낯선 것에 대한 갈망이요, 아무것도 일어나지 않기를 바라는 희망을 감춘 예기치 않은 것에 대한 두려움이며, 모든 것이 제자리에 있기를 바라면서 거짓으로 불안해하는 기대에 다름 아니다. 이 모든 것은 도시의 호기심을 실망시키지 않기 위해 만들어진 것이다. 올리비에 라작, 앞의 책, 2007, 62쪽.

54) 레이초우, 정재서 옮김, 『원시적 열정』, 이산, 2004, 45쪽.

패한 악이라는 도덕적 이미지를 만들어내고, 이 이미지에 한 사회와 민족 혹은 한 지역 전체의 모습이 부여된다. 언제나 이념 학살과 이로 인한 정치적인 결과, 즉 문명학살의 이면에는 이러한 조작된 증오가 도사리고 있었다.[55] 이런 맥락에서 부산의 결핍은 사실 극복해야 할 한계가 아니라 오히려 요긴한 생존의 전략인 것처럼 오해되어 왔다. 부산이 재앙의 공간으로 고착된 것은 도시계획의 실패가 아니라 도시의 자구책이라는 것이다.[56] 부산을 도덕적 실패의 공간으로 규정하고, 이 도덕적 실패와 대중적 즐김을 교환하고 있는 것이다.

이렇게 「사생결단」, 「부산」, 「정승필 실종사건」, 「해운대」, 「마린보이」을 통해 볼 때, 부산영화에서 종종 나타나는 고통의 모티브가 마치 세계에 대항하려는 부산의 의지의 표출로 보기는 어렵다. 오히려 이는 도시의 변혁과 진보적 실천을 사실상 포기하는 것이나 다름없다. 도시 공간에 대한 미학적 접근은 치열하게 부딪치는 사회관계를 단순한 기호로 환원함으로써 역사와 실천 모두를 포기하는 것이다.[57] 즉 해방의 열정을 경험하게 하는 폭력은 일시적이고 특별한 체험일 뿐이다. 폭력의 열정조차 헌납받기를 강요하는 것이 지배기술의 능란함이다. 지배권력의 감성정치에서 부산의 울분은 사회 전체를 전복할 만한 강력한 체제 파괴력을 결코 구축하지 못하도록 시스템화 되어 있다. 타락하고 낙후된 이미지의 경쟁력 있는 상품으로 제공하면서 단순한 피지배자에서 적극적인 공급자로, 그리고 소외와 착취를 자발적인 헌납과 즐김으로 이해하고 있다. 결국 고통의 상품화와 예외적 공간이라는 측면에서 볼 때, 영화 속에 나

---

55) 아르준 아파두라이, 장희권 옮김, 『소수에 대한 두려움—분노의 지리학』, 에코리브르, 2011, 173~175쪽.
56) 앙리 르페브르, 앞의 책, 2011, 27쪽.
57) 조명래, 『현대사회의 도시론』, 한울아카데미, 2002, 198~199쪽.

타난 부산은 고유의 특권화된 자질이라기보다 중앙집권적 지배 이데올로기가 강제적으로 재편한 보편적인 지역일 따름이다. 한국영화에는 하나의 중앙과 하나의 지역성이 있다. 고통의 상품화에서만 생존 가치를 확보하는 부산은 하나의 지역성을 구성하는 고유성 없는 일부일 뿐이다.

4. 맺음말

최근 부산은 그 어느 때보다도 국제행사 유치와 집행에 공격성을 보이고 있다. '부산발전 2020 비전과 전략'이라는 보고서에는 부산의 정체성을 세계도시로 규정하려는 의지가 강력하다.[58] 여기서 부산정책의 기본 방향을 세계도시 시민의 보편적인 정서 확립[59]으로 설정한 것은 지역성과 관련할 때 매우 심각한 문제를 안고 있다. 이미 그 성과가 가시화되고 있는 부산국제영화제, 세계불꽃축제, 조선통신사 교류사업, 국제적인 관광과 컨벤션 사업들은 궁극적으로 부산을 볼거리로 내놓는 관광산업으로 귀결될 수밖에 없다. 관광산업은 지역을 주체로 구성하기보다 스스로 타자화를 지향한다. 세계표준 혹은 보편성이라는 명목 하에 부산시가 야심차게 추진하는 문화원, 공연장, 박물관 등의 관광 · 컨벤션 · 영화 · 영상의 4대 추진항목들은 세계표준이라는 명목 하에 부산을 오직 볼거리로만 기획하며 지역성을 외면한다. '세계적' 혹은 '국제적', '국립'이라는 표현에서 확인되는 규모 지향의 정책에서 부산의 고유성을 실현하기는 쉽지 않다. 무엇보다 거대수도권의 도시 모델을 경쟁적으로 모방하는 공

58) 부산광역시 · 부산발전연구원, 『부산발전 2020 비전과 전략 VI-DYNAMIC BUSAN 2020 ROAD MAP-문화도시프로젝트』, 부산광역시 · 부산발전연구원, 2005, 32쪽.
59) 부산광역시 · 부산발전연구원, 앞의 글, 31쪽.

간기획에서 부산의 지역성에 대한 고민은 애초부터 염두에 두지 않고 있다.

본고는 부산이 이렇게 거대수도권의 배후지로 전락하는 주된 요인을 2000년대 제작 상영된 「우리형」, 「마음이」, 「예의 없는 것들」, 「사생결단」, 「1번가의 기적」, 「눈에는 눈, 이에는 이」, 「집행자」, 「애자」, 「부산」, 「마린보이」, 「해운대」, 「정승필 실종사건」 12편의 부산영화에서 확인하였다. 12편의 영화에서 부산이 가장 혜택을 입지 못한 빈곤층, 무소유자, 약자와 동일시되어 확고한 변방, 극복할 수 없는 불행한 장소로 확정되는 데[60]에 주목하였다. 이렇게 부산이 실패와 강제의 이미지로 고정된 데에는 우선 자본주의에 대한 대안으로 오해되고 있는 원초적 인정의 미학화가 중요한 원인이다. 부산의 중요한 하나의 특성처럼 여겨지는 훈훈한 인정은 중앙집권적 영화자본이 이를 비공식적 혹은 비자본적 경제제로 활용하려는 과정에서 의도된 것이다. 인정은 언제나 자본과 권력의 심각한 불균형의 상황에서 등장한다. 그러나 문제의 본질을 냉철하게 파헤치기보다 묻어버리는 인정의 속성상, 부산영화에서 인정을 강조하는 것은 그만큼 부산 삶의 실존적 고뇌와 불행이 강제적으로 은폐된다는 것을 의미한다. 더욱 문제적인 것은 불행의 본질이 호도된 상황에서 불행의 과정 자체가 신기한 상품으로 제공되는 불행을 이용한 감성정치다. 충격적인 사건으로만 기억되는 부산은 나른한 도시 삶의 활력을 불어넣기 위한 볼거리일 뿐이다. 부산은 예상치 못한 충격을 내장할 때에만 존재 가치를 인정받는 예외적 정체성의 공간이다.

여기서 부산영화에서 부산을 원초적 인정과 고통의 상품화로 요약하는 데에서 드러내기와 감춤이라는 중앙집권적 지배 이데올로기의 능란

---

60) 아르준 아파두라이, 앞의 책, 2011, 253~255쪽.

한 지배권력의 두 가지 모습을 확인할 수 있다. 한편으로는 원초적 인정이 지배권력의 도시기획의 실패를 감추고, 다른 한편으로는 불행을 과도하게 강조하면서 도시의 안전을 확인시키는 두 가지 방식으로 부산을 이중으로 착취한다. 현대의 권력은 인간의 내부에 자본주의적 생산관계를 유지하면서 공간을 권력에 복종시키고 사회 전체를 기술적으로 지배하는 새로운 형태의 식민지를 정착시켰다. 공간은 생산물이자 생산자이고, 경제적 관계, 사회적 관계의 토대라는 속성상 고립되거나 정적인 채 남아 있기가 불가능하다. 권력의 위계에는 오직 중앙과 중앙 아닌 변방이 있을 뿐, 특별한 고유성을 가진 지역이란 인정되지 않는다. 지역성은 근본적으로 상관적이고 문맥적인 개념이다. 또한 사회적 현안에 대한 감각과 상호작용의 기술, 문맥들 간의 상호의존성이 만들어내는 복잡한 현상학적 성질이다.[61] 따라서 부산의 인정이 대안적 가치로 과도하게 조명을 받는다는 사실에 단순히 만족할 수는 없다. 그럼에도 불구하고 해결의 기미가 보이지 않는 이유는 부산의 모든 도시기획이 이 방식을 허용하고, 오히려 이를 스스로 시스템화하면서 존재 가치를 도모한다는 사실이다.

결국 부산이 있는 것이 아니라, 중앙집권적 지배 이데올로기가 의도한 지방이 있을 뿐이다. 본고가 12편의 부산영화에서 확인한 것은 부산은 특수한 공간이 아니라 거대수도권의 지배 이데올로기에 의해 호출된 보편적인 변방이라는 사실이다. 원초적 인정과 불행, 즉 부산이 보유한 타락하고 낙후된 이미지를 경쟁력의 원천으로 삼는 것이 부산영화에서 확인된 부산지역의 왜곡된 모습이다.

61) 아르준 아파두라이, 앞의 책, 2011, 312쪽.

■ 참고문헌

「눈에는 눈, 이에는 이」, (주)태원엔터테인먼트, (주)유비유필름(공동제작), 롯데엔터테인먼트(배급), 2008.

「마린보이」, 리얼라이즈픽쳐스(제작), CJ 엔터테인먼트(배급), 2009.

「마음이」, (주)화인웍스(제작), 쇼박스(주)미디어플렉스(배급), 2006.

「부산」, (주)오죤필름(제작), (주)싸이더스FNH(배급), (주)스폰지이엔티(제공), 2009.

「사생결단」, MK픽처스(제작, 배급), 2007.

「애자」, 시리우스 픽쳐스(제작), 시너지(배급), 2009.

「예의 없는 것들」, 롯데엔터테인먼트(제작, 배급), 2006.

「우리형」, 진인사필름(제작), CJ엔터테인먼트(배급), 2004.

「1번가의 기적」, (주)두사부필름(제작), CJ 엔터테인먼트(배급), 2006.

「정승필 실종사건」, (주)화이트리시네마(제작), 롯데엔터테인먼트(배급), 2009.

「집행자」, (주)스폰지이엔티(배급), 실버스푼(배급), 2009.

「해운대」, (주) JK FILM, CJ 엔터테인먼트(공동제작), CJ 엔터테인먼트(배급), 2009.

강　혁, 「해운대 별곡」, 『오늘의문예비평』 제75호, 2009.

김용규, 「추상적 공간으로 변하는 부산」, 『오늘의문예비평』 봄호, 2002.

______, 「기 드보르의 스텍타클 이론으로 본 부산공간의 변화」, 『영어영문학』, 새한영어영문학회, 2007.

김현미 외, 『친밀한 적』, 이후, 2010.

레이초우, 정재서 옮김, 『원시적 열정』, 이산, 2004.

마르트 로베르, 김치수 외 옮김, 『기원의 소설, 소설의 기원』, 문학과지성사, 2001.

부산광역시 · 부산발전연구원, 「부산발전 2020 비전과 전략 VI(DYNAMIC BUSAN 2020 ROAD MAP)－문화도시프로젝트」, 부산광역시 · 부산발전연구원, 2005.
부산발전연구원, 「부산 세계화전략 구상을 위한 정책 포럼」, 부산발전연구원, 1995.
비비아나 A. 젤라이저, 숙명여자대학교 아시아여성연구소 옮김, 『친밀성의 거래』, 에코리브르, 2009.
아르준 아파두라이, 차원현 외 옮김, 『고삐 풀린 현대성』, 현실문화연구, 2004.
아르준 아파두라이, 장희권 옮김, 『소수에 대한 두려움-분노의 지리학』, 에코리쿠르, 2011.
아서 클라인만 · 비나 다스 외, 안종설 옮김, 『사회적 고통』, 그린비, 2002.
앙리 르페브르, 양영란 옮김, 『공간의 생산』, 에코리브르, 2011.
올리비에 라작, 백선희 옮김, 『텔레비전과 동물원』, 마음산책, 2007.
장세룡 외, 「탈근대 도시성(Postmodern Urbanity)의 탐색-부산의 도시성 이해를 위하여」, 『한국민족문화』 제34호, 부산대학교 한국민족문화연구소, 2009.
조르조 아감벤, 김항 옮김, 『예외상태』, 새물결, 2009.
조명래, 『현대사회의 도시론』, 한울아카데미, 2002.
피터 W. 싱어, 유강은 옮김, 『전쟁 대행 주식회사』, 지식의풍경, 2005.
한윤형 외, 『열정은 어떻게 노동이 되는가』, 웅진지식하우스, 2011.
허병식, 「식민지의 접경, 식민주의의 공백」, 『한국문학연구』 제40집, 동국대학교 한국문학연구소, 2011.

http://news.busan.go.kr/sub/special02.jsp?active_yn=Y&amode=_viw&arti_sno=200903110000031981&begin_date=2007-08-14&cpage=4§_cd=100010(검색일: 2011.12.29).
http://suyunomo.net/?p=8762&utm_campaign=8762&utm_medium=rss&utm_source=rss(검색일: 2012.1.1).
http://popbusan.com/webzin/report/FocusView.aspx?class=cate02&pk=1019&schGbn=tra03&subNum=3(검색일: 2012.1.4).
http://geodaran.com/2509(검색일: 2012.1.10).

http://blog.naver.com/PostView.nhn?blogId=000naya&logNo=9007216347
4(검색일: 2012.1.13).
http://busanmbc.co.kr/sub01/sub01.html?load=view&newsno=2010101800
7100******T&page=11(검색일: 2012.1.15).
http://www.bfc.or.kr/2010/kor/(검색일: 2012.1.16).
http://bbsradio.co.kr/03_news/NewsView.asp?divs=01&no=13340&page=3
(검색일: 2012.1.16).

제2부

....

전통 · 반전통과 욕망 표상

김지하 미학의 전통과 반(反)전통

– '그늘 미학'을 중심으로

정훈

1. 머리말 : 김지하 미학의 전개 양상 개관

이 글은 김지하 미학이 전통과 반전통의 양상을 보이는 데 주목하고, 그의 미학의 중심이라 할 수 있는 '그늘 미학'이 그의 현대시 분석에서 어떤 방법론으로 기능하는지 논구하는 데 목적이 있다. 먼저 그의 미학이 지금까지 어떤 양상으로 전개해왔는지 살펴보자.

1969년 『시인』지에 「서울길」 외 4편의 시를 발표하면서 시인으로서 공식 문단에 첫 발을 내디딘 그가, 그의 미학의 단초라 할 수 있는 생명사상에 대한 본격 탐구를 시작한 때는 긴급조치 4호 위반으로 1974년 구속된 이래 1980년 감옥 생활을 마칠 때까지의 기나긴 어둠을 지나 1982년 대설 『남南』을 간행하면서부터다. 이후 민중생명사상에 대한 이야기 모음집 『밥』(1984)과 『민족의 노래 민중의 노래』(1984)를 잇달아 내면서 사람들의 관심을 받았다. 이 당시 김종철은 『밥』을 두고 "민족운동가이며 시인인 김지하가 20여 년에 걸친 감옥 안팎의 생활에서 행동하고 독서하고 묵상한 결과를 정리한 '김지하 사상체계'의 결정"[1]이라고 하여 김지하가 문학 운동과 창작을 시작한 이래 그때까지의 사상을 체계 있게 드러낸 성과로 인식했다. 1985년 3월 명동성당에서 '자유실천문인협의회' 주최로 「민중문학의 형식 문제」를 강연하면서 '민중적 미의식'의 핵심이 되는 것으로 '신명'을 주목한다. 그에게 민중문학의 형식 문제는 바로 민중문학에서 미학의 문제에 직결된다. 그러니까 지금까지 일구어 온 김지하 미학의 방대하고 혼란스럽기까지 한 체계를 이해하기 위한 실마리로서 '민중적 미의식'을 염두에 둔다면, 그가 미학의 문제를 애초에 민중과, 이 민중이 의식하는 '아름다움(미)'과 떨어질 수 없는 관계로 상정하고 있음을 알 수 있다. 이 글에서 그가 이후 줄곧 강조하게 되는 '활동하는 무無' 개념을 제시한다. 그는 활동하는 무를 '자유'와 '신명', 또는 '집단적 신명'과 동렬에 놓는다.[2]

이전에 문학론 「풍자냐 자살이냐」(1970)에서 '추'의 미학이 지니는 가치를 높이 평가했던 그가 15년의 기간을 사이에 두고 다시 민중문학의 형식 문제에서 신명과 자유에 강조점을 옮겨간 정황을 이해하는 일은 그

---

1) 김종철, 「『밥』을 통해 본 김지하의 생각」, 임헌영 · 김종철 외, 『김지하-그의 문학과 사상』, 세계, 1985, 160~161쪽.

2) "살림살이로서의 민중문학의 형식문제, 즉 민중문학의 미학적 견해의 핵심은 바로 이러한 중심적 전체로서의 활동하는 '무', 곧 활동하는 '자유'에 있는 것입니다. 그리고 우리는 이것을 '신명' 또는 '집단적 신명'이라고 부릅니다. 민중문학의 형식문제는 바로 이 '신명' 또는 '집단적 신명'을 이해하고 해명하며 바로 이 집단적 신명으로부터 모든 문제를 차근차근 풀어나가야만 해결될 수 있을 것입니다." 김지하, 「민중문학의 형식 문제」, 『생명』, 솔, 1992, 264쪽.

리 단순하지가 않다. 「풍자냐 자살이냐」가 훌륭한 풍자정신을 지녔지만 결국에는 한계를 드러내고 말았던 모더니스트 시인 김수영의 시 정신의 대항 논리로 시에서 민중적 풍자와 민요정신의 계승을 강조했다면, 생명 문제에 적극 천착하기 시작한 1980년대 초반부터 내세우는 미학의 논리는 이전 문학론의 외연과 깊이를 한층 넓혀 생명미학의 범주로서 민족·민중미학을 들여다본다. 그리고 이 논리의 문학 형식에 대한 적용으로서 「민중문학의 형식 문제」가 놓인다.

그는 1990년대에 접어들면서 생명·개벽·한울사상과 같은 생명과 민족사상의 원형을 탐구한 노력의 결과를 강연과 산문으로 내놓기 시작한다. 그런데 아무래도 미학강의를 엮은 『예감에 가득 찬 숲 그늘』(1999)에 이르러서야 그의 미학의 얼개가 마련되었다고 보아야 할 것이다. 그 동안의 강연을 정리한 이 책에서 그의 주제는 동서고금을 넘나든다. 그러나 일관된 정신이 있다면 고대사와 율려·풍류, 그리고 동학과 정역·증산의 후천개벽사상처럼 고대로부터 이어져 내려온 한민족 정신의 원형을 탐색하는 것이다. 원시반본, 다시 발해 고대로 돌아가서 현대문명을 진단하고 해결하는 방법을 모색한다. 이 과정에서 제시하는 미학의 중심원리가 '그늘'이다. 그늘은 다시 '흰 그늘'이라는 용어로 바꿔 쓰기도 하는데[3] 이 '흰 그늘'은 『흰 그늘의 미학을 찾아서』(2005)에서 그늘과 함

---

3) '그늘'은 판소리에서 쓰는 말이다. 김지하는 대학 다닐 때부터 민요나 탈춤·판소리 따위 민족문화에 관심을 기울였다. 젊을 때부터 공부하였던 민족 민중예술이 훨씬 뒤에 그의 미학사상의 줄기가 되었다고 볼 수 있다. 그늘은 판소리에서 창을 할 때 한을 삭이는 것, 즉 시김새와 비슷하다. 김지하에 따르면 "시김새가 있을 때 그늘이 나타납니다. 예술가에게 그늘은 기쁨과 슬픔, 웃음과 눈물, 선과 악, 빛과 어둠…… 이런 것이 역설적으로 대립되면서 공존하는 이상한 영역이라고 했습니다만 더 확대해서 삶과 텍스트 사이의 관계, 그 사람의 작품과 인생 사이의 관계입니다. 이것이 일치적이고 통일적인 관계에 도달하는 것이 그늘입니다. 쉽게 이야기해서 현실과 환상, 자연과 초자연, 땅과 하늘, 이승과 저승, 주관과 객관, 주체와 타자, 두뇌와

께 중요한 시적 기능을 가진다.

지금까지 대략 살펴본 그의 미학 전개 양상에서 눈여겨볼 점은 그의 미학이 형이상학적으로 닫혀 있는 구조가 아니라는 사실이다. 형식미학이 서구미학사에서 큰 흐름이 되어 왔던 점과 견주어 김지하의 미학은 동양미학의 특징 가운데 하나인 "미적 실천(aesthetic practice)"[4]의 의미를 강하게 내포하고 있다. 그의 미학은 저항과 끈기로 점철된 민중의 삶에 밀착해 있기 때문에 관념미학과도 거리가 멀다. 새로운 민족미학의 한 지류로서 김지하 미학의 테두리를 더듬는 일은 이 시대를 살아가는 정신의 빛깔을 헤아리고 점검하여 어떤 길로 그 밝은 가능성의 물꼬를 틀 수 있는지 반성하는 작업이다. 여기서 이 글에서 연구하고자 하는 그의 미학의 전통과 반전통을 캐묻는 일의 의미는 분명해진다. 전통이 전통문화에 국한하자면, 먼 훗날까지도 되살리고 지켜야 할 가치를 지니는 것이라면 우리가 소홀히 여겨왔지만 면면히 이어져 온 상고사상을 그 원류로 하는 김지하 미학의 가치는 마땅히 평가해야 한다. 통시구조로서 상고사로부터 시작해서 최근의 '붉은악마'와 '촛불시위'에까지 내려오는 수직적 시간의 층위에서 볼 때 그의 미학은 전통의 측면에서 이해할 수 있

신체, 이런 대립되는 것을 연관시키고 또 하나로 일치시키는 미적인 창조 능력을 그늘이라고 합니다." 김지하, 『예감이 가득 찬 숲 그늘』, 실천문학사, 1999, 31쪽. '그늘' 앞에 '흰' 자가 붙은 '흰 그늘'은 "양극의 살아 생동하는 기우뚱한 균형과 상호보완관계로서, 아니다, 그렇다의 관계로서의 '그늘'이라는 차원 밑에서 그 '그늘을 견인' 창조 · 비판 · 추동하며, (…중략…) '협종적 황종', '카오스모스'가 마치 산조(散調)의 분산 · 해체 · 탈중심적인, 숱한 다양성을 가진 본청(本廳) 속에서 요동하는 본음(本音), 바탕음으로 나타나 작용하는 것처럼 예술가 자신의 사람됨에 의해서 미적 · 윤리적으로 성취되는 높은 경지의 바로 그 우주 리듬 율려의 세계"(위의 책, 37쪽)이다. '그늘'이 전통예술에서 따온 그의 미학의 중요한 원리라면 '흰 그늘'은 여기에다 김지하 자신의 신비 경험이 보태어진 독창적인 개념 원리다.

4) 민주식, 「풍류사상의 미학적 의의」, 『미학예술연구』 11호, 한국미학예술학회, 2000, 11쪽.

다. 반면에 공시구조로서 들뢰즈 · 가타리의 '카오스모시스chaosmosis'와 G. 베이트슨의 '이중구속(double bind)', 그리고 C. G. 융의 '무의식'과 '그림자' 같은 것들과 '그늘' 사이의 교호 분석은 전통미학의 흐름에서 벗어난 새로운 시도라는 측면에서 크게 잡아 반反전통의 특징을 띤다. 전통과 반전통이 서로를 조금이라도 끌어들이지 않고 밀어내는 관계가 아니라 길항하면서 만나는 관계에 있음을 확인할 것이다. 이어서 그가 『흰 그늘의 미학을 찾아서』에서 분석한 현대시 작품들 속에서 그늘 미학이 어떻게 방법론으로 기능하는지 살펴보도록 하겠다.

2. 민족미학의 전통과 '그늘'

'민족미학'이라고 할 때 우리는 '서구미학'과 '동양미학'의 관계 속에서 그것을 논의할 필요가 있다. 본래 '미학(aesthetics)'은 서구에서 확립한 학문이다. 이에 반해 근대 이전까지 한국을 비롯하여 동아시아에서는 오래전부터 문 · 사 · 철이 서로 떨어지지 않고 통합된 학문체계로 자리 잡았다. 그러니까 서양에서 말하는 '미美'에 해당하는 개념 틀과 예술 인식의 시각이 동양미학에서 찾을 수 있느냐 하는 문제를 생각해 볼 수 있다. 이런 논의에서 쉽게 빠져드는 함정이나 논리는 서구 이론의 틀에서 동양을 재단하고 절취하는 일이다. 서구미학에 상응하는 동양미학을 설정하는 것은 그 분석자가 자신도 모르는 사이에 서구의 시각에서 우리 문화의 전통을 해석하는 일로 귀결된다. 오리엔탈리즘의 내재화가 무의식적으로 작동하는 것이다. 이런 문화 풍토에서 연구자가 주체성을 지녀야 하는 것은 당연하다. 우실하는 이러한 종속된 문화 상황을 극복하기 위한 방안으로 동도동기론東道東器論을 내세운 바 있다.

> 종속된 문화 상황을 해체 · 극복하는 가장 시급한 과제는 자신의 문화텍스트를 그것이 만들어지고 형성되어 온 문법으로서의 사상과 문화의 맥락에서 이해하는 인식 전환이다. 동양의 세계관과 사유체계 곧 '동도(東道)'의 시각에서 동양의 문화텍스트 곧 '동기(東器)'를 해독하는 것을 필자(우실하)는 동도동기론이라 부른다.[5)]

동양의 세계관이나 사유체계로 동양의 문화텍스트를 해석하는 일이 중요함은 두말할 필요가 없다. 이것이 '동도동기론'이 되었건 다른 이름으로 말해지건 중요하지 않다. 그렇다면 민족미학은 한국 사람이 오래전부터 예술을 통해 드러냈던 미의식을 어떤 사상과 문화 맥락에서 검토해야 하는지 깨닫게 해주며 그 전통을 헤아려서 탐구해야 하는 실천까지 요구하는 말이라 할 수 있다. 다시 말해 인식과 실천을 포함하는 민족미학의 본류와 줄기를 더듬는 일은, 여기서 김지하 미학의 '그늘'을 어떤 상황에서 이해하고 받아들여야 하는가에 대한 선행 작업이 되는 것이다.

한국미학사상의 탐구과제를 역사 전개에 따라 살피는 이동환은 "우리의 도덕관념으로부터 형성된 미학적 개념을 파악할 수 있는 자료적 근거는 신라의 풍류도에 이르러서 포착되나 작품의 내용 · 풍격상 도덕적 미의식의 발현은 자료상 매우 빈약하지만 작품 자료의 최상한 시기－고구려 · 신라의 국조신화의 시기와도 거의 같은－로부터 나타난다"[6)]고 하여 최치원의 「난랑비서」에 적혀 있는 '풍류風流'[7)] 이전에 실전實傳 자료

---

5) 우실하, 「한국전통미학의 구성을 위한 시론－21세기를 맞는 한국전통음악의 과제」, 『한국음악사학보』(20호), 한국음악사학회, 1998, 254쪽.

6) 이동환, 「한국미학사상의 탐구(Ⅰ)」, 『민족문화연구』(30호), 고려대학교 민족문화연구소, 1997, 38쪽.

7) "우리나라에 현묘한 도가 있으니 (이를) 풍류라 이른다. 그 教의 기원은 仙史에 자세

에 근거한 가장 오래된 미의식이 있었음을 알려 준다. 그도 말했듯이 그 이전의 국조신화까지 거슬러 올라가는 미의식의 흔적은 "천·지·인의 조화를 가장 온전한 감정상태"[8]로 여기는 '조화의 원리'와 민족의 건국 신화에 나타나는 '난형卵形의 미'로 규정하는 연구자의 시각과 한데 놓을 수 있다. 다음으로 풍류도에 관련해서 동양미학의 토대가 되는 개념으로서 풍류에 주목한 민주식에 따르면, 풍류는 "미와 예술과 감성적 인식이라고 하는 서양미학의 세 주요 연구대상을 포괄하면서 동양미학의 특징을 드러내는 방법적 개념"이자 "많은 미학적 주제를 통합하는 것이며, 또 동양 고전미학의 역사적 전개과정 속에서 항상 의식되어 왔"[9]다. 동북아시아에서 오랫동안 미적·방법적 개념이 되어 온 풍류는 화랑도에 이르러 더욱 원숙하고 완성된 형태로 자리 잡는다. 신라 때 정착한 풍류사상이 그 이후에 계승·발전하여 한국인의 미의식의 전통 형성에 중요한 기능을 맡는다. 한국에서 "풍류란 자연의 경물을 완상하고 예술을 즐김으로써 인간 정신의 초속적이고 우아한 조화적 승화를 추구하는 전체적인 가치"[10]인 것이다. 이 풍류가 신라 이후로 고려 시대와 조선 시대를 지나

히 실려 있거니와, 실로 이는 삼교(유·불·선)를 포함하여 중생을 교화한다. 그리하여 (그들이) 집에 들어오면 효도하고 나아가면 나라에 충성하는 것은 魯司寇(孔子)의 主旨 그대로며, 또 그 변함이 없는 일에 처하고 말없는 教를 행하는 것은 周柱史(老子)의 宗旨 그대로며, 모든 악한 일을 하지 않고 착한 일만을 행함은 竺乾太子(석가)의 교화 그대로라. 國有玄妙之道 日風流 設敎之源 備詳仙史實內包含三敎 接化群生 且如入則孝於家 出則忠於國 魯司寇之旨也 處無爲之事 行不言之敎 周柱史之宗也 諸惡莫作 諸善奉行 竺乾太子之化也", 『삼국사기』 卷第四, 신라본기, 第四 진흥왕, 이병도 역주, 『삼국사기』, 62쪽. 이상, 민주식, 「풍류도의 미학사상」, 『미학』(11호), 한국미학회, 1986, 8~9쪽에서 재인용.

8) 민주식, 「한국 고대의 미학사상－신화를 통해 본 한국인의 미의식」, 미학대계간행회, 『미학대계 제1권－미학의 역사』, 서울대학교 출판부, 2007, 612쪽.

9) 민주식, 「풍류사상의 미학적 의의」, 『미학예술연구』(11호), 한국미학예술학회, 2000, 11쪽.

면서 불교와 유교의 유습에 영향을 주고받으면서 이어 내려오다가 최제우의 동학에 이르러 그 의미와 가치가 되살아난다.[11] 동학은 수운 최제우가 하늘의 계시를 받는 영적 체험을 통해 교리를 세운 종교다. 선천 시대가 가고 후천 시대가 올 것이라는 진단으로 저마다 '수심정기守心正氣'를 당부하는 내용이 주를 이룬다.

풍류와 동학과 함께 민족미학의 전통에서 '율려律呂'를 들 수 있다. 김지하는 율려를 "12음계와 대비되는 동양적 음악 구조"[12]라 했는데 "동양에서 삼황오제三皇五帝, 황제 시대 이래 적어도 근대까지 중국 중심의 음악 및 우주 문화의 기본을 이룬 것을 통칭하는 말"[13]이기도 하다. 율려가 음악이나 우주 문화의 구조에 그치는 것은 아니다. 한 시대의 가장 근본으로 자리 잡는 눈에 보이지 않는 패러다임으로서 생명과 질병과 인간 사회의 척도를 이룬다. 김지하는 십여 년 전부터 율려학회를 조직하여 율려 운동을 펼친 적이 있다. 이 율려가 미치는 미학적 파장을 그는 다음처럼 설명한다.

> 아시다시피 율려란 음악이지만 그것으로부터 시가 나오고, 문학이 되고, 그것을 율동으로 변화시켰을 때 춤이 되고, 그것을 복잡화시켰을 때 연극이 됩니다. 또 한 발 더 나가면 그 미학적 원리나 창의력을 내용으로 과학 기술과 결합하면 영화나 대중복제적 문화, 디지철 예술과 사이버예술이 될 것입니다.[14]

---

10) 위의 글, 69쪽.

11) 『동경대전』의 다음 구절을 보자. "인의예지는 옛 성인의 가르친 바이니 그대로 따를 것이나 마음을 지키고 기운을 바로잡는 선도풍류는 이 시대에 맞추어 내가 다시 정하는 바이다. 仁義禮智 先聖之所敎 守心正氣 唯我之更定" 김지하, 『흰 그늘의 미학을 찾아서』, 실천문학사, 2005, 502쪽.

12) 김지하, 『율려란 무엇인가』, 한문화 멀티미디어, 1999, 10쪽.

13) 위의 글, 10쪽.

이 율려가 풍류와 어떤 관계를 맺는가. 풍류가 서양의 규범미학이나 형식미학과는 차원을 달리하는 우리 고유의 미의식이라고 했을 때 이는 생활에서 느끼는 감정에 좀 더 중심을 둔 개념이기도 할 것이다. 생활과 이법이 분리되지 않고 통합된 삶을 추구했던 고유의 우주 · 세계관에서는 풍류 또한 "미적 감정과 도덕적 감정이 섞인 혼합 감정"[15]으로 나타난다. 따라서 풍류의 논리는 바로 생명학이고 우주 생명의 기본 논리인 것이다. 생명과 영성을 역설적인 이중성, 사이버네틱적인 이진법과 두 차원변화 관계의 생성구조를 갖는 것으로 보는 김지하는 풍류와 율려의 관계를 '당파논법鏜把論法'의 기본구조의 측면에서 인식한다. 그에 따르면,

> '당파'는 길이가 다 각각 다른 삼지창으로 큰 짐승을 서서히 안락사시켜 극락으로 보낸다는 무기 아닌 무기다. 본디 이것은 그 대중화된 전설에 따르면 원효가 취한 논법으로, '비슷하면서도 전혀 다른 것 사이에서 그 마땅한 것을 얻는 설득과정('似然非然之間當然之法)인데 '일심(一心) 차원에서 말을 일으켜 서로 우주의 근본에서 비슷한 심정에 접근하고 팔식 차원에서 그 현실적으로 깊은 차원임에도 어리석음과 깨달음의 시비를 가리며 이어서 칠식 차원에서 감각적 합의에 도달하는 방법론'이니 최수운의 「홍비가」에서 먼저 시비를 가리고 다음 개벽에 대한 정서적 합의에 도달하는 '비홍법(比興法)'이 잘못임을 깨닫고(覺非)나서 그것을 거꾸로 뒤집어 '홍비법(興比法)'으로 나아간 것과 깊이 관련된다.[16]

이 당파논법은 정 · 반 · 합의 상승 일치 논법을 기본으로 하는 변증법과 다르다. '아니다 · 그렇다(不然其然)'의 역설적인 이중 생성의 논리와

---

14) 위의 글, 16쪽.
15) 민주식, 「풍류도의 미학사상」, 『미학』(11호), 한국미학회, 1986, 22쪽.
16) 김지하, 『흰 그늘의 미학을 찾아서』, 실천문학사, 2005, 494쪽.

비슷하다. 미학 차원에서 김지하가 율려와 풍류의 관계를 당파논법으로 인식하고 '비홍-각비-홍비'로 이어지는 시비 · 논쟁적 깨달음의 단계와 관련시키는 사실에서 이 둘의 관계는 일면적이고 단선적인 결합관계가 아님을 알 수 있다. 이런 창의적이고 역동적인 이중 관계 인식은 그가 '영동천심월影動天心月'[17]이라는 구절을 중요하게 여기면서 '그림자(影)'가 우주핵인 '천심월天心月'을 움직이게 하는 이치를 내세우는 데서도 잘 드러난다. 「정역」에서는 율려律呂의 '여呂'를 그늘이라고 한다. 그림자 · 그늘 · 음 이런 것들이 우주를 바뀌게 하는 원리이다. 김지하의 미학에서 그늘은 이런 역易에서 끄집어 낸 우주 생성 · 변화 · 소멸의 이법과 판소리에서 따온 시김새로서 그늘이 서로 맞물리는 과정을 이해해야만 그 말이 차지하는 김지하 미학사상의 자리를 뚜렷이 알 수 있을 것이다. 동학이 역의 근거를 「정역」에 두면 「정역」에서 말하는 후천개벽 사상이 자연스럽게 고대 경전과 역사서인 「천부경」 · 「삼일신고」 · 「부도지」까지 거슬러 올라가는 상고사 탐색으로 이어진다. 여기서 고대 '신시新市'와 만나면서 미학 전통의 본류를 잡을 수 있다 율려와 풍류라는 우주음과 미

---

17) 풀이하면 '그림자가 우주를 움직인다'가 된다. 「정역」을 완성한 김일부가 스승인 운담 이운규 선생으로부터 받은 화두 가운데 나오는 말이다. 연담 선생 문하에 최제우, 김일부, 김광화 이렇게 셋이 있었다고 한다. 연담이 최제우에게는 선도(仙道)의 전통을 계승하라고 일렀고, 김광화에게는 불교를 개혁하라고 했다. 그리고 김일부에게는 다음과 같은 시 구절을 전했다고 한다. "공자를 이을 사람이니 '관염(觀淡)은 막여수(莫如水)요 호덕(好德)은 의행인(宜行仁)을 영동천심월(影動天心月) 하니 권군심차진(勸君尋此眞)을 생각하라." 김지하의 설명에 따르면 "'천심월'은 우주핵을 의미하고 「주역」의 무중벽(無中碧)을 의미합니다. 「정역」은 천심월이 허심단(虛心丹), 바로 사람 마음의 가장 깊은 곳으로 옮기는 변화의 이치입니다. 그래서 천심월이 황중월(皇中月)이 되는 것입니다. 「정역」은 수행과정으로 보면 우주의 핵이 존재의 핵이 되는 것이고 단학식으로 보면 천지마음이 내 마음이 되는 것입니다. 이것이 바로 천심월이 황중월이 되는 대후천개벽인 것입니다." 김지하, 『율려란 무엇인가』, 한문화 멀티미디어, 1999, 63~64쪽.

의식이 조선 말기의 후천개벽사상과 상고사의 맥이 서로 교호하는 일에서 미학과 예술의 전통을 세우는 일은 김지하에게는 마땅하고 기본에 속하는 일이다. 그늘이 민족미학의 전통에서 위에서 진술했던 것처럼 통시적 맥락에서 인식할 수 있다면 공시적 맥락에서 그늘은 미학 전통과 조금은 갈라지고 엇도는 상태에서 그 의미가 충만해진다.

3. 반전통으로서 '그늘 미학'의 다층성

'그늘'이 김지하에게 민족미학의 전통에서 끄집어 낸 미학원리라면 반전통으로서 그늘은 크게 봐서 민족미학의 시간적 · 수직적인 연속성과 교차하면서 근대 · 탈근대라는 세계성의 가능성을 함축한 원리이다. 이때 그늘은 민족의 테두리를 벗어나 세계와 우주에까지 확장한다. 흔히 김지하 사상을 두고 '우주공동체'나 '우주적 상상력'이라는 수식어를 다는 까닭도 여기에 있다. 김지하는 삶과 시간의 연속성을 말하는 가운데서도 생성 · 비전vision을 중요하게 여기기 때문에 그의 상상력은 어떤 시 · 공간에 국한되어 있지 않고 무한대로 뻗어나간다. 그렇기 때문에 나와 민족 단위를 넘어서 세계 · 우주 단위로 확장하는 그의 미학적 인식과 거대담론이 "틈이 많고, 비논리적이고 신화성이 가미되어 있"[18]는 민족담론일 뿐이라는 비판[19]이 나오게 된다. 그러나 이런 지적은 김지하 담론의 일

18) 민경숙, 「김지하의 율려사상-문학비평이론으로서의 가능성 탐색」, 『인문사회과학연구』(4호), 2000, 110쪽.

19) 김지하의 미학과 사상에 대해서 이러한 비판을 하는 논자들이 많이 있다. 이들이 하는 비파은 대체로 민족담론의 허구성을 전제로 하기 때문에 김지하가 상고사상이나 동학정역계의 후천개벽사상을 역설하며 그의 미학론을 전개해나가는 모든

면만 부각시킨 과잉해석의 결과이다. 또한 이런 비판이 나오게 되는 인식의 기초가 '서구담론 · 과학 · 보편성 · 인식가능성' 대 '민족담론 · 신화 · 특수성 · 인식불가능성'이라는 이원론에 두고 있기 때문에 그 토대가 편견에 바탕 한다.

김지하의 미학사상은 처음부터 서구 물질문명과 반 인간주의에 저항하며 나왔다. 그가 율려에 관심을 기울이게 된 것도 이 세계에 만연해 있는 모든 존재들의 고통과 질병을 고치는 방안으로서 '치유로서의 율려'의 기능에 주목했기 때문이다. 그의 생명사상 또한 "모든 이원론적 구분에 반대하는 매우 종합적이고 포괄적인 사상"[20]이라 할 수 있는 동학과 화엄사상에 연원을 두고 있는 까닭도 이와 연관해서 생각해볼 수 있다. 그렇다면 여러 글을 통해서 김지하 미학의 핵심원리요 기본이 되는 틀로 제시하는 '그늘'이 그의 미학사상의 큰 테두리 안에서 어떤 양상으로 펼쳐지는지 살펴보자.

> 지리산 같은 데는 목을 틔우느라고 젊은 소리꾼이 많아요. 정말 글쟁이라면 지리산 폭포 같은데 가 봐요. 거기 소리꾼이 있어요. (…중략…) 그래서 귀명창들이 그곳 사랑방에 허름한 차림으로 앉아 있는데, 거기서 소리하는 젊은 소리꾼이 똥 싸게 신나게 소리를 해대는데 아무리 신나게 해봐야 소용이 없어요. 귀명창이 요렇게 듣고 나서 "에이, 재는 그늘이 없어!" 이런단 말입니다. 그러면 대사습은커녕 소사습도 못가요. 우리나라 소리판이란 것이 좁기 때문에 어디 낄 데가 없어요. 윤리적으로, 미학적으로 두 갈래로 볼 수 있지요. 후기구조주의 담론의 핵심으로서 가타리의 미적 · 윤리적 패러다임(paradigm), 이 카

논리가 하나의 신화에 지나지 않게 보이는 것이다. 더구나 고대로 돌아가자는 원시반본사상에 이르면 국수주의나 파시즘이라는 말로 비판의 강도를 높이는 실정이다.

20) 김재현, 「김지하의 생명사상과 유토피아 의식」, 『시대와 철학』(12호), 2001, 17쪽.

오스모시스(chosmosis)-혼돈적 질서인데, 우리가 제시할 혼돈적 질서가 무엇이냐? 후기구조주의하고 우린 많이 비교해야 될 것 같아요. 그런데 그 때, 미적 · 윤리적 패러다임이라 할 때 그것이 무엇이냐? 바로 그늘이에요. 그늘은 윤리적으로는 신산고초를 겪는 자만이, 바로 인생의 쓴맛 단맛을 알아야만이 그늘이 생겨요. 인생의 쓴맛 단맛을 모르고는 시가 안 나온다는 이야기와 같지요.[21]

후기구조주의 담론과 '그늘'이 만나는 지점에서 김지하는 미적 · 윤리적 패러다임의 혼돈적 질서를 제시한다. 후기구조주의와 가타리의 카오스모시스chosmosis가 그늘과 충돌하면서 이 두 문명권의 사상적 융합이 일어나는 것이다. '카오스모시스'와 비슷한 개념으로서 김지하가 말하는 '혼돈적 질서'는 이른바 탈근대 담론의 특징에 속한다. 플라톤 이래 코스모스(질서) 구축을 중심으로 진행해 온 서구 정신문명의 전통에 그 한계를 드러내고 자각하게 된 때는 지난 세기 중 · 후반 무렵이었다. 푸코 · 라캉 · 들뢰즈의 등장은 서구 근대담론이 빠진 함정과 병폐를 주시하고 이들 이성 · 보편 중심의 이데올로기의 틈새를 역사와 심리에 가려져서 보이지 않는 존재들로 헤집고 탐색한다. 바로 담론과 욕망과 기계이다. 김지하는 혼돈스러운 질서들을 동아시아 고대 르네상스로부터 찾을 수 있다고 한다. 이를테면 "동학의 '지극한 기운(至氣)'의 내용인 '혼돈한 근원의 우주질서(混元之一氣)'라는 패러다임이나 '태극 또는 궁궁(太極又弓弓)'의 아키타이프, 그리고 정역의 '여율呂律'(동아시아 전통우주론인 '율려'의 반전개념)과 옛 역사서인 『부도지』의 '팔려사율八呂四律', 그리고 최해월의 '나를 향한 제사(向我設位)'와 강증산의 '천지굿' 또는 '천지공사天地公事'(혼돈적 질서에 의한 우주재판)"[22] 따위들이다. 그늘이 혼돈적 질

21) 김지하, 『예감에 가득 찬 숲 그늘』, 실천문학사, 1999, 62쪽.
22) 김지하, 『흰 그늘의 미학을 찾아서』, 실천문학사, 2005, 429쪽.

서라는 말은 그늘이 양면성을 품고 있다는 사실을 알려준다. 즉 "빛, 어둠, 웃음, 눈물, 천상과 지상, 기쁨과 슬픔, 나와 네가 어우러지는 것이 그늘"[23]인 것이다.

김지하는 「예술과 과학」(1999)에서 그늘을 '그림자'와 관련해서 설명한다. 융 심리학에서 그림자는 무의식의 한 형태이다. 마음 깊숙이 잠재되어 있는 것, 이 그림자는 뛰어난 예술가들에게서 많이 나타난다. 김지하는 이 글에서 모차르트를 들어 그림자를 설명한다. 그에 따르면 모차르트에게 그림자의 작용이 드러난다. 이 그림자는 "현실의식에서 침전된 불만이라든가 무의식에 침전되어 있다가 불쑥불쑥 솟아나는 찌꺼기"[24]다. 여기서 그는 그늘과 그림자를 같은 것이 아니라 "어떤 관계"로 설정한다. 무의식과 이것이 침전된 형태인 그림자가 그늘과 관계한다는 사실은, 이중성과 빛나는 고통으로서 그늘이 오랜 삶의 경륜과 고난이 눈에 보이지 않게 쌓여 온 심층심리로서 무의식에 잠재해 있는 것과 연관되어 있다는 뜻으로 이해할 수 있다. 융은 일상에서 표출되는 무의식의 발현 양태를 다음처럼 설명한다.

> 무의식의 부분은 일시적으로 잊고 있던 생각 · 인상 · 이미지 등 많은 것으로 이루어져 있고, 그것은 상실된 것임에도 불구하고 우리의 의식인 마음에 계속 영향을 주게 된다. 주의가 산만하거나 '제 정신이 아닌' 사람이 무엇인가를 찾기 위해 방안을 걷고 있다. 그가 멈추어 선다. 난처한 일이 생긴 모양이다. 그 손이 테이블 위의 것들을 더듬는다. 그는 그 원래의 목적은 잊어버렸지만, 무의식적으로 그것에 이끌리고 있다. 이윽고 그는 자기가 원했던 것이 무엇이었는지를 깨닫는다. 무의식이 그로 하여금 생각나게 만들었던 것이다.[25]

---

23) 김지하, 『예감에 가득 찬 숲 그늘』, 실천문학사, 1999, 63쪽.
24) 위의 책, 248쪽.

분석심리학에서 이 같은 현상을 '히스테리'나 '신경증'으로 분석한다면, 무의식의 찌꺼기인 그림자와 '어떤 관계'를 맺는 '그늘'은 일종의 어두운 면과 상응한다. 그렇지만 그늘이 어둠과 상처로만 이루어져 있는 것은 아니다. 민족미학의 전통에서 그늘을 '한恨'과 같은 속성으로 바라 본 경향이 있어 왔지만 온전히 한으로만 설명할 수 없는 것과 같다. 한이면서 그 한이 '신명'과 함께 어우러져 있는 상태가 바로 그늘인 것이다. 무의식의 어두운 측면과 영성의 초월적인 측면이 함께 있는 것, 맺혀 있고 응어리져 있지만 그것을 곧바로 풀어버리지 않고 안으로 삭혀서 형성되는 것, 주체와 타자가 따로 놀지 않고 서로 넘나들고 아우르는 것들이 이를테면 그늘이 만들어지는 특징들이다. 그늘이 예술가들, 특히 아주 뛰어난 예술가들에게 보인다는 김지하의 지적은 바로 이와 상관이 있다. 이것은 예술가의 삶에 집중한 논의인데, 이 예술가의 삶과 텍스트 즉 예술가와 작품의 담론구조 사이에 걸쳐 있는 삶의 미의식을 그늘에서 찾고자 하는 의도이기도 하다.

그늘이 지니는 이중성은 또한 '틈'과 관련된 속성이다. 틈은 허술함이고 비어있는 것이고 한스러운 것이다. 서양 연극에서 보듯 시간과 공간이 정해져 있고 꽉 막혀 있는 것과 대비된다. 서구의 시간관이 일직선으로 되어 있음은 누구나 아는 사실이다. 처음과 끝, 알파와 오메가가 틈을 용납하지 않고 빈틈없이 맞물려 있다. 공간 또한 기하학적 배치로 구성된다. 그러나 이와 상충하는 틈은 "내 안에 천지신명과 우주만물과 동서고금의 시간이, 과거와 미래가 지금 현재 여기 내 육체 안에, 내 정신 안에 있으므로 동시에 거기로 가는 내 주체도 거기로 가는 나에게서 시작"[26]한다는 시간관과 "위상과 활동이 불연속적으로 서로 모순되면서

25) C. G. 융 외 지음(권오석 옮김), 『무의식의 분석』, 홍신문화사, 2007, 42쪽.
26) 김지하, 『탈춤의 민족미학』, 실천문학사, 2004, 62쪽.

같이 어우러지는"[27] 공간관을 가지고 있다.[28] 과거와 현재와 미래가 자기 몸속에 한데 섞여 있고 융합해 있는 것, 위상과 활동이 모순되면서도 함께 어우러져 있는 복잡성과 이중성이 그늘의 특징을 이룬다.

이상 살펴본 바에 따르면 미학원리로서 그늘에 내재한 전통미학의 특징과는 별도로 근대 이후 서양의 정신문명의 위기와 그 사상 · 철학적인 표현양상으로서 대두한 탈근대담론과 만나는 지점에서 그늘의 복층을 알 수 있다. 다층성으로서 이러한 그늘의 특징이 새로운 미적 · 윤리적 패러다임인 혼돈적 질서를 드러내고 있는 점은 민족미학이 점점 파멸로 치닫고 생태 위기에 봉착한 현대문명과 사상의 아포리아에 일종의 돌파구를 제공하는 측면과 관계가 깊을 것이다. 이것이 '미학'이라는 이름으로 제기되는 정황은 일찍이 김지하가 문학예술과 미학적 감성이 가지고 있는, 실증과 눈에 보이는 물질의 움직임에만 집중하는 과학의 한계를 타개할 수 있는 창조적 감성 · 영적 생성 능력이라는 눈에 보이지 않는 가능성에 주목하기 때문이다. 이 작업에서 심리학에서 말하는 무의식 · 그림자와 그늘이 관계하는 자리에서 예술가의 삶과 미의식을 연결하는 그의 분석 논리를 이해할 수 있게 된다. 이중성과 역설을 그 특징으로 하는 그늘의 오묘한 속성을, 이와 같은 동시대의 심리학과 탈근대이론과 비교하는 데서 전통의 '탈전통'이 가능해진다는 점과, '국수國粹'를 온전히 지키고 잡아내면서도 이를 뛰어넘어 세계 차원으로까지 길을 넓혀내는 민족미학의 가능성으로 인식하는 것이 바로 그늘 미학의 좌표인 셈이다.

---

27) 위의 책, 97쪽.

28) 이러한 시 · 공간관은 김지하가 『탈춤의 민족미학』(2004)에서 제시한 것이다. 그는 탈춤에서 민족미학의 구성원리와 특징, 그리고 연행예술의 중추기능인 '환(環)'에 대해서 분석한다. 그에게 이런 작업들은 "고대적 생명사상과 무의식의 영성에 대한 철학이나 과학 못지않게 풍수나 기론(氣論)과 미학이 합일하는 새로운 해석학으로서의 '생명학'"(「책머리에」)을 세우는 과정에 속하는 일이다.

4. '그늘'과 현대시 : 「광야」의 '엇'과 「오감도」의 '한'

김지하의 미학이 그늘을 중심원리로 해서 구성되고, 또한 이것이 탈춤과 판소리의 중요한 미학원리로 작용한다는 점은 예술이나 문학처럼 창조적인 감성을 지닌 예술작품에까지 그늘의 원리를 적용할 수 있음을 보여준다. 이중생성논리로서 그늘의 이중성과 모순성은 그가 뛰어난 예술가는 그의 삶과 작품에서 드러나는 미의식의 총체로서 발현한다는 역설과 이어진다. 그가 한국 현대시를 분석하면서 중요한 해석의 잣대로 이용하는 원리 또한 그늘이다. 그늘은 앞서 살펴본 대로 틈과 관련 있다. 그리고 틈은 다른 말로 하면 '엇'이 된다. 엇은 "'비뚜로, 어긋나게, 서로 비껴가면서, 서로 걸쳐지면서, 또는 조금', 그런 뜻"[29]을 가지고 있다. 엇의 말뜻을 문학예술에 대입하면 작품에서 서로 대립하고 모순이 되는 것들이 어긋나면서 빚어내는 미학의 요소가 되는 것이다. 엇이 만들어지기 위해서는 "이기理氣, 음양, 밝고 어두운 것, 빠르고 느린 것, 남성적인 것과 여성적인 것, 반대되는 것, 엇갈려가는 것이 있어야"[30] 한다. 그리고 그늘의 속성 가운데 하나로서 '한'을 들 수 있는데, 이 한은 민족미학에서 그동안 '멋'과 함께 한국의 미의식의 두 측면으로 논의되었다. 천이두는 한이 역설적인 속성을 지녔다고 보고 그 특징은 "심리학의 범주에서 볼 때는 지극히 병적이고 부정적인 속성을 드러내는 용어이지만, 윤리적 · 미학적 범주에서 볼 때는 그와는 정반대의 밝고 건강하고 긍정적인 속성을 드러"[31]낸다. 김지하 또한 천이두처럼 한을 어두운 측면으로만 보지

---

29) 김지하, 『흰 그늘의 미학을 찾아서』, 실천문학사, 2005, 56쪽.
30) 위의 책, 56쪽.
31) 천이두, 「한국적 한의 역설적 구조-니체, 셸러 등의 르상티망론과의 대비를 통하여」, 『한의 구조 연구』, 문학과지성사, 1993, 241쪽.

않고 역설적인 것으로 본다. 다만 어두운 속성을 지닌 한의 한 측면에서 '신명'이라는 초월적이고 영적인 밝은 측면과 결합할 때 그늘이 생긴다고 하면서 한과 신명의 복합적인 관계에 주목한다. 그는 이러한 미학원리로 이육사의 「광야」와 이상의 「시제1호」를 분석한다. 먼저 시 「광야」와 김지하의 작품 해석을 인용하면 다음과 같다.

까마득한 날에
하늘이 처음 열리고
어데 닭 우는 소리 들렸으랴.

모든 산맥들이
바다를 연모해 휘달릴 때도
차마 이곳을 범하던 못하였으리라.

끊임없는 광음(光陰)을
부지런한 계절이 피어선 지고
큰 강물이 비로소 길을 열었다.

지금 눈 내리고
매화 향기 홀로 아득하니
내 여기 가난한 노래의 씨를 뿌려라.

다시 천고(千古)의 뒤에
백마타고 오는 초인이 있어
이 광야에서 목놓아 부르게 하리라.

이 시에는 여러 가지 형태의 엇이 섞이고 있습니다. 먼저, 매일매일의 날(日)과 까마득한 날 사이의 관계가 있습니다. 두 번째로, 하늘이 언제 열렸냐는 겁니다. 하늘이 열렸다는 것은 개벽사상입니다. 개벽사상은 중국에도 있고 몽고에도 있고 한국에도 있습니다. 조금씩 다른데, 하여튼 열렸다는 것은 가장 구체적으로는 인간의 반성적 의식, 리플렉션(reflexion), 사유를 사유하는 생각, 내가 생각하는 것을 생각할 수 있는 능력이 처음 나타났다는 것으로서 이를 개벽이라고 하는 것입니다. 이때 언어가 나타납니다. 자기 생각을 생각하는 언어가 나타납니다. 언어가 있어야 종교라든가 법률이라든가 문화라는 것이 나타납니다. 그러니까 하늘과 처음 열리는 것과의 관계가 있습니다. 그 다음에 어디에서 최초로 닭 울음소리가 들렸느냐? 전부 '엇' 아니에요? 전부 반대되는 거죠? 이렇게 엇이 여러 가지로 들리면, 이미지 전체가 복합적인 이미지라 하더라도 이 이미지 전체에 여러 개의 틈이 요구됩니다.[32)]

시 「광야」의 세 줄까지 분석하는 부분이다. 김지하는 '엇'을 중심으로 '틈'과 '활동하는 무'의 작용을 이 시가 빛을 내는 가장 주된 요인이라 본다. 바꿔 말하면 이 시에 그늘이 끼어있다는 설명이다. 그늘은 어둠과 밝음 따위처럼 이중성을 가지지만 틈이 있어 무無가 생성되고 활동하는 자유가 넘나든다. 시에서 이러한 틈새는 행갈이로 나타난다. 행갈이는 "'무無'가 텍스트에 개입하는 형식"[33)]이다. '없음'이 작품에 개입하는 것은 어찌 보면 모순이다. 논리로 볼 때 풀 수 없는 것이지만 시는 논리가 아니라는 사실을 기억하자. 모순어법으로서 시를 해석하는 방법은 그만큼 시 해석의 자유를 독자에게 안겨 준다. 김지하가 「광야」를 두고 엇과 틈으로 해석하는 까닭은 이 작품에서 드러나는 숭고성과 개벽적 전망이 그의 미학원리인 그늘과 결합해서 더욱 내적 필연성을 띠기 때문이다. 이육사의 삶과 행적으로 볼 때 「광야」는, 삶의 윤리적 태도와 예술에 대한 미학

---

32) 김지하, 앞의 책, 80~82쪽.
33) 위의 책, 90쪽.

적인 관점이 일치가 된 작품이 되는 것이다. 윤리적 · 미적 패러다임의 일치가 김지하 식으로 말해서 그늘과 이어진다는 진술은 3장에서 살펴본 바와 같다. 「광야」와 조금 다른 평가를 내리고 있는 「오감도」의 「시제1호」와 분석을 보자.

13인의아해가도로로질주하오.
(길은막다른골목이적당하오.)

제1의아해가무섭다고그리오.
제2의아해도무섭다고그리오.
제3의아해도무섭다고그리오.
제4의아해도무섭다고그리오.
제5의아해도무섭다고그리오.
제6의아해도무섭다고그리오.
제7의아해도무섭다고그리오.
제8의아해도무섭다고그리오.
제9의아해도무섭다고그리오.
제10의아해도무섭다고그리오.

제11의아해가무섭다고그리오.
제12의아해도무섭다고그리오.
제13의아해도무섭다고그리오.
13인의아해는무서운아해와무서워하는아해와그렇게뿐이모였소.
(다른사정은없는것이차라리나았소.)

그중에1인의아해가무서운아해라도좋소.
그중에2인의아해가무서운아해라도좋소.
그중에2인의아해가무서워하는아해라도좋소.
그중에1인의아해가무서워하는아해라도좋소.

(길은뚫린골목이라도적당하오.)
13인의아해가도로로질주하지아니하여도좋소.

(…중략…) 전일 체제적인 리얼리티, 총괄적 지위로서의 신, 신이 아니라도 좋아요. 어떤 무의식, 영성이 아주 깊은 것, 집단적 무의식이라고 부르는 것, 신성(神性). 자주 이런 얘기를 할 겁니다만, 지난 월드컵 때 7백만의 젊은이들이 거리에 나와서 그처럼 똑같은 행동을 할 수 있었다는 것은 인간으로서는 할 수 없는 일이에요. 그 안에서는 인간을 넘어서는 초인간적인 신이 움직인 겁니다. 그러니까 말을 함부로 해서는 안돼요. 그런 믿음을 갖고 있지 못하기 때문에 괄호를 쳐서 "(길은뚫린골목이라도적당하오)"라든가 "(다른사정은없는것이차라리나았소)"라고 쓰는 겁니다./괄호는 원래 뭡니까? 실존주의나 현상학이나 다 똑같습니다. 논리에 있어서 괄호의 등장은 두 가지 의미를 가집니다. 괄호 앞에 있는 것은 전 단계, 괄호 뒤에 있는 것은 후 단계인데, 전 단계와 후 단계 사이에 무엇을 감추려고 하는 힘입니다. 무엇을 감추느냐? 상처죠. 유럽인들의 상처를 가리는 거예요. 에른스트 블로흐 같은 경우에는 공산주의의 실체를 감추는 겁니다./(…중략…)/그늘, 엇, 흰 그늘, 그리고 천지인이라는 3개의 구조와 음양이라는 상호모순, 이것이 있느냐 없느냐에 따라서 A과 되기도 하고 B가 되기도 합니다. 요컨대 이상에게는 그것을 연결하는 '한'이란 것이 없어요. '한'은 곧 '신성(神性)'입니다.[34]

김지하는 「시제1호」에는 궁극적으로 '한'이 없다고 하여 엇이 생기고 틈이 열려 있어 그늘을 만드는 「광야」와는 대비되는 진술을 한다. 그는 위 해설에서 한을 '신성' · '성스러움' · '아우라'와 연결시키고 있는데, 이들은 한의 밝은 측면에 속한다. 초인간적인 신의 움직임이나 집단적인 무의식을 들어 '붉은악마' 현상의 실체를 분석하는 것과 같은 잣대로

34) 위의 책, 108~111쪽.

「시제1호」의 문제를 살피는 일에서, 김지하의 미학이 분석범위가 아주 넓다는 사실을 알 수 있다. '음양'과 '천지인' 같은 고대사상의 틀이 그의 미학에 녹아 있는 점도 확인할 수 있다. 그렇다면 그늘 미학은 어떤 예술작품 속에 내재해 있는 예술가와 작품의 미의식 구조를 포함하여 더욱 넓게는 우주 전체 질서에까지 확장하는 가능성의 씨앗이 응축되어 있는 것이다. 김지하가 예술가와 예술작품의 관계를 중요하게 보는 까닭도 그늘이라는 미학원리가 텍스트뿐만 아니라 작가와 작품, 나와 너, 주체와 타자처럼 서로 대립되고 맞서면서도 어울려 있는 역동적인 생성 논리를 그 중심요소로 설정하기 때문이다. 혼돈적 질서와 기우뚱한 균형과 활동하는 무가 그늘 미학에서 차지하는 뜻을 이로써 알 수 있다. 이중성 · 교호성을 중심축으로 해서 펼쳐지는 그의 미학적 작품 분석 방법은 시를 "읽는 사람의 마음이 크게 열려서 어떤 독특하고 신선한 새로운 상상력이 움직일 수 있도록 여러 가지 반대들을 동원해서 틈을 여는 것이다"[35]고 정리하는 데서도 확인된다. 그렇지만 그의 시 분석이 그의 미학논리 차원에서 정당한 해석이 될 수 있을지라도 이견異見의 여지를 남겨두고 있는 것 또한 우리가 놓쳐서는 안 될 것이다.

5. 맺음말 : '그늘 미학'이 남기는 문제와 의미

김지하의 미학을 한 마디로 말하자면 그늘 미학이다. 한 가지 조심스러운 점은, 전통예술에 몸담고 있던 사람들 사이에서 오래 전부터 써 오던 개념화되지 않은 말인 그늘이 학문 용어인 미학과 결합할 때 생기는

35) 위의 책, 84쪽.

문제이다. 바움가르텐에 이르러 처음으로 그 이름이 만들어진 '미학'은 칸트와 헤겔을 거쳐서 서구 관념미학의 큰 줄기를 이루어왔다. 그런데 한국을 중심으로 한 동아시아와 다른 전통과 정신문명을 일구어 온 서구에서 미학의 발전은 '감성의 학문'이라는 규정된 틀 속에서 진행해왔기 때문에 미학이라는 이름으로 두 문명에 존재하는 미의식과 미적 감정을 한데 묶어 설명하는 데는 일정한 무리가 있다. 따라서 비록 김지하의 그늘 미학을 연구할 때 부득이 미학이라는 용어를 쓰지만 서구미학이 내포하는 개념이나 외연과 차별하는 의미를 갖고 있음을 알 필요가 있다. 이는 생활과 예술이 분리되지 않았던 민족예술의 전통을 오롯이 담고 있는 뜻에서 살펴보아야 한다는 당위를 전제한다.

근대 이후에 한국적 아름다움이나 미의식의 실체를 규명하기 위해 연구해 온 야나기 무네요시(유종열)나 그 뒤를 이은 고유섭이 말하는 선線의 미 · 비애의 미(유종열) · 무기교의 기교 · (고유섭), 그리고 조윤제 · 이희승 · 조지훈 등이 말하는 '멋'이 한국인의 전통 미의식과 예술의 특징을 아우르는 개념이라고 할 때, 김지하가 민족예술 전통에서 그 기저 원리로 내세우는 그늘을 이들과 어떻게 관련지어야 할 것인가 하는 문제도 새로운 과제로 남는다. 다만 이들과 김지하가 민족의 미의식을 규명하는 데서 어디에 초점을 두었느냐에 따라 이들과 김지하의 미학론의 위상이 달라진다. 다시 말해 일제 시대 때부터 연구해 온 한국적 미의 실체 규명 작업이 한국인의 생활 감정과 예술적 표현에 드러나는 미의 특징을 살피는 데 중점을 둔다면, 김지하의 경우 상고 시대 때부터 내려오는 전통 사상적 배경과 예술 구성 원리의 유기적 결합으로 미학의 기본 원리를 파악하고 이것으로 문학예술의 미적 판단 뿐만 아니라 전 부문에 걸친 인식론 · 방법론으로 확장하는 데 있다. 순수한 학문적 관심과 미학적 실천의 차이라 할 수 있다. 김지하가 '생명'이라는 화두를 끈질기게 캐묻고 있는 사실도 그의 미학적 실천에서 중요하게 바라보는 그늘이 생명 문법과 닮아 있기 때문으로 생각한다. 본문에서 살펴본 것처럼 그늘이 이중 생성과 역설의 특징을 가지듯 눈에 보이는 질서와 눈에 보이지 않는 질서의 총체 원리로서 생명의 문법은 이중성을 띤다. 따라서 그늘과 생명은 끊임없이 생성하고 순환하는 속성을 지닌다. 김지하가 이렇듯 이중성으로서 그늘에 주목할 때, 그 미학 사상적 연원으로는 우주의 소리와 질서인 율려와 동아시아 미학의 전통이라 할 수 있는 풍류에 닿아 있고, 민중개벽사상의 전통으로 내려온 동학정역계의 후천개벽사상인 '영동천심월影動天心月'과 만나는 것이다. 그늘 미학이 민족미학 전통의 핵심을 고스란히 물려받고 있으면서도 이에 갇히지 않는 점은, 근대 서구담론이 위기에 빠져 그 탈출구로 모색하는 전망과도 밀접한 관계를 맺는 사실이다. 서양의 시간 · 공간관에 균열을 내는 후기 근대담론의 '혼돈적 질서'와 '그늘'의 상응 관계를 탐색하고 이들 원리가 함축하는 사상 · 철학적 전망에 관심을 쏟는다. 이것은 예술 작품의 창조적 상상력과 이를 바탕으로 한 새로운 민중적 변혁의 전망이라는 더욱 큰 과제를 위해서 그가 정립하려는 그늘 미학의 의미이기도 할 것이다.

■ 참고문헌

김재현, 「김지하의 생명사상과 유토피아 의식」, 『시대와 철학』(12), 2001.
김지하, 『흰 그늘의 미학을 찾아서』, 실천문학사, 2005.
______, 『탈춤의 민족미학』, 실천문학사, 2004.
______, 『예감에 가득 찬 숲 그늘』, 실천문학사, 1999.
______, 『율려란 무엇인가』, 한문화 멀티미디어, 1999.
______, 『생명』, 솔, 1992.
미학대계간행회, 『미학의 역사－미학대계 제1권』, 서울대학교 출판부, 2007.
민경숙, 「김지하의 율려사상－문학비평이론으로서의 가능성 탐색」, 『인문사회과학연구』(4), 2000.
민주식, 「풍류사상의 미학적 의의」, 『미학예술연구』(11), 한국미학예술학회, 2000.
______, 「풍류도의 미학사상」, 『미학』(11), 한국미학회, 1986.
우실하, 「한국전통미학의 구성을 위한 시론－21세기를 맞는 한국전통음악의 과제」, 『한국음악사학보』(20), 한국음악사학회, 1998.
이동환, 「한국미학사상의 탐구(Ⅰ)」, 『민족문화연구』(30), 고려대민족문화연구소, 1997.
임헌영 · 김종철 외, 『김지하－그의 문학과 사상』, 세계, 1985.
C. G. 융 외(권오석 옮김), 『무의식의 분석』, 홍신문화사, 2007.

오정희 소설의 '욕망공간'과 타자 지향성

– 초기소설집 『불의 강』의 경우

정미숙

1. 서론

오정희 소설의 심원한 타자 지향성은 결핍된 주체, 욕망하는 타자와 그들이 놓인 공간과의 긴장과 대립, 상호침투의 치열한 변주에 의해 역동적으로 달성된다. 열악한 공간이 결핍의 타자를 생산하고, 타자인 그들이 공간을 향해 자신들의 '욕망'[1]을 분사噴射하는 것이다. 이같이 영향과 분사 관계에 있는 작중인물들의 소설공간을 필자는 '욕망공간'이라 명명하고자 한다. 타자성을 환기하는 욕망공간은 오정희의 타자 지향성을 역설하고 있다.

1) 여기서 욕망은 성적인 것과 인간 실존을 움직이는 잡히지 않는 동력원이란 개념으로 사용한다. 딜런 에반스, 김종주 외 옮김, 『라캉 정신분석 사전』, 인간사랑, 1998, 278~284쪽.

『불의 강』의 공간은 대체로 고정되어 있다. 대부분의 서사가 집과 침실, 그리고 익숙한 고향을 배경으로 하고 있어 작중인물들이 그들의 공간에서 안전과 애정을 느낄 법하나 아이러니하게도 장소의 의미를 획득하지 못한다.[2] 이는, 작중인물들이 주로 어린아이, 미혼모, 장애인, 불임여성, 노인 등 타자들이어서 이들을 배제하는 세계의 논리와 "친밀한 사람들과 정서적 관계를 형성하며 살아가는(/고 싶은) 존재"이고자 하는 이들의 고유한 정체성이 끝없이 충돌하는 까닭이다.[3]

오정희의 소설공간은 예민하게 반응하는 화자의 시계視界와 의/무의식의 욕망으로 정립되는 다양한 지형을 드러낸다. 잘 알듯이, 공간은 형상 자체도 문제이지만 그 형상의 구성에 작용하는 인자들의 역학이 중요한 것이다. 공간은 절대적 실체가 아니며, 차원의 관계로써 구성되는가 하면 지각 혹은 인식의 양상에 따라 달리 구성되는 '구성체'이다. 구성체인 공간은 시점이나 서술 상황의 양상에 의해 달라지는 것이다.[4]

본고는 오정희의 첫 소설집 『불의 강』에 나타난 다양한 타자들을 시

---

2) 투안에 의하면 공간은 움직임, 개방, 자유이며 위험이다. 장소는 정지, 개인들이 부여하는 가치들의 안식처, 안전과 애정을 느낄 수 있는 고요한 중심이다. 이 푸 투안, 구동회 심승희 역, 『공간과 장소』, 대윤출판사, 1995, 25쪽. 본고의 '공간'은 이 푸 투안의 분류인 '장소'에 대립된 개념으로 구별된 것이나, 소설 속 작중인물들의 실존적 토대인 소설무대, 삶의 근거지, 세계의 의미로 혼용하여 사용한다.

3) 타자는 중심과 주변부라는 이원적 구도에서 출발한다. 타자는 중심으로부터 배제되고 허위, 악, 비합리성, 비정상, 열등이란 이름하에 억압된다. 호네트가 의미하는 '정의의 타자'는 배려의 원칙과 인정의 원칙에 기반한다. 인정의 원칙은 사회 역사적 조건하에서 고유한 정체성을 소유한 구체적 개인에 대한 인정을 주장한다. 이 개인은 인간이라는 보편성과 동시에 개인적 특수성을 지닌 존재이며 친밀한 사람들과 정서적 관계를 형성하며 살아가는 존재이다. 악셀 호네트, 문성훈 · 이현재 · 장은주 · 하주영 옮김, 『정의의 타자』, 나남, 2009, 9~13쪽.

4) 장일구, 「소설공간론, 그 전제와 지평」, 한국소설학회 편, 『공간의 시학』, 예림기획, 2002, 14쪽.

점의 주체로 삼아 '욕망공간'의 한 체계를 밝혀보고자 한다. 내면을 좀처럼 드러내지 않는, 약간의 신경증을 앓고 있는 작중인물의 시점을 이해하기 위해서 정신분석학적 접근을 병행하였다.[5] '욕망공간'의 시학을 따라서, 허위, 악, 비합리, 비정상이란 이름하에 억압된 타자성의 환기와 응시를 통해 타자 지향성의 문학을 추구하는 오정희의 심원한 소설 미학, 섬세한 해석의 장에 이르기를 바란다.[6]

2. 장소상실과 익명적 욕망

「불의 강」의 소설공간은 외부/내부로 구분되어 대립적이다. 외부공간은 1970년대 근대화의 개발과정에 있다. 마을이 사라지고 강과 섬을 잇는 도선장이 폐쇄되고, 다이너마이트로 무너뜨린 섬이 비행장터로 급속하게 변신하는 굉음으로 가득한 외부공간과는 대조적으로 내부공간은 변함없이 정체된 채 침묵에 잠겨있다. '이태 전 아이를 잃은 후' 친밀한 대화의 시간을 갖지 못하는 부부는 결코 상처를 드러내지 않는다. 그러나 두 사람 모두 변할 것도 기대할 것도 없는 자신들의 공간을 못 견뎌한다.

5) 본고는 욕망공간을 계열화하기 위하여 텍스트 유형을 다양화하였다. 1) 젊은 부부를 젠더에 따라 화자를 나누고 있는 「불의 강」과 「안개의 둑」, 2) 노인 화자들에 의해 서술되는 「관계」와 「적요」, 3) 비혼모 화자가 등장하는 「미명」 등으로 유분(類分)한다. 텍스트는 오정희, 『불의 강』, 문학과지성사, 1977.

6) 오정희의 소설공간은 꾸준히 연구되었다. 주로 '공간인식'과 '시/공간 구조'로 대표될 수 있는데 외출과 귀환, 정체성 찾기, 뿌리 내리기 등의 반복적 해석과 합리적/신화적 공간과 현재/과거 시간구조 등으로 요약된다. 그간의 연구를 통해 전반적인, 현상적 공간구도는 잡혔다 할 수 있다. '욕망공간'의 체계화를 시도한 본고는 오정희 소설공간의 이면을 부각하는 의미 있는 작업이 될 것이다.

외부/내부공간은 모두 그들의 심각한 소외를 상징하는 '실존적 외부성'으로 구분된다.[7)]

화자 '나'는 소음 속에 변해가는 외부공간을 '새장'처럼 철장이 둘린 6층 11평 아파트의 '창문'을 통하여 바라보거나, 남편과의 심연을 메우듯 '학'을 수놓고 있다. 남편은 거미줄에 매달린 어미 거미와 새끼를 희롱한다. 명료하게 언어로 자신을 드러내지 않는 타자인 작중인물과 불친절한 오정희 소설의 서술 경향을 간주할 때 두 사람의 행위에 대한 섬세한 해석이 요구된다.

화자의 '학鶴'은 시니피앙과 시니피에의 미끄러짐을 막고 분명한 매듭을 갖듯 삶의 전환을 기도하는 매개인 일종의 '소파점(point de capiton)'으로,[8)] 언어처럼 구조화된 페티시즘의 기호로[9)] 화자의 탈주욕망을 담고 있다. 남편인 '그'가 행하는 거미 모자母子를 끝내 갈라놓고 추락시키는 공격성은 그의 상처, 자식을 잃은 자신의 경험을 파괴적으로 드러내는 것이다. 공격성(Aggressiveness)은 그 자체로 주체의 구성적 경험을 드러낸다.[10)] 거미집과 화자의 집은 등가적 의미로 연결된다. 남편의 공격성

---

7) 애드워드 렐프, 김덕현 · 김현주 · 심승희 역, 『장소와 장소상실』, 논형, 2005, 119쪽.

8) 소파점은 누빔점 혹은 고정점으로 번역된다. 이 용어는 원래 소파의 쿠션이 움직이지 않도록 고정해주는 지점으로 상징계에서 기표와 기의의 무한한 흐름을 멈추게 만드는 고정점에 대한 은유이다. 자크 라캉, 김석 『에크리』, 2007, 살림, 135쪽. 이것은 애매하고 희미한 것을 분명하게 밝히든가 담론 전체의 의미를 근본적으로 바꿈으로써 시니피앙 연쇄에 미치는 근본적인 의미효과를 가질 수 있다. 글로윈스키, 김종주 옮김, 『라캉 정신분석의 핵심용어』, 하나의학사, 2003, 183쪽.

9) 페티시즘은 '페티코(Fetico)'인 포루투칼어로 '요술', '기교'라는 뜻을 가지고 있다. 달런 에반스는 '부재하는 음경의 상징적 대체물'로서 다른 한 대상을 찾는데, 그 대상이 페티쉬(물신)이고 그 대상을 인격화시키는 것이 페티시즘이라고 한다. 라캉의 대표적 이론 명제인 '언어처럼 구조화된 무의식' 또는 '언어처럼 짜여진 무의식'은 직물짜기에서 착안하여 이론화시킨 것이다. 가에탕 가티앙 드 클레람보, 강응섭 옮김, 『여성의 에로틱한 열정과 페티시즘』, 숲, 2003, 20~22쪽.

은 '발전소'로 옮겨간다.

'나'는 남편이 '다람쥐 쳇바퀴' 돌듯 하는 삶을 못 견뎌하며 잃어버린 꿈을 찾듯 '시'를 쓰고 급기야 '방화욕망'이란 적의로 옮겨가고 있음을 알고 있으나 말하지 않는다. 남편을 수식하는 나의 호명(어법적 시점)에 의해 그 파괴성이 간접적으로 드러난다. 화자는 남편을 '그', '어린아이', '늙은 꼽추', '한 방울의 수은'으로 부른다. 특히 '한 방울의 수은'이란 화자의 명명은 예사롭지 않다. '수은'은 생명에 대항하는 해체적 속성을 갖는 질료로 '융'에 의하면 이것은 무의식에 대한 '지하적 이미지'[11]이다. '한 방울의 수은'인 '그'는 존재의 내면적 익사를 함의한다.

남편의 발전소 방화는 어린 시절 자신의 꿈과 동경의 대상이었던 장소가 '해산물의 하치장', '얼음 창고', 그리고 '갱 영화의 촬영현장'으로 소모되거나 대여되는 것을 더 이상 볼 수 없는 장소상실의 결과로 볼 수 있다. 본래의 기능을 잃은 발전소와 꿈을 잃은 '나'는 등가적인 의미이다.

'나'는 자신의 방황을 남편에게 메모로 남기나, 결국 스스로 거둔다. 이런 과정에서 두 사람은 서로에게 익명의 존재가 되어가고 스스로도 이해할 수 없는 익명적 욕망의 주체로 떠돈다. 세계와 화자, 작중인물(부부)은 '균열', '불가해성', '불일치성'의 동궤에 놓여 있으며, 이들은 스스로도 알지 못하는 '익명적 욕망'의 덫을 헤맨다.

"인간의 욕망은 대타자의 욕망이다"라는 라캉의 말은 욕망이 순수하게 주관적인 갈망이 아니라 언어적인 것을 매개로 구성됨을 일컫는다. 언어는 결여를 낳는 질곡이 되기도 하지만 주체는 욕망을 표현하기 위해 언어 이외의 다른 수단을 강구할 수 없기 때문이다. '말의 장소'인 대타자

---

10) Lacan, Jacques. ÉCRITS, Trans. Bruce Fink, N.Y.: Norton, 1998, p.83.
11) 가스통 바슐라르, 정영란 옮김, 『대지 그리고 휴식의 몽상』, 문학동네, 2002, 88, 166쪽.

는 주체의 욕망에 대해 답을 주는 진리의 보증자로 가정된다.[12] 말의 상징계에 진입하지 못한 욕망은, 익명적 주체의 익명적 욕망일 뿐이다. 그런 까닭에, 그의 욕망은 현실 공간이 아닌, '나'의 꿈, 꿈의 공간에서 암시될 뿐이다. 남편의 방화실현은 '붉은 사막'의 표상과 압축과 전위인 꿈의 형식을 통해 암시, 우회하여 중개될 뿐이다.

> 「꿈1」 사막의 한복판에서 붉은 꽃이 떨어지자 '붉은색 셀로판지를 통해 보듯' 온통 붉은 빛으로 사막이 물들면서 "막막한 절망감의 확실한 느낌"으로 남는다.
>
> 「꿈2」 나는 금주의 시대에 술을 얻었는데 사막을 건넌 후 먹으려고 하자 그것이 수증기로 변해 버리면서 "동남풍이야 바람이 알맞게 부는 군"이라는 그의 목소리로 끝난다.

황도경은 「꿈1, 2」를 '생명과 죽음의 이미지가 공존'하면서 '새로운 힘을 형성'한다고 풀이한다.[13] 하지만 이는 맥락을 넘어선 '과잉'의 시적 해석이 아닌가 한다. 「꿈1」에서 그의 손에서 '뚝뚝 떨어져' 내리는 '진한 자줏빛 꽃'은 생명 이미지보다 '불꽃'의 상징으로 봄이 타당하다. 꽃이 모래(사막)에 떨어지자 해도 없는데 하늘과 땅이 '온통 붉은 빛'으로 변했기 때문이다. 「꿈2」에서 '금주'의 시대에 얻어 온 귀한 술을 열자마자 '수증기'가 되는 황당한 느낌은 심상과 낱말에 의해 형상화되는 꿈의 사유에 견줄 때,[14] 「꿈1」에서 남긴 '막막한 절망감의 확실한 느낌'의 실현인 '방화의 허무', '도로에 그친 욕망'의 예언적 기능으로 볼 수 있을 것이다.

---

12) 자크 라캉, 김석, 『에크리』, 살림, 2007, 188~191쪽.
13) 황도경, 「불을 안고 강 건너기」, 우찬제 엮음, 『오정희 깊이 읽기』, 문학과지성사. 2007, 213~214쪽.
14) 막스 밀네르, 이규현 옮김, 『프로이트와 문학의 이해』, 문학과지성사, 1997, 43쪽.

프로이드의 『꿈의 해석』에 의하면 '부조리한 꿈'의 경우 잠에서 깨어난 후 기억나는 꿈에 대한 판단과 꿈의 재현이 우리 안에서 일으키는 느낌의 상당 부분은 꿈-내용에 속하는 것이며 꿈의 해석에 넣을 수 있는 것이다.[15)]

방화 후 '몸을 떨며 흐득이는' 그에게 '불'의 의미는 한갓된 것이다. 불의 솟구침을 포착하고 불처럼 용솟음치는 것, 즉 '불의 내면화'가 일어날 때 '존재의 전환'이 가능하다[16)]고 한 바슐라르의 지적은 여기서 유익하다. 화자의 독백처럼 창의 붉은 빛은 '조금도 뜨겁지 않은 화염'같은 작위적인 '영상적 배경'에 그치고 있다. '조금도 뜨겁지 않은 화염'은 일종의 변증법적 상상력인 '차가운 불'[17)]로 내면적이고 근본적인 불화상태에 놓인, 두 부부의 '심오한 불화'를 상징한다. 곧 폭파될 시간을 받아놓은 '발전소'에다 불을 놓은 남편의 비겁한 방화는 '불의 내면화'를 이루지 못한 까닭에 기껏 위반의 시도에 그칠 뿐이다. 그래서 이것은 근본적인 삶의 근거지에 대한 상실감으로 그 애착을 느낄 수 없는 조각난 세계와 익명적 욕망의 함정을 경고하고 역설하는 장치라 할 수 있다.

「안개의 둑」의 공간 역시 '무장소성'으로 일관한다. 남성화자인 '나'는 아내와 함께 결혼 5년 만에 옛 '신혼여행지'로 다시 여행을 왔으나 그곳은 여행의 추억을 갖지 못한 까닭에 '초행이나 다를 바 없는' 낯선 공간에 지나지 않는다. 낯선 공간은 예나 지금이나 아내와의 여행을 즐기지 못하는 일종의 신경증을 앓고 있는 '나'가 생산한 것이다. '나'는 임신한 아내를 '부두의 끄트머리 허술한 여관', '서울의 뒷거리에서 흔히 볼 수 있

15) Freud, Sigmund. The Interpretation of Dreams(II) and On Dreams(1900~1901), *The Standard Edition of the Complete Psychological Works*. Ed. James Strachey. Vol. V. London: Hogarth, 1973, p.445.
16) 가스통 바슐라르, 안보옥 옮김, 『불의 시학의 단편들』, 문학동네, 2004, 245~246쪽.
17) 가스통 바슐라르, 정영란 옮김, 『대지 그리고 휴식의 몽상』, 문학동네, 2002, 91쪽.

는 여관'으로 이끌고, 아내가 샤워를 하러 들어간 사이 오래된 상처인 어머니와 관련된 몸의 기억을 더듬는다. "실패로 돌아간 억압"인 신경증의 이차 단계는 화자의 경우같이 현실에 대한 부적응, 현실에 대한 소원한 관계로 드러난다.[18]

> 거울 속에서 아내의 젖은 머리칼이 내 팔목을 덮고 있었다. 나는 청동빛으로 빛나는 머리털을 움켜쥐고 난폭하게 뒤로 젖혔다. 오래 잊었던 욕정이 끓어올랐다. …… 불빛이 지나치게 밝았다. (중략) 가로등과 거의 삼사 초 간격으로 지나가는 탐조등 불빛으로 조금도 어둡지 않았다. 나는 실패감 때문에 조바심치며 성급하고 난폭하게 아내를 다루었다(65쪽).

화자는 '오래 잊었던 욕정'을 '거울 속에 비친' 아내와 자신의 성행위 모습을 '보면서' 되찾는다. '거울'은 보통의 경우 관음적 공간으로 동원된다. 그러나 화자의 도발적 성행위는 자신이 시선의 주체가 된다는 안정감에서 촉발되고 있는 것으로 해석할 수 있다. 신혼 여행지에서 떠올린 화자를 괴롭히는 기억은 "땀과 오줌에 젖은 어머니의 몸을 열어보여야 한다는 것에 대한 굉장한 부끄러움"(58)이다. 풍신 좋은 한의사에게 끝내 보이지 않은 어머니의 오줌냄새 나는 '몸'은 어머니의 '성기'로 좁혀 생각할 수 있다. 늘 엿보이는 존재라는 수치심을 극복하고 억압된 성욕을 한 순간 되찾게 한 '거울 공간'은 '나'를 치료하는 공간으로 기능하고 있다. '절시증(竊視症, scopophilia)'은 그를 짓누르던 가난한 자신과 어머니의 늙은 몸을 동일시하면서 감추고 왔던 '수치심(shame)'을 극복했다[19]는

18) 신경증에서는 자아가 현실에 대한 방어로 이드(본능적인 삶)의 한 부분을 억압한다. 프로이드, 황보석 옮김, 『억압 증후 그리고 불안』, 열린책들, 1998, 207~208쪽.
19) Freud, Sigmund. A Case of Hysteria, Three Essays on Sexuality and Other Works

점에서 주목된다.

'거울' 장치로 어렵게 생겨난 성적 충동은 불이 꺼진 정황에서 사라진다. 방안의 불을 끄자 밖의 불빛이 살아 스며든다. 스며든 불빛으로 환한 '여관방'은 전셋집인 화자의 집, 밤 열한 시까지 야간 조명등이 켜져 있고 테니스장 볼맞는 소리가 들리고 '누군가에게 엿보인다는 느낌'을 갖게 하는 '방'과 다를 바 없다. 나는 다시 성행위의 흉내(시뮬라크르)로 조급해지고 결국 아내와 소통하지 못한다.

오정희가 낯선 신혼 여행지의 또 다른 낯선 공간 '안개 낀 방죽'에서 만난 '맹인' 쌍둥이와의 조우를 의도한 이유가 명확해진다. 맹인은 느낌으로 볼 수는 있으나 보여짐을 모르는 사람이다. 몸에 밴 자기 감각만으로 세상을 볼 뿐인 '맹인'은 화자 '나'를 되비출 수 있는 존재이다. '화자'와 '맹인'은 대상의 '응시'를 읽어낼 수 없는,[20] 어느 곳에서든 자기 안에 갇힌 존재라는 점에서 동일하다. 오정희는 장소상실과 익명적 욕망을 통하여 익명적 주체로 추락하는 타자성을 역설하고 있다.

3. 간극적 공간구성과 도착적 욕망

「관계」와 「적요」는 불편한 몸을 가진 독거노인인 화자 '나'의 독백으로 서술된다. 가족에게조차 배려를 받지 못하는 두 노인은 모두 간극의

(1901~1905), *The Standard Edition of the Complete Psychological Works.* Ed. James Strachey. Vol. Ⅴ. London: Hogarth, 1973, p.157.

20) 보여짐, '응시'는 라캉의 욕망이론을 이해하는 데 핵심이다. 장님(맹인)은 볼 수는 있으나 보여짐을 모르는 것에서 여느 사람과 다르다. 거세된 주체는 보여짐을 아는 주체이다. 권택영, 『영화와 소설 속의 욕망이론』, 민음사, 1995, 55쪽.

존재로 소수자이다. 간극의 존재는 한 사회 계층과 계층, 집단과 집단 그 틈새에 끼인 주변적 차원을 상정하는 것이다.[21] 오정희는 간극의 존재인 노인들의 타자성을 간극적 공간인 '문'과 '옥상난간'의 배치를 통하여 드러낸다.

'문'은 열고 닫는 곳이나 화자에겐 늘 닫혀 있어 배제, 소외, 금지를 강조하는 공간(「관계」)이다. '옥상난간'은 참여/조망의 틈새를 확인하게 하는 곳으로 사람들과 친밀한 관계를 갖고 싶으나 가능하지 않는, 노인의 열망과 소외를 역설하는 공간(「적요」)이다.

「관계」의 '관계'가 문제적임은 화자인 '나'가 아들이 죽고 난 후에도 계속 며느리와 함께 살고 있는 데서 비롯한다. 아들과 며느리와의 사이에도 혈육이 없다. '나'는 며느리('그 애')를 아끼는 자상한 시아버지이지만 며느리가 집을 나가 버리는 순간 그들의 현상적 관계는 사라진다. 「관계」는 노인의 욕망이 '문門'을 통하여 펼쳐지는 독특한 구성을 보인다.

며느리는 '방문−현관문−대문'의 순서로 집을 나간다. 그녀가 목적지에 도달하는 경로는 '빌딩−엘리베이터−에덴'이다. 며느리가 빌딩 13층에 있는 무도회장 '에덴'에 이르는 공간은 며느리와 동일시하는 '나'의 성적 상상과 관능이 열리는 과정이기도 하다. 다시 말하면 에덴에 이르는 며느리의 '욕망'의 여정은 내가 며느리 안에 이르는 '몽상적 욕망'의 길, 생명의 출구[22]인 여체 "외음부−질−자궁"의 단계를 닮았다. '빌딩'과 '외음부'는 '외면성'으로, '엘리베이터'와 '질'은 '텅 빈 벌림'이란 '외설'과 오르내림이란 리듬으로 상상된다. '에덴'과 '자궁'은 부려놓는 목적지의 '세균배양기'와 '화해로움'이란 온기로 연결된다.

시아버지인 '나'가 며느리의 성性을 상상하고 이해하며 말한다는 것은

---

21) 유제분, 『페미니즘의 경계와 여성문학 다시 읽기』, 서울대학교 출판부, 2003, 34쪽.
22) 크리스티안 노스럽, 강현주 옮김, 『여성의 몸, 여성의 지혜』, 한문화, 2003, 227쪽.

한 입으로 두 말을 하는 자, 두 개의 혀를 가진 자인 복화술사複話術師를 자처한 것에 다를 바 없다. 이것은 분열과 파멸을 자초할 수도 있지만 전복의 가능성도 열고 있다.[23] 앞에 상대를 앉혀놓고 말하듯이 '~어', '~지'(나갔어, 없지)로 끝내는 '나'의 친근한 구어투의 발화 방식은 은밀하고 확신에 차 있으나 모두가 상상이라는 점을 주목할 만하다. 이러한 발화 방식은 '나'의 며느리에 대한 이해와 생존의 전략임을 알게 한다.

「관계」는 시아버지의 며느리에 관한 몽상을 다룬 까닭인지 과거와 상상은 ' '로, 현재적 대화는 " "로 정확히 구분하는 발화 특징을 보인다. ' ' 속에 담긴 나의 내면에 대한 독백은 스스로를 대상으로 객체로 만드는 거리화의 산물이다.[24] 이는 '나'의 고독한 내면이 발설되지도 제대로 전달되지도 못할 것을 스스로 인정하는 것이자 '나'의 반복된 상상과 빈번한 좌절의 '흔적'을 고백하는 것이라 할 수 있다. 그러나 '에덴'에 나간 며느리의 귀가가 늦고 일정한 밤 시각에 며느리 방에서 전화벨이 계속 울리자 '나'는 어린애와 같은 '호기심'과 '안타까움'과 '미칠 듯한 그리움'으로 '손끝이 부풀어 피가 맺힐' 때까지 그네의 '방문'을 비틀어 열려고 한다. 며느리의 욕망에서 아들의 욕망으로의 전이가 일어나고 있는 것이다.

화자인 아버지와 아들은 너무 닮았다. 테니스 선수였던 나와 테니스를 잘했던 아들은 둘 다 '테니스장'에서 한계를 체험한다. '나'는 테니스장을 떠나, 자살충동을 이겼으나 '아들'은 테니스장에서 자살한다. 자살한 남편을 용서하지 못하는 며느리에 대한 이해와 아들에 대한 연민 사이에서 '나'가 할 수 있는 일은 '몽상'뿐이다.

> 나는 그네의 납빛 이마와 따스하고 부드러운 허벅지를 생각하지.

---

23) 김철, 『복화술사들』, 문학과지성사, 2008, 167쪽.
24) J. 하버마스, 이진우 역, 『현대성의 철학적 담론』, 문예출판사, 1995, 294쪽.

난 그네에게 아이를 낳게 할 수도 있지. 그러한 내 능력을 의심해 본 적은 한 번도 없어. 자, 좀 더 편한 자세로 몸을 눕히고 눈을 붙이자. 내가 눈을 떴을 땐 그네도 들짐승처럼 날렵한 발목의 언 모래를 털며 돌아와 있겠지(156~157쪽).

이를 두고 노인의 도착 혹은 '자궁에 흡수되려는 죽음에의 욕망'[25]이라고 보는 것은 '자궁회귀'라는 일리적一理的 해석이다. 이러한 발화는 소설공간의 현실적 맥락에 따른 노인의 의/무의식을 추적해 볼 때, 자의식 강한 노인인 화자가 자존을 '세우는' 생의 한 방식으로 해석해야 한다. 가정부 '수분네'마저 "징그러운 늙은이", "무덤 속의 벌레"라 부르는 현실의 모욕을 간단히 넘을 수 있는 하나의 방법으로 보아야 한다. 가정부가 돌연 강도로 바뀌는 예측할 수 없는 폐쇄적 공간에서 도덕적 손상을 입고 인정을 받지 못한 자의식 강한 노인이 "자기존중", "자기존경"의 표시로서의 "자기관계"를 드러내는 것이다. 자신의 신체적 안녕에 대한 확신을 빼앗길 때, 모든 타인의 시점에서 자신의 필요가 존중받을 가치가 있다는 신념을 갖고 싶어 하기 때문이다.[26] 따라서 노인의 몽상은 돌연한 공포와 억눌림을 벗어나기 위해 설정한 몽상적 '출구', 타자를 넘어서는 유일한 위안, 생의 긍정인 '에로스'[27]로 해석될 수 있다.

「적요」는 고독한 노인의 '하루'를 추적하고 있다. 노인(화자 '나')의 집을 찾아오는 사람은 현관문을 따고 들어오는 '가정부'가 있을 뿐이다. 화자가 사랑하는 딸 '부용芙蓉'은 끝내 모습을 드러내지 않는다. '나'는 온다는

25) 노희준, 「오정희 소설연구－시 공간 구조를 중심으로」, 경희대학교 대학원 석사학위논문, 1999.12, 36쪽.

26) 악셀 호네트, 문성훈 · 이현재 · 장은주 · 하주영 옮김, 『정의의 타자』, 나남, 2009, 227~230쪽.

27) 에로스는 자신의 존재, 재능, 효과들을 느끼게 만든다. M. 푸코, 이혜숙 · 이영목, 『성의 역사3－자기에의 배려』, 나남출판, 1994, 223쪽.

날의 약속을 지키지 않는 '딸'과 약속된 날의 임금을 받고나면 오지 않을 것 같은 '가정부' 사이에서 애가 탄다. '나'는 거동이 불편한 노인이나 감각은 젊고 자의식은 예민하다. 사람들은 그를 '가까이 오지도, 그렇다고 물러서는 법도 없이' 대하나, 노인은 옆에 서 있는 가정부의 둥근 배를 느끼며 젊은 시절 품었던 여자들의 몸피와 냄새를 떠올리고 가정부의 손가락이 그의 잇몸을 건드릴 때 간지러움을 참지 못해 그녀의 손을 깨물고 신음을 토하는 살아있는 남자로 도착적이다.[28]

혼자 있는 방의 공포와 소외를 벗어나기 위해 '나'가 주로 찾는 공간은 '옥상'이다.

> 옥상의, 찻길에 면한 난간에 의자를 바짝 붙여놓고 앉아 밖을 내다보면 풍경은 잡힐 듯 빤히 눈에 들어온다. 때문에 나는 일어날 수 있는 어떤 작은 움직임 하나도 놓치는 법이 없다. 머리칼이 더부룩한 청년이 자전거에 거울을 가득 싣고 아슬아슬하게 버스를 피하며 달려간다. 자전거 뒤에 산더미처럼 실린 수많은 빛의 입방체들은 번쩍이는 눈이 되어 노점상, 점포의 바닥에 물을 뿌리는 러닝셔츠 바람의 젊은이, 먼지를 뒤집어쓴 고무나리 이파리, 울고 있는 아이를 담고 달려간다(86쪽).

'옥상'은 '나'가 이미지를 관리하는 공간이다. '나'는 맞은 편 옥상의 잘 모르는 여자에게 '일광욕'을 하는 늙은이로 비쳐지도록, '결코', 절뚝거리며 돌아다니지 않고 가만히 앉아 정상을 가장假裝한다. 옥상 간의 폭은 자신을 위장僞裝하기에 적절한 거리이다. '옥상난간'은 그에게 조망대이

28) 도착적 성의 특징은 성기의 배제를 통한 오르가즘, 상대방을 어루만지거나 그저 바라보는 것으로도 만족하는 경우, 절정에서 타인을 꼬집거나 깨무는 행위, 그리고 생식에 봉사해야 할 성행위들의 철저한 배제에 있다. 임홍빈 · 홍혜경 옮김, 『정신분석 강의 (하)』, 열린책들, 1998, 458~459쪽.

다. '나'는 거의 왼 종일 '옥상의 난간'에 서서 밖을 향해 자신을 연다. 실제 '나'의 시선이 늘 밖을 향하고 있다는 것은 홀로 갇힌 채 '방'에서 죽음을 맞이할 수 있다는 '공포'에서 비롯한다. '나'의 눈은 외부의 세계를 향해 던져진 시선이다. '나'가 있는 방의 내밀성(소외감과 공포)이 크면 클수록 더욱더 내부와는 다른 외부에 대한 감각을 부여한다.

그러나 '나'의 욕망은 '옥상난간'에서 확보되는 존재의 안전에서 그치지 않는다. '나'는 옥상난간에서 사선斜線으로 포착된, 사람들과 삶의 풍경을 담고 달리는 자전거 위의 '거울 공간'에 담기길 원한다. '나'는 "분명히 존재하지만 보이지 않는"[29] 멀고 흐릿한 존재인 자신을 인정할 수 없다. 그래서 '나'는 옥상에서 가파른 계단을 거쳐 아래 놀이터로 내려온다.

> 이제 곧 어머니들은 무서운 햇빛에서 아이들을 거두어 몸을 씻기고 찬 우유를 먹이고 차양을 내린 창 아래에서 낮잠을 재울 것이다. 그러면 사위에 가득 차는 건 적요, 적요뿐이다. (…) 나는 늘 그애에게 햇빛이 잘 드는, 뜨락이 넓은 집을 마련해 주고 싶었다. 그러나 대신 굵은 알의, 채색된 유리 목걸이 따위를 사주었을 뿐이다(83~84쪽).

> 나는 그애에게 줄 잔에 두 알, 세 알째의 수면제를 털어넣었다(95쪽).

어디에도 소속될 수 없는 노인의 위치는 '놀이터' 공간으로 상징된다. 노인은 놀이터에서 따돌림을 당하는 아이를 자신의 집으로 유인한다. '나'의 절박한 외로움에서 비롯한 위장은 '방어본능'으로 굳어져 '상상'과

29) 오정희는 각별히 신경을 쓰는 묘사 부분을, "빛이 비쳐 드러나는 부분과 가려져 그늘진 곳, 분명히 존재하지만 보이지 않는 부분들, 어떤 경계의 어슴푸레함, 이것에서 저것으로 넘어가는 시공간의 찰나 등등 명백히 보이거나 설명되지 않는 것들"이라고 한다. 오정희/우찬제 대담, 「한없이 내성적인, 한없이 다성적인」, 『오정희 깊이 읽기』, 30쪽.

'상징'의 경계를 넘고 '욕망'과 '도착'의 간극을 무너뜨린다. 예문에서 화자는 딸을 향한 애정을 '실제'(집)와 '표현'(목걸이)의 차이로 재단하며 은연중 과시한다. 하나, 이는 명백한 과장이다. 딸과의 불화를 무릅쓰고 안전과 조망을 담보할 수 있는 이 아파트를 고집한 것은 '나'이기 때문이다. 마침내 '나'는 아이를 곁에 두기 위해 주스에 수면제를 타서 먹이는 '도착'적 행위를 보인다. 이러한 행위에 앞서 '나'가 아이들을 거두는 어머니들의 행동 절차를 떠올리는 것은 도착증을 보증한다. 방어로서의 욕망은 도착증자의 환상 속에서 법에 대한 그의 위치를 드러낸다.[30] 겉으로 보이는 이타적 행위의 이면에 이기적인 마음이 감추어져 있는 것이다. 보살핌/유괴, 먹이기/죽이기의 경계는 흐릿하다. 오정희는 '미친 개'를 끌고 다녔던 소년의 '미친 개' 상실과 결국 '미친 개' 같은 도착증자로 전락한 노인의 절박한 친밀에의 욕망을 '옥상난간'과 '옥상', '놀이터'라는 간극적 공간을 통하여 어디에도 소속될 수 없는 간극 존재인 노인의 타자성을 증명한다.

4. 집과 몸-초월과 생성의 욕망공간

오정희는 미혼모인 한 여성의 타자성을 그로테스크한 '음산한 집'을 통하여 부각하고 이를 넘어설 대안을 억압적 이데올로기의 담지체인 젊은 여성, 여성의 몸을 통하여 모색한다. 「미명」에 이르러 '집과 몸'의 일치, 경계파괴의 초월을 통해 익숙하고 낯선, 전복과 생성의 거점인 '욕망공간'이 탄생된다.

---

30) 브루스 핑크, 맹정현 옮김, 『라캉과 정신의학』, 민음사, 2006, 313쪽.

미혼모로 출산을 한 화자의 몸은, 곧 화자를 도덕적, 경제적 하위체로 구분하는 표지이다. 대책 없이 젖이 도는 '몸'을 감추고 '갈보 취급'을 하는 보호소를 벗어나 식물인간 같은 할머니를 돌보는 직업을 구해 옮겨 온 것이 이 '집'이다. 어둑한 이 집은 시간이 고정된 '무덤' 속 이미지이다. 빛을 싫어하는 식물인간 같은 할머니와 빛만 비치면 깨어나 우는 새를 잠재우기 위하여 '커턴'으로 빛을 가려야 하기 때문이다. 화자는 '커턴'으로 빛을 차단한 '어둑한 집'에서 '창문'에 붙어 밖을 본다. 오래 손질하지 않고 버려둔 집은 퇴락의 빛이 역력한 황량한 곳으로, 화자와 무연無緣한 공간이다. 고속도로를 마주하고 있는 45도 경사의 비탈길 둔덕에 자리한 이 집에 간혹 들르는 사람은 엔진 과열로 물을 얻으러 오는 남자들뿐이다. 그래도 화자는 창가에 의자를 바짝 당겨놓고 앉아 밖을 내다보는 일로 일과를 삼는다.

> 애야 어딜 가니. 이리 오렴
> 무엇을 주련 품속에서 내놓는 건
> 아직도 식지 않은 심장 한 조각

『불의 강』에는 소설들마다 거의 노래들이 등장하며 이러한 노래는 작품에 직간접의 영향 관계를 갖는다. 「미명」에서처럼 화자가 동화('빨간 모자')를 적극적으로 '패러디'하여 그 무의식을 드러내는 경우는 특별하다. 알듯이 "빨간 모자"의 늑대는 할머니 댁을 방문하는 아이를 잡아먹는 사악한 동물이다. 그녀는 자신을 늑대에 비유하나 정작 '아직도 식지 않은 심장 한 조각'을 내어 주려고 한다. 그녀의 예사롭지 않은 내면과 함께 주목할 것은 이 노래에 깃든 '병적인 것'과 '야만주의'이다. 이러한 '악마적인 새로운 힘'은 돌연히 초월적인 것에 접근할 수 있게 한다는 의미를 갖는다.[31] 오정희는 초월적인 힘의 단서를 화자의 '몸'에서 찾는다.

끊임없이 쌓여가는 더러움과 무기력감, 죽어가는 것들로 나른한 이 집과 온몸에 젖이 팽팽 돌고 터질 듯 '융기된' 그녀의 몸은 일견, 충돌한다. 그러나 이 집과 이 집에 사는 생명체들, 그리고 그녀의 몸은 하나로 이어진다. 바흐친은 '융기된 부분'과 '구멍들'에는 몸들 사이의 경계들이 극복되는(먹기 마시기, 배설, 성교, 임신, 출산, 성장, 노화, 질환, 죽음, 찢기기, 조각조각 나뉘기, 다른 몸에게 먹히기 등), 상호교환과 상호관심이 일어난다고 역설한 바[32] 있는데, 이 모든 일들이 동시적이고 순차적으로 그녀의 몸을 통하여 진행된다. 쥐들은 벽의 틈서리에 새끼를 낳고 고양이는 그녀의 젖을 먹고 있고 그녀는 식물인간 같은 할머니를 돌본다. 임신과 출산의 흔적이 선명한 그녀의 젖 흐르는 몸이 지극히 모성적이라 느끼는 나른한 순간, '먹기와 먹히기'의 동시발생, 짐작도 못한 '그로테스크'한 풍경이 벌어진다.

> 노파의 메마른 시선이 젖 위를 더듬고 있다. 나는 노파의 침대에 다가가 노파의 입에 젖을 갖다 대었다. 노파의 입이 한없이 벌어지고, 그러자 맹렬한 힘으로 빨아대기 시작했다. 목줄띠가 가래 끓는 소리를 내며 겨웁게 오르내리고 흰 젖이 입가로 흘렀다. 나는 노파가 빨기 쉽게 상체를 구부리며 두 손으로 노파의 머리를 안아올리려다가 문득 노파의 안쪽 부드러운 점막의 이물감에 진저리를 치며 젖을 떼었다. 노파는 절대로 빼앗기지 않으려는 듯 젖을 물고 놓지를 안아 상체가 거의 들려지는 듯했다. 나는 뒤꼍으로 달려가 거의 한 대야 꼴이나 토해내었다. 쥐들은 달아날 생각을 하지 않았다(36쪽).

---

31) 가능성이 소진된 시대에는 패러디와 비판만이 참된 혁신이다. 에드워드 사이드, 박홍규 최유준 옮김, 『음악은 사회적이다』, 이다미디어, 2008, 103쪽.
32) 미하일 바흐친, 이덕형 · 최건형 옮김, 『프랑수아 라블레의 작품과 중세 및 르네상스의 민중문화』, 아카넷, 2001, 493쪽.

그로테스크 리얼리즘은 '비하와 전복'을 기본원칙으로 삼는다.[33] 이런 비하과정에서 생명을 낳을 수 있는 몸과 그 생식력이 중요하게 떠오른다. 전복은 '경계'를 허무는 것을 동반하는 것으로 사람과 동물, 사람과 자연, 사람과 사물, 나와 타자, 남자와 여자, 아이와 어른들 사이의 경계는 작품 속 형식들을 통해서 허물어진다. 집 밖 외부의 시선으로 보았을 때 도덕적 하위체인 그녀와 그녀 몸은 집 안에서 모든 생명체의 거점, 모태인 '장소'이다. 어머니뻘인 할머니가 '아기'가 되고 손녀 딸 나이인 그녀가 '어머니'가 되는 기이한 전도는 그들의 '무연'한 경계를 무너뜨리는 것이다.

경계 파괴의 초월적 가능성은 몸과 더불어 '대화'에서 찾아진다. 앞선 작품에서 겉돌던 침묵과 독백의 수동적인 방식에서 벗어나 대화를 통하여 그 출구를 마련하는 것이다. 소통의 욕망은 화자와 방문객, 두 남/여의 대화를 통해서 분명하게 실현된다. '감방'에 15년을 갇혀 살다 나온 전과자 '남자'와 비혼모로 '보호소' 생활을 거친 '여자'(화자)는 소수자들이다. 둘은 '경계'境界/警戒를 풀고 그들의 '욕망에 관한 역사'를 풀어낸다. 남자의 내방은 가라앉은 이 집의 모든 것을 활기차게 변화시킨다. 그녀의 뭉친 젖은 응어리가 풀리고 늙은 고양이는 사냥본성을 되찾는다.

> 또다시 젖이 아파왔다. ……스웨터 춤을 벌리고 내의를 걷어올려 그릇에 젖을 짜기 시작했다. 퉁퉁 불어오른 젖은 누를 때 마다 불에 덴 듯 화끈거렸다. (중략) 나는 젖을 다 짜고 난 뒤 옷을 여미고 고양이에게 창문을 열어 주었다. 고양이는 마치 던져진 공처럼 창밖 어둠 속으로 사라졌다. 바람이 열린 창으로 밀려들어와 커튼을 펄럭이고 주전자의, 쉭쉭 끓는 물소리를 잘랐다. 밖에서는 자지러지는 쥐의 비

33) 미하일 바흐친, 같은 책, 738~739쪽.

명과 늙은 고양이의 음침한 울음소리가 들려왔다(53쪽).

남자 앞에서 젖을 짜는 그녀의 행위는 단순한 젖의 분출을 넘어서는 '해방'의 의미를 갖는다고 볼 수 있다.[34] 이는 그녀가 시선을 피해 '화장실'에서 '수음을 하듯 진땀을 흘리며' 젖을 짜내던 모습을 겹쳐보면 선명하다. 젖을 짠 후 그녀는 계속 가두어 두던 흥분한 고양이를 창문을 열어 내보낸다. 공처럼 튀어 나가는 고양이의 율동과 쥐의 유별난 신음소리를 좇는 고양이의 '음침한 울음소리'는 묘하게 어우러지면서 성적 교합의 상상을 빚는다.

고양이가 사냥(포식)을 위해 집을 나가는 과정에 들어온 '바람'은 끓는 물소리를 자르고, 고요한 커튼을 펄럭이게 한다. 이 밤의 역동성은 이 집에 사는 생명체의 집단적 육체를 불멸로 이끌어 내고 있다. 오정희는 낡고 그로테스크한 이 집의 잠들지 못하는 밤을 조화롭고 새로운 형태의 인간적 의사소통의 장으로 삼았다. 그로테스크의 강렬함을 통하여 '초월적인 금욕적 세계관'과 '이데올로기적 부정물'에 대한 강력한 거부[35]를 달성하고 있다.

집은 그녀의 몸과 한 몸으로 일치한다. 마지막 장면에 이르러 여자는 남자가 떠난 길을 커턴을 확 젖히고 바라본다. 집 안 모든 생명체의 당당한 어머니인 화자는 집 안의 강렬한 경험을 통해 새로운 자신을 구성할 힘을 얻는다. 이제, 다시 그녀는 "전생의 한 순간처럼 문득 되살아나 낯설게 찾아드는", 끝내 잠들지 못한 그녀의 욕망을 찾아, 낯설고 두려운 세상, 공간을 향해 장도壯途에 오를 수 있을 듯하다.

---

34) 한스 페터 뒤르, 최상안 옮김, 『음란과 폭력』, 한길, 2003, 64쪽.
35) 게리 솔 모슨 · 캐릴 에머슨, 오문석 · 차승기 · 이진형 옮김, 『바흐친의 산문학』, 책세상, 2006, 735쪽.

5. 결론

본고에서 필자는 오정희의 초기소설집 『불의 강』에 수록된 「불의 강」, 「안개의 둑」, 「관계」, 「적요」, 「미명」을 대상으로 '욕망공간'과 타자성의 관계를 밝혀보고자 하였다. 오정희의 심원한 소설 미학인 타자성이 '욕망공간'으로 압축될 수 있는 까닭이다.

먼저, 젊은 부부가 등장하는 「불의 강」, 「안개의 둑」의 경우, '장소상실과 익명적 욕망'으로 드러났다. 장소상실은 공간의 질서를 따르지 못하는 타자인 그들의 실존적 외부성에서 비롯한다. 장소상실은 스스로 무엇을 욕망하는지를 모르는, 익명적 주체의 익명적 욕망을 생산한다. 익명적 주체의 수반은, 장소상실이 외부공간의 변화와 함께 신경증을 앓고 있는 욕망 주체의 결여에서 출발하고 있기 때문이다. 익명적 욕망은 또한 주체 상실, 언어 상실을 동반한다. 그래서 '그'의 욕망은 꿈의 공간에서 꿈의 언어로 드러나고(「불의 강」), '나'의 욕망은 영원히 실체를 모르는 '맹인' 처럼 '시뮬라크르'(「안개의 둑」)로 드러난다.

「관계」와 「적요」는 장애를 앓고 있는 독거노인, 어디에도 소속되기 힘든 간극의 존재인 노인의 도착적 욕망을 간극적 공간을 통해 드러낸다. 오정희는 노인들의 타자성을 부각하기 위하여 '문'과 '옥상난간'을 배치한다. 현실 공간의 '문'은 아이러니컬하게 배제, 소외, 금지를 드러내는 공간으로 노인의 소외를 역설한다. 이에 노인('나')은 타자의 시점에 맞춰 몽상적 출구(문)을 마련한다. '옥상난간'(「적요」)은 참여/조망의 거리를 확인하게 간극적 공간으로 친밀한 관계가 불가능한 노인의 현실을 반영한다. 도착적 욕망은 노인에게 여지를 주지 않는 닫힌 세상에서 죽음의 공포와 소외를 넘기 위한 방어적 생존의지이다.

「미명」에 이르러 젊은 여성의 몸을 통하여 몸과 집의 일치, 조화가 이루어진다. 그간 겉돌고 긴장관계에 있던 '욕망공간'의 거리에서 벗어나 집과 몸의 동일한 의미망을 통해, 경계초월과 조화의 한 가능성을 힘겹게 마련한 것이다. 미혼모인 여성의 타자성이 그로테스크한 '음산한 집'을 통하여 부각되고 이를 넘어설 대안을 억압적 이데올로기의 담지체인 젊은 여성, 욕망하는 주체 여성의 몸을 통하여 마련한다.

■ 참고문헌

가스통 바슐라르, 안보옥 옮김, 『불의 시학의 단편들』, 문학동네, 2004.

가스통 바슐라르, 정영란 옮김, 『대지 그리고 휴식의 몽상』, 문학동네, 2002.

가스통 바슐라르, 곽광수 역, 『공간의 시학』, 민음사, 1990.

가에탕 가티앙 드 클레람보, 강웅섭 옮김, 『여성의 에로틱한 열정과 페티시즘』, 숲, 2003.

게리 솔 모슨 · 캐릴 에머슨, 오문석 · 차승기 · 이진형 옮김, 『바흐친의 산문학』, 책세상, 2006.

권택영, 『영화와 소설 속의 욕망이론』, 민음사, 1995.

글로윈스키, 김종주 옮김, 『라캉 정신분석의 핵심용어』, 하나의학사, 2003.

김　철, 『복화술사들』, 문학과지성사, 2008.

노희준, 「오정희 소설연구－시 공간 구조를 중심으로」, 경희대학교 대학원 석사학위논문, 1999.

딜런 에반스, 김종주 외 옮김, 『라캉 정신분석 사전』, 인간사랑, 1998.

막스 밀네르, 이규현 옮김, 『프로이트와 문학의 이해』, 문학과지성사, 1997.

미셸 푸코, 이혜숙 · 이영목, 『성의 역사3－자기에의 배려』, 나남출판, 1994.

미하일 바흐친, 이덕형 · 최건형 옮김, 『프랑수아 라블레의 작품과 중세 및 르네상스의 민중문화』, 아카넷, 2001.

브루스 핑크, 맹정현 옮김, 『라캉과 정신의학』, 민음사, 2006.

부루뇌프 외, 김화영 역, 『소설이란 무엇인가』, 문학사상사, 1986.

악셀 호네트, 문성훈 · 이현재 · 장은주 · 하주영 옮김, 『정의의 타자』, 나남, 2009.

에드워드 렐프, 김덕현 · 김현주 · 심승희 옮김, 『장소와 장소상실』, 논형, 2005.

에드워드 사이드, 박홍규 · 최유준 옮김, 『음악은 사회적이다』, 이다미디어, 2008.

에마뉘엘 레비나스, 서동욱 옮김, 『존재에서 존재자로』, 민음사, 2004.

오정희, 『불의 강』, 문학과지성사, 1977.
우찬제 엮음, 『오정희 깊이 읽기』, 문학과지성사. 2007.
유제분, 『페미니즘의 경계와 여성문학 다시 읽기』, 서울대학교 출판부, 2003.
이-푸 투안, 구동회 · 심승희 역, 『공간과 장소』, 대윤출판사, 1995.
자크 라캉, 김석, 『에크리』, 살림, 2007.
장일구, 「소설공간론, 그 전제와 지평」, 한국소설학회 편, 『공간의 시학』, 예림기획, 2002.
크리스티안 노스럽, 강현주 옮김, 『여성의 몸, 여성의 지혜』, 한문화, 2003.
프로이드, 황보석 옮김, 『억압 증후 그리고 불안』, 열린책들, 1998.
프로이드, 임홍빈 · 홍혜경 옮김, 『정신분석 강의 (하)』, 열린책들, 1998.
하버마스, 이진우 역, 『현대성의 철학적 담론』, 문예출판사, 1995.
한스 페터 뒤르, 최상안 옮김, 『음란과 폭력』, 한길, 2003.
황도경, 「불을 안고 강 건너기」, 우찬제 엮음, 『오정희 깊이 읽기』, 문학과지성사, 2007.
Lacan, Jacques. ÊCRITS, Trans. Bruce Fink, N.Y.: Norton, 1998.
Freud, Sigmund, The Interpretation of Dreams(II) and On Dreams(1900~1901), The Standard Edition of the Complete Psychological Works. Ed. James Strachey. Vol. V. London: Hogarth, 1973.
Freud, Sigmund, An Autobiographical Study, Inhibitions, Symptom and Anxiety, Lay Analysis and Other Works(1925~1926), The Standard Edition of the Complete Psychological Works. Ed.James Strachey. Vol. XX. London: Hogarth, 1973.
Freud, Sigmund, A Case of Hysteria, Three Essays on Sexuality and Other Works(1901~1905),The Standard Edition of the Complete Psychological Works. Ed. James Strachey. Vol. VII. London: Hogarth, 1973.

박완서 소설과 '아파트' 표상의 문학사회학

– '아파트' 표상과 젠더구도를 중심으로

정미숙

1. 들어가며 : 박완서와 '아파트', 한국적 근대성

주거공간은 생산과 일의 장場인 공장과 사업장, 교육의 장인 학교와 더불어 현대적 삶을 구성하는 삼 요소 가운데 하나이다.[1] 오늘날 '아파트'는 한국인의 지배적인 주거 양식으로 자리 잡아가고 있는데 이같은 주거공간의 변화는 생활세계와 사적 영역의 조건들이 달라지고 있음을 뜻한다. 프랑스 인류학자 발레리 줄레조는 한국을 "아파트 공화국"[2]이라고 명명한 바 있다. 1960년대 이래 길과 주택으로 구성된 주거공간이 수직적인 아파트 단지로 바뀌면서 의식과 생활 전반에 변화를 가져왔고

1) 이진경, 『근대적 주거 공간의 탄생』, 소명출판사, 2000, 9쪽.
2) V. 줄레조 지음, 길혜연 옮김, 『아파트 공화국』, 후마니타스, 2007.

이는 지속되고 가속되면서 주거 지형을 바꿔놓았다. 이제 한국사회와 아파트는 불가분의 관계에 있다.

아파트는 주거 합리화라는 차원에서 비롯하여 한국 근대화의 상징이 되었고, 오늘날에 와서 한국인의 삶에 전반적으로 개입하는 표상이 되었다. 시대에 따라 아파트는 그 사회적 함의가 달라지면서 문학 속 표상의 변화를 보이고 있다. 현대 한국문학 속의 아파트 표상을 해석하고 설명함으로써 한국인의 생활양식의 변화와 한국사회의 변화를 통찰할 수 있을 것이다. 지금까지 현대 한국문학 속의 아파트 표상에 대한 연구가 본격적이지 않는 것은 집과 관련한 연구경향이 변화하는 주거양식에 착목하기보다 전통적인 삶의 양식이나 주거 공간, 장소와 경관에 특권적인 지위를 부여해 온 까닭이다.

소규모 집합주거 단지에서 대규모 단지로 바뀌고 나아가 초고층 고밀도를 지향함에 이르러 한국의 아파트는 한국사회와 한국적 근대성을 집약하는 아이콘이 된 것이다. 이러한 상황에서 아파트 공간의 삶이 가지는 문제 또한 한두 가지가 아니다. 본 연구는 이러한 문제들을 구체적 전체성이라는 틀로 해부함으로써 대안적 삶의 과제나 희망의 공간에 대한 모색을 시도하고자 한다. 아파트 표상을 통하여 한국인의 현대적 삶의 내용과 변화 양상 그리고 내재한 문제점들을 이해하고 설명할 것이다.

1960년대 이후 현대문학에서 아파트 표상은 갈수록 늘어가고 있다. 현대소설의 경우 1966년 이호철의 「서울은 만원이다」를 필두로 1970년대에 들어 오정희, 최인호, 이동하, 한수산, 조세희, 윤흥길, 전상국 등의 작품에서 1980년대, 1990년대, 2000년대에 이르러 지속적인 탐색의 대상으로 변주된다.[3)]

---

3) 1980년에 이르러 시대 상황과 맞물려 아파트 표상이 크게 확장되진 않지만 송영, 박영한, 박완서, 강석경, 양귀자 등의 작품에서 나타난다. 1990년대 이후 한국사회

현대 한국문학 속 아파트에 대한 관심은 '도시소설'이라는 주제적 연구의 일환으로 처음 등장한다.[4] 이재선은 1970년대 소설에서 생태학적 도시소설의 한 양상으로 아파트를 들면서 "획일적 구조로서의 단지공간"에 주목한다. 그리하여 획일성, 익명성, 가족의 핵화, 인간관계의 공백, 근린의식 없는 군거적 고립의 공간 등의 의미를 추출하고 있다.[5] 의미 있는 첫 연구이나 아파트를 도시소설이라는 큰 범주의 하위 유형의 한 양상으로 보고 있고 그 시기 또한 한정하고 있어 본격적이라 하기는 힘들다.

통시적으로 소설 속의 아파트 표상의 변화를 읽고 있는 것으로 건축학자의 글을 들 수 있다. 하지만 이 경우 소설은 아파트의 문화사를 서술하는 자료로 활용되고 있을 뿐이다.[6] 최근 들어 문학 속의 장소 읽기라는 관점에서 특정 아파트 단지가 등장하는 경우가 있다. 문학 속의 서울,[7] 소설 속의 부산[8] 등의 글들이 관련된 선행연구라 할 수 있다. 하지만 이들의 경우 탐방에 의한 글쓰기라는 한계를 지닌다.

문학연구에서 아파트에 대한 관심은 지엽적으로 드러난다. 그동안 이

의 민주화와 자본주의적 성숙은 한편으로 사적 영역에 대한 관심의 증폭과 다른 한편으로 사적 소유 욕망의 확장으로 이어지고 이는 소설 속 아파트 표상에도 그대로 반영된다. 최수철, 이문열, 정소성, 조정래, 이창동 등 남성작가와 박완서, 서영은, 김지원, 강석경, 양귀자, 김향숙, 은희경, 김형경, 오정희, 이선, 한강, 공선옥, 윤영수, 차현숙, 전경린 등 많은 여성작가들의 작품에 등장하고 있다. 이러한 현상은 2000년대 소설에서 더욱 확대되고 있다. 서하진, 신경숙, 정이현, 정미경, 김인숙, 권지예, 전경린, 이치은, 김윤영 등의 여성작가들을 들 수 있다. 아울러 복거일, 문순태 등 중진 남성작가들의 작품에도 나타난다.

4) 이재선, 『한국현대소설사』, 민음사, 1991; 최영숙, 「1970년대 한국도시 소설 연구」, 창원대학교 대학원 박사학위논문, 2007.

5) 이재선, 위의 책, 293~297쪽.

6) 박철수, 『아파트의 문화사』, 살림, 2006. 28~58쪽.

7) 김재관 · 장두식, 『문학 속의 서울』, 생각의 나무, 2007.

8) 조갑상, 『이야기를 걷다』, 산지니, 2006.

와 관련한 문학연구의 큰 흐름은 두 가지인데 첫째 집과 가족에 대한 연구와 둘째 장소와 공간에 대한 연구이다.[9] 먼저 전자의 경우 집을 장소성이 아니라 가족과 가문과의 연관성에서 파악한다. 문학에 나타난 가문과 가족사 그리고 가족의식 등에 대한 고찰의 역사는 오래다. 이를 통해 전통적인 가족의 해체, 가족 구성의 다원화, 부부 친밀성의 다양한 표출, 어린이와 노인 문제 등 많은 가족문화사적 관심들을 문학을 통해 연구되어 온 것이다. 특히 1990년대에 와서는 불륜의 사회학이라 할 수 있는 섹슈얼리티의 문제에 대한 탐구가 이뤄지기도 했는데 이러한 연구과정에 아파트 현상을 중요한 문제의식으로 내세운 경우는 드물고, 후자의 경우 현상학적 지리학을 수용한 문학지리학 연구이다. 이-푸 투안과 에드워드 렐프 등의 이론을 수용하여 장소와 공간의 차이, 장소성과 장소상실 등의 내용을 문학 작품을 통해 풀어온 것이다. 이러한 과정에 아파트가 추상화된 장소상실의 공간이라는 해석의 단순화가 엿보인다.

본고의 텍스트인 박완서의 소설은 '아파트의 문화사회학'이라고 명명할 수 있을 만큼 전 시기에 걸친 많은 작품에서 아파트와 관련된 생활양식을 서술하고 있다. 박완서는 아파트의 소설 사회학에 줄곧 집중한 작가로 그녀의 소설을 통하여 보다 구체적인 전체성을 얻을 수 있을 것이다.[10]

---

9) 김정자 외, 『한국문학에 있어서의 집 그리고 가족의 문제』, 우리문학사, 1992; 류은숙, 「여성소설에 나타난 「집」의 의미 연구－1980년 이후 소설을 중심으로」, 『여성문학연구』 No.7, 한국여성문학회, 2002; 하창수, 『집의 지형』, 신생, 2007: 하창수, 『집의 지층』, 신생, 2007.

10) 텍스트는 박완서 단편소설 전집으로, 『부끄러움을 가르칩니다 1』, 『배반의 여름 2』, 『그의 외롭고 쓸쓸한 밤 3』, 『저녁의 해후 4』, 『나의 가장 나종 지니인 것 5』, 『그 여자네 집 6』은 문학동네, 2008(개정판)이고 최근작인 『친절한 복희씨』는 문학과지성사, 2007이다. 소설 전집 7권 안에서 아파트 표상과 젠더의 변화양상을 잘 살필 수 있는 텍스트를 엄선했다. 시기구분은 일차적으로 작가의 창작/발표 시점을 기준으로 한 것인데, 시대 사회사의 흐름에 따라 아파트가 재현되어 있어 유

박완서 소설을 중심으로 '아파트'를 조명한 논문 몇 편이 발견되어 주목되나[11] 소설 몇 편의 분석에 그치고 있어 박완서 소설에 드러난 아파트의 변모를 살피는 데에는 여전히 부족하다. 이에 본고는 박완서 소설 전체를 고찰하여 드러난 아파트를 소재, 제재로 다룬 텍스트를 대상으로 아파트 입성에서 생활, 그리고 아파트를 나와서 그려지는 아파트 표상을 통하여 시대의 문화사를 통괄하고자 한다. 본 연구는 아파트 표상을 통하여 한국적 근대성을 해명하고 주거공간의 변화에 따른 의식의 변화와 삶의 양상을 추적하려는 것이다. 현대 한국문학 속의 아파트 표상을 추적하여 여기에 내재한 생활과 의식의 변화과정을 읽어내고자 한다.

본고는 이러한 목적에 보다 내밀하게 접근하기 위해 아파트 표상과 '젠더'와의 긴밀한 상관관계, 변주를 통하여 살펴보고자 한다. 표상은 심적 형상을 가리킴과 동시에 구체적인 형상을 의미하기도 하는 개념으로

용하다. 초기(1970년대 초반~1980년대 초반), 중기(1980년대 중반~1990년대 초반), 후기(1990년대 중반에서 2000년대 중반)로 구분되며 시기별 텍스트 표기는 출전과 소설전집 권수로 한다. 초기: 「주말농장」(문학사상,1973.10, 1권), 「닮은 방들」(월간중앙,1974.6, 1권), 「포말의 집」(한국문학, 1976.10, 2권)「낙토의 아이들」(한국문학, 1978.1, 2권), 「황혼」(뿌리깊은 나무, 1973.3, 3권). 중기:「로열박스」(현대문학, 1982.1, 3권), 「무중(霧中)」(세계의 문학, 1982.1, 3권), 「그의 외롭고 쓸쓸한 밤」(문학사상, 1983.3, 3권), 「울음소리」(문학사상, 1984.2, 4권), 「저문 날의 삽화2」(또 하나의 문화,1987.4, 5권), 「가(家)」(현대문학,1989.11, 5권). 후기:「티타임의 모녀」(창작과 비평, 1993 여름, 5권), 「공놀이 하는 여자」(당대비평, 1998 여름, 6권), 「마흔 아홉 살」(문학동네, 2003 봄, 7권), 「촛불 밝힌 식탁」(촛불 밝힌 식탁, 동아일보사, 2005.4, 7권)「그래도 해피 엔드」(문학관 통권32호, 한국현대문학관, 2006 겨울, 7권)이다. 이후 인용할 때는 본문에 텍스트의 쪽수만 표기하기로 한다.

11) 강인숙, 「박완서론-「울음소리」와 「닮은 방들」, 「泡沫의 집」의 비교 연구」, 『인문과학논집』 26집, 건국대학교, 1994; 오창은, 「아파트 공간에 대한 문화적 저항과 수락-박완서의 「닮은 방들」과 이동하의 「홍소」를 중심으로」, 『어문논집』 제33집, 민족어문학회, 2005; 박철수, 「대중소설에 묘사된 아파트의 부정적 속성에 대한 건축학적 해석」, 『대한건축학회지』 제26권 제1호, 대한건축학회, 2010년 1월.

이 두 가지 상相에 걸쳐 존재하는 것을 재현전화再現前化하는 것을 말한다. 표상은 시대와 사회 문화에 따라 표상 작용을 달리한다고 하겠다.[12] 아파트 표상이 작중인물의 위치, 상황에 따라 각기 다르게 드러나는 것인데 이를 가족, 세대, 성별의 복잡다단한 양식을 매개하고 해석할 수 있는 기준이 될 수 있는 '젠더'와의 상관관계를 통해 수렴하려 한다.[13] 아파트 표상과 젠더의 상관적 고찰은 아파트가 남녀노소의 위상과 섹슈얼리티, 그리고 젠더인식을 어떻게 구성하고 변화시켰는가 하는가에 대한 고찰이라 할 수 있다.

박완서는 그 어느 작가보다 빈번하게 장소와 공간, 집과 아파트 등의 문제를 서술 대상으로 삼고 있다. 그녀의 소설에서 전통적인 주거공간이 아파트로 변전되는 시기는 1970년대를 다룬 작품에서 비롯한다. 1970년대에서 2000년대에 이르기 까지 아파트와 삶의 변화를 천착하고 있는데, 분석의 편의를 위해 크게 초기(1970년대 초반~1980년대 초반), 중기(1980년대 중반~1990년대 초반), 후기(1990년대 중반~2000년대 중반)로 나눌 수 있다. 전 시기에 걸쳐 박완서는 아파트와 젠더를 상호 조망하면서 아파트의 삶이 지니는 한계와 그 한계 안에서 벗어날 수 없어 벗어나고자 애쓰는 인간 군상의 양상을 제시했다. 이러한 점에서 그녀가 그 어떤 대안을 시사하고 있는 것으로 볼 수 있다.

---

12) 이효덕, 박성관 옮김, 『표상 공간의 근대』, 소명출판, 2002, 18~20쪽.
13) 젠더는 알듯이 섹스-섹슈얼리티-젠더가 아우러지며 형성되는 개념이다. Judith Butler, 조현준 역, 『젠더 트러블』, 문학동네, 2008.

2. '아파트' 단지의 현현(顯現), 위계적 공간배치와 도착적 젠더

초기소설의 경우 '아파트'의 변칙적 탄생과 단지의 외현이 던진 파장을 알 수 있다. 아파트가 집이 아니라 소유의 공간, 신분상승의 기호로 변질되면서, 삶의 가치마저 규범화된다. 아파트는 불화와 상실의 공간으로 부각된다. 변칙적 재산 증식과 세속적 성공의 표상인 아파트는 도착적 젠더 양상의 근거지로 변질된다.

박완서 초기소설에 표상된 아파트는 한국적 근대화의 바로미터이다. 부족한 택지와 땅 투기, 치솟은 땅값 위에 지어진 '아파트'는 개인주의, 핵가족주의 등의 근대적 의식변화와 맞물리면서 급속하게 확산된다. 치솟은 수직모양에 동일한 구조를 가진 독특한 모양의 새로운 주거공간인 '아파트'는 전근대와의 결별, 구세대적 생활방식과의 분리, 차별을 표방하면서 근대화의 표상表象이 된다. 이로써 가옥/아파트, 전통/근대, 구세대/신세대, 대가족/핵가족, 동일자/타자로 구분되며 긴장과 대립의 구도로 배치된다.

「낙토樂土의 아이들」은 '아파트' 탄생의 기원과 기밀機密을 알게 한다. 화자는 경제적으로 무능한 대학강사로 결혼 삼 년 만에 '무릉 신시가지'에 이십 년 연부年賦의 평민 아파트 한 채를 겨우 마련하였으나, '복부인'인 아내는 빚까지 얻어 남아도는 아파트를 한꺼번에 서너 채나 계약하고 미처 중도금도 치르기 전에 아파트 값이 급등하자 전매轉賣를 통해 큰 부를 얻는다.[14] '기하급수적'으로 뛰는 땅값과 아파트 값의 폭등, 부동산

14) 1960년대와 1970년대의 주택 시장은 사회의 전체적인 분위기와 맞물려 개발과 성장의 논리가 지배하던 시절이었다. '너도 나도 복부인'으로 1970년대 초 반포아파

붐은 아파트 평수로 사람을 재단하는 새로운 계산법을 갖게 한다. 식구와 집의 크기와의 관계를 몸과 옷의 크기와 같이 생각한 '단순계산법'의 사람들은 '빈곤한' 사람들로 치부되는 곤경에 처하기도 한다.

> 무릉동이야말로 낙토였다. 이곳의 땅은 시시하게 버포기나 감자 알맹이 따위를 번식시키지 않았다. 직접 황금을 번식시켰다. 그 황금은 그 땅을 땀흘려 파는(掘)사람의 것이 아니라 파는(賣)사람의 것이었다(309쪽).

무릉武陵 신시가지는 아파트 단지와 고급 주택단지와 상업단지와 교육행정도시로 엄격하고도 편리하게 구분되어 있고 모두 택지 개발 중이다. 이 단지에서 가장 높은 건물인 '증권회사 건물'과 조응하는 부동산 사무실은 "유한마담의 응접실처럼 퇴폐적이고도 유혹적"이다. 퇴락하고 조잡한 구시가지는 다만, 썩은 강 건너로 안개 같기도 하고 먼지 같기도 한 불투명한 잿빛 속에 잠긴 채 정체되어 있을 뿐이다. 이 둔갑의 단지에서 그래도 변치 않는 것이 있다면 '아이들의 교육'과 '명예(허영)심'에 대한 집착이다. '나'역시 물질적 풍요의 공간인 '아파트'와 아내가 불러주는 대외적 호칭인 교수님이란 기호에 갇혀 소시민적 삶에 안주하려 한다.

> 서재의 커튼을 외눈으로 밖을 살필 수 있을 만큼만 민다. (…) 설사 그들이 정답게 어깨를 기대고 있는 모습을 목격했다손 치더라도 나는 그들 사이를 크리넥스통과 연관지을 수 있는 외설스러운 상상으로 의심하는 일은 결코 없었을 것이다. 아내에 대해 그 정도의 인간적인 불안이나 의혹조차도 품을 수 없을 만큼 아내에 대한 나의 한탄과

트 분양 때부터 아파트는 투기의 대상이 되기 시작했다. 전남일 · 손세관 · 양세화 · 홍형욱, 『한국 주거의 사회사』, 돌베개, 2008, 259쪽.

열등감은 철저하다(304~305쪽).

위 예문은 '아내'와 무릉 부동산 탁 사장이 한 차에 타고 '답사'를 떠나는 광경을 화자가 커튼 뒤에서 숨어보는 장면이다. 아내의 경제력에 절대적으로 의지하고 있는 화자는 남성/남편의 권리를 선불리 내세우지 못한다. 갈아엎고 새로 짓는 건설의 시대에 속한 그들(아내와 탁 사장)에게, 크리넥스통의 외설적 거리가 언제 무화될지는 알 수 없는 것이다. 화자가 학문적 열정을 담아 사용하던 '답사'라는 용어를 아내가 투기할 땅을 살피러 다니면서 도용하고 탁 사장이 부동산학 석사를 받고 버젓이 '교수'라는 호칭을 취했듯이, '아내'가 내 것이 아닌 네 것이 되는 것 역시 시간문제일 듯 위태롭다.

「주말농장」에서 '주말농장'은 소위 중산층이라고 믿는 같은 아파트에 사는 여자들이 그들의 동질감을 확인하기 위하여 싼값에 공동구매하기로 한 시골에 있는 농장을 말한다. '주말농장'은 이곳 여자들 간의 경쟁과 질투를 승화하고 화합을 도모할 수 있는 완충지대와도 같은 것이다. 소설은 '주말농장'을 갖기로 합의하고 그곳을 들러보며 '야유회'란 이름으로 시간을 갖는 아파트 여자들의 시점과 이곳 시골에서 농사를 지으며 농장과 더불어 일상을 사는 농사꾼 '만득'의 시점을 대비하는 가운데 '아파트'를 표상한다.

아파트 단지의 환함, 정결, 선명, 세련된 외부표상을 그대로 삶 속으로 이어야 문화인이라고 믿는 아파트 여자 '화숙'은 '문화인답게' 아침 식사를 빵으로 하나, 곧 느글느글한 속을 식혀줄 열무김치를 잽싸게 먹어 치운다. 이는 화숙의 병리적 증상이다. "다닥다닥 좌우상하로 수많은 이웃을 가졌으면서도, 어쩌다 전화의 '쓰-' 소리만 안 들려도 고도에 유배된 듯한, 지독스레 절망적인 단절감"(149)에 시달리고 "늘 엿뵈는 듯, 도청

당하는 듯, 창은 물론 두터운 벽에서까지 뭇 눈과 귀를 의식해야 하는 괴로움"(150)을 안고 사는 그녀의 상태는 타인 의식, 경쟁심에서 비롯한 것인데 이는 아파트 여자들의 공통적 증상이다. 아파트는 그녀의 의식을 절단하고 채취하는 '공간-기계'[15]인 셈이다. '우울과 자폐'[16]에 시달리는 여자들이 동류의식을 확인하기 위해 구입할 3,000평 주말농장 현장 답사를 위한 야유회는 무시무시하고 정열적이고 이해할 수 없는 '미친 지랄'로 드러난다.

농사꾼 '만득'은 "콩 심은 데 콩 나고 팥 심은 데 팥 나는 정직한 땅"을 믿으며 살려고 하나, 퍼컬레이터에서 원두커피가 알맞게 끓여졌을 때의 '구수하고 세련된 향기'에 본능적으로 이끌리는 이미 도시화된 인물이다. 그는 여자들의 '아름다운 허위'를 "능욕"하고 싶어한다. '능숙'하고 '기교'적일 그녀들은 "땅덩이처럼 미련하고 정직하게밖에 반응할 줄 모르는 아내와는 다르리라"고 믿는다. '만득'에게 도시/시골, 아파트/땅, 여자/아내는 위계적이며 동시에 위반적 관계이다.

아파트 여자들의 요사스러움을 접할 때 만득의 남성이 사납게 전율한다는 것은 단순한 성적 욕망을 말하지 않는다. '도시-아파트-여자-세련', '시골-땅덩이-아내-미련'으로 분류, 대비하며, 그는 자신의 삶을 '어쩔 수 없이 걸쳤던 상복喪服'으로 폄하한다. 도시에 대한 욕망이 일탈적 성적 욕망, 나아가 부부 윤리를 한 순간에 부정할 수 있다는 점에서 도착적 젠더 양상을 보인다.

15) 이진경, 『근대적 시 · 공간의 탄생』, 그린비, 2010, 118쪽.
16) 일본에서 1960년대 처음 아파트가 들어섰을 때 그들을 단지족, 단지처라 불렀다. 아파트 단지에 입주하여 얻은 것은 우아한 여유시간과 개별공간의 편리성이었지만 그 대가로 담장 밖의 사람들로부터 자신들과는 다른 신인류로 취급되었으며 이웃과 유리되고 도시와 격리된 채 우울과 자폐의 공간을 돌려받은 것이다. 박철수, 『아파트의 문화사』, 살림, 2006, 12~13쪽.

「닮은 방들」의 '나'는 7년 만에 친정에서 분가하여 꿈에 그리던 아파트에 입주한다. 난방 잘되고, 시설 편리하고, 외출하기 쉽고 독립성 확보가 좋은 아파트에 이사 온 이후 아파트 생활의 선배격인 앞집 철이 엄마에게 모든 것을 배우고 의지한다. 실내장식, 가구구입, 요리법, 다이어트에 이르기까지 모든 것이 비슷하거나 똑같아지는데, 서로 닮는 것에 지쳐가고 싫증내고 있으나 또한 둘은 다른 점이 있음을 견디지 못한다. 닮음에의 싫증으로 진저리를 쳐갈 때쯤 '나'는 철이 엄마가 발화한 "짐승 같은 새끼"에 촉발되어 내 남편과 다를 것 같은 철이 아빠와 성관계를 갖기에 이른다. 그러나 그와 남편의 섹스는 너무 닮아 화자는 간음을 하고 있다는 죄의식도 쾌감도 느낄 수 없다.

1970년대 이후 경제성장시기에 남성은 바깥일에 대부분의 시간과 정력을 쏟았기 때문에 가정 일을 돌볼 여유가 없었고 가정의 의사결정자로서의 권한 역시 약해질 수밖에 없었다.[17] 남성들은 가혹한 노동력 착취와 경쟁에 시달리며 밖에서 겉돌다 '창백하고 냉혹한, 아파트 살인범'으로 변해가고 여자들은 경쟁하듯 아파트의 외양을 치장하며 신경증적 질환을 보인다. 침실에서 화합할 부부는 잘 보이지 않는다. 죄의식도 쾌감도 없는 도착적 섹스는 그 자체로 외화내빈인 아파트 생활의 심각한 결핍을 드러내는 것이다.

「포말의 집」은 '성냥갑'으로 표상되는, 아파트를 통해 군부독재 시대의 지배논리와 상동相同인 아파트 생활을 빗대며 풍자한다. '혼식 장려'를 주장하는 국가와 학교의 요구에 미처 보리밥을 준비하지 못한 '나'는 불안과 공포를 느낀다. "발밑에서 계단이 무너져 내리는 느낌과 함께 난간과의 마찰로 찌릿찌릿 열과 전기가 나면서 심장도 날카롭게 찌릿찌릿"함

17) 전남일 · 양세화 · 홍형욱, 『한국 주거의 미시사』, 돌베개, 2009, 65쪽.

을 느끼며 상가를 달리고 다녔으나 끝내 보리쌀을 구하지 못한다. 그러다 잘못 찾아든 404호에서 '얼음처럼 얼려 있던 찬 보리밥'을 얻어온다.

검사만을 위한 도시락이 음식일 수 없듯이, 남을 의식하여 경쟁적으로 장만한 집 역시 가정, 장소가 되지 못한다. 남편은 아이 교육과 더 나은 미래를 위하여 미국에 체류 중이고 화자는 자녀교육을 비롯한 집안일 모두를 책임지고 있다. 이 시대 중산층 가정에서는 두 사람의 가장이 있다는 표현을 할 정도이다. 이는 전통 가부장 사회가 산업사회와 만나면서 이른바 모권 가족으로 변하는 하나의 과정으로 해석[18]된다. 치매 걸린 시어머니와 몇 마디도 하지 않는 아들로 힘들어, 수면제를 먹고야 잠이 들 수 있는 모순되고 불행한 삶은 마침내 일탈에 대한 욕구로 변질된다.

'포말의 집'이란 모델 하우스를 전시하며, 미래의 주택을 주택의 직선으로부터 해방하자는 청년에 대한 반발심에서 촉발하여 '나'는 마침내 돈 많은 유한마담인양 과장하고서 젊은 청년을 유혹하고 그와 일탈적 정사를 감행하고자 한다. 이는 아파트를 통해 사회경제적 지위를 과시하고 그를 통해 보상받고 있다고 느끼는 있는(느끼고 싶은) 자신의 생활이 흔들리고 있는 것에 대한 저항이기도 하다.[19] 그러나 '꿀 같은 부정'의 꿈도 포말泡沫처럼 수포水泡로 흩어지고 만다.

「황혼」은 아파트 내 고부 사이의 의례성, 노인 소외의 정형성을 강조한다. "강변아파트 7동 십팔 층 3호에는 늙은 여자와 젊은 여자와 젊은 여자의 남편과 두 아이가 살고 있었다"로 시작하는 소설은 아파트 안의 질서가 젊은 여자, 며느리를 중심으로 배치됨을 알게 한다. 아파트의 권

18) 위의 책, 같은 쪽.

19) 모델하우스는 아파트가 중산층 주거임을 부각시키고 나아가 그들의 선호를 유도하는 데 어느 정도 공헌을 했다. 고급 재료와 시설 설비로 호화롭게 꾸며진 모델하우스는 서구식 생활을 갈망하고 주거를 통해 사회경제적 지위를 과시하고 싶은 중산층의 욕구를 잘 반영했다. 위의 책, 146쪽.

력구도는 늙은 여자/젊은 여자, 구식/신식, 음흉/합리적, 노인네/사모님, 안방/골방으로 자리매김 된다.

집의 중심이나 어른이 시어미가 아니라는 건 아파트가 신식인 삶과 다를 바 없다. 늙은 여자는 '골방'에서 창밖의 어둠이 군청색으로 남빛으로 엷어지면서 창호지의 모공을 통해 청량한 샘물 같은 새벽바람이 일제히 스며들던 옛집의 새벽을 회상한다. 다용도실에서 나는 세탁기 소리에 힘들어 하기도 한다. 늙은 여자는 어른도 여자도 아닌 주변적 존재이다.[20]

3. 아파트 구성－내부의 발견, 장소 · 젠더의 재구성

중기소설은 아파트 '내부'의 발견, '내부성'의 천착이 두드러진다. 이 경우 '내부성'은 아파트 내부 구조와 그곳에 사는 인물들의 구체적인 삶과의 상관관계를 말한다. 아파트 구조의 부분적 구성과 소설적 주제를 연결하는 서술전략이 돋보인다. 폐쇄와 개방이라는 아파트 공간의 양가적 측면을 아우르며 아파트가 이웃 간의 단절과 소외, 익명성을 표상하기 보다는 이웃과 자신을 성찰할 수 있는 '장소'라는 인식 전환을 촉구한다.[21] '젊은 여성'의 주도적 공간우위성, 젠더 편향성을 넘어 신/구세대가 어우러지는 전통적 '집(家)'의 개념을 촉구하는 방향으로 드러난다는 의미가 주목된다.

---

20) 박완서 노년소설의 젠더 시학은 따로 정리한 바 있다. 정미숙 · 유제분, 「박완서 노년소설의 젠더 시학」, 『한국문학논총 54집』, 한국문학회, 2010.4.

21) 투안에 의하면 '공간'은 움직임이며 개방이며 자유이며 위험이다. 장소는 정지이며 개인들이 부여하는 가치들의 안식처이며 안전과 애정을 느낄 수 있는 고요한 중심이다. Yi-Fu Tuan, 구동회 · 심승희 역, 『공간과 장소』, 대윤출판사, 1995, 25쪽.

「울음소리」와 「저문 날의 삽화」는 '방음'이 잘되지 않는 아파트 구조적 특성과 아파트 간의 '공유공간'을 통하여 이웃과 내 삶을 알고 성찰하는 가운데 관계를 새롭게 구성하고자 한다. 「무중」과 「로열박스」는 아파트 층수와 섹슈얼리티, 존재양상을 탐구한다. 「가家」와 「그의 외롭고 쓸쓸한 밤」은 아파트의 장소성을 통하여 아파트가 우리들의 공간, '집'이 되어야 함을 역설한다.

「울음소리」에서 아파트는 '이물감'으로 표상된다. 시어머니는 아파트의 크기와 "아래 위 줄행랑 같은 셋집" 구조에 놀란 후 "엄청나고 고독한 이물감"을 안고 치매에 걸린다. 아파트 입주 후 낳은 그녀의 첫 아기가 상상도 못한 뇌성마비였고 아이는 낳은 지 삼주 만에 죽는다. 남편이 관여하는 반도체 기술개발, 초극미한 세계 칩과 무관하지 않은 것 같은 이 비극적 사건은 공포로 남아 부부는 이물감을 느끼게 하는 '콘돔'을 착용하지 않고는 관계를 갖지 않는, 비생산적 관계로 치닫는다. 그녀는 우울과도 같은 잠에 빠져 유폐된 듯 사나, '아파트'는 이웃과 외부에 대하여 결코, 분리될 수도 안전할 수도 없는 곳이다. 현관문을 열면 바로 실내로 들어설 수 있는 서민 아파트의 좁은 복도구조는 신원을 확인하지 못한 만취한 남자가 쏟아져 들어올 수도 있는 취약한 곳이다.

아파트의 특징인 공유공간은 소통의 기반이기도 하다. 앞집 부부가 부부싸움을 하고 집을 뛰쳐나간 사이 양쪽 집 공유공간(복도)에 서서 불에 덴 것처럼 다급한 울음소리를 지르며 울던 아이는 그녀가 회피하던 본능적 모성애를 일깨운다. 이후 옆집 아이에 대한 신경이 몰리며 환청을 겪기도 한다. 이는 이웃에 대한 관심으로 확장된다.[22] 저녁 무렵 맞은 편 아

22) 강인숙은 앞집 아이를 보호해 주지만 이웃 관계에 아무런 보탬이 되지 못한다고 지적하였으나, 아이로 인해 가족, 이웃, 부부에 대한 화자의 관심이 점진적으로 깊어졌다는 점에서 전반적 관계개선을 촉발시킨 매개가 되었다고 할 수 있다. 강인숙,

파트를 바라보며 이웃에 대한 상상을 통해 자신의 삶을 돌아보는 시간을 갖는다. 이는 초기소설에서 보였던 이웃에 대한 불안, 경쟁과는 다른 구체적인 삶에 대한 관심의 표현이다. "앞 동의 불빛이 대여섯 개 남아 있었다. 입구가 다섯 개 달린 오 층 아파트니까 열 집에 하나 꼴로 수험생이 있는 걸까? 아니면 새벽밥을 짓는 불빛일까?" 관심을 갖고, 앞집 아이의 손목을 잡고 꽃밭을 거닐며 아파트 화단의 장미, 분꽃, 맨드래미, 기생초, 도라지꽃, 백일홍 등 갖가지 꽃 이름과 그 정확한 빛깔을 알게 하고 싶다는 생각을 한다. '울음소리'에서 촉발된 이웃 아이와의 관계 맺기는 화자에게 '행복한 공감'으로 이어지며 그 끝에 남편을 다시 만난다. 이는 생성적 부부 관계–수행을 예감하게 한다.

「저문날의 삽화2」의 소설공간은 '요양원'과 '아파트'로 드러나며 주제를 분명하게 한다. '콘도 같은 요양원'과 '요양원 같은 아파트'에 갇혀 사는 작중인물들은 엄혹한 군부독재 시절을 지나온 젊은이들의 헤어날 길 없는 상처를 드러낸다. 화자의 아들은 운동권 출신으로 심한 고문을 당하고 풀려 나온 후 정신을 잃고 요양원에 머물고 있다. 소설은 아파트 외/내부 정경의 유사한 표상을 통해 엄혹한 시대의 논리를 제시하고 그와 무관하게 생명의지를 펼쳐야 한다는 화자의 저항적 시선으로 시작한다. 화자는 "저 멀리 보이는 동회 옥상에 꽂힌 태극기와 새마을기와 시마크가 들어있는 청색기. 무자비한 채찍질을 연상"하는 아파트 외부의 정경을 지나 시선을 내부 베란다로 옮긴다. 베고니아 화분을 보며 생명을 건강하게 하는 특별한 자신의 힘을 발휘할 수 없는 현실에 답답해하며 '베란다 창문'을 열어젖힌다.

아파트 위층에는 제자 가연이 운동권 출신 남편과 살고 있다. '운동

『박완서 소설에 나타난 도시와 모성』, 1997, 158쪽.

권’[23] 출신인 제자 남편은 처가에 의지하며 한 푼 수입 없이 오륙 년째 소위 ‘운동’만 하면서 동지를 모아들여 숙식제공을 한다. 그들의 아지트인 아파트는 가장의 역할을 방기하며 점점 날카로워지는 남편 때문에 ‘황폐’하다. 가연의 남편은 ‘강력하게 지배할수록 좋다는 식’의 부패한 지배논리를 그대로 그녀에게 적용한다. 자신과 동지들의 시중을 위하여 가연이 취직하고자 하는 것도 극구 말리며 담뱃불로 지지는 폭력도 서슴지 않는 그에게 아파트는 가정이 아닌 요양원인 셈이다.

‘나’는 아들과 같은 운동권 출신인 가연 남편에게 연민을 느껴 해법을 마련하지 못하고 망설였으나 아파트에서 들려오는, 정확한 출처를 알 수 없는 ‘소리’의 향방이 마치 방향감각을 잃은 자신의 모습과 같다고 느끼며 대오각성한다. 아파트에 갇혀서 정의와 진리에 대한 확신도, 현실감각도 갖추지 못한 두 남녀와 어머니/선생님의 경계에서 정확한 조언을 하지 못하는 화자는 같은 것이다. 이제 화자는 어머니가 아닌 같은 여자로서, 인간으로서 가연에게 조언한다. “도대체 제 계집을 종처럼 다루면서 일말의 연민도 없는 자가 민중을 사랑한다는 소리를 어떻게 믿냐. 내조도 좋지만 가짜를 내조한다는 건 너무 자존심 상하잖냐?”, “그를 먹여 살리기 위해서가 아니라 네가 그를 대등한 입장에서 바로 보기 위해 자립을 하란 말야.” ‘나’는 가연이 남편을 벗어나 세상 속에서 자신을 찾기

---

23) 1960년대 이후 1970~1980년대에 이르기까지 가히 (사회)운동의 시대였다. 1960년의 4 · 19, 1980년의 이른바 ‘서울의 봄’및 1986년 6월의 직선제 쟁취를 위한 민주화 운동과 뒤를 이은 7~9월의 노동자 대투쟁 시기 등을 들 수 있을 것이다. 크게 나눠보면, 1960~1970년대는 민주화운동의 궤적과 민중운동의 대두 1980년대와 그 이후는 민주화운동의 종언과 민족 민중운동의 과제를 남긴 시기였다. 이런 역사적 흐름을 열정과 순수성, 지사적 비분과 정의감에 불타는 학생들이 주도하였음은 틀림없는 사실이다. 김경일, 『한국의 근대와 근대성』, 백산서당, 2003, 275~300쪽.

를 촉구한다. 방향을 잃은 소리 같은 말, 독백이 아닌 대화를 통해 성숙한 삶을 모색하길 바란다. 아파트 구조 같은 판에 박힌 젠더구도 남성/여성, 공적/사적, 관념/물질, 대외/내조 등의 관념적 위계를 허물고 재구성을 재촉한다.

「무중」, 「로열박스」는 아파트 층수 · 평수와 섹슈얼리티, 젠더관계를 조망한다. 「로열박스」의 '선희'는 "십사층 아파트에서 십층, 정남향, 코너도, 엘리베이터 박스 옆도 아니고, 녹지대가 넓어 전망 좋고 그런 위치"에 있는 '로열박스royal box'에 산다. 남편은 장기적인 정신과 치료를 위해 요양원에 있고 혼자 남겨진 그녀 역시 정신과 치료 중이다. 모든 것을 '성적 억압'으로만 해석하려 드는 의사에게 거부감을 가지면서도 그녀가 계속 정신과를 찾는 이유는 잃어버린 정답 혹은 자신을 찾기 위해서이다.[24)]

그녀의 활기는 엘리베이터 안에서 그친다. 그녀는 남자와 단 둘이 엘리베이터를 탈 때마다 정전이 되어 그 속에 갇히게 되는 성적 상상을 즐길 때 활기를 잠시 되찾으나 정작 그런 일은 생기지 않는다. 아파트 안 베란다에선 화초가 죽어가고 생활비는 등기우편으로 받고, 계획 없는 쇼핑으로 시간을 보내는 그녀를 찾는 사람은 보험 들어달라고 찾아오는 친구밖에 없다. 그러나 그 친구마저 선희를 진실로 대하지는 않는다. "너 그거 몰라? 십 년만 있으면 아무리 호화아파트도 빈민촌이 된다는 거"라며 부자 친구에 대한 저의를 드러낼 뿐이다. 선희는 그저 '로열박스'에 사는 돈 많은 젊은 여자일 뿐이다. 누구도 서로의 박스를 넘으려 하지 않는다. 아니 넘을 수 없다. 다만 시아버지만이 한 단지 안에서 서로 의지하고 사는 가족임을 유념하고 있으란 경각처럼 열시 정각에 전화 대신 '인터폰'

24) 김서영, 『프로이트의 환자들』, 프로네시스, 2010, 27~28쪽.

으로 안부를 전한다. 그녀는 시아버지의 진정어린 육성에 위안을 얻을 뿐이다.

「무중霧中」은 로열박스와 달리 투자가치가 가장 낮은 1층 소형小型에 사는 남녀를 포착한다. '나'는 나이 들고 돈 많은 유부남('아빠')과 '떳떳하지 못한' 관계에 있는 젊은 여자이다. 여자는 자타가 공인하는 대형 고급 맨션 단지에 십팔 평짜리 한 동이 '혹처럼 붙어있는' 자신을 닮은 그 아파트를 원한다. 그녀에게 아파트는 '붙박이 여관'과 '방갈로'와 다를 바 없는 일종의 '은신처'일 뿐이다. '베란다'에서 뛰어내리면 직사할 것 같은 고층에선 살 수 없다. 그녀에게 '베란다'는 발각될 때 달아날 비상구이다.

여자는 여인숙의 방문처럼 다닥다닥 붙어 방음이 잘 안 되는 이곳에서 옆 집 남자에게 관심을 갖는다. 그를 보기위해 '나'는 베란다를 이용한다. 가끔 그를 만날 수도 있는 베란다는 이웃의 동향을 살필 수 있는 곳이고, '나'의 놀이터이기도 하다. 결국, 남자는 나의 집요한 관심에 부담과 위기를 느껴 자수를 하고 만다. 남자는 아파트 열쇠를 교묘히 사취해서 남의 집에 숨어 사는 중이었고 오 년이나 피해 다니던 범죄자임이 밝혀진다. 젊은 여자의 관심이 쏟아지는 아파트는 더 이상 남자의 은신처가 될 수 없었다.

박완서 소설에서 '아파트'의 주요인물은 여성이다. 이는 전형적인 젠더 공간적 배치라 할 수 있다. 소위 남성/여성, 공적/사적, 바깥/안, 직장/가정, 일/여가, 즐거움, 생산/소비, 독립/의존, 권력/권력의 부재로 정의될 때[25] '아파트'는 젊은 남성이 숨어 있기에 부적절한 곳이다. 더구나 주민 '통제를 위한 기구'인 '반상회'[26]를 왕성하게 열었던 1970년대의 풍경 속

25) 린다 맥도웰, 여성과 공간 연구회 옮김, 『젠더, 정체성, 장소』, 한울, 2010, 40쪽.
26) 반상회라는 이름의 주민 조직이 처음 생긴 것은 1917년 일제가 조선인을 통제하기 위한 기구로서였다. 광복 후 잠시 중단되었으나 1976년 정례 반상회의 날(매달 25

에서 아파트는 숨어 있기에 적절하지 못한 곳일 수 있다.

「그의 외롭고 쓸쓸한 밤」, 「가家」는 아파트가 젊은 세대, 핵가족만의 공간임에 문제를 제기한다. 엘리베이터/계단, 환영/실제, 요설/진실의 간극을 통해 아파트가 실상 우리들의 공간, '집'이 되어야 함을 역설한다. 「그의 외롭고 쓸쓸한 밤」에서 화장품 회사의 광고문안 전담 카피라이터인 '그'의 성공은 '약혼자의 살결 감촉'에서 촉발된 것이다. 지방의 초급대학 출신인 데다 아이디어 하나 변변하게 내지 못하던 그는 "마녀의 살결, 야드르르 로션이 어떨까?"란 고백으로 일약 승진의 궤도에 오르며 성공의 상징인 지금의 '아파트'를 장만하게 된다. 그의 성공이 위태로운 불안을 느끼기 시작한 것과 어머니 아파트 입성은 거의 시기를 같이한다. 남의 눈을 의식하여 만든, 아이들의 정서와 효도교육의 장으로서 한몫을 단단히 하던 '할머니방'이란 기표에 실제, 주인이 생긴 것이다.

그는 어머니가 아파트를 뛰어 내릴 듯 못 견뎌하며 '닭장' 같은 아파트를 곧 떠나기를 바라나, 어머니는 아파트를 '극락'이라 부르며 이 '극락' 같은 곳에 남은 자식들을 데리고 와서 함께 살기를 청한다. 그는 아파트를 '닭장'이라고 외치며 기사회생의 요양수를 노린 것이나 실패한다. 요설로 세상을 뒤흔들던 그가 어머니 한 분의 설득에 실패한 것이다.

부르디외는 어떤 사람의 사회적 세계와의 관계 및 그 세계 안에 있는 적절한 장소와의 관계는 그가 타자로부터 받을 권리가 보장되고 있다고 느끼는 공간과 시간 안에서 가장 분명하게 표현된다고 한다. 이는 자신의 몸을 당당하거나 보류된, 확장적이거나 압축적인 태도나 몸동작을 통해 주장한다. 어머니는 의연하고도 당당하게 안주인 노릇을 수행하며 이

일)을 정하면서 본격적으로 진행된다. 이러한 주민조직은 주로 지배 체제를 유지하고 강화하는 기능을 했다. 요즘은 주민들의 자율적 참여, 의사소통의 매개체, 지역발전에 참여할 수 있는 매개체로서 기능한다고 할 수 있다.

곳이 당신이 머물 장소임을 보여준다. '닭장'의 금긋기를 통하여 경계를 짓고 어머니를 아파트에서 제외하고자 했으나 실패한다. 장소라는 것은 이제 더 이상 '진정성 있는(authentic)' 또는 '전통에 뿌리를 둔' 것이 아닐 수도 있다. 그 대신 장소는 거기서 교차하면서 장소에 독특한 성격을 부여하는 사회공간적 관계를 통해 결정된다.[27] 소설은 아파트가 우리들의 집, 열린 장소가 되어야 함을 역설한다.

「가」에 이르면 '아파트'의 주인이 누구인지를 진지하게 묻고 있다. 아파트는 핵가족과 개인주의를 상징하는 젊은 남녀의 공간으로 암암리에 표방된다. 그럴 때 아파트는 가족의 시간, 집의 역사와 무관한 공간, 그들만의 장소일 뿐이다. 곧 결혼할 '성구'는 좁은 아파트 한 채가 전 재산인 상태에서 독립을 할 여유가 없고 그렇다고 어머니를 모시고 살기도 불편할 듯하여 고민에 빠져 있다. 그런 와중에 늦둥이 덕에 집도 절도 다 잃은 외할머니가 오시고 성구는 며느리에게 두 분을 모시게 할 수는 없다는 명분을 세울 기회로 삼으려 하나, 용이하지 않다. 그러던 이른 아침 성구가 아파트 일층 보리밭 화단에 산발한 머리를 하고 넝마처럼 널브러져 있는 외할머니를 발견(착각)하고 할머니를 세우기 위해, 엘리베이터를 타지 않고 십삼 층에서부터 '계단'을 타고 내려오는 긴 시간 동안, 우리는 '외할머니(교하댁)'가 어떻게 집을 사고 확장하고 사수하다 끝내 상실하게 되었는가와 조우하는 시간을 갖게 된다.

교하댁(성간난)이라고 불리던 할머니는 고향 사람들에게 '도둑년' 소리를 들으며 집을 장만한 뒤 남편이 죽을 지경이 될 때도 팔지 않고 집을 지켜낸다. 1950~1960년대 인플레로 백평의 대지만 있어도 땅부자 소리를 들을 시절 '파출소에서 눈감아주면 허가 없이 얼마든지 방을 달아낼'

27) 린다 맥도웰, 앞의 책, 26~27쪽.

수 있어 끝없이 하꼬방을 지어 부를 추적한다.[28] 그리고 막내 외삼촌이 장가 갈 때 오십 평 이 층 양옥을 마련해 주었으나 결국 외삼촌의 무능으로 축소되다 강남의 조그만 전세 아파트로 남는다. 아이들 교육을 위해 선택한 강남 전세 아파트 그곳에 할머니의 공간은 없다.

성구가 인간의 창자 같은 계단을 돌아 만난 할머니와 집의 곡진한 역사가 얼마나 진정성을 발휘하며 이어질지는 미지수이다. 독립된 아파트에서 싱그러운 신부랑 신혼의 단꿈을 펼치고 싶은 그의 욕망은 여전히 유효하다. 그러나 분명한 것은 아파트가 부인할 수 없는 우리들의 '가'의 연장이라는 사실이다.

4. 아파트 대상화와 활용, 주체—젠더의 생성과 모색

후기소설에 이르면 박완서의 아파트 표상은 일층 새로워지고 깊어진다. 초기, 중기에 걸쳐 아파트 외부/내부를 두루 조감하고 문제를 진지하게 고민하던 작가는 이제 아파트를 너머 거리를 두고, 아파트를 객관적인 대상으로 파악한다. 또한 시대의 흐름에 맞춰 아파트 활용방안과 세련된 젠더양식을 탄력적으로 모색한다. '아파트'가 자신의 정체성을 냉정하게 인식할 수 있는 매개물로 등장한다는 점이 주목된다. 신/구세대,

28) 1930년대 일제 강점기의 이농현상으로 도시의 셋집이 필요했을 때 도시형 한옥이 등장했고 문간채는 주인 식구가 거주하면서 세를 주기도 했다. 광복 이후 주택공사의 각종 주택사업에서도 비슷한 패턴이 지속되었다. 이미 1960년대부터 서울과 같은 대도시에서는 규모가 크지 않은 홑집에서도 셋집을 줄 수 있도록 부업공간이 별도로 마련되는 사례를 볼 수 있다. 그러나 건축법규에서는 단독 주택, 연립주택 그리고 아파트만을 합법적인 주거 유형으로 분류하고 있었다. 임창복, 『한국의 주택, 그 유형과 변천사』, 돌베개, 2011, 476쪽.

남/녀, 노/소를 막론하고 자신의 처지와 상황을 인식하고 활용하는 현실적 등가물인 아파트는 이제 진정한 주체복원을 도모하는 활용처, 자아실현의 기반, 노인의 연금, 그리고 독립된 공간으로 드러난다. 아파트는 또 다른 투자가치를 가진 대상물로써 아파트의 한 덕목인 '환금성'이 강조되는 점도 주목된다.

「티타임의 모녀」는 삼층집 옥상에서 살다가 갑자기 시누이의 사십 오평 짜리 아파트로 옮겨 살게 되면서 자신의 현실을 돌아보게 되는 '나'의 이야기이다. 소설엔 티타임을 갖는 친정 엄마와 화자, 두 여자만 등장하나 존재를 드러내지 않는 시댁 식구들과 남편, 아들은 숨은 권력자처럼 어머니와 나를 지배하고 있다. 초인종 소리만 나도 어딘가로 숨기 바쁜 친정어머니는 가난과 굴종에 길들여진 파출부이다. 남편의 운동권적인 속성에 매달려야만 겨우 평등을 유지할 수 있는 '나'의 위치 또한 불안하긴 마찬가지이다. 우연하게 들어와 살게 된 아파트는 그간 가려지고 봉합되었던 계급 학력 물질의 격차 등을 드러내는 낯선 '공간'일 뿐이다.

그러나 어머니는 "에미 애비한테 버림받고 아무리 호의호식해도 그게 살로 가는 줄 아냐? 그건 다 헛거야, 헛거"라며 당당히 주장한다. 여기서 '헛거'[29]라는 말은 예사롭지 않다. 자칫 가족의 분열로 이어질 수 있는 아파트, "그이와 지훈이를 불러내는 소리가 있는" 이 아파트는 가족의 행복을 위해 당장 포기하고 떠나야 할 곳이다. 아파트 혹은 물질만능주의에 주눅들거나 휘둘리지 않는 진정한 집, 가족의 의미를 되새기게 한다.

「공놀이 하는 여자」의 '아란'은 고시에 네 번 떨어진 애인을 둔 서른 살 미모의 여자이다. "열 평 남짓한 영세민용 다세대 연립주택"에 살고

---

29) 서울대학교 관악초청강연, 『박완서－문학의 뿌리를 말하다』, 서울대학교출판문화원, 2011, 78쪽. 박완서 선생은 대담 중에서 도시의 아파트, 차, 불빛들이 현실 같지 않고 '헛것' 같다고 말한다.

있는 그녀는 "미모뿐 아니라 가난까지 겸비"했다. 아란이 주눅 들지 않고 뻔뻔스러울 정도로 한 회사에서 버틸 수 있었던 것은 사법고시 합격생과의 결혼 청첩장을 이 직장에다 돌릴 때 찬탄과 선망의 대상으로 떠오를 자신의 모습에 대한 매혹에 있다. 아란의 이러한 배우자 선택과 결혼관은 '첩의 딸'이라는 자신의 출생성분에서 비롯한 것으로, 아란은 어머니와의 차별과 결별을 결혼이란 형식을 통하여 마무리 하고자 한다.

그러다 진회장(아란의 생부)이 마지막 여생을 머무르던 아파트를 아란에게 유산으로 남기자 모든 것이 달라진다. 아파트는 삼억 오천의 현금, 한 달에 사오백(적어도 삼사백)의 이자를 받을 수 있는 항산恒産이기 때문이다. 소설은 아란이 이 돈을 가지고 유학을 가겠다는 결심으로 마무리된다. "개천에서 난 용의 조강지처가 아니라. 너에게 매달린 너의 여덟 식구만 해도 버거울 테니. 이제 개천 바라기에서 빠지겠노라고" 선언하는 아란은 '결혼—조강지처—아파트'로 연결되는 기존의 모드에서 과감하게 벗어난 것이다. 그녀는 차별화된 새로운 삶을 계획하고자 한다. 구멍에 갇혀 탄력을 잃고 있던 놀이터의 멀쩡한 공을 꺼내어 밖으로 던지듯 자신을 다시 세상 밖으로 던지고자 한다. '아파트'는 살지 않아서 살맛을 찾게 하는 무궁한 재원財源이다. 아란은 이제 삶의 창발성을 바탕으로 자신의 장소를 생성하는 노정(trajet)에 있다. 창발적인 것은 유동성을 배경으로 하여 사람, 물자, 용역의 복합적인 연결에서 생겨나는 개방성과 이질성을 모두 갖춘 동적인 관계의 총체이기 때문이다.[30)]

「마흔아홉 살」은 시부모임의 이혼으로 마흔아홉 살에 졸지에 시아버지를 모시고 살게 된 화자 카타리나를 중심으로 아파트 삶의 새로운 권력 구도를 포착하고 있다. 시대에 따른 가치관, 삶의 양식 변화는 카타리

---

30) 요시하라 나오키, 이상봉 · 신나경 옮김, 『모빌리티와 장소』, 심산, 2010, 300~301쪽.

나의 시부모에게도 영향을 미친 까닭인지 두 분은 집을 팔아 재산을 반반 나누고 시어머니는 딸집으로 시아버지는 아들 집으로 나눠 살게 된다. 앞에서 살펴본 노인들의 경우 자식 집에서 동거할 때 골방에 갇혀 유폐된 생활양상을 보인 것과는 확연히 다른 구도를 보인다.[31)]

시어머니는 대학교수인 딸집에 머물면서 딸의 약점(주부 역할)을 커버해주는 일을 보람으로 삼는 까닭에 딸의 감사와 환대 속에 잘 살고, 시아버지는 자신의 능력으로 카타리나에게 섬김을 받고 산다. 시아버지의 존재의미는 크게 부각된다. 골방을 사용하나 그는 경제력과 점잖은 처세술로 자신의 자리를 넓히고 있다. 그는 며느리에게 요구하고, 댓가과 수고비를 세련되게 치루면서 며느리와의 적절한 '거리'를 유지하며 관계를 정립해 간다.

젠더는 어느 곳에서나 내연內燃하지만 젠더의 작동은 조건적이다. 우리는 커플, 돌보는 자, 돌봄을 받는 자뿐만 아니라 가족 구성원 간에 지속적인 홍정과 협상을 발견할 수 있다.[32)] 조건을 갱신한다고 카타리나의 분열이 일소되는 것은 아니다. 그래서 울컥 부아가 치밀어 오르면 시아버지의 팬티를 내동댕이친다. 노력중이나, 아파트-핵가족이란 대세를 거스르기는 어려울 듯하다.

그러한 까닭인가? 「촛불 밝힌 식탁」과 「그래도 해피 엔드」에는 부모와 자식이 한 아파트에서 동거하는 일은 생기지 않는다. 「촛불 밝힌 식탁」은 박완서 소설에서 보기 드문 노인 화자 '나'의 서술로 진행된다. "나는 초등학교 교장 자리에서 퇴직한 지 오년 남짓 된 늙은이이다"라고 소

31) 정미숙 · 유제분, 「박완서 노년소설의 젠더 시학」, 『한국문학논총』 54집, 한국문학회, 2010.4 참고. 박완서 노인의 젠더 시학은 고를 달리하여 정리하였다.
32) 비비아나 A. 젤라이저, 숙명여자대학교 아시아여성연구소 옮김, 『친밀성의 거래』, 에코리브르, 2009, 397쪽.

개하며 시작하는 소설은 자조 섞인 고백에 가깝다. 화자 내외는 자식 가까이 살고 싶어 집을 정리하여 서울로 옮기며 '비싼 동네의 평수 넓은 아파트'에서 자식과 함께 살고자 하였으나 그런 일은 벌어지지 않는다. 며느리는 친정 엄마를 파출부 부리듯이 하면서 아이 겨우 키워 났더니 이제 와서 같이 사시자고 하느냐며 노골적인 항의를 표한다.

타협결과, 학군 좋은 아파트 단지로 옮기고 "우리 두 늙은이가 살 거니까 작은 걸로 아들네는 네 식구가 살 거니까 사십 평이 넘는 걸로" 공평하게 정하고, 겨우 "우리의 배알, 배짱"이라는 수사를 더해 앞 베란다에서 뒤 베란다를 바라볼 수 있는 앞, 뒷동에 나눠 살 것으로 결정한다. '서로 불빛을 확인할 수 있는 거리'에 살면서 한 달에 한두 번은 시부모를 초대해서 손자들과 함께 저녁식사를 같이 하도록 하는 규칙을 정한다.

그러나 시어머니가 연락을 하지 않고 음식과 별식을 만들어 찾아가는 횟수가 빈번해지자 아들 식구는 집에 불을 켜지 않고 '촛불'을 밝히고 생활하거나, 어안렌즈로 확인하고 문을 열어주지 않는다. 이제 화자 부부는 종전의 자식사랑 방식, 혹은 집착에서 벗어나 서로에게 집중하는 시간을 가져야 할 듯하다. 마지막 장면에 그가 사들고 온 '초'는 노부부의 식탁을 위한 장식으로 쓰일 것이다.

「그래도 해피 엔드」에는 '아파트'를 떠나 서울 근교에서 텃밭을 일구고 사는 노부부, 멋쟁이 할머니 화자가 등장한다. '아파트'는 저 멀리에 버티고 선 연금이다.

> "아파트 팔아서 떨어질 몇 억이 내 통장에 들어올 생각만 해도 황홀했다. 연금이 있어서 궁색할 것 같지는 않았지만 몇 억은 처음 만져보는 거금이었다. 이 아름다운 집에서 나는 신혼시절처럼 예쁜 앞치마를 두르고 요리를 만들고 남편은 텃밭을 갈아 싱싱한 채소를 공급

하면 생활비는 거의 안 들리라. …… 목돈과 잘 자란 지식들을 둔 오후가 그림처럼 아름답게 떠올랐다(269).

아파트를 팔고 서울 근교에 살면서 새로운 노후를 건강하게 건설하는, 지난 삶을 성실하게 산 노부부를 만나는 일은 반가운 일이다. 화자는 젊게 보이려고 뾰족구두를 신고 다니고 베스트드레스라 불릴 만큼의 의상 센스를 갖추고 있는 '미국에서 온 할머니'처럼 세련된 용모와 매너를 갖춘 할머니이다. 화자는 나이를 의식하지 않고 남은 생을 젊고 건강하게 보내려 한다. 이 근본 동력원이 아파트 활용에 있다. 아파트 문화는 주변으로 확산되며 아파트 너머의 풍경을 바꾸고 있는 현재진행형이다. 박완서는 모두가 공간의 주체가 되는 건강하고 역동적 삶을 제시하고 있다. 아파트 외부, 내부, 주변을 조감하며 아파트 생활의 현재와 미래상을 제시한다.

5. 나오며 : 아파트를 나오며

본고는 박완서 소설을 대상으로 '아파트' 표상과 젠더 양상의 관계를 고찰하였다. 박완서 초기소설에 표상된 아파트는 한국적 근대화의 바로미터이다. '아파트'는 전근대와의 결별, 구세대적 생활방식과의 분리, 차별을 표방하면서 근대화의 표상表象이 된다. 이로써 가옥/아파트, 전통/근대, 구세대/신세대, 대가족/핵가족, 동일자/타자로 구분되며 긴장과 대립의 구도로 배치된다. 아파트는 '복부인'의 등장(「낙토의 아이들」)과 함께 여성주도형의 공간이 된다. 복부인의 등장은 주부의 위상을 제고했다는 긍정적인 면도 있지만 이에 따른 변칙적 재산 증식방식은 가부장의 위치를 축소하고 나아가 성적윤리를 위협할 수 있는 요인이기도 했다. '도시－아파트－여자－세련', '시골－땅덩이－아내－미련'으로 이분되며 도착적 부부/인간관계를 선언하는 것으로 강화된다(「주말농장」). 실상, 아파트에 사는 남성과 여성은 행복하지 않다. 노인들은 골방 주변적 존재로 밀려나며(「황혼」) 남성들은 산업화 시대의 경제역군으로 모두 밖에서 지쳐 가는 사이에 여성은 그 공허를 아파트 꾸미기에 소모하고 나아가 닮은 것에 싫증을 내면서도 또 다른 것을 견디지 못하는 신경증을 보인다(「닮은 방들」). 이는 마침내 이웃 남자와의 '죄의식도 쾌감도 없는' 성적 일탈로 치닫는다. 그러나 아파트에 대한 허위의식을 포기할 수 없는 안간힘은 지속되며(「포말의 집」)유한마담으로 가장하여 황홀한 성적일탈을 감행하고자 하나, 그것마저 되지 않는다.

중기소설은 아파트 내부의 발견, 내부성의 천착이 두드러진다. 폐쇄와 개방이라는 아파트 공간의 양가적 측면을 아우르며 아파트가 이웃 간의 단절과 소외, 익명성을 표상하기 보다는 이웃과 자신을 성찰할 수 있는 '장소'라는 인식 전환을 촉구한다. 「울음소리」와 「저문 날의 삽화」는 '방음'이 잘되지 않는 아파트의 구조적 특성과 이웃 간의 '공유공간'을 통하여 이웃의 삶을 알고 내 삶을 성찰하는 가운데 생성적인 부부관계, 젠더를 새롭게 재구성하기를 촉구한다. 아파트 층수와 섹슈얼리티, 젠더 양상을 탐구한 것이 돋보이는데, 이른바 불륜의 장소이자 범인들의 은닉처로 활용될 수 있을 법한 '아파트'는 1970년대 반상회가 왕성하게 열리던 시절, 남성에게는 불리한 공간이다(「무중」). 아파트 사이의 단절은 '인터폰'을 통해 이어지기도 한다(「로열박스」). 「가家」와 「그의 외롭고 쓸쓸한 밤」은 아파트의 장소성을 통하여 아파트가 우리들의 공간, '집'이 되어야 함을 역설한다.

후기소설에 이르면 박완서의 아파트 표상은 일층 새로워지고 깊어진다. 시대의 흐름에 맞춰 아파트 활용방안과 세련된 젠더양식을 탄력적으로 모색한다. '아파트'가 자신의 정체성을 냉정하게 인식할 수 있는 매개물로 등장한다는 점이 주목된다. 신/구세대, 남/녀, 노/소를 막론하고 자신의 처지와 상황을 인식하고 활용하는 현실적 등가물인 아파트는 이제 진정한 주체복원을 도모하는 활용처, 자아실현의 기반, 노인의 연금, 그리고 독립된 공간으로 드러난다. 고급 아파트가 결혼의 이데올로기를 봉합하지 못하고, 진정한 가족과 가정의 의미를 되새기게(「티타임의 모녀」) 한다. 나아가 아파트-조강지처-결혼으로 이어지는 등식을 포기하고 아파트 판돈을 유학자금으로 활용하는 여성이 등장한다(「공놀이 하는 여자」). 아파트 삶이 가지는 공간 권력에 익숙해진 경제력을 갖춘 노인들은 골방에 사나 권력관계를 조절하고(「마흔 아홉 살」) 그리고 지혜를 더하여 이제는 두 노인 부부 중심의 새로운 문화를 생성하는 과정에 있다. 아직은 '미국에서 오신' 할머니처럼 낯서나(「그래도 해피 엔드」)아파트를 팔아 여유롭게 살고 전원생활의 멋을 만끽하고자 하는 새로운 아파트 주변 향유그룹을 만나는 것도 신선한 일이다. 아파트 문화는 주변으로 확산되며 아파트 너머의 풍경을 바꾸고 있는 현재진행형이다. 박완서는 아파트와 아파트를 넘어서 우리 모두가 삶과 공간의 주체가 되는 건강하고 역동적 삶을 제시하고 있다.

■ 참고문헌

박완서 단편소설전집 1, 『부끄러움을 가르칩니다 1』, 문학동네, 2008.

박완서 단편소설전집 2, 『배반의 여름 2』, 문학동네, 2006.

박완서 단편소설전집 3, 『그의 외롭고 쓸쓸한 밤 3』, 문학동네, 2006.

박완서 단편소설전집 4, 『저녁의 해후 4』, 문학동네, 2006.

박완서 단편소설전집 5, 『나의 가장 나종 지니인 것 5』, 문학동네, 2006.

박완서 단편소설전집 6, 『그 여자네 집 6』, 문학동네, 2009.

박완서 소설집, 『친절한 복희씨』, 문학과지성사, 2007.

강인숙, 『박완서 소설에 나타난 도시와 모성』, 1997.

김경일, 『한국의 근대와 근대성』, 백산서당, 2003.

김서영, 『프로이트의 환자들』, 프로네시스, 2010.

김정자 외, 『한국문학에 있어서의 집 그리고 가족의 문제』, 우리문학사, 1992.

김재관 · 장두식, 『문학 속의 서울』, 생각의 나무, 2007.

류은숙, 「여성소설에 나타난 「집」의 의미 연구－1980년 이후 소설을 중심으로」, 『여성문학연구』 No.7, 한국여성문학회, 2002.

린다 맥도웰, 여성과 공간 연구회 옮김, 『젠더, 정체성, 장소』, 한울, 2010.

박철수, 『아파트의 문화사』, 살림, 2006.

______, 「대중소설에 묘사된 아파트의 부정적 속성에 대한 건축학적 해석」, 『대한건축학회지』 제26권 제1호, 대한건축학회, 2010년 1월.

비비아나 A. 젤라이저, 숙명여자대학교 아시아여성연구소 옮김, 『친밀성의 거래』, 에코리브르, 2009.

서울대학교 관악초청강연, 『박완서－문학의 뿌리를 말하다』, 서울대학교 출판문화원, 2011.

애드워드 렐프, 김덕현 · 김현주 · 심승희, 『장소와 장소상실』, 논형, 2005.

오창은, 「「아파트 공간에 대한 문화적 저항과 수락」－박완서의 「닮은 방들」과 이동하의 「홍소」를 중심으로」, 『어문논집』 제33집, 민족어문학회, 2005.

요시하라 나오키, 이상봉 신나경 옮김, 『모빌리티와 장소』, 심산, 2010.
이재선, 『한국현대소설사』, 민음사, 1991.
이진경, 『근대적 주거 공간의 탄생』, 소명출판사, 2000.
이효덕, 박성관 옮김, 『표상 공간의 근대』, 소명출판, 2002.
임창복, 『한국의 주택, 그 유형과 변천사』, 돌베개, 2011.
전남일 · 양세화 · 홍형욱, 『한국 주거의 미시사』, 돌베개, 2009.
전남일 · 손세관 · 양세화 · 홍형욱, 『한국 주거의 사회사』, 돌베개, 2008.
정미숙 · 유제분, 「박완서 노년소설의 젠더 시학」, 『한국문학논총』 54집, 한국문학회, 2010.4.
조갑상, 『이야기를 걷다』, 산지니, 2006.
최영숙, 「1970년대 한국도시 소설 연구」, 창원대학교 대학원 박사학위논문, 2007.
하창수, 『집의 지형』, 신생, 2007.
______, 『집의 지층』, 신생, 2007.

Judith Butler, 조현준 역, 『젠더 트러블』, 문학동네, 2008.
V. 줄레조 지음, 길혜연 옮김, 『아파트 공화국』, 후마니타스, 2007.
Yi-Fu Tuan, 구동회 · 심승희 역, 『공간과 장소』, 대윤출판사, 1995.

기억상실증에 내재된 동북아시아의 사춘기적 욕망과 콤플렉스

– 「겨울연가」, 「꽃보다 남자」, 「태왕사신기」를 중심으로

권유리야

1. 머리말

21세기 동북아시아는 그 어느 시기보다도 미래에 대한 낙관으로 가득 차 있다. 제2차 세계대전 이후 세계질서를 가름했던 서구 중심의 패권 체제에서 동북아시아를 중심으로 하는 블록 경제는 세계질서를 재배치하고 있다. 중국은 G2의 대열에 유럽을 대신하여 미국과 어깨를 나란히 한 지 오래다. 세계의 헤게모니가 네덜란드–영국–미국–중국으로 옮겨지면서 유럽과 미국을 잇는 대서양에서, 미국과 중국을 포함하는 태평양으로 중심축이 옮겨오고 있다. 유럽에 서아시아로의 힘의 이동은 이러한 세계의 재편성과 긴밀하게 연관되어 있다.[1] 하지만 이러한 낙관과 달리,

1) 임현진, 「지구적 변환, 아시아의 부상, 그리고 한국의 역할」, 『아시아리뷰』 제1권 제

동북아시아의 리더십은 여전히 국지적이며, 서구의 패권에 도전하기 위해서는 앞으로도 상당한 시간이 소요된다는 지적[2]이 우세하다. 한국의 경우 IMF 절망의 기억, FTA의 압박 등 서구의 견제가 지속되고 있다. 21세기 힘의 재편에 대응하여 동북아시아가 별개의 국가 체제로 움직이기보다는 초국가적인 단일공동체로 움직이려는 기획이 치열하게 전개되고 있다.[3]

이러한 노력은 특별히 대중노출도가 높은 텔레비전 드라마에 그대로 반영된다. 텔레비전 드라마는 소비자의 선택과 접근성의 측면에서 다른 매체에 비해 대단히 대중지향적이다. 그런 만큼 이 매체는 사회적 시선을 재현하는 이데올로기적 기구로서의 성격을 강할 수밖에 없다.[4] 더구나 동북아시아처럼 지리문화적 동질성이 큰 지역의 경우 별다른 문화적 할인[5]이 발생하지 않기 때문에, 한류를 염두에 두고 기획 제작 유통되는

2호, 서울대학교 아시아연구소, 2011, 24쪽.

2) 중국은 1997년 IMF 위기에서 인민화폐 평가절하 가능성에 대한 외부세계의 우려에 대해 국제사회에 책임을 지는 대국으로서 역할을 할 것이라고 주장한 바 있다. 2003년 12월에는 원자바오 총리가 미국 하버드대학 강연에서 화평굴기론(평화로운 부상)을 제시하며 중국의 대국으로서의 부상을 정당화하려고 했다. 중국 내에서는 이미 1990년대 후반부터 대국으로 부상하는 것을 전제로 새로운 대전략을 수립할 필요성이 있다는 점을 강조하는 논의가 활발하게 전개되어 왔다. 백영서 외, 『동아시아의 지역질서－제국을 넘어 공동체로』, 창작과비평사, 2005, 405～406쪽.

3) 자본주의 시장경제를 바탕으로 한 세계화로 세계가 보편적 가치를 지향하고 있는 시점에서 기술을 앞세운 서구 강대국의 파상적 공세가 약소국들을 효과적으로 유린하고 있다. 물론 미국 주도의 일방적 세계질서에 효과적으로 저항하기 위해 한중일 3국의 다자적 협력가능성을 모색하는 작업이 활발히 진행되고 있다. 김성주, 「동북아지역 정체성과 지역공동체 : 관념과 제도」, 『한국정치외교사논총』 제31권 제1호, 한국정치외교사학회, 2009, 239쪽.

4) 김강원, 「텔레비전 역사드라마 「태왕사신기」에서의 역사 서사 연구」, 『중앙어문학회 어문논집』 제38집, 중앙어문학회, 2008, 147～169쪽.

5) 문화적 할인은 문화적 무취와 같은 개념으로, 세계시장 확보를 위해 지역 고유의

한국의 텔레비전 드라마를 동북아시아 전체의 욕망으로 해석하는 데 크게 무리가 없다.[6] 즉 2000년대 이후 동북아시아의 드라마는 연애, 판타지, 라이프 스타일과 같은 소비문화적 취향을 통해서 동북아시아를 초국적 공동체의 차원에서 접근하려는 문화적 무취현상이 두드러진다.[7]

이 점에서 「겨울연가」, 「태왕사신기」, 「꽃보다 남자」를 통해서 동북아시아를 하나의 문화공동체로 사유할 수 있는 가능성이 열린다. 「겨울연가」는 2002년 3월 한국에서 종영 직후, 일본과 중국으로 수출되면서 한국의 드라마를 동북아시아적 문화콘텐츠로 개념 전환시키는 계기를 마련하였다. 2007년 9월 11일부터 12월 5일까지 방영된 「태왕사신기」는 기획 투자 제작유통의 전 과정에서 동북아시아지역의 욕망을 충족시켜 큰 성공을 거두었다. 「꽃보다 남자」의 경우는 더욱 특별하다. 2001년 대만, 2005년 일본, 그리고 2009년 한국까지 동북아시아 3개국에서 만화, 드라마, 애니메이션, 영화 등 대중매체 전 분야에 걸쳐 동북아시아의 동질감을 확인시켜 주었다.

이러한 문화적 무취현상이 동북아시아 고유의 것이라기보다는 서구의 지역 상상에 의해 훈육된 가상의 동북아시아로 귀결된다는 사실을 3

문화적 특성을 삭제하고 세계적으로 구성된 보편성을 실천하는 양상을 의미한다. 유세경 · 이경숙, 「동북아시아 3국의 텔레비전 드라마에 나타난 문화적 근접성」, 『한국언론학보』 제45권 제3호, 한국언론학회, 2001, 236쪽.

6) 동북아시아 시장에서 한국드라마는 접촉 빈도가 매우 높다. 아시아문화산업교류재단에 따르면 설문 결과 싱가포르 국민의 한국드라마 접촉비율은 59.4%에 달했으며, 말레이시아는 44.3%, 태국은 40.0%로 나타났다. 3개국 국민의 절반 이상이 한국 드라마를 본 셈이다. 한국영화 접촉빈도(싱가포르 35.8%, 말레이시아 19.2%, 태국 21.0%)나 한국가요 접촉빈도(싱가포르 10.9%, 말레이시아 4.7%, 태국 8.9%)보다 훨씬 높은 수치다. 최영묵, 「동북아시아지역 텔레비전 드라마 유통과 민족주의」, 『언론과학연구』 제6권 제1호, 한국지역언론학회, 2006, 469~487쪽.

7) 유세경 · 이경숙, 앞의 글, 2001, 232~234쪽.

편의 드라마를 통하여 확인하고자 한다. 3편의 드라마를 관통하는 '기억상실'은 서구적 보편성[8]을 재분배하기 위해 동북아시아를 가상의 공동체로 전락시키는 장치로 기능한다. 「겨울연가」는 두 남녀가 첫사랑으로 인해 현재를 상실한 채 과거에 고착되는 개인의 기억상실증을 다룬다. 이 드라마는 기억상실증으로 인해서 인간 삶이 운명에 속박되어 삶에 현재를 포기한 운명비극으로 나아간다. 「태왕사신기」는 퓨전판타지사극을 표방함으로써 민족의 정확한 기원을 고증할 수 없는 민족국가의 기원 지우기에 가담한다. 역사를 감성화하여 민족을 무국적적 신비에 가두어 역사 자체를 망각하게 되는 탈역사 탈실체의 드라마로 전락한다. 「꽃보다 남자」는 기억상실증이 동북아시아의 화려한 경제발전에도 불구하고 세계적 위상은 여전히 국지적인 데 머무는 2인자 콤플렉스를 보여준다. 모든 기억은 집단적이다. 한 개인이 기억하는 과정에는 반드시 사회적 틀이 개입한다. 집단은 기억해야 할 것과 기억하지 말아야 할 것을 구성원들에게 지정해주고, 개인은 의례, 기념비와 같은 공식적 훈육과 함께 TV 인터넷 등의 다양한 일상매체를 통해 공식 기억을 훈련한다.[9] 이렇게 3편에서 고루 포착되는 기억상실증은 단순한 우연이 아니라 동북아시아의 집단욕망과 콤플렉스가 개입한 필연적 결과다.

본고는 이러한 기억상실증을 '동북아시아의 사춘기적 욕망과 콤플렉스'로 보고자 한다. 사춘기는 자연적이며 불변적인 사실이 아니라, 문화

---

8) 3편의 드라마는 약간의 편차는 있지만 남녀의 사랑과 이별, 그리고 야망을 집단과의 관계에서 찾는다는 점에서 서구적 텔레노벨라의 서사구조를 갖는다. 이는 동북아시아 고유의 미덕이 아니라 서구 소비문화주의의 익숙함에 호소하고 있다. 유세경 · 이경숙, 앞의 글, 2001, 243쪽.

9) 집단은 기억의 공동체를 지향하며 공동의 기억을 통해 구성원들은 일체감을 확인하고 유대를 강화하기 때문이다. 안병직, 「한국사회에서의 '기억'과 '역사'」, 『역사학보』 제193집, 역사학회, 2007, 282~283쪽.

적 사회적 조건에 따라 변화하는 사회적 구성물이다. 이는 사회적 위상에 대한 지배적인 권력과의 관계를 결정하는 상징투쟁의 시기다.[10] 미숙한 자신을 포기하고 강력한 권력시스템에 포섭되는 과정을 사춘기로 본다면, 사춘기야말로 시대의 욕망과 콤플렉스가 역동적으로 충돌하는 시기다. 미래에 대한 미결정성이라는 속성상 사춘기는 강렬한 유토피아지향을 가지기 마련이다. 하지만 확정되지 않은 미래에 대한 유토피아적 열망은 그 열망의 강도만큼 무기력한 자아에 대한 강한 부정과 확인된 가치에 대한 맹목적 숭배의 형태로 나타난다.

3편의 드라마를 관통하는 기억상실증에는 동북아시아를 사춘기적 단계로 볼 만한 특징이 선명하다. 이 과정은 아시아를 부정하고 서구를 긍정하는 사춘기적 양상과 매우 흡사하다. 서구 극복을 위해 제2의 서구를 지향하는 동북아시아의 부상은 외형적으로는 거인이지만 내적으로는 난쟁이인 사춘기와 크게 다르지 않다. 이에 본고는 '「겨울연가」→「태왕사신기」→「꽃보다 남자」'의 흐름을 '개인→민족→동북아시아로 확대되는 과정'에 대응시켜, '낙인된 운명과 무기력한 낭만→판타지 속에 외면되는 민족의 역사→기획력 없는 사춘기의 허무한 역동성'의 의미로 고찰하고자 한다.

2. 낙인된 운명과 무기력한 낭만

「겨울연가」는 2002년 1월 14일 방영을 시작하여 2002년 3월 19일 종

10) 전상진, 「청소년 연구와 청소년상(像)」, 『한국청소년연구』 제17권 제2호, 한국청소년정책연구원, 2006, 7~12쪽.

영한 20부작 미니시리즈이다. 일본에서 「겨울연가」 최종회 시청률이 『요미우리신문』, 『아사히신문』 등 주요일간지에서도 보도될 정도로 드라마의 인기는 폭발적이었다. 특히 간토지역에서는 방송 개시 이래 처음으로 20%를 넘는 20.6%의 경이적인 시청률을 보였다. 2004년 문화관광부의 공식 집계에 의하면 「겨울연가」는 단일 드라마로 일본, 중국, 대만 등 10여 개 국가에 수출되어 총 1,920천 달러 수출실적을 달성했다. 이 드라마로 인한 관광수요 유발 효과, 국가이미지 및 홍보 효과 등의 경제적 파급 효과는 천문학적이며, 후속 드라마의 외국 진출 계기를 마련하는 등 「겨울연가」는 동아시아에서 한류의 기폭제가 되었다.[11)]

그런데 이러한 연예산업적 성공의 이면에는 기억상실증이라는 사회적 병리현상이 도사리고 있다. 서둘러 말하자면 「겨울연가」 열풍은 다양한 형태의 기억상실증이 사회적 동의를 얻은 결과다. 동북아시아에서는 신자유주의 시대 경쟁의 일상화, 한국 내에서는 IMF의 충격 이후 안전에 대한 국민적 욕구가 영원히 훼손되지 않는 낭만 혹은 비현실적인 순애보에 열렬한 갈망을 낳았다. 서구 경제의 블록화에 치열하게 협력해야만 하는 동북아시아의 절박감,[12)] 경쟁하지 않으면 삶을 유지할 수 없다는 극심한 피로감이 과거를 신비화한 「겨울연가」의 첫사랑에 대한 열광으로 표출된 것이다. 물론 이 열광의 핵심에는 현재의 불행을 망각하려는 기억상실증이 있다. 노스텔지어적인 태도로 과거를 신비화한 첫사랑, 운명

---

11) http://ko.wikipedia.org/wiki/겨울연가#.ED.83.80.EA.B5.AD_.EB.B0.A9.EC.98.81.EA.B3.BC_.ED.95.9C.EB.A5.98.EC.97.B4.ED.92.8D(검색일: 2012.9.27).

12) 2000년대에 들어 ASEAN+3을 축으로 하는 지역주의가 본격적으로 가동한 이후, 2003년 중국 주도의 동아시아 싱크탱크네트워크, 2004년 한국 주도의 동아시아포럼과 동아시아 정체성 함양사업, 2005년 일본 주도의 포괄적 인적자원개발 프로그램 등 다양한 기획이 추진 실천되고 있다. 동아시아공동체연구회, 『동아시아 공동체와 한국의 미래』, 이매진, 2008, 172~173쪽.

비극적 요소, 그리고 준상의 기억상실증 등 「겨울연가」는 한결같이 기억상실증을 서사의 중요한 동력으로 삼는다.

기억상실증과 관련하여 이 드라마가 첫사랑이라는 테마를 지나치게 순수하게 다루고 있다는 점에 주목할 필요가 있다. 이 드라마는 성적인 요소가 개입되지 않은 위대한 첫사랑에 대한 노스텔지어를 자극한다. 인물들은 선험적으로 설정한 신비한 첫사랑의 영향으로부터 벗어나지 못한다. 이리하여 순수한 첫사랑의 남성 준상의 기억상실과 재회, 실명, 이를 잊지 못해 고통 받는 유진과 상혁의 삼각관계는 십수 년이 지나도 과거 첫사랑에 고착되어 있다. 눈밭을 뒹구는 어린 연인, 휘날리는 눈보라, 연인의 눈동자에 맺힌 눈물, 애잔한 배경음악 등은 이 드라마에서 과거는 현실에서는 불가능한 로맨티시즘의 극단을 보여준다. 순수한 교정, 흰 눈이 덮인 스키장은 첫사랑의 순수를 과대 포장한다. 여기에는 현재의 비극에 안전하게 대응하는 방식은 과거를 신비한 기원으로 선험적으로 설정하고 여기에서 강한 향수를 느끼며 현실을 외면하는 기억상실증이 작동한다. 노스텔지어에는 자기기만의 소지가 적지 않다. 일상은 결코 상상으로 구성할 수 없는 불편한 실존이다. 현실은 인간의 의지와 다른 방향으로 움직이며, 인간 삶을 옥죄는 경우가 많다. 따라서 노스텔지어는 과거를 선험적으로 신비한 곳으로 규정하여 여기에서 안정을 얻는 것은 자기망각이다.

이러한 자기망각의 로맨티시즘을 극대화하기 위해 드라마는 운명비극적 요소를 도처에 배치한다. 이와 관련하여 드라마의 불행이 윤리적 파탄의 결과가 아니라는 사실을 짚어둘 필요가 있다. 유진, 상혁, 준상의 고통은 오해나 실수와는 무관하다. 인물의 비극은 인간의 의지로 벗어날 수 없는 운명에서 나온다. 가해의 의도가 없음에도 불구하고, 한 인물의 선택은 반드시 다른 인물의 절망을 유발한다. 상혁의 아버지는 미희를

짝사랑했고, 준상의 생모 미희는 유진의 아버지 현수를 좋아했고, 그리고 현수는 유진 어머니와 결혼을 한다. 이렇게 엇갈린 사랑은 운명의 수레바퀴라는 표현[13]대로 유진과 상혁, 그리고 준상에게서 그대로 반복된다. 상혁의 생부가 준상의 아버지로 설정하여 유진은 누구와 결합을 해도 비극을 피할 수 없는 운명비극을 만든다.

그런 점에서 이 드라마는 고전비극의 하마르티아hamartia를 현대적으로 충실히 재현한다. 고전비극에서 하마르티아는 주인공의 실수가 아니라, 신념과 결과의 엇나감으로 인해 발생한다. 비극의 주인공은 중대한 선택의 국면에서 자신의 신념에 근거하여 자신이 행동하지만, 결과는 기대와는 전혀 다른 파국으로 이어진다. 거대한 세계에 맞선 왜소한 인간은 이러한 엇나감을 통해 극심한 고통에 빠진다.[14] 인물들은 개인적 우호와 운명의 적대 사이에서 불행을 판단하는 대신 수용한다. 준상의 등장→실종→재등장과 기억상실이라는 일련의 과정에서 행복은 애초부터 계획되어 있지 않다. 한 회도 빠지지 않는 유진의 눈물씬은 이 드라마의 비극이 해결을 염두에 둔 것이 아니라, 비극 그 자체가 목적이라는 사실을 말해준다.

물론 이러한 비극이 대중의 동의를 얻기 위해서는 현실의 차원을 넘어 보다 깊은 감성을 자극해야 한다. 비극을 미학화하지 않게 되면, 시청자는 논리적으로 설득되지 않는 과도한 비극에 피로감만을 느낄 뿐이다. 인간은 단순히 비극을 견디는 것만으로 살아가기 어렵다. 인간은 불행이 극단화할 때, 인간은 무지막지한 충격을 몽환적 도취의 상태로 바꾸어

---

13) 「겨울연가」 제2화 58:38~1:01:03, http://www.kbs.co.kr/end_program/drama/winter/index.html(검색일: 2012.12.2).

14) 박노현, 「비극으로서의 텔레비전 드라마」, 『한국문학연구』 제36집, 동국대학교 한국문학연구소, 2009, 466쪽.

자기를 보존한다. 불행이 지극해지면 예술적 힘이 폭발하면서 망아의 상태에서 미학적 도취를 경험하게 된다. 극한 고통의 순간에 인간의 내면에서는 환희에 찬 황홀경이 솟아오르는 순수한 미학적 유희, 즉 비극적 카타르시스의 토대가 형성된다.[15] 호모 루덴스, 즉 인류가 참혹한 전쟁을 지속할 수 있는 이유는 잔인성 때문이 아니라, 전쟁을 미학적 유희로 경험하기 때문이다. 「겨울연가」가 동북아시아 전역에서 큰 호응[16]을 받은 것은 바로 이렇게 역사적으로 극도의 비극과 미학적 취향의 거래가 이루어졌기 때문이다. 고단한 삶에 지친 40~50대 중년여성들은 준상과 유진의 비현실적인 순애보에서 오히려 미학적으로 세련된 비감을 체험한다. 동북아시아가 21세기 세계 경제를 위협하는 세력으로 부상하는 과정의 극심한 피로감을 국가를 위한 숭고함으로 승화시키지 않았다면 고통의 인내는 가능하지 않았다. 즉 「겨울연가」 열풍의 주된 요인은 단순히 첫사랑의 향수가 아니라, 하얀 설원에서 몽환적으로 펼쳐지는 불행의 아름다움 속에 작동하는 기억상실증인 것이다.

준상의 기억상실증은 이러한 자기망각이 서사의 전면에 부상한 경우다. 사랑보다 강력한 것이 사랑에 대한 기억이라 해도 좋을 만큼 인물들은 잃어버린 기억을 회복하는 데 전력질주한다. 실제의 시간은 10대 후반에서 30대 중반까지 폭넓게 분포해 있지만, 서사의 핵심은 첫사랑의 잃어버린 기억을 회복하는 데에만 집중되어 있다. 이들 뿐만 아니라, 드라마의 모든 인물들은 강민혁의 정체가 준상이라는 사실을 해명하는 데 골몰한다. 여기에는 기억상실증 이전을 완전한 시간대로 여기는 과거에

15) 심재민, 「니체의 아리스토텔레스 비판과 비극론」, 『드라마연구』 제35집, 한국드라마학회, 2011, 254~256쪽.

16) 양성희, 「'겨울연가'와 욘사마 열풍」, 『신문과방송』 제1호, 한국언론재단, 2005, 101쪽.

대한 노스텔지어가 포함되어 있다. 준상과 유진은 첫사랑의 기억과 공모하여 처음만을 순결하고 영원한 것으로 신봉하며, 스스로를 현실의 문제로부터 소외시키는 것이다.

그러나 운명이 너무 가까이 있으면 두려워진다는 민혁의 대사[17]처럼 과거에 대한 노스텔지어는 현실에 정착하지 못하고 근거없이 과거를 미화하게 만든다. 노스텔지어는 실재를 그리워하는 것이 아니라, 실재하지 않은 허상에 대한 향수이다. 기억상실증 환자는 기억을 회복해야 하는 당위성으로 인해서 자신이 잃어버린 기억이 반드시 유토피아적인 것으로 만들어 놓고 이를 진실로 오인한다. 말하자면 존재하지 않았던 것에 대한 그리움, 즉 상상된 향수다. 이 향수는 현재라는 시간성을 제거하여 자연스럽게 공간성을 강조하고, 시간이 제거된 공간은 신비롭게 가공한다. 시간－공간의 인식구조에서 시간을 배제하면 남는 것은 공간이다.[18] '「겨울연가」'라는 제목대로 남녀의 사랑은 한결같이 하얀 설원을 바탕으로 하며, 설원의 아름다움은 인간을 몽환의 상태에서 평생 헤어나지 못하게 한다.[19]

일반적인 병과 달리 기억상실증 환자를 바라보는 시선에는 신비감이 개입한다. 기억상실증이 과거를 명확하게 해명되지 않는 신비의 상태로 만들기 때문이다. 눈이 없는 서울은 해야 할 일과 내가 해서는 안 되는 일이 너무 잘 보이는 것 같아서 다시 돌아가고 싶다는 준상의 말[20]에서 기억상실증이 얼마나 현재를 역사적 감수성의 대상으로 변질시키는가를 포착할 수 있다. 기억상실증 환자는 하얀 설원에 매료되어 현실감이 없

17) 「겨울연가」 제6화 앞의 사이트, 23:15~24:04.
18) 김미란, 「관념적 근원에 대한 기억으로서의 첫사랑」, 『대중서사연구 11집』, 대중서사학회, 2004, 197쪽.
19) 김용석, 『문화적인 것과 인간적인 것』, 푸른숲, 2000, 116~118쪽.
20) 「겨울연가」 제11화, 앞의 사이트, 00:43:09~00:44:24.

는 원초적 시간대에서 향수와 판타지 사이의 긴장 속에서 끝없이 무기력해진다.

이로 인해 근원적인 인간의 실존적 부조리에 대한 질문을 의도적으로 회피하게 된다. 처음과 첫사랑에 집착하는 것은 처음이라는 기원을 선험적으로 신성하게 규정하고 신비화하여, 이에 기대어 현재를 살고자 하는 무기력한 신화적 전망이다. 첫사랑에 대한 낭만적 몰입을 미화하면서 사랑을 완전한 것으로 관념화하는 것은 비극의 본질을 망각시킨다. 사실 「겨울연가」에서 비극은 인간의 무지에서 발생한다. 모든 비극의 원인은 준상의 생부가 누구인지 모르기 때문이다. 얽히고 설킨 인간관계를 자신의 입장에서 단편적으로 해석하여 전달된 증언에 의해 사건의 흐름은 예측할 수 없는 방식으로 급선회하곤 한다. 비극은 인간 삶을 기획하고 파괴하는 힘이 한 인간의 이성이나 정의의 바깥에 있다는 부조리한 깨달음에서 나온다. 자신과 세계에 대한 지각을 일깨우는 '나는 누구인가'하는 실존적 회의는 비극으로부터 비롯된다. 인물들의 유일한 결함이 무지라는 사실은 매우 중요한 실존적인 테마다. 무지에 의해 몰락하는 경험은 인간의 정신을 고양시키는 힘이 있기 때문이다.[21]

하지만 「겨울연가」는 운명에 의해 파멸될 수밖에 없는 인간의 무지에 대해 고민하는 대신 사건 그 자체만 부각시킨다. 준상의 기억상실은 인간의 절실한 실존 문제를 단순한 연민에 기초한 감상적 멜로에 한정시킨다.[22] 예기치 못한 파국으로 이어지는 선한 의도의 빗나감, 이성과 합리

---

21) 박노현, 앞의 글, 2009, 468쪽.

22) 제작진이 밝힌 기획의도 자체가 서정적인 겨울영상 속에서 영원히 변치 않는 첫사랑의 테마를 미스테리의 구조로 다루는 것이었다. 드라마뿐만 아니라 주연배우 배용준의 바람머리, 색색의 머플러 등 의상 코디네이션도 마케팅 팀과의 서정미를 염두에 둔 사전 조율을 한 서정미를 위한 한국방송 최초의 종합콘텐츠상품이다. http://drama.kbs.co.kr/winter(검색일: 2013.1.17).

로는 예측할 수 없는 불가항력적 세계 앞에 인간이 패배하는 것에 대한 고민[23]없이 만남과 이별의 조합이 반복된다. 물론 이러한 반복이 허용되는 데에는 빈부격차의 확대와 계층의 고착화, 무한경쟁과 시장만능의 전장에 결정권을 넘겨주어야 하는 현실에 대한 속수무책적 불안, 그리고 이로 인해 영원히 변치 않는 유토피아적 낭만에 대한 시대적 열망이 배경이 되고 있다. 물질적 파산과 정신적 파탄 속에서 유일한 탈출구로 첫사랑과 같은 특정 시기를 낭만화하여 여기에 예속되려는 자학이 「겨울연가」와 같은 운명비극을 암묵적으로 요구했던 것이다.

요컨대 「겨울연가」는 무기력한 신비와 낭만 속에서 현실에 대한 냉철한 판단을 포기하는 기억상실증의 병적 징후를 드라마화한다. 이는 실재했던 과거에 대한 노스텔지어가 아니라, 결코 일어난 적이 없는 과거에 대한 오인이라는 점에서 과거를 허구화하는 한계에 봉착한다. 이는 불행을 정면으로 응시하지 못하게 하면서 현실을 외면하는 것이다. 인간의 의지가 개입할 여지가 없을 만큼 운명이 전횡적으로 결정권을 행사한다는 논리로 인간의 무기력함에 면죄부를 주어버린다. 불확실한 현재를 개척하는 대신 익숙하고 아름다운 과거의 환각에 안일하게 남는 길을 택하게 된다. 「겨울연가」의 기억상실증이 개인적 차원에서 무기력한 낭만으로 현실망각의 기제로 작용한다면, 「태왕사신기」의 기억상실증은 역사 자체를 증명할 수 없는 신비의 세계로 이행한다.

23) 심재민, 앞의 글, 2011, 244쪽.

3. 판타지 속에 외면되는 민족의 역사

「태왕사신기」가 「겨울연가」의 범아시아적 흥행에 고무되어 기획 제작 유통의 전 단계에서 일본과 중국 등 아시아 전역 수출을 염두에 두었다는 점은 이 드라마가 철저한 시장논리로 무장한 문화상품임을 환기시킨다. 배용준이라는 거물급 한류스타를 전면에 내세워, 430억 원이라는 막대한 제작비가 투입된 이 드라마는 애초부터 동북아시장을 공략하기 위해 문화상품으로 기획되었다.[24] 드라마가 제작되던 2007년 전후 한국의 경제불황은 매우 심각했다. 2006년부터 지속된 성장둔화는 소비 위축을 불러왔고, 대중문화 분야에서도 새로운 시장 개척의 요구는 절박했다. 이때 제작진들이 시선을 돌린 곳은 광활한 중국대륙이다. 무역 교역만 놓고 보면 2004년에 이미 중국은 미국을 제치고 한국의 최대 교역국으로 급부상하였다. 「태왕사신기」가 고구려사를 퓨전판타지사극으로 제작한 이유도 중국을 최대 소비시장으로 끌어 들이지 않으면 안 되는 한국시장의 요구, 한중일 3국의 강대국 콤플렉스[25]를 두루 충족시킬 수 있는 고구려사라는 점에서 「태왕사신기」는 시청률을 보장받은 안전한 투자 상품이었다.[26] 따라서 정치적 충돌 방지와 흥행이라는 두 가지 문

---

24) 김강원, 앞의 글, 2008, 156쪽.

25) 노수연, 「전통의 발명과 정치적 동시대성 –한중일 역사드라마의 민족적 상업주의」, 『플랫폼』 제12호, 인천문화재단, 2008, 51쪽.

26) 실제로 430억이란 제작금액은 국내에서 방영되고 소비되는 것만을 염두에 두었을 때는 현실적으로 투자되기 어려운 금액이다. 그렇기 때문에 기획단계에서 수출, 특히 일본을 비롯한 아시아 지역의 수출을 염두에 두었음은 분명한 사실이고, 이 과정에 드라마 연출에서 일본이나 중국의 취향을 적극적으로 고려하는 것 역시 당연한 전략이었다. 연출의 중요한 효과부분인 음악에서 일본의 유명작곡가인 히사이시 조의 음악을 사용하거나 헐리우드 컴퓨터그래픽팀을 섭외하고자 했던 시도

제를 동시에 해결하기 위해서 고증의 책임으로부터 자유로운 퓨전판타지를 택한 것은 필연적인 선택이었다.

하지만 드라마를 판타지로 제작하면서 드라마 전체가 역사를 회피하는 기억상실증의 문제가 대두된다. 「겨울연가」와 뒤에서 다루게 될 「꽃보다 남자」가 한 인물의 기억상실증을 다룬다면, 「태왕사신기」는 판타지의 방식 자체가 역사에 대한 기억상실증의 역할을 한다. 이 드라마는 고조선사의 예언을 고구려사에서 성취하는 내용을 큰 줄거리로 하는 허구, 즉 판타지다. 이때 드라마는 고조선사와 고구려사의 연속성을 깨트려 고구려사의 담덕, 기사, 수지니는 자신들이 고조선사의 환웅, 가진, 새오라는 사실을 망각하도록 설정한다. 두 여인이 한 남성을 두고 벌이는 사랑의 고통은 예언의 인물인 주작이 누구인가를 기억하지 못해서 벌어진다.

여기서 판타지는 드라마의 제작 방식이 고증을 필요로 하지 않는다는 점은 중요하다. 신비함을 전면에 내세우는 퓨전판타지는 민족 고유의 기억을 세계사적 보편기억으로 바꾸는 기원지우기와 같다. 퓨전판타지를 표방할 경우, 역사에 관한 진실과 허구의 논의에서 자유로워질 수 있기 때문이다.[27] 인물의 복장만 보더라도 신녀의 옷은 시대나 국적을 알 수 없는 모호한 드레스가 되고 있다. 전사들의 복장, 거란족의 의상 역시 판타지물이나 「스타워즈」와 같은 SF 장르물의 전사 복장, 혹은 변방민족의 이미지를 한국적 가공 없이 그대로 활용한다. 그럼에도 불구하고 벼슬머리의 주무치나 번개머리의 화천 대장로, 대처로의 가면, 수지니의 미니스커트 등 복장에 대한 기사나 시청자 의견은 호기심이나 재미의 차원에서 논의될 뿐 고증에 대해서는 크게 문제 삼지 않았다. 드라마가 역사드

역시 이러한 맥락의 일환이었다. 김강원, 앞의 글, 2008, 164쪽.

27) 김강원, 앞의 글, 2008, 158쪽.

라마가 아닌 판타지라는 트렌디물로 소비되고 있다는 증거다. 기억하는 행위에는 반드시 기원의 소급과정이 수반된다. 기억은 문화적 차원에서 전수되는 것으로서 한 공동체의 정체성을 지속적으로 유지하기 위해서는 응당 집단의 기원 문제에 집중되기 때문이다. 집단의 기억은 특정시간을 실체화할 의무가 있다.[28] 이때 기원을 호출할 때에는 현재 자명한 것으로 되어 있는 모든 개념이나 가치를 그 발생지점까지 추적하여 그 가치와 개념에 대해 의문을 갖는 비판적 계보학의 과정이 수반되어야 한다.[29] 그러나 판타지를 표방하는 「태왕사신기」는 민족의 기원을 탐색하기보다 로맨티시즘으로 포장하고 있다.

이렇게 판타지는 증명할 것이 없으므로 기억할 실체가 없는 역사적 기억상실증을 유도한다. 새오로 이름이 바뀐 웅녀, 환웅이 광개토대왕으로 환생한다는 스토리는 역사를 미장센의 일부로 차용하면서 민족사를 무국적적 신비에 가두어 놓는다. 여기에 따르면 환웅은 어느 역사에나 보편적으로 등장하는 보편적인 건국영웅일 따름이며, 풍백, 우사, 운사, 현무, 청룡, 백호, 주작 역시 역사의식에 근거한 사실의 호명보다는 서사를 위한 배경과 현대적 미장센의 일부로서 차용에 가깝다. 드라마에 등장하는 다양한 소품과 음향, 스토리텔링 방식, 유연한 상징들은 그 시대의 방향타를 짐작할 수 있는 중요한 지점들이다. 이 드라마는 기획 의도와 달리 거대한 서구적 매트릭스 안에서 서구적 가치를 재분배하고 있다. 그리하여 신비성을 위해 설정한 2천 년 전[30]이라는 신화적 시간대, 성聖과 성性의 경계를 넘나드는 네 남녀의 얽히고설킨 러브스토리는 동양의 정

---

28) 우미영, 「문화적 기억과 역사적 장소」, 『국어국문학』 제161집, 국어국문학회, 2012, 477쪽.
29) 이진경, 『자본을 넘어선 자본』, 그린비, 2004, 329쪽.
30) 「태왕사신기」 제11화, 앞의 사이트, 00:17:19~00:18:13.

적 이미지 대신 서구의 동적인 멜로물로 변질되고 있다. 기억 행위는 주로 개념과 이미지가 결합한 양태를 통해 이루어지며 상징텍스트 그림의례 기념비 등이 이에 속하며, 민족의 기억은 바로 이러한 다양한 기억의 제도적 장치를 통해 확립된다.[31] 민족정체성은 의지와 전략만의 문제가 아니라, 일상에서 경험하는 구체적인 물질 속에 얽혀 있는 것이다.[32] 때문에 이 드라마는 민족주의를 전면에 내세운다는 기획의 의도와 실제 드라마가 소비되는 감수성 사이에는 현격한 괴리가 있을 수밖에 없다.

진실을 외면할 때 '역사는 감성화' 한다. 「태왕사신기」의 기억 문제는 단순히 사실과 허구의 경계를 모호하게 만든 데 있는 것이 아니다. 블루스크린 위에서 촬영되고 CG로 덧입혀진 스펙터클한 화면에서 시청자는 이성이 작동할 여지를 잃는다. 경이로운 디지털 테크놀로지는 현실의 내러티브로 환원되는 것을 막으며 비현실적이고 숭고한 감정을 불러일으킨다.[33] 스펙터클로 명명되는 거대한 이 기술적 현상은 사실이 아닌 멜로를 민족사의 전면에 부각시켜 공식기억으로부터 이탈하고 서구 자본주의적 감성에 근거한 기억을 절대화한다. 격동의 세월을 산 담덕을 카리스마적 지도자상을 탈피하여 현대적 감수성을 자극하는 부드러운 남성으로 탈역사화한다.[34] 물론 가공되지 않은 원래 그대로의 기억이란 존재하지 않는다. 모든 기억에는 왜곡이 개입하기 마련이다. 기억 역시 애초부터 시간과 사회에 의해 조작되는 정치적 제도다. 따라서 기억의 원재료가 있다는 믿음을 숭상하는 것은 대단히 위험한 일이다. 마찬가지로 역사도 불변의 과거를 보존하는 것이 가능하지도 않을 뿐더러, 현재의

---

31) 우미영, 앞의 글, 2012, 478쪽.
32) 팀 에덴서, 박성일 옮김, 『대중문화와 일상, 그리고 민족 정체성』, 이후, 2008, 14쪽.
33) 문재철, 「현대영화에서 내러티브와 스펙터클의 관계」, 『문학과영상』 제5권 제2호, 문학과영상학회, 2004, 175쪽.
34) http://cafe.naver.com/spaad/105(검색일: 2013.2.1).

정치에 동원하기 위해 역사 자체를 재구성하는 것은 필연적인 현상이다.[35] 따라서 판타지 자체가 문제라고 할 수는 없다. 문제는 재구성의 방향이 오직 서구적 시장논리를 재분배하는 방향으로 진행되는 것이다. 즉 이 드라마의 스펙터클은 역사를 감성화하여 특수한 민족사를 보편적 영웅주의로 변질되는 역사적 기억상실이라는 한계를 낳는다.

이렇게 「태왕사신기」는 한국사를 감성적인 보편사로 탈바꿈시킴으로써 만에 하나 불거져 나올 수 있는 중국과의 역사분쟁[36]을 잠재웠다. 뿐만 아니라 드라마의 서사를 한민족의 신화가 아닌 보편적 영웅의 건국스토리로 바꿈으로써 한국과 중국 모두에게 강한 국가를 지향하는 욕망[37]을 두루 충족시켜 주었다. 한국의 입장에서는 민족국가에 대한 자부심, 분단 극복과 대륙 진출의 열망 등을 충족시켜줄 수 있다. 중국에게는 천하를 지배했던 과거 제국 지배의 욕망을 환기시키는 효과가 있다. 담덕의 결함은 건국의 성취를 부각시키는 역사적 고난이 아니라, 멜로를 위한 장식으로 전락한다. 담덕의 건국과 즉위는 이미 예언되어 있으므로, 담덕의 고난은 장식적 잉여가 되고 만다. 담덕의 위기 극복 여부는 정치력의 발휘로 극복되기보다 수지니와 기하 중 어느 여인이 예언의 인물인가에 따라 결정된다.

흥미로운 점은 예언이 인물의 욕망에 따라 쉽게 조작된다는 것이다. 일반적으로 국가적 운명, 영웅의 행위에 정당성을 부여하기 위해서 합법적 장치로 예언은 개인적 상황과 욕망에 의해 흔들리지 않는 부동성을 갖는다. 그러나 담덕의 사랑을 얻기 위해 혹은 연호개에게 왕위를 물려

---

35) 안병직, 앞의 글, 2007, 279~286쪽.
36) 김현숙, 「역사적 관점에서 본 태왕사신기」, 『역사와 담론』 제49집, 호서사학회, 2008, 4쪽.
37) 노수연, 앞의 글, 2008, 51쪽.

주기 위해 예언은 쉽게 조작된다. 연씨 집안의 호개가 진정한 왕이라면 그가 왕이 되는 것이 이 나라를 위해 옳다는 담덕의 말[38]은 주신의 뜻에 순응하는 것이 아니라, 담덕의 정치적 발언에 불과하다. 예언이 과거에서 미래를 증명하는 것이 아니라 현재의 욕망을 충족시키기 위한 정치적 수단으로 활용되는 것이다. 예언의 핵심은 말하는 행위에 있다. 예언에서 중요한 것은 말의 내용이 아니라, 말을 하는 행위 그 자체다. 예언을 할 수 있다는 것 자체가 최고권위자라는 사실을 증명하기 때문에 예언은 행위만으로도 권위를 갖는다.[39] 「태왕사신기」 전체가 누가 흑주작인가를 밝히는 데 집중되어 있는 것은 예언을 통해 권력을 독점하기 위해서다.

그런 점에서 자의적으로 변경이 가능한 「태왕사신기」의 예언 속에는 역사의 진실성에 대한 망각을 전제로 한다. 이 드라마는 민족의 대서사를 표방하면서도 민족 고유의 기억을 전혀 반영하지 않는다. 분명한 역사인식보다도 순간적인 감정의 변화, 우발적인 사건이 예언을 조작하게 한다. 물론 이는 소비를 위해 자신을 연출하는 것이 대중매체의 타고난 운명이다. 이 드라마가 아무리 민족적 틀 안에서 기획되었다 하더라도 한류라는 초국적 문화콘텐츠를 지향하는 한 이 민족의 스토리텔링은 보편적 감수성이 승인한 한에서만 짜맞추어질 수밖에 없다. 따라서 드라마의 예언은 표면적으로 매우 숭고한 민족정신의 구현처럼 보이지만, 실제로는 민족의 기원을 지우는 기억상실증을 수행하고 있다. 예언은 여기에는 태어날 때부터 영웅이었던 자가 고난과 역경을 딛고 다시 고귀한 신분을 회복한다는 귀족의 성공스토리를 신화적으로 포장해준다. 이 드라마가 수지니와 담덕의 결연에 집중되어 있는 것은 바로 21세기 한국의 성공담

---

38) 「태왕사신기」 제14화, 앞의 사이트, 00:19:53~00:20:58, 제24화 00:21:19~00:21:38.
39) 서동욱, 「예언이란 무엇인가」, 『철학과 현상학 연구』 제21집, 철학현상학회, 2003, 278쪽.

론에 편승한 혐의가 짙다. 과거 영토의 정복군주대신 민생에 주력하는 광개토대왕의 모습은 자본의 팽창과 같은 자본주의적 욕망을 성취하는 결과를 확인하는 데에만 집중하고 있다.[40)]

요컨대 「태왕사신기」는 고조선사와 고구려사를 퓨전판타지와 멜로물로 제작하여 민족의 시원을 무국적적 신비 속에 가두고, 민족 고유의 기억을 세계사적 보편기억으로 바꾸는 기원지우기로 귀결된다. 신비한 사적 세계를 판타지로 만들 경우, 여기에는 역사가 없으므로 민족의 기억 자체가 존재하지 않는다. 초국적 콘텐츠로 만들어진 상상의 영토가 민족 정체성을 약화시키는 것은 자명한 일이다. 결국 「태왕사신기」는 판타지와 예언의 모티프는 기억의 식민지화라는 한계를 낳는다. 예언의 자의적 변경, 멜로를 위해 동원된 판타지와 스펙터클 속에서 고구려사의 민족기억은 실체가 없는 허상으로 전락하며, 이로 인한 신비함은 시각관광을 통해 역사를 즐기려는 동북아시아의 소비자를 위해 고안된 거대한 이미지의 집합[41)]일 뿐이다. 이 드라마가 과연 민족의 기억을 의지대로 전달 불가능하다는 사실은 동북아라는 시장을 겨냥하여 제작되었다는 사실만으로도 분명해진다. 이는 이제 「꽃보다 남자」로 가면서 한국적 상황에 국한되지 않고 동북아시아 전체의 문제로 확대된다.

4. 기획력 없는 사춘기의 무지한 역동성

기억상실증이 「겨울연가」에서는 첫사랑이 할당된 운명에 대한 무기

40) 진보평론 편집부, 「주몽과 태왕사신기」, 『진보평론』 제34집, 2007, 250쪽.
41) 안수정, 「영국 헤리티지 영화에 재현된 군주성의 변화」, 『문학과영상』 제13집, 문학과영상학회, 2012, 269~270쪽.

력한 순응을 의미하고, 「태왕사신기」에서는 민족을 무국적인 판타지로 재구성하여 현재를 망각하는 것이라면, 「꽃보다 남자」에서는 서구적 명품과 유학의 모티프로 동북아시아적 인정을 망각하는 양상으로 확장된다. 「꽃보다 남자」는 신화재벌과 그룹 후계자인 준표의 위상을 명품과 대저택이라는 서구의 문화적 상징물을 과도하게 강조하며 동양에 대한 지리적 기억을 삭제한다. 이 드라마는 세계 최강국으로 도약하려는 욕망의 기저에 동북아시아적 가치를 망각하고 서구의 논리에 충실하려는 2인자의 모습을 전제하고 있다.[42] 최상위 1%의 극단적 풍요와 낭비에 가까운 문화소비, 재벌과 서민 남녀의 순수한 사랑이 실제로는 서구 중심주의의 실천이라는 점이 구준표의 기억상실증을 통해 암시되고 있다.

「꽃보다 남자」의 신화재벌은 끊임없이 서민과 재벌의 비교우위, 그리고 서구의 기업과의 비교를 통해서 자신들의 위상을 증명받으려 한다. 신화재벌의 모든 기획은 서구를 복제하는 데 있다. 하지만 절대강자는 비교를 불허한다. 부동의 1위, 1%에 의한 1%를 위한 귀족학교라는 표현[43]은 절대적 우위를 점하지 못하는 2인자의 자기증명 방식이다. 권력은 행사되는 것이 아니라, 실존 그 자체만으로 가치를 획득한다. 존재 자체가 권력이기 때문에 증명이라는 절차를 필요로 하지 않는다. 따라서 서사와 무관하게 빈번하게 등장하는 서구의 명품들은 바로 신화그룹의 위상이 아직 세계적 수준에는 미치지 못하고 있음을 보여준다. 자신의 가치를 스스로 명명하는 힘이 권력이라면,[44] 서구의 권위에 호출을 기다

---

42) 권유리야 · 이재봉, 「실체를 상실한 문화상상으로서의 동북아시아」, 『동북아시아문화학회』 제24집, 동북아시아문화학회, 2010, 131쪽.

43) 「꽃보다 남자」 제1화, 00:00:11~00:02:01, http://www.kbs.co.kr/section/adTest.html (검색일: 2012.12.2).

44) 조르조 아감벤, 정문영 옮김, 『언어의 성사 – 맹세의 고고학』, 새물결, 2012, 113~114쪽.

리는 신화그룹은 동북아시아가 여전히 서구의 복제품으로 살아가고 있음을 증명한다. 이런 점에서 신화그룹은 고유명사이면서도 고유명사로 보기 어렵다. 고유명사는 보통명사처럼 이름과 외부의 대상과의 1:1 관계를 갖지 않는다. 고유명사는 그 이름 자체가 속성이 되는, 그리하여 내용 자체가 비어있는 순수한 실존이다. 따라서 드라마에서 세계 최강을 향한 신화그룹의 역동성의 실체는 결과적으로 동북아시아가 자신을 부정하는 자기망각의 오리엔탈리즘이다.

이런 사실에도 불구하고, 이 드라마가 동북아시아에서 광범위한 호응을 얻은 사실은 그만큼 권력과 서구를 동일시하는 경향이 팽배함을 알려준다. 상위 1%를 향한 서민의 열망은 구준표 일가의 폭력을 오히려 권력에 대한 심리적 허기를 채워주는 선망의 대상으로 오해한다. 이는 유교전통에서 기인한 바 크다. 동북아시아의 유교적 전통에서는 권력 속에는 억압에 대해 지배층과 피지배층이 암묵적 동의가 내포되어 있다. 지배층에게는 현재의 권력을 확인하는 방식이 학대라면, 이 사디즘은 피지배계층의 학대를 미래 자신이 속할 권력의 학습장으로 이해하는 메저키즘적 호응이 존재하기 때문에 가능하다. 여기에 따르면 동북아시아에서는 구준표 일가의 폭력은 폭력이 아니라 권력으로 이해된다. 억압에 훈련된 동북아시아에서 F4의 폭력은 동북아시아에도 마초적 권력이 엄존함을 확인하고 오히려 안도하는 집단한풀이의 기제가 된다.

이런 동북아시아의 역사적 특수성 속에서 구준표의 폭력은 사랑이라는 정화장치, 즉 폭력에 대한 망각의 메커니즘을 갖춘다. 어느 시대나 강자들은 삶의 가치를 자신이 훼손시켰으면서도 훼손된 가치를 인지할 때 자신이 더럽혀진 것 같은 모멸감을 느낀다. 이 모멸감은 마치 자신은 세계에 대하여 어떠한 횡포도 부릴 수 없는 순수한 존재로 기억을 왜곡할 때 해소된다. 이 드라마에서 금잔디의 순수함은 이러한 기억의 왜곡에 기여한다. 금잔디가 등장하면서 구준표는 폭력적인 재벌가 후계자에서 사랑을 방해받는 순수한 소년으로 존재 가치가 달라진다.[45] 드라마가 폭력적인 재벌가의 이야기임에도 시종일관 순정만화같이 느껴지는 것은 이렇게 폭력을 사랑의 형태 속에 은폐하기 때문이다. 권력은 야만적 속성을 유지하기 위해 약자에게 순수의 역할을 강요한다. 다시 말해서 금잔디는 자신도 모르게 가해의 기억을 피해의 기억으로 바꾸는 기억의 조정술을 담당해야 한다.

기억의 조정술을 동원해야 유지가 된다는 점은 동북아시아가 권력의 자기충족성이라는 측면에서 심각한 한계가 있음을 의미한다. 무엇보다 모든 갈등이 해소된 순간 발병한 구준표의 기억상실증은 스스로의 가치를 어떤 다른 대상에 의존하지 않고 명명하지 못하는 한계를 보여준다. 금잔디와의 교제를 허락받고 이제 그룹의 후계자로서 경영능력을 증명해야 하는 순간 느닷없이 외상후스트레스장애로 기억이 영영 돌아오지 않을 지도 모른다는 진단은 역사의 침체기를 성공적으로 극복했지만 세계 리더로서 기획력을 갖추기에는 여전히 미흡한 동북아시아의 현실을 암시한다.[46] 구준표의 지적능력이 세계굴지의 그룹을 경영할 만큼 탁월하지 못하다는 것은 이미 드라마 도처에서 확인되었다.

여기서 구준표가 고등학생으로 설정되었다는 사실은 중요하다. 철없는 F4의 주된 일과는 부모의 부와 권력을 이용한 폭행과 협박, 쇼핑과 연애와 같이 소모적인 일뿐이다. 이들은 스스로 권위를 확립하기보다, 파괴적이고 특이한 행동으로 관심을 사려는 미숙한 청소년에 불과하다. 그렇기 때문에 드라마는 금잔디와의 사랑을 둘러싼 엄마와의 마찰 장면이 압도적으로 많은 양을 차지하고, 갈등이 해소된 이후에 구준표가 경영

45) 「꽃보다 남자」 제1화, 앞의 사이트, 00:39:38~00:40:11.
46) 「꽃보다 남자」 제24화, 앞의 사이트, 00:42:07~00:46:03.

일선에서 그룹을 진두지휘하는 모습은 보여주지 못하고 기억상실증으로 처리할 수밖에 없는 것이다.[47)] 기억은 현재에서 과거를 확정하는 사후판단 행위다. 기억되기 전의 과거는 어떠한 판단이 개입되지 않은 미결정 상태다. 기억의 행위가 개입할 때 미결정의 상태는 비로소 이데올로기적으로 재구성되는 헤게모니적 실천이 된다.[48)] 법학을 공부하러 파리로 떠난 민서현, 스페인에서 도예를 공부하겠다는 소이정, 늘 뉴욕에 머무는 신화그룹의 회장을 통해 볼 때, 「꽃보다 남자」에서 동북아시아는 일시적인 경유지에 불과하다.

이는 구준표가 기억을 회복하자마자 수십 개의 특급호텔과 편의, 위락시설을 완비한 아시아의 토탈리조트시티 건설을 계획함과 동시에, 금잔디와 F4와 결별을 선언하는 데서도 확인된다. 이제 구준표에게 금잔디는 한낱 계집에 불과하며, 오랜 친구 F4는 한심한 애들[49)]일 뿐이다. 기억에는 반드시 선택의 논리가 작용한다. 힘의 논리에 의해 어떤 것은 존속하고 어떤 것은 억압되며 나머지는 폐기된다.[50)] 세계 굴지의 그룹으로 나아가기 위해서 인정이라는 동양적 가치를 외면해야만 한다는 의식은 서구 개인주의의 가학적 지배욕망과 자학적 예속콤플렉스를 동시에 부여하는 보편의 조작에 공모하는 것이다. 뉴욕이라는 세계표준에서 밀려난 그룹을 표준의 주인공으로 만들기 위해서는 자신과 주변을 함께 배제하는 공모와 소외의 과정을 반드시 거치게 되어 있다.[51)] 여기에는 세계표

---

47) 권유리야 · 이재봉, 앞의 글, 2010, 129쪽.
48) 부산일랑 · 박수경, 「기억이라는 문제」, 『로컬리티 인문학』 제3집, 부산대학교 한국민족문화연구소, 2010, 216쪽.
49) 「꽃보다 남자」 제14화, 앞의 사이트, 00:03:11~00:36:49.
50) 안병직, 앞의 글, 2007, 281쪽.
51) 배윤기, 「의식의 공간으로서 로컬과 로컬리티의 정치」, 『로컬리티 인문학』 제3권, 부산대학교 한국민족문화연구소, 2010, 111쪽.

준에 대한 몰두만이 있다. 권력은 상위를 조망할 수 있어야 권력으로 부를 수 있다. 상위의 조망은 아주 가까이 있는 것의 밖을 넘어본다는 의미다. 이는 단지 시선을 돌리기 위한 것이 아니라, 더 커다란 전체로 세계를 구성하기 위한 권력의 작용이다.[52]

그런데 구준표가 F4 친구와 금잔디를 포기하는 것은 오직 신화그룹의 번영만을 도모하는 것은 상위의 조망에는 무능한 동북아시아의 로컬에 갇힌 현재를 보여주고 있다. 일본은 정치 군사적 패권으로 표현되는 과거의 영광에 집착하고 있고, 한국은 과거의 식민 피지배에 대한 기억으로부터 벗어나지 못함으로써 스스로가 사고의 폭을 제한시키고 있다. 중국은 낡은 유교논리를 재도입하고 탐원공정이나 동북공정 등과 같은 갈등 많은 중화주의 부활에 골몰함으로써 역시 절대보편으로 군림하기에는 역부족이다.[53] 세계비전을 가문의 비전으로 축소시키는 신화그룹에서 세계공화국에 대한 비전은 찾아보기 어렵다. 세계화 시대에 사유와 지식에 대한 도덕적 인지적 통찰의 범위는 민족 중심의 일국단위의 국가적 차원에만 머물러서는 곤란하다. 동북아시아는 서구의 가치를 실천하는 데는 능수능란하지만, 실제 지금 세계의 시스템은 서구가 구축한 것은 아니다.

우리가 알고 있는 바와는 다르게 실제로 보편이라는 가치는 서구가 행하기 이전부터 계속되어 왔었다. 서구가 패권을 쥐기 이전인 1800년대만 하더라도 중국과 인도, 동남아시아와 서아시아가 서구보다 더 활동적이었고 세계경제에서 차지하는 비중이 훨씬 컸다. 다시 말해서 서구는 자

52) 최치원, 「초국가적 지평으로서 동북아시아를 상상하기」, 『국제관계연구』 제14권 제1호, 고려대학교 일민국제관계연구원, 2009, 176쪽.

53) 미국을 비롯한 서구 유럽의 패권에 도전하기 위해선 동북아시아는 앞으로도 15~20년은 족히 걸린다는 것이 전문가들의 지적이다. 백영서 외, 『동아시아의 지역질서: 제국을 넘어 공동체로』, 창비, 2005, 29쪽.

기중심으로 세계의 경제를 구축하지 않았고, 이미 구축된 체제를 이용하였을 뿐이다.[54] 이렇게 서구의 위상은 거인의 어깨에 올라탄 난쟁이적 측면이 있음에도 불구하고, 서구는 마치 자력으로 세계적 시스템을 구축한 것처럼 오리엔탈리즘을 선언하고 있으며, 동양 역시 이를 적극적으로 수긍하고 있다. 동북아시아가 미흡한 부분은 보편을 창출하는 권력이 없는 것이 아니라, 자기 가치가 타인의 가치로 재수입하는 어리석음이다.

그런 점에서 「꽃보다 남자」에서 구준표가 뉴욕에서 후계자 수업을 받는 것은 세계리더로서의 비전을 결여한 것이다.[55] 드라마의 인물들에게 동북아시아는 세계적 성공을 위해서 일시적으로 거쳐가는 경유지에 불과할 뿐, 기억할 것이 없는 무의미한 공간에 불과하다. 신화그룹의 경영자인 엄마가 동북아시아에 거주하지 않고 늘 뉴욕에 체류한 것 역시 서구의 로컬로 만족하는 동북아시아의 초라한 현실을 엿볼 수 있다. 구준표를 청소년으로 설정한 것, 기억상실증로 인해 세계 경영에 당장 뛰어들지 않아도 되는 정당성을 마련한 것이다. 중국과 일본의 경제력은 미국에 이어 2위와 3위를 점하고 있고, 한국도 세계 15위에 랭크될 만큼 동북아시아의 경제력은 매우 위협적이다.[56] 동북아시아는 동남아시아를 비롯한 주변지역에 대한 영향력 확대를 추구할 능력은 이미 충분히 갖추었다. 그럼에도 불구하고 동북아시아는 독보적인 가치체계를 구축하기보다는 제2의 서구를 꿈꾸는 한계를 보인다.

물론 모든 것이 보편화된 세계화 시대에 동북아시아만의 고유성을 주장하기는 어렵다. 전통 자체도 근대의 상품으로 발명되고 구성되는 자본주의에서 고유의 가치는 엄격하게 말하면 모든 것이 기획의 산물이다.

---

54) 안드레 군더 프랑크, 이희재 옮김, 『리오리엔트』, 이산, 2003, 45~229쪽.
55) 권유리야 · 이재봉, 앞의 글, 2010, 130쪽.
56) http://bluekebab.tistory.com/44(검색일: 2013.2.5).

중요한 것은 동북아시아 가치의 실재하는가의 여부가 아니라, 동북아시아의 가치를 선언할 수 있는 기획력의 유무다. 모든 가치는 권력자에 의해 구성되는 것인 바, 세계 구성력이 없는 2인자는 1인자의 가치를 실천할 뿐이다. 구준표의 기억상실증, 그리고 기억회복 후의 바로 뉴욕 유학을 결정하는 것은 동북아시아가 세계화 시대를 능동적으로 견인할 수 있는 미래의 기획력이 부족함을 암시한다. 서구가 성공한 것은 서구의 가치를 보여주었기 때문이 아니라, 어떤 가치를 자신들의 것이라고 선언하는 대담함이 있기 때문이다. 따라서 동북아시아가 세계패권을 확보하기 위해서는 초국가적 지평으로서 단순히 지리적 경계를 해체하는 수준에 머무는 것만으로도 부족하다. 특정한 지역을 하나의 동질적 단위로 묶어 낼 때는 어떤 지점을 동질성의 기반으로 어떠한 시점에서 그리고 왜 설정하고 있는가 하는 맥락성과 역사적 과정을 반드시 짚어둘 필요가 있다.[57] 동북아시아를 서구에 대항하는 하나의 초국가적 지평으로 상상하는 것보다 어떤 가치체계를 동북아시아의 것으로 선언할 것인가가 선결되어야 한다.

결국 「꽃보다 남자」에서 구준표의 기억상실은 가문의 비전을 서구적 비전을 학습하는 데에만 골몰하는 동북아시아의 콤플렉스를 암시한다. 기억상실은 새로운 기억을 구축하기 위해 필요한 것이다. 기억의 상실을 통해서 기억해야 할 사실을 만들어 내고, 이 만듦의 과정은 집단의 이데올로기를 구현하도록 기획하는 과정이다. 이는 동북아시아의 미래를 기획할 수 없는 미래의 망각하는 기억상실증이다. 청소년들의 우여곡절을 겪으며 역동적으로 삶을 개척하는 이야기로 보이지만, 이 역동성은 서구의 가치에 대한 치열성일 뿐 실제로는 동북아시아적 가치를 망각하기

57) 정문길 외, 『발견으로서의 동아시아』, 문학과지성사, 2000, 260쪽.

위한 기억상실증에 불과하다. 동북아시아라는 지역은 해방의 장소가 아니라 조작의 장소다. 그 안에 살고 있는 사람들이 스스로 자신의 정체성을 벗어던지고 글로벌 자본에 동질화되어야만 비로소 해방될 수 있는 장소이기 때문이다. 실제 현실 세계의 패권은 여전히 서구에 있다. 현재 서구는 자국의 영토로부터 해방되어 유기적 자본, 노동 그리고 정보에 토대를 둔 초국가적 논리로 세계를 선도하고 있다.[58] 「꽃보다 남자」에서 구준표의 기획력 없는 사춘기적 역동성은 세계경제의 흐름에 주도적으로 관여하면서도 서구를 복제할 수밖에 없는 동북아시아의 한계를 보여준다.

5. 맺음말

모든 기억에는 사회적 틀이 있고, 모든 집단은 기억을 통해서 정체성을 구축해 나간다. 따라서 어떤 기억도 사회적 틀로부터 자유로울 수 없다. 개인의 기억은 취향, 학업, 문화, 라이프스타일과 같은 사회의 상징체계 속에서 형성된다. 마찬가지로 기억을 상실하는 것 역시 동일하게 한 사회 이데올로기의 간섭을 받는다. 집단이 없으면 기억도 해체되고 집단이 해체되면 개인의 기억도 상실된다. 한 개인의 기억이 해체되었다는 것은 한 집단의 논리가 해체된다는 것을 의미한다.[59]

본고는 「겨울연가」, 「태왕사신기」, 「꽃보다 남자」를 관통하는 기억상실증이 동북아시아의 가치체계가 서구의 것으로 대치되는 과정에서 필

58) 최치원, 「칸트와 회페의 세계공화국 개념에 대한 일고찰」, 『OUGHTOPIA』 제27권 제1호, 경희대학교 인류사회재건연구원, 2012, 102쪽.
59) 안병직, 앞의 글, 2007, 282쪽.

연적으로 발생하는 동북아시아의 병리적 증상임을 고찰하였다. 한류라는 초국적 상품마케팅논리로 무장한 3편의 드라마의 기억상실증을 서구의 가치체계를 습득하기 위해 동북아시아의 가치체계를 포기하는 동북아시아의 모습을 자기 부정과 보편지향의 사춘기적 욕망과 콤플렉스로 요약할 수 있다. 이는 서구와의 상징투쟁에서 패배한 동북아시아의 열등감과 우월감의 역설적 결합으로 해석하였다. 달리 말하면, 여기의 기억상실증은 동북아시아에서 21세기 들어 뚜렷한 열망으로 자리 잡기 시작한 세계강국 프로젝트가 실제로는 서구적 가치를 재분배하는 데에 그치는 사춘기적 현상에 불과하다. 사춘기는 기존의 상像과 새로운 상像 사이의 관계에서 사회적으로 구속력이 있는 상像을 선택하는 상징투쟁의 시기다. 사춘기는 단순히 아동과 성인의 중간에 있는 것이 아니라 권위있는 문화적 표식을 훈육하는 시기다. 세계 속에서 자신이 어떤 상징을 획득할 것인가를 결정하는 시기라는 점에서 세계 속에서 미래의 기원을 형상화하는 중요한 시기다.[60] 따라서 이 시기에는 생물학적 실재보다 한 대상이 어떤 위상으로 해석되는가에 더 큰 관심이 있다.

기억상실증에 내재한 동북아시아의 사춘기적 욕망과 콤플렉스를 해명하기 위해 본고는 '「겨울연가」→「태왕사신기」→「꽃보다 남자」'의 계기적 관계를 각각 '첫사랑의 노스텔지어와 신비화된 과거→판타지와 허구화된 민족→명품과 동북아시아의 2인자 콤플렉스'로 대응시키고, 이를 다시 '개인의 무기력한 낭만성→민족의 기원을 망각한 스펙터클→사춘기의 열정이 유도하는 무지한 역동성'로 확대되는 과정으로 고찰하였다. 3편의 드라마는 언뜻 보면 동북아시아의 가치를 강조하는 것처럼 보인다. 하지만 텔레비전 드라마는 제작국의 욕망이 아니라 소비자의 욕망

60) 전상진, 앞의 글, 2006, 7~16쪽.

을 충족시킬 수밖에 없다. 3편의 드라마의 흥행요인은 바로 동북아시아의 소비자가 요구하는 서구지향적 가치관에 충실했다는 데 있다.

그러나 이로 인해 이들 드라마는 개인 민족 동북아시아를 완전하고 순수한 이상세계로 미화하여 실제의 동북아시아 대신 글로벌 관객이 기대하는 동북아시아의 모습을 허구적으로 조작하고 있다. 기억상실증이 바로 이 근거다. 「겨울연가」는 낭만적 사랑은 낙인된 운명이라는 과점에서 첫사랑의 특정 순간에 고착되어 현재를 망각한다. 드라마의 서사적 시간은 항상 첫사랑이 시작된 과거를 향하는 폐쇄적 원환을 그리는 현재를 망각하는 기억상실증이다. 「태왕사신기」는 맹목적 민족주의처럼 보이지만, 실제로는 판타지와 스펙터클의 무시간성에 고착되어 민족의 냉철한 현재 사유하기를 의도적으로 회피한다. 이로 인해 민족의 신화가 탈중심화되거나 탈실체화된다. 「꽃보다 남자」는 사춘기적 열정 속에 미래에 대한 기획력을 포기한 동북아시아의 콤플렉스를 보여준다. 그룹의 번영은 있지만, 이는 동북아시아적 가치를 포기한다는 전제에서만 가능한 2인자의 한계에 갇혀있다. 요컨대 드라마의 기억상실증은 자신에 대한 불신과 확립된 권위에 대한 동경을 맹목적으로 추구하는 동북아시아의 사춘기적 욕망과 콤플렉스에 대한 알레고리적 은유로 볼 수 있다.

텔레비전 대중드라마는 이데올로기의 소리 없는 경합의 장이다. 동북아시아의 가치가 초국적 마케팅의 논리에 의해 서구의 방식으로 전유되는 것은 「겨울연가」, 「태왕사신기」, 「꽃보다 남자」가 남겨놓은 문제는 로컬이 처한 곤경이다. 따라서 3편의 드라마의 기억상실증을 단순한 드라마의 속성으로 치부할 문제는 아니다. 단순한 드라마로 볼 경우 남녀의 순결한 사랑, 민족의 신비, 세계를 향한 젊은이의 열정이라는 소재는 플롯이나 서사에서 오류나 대안의 가능성에 대해서는 고려하지 않는다. 동북아시아를 서구의 시선에 의해 친숙하게 느끼게 하면서 문화적 무취

현상이 동북아시아를 상상된 허구의 공간으로 창조하는 한계를 보인다. 이것이 과도하게 로컬에 대한 향수로 이어지는 것 역시 서구적 논리에 오염된 기억의 식민지화다. 동북아시아를 세계적으로 구성된 상상을 토대로 이해시킨다는 점에서 동북아시아의 치열한 성취가 결국 제2의 서구로 인식되게 하는 사춘기적 욕망과 콤플렉스를 암시하는 한계를 갖는다. 「겨울연가」, 「태왕사신기」, 「꽃보다 남자」가 세계를 향한 동북아시아의 치열성의 이면에는 서구의 보편주의에 대한 맹목적 신뢰와 동북아시아의 열등감을 성급하게 이끌어 옴으로써 동북아시아가 탈중심화하는 것으로 귀결된다.

■ 참고문헌

「겨울연가」, http://www.kbs.co.kr/end_program/drama/winter/index.html(검색일: 2012.12.2).

「태왕사신기」, http://www.imbc.com/include/interstitial_Ad.html(검색일: 2012.12.2).

「꽃보다 남자」, http://www.kbs.co.kr/section/adTest.html(검색일: 2012.12.2).

권유리야 · 이재봉, 「실체를 상실한 문화상상으로서의 동북아시아—한중일 드라마 「꽃보다 남자」 연구」, 『동북아문화연구』 제24집, 동북아시아문화학회, 2010.

김강원, 「텔레비전 역사드라마 「태왕사신기」에서의 역사 서사 연구」, 『어문논집』 제38집, 중앙어문학회, 2008.

김미란, 「관념적 근원에 대한 기억으로서의 첫사랑」, 『대중서사연구』 11집, 대중서사학회, 2004.

김성주, 「동북아지역 정체성과 지역공동체 : 관념과 제도」, 『한국정치외교사논총』 제31권 제1호, 한국정치외교사학회, 2009.

김용석, 『문화적인 것과 인간적인 것』, 푸른숲, 2000.

김현숙, 「역사적 관점에서 본 태왕사신기」, 『역사와 담론』 제49집, 호서사학회, 2008.

노수연, 「전통의 발명과 정치적 동시대성 —한중일 역사드라마의 민족적 상업주의」, 『플랫폼』 제12호, 인천문화재단, 2008.

동아시아공동체연구회, 『동아시아 공동체와 한국의 미래』, 이매진, 2008.

문재철, 「현대영화에서 내러티브와 스펙터클의 관계」, 『문학과영상』 제5권 제2호, 문학과영상학회, 2004.

박노현, 「비극으로서의 텔레비전 드라마」, 『한국문학연구』, 제36집, 동국대학교 한국문학연구소, 2009.

배윤기, 「의식의 공간으로서 로컬과 로컬리티의 정치」, 『로컬리티 인문학』

제3권, 부산대학교 한국민족문화연구소, 2010.
백영서 외, 『동아시아의 지역질서－제국을 넘어 공동체로』, 창작과비평사, 2005.
부산일랑 · 박수경, 「기억이라는 문제」, 『로컬리티 인문학』 제3집, 부산대학교 한국민족문화연구소, 2010.
서동욱, 「예언이란 무엇인가」, 『철학과 현상학 연구』 제21집, 철학현상학회, 2003.
심재민, 「니체의 아스스토텔레스 비판과 비극론」, 『드라마연구』 제35집, 한국드라마학회, 2011.
안드레 군더 크랑크, 이희재 옮김, 『리오리엔트』, 이산, 2003.
안병직, 「한국사회에서의 '기억'과 '역사'」, 『역사학보』 제193집, 역사학회, 2007.
안수정, 「영국 헤리티지 영화에 재현된 군주성의 변화」, 『문학과영상』 제13집, 문학과영상학회, 2012.
양성희, 「겨울연가와 욘사마 열풍」, 『신문과방송』 제1호, 한국언론재단, 2005.
우미영, 「문화적 기억과 역사적 장소」, 『국어국문학』 제161집, 국어국문학회, 2012.
유세경 · 이경숙, 「동북아시아 3국의 텔레비전 드라마에 나타난 문화적 근접성」, 『한국언론학보』 제45권 제3호, 한국언론학회, 2001.
이진경, 『자본을 넘어선 자본』, 그린비, 2004.
임현진, 「지구적 변환, 아시아의 부상, 그리고 한국의 역할」, 『아시아리뷰』 제1권 제2호, 서울대학교 아시아연구소, 2011.
전상진, 「청소년 연구와 청소년상(像)」, 『한국청소년연구』 제17권 제2호, 한국청소년정책연구원, 2006.
정문길 외, 『발견으로서의 동아시아』, 문학과지성사, 2000.
조르조 아감벤, 정문영 옮김, 『언어의 성사 －맹세의 고고학』, 새물결, 2012.
최영묵, 「동북아시아지역 텔레비전 드라마 유통과 민족주의」, 『언론과학연구』 제6권 제1호, 한국지역언론학회, 2006.

최치원, 「초국가적 지평으로서 동북아시아를 상상하기」, 『국제관계연구』 제14권 제1호, 고려대학교 일민국제관계연구원, 2009.

______, 「칸트와 회페의 세계공화국 개념에 대한 일고찰」, 『OUGHTOPIA』 제27권 제1호, 경희대학교 인류사회재건연구원, 2012.

팀 에덴서, 박성일 옮김, 『대중문화와 일상, 그리고 민족 정체성』, 이후, 2008.

http://ko.wikipedia.org/wiki/「겨울연가」#.ED.83.80.EA.B5.AD_.EB.B0.A9.EC.98.81.EA.B3.BC_. ED.95.9C.EB.A5.98.EC.97.B4.ED.92.8D(검색일: 2012. 9.27).

http://drama.kbs.co.kr/winter(검색일: 2013.1.17).

제3부

....

문학교육의 제도 · 현황 · 과제

1960년대 초기 향토학교와 문학교육의 정치성

박형준

1. 한국문학교육사의 접점

이 논문은 국민국가(nation state)를 구성하는 교육제도의 기능과 효과를 문학교육의 역사 속에서 비판적으로 성찰하는 데 그 목적이 있다. 필자는 이미 해방공간에서 1950년대에 이르기까지 문학교육의 제도화 과정을 탐사한 바 있는데,[1] 그것은 국가 수준 문학교육의 사회학적 중량감

---

1) 대표적인 선행 연구로는 정재찬, 「현대시교육의 지배적 담론에 관한 연구」(서울대 박사논문, 1996) 및 정재찬 『문학교육의 현상과 인식』(역락, 2004) 등을 제시할 수 있으며, 필자 역시 국가/현장(학교) 수준 문학교육의 제도화 과정과 그 담론 효과에 대한 탐사를 진행하고 있다. 박형준, 「한국문학교육의 제도화 과정 연구－제1차 교육과정 이전 시기 문학 교재의 변모를 중심으로」(부산대 박사논문, 2012), 박형준, 「독본의 사회학과 감성의 정치」(제30회 한중인문학회 국제학술대회 자료집, 2012) 등을 참조할 것.

을 체감하는 데서 '삶/문학/교육'의 반성과 새로운 전망의 모색이 가능하다고 믿고 있기 때문이다. 국어교육사史 및 문학교육사 연구가 '국가/지역/현장(학교/교실)'의 중층적 구조 속에서 그 '실체(實體, substance)'를 발견해 나가는 과정이라면,[2] '향토학교'와 문학교육의 관계를 통해 국가이데올로기의 전수 기능과 그 효과를 묻는 이 논문은 '국가/지역'의 층위에 놓인다고 하겠다.

해방 직후부터 1950년대까지의 문학교육은 제도적으로 연속성을 지니고 있으며, 그것은 국가/현장(학교) 수준의 국어과 교육과정 및 국어과 교재 분석을 통해 어느 정도 확인이 가능하다. 그러나 4 · 19시민혁명, 5 · 16군사쿠데타 등을 거치고 형성된 1960년대 문학교육제도는 이전 시기와는 다른 독특한 특징을 지닌다. 물론, '반공/도의'라는 절대적 이념의 프레임과 사회적 작동 장치는 여전히 막강한 영향력을 미치고 있었으나, 제도 구성의 성격과 구체적인 실행 기제는 이전 시기와 분명 다른 양상을 띤다는 것이 필자의 가설이다.[3] 특히, 1960년대 초기, 즉 2차 교육과정이 시작되기 전에 '교육과정 임시 운영'의 형식으로 시행되었던 '향토학교'는 1950년대와 1960년대를 전도시키는 접점接點이라 하겠다.

이른바, 향토학교는 5 · 16쿠데타 주도 세력이 '재건국민운동'의 일환으로 실시한 교육사업 중 하나로 볼 수 있다. '5 · 16군사정부'[4]의 교육정

---

2) 기존의 문학교육사 기술과 연구가 지닌 가장 큰 문제점은 문학교육장의 상대적 자율성과 '국가/지역/현장(학교/교실)'의 중층성을 간과하고 있다는 점이다.

3) 예를 들어, 편수관실의 인적 구성 변화를 통해서 교육과정과 교과서 편수의 내용 변화를 짐작해 볼 수 있다. 한국교육과정 · 교과서연구회, 「제2, 3차 교육과정기」, 『인물로 본 편수사』, 대한교과서주식회사, 1999, 31~39쪽 참조.

4) 5 · 16쿠데타의 주체는 자신들을 '혁명정부'라고 지칭했지만 그 표현은 적절하지 않다. 본고에서 사용하는 '5 · 16군사정부'란 '5 · 16혁명정부'에 대한 역사적 평가를 반영한 용어이다. 다만, 당시의 교육과정 문건에서 직접 인용한 경우에는 "혁명정부"라는 용어를 그대로 사용하였다.

책이란 비단 학교교육에만 국한되는 것이 아니라 범국민 계몽운동이자 사상개조운동의 차원에서 전개되었다고 보는 것이 타당한데, 그것은 당시 문교정책의 방향이 "사회개혁을 위한 제도의 혁신과 정비는 인간 개조가 앞서야 한다"[5]는 판단을 전제로 하고 있었기 때문이다. 쿠데타 이후에 임명된 문희석 문교부장관이 문교행정의 기본 방향을 '인간 개조'에 두고, 이를 위해 도의교육과 국민정신생활운동을 강조하였다는 사실은 이를 뒷받침한다.[6] 이 글에서 주목하고 있는 '향토학교'는 '인간 개조'와 '사회 개혁'을 기본 목표로 한 군사정부의 교육정책을 구체적으로 보여주는 중요한 사례 중 하나이다.

4·19시민혁명 이후 공백 상태에 놓인 교육장을 물리적인 힘으로 점유한 군사정부는 제도적 기반 속에서 국가 권력의 당위성을 확보하고자 하였으며, '향토학교' 사업은 이를 효과적으로 수행할 수 있는 교육제도 중 하나였다. 군사정부의 초기 문교시책을 담고 있는 『혁명 과업 완수를 위한 향토학교 교육과정 임시 운영 요강』은 그 면면을 구체적으로 살필 수 있는 자료인데, 이를 통해서 1960년대 초기의 문학교육이 '국가/지역'의 층위에 놓인 교육제도의 완력腕力 작용 속에서 어떤 방식으로 구성되고 있는지 살펴볼 수 있을 것으로 기대한다. 이는 1950년대와 1960년대 교육제도의 임계를 접속시키는 작은 접점이 될 것이다.

---

5) 중앙대학교부설 한국교육문제연구소, 『文敎史』, 중앙대학교출판부, 1976, 316쪽.
6) 문교부, 『文敎 40年史』, 문교부, 1988, 243쪽.

2. 향토학교와 교육과정 임시 운영 요강

향토학교에 대한 본격적인 연구는 찾아보기가 쉽지 않다. 손인수는 1960년대 교육운동사에서 "향토학교 운동은 재건국민운동의 향토판 복사물이었고, 발전교육정책에 의하여 구체화되고 추진된 것에 지나지 않았다"[7]고 소략하게 정리한 바 있다. 향토학교가 '재건국민운동의 향토판 복사물'에 불과하다는 지적은 일면 타당하지만, 이러한 주장은 향토학교의 외연을 지나치게 축소함으로써 오히려 국가 수준 교육정책의 역사적 맥락을 희석시키는 결과를 초래한다. 그리고 향토학교를 '지역사회학교'[8]라는 개념 속에서 이미 수용하고 있는 당시의 교육 담론을 고려할 때,[9] 이를 재건국민운동과의 관련성 속에서만 이해하는 것은 지나친 단순화를 피할 수 없다.

군사정부의 문교행정기관에서 본격적으로 추진하기로 한 향토학교는 "生活中心 敎育"[10]을 지향하고 있었는데, 이는 향토학교의 중핵 개념인 '향토'가 "우리들이 공동으로 생활하는 장소",[11] 다시 말해 학습 주체의 '지역(local)'적 기반에 근거해 있음을 의미하는 것이었다. 물론 그렇다고

---

7) 손인수, 『한국교육운동사』 2, 문음사, 1994, 304쪽.

8) 1950년대 초반 이미 '지역사회학교'라는 개념으로 'community school'의 일본어 번역어가 들어와 있었고, 이 이론적 기반을 바탕으로 1961년부터 공식적으로 '지역사회학교'가 아닌 '향토학교'라는 명칭을 사용하게 되었다. 경상북도교육연구원, 『경북의 향토학교』, 경상북도위원회, 1971, 84쪽.

9) 예를 들어, 경기도에서는 1957년부터 장학목표를 지역사회학교 건설로 설정하고 이를 추진한 바 있다. 이도선, 「京畿道의 鄕土學校 推進과 그 展望」, 『교육학연구』 1, 한국교육학회, 1963, 69쪽.

10) '文敎部, 鄕土學校 建設 要綱 결정', 『조선일보』 1961.4.1.

11) 김광자, 「향토학교의 이념」, 『교육연구』 18, 이화여대 사범대학, 1961, 25쪽.

해서 '향토' 개념을 '지방'이라는 소박한 의미로 제한하여서는 곤란하다. 왜냐하면 '향토'는 국가의 '정신 혁명'과 '생활 혁명'을 추동하는 기본적인 단위로써 고안된 것이기 때문이다. 도시지역의 향토학교 운영과 농촌지역의 향토학교 운영은 세부 내용에서 차이를 보이지만,[12] 문맹 일소, 생활 개선, 향토 사랑(애향 정신) 등을 실천한다는 점에서는 공통된 내용을 지닌다. 『향토학교 사례집』의 연구물과 실천 수기에서 이를 확인할 수 있다.

> 鄕土란 地域만을 强調하는 것도 아니고 住民만을 强調하는 것도 아니다. 어디까지나 一定한 地域과 共通的인 文化 및 社會心理를 包含한 住民들의 力動的이고 全體的인 社會生活圈을 意味한다. 서울이라고 서울 住民이 鄕土가 아닌 것은 아니다. (…중략…) 現行 敎育課程은 制定 當時부터 地方의 特殊性을 反映하기 어려운 劃一的인 中央案이므로 果敢하게 敎育內容 時間 配當 敎科書 編纂에 改革이 되어야 한다. 急激히 變遷하는 國內情勢 속에 있는 韓國에서는 不斷히 敎育의 民主化 敎育의 鄕土化에 留意하여야 한다.[13]

"鄕土란 地域만을 强調하는 것"이 아니라, 지역을 기반으로 한 "共通的인 文化 및 社會心理"를 구축하는 기본적인 장소(단위)를 의미하는 것이었다. 당시의 향토(community) 개념은 공동체의 삶터('현장')에 가까웠고, 향토학교의 시행이란 바로 구체적 삶터('현장')로의 회귀를 가능하게 하는 계몽적 수단이었다. "現行 敎育課程의 制定 當時"부터 현재에 이르기까지 현장과의 괴리감이 극복되고 있지 않다는 인식에서 이를 확인할

12) 이옥희, 「한국적 향토학교의 현황—부산 성북국민학교와 김해군 대저 중앙국민학교를 중심으로」, 『교육연구』 18, 이화여대 사범대학, 1961, 59~64쪽.
13) 문교부, 『향토학교 사례집』, 문교부, 1961, 1~5쪽.

수 있다. 향토학교는 여러 가지 조건에 따라 다양한 정의가 가능하겠지만, 이러한 공통성("공통적인 문화 및 사회심리")을 발견/구성하고 그 공통적 장소(지리 및 문화) 감각에 애착심(애향 정신→애국 정신)을 부여하는 사회적 통제 기제로서 기획되고 구현된 것임에는 틀림이 없다. 구체적인 내용을 통해 논의를 진전시켜 보자.

> 한국사회에 있어서는 학교가 사회개선에 있어 상당히 적극적으로 많은 경우에 주도적 역할을 담당해서 나아갈 필요가 있었다. 이것을 민주주의 사회에 있어 학교가 그 본래의 성질상 인간 형성을 통하여 사회개선에 이바지할 수 있다는 점과 또 한국사회의 후진성으로 말미암아 학교가 보다 적극적인 역할을 담당하는 것이 바람직하다는 점에서 나온다. (…중략…) 전국에는 수많은 학교와 이것을 에워싸는 향토가 있다. 한 학교와 한 향토 사이의 긴밀한 건설적인 관계는 마침내 전 국가사회의 개선에 관여하는 셈이 된다. (…중략…) 그러나 이것은 학교가 보다 큰 사회, 특히 국가사회와의 교류를 등한시하라 하는 것은 절대 아니며 활동의 「직접적인 터」을 향토로 하되 학교가 다루는 문제는 상시 국가사회 전체의 문제와 긴밀히 연관되어야 할 것이다.[14]

인용문에서 언급하고 있는 바와 같이 향토학교는 종래의 학교교육에 대한 심각한 불신을 자양분으로 삼고 있다. 군사정부의 문교행정기관은 "현 학교교육의 실제는 사회의 중요한 문제해결에 공헌함이 미약하"[15]기

14) 문교부, 『향토학교란?』, 문교부, 1961, 6~15쪽.

15) 그 내용을 정리하면, '(1) 학교교육의 고립성, (2) 교사 및 교육기관의 고립성, (3) 교육목표 및 내용의 편파성, (4) 단편적이고 잘 씌어지지 않는 지식을 흡수시키는 학습, (5) 학습결과를 실천시킴에 있어서의 실패, (6) 지나친 교사중심의 학습이 주는 폐단, (7) 특히 민주주의적 사회관계에 무관심한 교육, (8) 특히 경제적 능력을 함양함에 무관심' 등이다. 문교부, 앞의 책, 1961, 11~12쪽.

때문에 "수많은 학교와 이것을 에워싸는 향토"를 중심으로 하여 "전 국가사회의 개선"을 이끌어내야 한다고 하였다. 이는 '향토'(지역)와 '국가'가 하나의 프레임 속에서 작동하고 있음을 실증하는 문맥이라고 하겠다. 당시 군사정부는 쿠데타의 명분 확보와 국민의 지지를 이끌어낼 방편으로 농민과 도시노동 계층을 적극적으로 포섭하는 사회 정책을 다수 실시하였다. 예를 들면 '농어촌고리채정리사업'과 '재건국민운동'을 중심으로 사회 개혁을 이끌고자 하였던 군사정부의 정책 노선이 그것을 잘 보여주는데,[16] 이는 '향토'(지역)를 중심으로 쿠데타 세력의 정치적 기반을 상향 구축하고자 하였던 군사정부의 체제 정비 전략의 일환이라 하겠다. '향토학교'의 경우는 특히 후자에 포함된다.

향토학교는 명분상 '아래로부터의 체제 정비'(사실은 '위로부터의 혁명')를 가능하게 하는 구체적인 방편으로 기능하였다. 정책의 성공과 실패 여부를 떠나서 군사정부의 '향토학교'는 '국민 정신 개조'를 목적으로 국가적 차원에서 기획된 사회 개혁 프로그램이라는 것이다. 이는 '향토'(지역)에서 '국가'로 그 외연 확장함으로써 더욱 구체화되는데, 그 세부 내용을 관리하는 문건이 『혁명 과업 완수를 위한 향토학교 교육과정 임시 운영 요강』(이하 『요강』으로 표기함)이다. 이 『요강』을 확인하여 보면, 향토학교 사업이 군사정부의 핵심 문교시책 중 하나라는 사실을 확인할 수 있다. 그런데, 흥미로운 것은 『요강』의 내용이 단순히 향토학교 운영을 위한 교육과정의 내용에 그치고 있는 것이 아니라는 점이다.

> 4월 혁명 이후, 교육의 개혁을 부르짖는 여론과 운동이 자못 활발하여 교육계 전역에 걸친 재검토가 진행되어 왔었다. 문교부에서는

16) 전재호, 「5 · 16 군사정부의 사회개혁정책」, 『사회과학연구』 34－2, 전북대학교 사회과학연구소, 2010, 38~39쪽.

이에 앞서 교육과정의 전면적 개정의 필요를 느끼고, 이에 대한 준비를 진행하여 금년 내로 이 과업을 완성할 예정이었다. 때마침, 정부에서는 거족적인 거국 부흥의 새로운 구상으로 국토 건설 사업을 추진하게 되었기에, 교육면에 있어서도 응당 이에 호응하도록 임시 운영 방법을 시달하였던 것이다. (…중략…) 국토의 개발이나, 향토의 건설은 원래 교육이 지니고 있는 본연의 자태인 바, 앞으로의 교육과정 개정에 있어서도 이 국가의 과제를 반영시키기 위하여 충분한 노력을 하겠거니와, 시급한 혁명 과업의 달성을 위하여 이 요강으로 미비한 점을 보충하고, 국가가 요청하는 교육의 성과를 거두려는 것이다.[17]

문교부에서는 1958년 이후 교육과정 개정 준비 절차를 진행하고 있었다. 이것은 5 · 16군사정부에서도 '지속 사업'으로 추진되었는데,[18] 이 부분에서 제2차 교육과정이 1963년 2월 15일에 문교부령 제119호로 공포되었다는 점을 고려하는 작업이 필요하다. 향토학교의 구체적인 운영 지침은 1961년 4월에 대략적인 안이 발표되었고, 같은 해 10월과 12월에 국민학교와 중 · 고등학교의 교과별 내용을 담은 『요강』이 발간되었다. 위의 인용문에서도 확인할 수 있는 바와 같이, "시급한 혁명 과업의 달성을 위하여 이 요강으로 미비한 점을 보충"한다고 하고 있으며, "본 요강 활용의 유의점"에서도 "본 요강은 교육과정이 개정될 때까지 사용하기

---

17) 문교부, 「머리말」, 『혁명 과업 완수를 위한 향토학교 교육과정 임시 운영 요강(국민학교)』, 문교부, 1961, 1쪽. 이 장에서 이 자료를 인용할 경우 『요강』이라고 쓰고 쪽수를 병기하기로 한다.

18) 군사정부의 교육과정 개정 준비과정에 대해서는 다음의 글을 참조할 것. "혁명 정부에서도 개정의 중요함을 인식하고, 계속 사업으로 이를 추진하기로 결정하였다. 그리하여 1961년 8월에는 교육과정 개정의 방향을 찾기 위하여 새로이 각종 위원회를 구성하여, 교육과정과 교과서에 대한 기본 이념을 모색하였다. 이어서 10월부터 12월까지 운영위원회, 학교별위원회, 교과별위원회를 개최하여 제1차 시안을 작성하기에 이르렀다(중앙대학교부설 한국교육문제연구소, 1976, 433쪽)."

로 한"(『요강』, 2쪽)다고 명시하고 있어서, 제2차 교육과정 개정 작업이 마무리될 때까지 현행 교육과정의 문제점을 보완하는 용도로 『요강』이 작성되었음을 확인할 수 있다. 특히, "본 요강은 현 교육과정의 내용을 변경하지 않고, 국토 재건의 원리와 방법에 의하여 이를 새로운 방향으로 운영하고자 한 것"이며, "그러므로, 교육과정의 운영에 있어서는 현 교육과정과 본 요강을 아울러 참작하여야 할 것"(『요강』, 2쪽)이라고 분명하게 명시하고 있다.

따라서 이 「요강」은 향토학교의 운영 원리를 핵심 교육정책으로 제시한 군사정부의 문교시책과 정확하게 일치한다고 하겠다. 이는 향토학교와 그 구체적인 운영 지침(「요강」)의 위상에 대한 교육사적 재평가를 요구하는 맥락이다. 특히, 군사정부는 이 문건이 "이 혁명 과업 달성이나 향토 교육을 위해서 제시된 교육의 원리나 방법은 장차 개정될 교육과정의 방향을 예시하는 것으로 볼 수 있"(『요강』, 2쪽)다고 하여,[19] 향토학교의 이념을 구체적으로 명시한 『요강』이 군사정부 문교시책의 출발점임을 분명히 하고 있다. 이는 「국민교육헌장」의 제정을 통해 주체의 국민 형성(nation-building)에 적극적이었던 박정희 정권 18년을 상기한다면, 어렵지 않게 이해할 수 있는 맥락이라고 하겠다. 이를테면, 향토학교와 『요강』은 '지역/현장(학교/교실)'의 국가 복속을 더욱 정교화 하는 장치이자, 유신정권을 예고하며 발사된 박정희 교육 체제('정신 개조'와 '국민 형성')의 신호탄이었던 셈이다.

---

19) 이러한 맥락에서 『혁명 과업 완수를 위한 향토학교 교육과정 임시 운영 요강』과 『제2차 교육과정』의 비교 작업을 시도해 볼 수 있겠다. 그러나 그것은 이 논문의 논의 범위를 초과하므로, 그 부분에 대해서는 대략하고 후고를 기약하는 것으로 한다.

> 국민학교의 교육은 혁명 과업 완수의 바탕이 되는 사업이므로, 그 개혁의 필요도가 가장 높은 분야라고 하겠다. 그리고, 향토학교의 건설은 그 개혁의 방향과 형태를 단적으로 표시하는 것으로써, 우리 나라의 모든 국민학교가 이 방향에서 새로운 진로를 개척하여야 하고, 이 형태…구현에 총력을 기울여야 할 것으로 믿어진다. (…중략…) 모든 국민학교가 향토의 중심이 되어, 어린이와 학부형과 그 밖의 모든 국민을 이끌고, 이들에게 정신 혁명을 일으키고 이들에게 생활 혁명을 가져 오도록 하는 데서 이루어지는 것이며, 또 이러한 중책을 수행하는 학교가 바로 향토학교라고 생각할 때에 향토학교의 건설이야 말로 혁명 과업 완수의 바탕이 되고, 뿌리가 되는 사업이 아닐 수 없기 때문이다(『요강』, 제1장 총론, 1쪽).

이와 같이 향토교육은 '지방'의 특수성을 이해하거나 기술 중심 교육을 장려하는 데 국한되는 것이 아니라, "어린이와 학부형과 그 밖의 모든 국민을 이"끄는 "정신 혁명"이자 "생활 혁명"이다. 그 "중핵을 수행하는 학교가 바로 향토학교"이며, 그것이 군사정부의 "혁명 과업 완수의 바탕"이라는 논리는 역사적 시사점을 제공한다. 그리고 향토학교를 추동하는 『요강』의 교육적 목표에 따라 각 교과별 배치가 이루어지고 있다는 점, 이 중에서도 문학교육이 군사정부가 요구하는 인간형과 공동체(향토, community)를 생산하는 데 핵심 역할을 하였다는 점은 『요강』의 각론 '국어과'에서 확인이 가능하다. 다음 장에서는 '향토화 교육과정'[20]의 내용을 수용함으로써 '국민 만들기'에 이바지하는 문학교육의 내용을 구체적으로 살펴보도록 하겠다.

---

20) 향토학교 교육과정을 명시하고 있는 『요강』에서 '향토' 관련 교육내용을 각 교과와 접목시켜 놓은 부분을 '향토화 교육과정'이라고 명명할 수 있다. 여기에는 각 교과를 지배하는 보편적인 향토교육의 내용도 포함된다.

3. 향토학교와 문학교육의 내용 : 향토화 교육과정의 내적 논리

문학텍스트의 연구가 주어진 국가 권력과 관계를 갖는 학문 제도 속에 기반을 두고 있다는 것을 인정하지 않고서는 문학텍스트에 대한 연구를 하기 어려운 것처럼,[21] 문학교육 현상 역시 그것을 구속하는 국가 이데올로기와 교육제도 속에서 재구성된다는 사실을 고려할 때에만 그 획일성과 폭력성을 경계할 수 있다. 물론 그것은 비단 문학교육의 문제만은 아니다. 이른바, 군사정부의 '혁명 과업'을 수행하는 중핵 문교시책인 '향토화 교육과정'을 수용한 각 교과의 내용을 검토해 보면 그 사실을 더욱 분명히 확인할 수 있는데－비록 『요강(초등학교)』에는 문학교육과 관련된 내용이 거의 없지만－, 『요강(국민학교)』[22]의 '각론' 첫 자리에 놓이는 '국어과'의 '운영의 방향'에서 향토화 교육과정의 방향을 짐작해 볼 수 있다.

> 국어과 교육의 목적은 인간교육에 있는 것이며, 국어과가 희구하는 기능(技能)이나 태도는 어디까지나 인간을 완성시키기 위한 수단인 것이다. 유네스코에서 수집한 세계 각국의 국어교육의 목표를 보더라도, 읽고 쓰는 기능의 발달보다 오히려 경험을 풍부히 하고, 사고를 명확히 하는 가치(價値)를 존중하고 있다. (…중략…) 혁명 공약에

---

21) 안토니 이스트호프, 임상훈 역, 『문학에서 문화연구로』, 현대미학사, 1994, 93쪽.

22) 이 장에서 다루는 『혁명 과업 완수를 위한 향토학교 교육과정 임시 운영 요강』은 국민학교, 중학교, 고등학교 총 3책이다. 이 장에서 이 책을 인용할 경우, 각각 『요강(국민학교)』, 『요강(중학교)』, 『요강(고등학교)』로 표기하기로 하며 쪽수를 병기하도록 한다.

열거된 6개 항목도 궁극의 목표는 인간성에 있으며, 혁명 정부의 문교 정책은 더구나 국어과의 경영에 밀접한 관계를 맺는다. 간첩 침략의 분쇄, 인간 개조, 빈곤 타파, 문화 혁신 등등은 알서 말한 국어교육의 가치에 일치되는 셈이다. (…중략…) 우리가 의도하는 교육은 궁극의 목적으로 사회의 개선을 의도하되, 그 출발이나 바탕은 향토에 두는 것이 사실이며, 고장을 이해하고, 국가를 알고 세계를 알아서, 더 나은 사회를 이룩하자는 것이 기초적이고 상식적인 방법이며, 이것이 실효를 거둘 수 있는 방책이기도 하다(『요강(국민학교)』, 27쪽).

국어과 교육의 목적을 "인간을 완성시키는 수단"으로 정리하고 있으며, 이것이 "혁명 공약에 열거된 6개 항목"이 지향하는 "궁극적 목표인 인간성"을 구현하는 과정과 일맥상통한다는 주장이다. "읽고 쓰는 기능의 발달보다 오히려 경험을 풍부히 하고, 사고를 명확히 하는 가치價値를 존중"(『국민』, 27쪽)한다고 하여 언어사용 기능의 향상이 가치교육의 내용과 연결될 수 있도록 배치한 것이 치밀하다. 즉, 국어과 교수 · 학습의 핵심 내용이 되는 기능이나 태도 역시 '인간성'의 형성을 지향한다는 점에서 가치교육의 일종이라는 것. 이러한 논지는 근본적으로 교수요목 및 제1차 국어과 교육과정의 내용과 크게 다르지 않은 것－교수요목의 '국민 정신 기르기'라는 교육 목표를 상기해 보면 더욱 그러하다－처럼 보인다. 하지만 해방 직후, '조선적인 것'의 창안을 통해 통일국가 형성의 방향을 찾고자한 국어교육의 목표와 5 · 16군사정부의 쿠데타 완성을 위해 제출된 국어교육의 목표는 상당한 결의 차이가 존재한다. 특히, 지역 발전과 '지역/국가' 통합 정책을 표면적으로 내세우며, 실질적으로는 군사정부의 국정 장악 프로그램 역할을 한 '향토화 교육과정(향토학교)'은 매우 정치적이라 하겠다.

흥미로운 것은 향토화 교육과정이 '향토 사회'의 정치, 경제, 문화, 사회 등의 특수성을 제대로 반영하지 못하고 있다는 점이다. 향토 사회의 구체적 내용이 각 교과의 특성에 맞게끔 배치되어 교육적으로 일목요연하게 제시되는 것이 아니라, 오히려 '향토'(지역)를 괄호친 방식으로 군사정부의 이념 교화/전수 기능을 하고 있다는 사실이다. 이는 국어과를 비롯한 각 교과 영역에 조립된 향토화 교육과정의 내용을 분석해 보면 쉽게 파악할 수 있는 부분이다. 이에 대해서는 뒤에서 자세히 언급하겠지만, 『요강』에서 교과서의 중점 내용이 되어야 하는 것 역시 '혁명 과업 완수', 다시 말해 '혁명 과제'와 근접성을 지닌 것,[23] 이를 테면 "각 학년에 있는 반공 체제의 강화라든가 국제적 협조라거나, 민족 정기의 진작, 자주 경제의 수립, 국토 통일 같은 내용과 밀접한 관계를 가진 것"(『요강(국민학교)』, 35쪽)에 더 가까운 것이라는 점이다.

『요강(국민학교)』에서는 국어교과의 내용을 다시 몇 개의 세부 영역으로 나누고 있는데, 그것은 "국어과는 형식면에서 볼 때, 음운, 문자, 어휘, 어법, 문학 감상으로 되어 있으며, 이에 따르는 특정한 내용이란 고정固定되어 있지 않다"(『요강(국민학교)』, 29쪽)에서 확인할 수 있다. 물론, 통합적인 언어교육의 관점에서 교육내용의 예를 소략하게 제시하고 있을 뿐 구체적인 내용과 방법은 밝히지 않았다. 국어과 각 영역의 내용이 "직접적이거나 간접적이거나 향토와 유기적 관련을 가진 내용의 것을 발견할 수 있"(『요강(국민학교)』, 30쪽)으므로, 이를 잘 활용하는 것이 중요하다는 취지의 기술만이 간략하게 존재한다. '학습 지도 예시'로 제시된

23) 그 내용은 다음에서 확인할 수 있는데, "혁명 과제를 완수할 수 있는 국어교육이란, 우선 완급을 가려내서 교육과정을 실정에 맞도록 재검토하여야 하겠다. 국어과에는 혁명의 공약이나, 문교 정책을 달성하는 내용의 교재가 많으며, 이런 내용을 화제(話題)로 하여, 이야기를 진행시키고, 감격을 깊이 하며, 바람직한 생활 태세를 갖출 수 있는 것이다. 이러한 인간상은 국어과 자체가 가지고 있는 기능이나, 이해나 태도를 통해서 형성하도록 할 것"이라고 하고 있다(『요강(국민학교)』, 29쪽).

내용도 국어과와 전혀 관계 없는 '사회생활과'에 가까운 내용이 소개되어 있거나, 다른 교과의 학습 내용을 보조하는 도구교과적 수준으로 제시되어 있다.

이와 달리, 『요강(중학교)』의 '각론－국어과'는 제1차 교육과정에 근거하여 편찬된 국정 『중학국어』 교과서의 단원을 중심으로 향토화 교육과정의 실행(안)을 제시해 놓았다. 중학교 『요강』의 이러한 구성은 '교육과정 임시 운영 요강'이 '향토학교'가 지향하는 '향토화' 교육내용을 기존의 교육과정과 교과서에 결합하고 있다는 사실을 보여주는 것이다. 특히, "향토 사회의 특성을 고려하여 혁명 정신을 길러야 할 면을 학습 목표 중에서 옮겨 적은 것"(『요강(중학교)』, 27쪽)이라고 하여서, 각 단원(국어과 영역)별로 향토화 교육과정의 내용을 어떻게 수용할 것인가에 대한 구체적 예를 제시하고 있다는 점이 국민학교 국어과의 『요강』과는 다른 점이다. 『중학국어』 몇 개의 단원을 선택하여 예로 제시한 부분 중에서, '문학' 영역과 직 · 간접적으로 관계가 있는 내용을 정리하면 다음과 같다.

VI. 노래하는 마음 [1], Ⅰ. 시의 세계 [2]
① 운문을 읽는 방법, 음미하는 방법을 배운다. ② 운문의 리듬을 알게 한다. ⑦ 우리 나라의 대표적 운문을 감상한다. ⑨ 시집을 만들어 낸다. ② 운문을 감명 깊게 낭독할 수 있게 한다. ⑥ 시조 문학에 대한 이해를 하게 한다.
이 단원에서 지도하는 운문 가운데 특히 군사 혁명 이후에 혁명 정신을 노래한 작품을 포함하여 지도할 것이며, 그러한 작품들과 학생들의 작품을 모아 작품집을 만들게 한다.

II. 기행문 [2]
① 감상문이나 기행문을 읽는 데 홍미를 느끼고 국토를 애호하게 한다. ② 감상문이나, 수필, 기행문을 읽고 내용에 대하여 생각한다. ③ 기행문에 관계 있는 그림 엽서나 사진 등을 모아서 글의 이해를 돕도록 한다.
이 단원을 다룸에 있어 일반적인 기행문에 대한 학습을 철저히 할 것은 물론이지만 나아가서는 각자의 향토 사회에 대한 기행문도 아울러 다루었으면 한다. 여기서 말하는 향토란 그 학교가 위치하고 있는 지역으로 좁게 생각할 것이 아니라, 그 범위를 넓혀서 예를 들면 도를 단위로 하여 생각한다든가, 가까운 곳에 있는 명승고적 또는 그 밖의 이름난 곳을 찾아 간 기행문을 다룬다든가 하여 학생들이 친근감을 느낄 수 있는 교재를 다루어 보았으면 하는 것이다. 그와 아울러 위에 적은 학습 애용으로도 밝힌 바와 같이 그러한 기행문에 관계가 있는 시각 자료-사진, 그림 엽서, 포스터 등을 모아 보게 함으로써 향토에 대한 이해와 관심을 깊게 하였으면 한다. 이러한 기행문은 고장에 따라 똑같이 지도할 수 없는 것이나, 가까운 곳에 이름난 데가 있어 그곳을 찾은 사람들의 기행문을 많이 모을 수 있는 데서는 그러한 자료를 모아 기행문을 위주로 할 것이고, 그렇게 이미 발표된 글을 많이 모을 수 없는 곳에서는 학생들이 쓴 기행문을 모아 기행문집을 만들어 보는 것도 좋을 것이다. 이 단원의 학습은 향토 문화에 대한 이해를 깊게 하고 나아가서는 우리 겨레의 문화 혁신의 기틀이 되도록 하는 데까지 발전하여야 할 것이다.

IX. 전기
① 일기나 전기, 기록 등을 빠르게 읽고, 생활 태도를 개선한다. ② 일기나 전기를 읽고, 그 배경이 되는 시대나 생활을 생각한다. ③ 자서전이나 자기의 전기를 써 본다. ④ 연보(年譜)를 읽는 법, 만드는 법을 안다.
"전기" 단원을 학습할 때, 그 지역 출신의 유명한 인물의 전기, 기록 등을 읽히어, 그러한 인물들이 그들의 뛰어난 업적으로 말미암아 얼마나 향토의 이름을 빛내고, 국가에 이익을 가져왔는가 알아보도록 할 것. 그 인물이 비록 나라 안에 널리 알려진 인물이 아닐지라도 그러한 분의 향토 사회의 발전을 위한 공적을 알게 하여 애향심을 기르도록 하였으면 한다. 그러한 학습 지도와 아울러 연보(年譜)를 만드는 방법을 지도하여 그러한 분들의 연보를 통하여 구체적인 업적을 뚜렷이 하여 보는 것도 좋을 줄 안다.

이 중에서 'VI. 노래하는 마음 [1]'과 'Ⅰ. 시의 세계 [2]' 단원을 예로 들어 향토화 교육내용을 반영한 문학 교수 · 학습의 방향을 제시하고 있다. 이 예시 항목에 대한 구체적인 분석을 위해서는 『중학국어』 교과서의 해당 단원을 살펴보는 작업이 필수적이다. 'VI. 노래하는 마음 [1]'은 『중학국어』 Ⅰ－II(대한교과서주식회사, 1961)에 수록되어 있으며, 해당 제재는 「이시 무엇인가?－시의 리듬－」이라는 설명문에 가까운 글이다. 'Ⅰ. 시의 세계 [2]'는 『중학국어』 II－Ⅰ(대한교과서주식회사, 1961)에 수록되어 있는데, 해당 단원의 내용은 시 창작의 내용을 설명하고 있는 「시 작법」이라는 글이다. 제시한 단원의 다른 소단원 내용과 '대단원 길잡이'[24] 및 '익힘 문제'[25]를 종합적으로 고려해보면, 『요강(중학교)』에서

24) 이 논문에서는 대단원 도입부에 제시된 학습 목표 및 학습 내용을 '대단원 길잡이'라고 부르기로 한다. 'VI. 노래하는 마음'의 대단원 길잡이에는 "우리들의 생활을 윤택하게 해 주며 깨끗하게 해 주는 시(詩)란 어떤 것인가? 높고 깨끗하고 아름다운 마음이 곧 시와 가까운데 있음을 알아보자. 시를 감상(鑑賞)하고 시를 스스로 지어 보는 것은, 시에 대한 이해와 그 기능을 기르는 길이 되는 동시에, 우리들의 생활 자체를 더 아름답고 더 값있는 것이 되게 하는 것임을 알자"이며, 'Ⅰ. 시의 세계'의 대단원 길잡이는 "희로애락(喜怒哀樂)의 감정을 시로써 나타내고 싶어 하는 우리들의 마음은, 시의 세계를 가까이함으로써 한결 더 깨끗해지고 아름다워진다. 시를 어떻게 감상하며 어떻게 지어야 하는 것인가를 알고, 시 감상과 시 짓기에서 재미와 보람을 얻자. 우리 민족의 정서와 감흥을 표현해 온 시조의 형식과, 거기 담겨진 생활과 사상의 무늬를 살펴보자. 현대시의 자유로운 형태와 섬세한 마음의 표현에 주목하여, 우리들의 심정을 시로써 한결 더 맑게 해 보자"로 제시되어 있다.

25) 'VI. 노래하는 마음'에 수록된 '1. 시란 무엇인가'의 익힘 문제는 "1. 지은이는 어째서 시의 정의(定義)를 내리기가 어렵다고 하였는가? 2. 시와 산문이 근본적으로 다른 점은 무엇인가? 3. 시의 리듬과 내용과의 관련성을 깊이 생각해 보라. 4. 읽는 이의 마음을 감동시키는 시는 어떠한 시인가?"로 제시되어 있으며, 'Ⅰ. 시의 세계'에 수록된 '2. 시 작법'의 익힘 문제는 "1. 시의 내용은 어떤 것이어야 하는가? 2. 표현의 세 가지 요건(要件)을 말하라. 3. 고향을 그리워하는 시를 지어 보라"로 제시되어 있다.

예로 제시한 소단원의 학습 목표는 'VI. 노래하는 마음'과 'Ⅰ. 시의 세계' 외의 소단원 내용을 포괄하여 재구성한 것으로 볼 수 있다. 왜냐하면, 전자와 후자 모두 '시조'의 내용을 포함하고 있지 않은데 비해, 학습 목표의 예에는 "⑥ 시조 문학에 대한 이해를 하게 한다"라고 하여 '시조 문학에 대한 이해' 학습의 내용을 제시하고 있기 때문이다. 시조를 다루고 있는 단원은 'Ⅰ. 시의 세계'의 3, 4단원('3. 시조 감상', '4. 시조 작법')이며, 『요강(중학교)』에서 예로 제시한 소단원에는 시조의 내용이 포함되어 있지 않다. 「1. 시란 무엇인가?－시의 리듬－」과 「2. 시작법」의 '단원/제재'[26] 중에서 후자를 먼저 살펴보자.

> 문득 고향이 그리워집니다. 모든 걸 다 버리고, 고향을 떠난 지도 여러 해가 되었습니다./ 그 고향, 그리운 고향!/ 언제 다시 가 볼지도 모르는 고향의 산, 시내, 마을, 그리고 동무들의 얼굴이 눈에 선하게 떠오르며, 한없이 가고파집니다. (…중략…) 시를 짓는다. 어떻게 지을까?/ 이런 의문을 가지기 전에 위의 "향수"란 시를 소리 내어 읽어 보십시오./ 본 대로, 느낀 대로, 아무런 어려운 말을 쓰지 않고 노래 부르고 있지 않습니까?/ 고향이 그리운 그 마음－ 가슴 속에 우러나오는 그 절실하고도 극진한 감정이 가장 자연스럽게 나타난 있는 노래입니다./ 바로 이것이 시입니다.[27]

「시작법」의 경우, '고향'을 모티프로 하여 시 창작의 과정과 방법을 설

26) 국어교과서의 단원 구성 방식은 세 가지 정도로 나눌 수 있는데, 그것은 문종 중심 구성 방식, 주제 중심 구성 방식, 목표 중심 구성 방식 등이다. '시의 세계'가 수록된 『중학국어』는 문종 중심 구성 방식을 취하고 있음을 알 수 있다. 문종 중심 구성 방식은 글의 특징을 보여주는 제재를 중심으로 구성되므로 '소단원＝제재'라는 등식이 성립하는 것으로 볼 수 있다. 국어교과서의 단원 구성 방식 분류는 최미숙 외, 『국어교육의 이해』, 사회평론, 2012, 66~69쪽을 참조할 것.

27) 문교부, 『중학국어』 Ⅰ－Ⅱ, 대한교과서주식회사, 1961, 15~17쪽.

명하고 있다. 고향을 그리워하는 정서가 시 창작의 밑거름(내용 창안)이 된다는 내용적 측면에 주목하여서, 이 단원의 제재가 향토화 교육을 위한 학습 내용이 될 수 있다고 판단하였던 듯하다. 그러나 향토(지역)에 대한 정서적 환기, 다시 말해 애향심의 강조가 시 창작의 일반적인 과정 및 방법과 착종되어 있고, 그 내용도 소재주의에 머물러 있어서, 실질적인 문학 창작 능력 향상을 기대할 수 없음은 물론이고 구체적인 향토화 교육과정의 학습 내용으로서도 기능하기 어렵다. 이미 만들어져 있는 교육과정과 교과서를 활용하여 학습 내용의 예를 만들었고, 또 향토화 교육과정의 내용까지 무리하게 연결하려고 하다가 보니, 그 자체로 한계를 노정할 수밖에 없었던 것이다.

그런데, 후자와 달리 전자는 시 감상의 일반론에 해당하는 '단원/제재'이며, 향토화 교육내용과 직접적으로 연관시킬 수 있는 부분도 없다. 따라서 『요강(중학교)』의 집필자는 전자와 후자의 단원 내용을 총괄할 수 있는 교수 · 학습 활동의 예를 제시해 놓았는데, 그것은 "이 단원에서 지도하는 운문 가운데 특히 군사혁명 이후에 혁명 정신을 노래한 작품을 포함하여 지도"하는 것과 "그러한 작품들과 학생들의 작품을 모아 작품집을 만들"어 보는 활동이다. 이를 테면 '교과서 외 활동'에 해당하는 학습 활동의 예를 제시해 놓은 것인데, 중요한 것은 이 활동 자체가 향토화 교육과정의 내용과는 무관하다는 데 있다. '군사혁명 이후에 혁명 정신을 노래한 작품'을 선별적으로 지도하는 내용이 그것인데, 이는 「II. 기행문 [2]」이나 「IX. 전기」에서 향토 사회와 문화, 그리고 역사를 학습하는 활동으로서의 문학적 글쓰기를 학습 내용으로 제시해 놓은 것과 선명하게 대조를 이룬다.[28] 향토화 교육과정의 목적 자체가 '향토성'의 발견

---

28) 참고로, 「II. 기행문 [2]」은 『중학국어』 I – II(대한교과서주식회사, 1961)에 「IX. 전기」은 『중학국어』 II – II(대한교과서주식회사, 1961)에 수록되어 있다.

이 아니라, '혁명 정신'의 주입에 있음을 가시적으로 보여주는 부분이다.

이와 같은 내용은 고등학교 『요강』에서도 확인할 수 있다. 『요강(고등학교)』에서는 '읽기' 영역 안에 문학의 자리가 놓여 있는데, 구체적인 내용은 제1차 『고등학교 및 사범학교 교과과정』의 내용을 그대로 요약해 놓고 있어서 참고할 만한 내용이 없다.[29] 다만, 학습 내용을 구체화하는 방식을 제시하고 있는데, 핵심적인 항목은 "혁명 정신과 건전한 국민 정신의 진작을 소재로 한 문학 작품을 수집하고 이를 감상하게 한다"(『요강(고등학교)』, 44쪽)는 내용이다. 중학교에 비해 한층 더 직접적으로 문학 학습을 향토화 교육과정에 배치시키고 있음을 알 수 있는데, 조금 길지만 핵심 부분을 인용해서 살펴보기로 한다.

> 혁명 정신과 건전한 국민 정신을 다룬 문학 작품을 감상하는 학습은 제1학년 3. 현대시조, 7. 장편소설, 제2학년 2. 수필기행, 3. 근대시, 제3학년 2. 단편소설 등의 학습 전개로서 예상된다. 빈곤 타파, 생활 개선을 소재로 한 작품으로는 농촌이면 농촌을 소재로 한 작품, 어촌이면 바다를 소재로 한 작품, 공장이면 농촌을 공장 지대의 생활을 그린 작품을 모으도록 할 것이며, 그런 의미에서 제1학년에 수록된 "상록수"는 어느 농촌의 학생들에게도 각지의 향토의 생활을 그린 작품으로 다루어질 것이다./ 이러한 학습은 반드시 창작에만 한할 것이 아니라, 그 밖의 글을 광범하게 모아 보도록 할 수도 있는 것이며, 그러한 경우에는 기행문, 감상문, 방문기 등이 대상이 될 줄로 안다. 이러한 학습 활동은 문학 작품을 감상하는 일에만 그칠 것이 아니라, 그러한 학습 활동을 하게 함으로써 혁명 과업을 수행할 국민 생활에 대한 관심과 이해를 깊게 하자는 데 목적이 있는 것이므로 지나치게 작품의 수준만 가지고 따지지 않도록 하는 것이 좋을 줄로 안다. 그리

29) 문교부, 『고등학교 및 사범학교 교과과정』, 한국검인정도서공급주식회사, 1955, 14~17쪽.

고, 경비가 허용하는 범위 안에서 그렇게 모은 작품을 등사로 하여 널리 펴도록 하는 것도 권장하고 싶은 일이다(『요강(고등학교)』, 44쪽).

여기에서도 구체적인 활동의 예는 국정교과서 『고등국어』의 단원을 중심으로 제시하고 있다. 특이한 것은 '상록수'를 중요한 학습 제재로 언급하면서 보편적인 '향토'의 이미지를 강조하고 있다는 점이다. 그러나 이는 역설적이게도 향토학교가 궁극적으로 지향하는 바와 배치되는 결과를 준다. 왜냐하면 향토(지역)의 다양성과 특수성을 '보편적 향토' 개념 속에서 찾을 수는 없기 때문이다. 대표적인 문학 작품 속에서 발견할 수 있는 '보편적 향토성'이란 향토(지역)의 다양한 스펙트럼을 단순화하고 획일화하는 결과를 초래한다. 이것은 '향토화 교육과정'과 '제1차 국어과 교육과정'을 물리적으로 결합시키고자 하였기에 발생할 수밖에 없는 문제라고 하겠다. 문학 교수 · 학습이 "문학 작품을 감상하는 일"보다 "혁명 과업을 수행할 국민 생활에 대한 관심과 이해를 깊게 하자는 데 목적"을 두고 있었기 때문에, 군사정부의 '향토학교'는 허상으로서의 '향토' 개념을 제공하며, 실질적으로는 '향토'(지역)의 정체성을 지우고 '국가'를 향한 공통 감각을 발명하는 데 전력을 다할 수 있었던 것이다.

군사정부가 요구하는 '인간상'의 형성(국민 형성)이라는 점에서 국민학교 총론에서 제시한 향토학교의 교육목적과 국민학교 및 중 · 고등학교 국어과 교육의 목적은 거의 일치한다.[30] 향토화 교육과정과 결합된 국어

30) 그것은 이 인용문에서 확인할 수 있다. "원래, 국어교육의 목표도 인간교육에 있으므로 혁명 정부가 내건 "인간 개조"와 일치되는 점이다. 국어는 바라는 인간상을 달성하기 위하여 국어의 기능과 태도와 이해를 기르는 것이므로, 국어과의 수련이란 곧 인간 개조를 하기 위한 방편이라고 볼 수 있다. 우리가 마치 문학 작품이나, 연설을 받아들여서 감명을 깊이 하듯이. 혁명 과업의 실천과 직접적인 관련을 가진 내용의 학습은 물론이거니와 간접적인 제재라 할지라도 사회에 유능한 인간으

과 문학 영역은 소박한 의미의 '향토' 개념을 전수하면서 실질적으로는 향토(지역)를 지우고 5 · 16군사정부에서 요구하는 국민적 정체성과 이데올로기를 학습자의 신체에 각인시키도록 구성되었다. 향토화 교육과정의 방향을 도식적으로 제시하면, '고장의 이해→국가의 이해→세계의 이해→올바른 사회(시민) 형성'으로 정리가 되어야 하지만, 실제 향토학교는 이러한 점층 구조를 지향하지 못했다. 왜냐하면, 군사정부가 핵심 문교시책으로 실시한 향토학교는 '향토'(지역)를 국가 통합의 가장 기본 조건으로 제시하면서도, 실은 '향토'(지역)를 괄호치는 방식으로 국민국가의 정체성(identity)을 구축하고자 하였기 때문이다.

4. 60년대 문학교육 연구로 가는 길

지금까지 『혁명 과업 완수를 위한 향토학교 교육과정 임시 운영 요강』을 중심으로 하여 5 · 16군사정부의 '향토학교' 개념을 재고해보았다. 군사정부의 향토학교 프로그램은 지역의 학교 현장에만 적용되는 내용이 아니라는 점에서 자료의 가치나 교육사적 맥락에 대한 재평가가 필요하다. 각급 학교의 『요강』 분석을 통해서, '교육과정 임시 운영 요강'이 향토학교가 지향하는 '향토화 교육내용'을 기존의 교육과정과 교과서와 결합하고자 하였다는 사실을 확인할 수 있었다. 이는 각 학교급별 『요강』이 향토화 교육과정의 내용을 반영한 제1차 교육과정의 수정 · 보완판임을 보여주는 것이다. 즉, 『요강』은 제1차 교육과정 및 교과서 운영의 미

로의 소양으로 필요한 것이다. 그리고 국어는 생활과의 밀접한 관련, 밑에서 운영되기 때문에 향토 사회와는 긴밀한 관련을 가지고 있다."(『요강(고등학교)』, 37쪽)

비점을 보완하고자 한 군사정부의 문교행정 공백을 메우는 한편, 향토학교 프로그램과 결합하여 군사쿠데타의 당위성을 향토 각지에 전파하는 이데올로기 형식으로서 기능하였던 것이다.

여기서 다룬『혁명 과업 완수를 위한 향토학교 교육과정 임시 운영 요강』은 4 · 19시민혁명 직후 발행된『교육과정 임시 운영 요강』과는 다른 자료이다. 이 논문은 향토학교를 추동하는『요강』이 얼마나 실질적인 담론의 효과(수행력)를 발휘하였는가 하는 데 중점을 둔 것이 아니라, 군사정부 문교시책의 허위 의식과 정치성을 밝히는 데 주안점을 두고 기술되었다. '향토학교'라는 것이 기실 '향토'를 표방하는 '국가' 관리 시스템의 폭력성을 보여주는 역사적 증례라고 보았기 때문이다.

이 논문은 국어과를 비롯한 모든 교과가 권력과 이념의 형식을 보조하는 제도적 장치로 기능하였다는 사실을 실증하는 연구이기도 하지만, 1960년대 문학교육이 '국민 공동체'의 가치를 구성하는 공통 감각을 발명하고 전파하는 역할을 하였을 것이라는 가설의 출발점(시론)이기도 하다. 본 연구자는 5 · 16군사쿠데타 이후부터 제2차 교육과정이 시작되기 전까지의 시기('틈')를 완벽한 국가 관리형 교육시스템으로 전환되기 전의 마지막 고비로 보았다. 그렇기에 이 글의 자리는 1960년대로 흐르는 문학교육사 연구의 접점이며, 혹은 갈림길이자 교차점이다.

■ 참고문헌

김광자, 「향토학교의 이념」, 『교육연구』 18, 이화여대 사범대학, 1961, 25쪽.

경상북도교육연구원, 『경북의 향토학교』, 경상북도위원회, 1971, 84쪽.

문교부, 『혁명 과업 완수를 위한 향토학교 교육과정 임시 운영 요강(국민학교)』, 문교부, 1961.

______, 『혁명 과업 완수를 위한 향토학교 교육과정 임시 운영 요강(중학교)』, 문교부, 1961.

______, 『혁명 과업 완수를 위한 향토학교 교육과정 임시 운영 요강(고등학교)』, 문교부, 1961.

______, 『향토학교란?』, 문교부, 1961.

______, 『향토학교 사례집』, 문교부, 1961.

______, 『文敎 40年史』, 문교부, 1988.

손인수, 『한국교육운동사』 2, 문음사, 1994.

안토니 이스트호프, 임상훈 역, 『문학에서 문화연구로』, 현대미학사, 1994.

이옥희, 「한국적 향토학교의 현황－부산 성북국민학교와 김해군 대저 중앙국민학교를 중심으로」, 『교육연구』 18, 이화여대 사범대학, 1961.

전재호, 「5 · 16 군사정부의 사회개혁정책」, 『사회과학연구』 34－2, 전북대학교 사회과학연구소, 2010.

중앙대학교부설 한국교육문제연구소, 『文敎史』, 중앙대학교출판부, 1976.

최미숙 외, 『국어교육의 이해』, 사회평론, 2012.

국어교육제도 구성의 논리와 국민국가의 언어감각

박형준

1. 문제는 다시 국어교육사이다

근대적 형식의 국어교육이 시작된 지 100년이 가까이 되었지만, 국어교육의 역사에 대한 이해와 반성은 여전히 자료 조사의 수준을 크게 벗어나지 못하고 있다. 최근에 제출된 공동 연구에서 방대한 자료를 수집·정리하고 국어교육장의 생성·변화 맥락을 추적한 작업은 국어교육사 연구의 기반을 다졌다는 점에서 의미가 있는 일이지만,[1] 이에 대한 후속 연구나 새로운 해석은 여전히 이루어지지 않고 있다. 특히, 기존의 국어

1) 예를 들어서, 이응백, 『국어교육사연구』, 신구문화사, 1975; 박붕배, 『국어교육전사』, 대한교과서주식회사, 1997; 윤여탁 외, 『국어교육 100년』 1·2, 서울대출판부, 2006; 민현식 외, 『미래를 여는 국어교육사』 1·2, 서울대출판부, 2007 등에서 그 가능성을 찾을 수 있다.

교육사의 연구는 해방 이전/이후를 분절적으로 사유하고 있는 경우가 대부분인데, 이는 해방공간을 국어교육의 새로운 출발점(소실점)으로 설정하고자 하는 정치적 무의식을 반영하고 있기 때문이다.

해방 직후의 국어교육 현상에 대한 선행 연구에서 주목할 만한 성과는 '국어교과'의 형성과정을 '국어과 교과서'[2]의 문종 분류체계를 통해 파악한 연구[3]와 조선어학회를 비롯한 교육 · 문화단체의 지배적 담론이 국어교육계에 미친 영향을 『중등국어교본』의 편찬과정을 중심으로 조망하는 연구 등이다.[4] 그러나 이들 연구에서 해방 전/후의 국어교육 현상을 수렴할 수 있는 포괄적인 시각을 발견하기란 쉽지 않다. 또 해방 직후의 국어교육 현상을 '건국기 국어교육 체제'로 이행하는 준비기 및 과도기로 이해하거나, 일반교육학에서 제시한 교육과정 시기 구분에 따라 분절적으로 이해하고자 하는 연구 역시,[5] 해방 직후의 국어교육 풍경을 조망

2) 이 논문에서는 '국어교과서'와 '국어과 교과서'를 구분하여 사용한다. 전자가 초 · 중등학교 국어교과에서 사용하는 영역 통합(듣기 · 말하기 · 읽기 · 쓰기 · 문학 · 문법)형 교재라면, 후자는 국어교과에서 사용되는 각 영역의 교재를 모두 포함하는 것이다. 이를 테면, 문학독본이나 문법교본은 '국어과 교과서'로 지칭할 수 있다.

3) 김혜정, 「근대 이후 국어과 교재 개발에 대한 사적 검토」, 『국어교육연구』 13, 서울대국어교육연구소, 2004: 김혜정, 「해방 직후, 국어에 대한 인식과 교과 형성 과정 연구」, 『국어교육학연구』 18, 국어교육학회, 2004: 김혜정, 「국어 교재의 문종 및 지은이 변천에 대한 통사적 검토: 현대 교육과정기 전후 변화를 중심으로」, 『국어교육』 116, 한국어교육학회, 2005.

4) 남민우, 「미군정기 국어교육계의 구조와 의미 연구」, 『국어교육학연구』 24, 국어교육학회, 2005, 268쪽; 박형준, 「해방공간 문학교육의 담론 연구」, 부산외대 석사논문, 2006, 3장 참조; 강석, 「『중등국어교본』의 시 텍스트 연구－집필진과의 관련성을 중심으로－」, 『청람어문교육』 39, 청람어문교육학회, 2009. 남민우의 논문에서 "국어교육사의 연구와 교육이 강화될 필요"성을 제기하였으나 후속 연구가 이루어지지 않은 것은 마찬가지이다.

5) 예를 들어, 우한용과 박영기의 경우가 그것이다. 우한용, 『한국 근대문학교육사 연구』, 서울대출판부, 2008; 박영기, 『한국 근대 아동문학 교육사』, 한국문화사, 2009.

하는 데는 크게 도움을 주지 못한다.

해방 직후,[6] 이 시기에 대한 조사와 연구는 국어교육사의 결절지점을 이해하기 위한 관심에서 출발한다. 지금까지의 국어교육사 연구는 해방 전/후의 사회 · 문화적 연속성을 강제로 분절하고, 그 자리에 모국어로서의 국어(조선어)를 배치시키는 당위와 의지를 중심으로 이루어져왔다. 해방의 감격은 손쉽게 모국어가 부재한 공간적 틈을 메우거나, 시간적 비약을 허용하는 결과를 초래하였다. 국어교육의 역사를 복원하고자 하는 많은 시도 역시 당시에는 부재하던 대타자의 언어를 발견하는 지난한 여정에 다름 아니었기에, 이에 대한 '노력'-예를 들자면, 국어 보급을 위한 다양한 사회계몽운동 및 교육운동-의 수고로움을 살피거나 기록하는 데 중점을 둘 수밖에 없었다. 그렇기 때문에 식민지 시기 국어(일본어) 교육 시스템의 소거와 극복을 위한 노력들이 어떻게 이루어졌으며, 이것이 일종의 외국어선택과목으로 존재하였던 조선어의 위상을 어떤 방식으로 전환/(재)배치하였는가 하는가 하는 점은 고려되지 못했다. 이에 대한 본격적인 연구는 세밀한 문헌 조사와 연구 방법론을 요하는 것이겠지

---

6) 이 논문은 학무국이 문교부 승격되는 1946년 7월 10일 전/후의 국어교육 현상을 살피는 데 중점을 둔다. 해방 직후라는 시기는 범박하게 볼 때, 해방이 된 1945년 8월 15일부터 남한 단독 정부가 수립되기 전인 1948년 8월 14일까지를 지칭한다고 볼 수 있다. 일반교육학이나 교과교육학의 입장에서는 이 시기를 '교수요목기'로 명명하기도 하지만 교수요목의 임시성과 불완전성, 그리고 실제 학교현장에 미치는 영향력을 고려하면, 이 용어를 그대로 사용하는 것은 적절하지 않다. 정치적 맥락에 중점을 둔 경우, 미군정청이 교육행정을 이관한 1945년 9월 11일부터 미군정청 학무국을 중심으로 본격적인 문교행정이 시작되었다는 점을 고려하여 '미군정기'라는 용어를 사용하기도 한다. 그러나 미군정청 학무국(이후 문교부)의 실질적인 문교행정과 일반사무를 한국인(연구자, 교육자)이 담당하였고, 정책 자문이나 심의결정 역시 한국교육위원회와 조선교육심의회, 민간 학술단체 등에서 큰 영향을 미치고 있었기 때문에(사회 · 정치학적 시기 구분과 달리) '미군정기'라는 용어를 그대로 사용하는 것 역시 적당하지 않다.

만, 우선 해방 직후의 국어교육제도 구성과정을 통해서 대략적으로나마 그 맥락을 확인해볼 수 있다.

이 논문은 교육사와 문화사에 경계에서 놓인다. 그러므로 연구의 방향은 이미 구축된 제도의 목록을 통해 해방공간의 교육 · 문화적 현상을 이해하고자 하는 것이 아니라, 해방 직후의 사회 · 문화적 현상과 담론 분포/변화를 통해 국어교육의 제도를 구성하는 사회심리적 기반을 이해하고자 하는 데 그 목적이 있다. 국어를 일본어에서 조선어로 전환하고자 하는 공통 감각은 당대의 사회 · 문화적 담론 속에서 표면화되어 나타나며, 이 사실은 당시의 매체(media)를 분석함으로써 확인해볼 수 있기 때문이다.

2. 국어의 귀환 : 제도교육에 대한 거부감과 균열 지점

해방 직후는 '도둑맞은 언어(조선어=모국어)'를 되찾기 위한 국어 회복 및 '글 깨치기' 운동이 어느 때보다 강조되었던 시기이다. 조선어, 즉 한글을 깨치지 못한 문맹 인구가 "해방 전 38 이남 인구에 비추어 70%"[7]에 가까웠기 때문이다. 해방과 동시에 '문식력'[8]의 요구와 필요성은 극대

7) "문교부 성인교육국의 문맹퇴치 대방침을 보면 우선 13세 이상 17세 미만의 소년과 18세 이상의 일반 성인에게 먼저 한글을 깨쳐 주고 그 다음에는 공민적 자질의 향상을 꾀하게 된 것"이라고 하면서, 1947년에 이르러서는 "해방 전 38 이남 인구에 비추어 70%라는 놀라운 숫자에 오르던 문맹자가 작년 1년 동안에 42%로 줄어"들었다고 하여서, "방방곡곡에 이르기까지 활발한 한글계몽을 일으키는 한편 소년과 성년과 보수과로 구성된 공민학교를 설치하여 문맹퇴치 공민자질 향상운동에 박차를 가하였"음을 확인할 수 있다. 『동아일보』 1947.8.3.

8) 일반적으로 문식성(文識性)으로 번역되는 리터러시(literacy)는 문식성, 문해력, 문학

화되는 양상을 보였으며, 이러한 현상은 사회 · 문화 · 교육계 전반으로 확대되어 나타난다. 가정에서 사회로, 학교에서 직장으로, 혹은 언어 사용 주체의 기본적인 읽기/쓰기 능력인 기초 문식성에서 시작하여 사회적 의사소통에서 요구되는 사회적 문식성 교육에 이르기까지, 문자 계몽을 위한 국문 보급 운동이 활발하게 전개되었다.

해방 직후『조선일보』에 연재된「가정과 문화: 우리 글자와 역사 집에서도 가르칩시다 ㊤」라는 기사를 보면 한 가지 흥미로운 사실을 발견할 수 있는데, 그 내용을 살펴보면 다음과 같다.

> 선생님들에게만 우리의 귀한 자녀의 교육을 맥길 수는 업습니다. 적어도 아버지와 어머니가 가정교육에 열중 힘을 쓰지 아니하면 안되게 된 것입니다. 옛날에는 도리어 가정교육을 학교교육보다도 더 중하게 역인 때도 있섯습니다. 그 전 대한제국 시대에는 글ㅅ방교육(書堂教育)이란 것이 잇섯 것니와 이것은 일종의 가정교육의 연장이라고도 볼 수 잇는 그러한 것으로 살기 넉넉한 가정에서는 자긔 집에다 독선생을 안치고 또 그럴 힘이 부치는 가정에서는 한동리면 동내에 글ㅅ방을 안치고 자녀를 글 가르치어 왔던 것입니다. 그러던 것이 교육제도가 변하면서 ㅁ학교교육제도로 된 후부터 너무나 학교에만 막기는 습관이 만힛고 또 학교를 나옴으로써 사람의 교육정도를 저울질하는 고런 폐중까지도 생기게 되엇섯습니다. 더욱이 로예교육에

성 등 다양한 용어로 번역되며 그 의미폭도 상당히 넓다. 이 논문에서는 "의사소통을 목적으로 하는 문자 언어의 사용 능력, 즉 모어로 읽고 쓸 수 있는 능력"(서울대학교 국어교육연구소 편, 1999)을 의미하는 문식성이라는 용어로 통일하여 사용하였다. 물론, 문식성은 다시 '글 깨치기' 수준의 의사소통 능력을 의미하는 기초 문식성과 기초 문식성을 습득한 후 사회 · 문화 · 정치 등과 같은 공적 영역에서 사용되는 의사소통 능력을 의미하는 사회적 문식성으로 나눌 수 있겠다. 기초 문식성이 모국어 의사소통 능력을 확보하는 초기 단계의 언어 능력이라고 할 때, 이를 바탕으로 사회적 문식성이 획득된다고 볼 수 있기 때문이다.

들저저서 일본의 고등문관시험가튼 것을 치러야만 가정교육을 만히 바덧고 또 그 자신도 가정교육을 만히 바든 듯이 생각해 왓습니다(…하략…).[9]

이 기사문은 단순히 가정교육의 중요성을 강조하는 데 그 목적이 있는 것이 아니다. "조선혼을 넛는 교육을 실시하지 않흐면 아니되게 된" 상황을 직시하고, 학교에서만이 아니라 가정에서도 국어(한글)에 대한 교육이 이루어져야 함을 표나게 내세우는 데 그 의도가 있다. 왜냐하면, "과도기의 교육은 여러분도 잘 아시는 바와 가치 노예교육을 얼른 벗기 어려운 관계도 잇겟고 또 교육의 방침이 완전히 아직 섯다고 보기 어려운 때문"[10]이라는 데서 알 수 있듯이 당시의 교육적 상황을 '과도기'로 파악하고 있기 때문이다. 그러나 핵심적인 것은 교육제도의 미비나 부재에 있는 것이 아니라, 오히려 기존의 교육제도에 대한 회의와 거부에서 '가정에서의 기초 문식성 교육'이 출발한다는 점이다.

가정교육 및 서당교육("글ㅅ방교육")의 중요성을 강조하는 문면에는 기존 교육제도에 대한 강한 거부감이 자리하고 있다. 여기에는 일제의 '노예교육'에서 손쉽게 탈피하기 어려울 것이라는 식민지 언어 경험의 연속성이 매개되어 있기 때문이다. 물론, 식민지 교육제도를 승계한 해방 정국의 교육시스템에 대한 이러한 거부 감정은 '노예교육'("로예교육")이자 "강제교육"인 학교교육 자체의 무용성과 불가능성을 의미하는 것은 아니고, 국민국가('나라')의 정체성을 구성하는 토대 단위로서 '가정'(가족)의 역할과 중요성을 전파하는 데 목적을 두고 있다. 같은 매체의 「가정과 문화」란에 연재된 다른 글, 즉 '民族文化 再建의 核心' 과제로

---

9) 『조선일보』 1945.11.23.

10) 「가정과 문화: 우리 글자와 역사 집에서도 가르칩시다 ㊦」, 『조선일보』 1945.11.24.

제시된 「兒童文學의 當面 任務」[11]에서 "兒童文學家에만 賦與된 使命이야"니라고 말하는 것과 서당교육 역시 동일한 맥락으로 이해할 수 있는데, 서당은 개인적 지도 방법에 근거한 교육제도이기 때문이다.

해방 직후 가정교육과 서당교육의 중요성이 부각되는 이유는 근대적 교육제도의 모순, 즉 식민지 교육정책의 연속성과 스스로 단절하고자 하는 언어 사용 주체의 인식과 적극적인 실천 행위를 동반하고 있기 때문이며, 이것이 기존 교육제도에 대한 거부 감정으로 표면화되었던 탓이다. 즉, 가정교육이나 서당교육은 식민지 언어 경험과 단절하고 새로운 언어 주체를 창안하고자 하는 해방공간의 다층적인 국어 보급과정을 보여주는 예이다. 그러나 "어떤 수단을 써서라도 『국문』(한글)과 조선 력사를 가르처야"[12] 한다는 계몽의 의지에도 불구하고, 이와 같은 교육을 실제로 가정에서 모두 감당할 수는 없는 노릇이었다. 낯선 손님처럼 찾아온 해방의 시 · 공간에서 체계적으로 국문 보급 운동을 전개하기란 쉽지 않은 일이었기 때문이다. 필연적으로, 학교를 중심으로 한 제도교육의 필요성이 부각될 수밖에 없었는데,[13] 이는 식민지교육에서 비롯된 제도교육에 대한 거부감을 일소하고 '조선의 새 교육제도'를 만드는 일에서부터 시작된다.

> 일본 제국주의의 강압적인 식민지교육의 잔재를 깨끗이 말소하여 버리는 동시에 의기발랄한 조선의 새 교육제도를 설치하고저 조선교

---

11) 『조선일보』 1945.11.27.

12) 『조선일보』 1945.11.24.

13) 해방 직후의 신문 매체를 읽어 나가다 보면, 다시 개교한 학교들의 '운동경기 대항전'이 자주 개최되고, 또 각종 동창회도 종종 열리고 있음을 확인할 수 있는데, 이런 현상들은 학교를 중심으로 한 사회적 네트워킹이 시작되고 있음을 보여주는 증례라고 할 수 있다.

육심사위원회에서는 회 안에 아홉 개 분과(分科) 위원회를 두고 사회 각 방면 권위 있는 위원으로 위촉하야 여러 가지로 새 교육제도에 대한 연구를 하기로 되엇다. 여기에 그 연구 종목 담당 내용을 보건대 제一분과위원회에서는 교육의 ㅁㅁ에 대하야 심의할 터이며 제二분과위원회에서는 교육제도에 대하야 연구하는 동시에 학교 명칭, 종류, 정도 및 학교 사이의 상호관계와 학급 수 입학년령 등을 심사결정하며 의무교육제도와 그 실시방법 一년간의 학기 수 매 학기의 시업과 종업시일 그리고 아프로 새로 설립할 학교의 기준과 종래에 잇든 학교의 지위향상을 도모하는 한편 남녀공학 등을 연구할 터이고(…하략…)[14]

위의 인용문에서 확인할 수 있는 것처럼—다시, 일제 식민지 시기의 교육제도와의 섬세한 비교 연구가 필요하겠지만—, "일본 제국주의의 강압적인 식민지 교육의 잔재를 깨끗이 말소하"기 위해서는 무엇보다 새로운 교육제도가 절실하였다. 이것은 국어정책과 국어교육을 담당하고 있던 조선어학회, 미군정청 조선교육심의회 등의 교육적 가치, 혹은 방향과도 일치하는 것이었다. 언어와 민족이라는 개념의 해석을 둘러싼 좌 · 우익 인사들의 견해는 확연히 구분되었지만,[15] 국어교육의 필요성을 역설하는 자리에서만큼은 이견이 있을 수 없었다. 기본적인 교육제도야 기존의 시스템을 활용한다고 하더라도, 국어교육을 수행할 교사와 교육과정, 교과서가 턱없이 부족하거나 존재하지 않는다는 문제 인식은 공유하고 있었기 때문이다.[16]

---

14) 『조선일보』 1945.11.23.

15) 각주 4에서 다룬 선행 연구에서 이 부분에 주목하여 논의를 전개하였다.

16) 해방 후 2년이 지난 상황에서도 한 교원이 두 학급을 담당하는 등 교육 자체의 양적 팽창은 이루어졌으나, 질적인 향상은 여전히 이루어지지 못했음을 확인할 수 있다. 「초등교육에 隘路, 한 교원이 두 학급 담당. 양적으로는 증가하난 질적으로는 저하」, 『조선일보』 1947.9.5 및 「해방 후 교육의 동향: 질적은 저하, 양적으로

이 시기 교육제도의 물적 기반이 내포한 문제점에 대해서는 앞선 연구에서 살펴보았기 때문에 대략하고 넘어갈 수 있겠지만,[17] 그보다 중요한 것은 각 항의 구체적인 내용이 아니라 계몽의 의지와 실현 사이에 균열점이 존재한다는 사실이다. 해방 직후, 기초 문식성과 사회적 문식성을 강화하기 위해 사회교육의 일환으로 다양한 한글강습회가 실시되고 있다는 사실에서도 이를 확인할 수 있으며,[18] '야간중학 설립',[19] '통신학교를 통한 국어교육'[20]과 '특수 목적 학교의 정식 인가',[21] '학교 추가 개교'[22][23] 등의 사례도 이러한 흐름을 상세하게 보여준다. 이 과정에서 역사성과 교육 · 연구 공력을 갖춘 민간연구단체(특히, 조선어학회와 진단학회)가 이 공백을 메우는 데 선도적인 역할을 한다.

발전」, 『조선일보』 1947.8.5 참조.

17) 이 시기 학교교육의 실행상 문제점은 시설 부족, 교원 부족, 교직원의 생활빈곤 문제, 미인가 학교의 수업료 착취, 중등학교 입학금 문제, 기부금 문제, 교과서 개발/보급, 부교재 문제 등이 있었다. 필자는 이 중에서 교과서 개발/보급, 부교재 문제 등에 주목하여 논의를 전개한 바 있는데, 구체적인 것은 박형준, 「유인본 국어교과서의 발견과 해석」, 『국어교육연구』 45, 국어교육학회, 2009를 참조할 것.

18) 해방 직후 『동아일보』 소재의 '한글강습회' 관련 기사 목록을 인용하면 다음과 같다. 「성인을 재교육 중앙성인계몽협회 결성」(1946.3.30), 「국어강습회 개최일 연기」(1947.4.30), 「국민 개학에 총진군 각동에 한글강습회」, 『동아일보』(1947.5.28), 「한글講習會」(1948.4.29), 「다함께 배우자 성인교육 추진」(1948.11.12), 「야간한글강습회」(1949.5.3), 「한글강습회 계획」(1949.4.25), 「한글강습회」(1949.7.29), 「동기 한글강습회」(1949.12.26). 박형준, 「한국문학교육의 제도화 과정 연구－제1차 교육과정 이전 시기 문학 교재의 변모를 중심으로」, 부산대 박사학위논문, 2012, 17쪽.

19) 『조선일보』 1945.12.2.

20) 박형준, 「통신교육, 혹은 국어교육의 이면」, 제52회 국어교육학회 전국학술논문발표대회 자료집을 참조할 것.

21) 『조선일보』 1945.12.8.

22) 『조선일보』 1945.12.14.

23) 「용산 각 중학 개교 진정」, 『조선일보』 1945.12.15.

朝鮮語學會에서는 총회를 열고 우선 우리의 말을 널리 알리기 위하여 李克魯 崔鉉培 李熙昇 鄭寅承 이밖에 교육관계자 등 18명이 교재편찬위원회를 열고 일반용으로 우리말 입문과 초등학교용으로 상 · 중 · 하의 세 가지, 중등학교용으로 상하의 두 가지 교재를 편찬하기로 되어 우선 8일 오전 10시에 입문편의 교재와 초등정도 초보 교재를 상정하여 인쇄하도록 되었다. 또한 동회에서는 보급을 속히 하고자 장래 우리말 강사가 될 분을 위한 단기 강습회 같은 것을 열고 준비 중이다. 또한 어학회와 시내 杏村町 146번지 正音社에서는 말갈(文法)을 바르게 하고자 『중등조선말본』을 인쇄하는 중인데 필요한 단체에서는 엽서로 미리 신입하여 주기를 바라고 있다.[24]

조선어학회는 국어과 교재 편찬을 주도하는 한편, 교원 (재)교육과 한글강습회 등을 개최하면서 해방 직후의 제도적 미비를 보완하는 데 주도적인 역할을 한다. 미군정의 락카드 대위가 "조선인 유력자 7씨를 초청하여 교육위원회를 조직"[25]한 데서 확인할 수 있듯이, 조선어학회와 진단학회는 향후 제도교육의 틀을 구축하는 데도 많은 영향을 준다. 미군정 학무국(혹은 문교부)의 미진한 역할을 고려한다면, 최소한 교육의 자리에서만큼은 '미군정기'라는 용어가 어울리지 않는다는 사실을 알 수 있다.

이미 잘 알려진 것처럼—그 실질적인 효과는 차치하고서라도—, 조선

24) 『매일신보』 1945.9.3(국사편찬위원회 데이터베이스).

25) "미국군정 하에 실시될 잠정적인 조선의 교육을 협의하고자 락카드 대위는 16일 軍政府인 전 총독부로 兪億兼 金性洙 玄相允 李卯? 白樂濬 崔鉉培 趙東植 李德鳳 金活蘭 任永信 金聖達 李克魯의 제선생을 초청하여 협의한 바 우선 교육위원회를 조직하기로 하고 16일 오후까지 회의를 계속하였"으며, "이 위원회에서는 앞으로 조선인의 교육을 위한 새교육의 목표를 찾아낼 것과 또한 조선어를 통하여 모든 교육을 실시할 구체적 방침"을 세우고자 하였다. 『매일신보』 1945.9.16(국사편찬위원회 데이터베이스).

어학회가 "國語 普及 運動에 語學會 修了生들이 同學會를 組織"하는 등 해방 후 "국어의 보급"[26] 운동 확산에 적극적이었음은 주지의 사실이다. 해방이 되자, 가장 먼저 간행된 국어교과서도 조선어학회가 편찬한 『한글첫걸음』(조선교학도서주식회사, 1945.11)이다. 이 책은 '전 국민용'으로 간행되었으며, 초 · 중 · 고등학교나 대학교를 막론하고 사회교육 현장에서까지 사용되었다. 물론, 교원 양성[27]과 교육과정 제정, 교과서 편찬이 본격적으로 이루어지는 것은 문교부 출범 이후에 제도적 정비과정을 거치면서부터이지만, 이것만으로도 해방 직후의 국어교육제도를 구성하는 물적 기반에 대한 이해는 어느 정도 가능하다.

그러나 이 논문에서 중요하게 다루는 것은 지금까지의 선행 연구들에서 살핀 국어교육제도 구성의 물적 토대가 아니라, 식민지교육제도에 대한 '거부감'이나 일제에 대한 '분노감' 같은 비물질적인 감정 요소이다. 이 시기 비물질적 요소인 '감정(거부 감정)'이 기실 국민국가의 제도를 구성하는 핵심적인 반응 요소의 하나로 작용하였기 때문이다. 해방 직후, "조선의 얼을 송두리째 抹殺"[28]하고자 하였던 일제 식민지의 언어 경험을 소거하고, 새로운 삶/언어 경험을 제공할 수 있는 순결한 언어의 창안은 바로 이 거부감에 바탕하고 있었다. 이는 국어의 귀환을 재촉하는 국어 보급 운동이 가정(家)이나 민간(民)학술단체의 자장 속에서 시작되고, 또 확장되는 근거를 제도교육의 시스템 미비(물적 기반의 부실이나 부재)

---

26) 『조선일보』 1945.11.30.

27) 『조선일보』 1946.1.7 및 『조선일보』 1946.1.16 이 날짜의 기사에서도 중등교원강습회가 연수 형식으로 이루어지고 있음을 안내하고 있으며, 1월 9일부터 시작된 "국어, 국사, 공민 강습회"는 16일까지 이어졌다. 문교부에서 개최하는 '제1회 교원 재교육 강습회'가 1946년 6월에야 실시되고 있다는 사실 역시 민단 학술단체의 교육 활동이 제도화 이전의 사회교육을 견인하고 있음을 보여주는 사례라 하겠다. 『조선일보』 1946.6.7.

28) 『조선일보』 1945.12.2.

가 아니라, 기존의 식민지 제도교육에 대한 거부감과 그 거부감의 확장 형태인 분노감에서 찾는 것이다.

3. 국어의 배치 : 정화의 이념과 감정의 정치

'가정'(가족)에서 출발해 '나라'(국가)의 언어(모국어)에 이르는 길은 '모국어'라는 가치체계를 발견하는 과정에 다름 아니다. 그러나 조선어를 국어로 복권시키는 문제는 의지만으로 가능한 것이 아님을 앞에서 확인할 수 있었다. 그만큼 일본 제국주의의 식민교육이 주체의 내밀한 부분까지 침투하여 일상화되어 있었기 때문이다. "저금통장류에 일본식명의 빨리 개정하라"[29]는 기사에서 알 수 있듯이, 일제강점 시기의 사회적 문식성이 여전히 통용되고 있었고, 심지어는 학교에서 "일본어로 숙제"[30]를 내는 일까지 있을 정도였다. 국어와 국사를 제외한 다른 교과의 경우 교재가 없어서 일본어(혹은 이를 번역한) 교재를 그대로 사용하기도 하였다. 계몽의 의지와 보급의 현실 사이에는 균열이 있을 수밖에 없었다.

이와 같이, 해방 이후에도 오랜 기간 동안 '이중 언어' 상황이 지속되었다. 국어가 국민의 공통 언어, 다시 말해 모국어가 되기 위해서는 식민지의 언어와 구분되는 가치체계를 구축할 필요성이 있었는데, 이 지점에서 국어의 보급과 함께 가장 중요한 담론으로 부각되는 것 중 하나가 국어의 정화 담론이다. 아래 인용한 (1)의 기사를 보면, 이를 잘 확인할 수 있다.

---

29) 『조선일보』 1947.1.17.

30) 「駭怪, 일본어로 숙제, 옥천농업중등학교」, 『조선일보』 1947.1.17.

(1) 해방 이후 일 년이 넘는 오늘에도 어른이나 학생들 사이에 일어 또는 바르지 못한 우리말과 글을 쓰는 경우가 많이 있다. 어찌하면 바른말과 글을 널리 쓰고 글 모르는 까막눈을 없이할 것인가? 모든 교육과 아울러 바른 말 보급과 말의 정화는 가장 급한 당면문제의 하나이다. 이에 문교부에서는 이번 한글반포 500주년을 뜻있게 하고 나아가 표준어의 사용을 철저하게 하고자 국어정화촉진운동을 전국적으로 일으키게 되었다. 이 운동은 38일부터 11월 2일까지 6일간 각 학교 교화단체와 및 부, 읍, 면 각 동리의 자치기관을 총 동원하여 자발적인 촉진 운동을 전개하는데 촉진 강조 방책으로 강습회와 강연회를 열고 또는 국어교육연구회를 열며 학교 관공서의 공문 발표문을 더 한층 바른 글로 적고 그 기관에서 솔선하여 말하도록 한다.[31]

(2) 조선이 해방된 후 벌써 일 년이 지난 오늘에도 소학 중학은 물론 심지어 대학에서도 아직까지도 일본 잔재의 용어가 씌어지고 있다. 소위 내선일체라는 동화정책을 쓰기 위해서 가장 빠르고 가까운 실현 방법으로 왜정은 이들 학교 교과서에 침략적인 용어를 써서 순진한 학도들을 마비시켜 왔는데 비록 조선이 해방되었다 하여도 사십년에 가까운 왜정 밑에서 교육을 받은 학도들이니만큼 일조일석에 우리말을 찾아낼 수는 없으리라고 군정청 문교부 편수국에서는 우리말을 바로 잡는 실질방법으로 초등 중등 교과서의 용어부터 참다운 우리 조선말로 개혁하기로 하였다. (…중략…) 公民 倫理 教育 地理 人名 地名 數學 物象 生物 體育 音樂 美術 習字 手工 農業 工業 水産業 商業 社會學 心理學 哲學 家事 裁縫 言語科學[32]

국정 국어교과서 격인 『초등국어교본』과 『중등국어교본』이 차례로 발간되었고, 국어과 교수요목이 1946년 9월 1일 제정되어 공표됨으로써, 국어교육을 위한 임시 조치가 어느 정도 이루어졌다. "국어와 국민성

31) 『동아일보』 1946.10.26.
32) 『조선일보』 1946.11.20.

의 관계를 잘 아울리게 들어내어, 국어를 잘 배움으로 우리 국민의 품격을 높일 수 있다는 깨달음"[33]을 얻게 한다는 「국민학교 교수요목」의 교수방침에서 확인할 수 있듯이, 국어란 국민성의 관계를 파악하는 중요한 매개이다. 그러므로 국어에 대한 이해란 국민의 구성과 무관하지 않았던 것이다. 「중학교 교수요목」의 교수방침에서 "국어국문을 통하여 덕육, 지육, 체육 등의 정심과 식견을 길러 건전한 중견국민의 사명을 스스로 깨닫게"[34] 한다는 것도 동일한 맥락이다. 특히, 국어는 개별 '교과'의 특수성을 지닌 것이기도 하지만, 각 교과를 수렴하는 범교과적 성격을 지니고 있기도 하다. 잘 알다시피, 국어는 다양한 교과의 지식을 전달하는 도구교과적 성격을 지닌다. 인용한 기사문 (2)에서 확인할 수 있는 것처럼, 해방 이후에도 여전히 "학교 교과서에 침략적인 용어"가 남아 있고, 국어는 이와 같은 상황 속에서 민족의 절대적 가치를 지닌 공통 감각을 표상할 수 없었다. 국어 정화淨化 담론이 해방 직후의 교육장을 구성하는 쟁점으로 부각되는 것은 이와 같은 이유 때문이다.

국어 정화 운동은 '국어'를 '교육되는 국어', 다시 말해 교육의 대상으로 삼기 위해 필요한 토대 정비의 성격을 지니고 있었지만,[35] 실제로는 그 이상의 의미를 지닌 운동이었다. 그렇기에 미군정청 학무국이 문교부로 전환되자마자 '학술용어제정위원회'까지 조직하면서 국어 정화 운동에 적극적으로 나섰던 것이다. 국어의 보급을 체계적으로 전개하기 위해

33) 교육부 편, 「국민학교 교수요목(1946.9.1, 미군정청 편수국)」, 『초 · 중 · 고등학교 국어과 · 한문과 교육과정 기준(1946~1997)』, 교육부, 2000, 5쪽.

34) 교육부 편, 「중학교 교수요목(1947.9.1, 미군정청 편수국)」, 앞의 책, 교육부, 2000, 157쪽.

35) 기존의 교육사적 평가에 따르면, 국어 정화 운동은 "일제의 침략으로 더럽혀진 것을 깨끗이 하고 바로 잡기 위하여" 시행된 "효과적이며 장기적인 계획"으로 정리되고 있다. 중앙대학교부설 한국교육문제연구소, 『교육사: 1945~1973』, 중앙대학교출판국, 1974, 80쪽.

서 선결되어야 할 요건으로 '국어 정화 운동'이 놓인다. 찢기고 생채기난 국어의 회복, 구체적으로 말해 공식적 의사소통 활동을 견인하는 사회적 문식성의 모순이 전제되어 있는 '국어 정화 운동'은 그래서 단순한 언어 교육이나 계몽/교정教政이 아니라 의사소통 주체의 일상에 대한 새로운 변화를 의미하는 것이었다. 당시 문교부 편수국장을 맡고 있던 최현배 국장은 일상생활에서 국어를 올바르게 사용하는 것이 "조선의 새 문화" 창조에 이바지하는 길임을 제시한 바 있는데, 그가 "새 문화건설에 지침"[36]으로 "한글로 生活하자"고 주장한 것은 '국어 정화의 문제'가 단순히 문자 의사소통 체계의 문제가 아니라 생활 개선의 문제이자 민족의식 회복의 문제와 직결되는 것이라고 보았기 때문이다.

> 민족정신의 보금자리요 문화의 샘인 우리말이 오랫동안 왜적 밑에 더럽혔던 것을 깨끗이 바로잡기 위해서 군정청 문교부에서는 국어정화위원회를 두고 각 방면으로부터 위원을 위촉하여 이에 관한 연구를 해오던 중 제1차 위원회를 21일 군정청 내에서 열었다. 이날 모인 이들은 조선어학회의 리극로 외 세분, 연희대학의 백낙준, 진단학회의 송석하, 사범대학의 신기범을 위시하여 각 방면과 학계 교육계 금융계 정계 등 여러 군데로부터 약 40여 명이 있었다. 문교부장 유억겸의 개회사에 이어 장지영 편수국장으로부터 가) 우리말이 있는데 일본말을 쓰는 것은 일본말을 버리고 우리말을 쓴다. 나) 우리말이 없고 일본말을 쓰는 것은 우리의 옛말에서라도 찾아보다 이를 끌어다가 그 뜻을 새로 작정하고 쓰기로 한다. 다) 옛말도 찾아볼 수 없는 말이 일본말로서 쓰여온 것은 다른 말에서 비슷한 것을 얻어가지고 새 말을 만들어 그 뜻을 작정하여 쓰기로 한다. 라) 한문자로 된 일본말은 일본식 한자어를 버리고 우리가 전부터 써오던 식의 한자어를 쓰기로 한다.[37]

---

36) 최현배, 「한글로 生活하자」, 『조선일보』 1947.10.9.

"우리말 일상어에서 왜어를 빼자"[38]라는 것, 이것은 이를테면 기초 문식성의 모순을 바로 잡음으로써–언어적 오류 처방에 대한 기본 조치를 통해서–, 사회적 문식성의 확대를 꾀할 수 있다고 보았다. 이 때문에 미군정청 문교부도 조선어학회의 자문을 얻어 국어 정화 운동에 박차를 가한다. '국어정화위원회'가 서둘러 전개한 '국어 정화 운동'은 크게 두 방향으로 전개되는데, 첫째는 "왜적"으로 타자화되는 '일본의 말'에 대한 철저한 배제이다. 기실, 교육제도에 대한 '거부의 감정' 중 가장 큰 것은 제도의 내용이나 항목이 아니라, 식민지 시기 국어교육의 수단언어이자 대상언어인 '일본어' 그 자체이다. 향후 국어교육제도 구성의 가이드라인을 제공하게 될 감정적 기반이 일본어에 대한 '거부감'에 바탕하고 있다는 사실은 매우 흥미롭다. 마벨 베레진에 따르면, 교육제도는 "민족국가 프로젝트는 감정적 애착과 일체감을 창출"[39]하기 위한 것이다. 하지만 동시에 일련의 공통 감정을 통해 통일된 집합 행위를 창출하는 작업이기도 하다. 다시 말해, 일본어로 표상되는 식민지 시기 교육제도에 대한 거부감을 공유함으로써, 정화되고 순결한 국어교육의 제도 목록을 구성할 수 있다는 뜻이다.

다른 하나는 '漢字 안 쓰기'이다. 이를 두고 해방공간의 언문일치言文一致 지향이라 말할 수 있겠다. 해방 직후, 이른 시기부터 "국문 전용"[40]이 주장되었고, "초, 중등교육에서는 원칙적으로 한글을 쓰고, 한자는 안 쓰기로"[41] 결의가 이루어졌다. 위에서 인용한 기사문 중에서 가), 나), 다)

---

37) 「國語 淨化의 當面 問題」, 『조선일보』 1947.1.23.
38) 「淨化돼야 할 『우리말』–日常語에서 倭語를 빼자」, 『조선일보』 1947.1.23.
39) 마벨 베레진, 박형신 옮김, 「안전 국가: 감정의 정치사회학을 위하여」, 『감정과 사회학』, 이학사, 2009, 82쪽.
40) 「漢字 폐지 발기 총회에서 국문 전용 실행을 가결」, 『조선일보』 1945.12.3.
41) 문교부, 『한자 안 쓰기의 이론』, 조선교학도서주식회사, 1948, 1쪽.

세 개 항이 일본어와 관련된 내용이다. 그런데 흥미로운 것은 "우리말이 없고 일본말을 쓰는 것"은 "우리의 옛말"에서 찾아 새로운 용어를 만들고, 일본어에는 있으나 "옛말도 찾아볼 수 없는 말"은 아예 새롭게 조어를 해서 사용하자는 것이다. 다소 시간이 지난 후의 사례이기는 하지만, 다른 "외래어의 국어화 방법"[42]에 대한 국어정화위원회의 결정 사항과는 상당히 대비되는 조치이다. '국어 정화'가 단순히 언어 정비 차원의 문제가 아니라, 일종의 언어 이데올로기와 언어의 정치성에 근접해 있음을 확인할 수 있는 대목이다. 최경봉은 "억눌려왔던 우리말의 독자적 발전을 모색하기 위한 이념적 기반이 필요했다는 점에서 어문민족주의에 기반한 국어 정화 운동은 나름대로 긍정적인 역할을 했다"고 하였으나, "의사소통의 불편함을 해소하는 차원이 아니라, 민족적 순수성과 자존심을 지켜야 한다는 사명감"[43]이 앞섰다고 말하면서 국어 순화의 이데올로기와 정치성을 지적한 바 있다.

일본을 경유하여 유입된 근대 문명의 용어를 모두 새로운 전문용어로 대체하기란 거의 불가능에 가까운 상황임에도 불구하고－특히, 화제한어話題漢語가 한국어 안에 정착된 것이 많고, 국어 정화 운동의 표적이 되

42) 「국어정화위원회, 외래어의 국어화 방법 결정」, 『경향신문』 1948.2.22. 예를 들어, "과도정부 문교부에서는 세계적으로 우수한 국어를 정화 정리하는 동시 외래어를 국어화시키는 방법을 연구하기 위하여 문교부 편수국 관계자 4명과 민간언어학자 16명으로 구성된 위원회를 설치하고 그동안 꾸준히 연구하여 오던 중 그 방법을 완성하였으므로 초등, 중등학교에서 사용할 신교과서에 채택 교수하기로 되었다 한다. 그리고 이와 아울러 만국표음문자와 발음부합문자를 쓸 수 있는 방법을 안출하였고 또 만국표음문자와 같은 국어표음문자를 제정하는 동시 다시 국어를 로마문자로 쓰는 방법도 연구 중이라고 한다"는 내용과는 차이가 많다.

43) 최경봉은 "외래어, 특히 일본식 표현에 대한 정화가 국어정책과 교육의 가장 큰 목표"가 되었다고 하면서, 이 때문에 우리는 언어와 민족에 과도한 의미를 부여하는 보수적인 국어정책과 교육정책 노선을 지향하게 되었다고 하였다. 최경봉, 『한글 민주주의』, 책과함께, 2012, 99쪽.

지 않은 것을 볼 때—,[44] 정책적 차원에서 철저하게 일본어에 대한 배제를 천명한 것은 심정적 문제가 반영되었기 때문이라고 하겠다. 이를테면, 그것은 거부감의 심층에 위치해 있는 '일본어에 대한 분노'의 감정이다. 그것은 국어 정화의 내용을 제도적으로 구체화한 『우리말 도로 찾기』(1949)에서 확인할 수가 있다.

(3) 우리가 지난 삼십륙 년 동안, 포악한 왜정 밑에서, 얄궂은 민족 동화 정책에 억눌리어, 우리가 지녔던, 오천 년 쌓아 온 문화의 빛난 자취는, 점점 벗어지고 까다롭고 지저분한 왜국 풍속에, 물들인 바 많아, 거의, 본래의 모습을 잃게 되었으니, 더욱 말과 글에 있어 심하였다. 우리의 뜻을 나타냄에, 들어맞는, 우리말이 있는데도, 구태어, 일본말을 쓰는 일이 많았고, 또 우리에게 없던 말을, 일어로 씀에도, 한자로 쓴 말을, 참다운 한자어가 아니오, 왜식의 한자어로서, 그 말의 가진 바 뜻이, 한자의 본뜻과는, 아주 달라진 것이 많다. 이제 우리는, 왜정에 더럽힌 자취를, 말끔히 씻어 버리고, 우리 겨레의 특색을 다시 살리어, 천만년에 빛나는, 새 나라를 세우려 하는, 이때에, 우선 우리의 정신을 나타내는, 우리말에서부터, 씻어 내지 아니하면, 아니 될 것이다.[45]

(4) 우리는 왜국에게 나라를 빼앗기고, 민족의 말과 문화가 말살을 당하여, 악착한 동화 정책 밑에서, 우리 어미말을 버려 가면서, 일본말을 국어로 쓰게, 강제 당한 것이니, 이는 패한 자의, 굴복적 퇴보이었던 것이다. 이 어찌 같이 말할 것이랴. 이 어찌 같이 말할 것이랴. (…중략…) 이제, 모든 압박에서 벗어나서, 남과 같이 자유를 가지고 자주장하여 살아갈 수 있는, 살림을 차리는 우리로서는, 다시는, 전

44) 이광제, 「한국에 있어서 국어순화운동과 일본어계 차용어」, 『한림일본어』 19, 한림대학교 일본학연구소, 2011, 189쪽.
45) 문교부, 『우리말 도로 찾기』, 조선교학도서주식회사, 1948, 1쪽.

날의 잘못을 또 되푸리하지 말아야 한다. 남에게, 강제로 받은, 종살이의 남은 자취를, 깨끗이 닦아, 씻어 버리고 내 것을 찾으며, 내 것을 내세워, 내 것으로 살아야 한다. 여기에, 비로소 자유가 있고, 독립이 있다. 우리는, 여기에, 찾아 놓은 우리말을 곧 쓰자. 그리함으로, 우리의 튼튼한 국민정신을 살려 내자. 여기에는, 굳센 결심과, 과감한 실행이, 있어야 할 것이다.[46]

이 자료집은 "교육계, 문필가, 언론계, 실업계, 출판계들의 가장 권위 있는 사람"으로 구성된 국어정화위원회 조사 · 연구의 최종 결과물이다. 식민 통치 기간에 조선어를 대체한 일본어의 사용(오염) 실태를 조사한 후 적절한 언어정책적 조치를 한 셈이다. 그러나 "왜식 한자어"로 규정되는 일본식 한자어에 대한 규정은 매우 모호하다. 사회언어학적 연구에서는 이미 "『우리말 도로 찾기』에서 보여준 국어 정화 방안이 언어에 대한 신중한 고찰을 근거로 만들어진 것이 아니"[47]며, 일본식 한자어의 정체가 불분명하여 그 표적이 되어야 할 정화 대상 역시 모호해졌다고 정리한 바 있다.

이것은 언어연구보다 언어정책, 그리고 언어교육의 이념적 선명성이 더욱 중요했기 때문이며, 일본어라는 대상에 대한 적대감, 즉 '분노'의 감정을 제도화 과정의 비물질적 토대로 삼아야했기 때문이다. 인용문 (3), (4)에서 확인할 수 있듯이, '국어정화자료집'의 머리말은 상당히 격앙된 어조로 작성되어 있다. 일본어를 국어로 사용하는 "패한 자의, 굴복적 퇴보"를 겪었으니, 이를 다른 외래어의 국어화와 "어찌 같이 말할 것이랴"고 말하는 부분에서는 대상(언어)에 대한 분노감이 최대치에 다다른 느낌마저 준다. '우리말 도로 찾기'라는 표제에서도 알 수 있듯이, 이는 흠

46) 문교부, 앞의 책, 1948, 2~5쪽.
47) 최경봉, 앞의 책, 2012, 105쪽.

결 없는 국어의 자리, 다시 말해 모국어라는 가치체계의 확립이 민족의 통일성을 지향하고 있는 가장 큰 목표임을 확인하게 해준다. 국어가 정화의 대상이라는 사실은 그 자체로 이미 '해방 조선어(말-글)'의 불결함을 내포하고 있다. 계몽의 의지와 굴곡 사이에는 이미 파탄난 언어적 순결에 대한 동경과 무의식이 전제되어 있기 때문이다.

정리하자면, 국어 정화 운동은 표면적으로 외래어 순화를 지향하였으나, 실질적으로는 일본어를 모국어의 자리에서 완전하게 배제시키는 데 그 목적을 두고 있었다. 그러므로 국어 정화 운동이 표상하는 모국어 순결주의는 '피/아'(일본어/조선어)를 선명하게 구분하는 정치성을 내포한다. 특히, '거부감'과 '분노감'이라는 감정은 해방 이후의 국어교육제도를 구성하는 비물질적 기반으로 작용하였다. 해방 직후의 국어 정화 운동은 향후의 국어정책 및 언어체계 정비 작업(국어순화운동협의회 이후의 정화 활동, 국립국어연구원 이후의 정화 활동)과 함께, 국어교육의 제도 구성을 추동하는 가이드라인을 제공하고, 국민국가 구성원의 지배적인 언어감각을 형성하는 데 기여하게 된다.

4. 국어교육사 연구의 방향과 과제

지금까지 해방 직후의 일간지 매체(media)에 나타난 교육담론을 중심으로 국어교육제도 구성의 과정과 그 제도를 구성하는 감정적 기반을 살펴보았다. 일간지 매체를 경유하여 살펴본 해방 직후 국어교육의 풍경은 일정한 운동성을 지니고 있으며, 그것은 크게 국어의 '보급과 정화', '거부감와 분노감'이라는 벡터임을 알 수 있었다. 해방 이후에 복권된 국어는 이 두 가지 운동이 교차작동하면서 제도교육의 한 축을 형성하게 된다. 그것은 모국어를 국가에 위치시키고 모국어 학습자를 국민에 위치시키는 국어교육의 실천적 · 이념적 틀, 즉 제도의 내용 구성과 배치를 효과적으로 수행하는 기능을 의미한다.

이 논문의 연구 영역이 된 국어교육사는 국어교육학 전공자들에게 다소 생경한 연구 주제이다. 작금의 국어교육 연구는 사적史的 고찰과 반성보다 현재의 국어교육 현상이 내포한 문제점을 개선하는 데 중점을 두고 있기 때문이다. 현장의 국어과 교육내용과 방법 개선이 중요한 연구 주제로 부각되는 것은 자연스러운 현상이다. '지금－현장'의 교수 · 학습 방법/과정/절차를 혁신하는 것이 왜 시급한 과제가 아니겠는가. 국가 수준 교육과정을 지향하고 있는 우리의 교육 현실을 감안할 때, 실질적인 교육 효과를 담보할 수 있는 교실(교사) 수준의 교육과정 운영과 개선 노력이 어느 시기보다 절실하다는 데 필자 역시 동의한다. 다만, 학문 목적의 국어교육학 연구가 지나치게 현상 추수적이고 표피적인 문제 해결 위주로 치우쳐서는 안 될 것이다.

국어교육학의 학문적 지평은 여전히 멀기만 하다. 국어교육학이 본격적인 학문적 궤도에 오르기 위해서는 현재의 교육 문제를 진단하고 처방하는 작업과 동시에, '미래를 위한 과거의 사실(교훈)'에 대한 탐사가 동반되어야 한다. 국어교육의 역사를 이해하고 반성적으로 성찰하는 것은 과거 회귀적이고 박물적인 작업이 아니라, 미래를 여는 국어교육의 튼튼한 바탕이 될 것이기 때문이다. 식민지 시기부터 현재에 이르기까지, 우리가 관심을 기울여야 할 곳이 한두 곳이 아니다. 이에 대한 체계적인 자료 조사와 연구, 그리고 무엇보다 젊은 연구자들의 폭넓은 관심이 요청된다.

■ 참고문헌

『경향신문』, 『동아일보』, 『매일신보』(국사편찬위원회 DB), 『서울신문』, 『조선일보』 등의 신문 자료.

강 석, 「『중등국어교본』의 시 텍스트 연구－집필진과의 관련성을 중심으로－」, 『청람어문교육』 39, 청람어문교육학회, 2009.

교육부 편, 『초 · 중 · 고등학교 국어과 · 한문과 교육과정 기준(1946~1997)』, 교육부, 2000.

김혜정, 「근대 이후 국어과 교재 개발에 대한 사적 검토」, 『국어교육연구』 13, 서울대국어교육연구소, 2004.

______, 「해방 직후, 국어에 대한 인식과 교과 형성과정 연구」, 『국어교육학연구』 18, 국어교육학회, 2004.

______, 「국어 교재의 문종 및 지은이 변천에 대한 통사적 검토: 현대 교육과정기 전후 변화를 중심으로」, 『국어교육』 116, 한국어교육학회, 2005.

남민우, 「미군정기 국어교육계의 구조와 의미 연구」, 『국어교육학연구』 24, 국어교육학회, 2005.

동래고등학교 동창회 편, 『동래고등학교 100년사』, 동래고등학교 동창회, 2002.

문교부, 『우리말 도로 찾기』, 조선교학도서주식회사, 1948.

______, 『한자 안 쓰기의 이론』, 조선교학도서주식회사, 1948.

민현식 외, 『미래를 여는 국어교육사』 1 · 2, 서울대출판부, 2007.

박붕배, 『국어교육전사』, 대한교과서주식회사, 1997.

박영기, 『한국 근대 아동문학 교육사』, 한국문화사, 2009.

박형준, 「유인본 국어교과서의 발견과 해석」, 『국어교육연구』 45, 국어교육학회, 2009.

______, 「한국문학교육의 제도화 과정 연구－제1차 교육과정 이전 시기 문학 교재의 변모를 중심으로」, 부산대 박사학위논문, 2012.

우한용, 『한국 근대문학교육사 연구』, 서울대출판부, 2008.
윤여탁 외, 『국어교육 100년』 1 · 2, 서울대출판부, 2006.
이광제, 「한국에 있어서 국어순화운동과 일본어계 차용어」, 『한림일본어』 19, 한림대학교 일본학연구소, 2011.
이응백, 『국어교육사연구』, 신구문화사, 1975.
중앙대학교부설 한국교육문제연구소, 『교육사: 1945~1973』, 중앙대학교 출판국, 1974.
최경봉, 『한글민주주의』, 책과함께, 2012.

외국어로서의 한국문학교육 연구의 현황과 과제

류종렬

1. 서론

근대적 의미의 한국어교육은 1959년 연세대학교에서 선교사를 대상으로 시작된 이후, 현재까지 50여 년의 역사가 흘렀다. 그러나 한국어교육에 대한 본격적인 연구는 역사가 그리 오래되지 않았다.[1] 1970년을 전후하여 연구가 시작되었으나, 대개가 개론적 성격을 띠고 있었다. 1980년대로 넘어오면서 활발한 연구가 이루어짐으로써 한국어교육이 학문영역으로 자리 잡을 수 있는 발판을 마련하였다. 1960년대의 태동기에

1) 한국어교육의 개괄적인 연구 현황은 다음의 책을 참고할 수 있다. 국제한국어교육학회 편, 『한국어교육론』 1, 2, 3, 한국문화사, 2005; 박영순 편, 『 21세기 한국어교육학의 현황과 과제』, 한국문화사, 2002; 김중섭, 『한국어교육의 이해』, 한국문화사, 2004.

이어 1980년대의 발전기를 거친 한국어교육 연구는 1990년대에 이르러 연구의 양적 증가가 두드러지고 아울러 전국의 각 대학을 중심으로 한국어교육이 확대되자 실제 교육 현장에서의 교수 · 학습방법과 관련된 연구도 활발하게 이루어지기 시작하였다.

2000년대에 들어서면 과거 어느 때보다도 방대한 양의 한국어교육 연구가 이루어진다. 이는 외국인들의 국내 유입에 따른 학습자 증가와 더불어 발생되는 현상이라고 할 수 있지만, 한국어교육의 학문으로서의 확고한 입지를 다져가는 한 단면을 보여주는 것이라고도 할 수 있다. 또한 이것은 한국어교육이 세부적으로 구체화되고, 정교화되어 가고 있고, 그리고 양적인 증가를 넘어서서 질적 향상도 가져오고 있다는 것을 뜻하기도 한다.

또한 2000년대에 생긴 또 하나의 두드러진 경향은, 대학원에서 한국어교육 전공이 개설되어 한국어교육 관련 석 · 박사 학위 논문이 증가했다는 사실이다. 이는 한국어교육의 학문화의 결과인 동시에 한국어교육이 학문으로서 정착하기 위한 또 다른 기반을 마련했다고 볼 수 있다.

그런데 한국어교육 연구는 의사소통교육을 중심으로 한 어휘, 문법, 발음 등의 언어교육과 말하기, 듣기, 쓰기, 읽기 등의 언어기능 교육에 치중되어 있고, 최근에는 한국문화교육 연구가 활발히 이루어지고 있다. 한국어교육에서 문학교육에 관련된 연구는 2000년을 전후하여 가장 늦게 시작되었으나, 근래에 이르러 어느 정도 활기를 띠고 있다. 초기에는 문학 작품이 텍스트란 이름으로 읽기교육을 위한 자료의 하나로 주로 사용되었고, 이후에는 문화교육 자료의 하나로 활용되었다. 이러한 현상은 현재도 그대로 지속되고 있다. 이것은 한국어교육의 목표가 한국어 학습을 통한 한국어 의사소통 능력의 향상에 있고, 또한 연구자들 대부분이 국어학이나 한국어학 전공자들이라는 점에서 비롯된 것이라 볼 수 있다.

이 글은 외국어로서의 한국문학교육의 연구 현황을 살펴보고, 이를 토대로 앞으로의 한국문학교육 연구의 과제를 제시하는 것을 목적으로 한다.[2] 그런데 이 글에서는 국내의 한국문학교육 현황만 살펴보고, 외국의 한국문학교육 연구는 원고를 달리하여 별도로 검토하기로 한다.

2. 외국어로서의 한국문학교육의 범위와 내용

외국어로서의 한국문학교육은 일반적인 문학교육이나 국어교육과는 그 범위와 내용이 다소 다르다. 일반적으로 문학교육은 다음의 세 가지 관점으로 이해되고 있다. 첫째, 문학교육을 '문학에 대한 교육'으로 보는 것이다. 이것은 문학과 관련된 학문적 성과로서의 문학 지식을 가르치는 것이다. 문학의 제반 이론과 문학 비평의 여러 유형들, 작품을 분석하고 해석하는 여러 방식과 그리고 문학사에 대한 체계적 지식을 알게 하는 것이다. 둘째, 문학교육을 '문학을 통한 교육'으로 보는 것이다. 이러한 관점은 문학이 지닌 교육적 효과에 관심을 기울이는 것이다. 이는 재미와 교훈을 주는 문학의 기능성 또는 효용성에 기대어 문학 작품을 읽게 함으로써 목표하고 있는 효과를 얻을 수 있다는 효용론적 문학관에 의한 것이다. 셋째, 문학교육은 '문학의 교육'이라는 관점이다. 언어교육이 효

2) 황인교는 「문학교육의 연구사와 변천사」라는 논문에서 연구사를 정리하였다. 황인교는 한국문학교육 연구는 이론적 모색과 실제 교수 방안 연구를 병행해 진행되어 왔다고 하면서, 이를 이론적 연구와 현장 관련 연구로 나누어 고찰하였다. 이론적 연구는 교수 모형, 교수법, 텍스트 선정 등으로, 교수 현장 관련 연구는 장르별 연구와 수업 및 교육과정 관련 연구로 나누어 고찰하였다. 그리고 문학교육에서 다루고 있는 문화교육의 양상을 살펴보았다. 황인교, 「문학교육의 연구사와 변천사」, 국제한국어교육학회 편, 『한국어교육론』 2, 한국문화사, 2005, 277~305쪽.

과적인 의사소통을 위해 말하기, 쓰기, 읽기, 듣기라는 하부 영역을 가르치는 것이라면, 문학교육은 이를 넘어선 곳에 존재한다. 진정한 문학교육은 일상적 언어소통을 가르치는 언어교육의 범주를 벗어나 문화적 언술체계를 이해하고 그런 언술체계 속에서의 의미를 파악하고 이해하고 향유하며 나아가 그러한 언술체계 내에 가담하고 사고하는 능력을 길러주기 위해 존재한다.[3]

그러나 외국어교육에서 문학교육은, '문학을 통한 의사소통 능력 향상'이라는 점에서, 기본적으로 '문학을 통한 교육'에 해당될 수 있다.[4] 외국어 학습에 있어 언어사용의 숙달성을 통한 의사소통 능력 향상이란 그 무엇보다도 우선적인 목표이기 때문이다. 여기서 문화교육이 가미되어 대상 국가와 국가간의 문화적 이해가 추가되기도 하였다.

외국어로서의 한국문학교육은 '문학을 통한 교육'에서처럼 한국어 의사소통의 유창성을 목적으로 하지만, '문학에 대한 교육'도 필요하고 '문학의 교육'도 필요하다. 먼저 '문학에 대한 교육'에서와 마찬가지로 문학에 대한 기본적인 지식이 필요하다. 이것은 학습자가 모국어교육에서 이미 갖추어져 있을 수 있지만, 외국어교육에서 다시 한 번 강조하거나 좀 더 발전시켜 가르칠 수도 있다. 소설의 경우를 보더라도 학습자들은 자국에서 이야기의 형식으로 한국에서의 초등학교 단계로부터 중고등학교 또는 대학교와 같은 과정에서 지속적으로 소설을 접해 왔기 때문에 그리 어려운 문제는 아닐 것이다. 그러나 '문학을 통한 교육' 못지않게 중요한 것은 '문학의 교육'이다. 외국어교육에 있어서 문학교육은, 큰 범주에서 보면 문학교육의 하부 영역에 속하면서 그 특수성을 갖추고 있기 때문이다. 작품의 이해와 해석의 출발점은 바로 텍스트이다. 텍스트의 세밀하고

3) 최병우, 『한국 현대문학의 해석과 지평』, 국학자료원, 1997, 226~228쪽 참조.
4) 박인기 외 6인, 『문학을 통한 교육』, 삼지원, 2005, 284~293쪽 참조.

객관적인 이해를 바탕으로 텍스트를 해석하고, 이를 통해 개인적 성장을 도모하고 문학적 문화를 습득하는 실천적 국면으로 확장되어야 한다.

따라서 외국어로서의 한국문학교육의 목표는 한국어 학습을 통한 의사소통 능력의 향상에 일차적인 목표를 두고, 다음으로는 문학에 대한 지식을 토대로 문학텍스트의 담화체계를 이해하고 그런 담화체계 속에서 의미를 파악하고 그 미의식을 향유하며, 나아가 대상 국가와의 상호문화의 이해를 도모하고, 또한 그러한 담화체계 속에 가담하고 사고하는 문학능력을 길러 개인의 정신적 성장과 더불어 전인적 인간성 함양을 이루는 것으로 설정할 수 있다.[5)]

그런데, 외국어로서의 한국문학교육의 범위와 내용을 파악하기 위해서는, 외국어교육 특히 미국에서의 ESL/EFL 교실에서 널리 이용되고 있는 문학교육의 모델을 살펴 볼 필요가 있다. 이것은 현재의 한국문학교육의 기본적 모델이 되기 때문이다. 윤여탁(1999), 김대행(2000), 황인교(2001) 등에 의해 소개된 후 한국문학교육의 보편적인 이론으로 여겨지고 있다. 그러나 카트와 롱(1992), 그리고 브룸피트와 카트(1999) 등의 이론을 중심으로 한국문학교육이 행해지고 있고, 라자르(1993)의 이론은 소개만 될 뿐 크게 활용되지 않고 있다.[6)]

카트와 롱(1992), 브룸피트와 카트(1999)는 외국어교육에서의 문학교육을 언어모델, 개인성장모델, 문화모델 등 세 가지로 나누고 있다.

첫째, 언어모델은 문학교육에 있어서 언어개발을 우선적으로 강조 한다는 관점이다. 다시 말해 문학은 언어조작을 위한 특별한 어휘, 구조의 지도와 관련해서 사용될 수 있는 도구가 될 수 있다고 본다. 즉 학생들로

5) 김순자, 「한국어교육에서 소설텍스트교육 연구」, 부산외국어대학교 대학원 박사학위논문, 2010, 17~19쪽 참조.
6) 라자르의 이론에 크게 기대고 있는 논문으로는 김순자(2010)가 있다.

하여금 좀 더 미묘하고 다양한 언어를 창조적으로 사용할 수 있게 도와주는 것이다. 그러나 문학교육에서 언어모델은 학생들 스스로가 방법론적인 차원에서 텍스트를 탐구해 나가는 것이다. 이런 모델을 주장하는 이들은, 언어를 문학적 매개물로 보며, 문학이 언어로부터 만들어지고, 학생들이 언어 내에서, 또는 언어에 의해 잘 읽는 방법을 터득할 때 더욱 더 문학으로서의 문학텍스트와 잘 화합할 수 있다고 주장하였다. 방법론적 입장에서 이 모델은 학습자 중심, 활동중심 접근방식을 띠며, 언어가 텍스트 내에서 어떻게 사용되는가에 대한 특별한 주의를 갖게 된다. 언어형태와 문학적 의미관계 사이의 해석 관계, 행간의 속뜻을 이해하는 전략이 최고의 지도 목적이다.

둘째, 개인성장모델은 학생들이 문학텍스트를 읽고, 그 텍스트에 꾸준히 몰입하도록 돕는 활동이다. 이러한 몰입 활동은 문학시험을 통과하기 위해서 측정되어지는 문제가 아니다. 학생들의 성취동기에 대한 판별력은 학생들이 과연 어느 수준까지 교실 수업을 뛰어 넘어, 문학에 대한 거듭나는 즐거움과 사랑을 획득할 수가 있고, 앞으로도 그들의 삶을 통하여 문학에 계속 몰입할 수 있는가에 달려 있다. 이러한 만족은 텍스트 이해에 대한 계속적인 증진과 더불어 진작된다. 이러한 개인적 성장은 복잡한 문화적 가공물(artefacts)인 텍스트를 이해하고 감상하고 평가하는 방법을 터득할 때 나오기 때문에 굉장히 보상적인 일이다. 또한 개인의 성장은 자기 충족적인데, 이는 텍스트를 통한 목표 사회와 문화에서 우리가 살아가는 방법을 알 수 있는 것처럼, 우리 자신들의 사회와 문화에 대한 이해를 자극시켜 주기 때문이다. 개인성장모델로서 문학지도의 목적은, 그들이 처한 제도나 사람들과의 인간관계 또는 개인으로서의 성장을 효과적으로 도와주도록 문학을 장려하는 것이다. 이를 위해 교사는 학생들에게 그들이 참여하고 응답할 수 있는 적합한 문학교재를 선정해야 하고, 문학으로서의 문학지도에 충실해야 할 것이다. 방법론적인 면에서, 이는 언어모델과 같으나 좀 더 학생 중심적이다. 전반적인 목표는 학생들로 하여금 문학텍스트에 나타난 주제와 화제를 그들 자신의 체험과 관련시킴으로써 텍스트를 읽도록 하는 동기유발을 촉진시켜 주는 일이다. 텍스트를 자기 자신의 것으로 만들기 위해 문학을 읽고, 그들 자신들의 힘으로 위대한 문학과 그렇지 못한 문학을 구별하는 방법을 배우고 평가하도록 하는 힘을 가질 수 있다.

셋째, 문화모델에서는 한 문화권 내에 최고의 선으로 생각되어왔던 인류의 축적된 지혜를 보전하는 데 문학의 가치를 둔다. 여기서 문학은 인간에 대한 중요한 사상과 감수성을 표현하고, 문학지도는 학생들이 보편적 가치와 타당성을 지닌 광범위한 표현과 접촉할 수 있는 수단을 제공하는 데 있다. 그들 자신의 시대와 다른, 문화와 이데올로기를 이해하고 감상하게 하므로, 이는 인본주의를 강조하는 모델이다. 방법론에서, 이 모델은 좀 더 교사 중심, 문화 전수적인 교육 방식과 관계가 깊다. 이는 문학에 관한 연구(study about literature)를 다루는 모델로서, 텍스트로부터의 탈출(flight from the text)로 규정되어지는 것처럼, 텍스트 자체에는 관심이 없고 텍스트가 수단 내지는 도구로 인용될 뿐이다.[7)]

그리고 라자르(1993)는 외국어교육의 언어수업에서 문학을 활용하여 수업을 진행하고자 할 때, 가능한 세 가지 접근법을 제시하고 있다. 그것은 언어기반적 접근법, 내용으로서의 문학, 개인적 풍요로움을 위한 문학 등의 세 가지이다.

---

7) Carter, R. A. & Long, M. N., *Teaching Literature*, Longman publishing, 1992; Brumfit, C. J. & Carter, R. A. ed., *Literature and Language Teaching*, oxford university press, 1999. 여기서는 한상택, 「영어교육에서의 문학텍스트 활용 방안」, 한국교원대학교 대학원 박사학위논문, 2001, 16~18쪽에서 재인용하였으며, 원문을 참조하여 필자가 문장을 다소 매끄럽게 수정하였다.

첫째, 문학 활용에 대한 언어기반적 접근법을 살펴보자. 문학 작품 속의 언어를 연구하는 것은 언어수업과 문학수업을 가깝게 통합시키는 데 도움이 될 것이다. 또한 문학 작품 속의 언어에 대한 학습은 학생들로 하여금 그 작품에 대한 의미 있는 해석과 올바른 평가를 할 수 있게 도와줄 것이다. 그와 동시에 학생들은 외국어에 대한 일반적인 지식과 이해를 확장시킬 수 있는 것이다. 학생들은 또한 텍스트에 대한 심미적인 판단을 하기 위하여 자신들 속에 내재된 어휘적, 문법적, 담화적 카테고리에 대한 지식을 활용할 수 있을 것이다. 그런데 이 접근법은 외국어에 대한 지식과 능숙도를 높이려는 학생들의 주목적을 완성하는 데 도움을 주지만 다양한 목적과 절차를 포함한다는 면에서 상당히 포괄적이고 광범위하다고 할 수 있다.

언어기반적 접근법은 다시 두 가지로 나뉠 수 있다.

먼저, 문학적인 텍스트를 언어활동을 자극시키기 위한 여러 유형의 텍스트 중의 한 자료로 여기는 것으로, 언어 학습을 위한 문학의 활용에만 관심을 가지는 것이다. 이러한 견해의 장점은 광범위한 문체와 어휘를 제공한다는 점이다. 또한 다양한 해석이 가능하므로 토론 주제로 연결되는 것도 용이하다. 그뿐 아니라 교실에서 탐구할 만한 흥미 있는 화제를 제공하기도 한다.

다음으로, 문학을 연구하기 위한 중요한 사전 활동의 역할을 할 수 있다. 이는 일상의 교수절차와 활동에서 자주 나타나는 것으로, 교사들에게는 매우 친숙한 것이다. 예를 들어 단편소설을 공부하면서 핵심이 되는 내용에서 이후에 어떻게 이야기가 전개될지 학생들에게 예측하도록 할 수 있을 것이다.

둘째, '내용으로서의 문학'은 문학이 그 자체로서 수업과정의 내용이 되는 것이다. 이것은 문학사조의 흐름과 성격, 문학 작품의 사회적 · 정치적 · 역사적 배경, 작가의 약력과 그 작품과의 연관성, 문학 장르와 수사학적 장치 등에 초점을 두고 있다. 학생들은 수업과정의 내용에 집중함으로써 외국어를 습득하는데, 특히 설정된 텍스트와 그에 관한 비평을 통해 더욱 발전이 가능하다. 학생들의 모국어는 토론을 할 때 사용될 수도 있고, 해당 외국어로 된 텍스트를 번역하는 데도 쓰일 수 있을 것이다. 이 접근법은 언어 교사보다는 문학 교사의 영역에 더욱 가깝게 여겨지기도 하지만 문학이라는 텍스트를 사용하는 것이기 때문에 결코 소홀하게 다룰 수 없다.

그런데 여기서는 수업과정의 내용을 어디까지 다룰 것인가가 문제된다. 가장 기본적인 접근은 대상 작품의 배경지식에 관한 정보를 알게 하는 것이다. 작가의 생애와 작품의 발표 시기, 작가의 작품 경향, 작품의 문화적 · 역사적 성격, 텍스트가 언급하는 역사적 · 신화적 사건 또는 인물 등이 있다. 다음으로 작품 자체의 배경, 플롯, 인물, 시점과 분위기, 어조 등의 수업 내용을 다룰 수 있을 것이다.

셋째, '개인적 풍요로움을 위한 문학'에서, 문학은 학생들 개인의 경험, 느낌, 견해 등을 이끌어내는 유용한 도구이다. 문학은 또한 학생들이 외국어를 배우는데 있어서 지적으로나 감정적으로 더 활발하게 참여할 수 있도록 도와주며, 학습 내용의 내재화에도 도움을 준다. 또한 그룹 활동을 위한 훌륭한 자극제가 되기도 한다. 이것은 개인의 자기 계발을 위한 문학으로 문학교육에 학습자의 직접 참여를 적극 장려한다. 즉 학생들의 개인적인 감정과 텍스트를 연관 짓거나, 그것에 대해 개인적으로 반응할 수 있도록 유도한다. 문학을 통해서 개인적 풍요로움을 얻을 수 있고 이를 통한 자기 계발을 도모하는 것이다.[8]

---

8) Lazar, G., *Literature and Language Teaching-A guide for teacher and trainers*, Cambridge University Press, 1993, pp.22~47. 김순자, 앞의 논문, 13~16쪽.

브룸피트, 카트, 롱의 견해는 라자르의 견해와 비슷한 내용이 많다. 그러나 브룸피트, 카트, 롱의 '문화 모델'은 텍스트 자체에는 크게 관심이 없는데 비하여, 라자르의 '내용으로서의 문학'은 문학이 그 자체로서 수업과정의 내용이 되기 때문에, 텍스트 자체가 결코 소홀하게 다루어지지 않는다는 점에서 '문학교육'이라고 볼 수 있다. 전체적인 내용으로 보면, '문화모델'이 '내용으로서의 문학'의 한 부분이 될 수 있다.[9]

이상을 통해 볼 때, 외국어로서의 한국문학교육에서 문학교육은 언어(기능)교육, 문화교육, 문학교육, 인간성장교육 등을 모두 포함한다.[10] 그러므로 이 글에서 다루는 연구 논문은 한국 문학 작품을 활용한 언어(기능)교육과 문화교육, 그리고 문학 작품 자체의 문학교육, 그리고 인간성장교육 등을 담은 논문 모두를 대상으로 한다.

3. 국내의 한국문학교육 연구 현황[11]

한국문학교육의 연구 성과는 일반론적인 이론적 연구와 수업 현장에서의 교육의 실제 연구, 그리고 이 둘을 아우르는 이론과 실제를 겸한 연구의 세 가지 항목으로 나누어 살펴보고자 한다.[12] 물론 명료하게 나누

---

9) 김순자, 앞의 논문, 16쪽.

10) 개인성장모델(카터, 롱, 브룸피트)이나 개인적 풍요로움을 위한 문학(라자르)은 외국어교육에서 뿐만 아니라 모든 교육의 목표가 될 수 있고, 문화교육이나 문학교육을 통해 자연스럽게 이루어질 수도 있다.

11) 한국문학교육 연구서는 다음과 같다. 김해옥, 『문학교육과 어휘교육』, 국학자료원, 2005; 신주철, 『한국어교육에서 한국문학교육의 이론과 실제』, 커뮤니케이션북스, 2006; 윤여탁, 『외국어로서의 한국문학교육』, 한국문화사, 2007. 연구서에 실린 논문들은 본고에서 대부분 언급될 것이기에 별도로 다루지 않았다.

기 힘든 논문들도 많지만, 논문의 주된 특성을 고려하여 나누었다.

1) 한국문학교육의 일반론적인 이론 연구

한국문학교육 초기 연구의 대부분이 이에 해당된다. 한국문학교육의 필요성을 주장하고, 그 이론적 틀을 마련했다는 점에서 의의가 크다고 하겠다. 이를 다룬 논문들의 내용을 개괄적으로 살펴보면 다음과 같다.

윤여탁(1999)[13]은 한국어교육에서 문학의 위상과 그 교육적 가치를 중심으로 논의를 전개하였다. 문학이 지역 사정 교육의 자료를 넘어 통합적 의사소통 능력인 언어활동의 학습에도 활용될 수 있으며, 한국문학에 대한 체험이나 고급스런 언어학습에도 도움이 됨을 밝혔다. 아울러 문학을 활용하는 한국어교육에서 검토되어야 할 교육과정이나 교재 구성의 문제, 특히 위계화 문제에 초점을 맞추어 논의하였다.

김대행(2000)[14]은 미국의 외국어교육의 기준인 5C(소통, 문화, 연계, 비교, 공동체)를 중심으로, 각각의 기준에 적합한 한국문학 작품을, 한국의 국어교육용 주요 작품 중에서 선정하고, 이에 대한 수업방식도 제시하였다.

우한용(2000)[15]은 한국어교육에서 문학의 효용을 소설을 중심으로 설명하고 있다. 소설문학이 한국어교육에 대해 기여하는 바를, 풍속과 관

---

12) 김순자, 앞의 논문, 5~12쪽 참조.
13) 윤여탁, 「문학을 활용한 한국어교육 방법」, 『국어교육연구』 제6집, 서울대학교 국어교육연구소, 1999, 239~256쪽.
14) 김대행, 「한국어교육과 한국문학」, 『외국인을 위한 한국어교육 연구』 3, 서울대학교 외국인을 위한 한국어교육 지도자과정, 2000.
15) 우한용, 「외국인을 위한 한국어교육에서 문학의 효용」, 『외국인을 위한 한국어교육 연구』 3, 서울대학교 외국인을 위한 한국어교육 지도자과정, 2000, 27~48쪽.

습을 이해하는 자료, 인간 행동의 이해, 문화적 원형의 이해 등 세 가지로 설명한다. 그리고 소설문학의 언어차원을 설명하고, 소설언어의 한국어 교육에서의 구체적 활용가능성으로, 첫째, 한국어 기본 어휘 목록 자료, 둘째, 한국어 문형의 추출, 셋째, 한국어 화법의 전형, 넷째, 문체 효과의 교육 등을 들었다.

김해옥(2000)[16]은 웹을 통한 한국문학교육의 필요성과 교육내용 및 목적, 문학교육에 활용할 수 있는 웹사이트에 대한 정보를 살펴보았다. 웹 상의 정보 활용을, 디지털텍스트를 통한 문학교육과 하이퍼텍스트를 통한 문학교육으로 나누어 검토하였다.

황인교(2001)[17]는 한국문학교육의 개념을 전문적인 문학교육과 구별되는, 문학 자료의 활용을 포함할 수 있는 광의의 문학교육으로 설정해야 한다고 하였다. 그리고 한국문학교육의 현재적 상황을 언어, 문화, 문학, 인간의 측면에서 조망했다. 또한 현재의 문학교육에서 교과과정(실러부스), 교수 · 학습 목표, 교수 · 학습 내용, 교수 · 학습 방법을 제시하여 정리하고, 한국문학교육이 언어교육과 문학교육의 두 지점 사이에 놓이는 것으로 보았다. 그리고 한국문학교육 모델을 언어 모델, 문화 모델, 개인성장모델의 셋으로 정리하고, 실제 수업은 언어 중심, 문화 중심, 인간 중심 중에서 어느 것이 더 강조되는가에 초점이 맞춰질 것이라고 하였다.

윤여탁(2002)[18]은 한국어교육에서 현대문학 정전의 문제를 설문 조사

16) 김해옥, 「웹을 통한 외국인을 위한 한국문학교육에 관한 연구」, 『비교문화연구』 제4호, 경희대학교 비교문화 연구소, 2000, 99~110쪽.

17) 황인교, 「외국어로서의 한국문학교육의 가능태」, 『외국어로서의 한국어교육』 25 · 26집, 연세대학교 언어연구교육원, 2001, 409~434쪽.

18) 윤여탁, 「한국어교육에서 현대 문학 정전 연구」, 『세계 속의 조선어(한국어) 언어 문학 교양과 교재 편찬 연구』, 중국 중앙민족대학 국제학술회의 발표논문집, 2002, 39~64쪽: 윤여탁, 앞의 책, 2007, 119~140쪽.

와 자료 조사를 통해서 그 결과를 보고하였다. 한국어교육의 문학 수업에서 활용할 수 있는 현대시와 현대소설 목록으로, 현대시에는 김소월, 윤동주, 정지용, 김춘수 등의 작품을, 현대소설에서는 황순원, 이문열, 주요섭, 현진건 등의 작품을 가르치는 것이 좋을 것 같다는 반응을 보였다고 하였다.

김종철(2002)[19]은 고전문학이 한국어교육의 주요한 제재가 되는 이유를 밝히고, 한국고전문학을 영역, 장르, 역사의 항목으로 개관하고, 한국인의 생활과 고전문학과의 관계, 문학의 담당층의 측면에서 본 고전문학과 문화와의 관계를 언급하였다. 그리고 한국고전문학의 특질을 몇 가지 제시하고, 이러한 여러 특질이 보편성의 기반 위에서 특수성의 추구 형태로 구현되고 있다고 하였다.

진문이(2003)[20]는 한국문학교육에 대해 그 필요성, 현황, 문제점 등을 언급하고, 문학교육의 방안을 작품 선정 기준의 문제와 작품의 위계화 문제, 그리고 교수 방안의 문제라는 측면에서 원론적인 언급을 하였다.

윤여탁(2003)[21]은 외국어교육에서의 문학의 위상을 살펴보고, 한국어교육에서 문학교육의 방향을, 문학을 활용한 한국어 의사소통교육, 문학을 통한 한국의 사회문화교육, 한국문학에 대한 교육 등의 세 가지로 정리하고, 이들 각각에 대한 논리와 구체적인 교수-학습의 원리를 구안하였다. 그리고 문학교육이 앞으로 지향해야 할 바를 제시하였다.[22]

---

19) 김종철, 「한국고전문학과 한국어교육」, 『외국인을 위한 한국어교육 연구』 3, 서울대학교 외국인을 위한 한국어교육 지도자과정, 2002, 87~96쪽.

20) 진문이, 「외국인을 위한 한국문학교육」, 연변과학기술대학 한국학 연구소 엮음, 『중국에서의 한국어교육』 IV, 태학사, 2003, 456~471쪽.

21) 윤여탁, 「문학교육과 한국어교육」, 『한국어교육』 14권 1호, 국제한국어교육학회, 2003, 132~152쪽.

22) 윤여탁(2005)는 윤여탁(2003)의 '1장 외국어교육에서 문학' 부분을 빼고 문장을 약간 다듬은 수준의 논문이다. 윤여탁, 「국내의 한국어 문학교육」, 국제한국어교육

정미영(2003)[23]은 동화를 활용한 한국어 지도 방안을 제시하였다. 동화를 활용한 실제 한국어 지도과정을 동화읽기 전, 읽는 중, 읽은 후의 세 과정으로 나누고, 각각의 교수 전략과 학습전략을 구체적으로 제시하고 있다.

김종철(2004)[24]은 한국어 교재에서 문학 제재 활용의 전통을 전래의 문헌자료를 통해 살폈다. 한국어교육의 제재가 지금까지 특정 장르에 국한되어 있고, 그 범위도 한정되어 있다고 하면서, 그 범위를 확장시켜야 하는 이유를 밝히고, 나아가 외국인에게 한국의 어떤 정보를 제공해 서로에게 이익이 되는 보람을 찾을 수 있게 하는지 성찰이 필요하다고 했다.

황인교(2004)[25]는 외국어로서의 한국어교육 이론이 하나의 이론으로서 어떻게 가능한가에 관심을 갖고 한국어교육 이론을 모색하였다. 그리고 현재 한국어교육의 문제점을 교수 현장, 교수 학습 원리, 교수 학습자, 목표 수준, 교수법 등을 중심으로 살펴보았다.

정병헌(2004)[26]은 한국문학교육의 현황과 개선 방안을 고찰하였다. 한국문학교육의 현장을 살펴보고, 이에 걸맞는 한국문학교육의 내용과 범위를 정하고, 교육방안으로 가장 문제되는 한국문학 교사 양성과 교재 개발이 필요하다고 하였다.

이승복(2005)[27]은 비한국인을 대상으로 하는 한국문학교육에서 사용

학회 편, 『한국어교육론』 2, 한국문화사, 2005, 307~318쪽.

23) 정미영, 「동화를 활용한 외국어로서의 한국어 지도 방안」, 『국어교과교육연구』 5호, 국어교과교육학회, 2003, 337~356쪽.

24) 김종철, 「한국어교육에서 문학 제재 활용의 전통」, 『국어교육연구』 제14집, 서울대학교 국어교육연구소, 2004, 67~146쪽.

25) 황인교, 「한국어교육과 한국문학-외국어로서의 한국어교육의 제문제」, 『이화어문논집』 22집, 이화여자대학교 국어국문학과, 2004, 5~29쪽.

26) 정병헌, 「외국인을 위한 한국문학교육의 현황과 개선 방안」, 『어문연구』 44호, 어문연구학회, 2004, 327~350쪽.

할 교과서의 개발방향을 고찰하였다. 교과서는 요구에 부응할 수 있는 교육목표와 교육과정에 따라 개발해야 하며, 표준화된 한국문학 내용을 담아야 하고, 학습자의 문화 배경과 한국문학 속에 담긴 문화 배경 사이의 변별적 특성을 주된 내용으로 삼아야 한다고 하였다. 따라서 한국문학 교과서의 개발 방향은 1) 지속적인 관리 체제의 수립과 운영, 2) 비한국인 대상 한국문학교육의 목표와 교육과정 구안, 3) 다양한 요구에 부응할 수 있는 다종교과서 개발, 4) 표준화된 한국문학 내용 설정 및 표준교과서와 적용 교과서의 이중 체제, 5) 현지어 교과서 · 현지인 교사 · 현지교육 고려, 6) 수준별 · 단계별 교과서, 7) 한국문화에 대한 호의 도출, 8) 한국사 · 한국문학사 · 한국문화사 등의 배경지식 포함, 9) 체험교육의 채택 등을 고려해야 한다고 하였다.

서희정(2005)[28]은 한국어 학습자를 위한 고전 서사문학 작품 선정 방안을 고찰하였다. 고전 서사문학의 한국어교육적 가치와 고전문학교육의 현황과 문제점을 지적하고, 나아가 문학 작품의 선정기준을 제시하고, 초중고 교과서와 문학 작품집에 수록된 작품을 토대로, 고전 서사문학 작품목록을 필수작품(20편), 선택작품(35편)으로, 그리고 이들을 고소설(13편), 신화(7편), 전래동화(35편)로 나누었다.

윤여탁(2006)[29]은 국외 한국어교육 기관에서 사용하고 있는 한국어 교재와 해외의 한국학과나 한국어교육과의 교육과정을 분석하여, 외국

27) 이승복, 「한국문학 교과서 개발 방향 : 비한국인 대상 한국문학교육에 관한 연구」, 『새국어교육』 제71호, 한국국어교육학회, 2005, 235~261쪽.

28) 서희정, 「한국어 학습자를 위한 고전서사문학 작품 선정 방안」, 『고황논집』 제36집, 경희대학교 대학원, 2005, 115~130쪽.

29) 윤여탁, 「한국어 문학 교수-학습 방법의 현황과 과제-교육과정, 교재, 외국어 문학교육론을 통한 투시」, 『국어교육연구』 제18집, 서울대학교 국어교육연구소, 2006, 123~144쪽.

어로서의 한국어교육에서 문학교육의 방향과 과제를 제시하였다. 아울러 외국어교육에서 문학교육에 대한 활발한 논의가 보여주는 언어교육에서 문학교육의 목표와 방법이 주는 시사점을 찾아보았고, 앞으로의 한국문학교육이 지향해야 할 목표와 교수방법론에 대해 고찰하였다.

황인교(2007)[30]는 한국어교육학에 있어서 그간의 문학 연구의 목적, 주체, 범주 및 내용을 정리하여, 문학교육 연구의 현황을 살피고, 구체적인 연구 방향을 모색했다. 한국어교육 현장의 문학교육에서는 한국어 실러부스가 부재하여 이의 개발을 위해 필요한 연구 즉 한국어교육의 문학 내용의 분류 및 선정 작업을 위한 방안을, 연세대의 한국어 수업 내에서 이루어지는 문학 수업을 정리하여 구체적인 연구 방향을 찾아보고자 하였다. 그리고 이렇게 파악된 현황에 근거하여 문학 연구의 방향을 자료, 교수법 및 교수 설계, 의의 및 문학적 가치 도출의 측면에서 정리하였다.

장문정(2008)[31]은 한국어교육에서의 문학 교수요목의 설계를 위한 학습자와 교사의 요구분석을 하였다.

우한용(2008)[32]은 한국어문화권 속에서는 제2언어나 외국어로서의 한국어교육이 한국문화 전반을 포함하게 되고 이는 외국에서 연구되는 한국학의 범위와 일치하게 된다고 했다. 그러나 실용성을 고려하는 수요자에게는 일반 목적 한국어를 가르쳐야 한다고 했다. 그런데 한국어 학습의 목적이 다르고 수준의 차이가 있어도 문화 상호간의 교류를 전제해야 하고 문화의 주체가 다중적 역할을 수행한다는 점 등이 고려되어야 한다

30) 황인교, 「한국어교육학의 문학 연구 방향」, 『한국어교육』 제18권 3호, 국제한국어교육학회, 2007, 273~299쪽.

31) 장문정, 「한국어문학 교수요목 설계를 위한 요구 분석」, 『이중언어학』 제36집, 이중언어학회, 2008, 345~369쪽.

32) 우한용, 「한국어문화권의 교육력 제고를 위한 전망」, 『한중인문학연구』 25집, 한중인문학회, 2008, 5~26쪽.

고 했다. 또한 상호교류적 측면의 한국어교육을 위해서는 문학이 제재와 방법으로 동원되어야 한다고 했다. 그리고 한국어 교사는 한국어 최고 수준의 능력을 갖추고 있어야 하고, 한국어문화권이 유지되기 위해서는 그 문화권의 구성원을 문화적으로 통합하는 텍스트를 구성하고 교육에 활용해야 한다고 하였다.

오정미(2008)[33]는 한국어교육에서 문학 작품 선정 현황과 문제점들을 밝히고, 설화 「선녀와 나무꾼」의 두 가지 다른 이본을 통해 한국문화 이해를 위한 문학교육을 시도하였다. '선녀 승천형'은 세계문화적 보편성으로, '나무꾼 지상회귀형'은 한국적 특수성으로 구분하여, 학습자의 필요에 따라 맞춤 문학 수업이 가능하다고 하였다.

신효경(2009)[34]은 한국어 교재에 나타난 문학텍스트와 문학텍스트의 학습 활동을 분석하여, 한국어교육에 나타난 문학 교수-학습의 문제점을 검토하고 해결방안을 제안하였다. 교재분석 결과 한국어 교재에 수록된 텍스트는 극히 일부이며, 장르가 다양하지 않고, 대부분 중급과 고급에 치우쳐 나타나 있다고 하였다. 또한 교재에 제시되어 있는 학습 활동의 유형도 주로 어휘 학습과 읽기, 말하기에 한정되어 있다고 하였다. 한국어교육에서 문학텍스트를 효과적으로 활용하기 위해서는 우선 한국인의 정서와 주제의식, 문화적 요소는 물론 언어적 · 기능적 사용 맥락을 보여줄 수 있는 텍스트를 선정해서, 수업의 목표와 학습자 유형, 과제 활용 가능성 등을 고려하여 학습 활동을 조직해야 한다고 하였다.

윤여탁(2009)[35]은 비교문학과 한국 현대문학교육과의 관계를 밝히고

---

33) 오정미, 「한국어교육에서의 문학 작품 선정에 관한 연구」, 『한말연구』 제22호, 한말연구학회, 2008, 221~250쪽.

34) 신효경, 「한국어 교재의 문학 교수 학습 분석」, 『한국어문화교육』 3권, 한국어문화교육학회, 2009, 47~69쪽.

35) 윤여탁, 「비교문학을 적용한 외국어로서의 한국 현대문학교육 방법」, 『한국언어

비교문학을 적용한 문학교수학습 방안을 제시하였다. 외국어로서의 한국문학교육이 기본적으로 의사소통 능력 함양을 목표로 하지만, 한국문화능력을 함양하는 방향으로 나아가고 아울러 한국학으로서의 한국문학교육으로 나아가야 한다고 하였다.

김정우(2009)[36]는 고급 한국어 학습자를 위한 문학 교재 개발방향을 검토하였다. 먼저 고급 한국어학습자에게 요구되는 문학능력을 밝히고, 기존 고급 한국어 교재의 특징과 한계를 제시하였다. 그리고 고급 한국어 학습자용 교재의 문학 작품 선정을 위해, 학습자의 목적에 따라 작품을 선정하는 것과, 작품의 수준과 특성에 따라 작품을 선정하는 것으로 나누고, 이에 따른 작품을 제시하기도 하였다.

우한용(2010)[37]은 소설텍스트를 중심으로 문학능력의 속성을 규명하고, 소설텍스트가 드러내는 한국어교육 혹은 한국문학교육에서의 효용성을 검토하였다. 먼저 중국의 경극 「대당귀비」를 하나의 텍스트로 상정하고, 이를 읽는 방법을 제시하였다. 그리고 일상에서 소설을 읽는 과정을 설명하고, 교육과정과 교재의 구성에는 다음과 같은 조치가 필요하다고 하였다. 첫째, 강독의 중점을 설정하고 읽도록 하라. 둘째, 제재의 내용을 계열화하여 제공하라. 셋째, 교재를 구성하는 데에는 학습자의 자국어 문학능력, 문화체험과 연관된 작품 및 현대어로 서술된 작품, 학습자의 언어능력 수준을 향상할 수 있는 작품, 비평적 글쓰기에 활용할 수 있는 작품을 고려하라. 그리고 평가목표로는 작품의 분위기와 이야기의 개요, 인물과 인물의 관계 파악, 구성의 논리성과 서사적 원형의 이해, 담

문화학』 제6권 제1호, 국제한국언어문화학회, 2009, 53~70쪽.

36) 김정우, 「고급 한국어 학습자를 위한 문학 교재 개발 방향」, 『한국언어문화학』 제6권 제2호, 국제한국언어문화학회, 2009, 1~31쪽.

37) 우한용, 「소설텍스트 중심으로 본 문학능력과 한국어교육」, 『한국어와 문화』 제7집, 숙명여자대학교 한국어문화연구소, 2010, 211~241쪽.

론으로서 언어가 가지는 특성 이해, 비평으로서 글쓰기 능력 유무 등을 들었고, 이러한 평가목표에는 서술식 평가 방법을 활용하는 것이 적절하며, 강독과 평가의 선후와 방법은 필요에 따라 융통성 있게 조절할 수 있다고 하였다.

이성희(2010)[38]는 한국어교재에서 고전문학 작품의 원화 수용 방식을 고찰하였다. 이를 위해 한국어 교재에서 단군신화를 제시할 때의 재구성 및 요약, 수정 등의 양상을 살피고, 나아가 고전문학 작품을 수록할 때의 기준을 7가지 제시하였다.

정해권 · 신주철(2011)[39]은 한국어교육에서 문학교육에 적합한 문학 작품의 위계화 방안을 제시하였다. 위계화를 언어적 측면, 문화적 측면, 문학적 측면 등 세 가지 범주로 제시하고, 이 세 측면의 개별적 위계화가 교육의 목적에 맞추어 통합되어 쓰일 수 있는 통합적 위계화의 방안을 제시하고, 그 실례를 시 몇 편을 통해 검토하였다.

이상을 통해 볼 때, 이들 연구는 한국어교육에서의 문학의 위상과 문학교육의 현황, 필요성 및 효용성, 그리고 목표와 과제(방향) 제시, 문학 텍스트 선정 기준과 선정 작품, 위계화와 교재 개발 방법 제시, 교수 · 학습의 원리와 방법 제시 등 다양하게 이루어졌다.

먼저, 문학과 문학교육의 위상, 의의, 필요성, 효율성 그리고 목표와 과제 제시 등은 모든 논문에서 두루 언급되었다. 여기서 대부분의 논문이 현대문학 작품을 대상으로 논의를 전개하고 있는데 반하여, 김종철(2002, 2004), 서희정(2005) 등에서는 고전문학 작품을 통한 한국문학교육의 필

38) 이성희, 「'단군신화'의 한국어 교재 수용 양상 고찰 및 수록 기준 모색－원전 수용 방식을 중심으로」, 『정신문화연구』 제33권 제4호, 한국학중앙연구원, 2010, 261～288쪽.

39) 정해권 · 신주철, 「한국어교육에서 문학 작품의 통합적 위계화 방안」, 『한국어교육』 제22권 1호, 국제한국어교육학회, 2011, 203～221쪽.

요성을 강조하였다.

다음으로, 문학 작품(텍스트) 선정은 한국문학교육의 정전과 위계화의 문제, 나아가 교재 개발의 문제와 직결되기 때문에 매우 중요하다. 선정 기준은 대개 외국(미국)의 기준을 따르고 있는데, 이에 대한 연구는 김대행(2000), 윤여탁(2002), 진문이(2003), 이승복(2005), 서희정(2005), 장문정(2008), 오정미(2008), 신효경(2009), 우한용(2010), 정해권 · 신주철(2011) 등이 있다. 특히 위계화의 문제는 윤여탁(1999), 진문이(2003), 정해권 · 신주철(2011) 등에서 주로 다루어졌다. 교재구성과 개발의 문제에서, 서희정(2005)이 고전 서사문학의 경우를, 윤여탁(2002)이 현대문학을, 장문정(2008)이 문학교수요목을, 김정우(2009)는 고급 학습자용 문학 교재를, 그리고 이승복(2005)이 교과서 개발 · 방안 전반을 다루었는데, 이승복(2005)의 경우가 주목할 만하다. 그리고 신효경(2009)은 한국어교재에 나타난 문학텍스트와 문학텍스트의 활동 학습을 분석하여, 교재 개발의 기틀을 마련하였다. 또한 이성희(2010)는 고전문학 작품의 원화 수용 방식을 구체적으로 다루었다는 점에서 그 의의가 있다.

그리고 교수 · 학습의 원리와 방법으로, 윤여탁(1999)이 일찍이 통합적 방법을 주장한 이후, 이것이 보편적으로 통용되고 있다. 윤여탁(2009)에서 새롭게 비교문학적 방법을 주장하였다. 또한 문학교육 모형(모델)은 황인교(2001), 윤여탁(2003)에서 미국의 문학교육 모델을 제시한 카터, 브룸피트, 롱, 라자르 등의 세 가지 또는 네 가지 모델을 사용하였는데, 그 중에서 윤여탁(2003)이 문학을 활용한 한국어 의사소통교육, 문학을 통한 한국의 사회문화교육, 한국학 차원의 한국문학교육으로 제시한 것이 언어(기능)모델, 문화모델, 문학모델로 이후 보편화되었다. 그러나 언어모델, 문화모델, 인간성장모델 등의 세 가지를 제시하여 연구한 경우도 많다.

한국문학교육 연구에서 초기의 연구를 주도했던 윤여탁, 김대행, 우한용, 황인교 등의 업적은 한국문학교육의 위상을 정립하고, 학문적 체계의 확립을 위한 토대가 되었다는 점에서 의의가 크다고 하겠다. 그러나 일반론적인 이론 연구는 최근에는 다소 답보상태에 머물러 있는 실정이다.

2) 한국문학교육의 이론과 실제의 통합 연구

한국문학교육의 이론과 실제의 통합 연구는 앞의 이론 연구와 더불어 진행되고 있지만, 한국어교실 현장에서의 실제 교수 · 학습 방법의 모형을 제시했기에 그 의의가 있다. 이를 다룬 논문들의 내용을 개괄적으로 정리하면 다음과 같다.

황인교(1998)[40]는 한국문학교육의 필요성을 언급하고, 구체적인 교육 방법을 실제 자료를 통해 살펴보았다. 구체적인 교육 방법은 읽기와 비슷하다고 하면서, 수업 중에 다양한 어휘를 해결하는 방법을 구체적인 자료와 함께 살펴 보았고, 시와 소설로 나누어 지도안을 제시하며 수업 방법을 모색하였다.

김해옥(2001)[41]은 문학을 활용한 한국어교육은 언어 활동의 자료로서 뿐만 아니라 한국 문화에 대한 학습으로 발전해야 총체적인 학습이 될 수 있다고 하면서, 문화교육과 언어교육이 병행되어야 한다고 하였다. 시와 설화와 소설을 활용한 언어교육의 실례를 제시하고 있다.

윤여탁(2002)[42]은 한국어교육에서 문화교육의 의의를 살피고, 이를 바

---

40) 황인교, 「외국인을 위한 한국문학교육(기초단계의 문학 작품 읽기를 중심으로)」, 『이화어문논집』 제16집, 이화여자대학교 국어국문학과, 1998, 213~234쪽.

41) 김해옥, 「문학텍스트를 활용한 언어교육 방법에 관한 고찰」, 『한국어정보학』 제4집, 국어정보학회, 2001, 15~25쪽.

42) 윤여탁, 「한국어문화 교수 학습론」, 박영순 편, 『21세기 한국어 교육학의 현황과

탕으로 하여 문학 작품이나 문화 요소들을 활용하여 구체적인 한국어문화 교수-학습 방법을 구안하는 작업을 진행하였다. 고급과정에서 한국인의 사고방식을 이해하는 학습모델로 김소월의 「먼후일」을 들고, 대중문화인 만화를 통하여 한국어의 존대법을 설명하고 있다. 그리고 황순원의 「소나기」를 통해, 한국의 명절 풍속과 전통적인 농촌 생활상 그리고 작가의 감정을 간접적으로 드러내는 언어표현 방식이라는 한국문화를 살펴보았다.

윤여탁(2003)[43]은 한국어교육에서 교수-학습될 수 있는 문학교육의 방법론을 현대시교육을 중심으로 고찰하였다. 문학을 활용한 한국어 의사소통교육과 문학을 통한 한국의 사회문화교육이 아닌, 한국학 또는 한국문학의 차원에서 한국문학 그 자체에 대한 교수-학습 방법을 제시하였다. 김소월의 작품을 대상으로 교양 차원의 한국시교육(「못잊어」), 문화교육 차원의 한국시교육(「접동새」), 문학교육 차원의 현대시교육(「진달래꽃」) 등 셋으로 나누어 교육 방법을 제시하고 있다. 결론에서는 한국어교육의 여러 변인들, 문학교육 논의의 부진, 독자적인 한국어교육 교육모델, 이에 걸맞는 교수-학습 방법 개발, 교사 양성 등에 대하여 다양한 의견을 제시하였다.

박용권(2003)[44]은 한국어문화교육에서 통합적 의사소통 능력을 기르기 위한 방안으로, 문학텍스트와 그 변용텍스트를 교재로 활용한 교수 · 학습모형을 제시하였다. 협동 학습의 방안 중 '읽기와 쓰기 통합 모형'을 변형시켜, 교수 · 학습 모형을 구안하고, 황순원의 소설 「소나기」와 영화

과제』, 한국문화사, 2002, 191~208쪽.

43) 윤여탁, 「한국어교육에서 문학교육 방법-현대시를 중심으로」, 『국어교육』 제111호, 한국국어교육연구학회, 2003, 511~533쪽.

44) 박용권, 「문학텍스트와 변용텍스트를 활용한 한국어문화교육 방안-협동학습전략을 중심으로」, 『국어교과교육연구』 5호, 국어교과교육학회, 2003, 231~267쪽.

「엽기적인 그녀」, 노래 「소나기」를 활용한 수업의 실례를 보여주었다.

홍혜준(2004)[45]은 고전문학 작품을 통한 한국어문화교육의 필요성과 가치를 지적하고, 문학교육의 세 가지 모형 즉 (기본)문화 모형, 언어 모형, 개인성장(문화적 공감) 모형으로 구안하고, 어떤 작품이 유용할 것인가를 검토하였다. 그리고 시조와 전래동화를 예로 들어 구체적인 교수-학습 방안을 제시했다.

황인교 · 김성숙 · 박연경(2004)[46]은 연세대학교 한국어학당에서 40여 년 행해진 문학교육을 정리하면서 문학교육의 성격과 교수 학습의 실제 양상을 밝히고자 했다.

이기성(2004)[47]은 한국문학의 교수 · 학습 활동이 기능적 언어 습득 차원을 넘어서 학습자의 미적 체험에 중점을 두어야 한다는 전제 하에 한국문학의 효과적인 교수 · 학습모델을 제시하였다. 먼저 한국문학교육의 목표와 기본전제를 살피고, 문학텍스트에 접근하는 다양한 방법들을 설명하고, 구체적인 텍스트의 활용방안과 수업모형을 제시하였다.

우한용(2005)[48]은 『삼국지』와 한국의 언어문화교육과의 관계를 고찰하였다. 한국의 『삼국지』 증후군을 두루 밝히고, 『삼국지』의 텍스트적 속성을 역사와 허구의 통합, 거대서사의 전통, 다양한 텍스트 연관성 등으로 검토하고, 나아가 『삼국지』의 언어문화교육적 의미를 제시하였다.

---

45) 홍혜준, 「고전작품을 통한 한국어문화교육 연구」, 『국어교육학연구』 제21집, 국어교육학회, 2004, 529~555쪽.

46) 황인교 · 김성숙 · 박연경, 「집중적인 한국어교육과정의 문학교육-연세대학교 한국어학당 문학 수업을 중심으로-」, 『외국어로서의 한국어교육』 29집, 연세대학교 언어연구교육원 한국어학당, 2004, 231~280쪽.

47) 이기성, 「미적 체험으로서의 한국문학 교수-학습」, 『이화어문논집』 제22권, 이화여자대학교 국어국문학과, 2004, 237~256쪽.

48) 우한용, 「『삼국지』와 한국의 언어문화교육」, 『한중인문학연구』 제16집, 한중인문학회, 2005, 5~24쪽.

그리고 문화의 상대성을 인식하고, 어떤 문화든지 그 수용은 변형과 굴절을 겪게 되므로 그 방향을 바로잡고 문화의 수준을 상호간에 높여 나갈 수 있도록 문화비평의 시각을 견지하고 교육적 안목을 길러가야 한다고 하였다.

김예호(2006)[49]은 통합 교육을 위한 한국문학 작품의 선정과 활용방안을 제시하였다. 단계별 학습 목표에 따라 교재를 선정하고, 교재(개별 작품)을 통한 활용 방안을 구체적으로 제시하였다.

양민정(2006)[50]은 문화교육의 필요성과 한국문화교육의 내용과 방법을 고전문학을 중심으로 살펴보았다. 「단군신화」를 통한 한국문화 읽기, 그리고 우리의 「선녀와 나무꾼」과 중국, 일본, 서구의 유사 민담과의 비교를 통한 한국문화의 특수성을 밝히고, 또한 한 · 중 · 일 · 영어권 4개국 속담 비교를 통해 문화의 차이점과 특수성을 살펴보았다. 앞으로의 과제와 발전방향도 제시하였다.

김동환(2008)[51]은 한국어문화교육에서 공유텍스트의 필요성과 공유텍스트에 대한 단계적 접근 방향을 설명하고, 그 실제를 제시하였다. 단계적 접근으로는 공유텍스트가 한국어 생활텍스트의 측면에서 한국어문화텍스트의 측면으로, 이어 궁극적으로 한국어 예술텍스트로 전화될 수 있을 때, 설정된 공유텍스트의 활용 가치가 최대치에 이른다고 하였다. 또한 공유텍스트로 세계적 광포설화의 하나인 「장자못 전설」 중 한국 2

---

49) 김예호, 「통합교육을 위한 한국 문학 작품의 선정과 활용 방안」, 『진리논단』 11호, 천안대학교, 2006, 265~292쪽.

50) 양민정, 「외국인을 위한 한국문화교육 방안 연구-한국 고전문학을 중심으로-」, 『국제지역연구』 제9권 제4호, 한국외국어대학교 외국학종합연구센터, 2006, 101~125쪽.

51) 김동환, 「공유텍스트를 통한 한국어교육의 한 방법」, 『국어교육학연구』 제31집, 국어교육학회, 2008, 297~321쪽.

편, 동양 1편, 서양 1편 등 4편을 제재로 선택하여, 위의 세 가지 측면으로 분석하였다.

이영조(2008)[52]는 문학을 통한 한국어교육의 실제 활용 방식을 시와 수필을 중심으로 제시하고 있다.

나정선(2008)[53]은 문학 작품이 지닌, 언어교육에서의 언어 · 문화학습의 자료로서의 가치뿐만 아니라 비유, 상징, 풍자, 인물, 플롯, 배경, 시점 등 문학의 속성을 활용하여, 외국인 학습자의 문학능력을 향상시키는 다양한 문학교육 방법을 고찰하였다. 또한 문학 작품을 활용한 언어 · 문학 · 문화교육의 통합 학습 개념을 재정립하고, 학습자의 요구를 고려한 언어 중심 통합 교수 · 학습, 문학 중심 통합 교수 · 학습, 문화 중심 통합 교수 · 학습을 설계하여, 언어 · 문학 · 문화의 통합 중심 문학교육 방법의 효용성을 밝혔다. 그리고 고급단계의 학습자를 대상으로, 고전소설 「토끼전」과 황순원의 현대소설 「소나기」를 선정하여, 세 가지의 교수 · 학습 방법에 의거하여 각각의 수업의 실제를 제시하였다.

신윤경(2008)[54]은 문학교육에 있어서 문학텍스트 선정 기준 설정과 그 기준에 맞는 텍스트 선정, 그리고 그 텍스트들을 활용한 교수 방안을 고찰하였다. 선정 기준으로 교육과정과 목표의 고려, 텍스트 자체에 대한 고려, 텍스트의 내용(주제)과 수업의 활용성에 대한 고려 등 세 가지를 제시하고, 이를 통해 문학교육 활용에 적절한 텍스트를 수필과 단편소설을 중심으로 정리하였다. 그리고 교수 방안에서, 읽기 전략으로는 질문

52) 이영조, 「문학을 통한 한국어교육의 실제－시와 수필을 중심으로－」, 『한국어교육연구』 제3호, 배재대학교 한국어교육연구소, 2008, 53~76쪽.

53) 나정선, 「외국인을 위한 문학교육 방법 연구」, 단국대학교 대학원 박사학위 논문, 2008.

54) 신윤경, 「한국어교육을 위한 문학텍스트 연구」, 고려대학교 대학원 박사학위 논문, 2008.

하기, 인물로 이해하기, 플롯으로 이해하기 등의 영역으로 나누어 살펴보았고, 초점화된 목표별 수업으로 언어 용법, 쓰기, 말하기, 듣기 그리고 문화로 나누어 각 목표별 기능 신장을 위한 교수 방안을 언급하였다. 각 영역에 적절한 텍스트를 제시하고, 구체적인 수업 단계를 읽기 전 활동, 읽기 활동, 심화 활동, 종합 활동으로 나누어, 이에 따른 적용의 방법도 고찰하였다.

김동환(2009)[55]은 한국어교육에서 각 문화적 언어능력 신장을 위해서는 언어 환경 간의 징검다리 역할을 하는 보편적 서사모티프가 필요하다고 하였고, 이를 통해 교수 학습 내용을 설계하고 그 사례를 제시하였다. 금기모티프를 중심으로 문화간 독립성이 강조되는 「장자못 전설」류와 이질성이 강조되는 「뱀신랑 설화」류를 들었고, 실제 사례에서는 '이야기 만들어가기'를 통한 언어능력과 문화능력의 함양을 목표로 교수 · 학습의 구조를 구체적으로 제시하였다.

김순자(2010)[56]는 한국어교육에서 소설텍스트를 활용한 문학교육의 내용과 방법을 모색하였다. 언어의 층위에서는 어휘, 문형 및 담화를 교육내용으로 선정하고, 소설 구조의 층위에서는 배경, 인물, 플롯, 어조와 분위기, 시점을 이해하기를 교육내용을 선정하고, 소설 주제의 층위에서는 제재와 주제 이해하기를 교육내용으로 선정하고, 각각 그 방법을 제시하였다. 그리고 황순원의 소설 「소나기」를 예시 작품으로 선정하여 한국어교육에서 소설텍스트교육의 실제 수업 방안을 제시하였다. 여기에서는 기존의 한국어 교재와 한국문학교육 관련 논문에서 제시한 학습 목

55) 김동환, 「서사 모티프의 문화 간 이야기화 양상과 한국어교육」, 『국어교육학연구』 第35집, 국어교육학회, 2009, 189~212쪽.
56) 김순자, 「한국어교육에서 소설텍스트교육 연구」, 부산외국어대학교 대학원 박사학위논문, 2010.

표와 학습 활동을 분석하고, 소설 언어, 구조, 주제 통합적 소설텍스트교육에 적합한 학습 목표와 학습 활동을 구안하여 제시하였다.

하채현 · 정수연(2010)은 소설과 영화라는 매체의 특성이 한국어 고급 학습자의 작품 이해에 미치는 영향을 현장연구를 통해 고찰하였다. 아울러 현장 연구의 결과를 토대로 구체적인 교수 · 학습의 방법론을 구축하였다. 황순원의 소설 「소나기」(1953), 곽재용 감독의 영화 「클래식」(2003)을 활용한 실험수업을 통한 실험 사례 결과를 분석하였다.[57)]

이상을 통해 볼 때, 이들 연구는 한국문학교육의 일반론적인 이론 연구에다, 실제적인 교수 · 학습 내용과 과정과 방법 등을 통합적으로 제시하였지만, 윤여탁(2003), 이기성(2004), 나정선(2008), 김순자(2010) 등을 제외하고는 대부분이 문학 중심이 아닌 언어 중심, 문화 중심의 연구라는 한계를 보이고 있다. 그리고 제시된 이론과 방법이 실제 수업현장에서 적용되기 어려운 문제점을 안고 있다. 그러나 윤여탁(2002, 2003)은 실제 교수현장에서 이론 적용의 모델을 제시했다는 점에서, 김동환(2008, 2009)과 양민정(2006)은 고전문학 작품을 통한 문화교육의 틀을 마련했다는 점에서 그 의의가 있다고 하겠다.

그런데 나정선(2008)과 신윤경(2008)과 김순자(2010)는 한국어교육에서 문학교육의 이론을 정립하고, 이를 실제 교육 현장에 적용한 것으로, 한국문학교육 연구의 새로운 기반을 마련하였다. 나정선(2008)은 외국인 학습자의 다양한 학습 목표를 고려한 차별화된 문학교육 방법을 제시하였다는 점에서 그 의의가 있다. 특히 학문 목적 학습자 대상의 문학중심 통합수업은, 언어교육에 그치는 것이 아니라, 문학에 대한 감상, 비평,

57) 하채현 · 정수연, 「한국소설과 한국영화 이해에 관한 사례 연구－한국어 교급 학습자를 중심으로」, 『언어와 문화』 6권 1호, 한국언어문화교육학회, 2010, 229~257쪽.

토론, 창작, 번역 등 구체적이며 실제적인 문학 수업의 목표와 내용으로 설계되었다는 점에서 문학교육의 발전된 모습을 보여준다. 신윤경(2008)은 한국문학교육에서 다양한 종류의 문학텍스트를 선정하고, 또한 이들을 수업 현장에서 교수, 학습할 수 있는 방안을 구체적으로 제시하였다는 점에서 그 의의가 크다고 하겠으나, 언어기능 중심의 교수 · 학습에 치우친 점이 문제점으로 지적될 수 있다. 김순자(2010)는 언어, 구조, 주제의 통합적 소설텍스트교육을 통해 한국어 학습자의 실질적인 의사소통 능력 및 문학 능력 향상이 이루어질 수 있다고 보고, 텍스트의 각 층위에 따라 소설텍스트교육의 내용을 선정하고, 그 교육 방법까지 함께 제시하였다. 그리고 소설텍스트에 한정되어 있지만, 한국문학교육이 언어기능교육을 넘어서 문학교육으로 나아갈 수 있는 기반을 마련했다는 점에서 그 의의가 있다고 하겠다. 한국문학교육 연구는 국문학을 전공한 학자들이 아닌 새롭게 한국문학교육을 전공한 이들 신진 학자들에 의해 새롭게 발전할 수 있으리라 여겨진다.

3) 한국 문학 작품(을 활용한) 실제 교수 방안 연구

한국어교육 현장에서 문학 작품을 활용한 수업이나 문학 자체의 수업이든 간에 실제 교육 · 학습 방안은 매우 중요하다. 여기서는 한국문학의 역사적 장르를 중심으로, 이들을 활용한 실제 교육 현장에서의 교수 · 학습 방안을 다룬 논문들의 내용을 개괄적으로 살펴본다. 편의상 고전문학 작품과 현대문학 작품을 활용한 논문으로 나누어 검토한다.

(1) 고전문학 작품(을 활용한) 실제 교수 방안 연구

먼저, 설화를 활용한 연구를 살펴보자. 설화는 옛날부터 전해 내려오는 이야기로, 일정한 구조를 지닌 꾸며낸 이야기라는 점에서 서사문학의 근원이라 일컬어진다. 설화는 개인의 창작물이 아니라 민족적 집단의 공동생활 속에서 공동 심성에 의해 형성된 것이므로, 다른 서사 장르에 비해 분량 면에서 짧고 구조가 단순하지만 그 속에는 민족의 역사, 신앙, 관습, 세계관과 더불어 꿈과 낭만, 웃음과 재회, 또는 생활을 통해 얻는 교훈이나 역경을 이겨내는 슬기와 용기 등이 문학적으로 형상화 되어 있다. 그러므로 한국어교육의 텍스트로 널리 활용되고 있다.

그런데 한국어교육에서는 신화, 전설, 민담보다 전래동화가 한국어센터의 초급이나 중급의 텍스트로 많이 활용되고 있다. 전래동화가 가지는 어린이 교육에서의 효용성이 초급이나 중급의 한국어교육 학습자에게 많은 도움을 주기 때문이다. 설화와 전래동화와의 관계를 간략히 살펴보면 다음과 같다. 설화에는 신화, 전설, 민담이 있다. 신화는 전승집단에 의하여 신성시되는 이야기고, 전설은 구체적 시간과 장소, 그리고 개별적인 증거물의 제시를 통하여 진실성을 강조하는 이야기고, 민담은 흥미를 위주로 하여 꾸며낸 이야기이다. 전래동화는 설화의 한 부분이다. 그러나 설화가 모두 전래동화인 것은 아니다. 설화 중에서 그 이야기의 밑바탕에 동심이 깔려 있고, 그것이 어린이에게 유익한 것이라면 그것은 전래동화이다. 전래동화에는 민담도 있고, 신화나 전설도 있다. 신화·전설이든, 민담이든 동심을 바탕으로 한 것이면, 그것은 전래동화인 것이다.[58]

58) 예를 들어 보면, 일연이 쓴 『삼국유사』나 이규보의 『동명왕편』에 나오는 「동명왕과 유리왕자」 이야기는 신화이면서 전래동화라 할 수 있다. 『삼국유사』에 전해 오는

그런데 야담은 시정에서 민중들 사이에 널리 구전된 것을 야담집 편찬자가 기록한 것으로, 야담집에는 전설, 민담, 시화, 일화, 소설 등 다양한 이야기들이 실려 있다. 본고는 야담이 기본적으로 설화의 성격을 지닌 것으로 보고 여기에서 다루었다.

이성희(1999)[59]는 설화를 통한 한국어와 한국문화의 교육 방안을 제시하였다. 설화가 한국어 학습에 유익한 점을 밝히고, 가르칠 설화를 세계 공통의 설화, 한국을 대표할 만한 설화, 잘 알려지지 않았으나 흥미 있는 이야기, 수준 높은 문학적 완성도를 보이는 이야기 등 네 가지로 분류하고, 학습방법을 구체적으로 정리하였다.

서희정(2005)[60]은 도깨비설화를 활용한 한국어와 한국문화 교육의 의의를 검토했다. 또한 한국의 대표적인 도깨비설화라고 할 수 있는 「도깨비 방망이」와 「도깨비 감투」에 나타난 주제, 주물, 구조, 인간의 악행에 대한 응징 양상 등을 살펴보고, 이를 한국어교육의 측면에서 그 활용 방안을 모색하였다.

구선희 · 유승금(2008)[61]은 결혼 이민자를 위한 전래동화를 활용한 한

「임금님 귀는 당나귀 귀」나 김부식의 『삼국사기』에 전해 오는 「바보 온달과 평강 공주」는 신화 또는 전설이지만, 전래동화로서도 사랑을 받고 있다. 그리고 『삼국사기』에 실려 있는 「토끼와 거북」, 이제현의 『역옹패설』에 실려 있는 「오누이의 재판」, 최자의 『보한집』에 실려 있는 「중이 된 호랑이」 등 일찍이 문헌에 수록된 이야기와 지금까지 구전되고 있는 「선녀와 나무꾼」, 「소가 된 게으름쟁이」 등은 민담이면서 동시에 전래동화인 것이다. 민담은 지금도 구전되고 있거나 채록되어 민담집에 채록 상황과 함께 구연 내용이 원음대로 기록된 경우가 많이 있다. 최운식 · 김기창, 『전래동화 교육의 이론과 실제』, 집문당, 1998, 26~29쪽 참조.

59) 이성희, 「설화를 통한 한국어문화 교육 방안」, 『한국어교육』 제10권 2호, 국제한국어교육학회, 1999, 257~271쪽.

60) 서희정, 「도깨비설화를 활용한 한국어 교육 방안」, 『한국어교육』 제16권 3호, 국제한국어교육학회, 2005, 185~206쪽.

61) 구선희 · 유승금, 「결혼이민자를 위한 한국어 · 문화교육 방안 연구－전래동화를

국어 · 문화교육 방안을 연구하였다. 특히 수업에 있어 일차 학습은 '내용 중심 학습+사건과 자원을 통한 접근'으로, 이차 학습은 '기능 중심+주제를 통한 접근'으로 나누었다. 이차 학습에 전래동화 「해와 달이 된 오누이」를 예를 들어 설명하였다.

김영주(2008)[62]는 국내의 다문화 가정과 재외 동포 아동(5세~10세)을 대상으로, 전래동화 스토리텔링을 활용한 한국어교육 방안을 마련하고 교재 개발 방안도 제시하였다.

양민정(2008)[63]은 동아시아권 한국어 학습자를 위한 신화 활용의 문화교육 방안을 고찰하였다. 한 · 중 · 일의 창세 · 건국신화를 상호 비교하여 대비적 관점에서 문화적 특징을 살펴보고, 문화교육 방안을 구체적으로 제시하였다.

안미영(2008)[64]은 설화 문학을 활용한 한국어 교수 방법을 연극 활동 방식을 통해 제안하였다. 설화를 통한 한국문화교육의 방향과 효용성을 제시하고, 「선녀와 나무꾼」을 중심으로 타문화권 설화와 비교하면서, 이에 나타난 정신문화 요소를 밝혀내고, 실제 교수 방법을 제시하였다.

김주희(2008)[65]는 재한 몽골학교 학생들을 대상으로 몽골 전래동화를 활용한 한국어 어휘지도의 실제와 그 결과를 분석하였다.

활용하여-」, 『한국어교육』 제19권 3호, 국제한국어교육학회, 2008, 1~20쪽.

62) 김영주, 「전래동화 스토리텔링을 활용한 한국어교육 방안-다문화 및 재외동포 가정 아동을 대상으로」, 『새국어교육』 제80호, 한국국어교육학회, 2008, 97~124쪽.

63) 양민정, 「동아시아권 한국어 학습자를 위한 신화 활용의 문화교육 방안 연구-한 · 중 · 일의 창세 · 건국신화 비교를 중심으로-」, 『국제지역연구』 제11권 제4호, 한국외국어대학교 외국학종합연구센터, 2008, 147~170쪽.

64) 안미영, 「한국어교육에서 설화 문학을 활용한 문화교육-'선녀와 나무꾼'을 중심으로」, 『정신문화연구』 제31권 제4호, 한국학중앙연구원, 2008, 107~130쪽.

65) 김주희, 「몽골 전래동화를 활용한 한국어 어휘 지도의 실제와 분석-재한 몽골학교 학생들을 대상으로」, 『한말연구』 제22호, 한말연구학회, 2008, 21~45쪽.

양지선(2009a)[66]은 단군신화를 활용한 한국어와 한국문화교육에 대해, 한국인의 특성과 의식체계, 한국인의 상징체계, 제정일치 중심의 종교 문화, 농경사회에 따른 음식 문화 등으로 나누어 고찰하였다.

양지선(2009b)[67]은 한국어 교재에 수록된 「선녀와 나무꾼」의 표현 영역 질문을 중심으로 문학교육 현황을 고찰하고, 이를 바탕으로, 숫자 '3'에 대한 인식, 민속적 금기, 동물이 지닌 상징 등 3가지를 중심으로 말하기와 쓰기 영역에서 활용할 수 있는 문화를 소재로 한 질문 유형을 구성하여 문화교육방안을 제시하였다.

이현주(2009)[68]는 설화를 통한 초급과정의 한국문학교육을 위해 「형제투금」 설화의 교재화 방안을 제시하였다.

양민정(2009a)[69]은 민담을 활용한 문화교육 방안을 고찰하였다. 먼저 민담의 장르적 특성을 살펴보고, 한국문화교육에서 민담 활용의 의의에 대해 고찰하였다. 연구 대상 작품으로 광포설화인 「내 복에 산다」형, 「우렁각시」형, 「뱀신랑」형 민담 등 세 유형으로 각각 분석 하면서, 이를 바탕으로 민담에 나타난 한국문화적 요소를 긍정적 인간중심적인 세계관, 민중의 소망 성취, 여성의 지혜, 내조관, 견고한 부부애, 가족주의 등 네 가지로 밝혔다. 그리고 이를 통해 민담을 활용한 한국문화교육 방안을 제시하였다.

---

66) 양지선, 「단군신화를 활용한 한국어와 문화교육」, 『고황논집』 제44집, 경희대학교 대학원, 2009a, 11~22쪽.

67) 양지선, 「전래동화를 활용한 한국 문화교육 방안–「선녀와 나무꾼」을 이용한 표현교육을 중심으로」, 『정신문화연구』 제32권 제4호, 한국학중앙연구원, 2009b, 341~391쪽.

68) 이현주, 「외국인을 위한 한국문학교육 연구–설화를 통한 초급과정 문학교육」, 『새국어교육』 제82호, 한국국어교육학회, 2009, 391~413쪽.

69) 양민정, 「민담을 활용한 한국어문화교육 방안 연구」, 『국제지역연구』 제12권 제4호, 한국외국어대학교 외국학종합연구센터, 2009a, 307~332쪽.

양민정(2009b)[70]은 한국의 대표적인 광포설화인 「장자못 전설」을 서구의 「소돔과 고모라」와 대비하여 금기모티브의 양면성을 문화의 차이와 연계시켜 살폈으며, 이 전설의 한국문화적 요소를 권선징악적 윤리의식, 전통적 가족주의와 효문화, 시주문화, 농경문화, 정화문화, 자연숭배사상, 여성긍정문화, 한국적 복색 및 주거문화 등으로 제시하였다.

양민정(2010)[71]은 야담텍스트를 활용하여 결혼 이주여성을 위한 문화교육 방안을 고찰하였다. 먼저 야담의 장르적 성격을 검토하고, 야담을 활용한 한국문화교육의 필요성과 의의를 살피고, 한국에서의 정착화와 정체성 확립, 당당한 한국 여성으로 자립하기에 도움이 될 만한 여성상을 그리고 있는 야담 5편을 통해, 한국문화교육적 요소를 밝히고, 한국문화교육 방안을 제시하였다.

함정현(2010)[72]은 한국어교육에서 전래동화 다독 활동을 적용한 수업의 구성을 살펴보고, 이러한 활동이 한국어 읽기 능력에 미치는 영향을 분석하였다. 전래동화를 활용한 한국어교육이 한국어 읽기 능력 향상과 문화 이해를 위한 사고력 향상에 효과적임을 밝혔다.

다음으로 고려가요, 시조, 고전소설, 고전수필, 탈춤, 민요 등을 활용한 연구를 살펴보자. 설화와 민요를 제외한 다른 장르들은 중세국어나 한문으로 표기되어 있어 한국어교육이나 한국문학교육의 제재로 어려움이 있으나, 학습자의 수준에 맞게 현대어 표기로 고치고 축약이나 발췌의

---

70) 양민정, 「전설을 활용한 한국어문화교육 방안 연구－<장자못 전설>을 중심으로」, 『세계문학비교연구』 제27집, 세계문학비교학회, 2009b, 23~43쪽.

71) 양민정, 「결혼 이주여성을 위한 야담 활용의 한국문화교육 방안 연구－<치부담> <출세담> 중심으로」, 『국제지역연구』 제14권 3호, 한국외국어대학교 외국학종합연구센터, 2010, 283~302쪽.

72) 함정현, 「전래동화 다독 훈련이 한국어 읽기능력에 미치는 영향」, 『동방학』 제18집, 한서대학교 동양고전연구소, 2010, 157~178쪽.

방법을 사용하면 훌륭한 교육 자료가 될 수 있다.

고려가요(속가)는 고려 시대를 대표하는 시가장르로, 대부분 작가가 알려져 있지 않은 민요가 궁중에 유입되어 속악가사로 승화되어 권문세족들에 의해 향유되었지만, 남녀의 연정이나 충효, 송축, 무가류 등의 내용을 통해 한국문학교육 자료로 활용될 수 있다. 시조는 조선조를 대표하는 시가장르이면서 현재에도 창작 향유되고 있는 정형시로서, 유교문화를 잘 살펴볼 수 있고 분량이 짧기 때문에 한국문학교육의 자료로 활용하기에 매우 적당하다. 고전소설은 현대소설과 마찬가지로 당대의 삶을 잘 반영하고 있어 조선조의 풍속과 관습의 이해 자료로서, 또는 등장인물의 행동을 통한 스토리의 전개를 통해, 언어 · 문화 · 문학을 통합적으로 두루 교육할 수 있는 장르이다. 고전국문수필은 주로 규방 여성들의 전유물에 해당되는 문학으로, 조선 시대 여성들의 삶이 진솔하게 표현되어 있어 한국의 전통적인 여성문화와 더불어 유교문화를 살펴볼 수 있다. 탈춤은 연희자가 탈을 쓰고 연극을 하는 민속극으로, 한국문학 장르 중 가장 민중적인 장르로서 풍자나 해학이 담긴 한국의 전통적인 문화를 담고 있기에 한국문화교육의 좋은 제재가 될 수 있다. 민요는 길이가 짧고 학습자가 따라 부를 수도 있고, 또한 민중의 진솔한 삶을 잘 보여주기에 초급 학습자들에게도 좋은 교육 제재가 된다.

양민정(2008)[73]은 고전시가를 활용한 한국어/문학/문화의 통합적 교육 방안을, 고려 속요 「동동」을 대상으로 살펴보았다. 한국어교육은 궁극적으로 한국문화교육에 귀결된다고 하면서, 「동동」을 한국어/문학/문화의 각 영역별로 고찰한 뒤, 통합적으로 교수하는 방법을 구체적으로 제

73) 양민정, 「외국인을 위한 고전시가 활용의 한국어/문학/문화의 통합적 교육–「동동」을 중심으로–」, 『외국문학연구』 제29호, 한국외국어대학교 외국문학연구소, 2008, 237~261쪽.

시하고, 통합적 교육의 의의 및 과제에 대해 살펴보았다.

황우철(2010)[74]은 일본인 학습자들에게 시조를 활용하여 유교문화를 교육하는 방안을 고찰하였다. 시조를 활용한 유교문화교육 시의 주의점을 제시하고, 유교적 가족문화와 위계문화로 구분하여 일본 문화와 비교하는 방법으로 논의를 전개하였다.

양민정(2003)[75]은 고전소설 중 「춘향전」을 활용하여 읽기, 듣기, 말하기, 쓰기 등의 언어기능교육의 4단계 학습이 통합적으로 이루어질 수 있는 방법과 역할극 분담의 주체적 수업 방식까지 검토하였다. 그리고 「로미오와 줄리엣」과의 비교를 통한 한국어교육 방법을 고찰하고, 고전소설을 활용한 한국어교육의 과제와 전망을 제시하였다.

양민정(2008)[76]은 한국어문화교육에서 탈춤의 활용 의의를 밝히고, 탈춤을 통해 본 한국문화적 요소를 토속신앙, 계급문화, 풍자와 해학, 신명문화, 민중문화, 봉건적 가족제도문화 등으로 살폈다. 그리고 탈춤을 활용한 한국어문화교육의 세계화 방안에 대한 다양한 아이템을 제시하였다.

양민정(2009)[77]은 국문여류수필 「규중칠우쟁론기」와 「조침문」을 대상으로, 국문수필을 활용한 한국 여성문화교육의 의의를 살피고, 이들 두 작품에 나타난 한국 여성문화적 요소로 제례문화, 한옥문화, 규방 침

---

74) 황우철, 「시조를 활용한 유교문화교육 방안-일본인 한국어 학습자를 대상으로-」, 『한국어문화교육』 제4권 2호, 한국어문화교육학회, 2010, 153~175쪽.

75) 양민정, 「고전소설을 활용한 한국어교육 방법」, 『국제지역연구』 제7권 제2호, 한국외국어대학교 외국학종합연구센터, 2003, 269~292쪽.

76) 양민정, 「한국어문화교육의 세계화와 탈춤의 활용방안 연구」, 『세계문학비교연구』 제24집, 세계문학비교학회, 2008, 251~283쪽.

77) 양민정, 「국문여류수필을 활용한 한국 여성문화교육 방안 연구-<규중칠우쟁론기> <조침문>을 중심으로」, 『국제지역연구』 제13권 제2호, 한국외국어대학교 외국학종합연구센터, 2009, 163~188쪽.

선문화, 여성의식, 한글문화, 규방여성의 유머문화 등을 제시하였다. 아울러 국문여류수필을 활용한 한국 여성문화교육 방안도 고찰하였다.

김혜진(2010)[78]은 결혼 이주여성을 대상으로 한 문학교육의 내용과 방법 설계를 위한 기초 연구로써 문학 수용의 한 원리로 작용하는 공감에 주목하여, 시집살이 민요를 통해 실제 학습자의 공감의 양상을 살피고 그 의의를 밝혔다.

이밖에 안은영(2010)[79]은 외국인 유학생을 위한 학부 전공과정의 <한국고전작가론> 수업의 실제를 보여주고 있고, 안은영(2011)[80]도 외국인 유학생을 대상으로 <한국 전통문화의 이해> 수업의 한 부분으로써 고전문학의 교수학습 내용과 실제를 제시하였다.

이상을 통해 볼 때, 고전문학에서는 설화 및 전래동화를 활용한 연구가 가장 많았으며 다른 장르의 경우는 거의 미미한 편이다. 고대가요나 향가, 경기체가, 악장 등도 현대어로 고쳐 활용하거나, 다소 분량이 긴 가사의 경우도 현대어로 고쳐 축약이나 발췌의 방법으로 교육에 활용하면 좋을 것이다. 또한 판소리의 경우는 한국문학의 고유한 장르로서 현재까지도 전승되고 있으며, 민중들의 역동적인 삶의 모습을 잘 드러내고 있기에 좋은 제재가 될 수 있음에도 전혀 연구되지 않고 있다. 이러한 현상은 한국문학교육 연구자들이 설화나 전래동화를 제외하고는 고전문학 작품보다는 현대문학 작품을 더 선호하고 있고, 고전문학은 한국문화교육의 자료로만 주로 활용하고 있기 때문으로 여겨진다. 여기서 양민정의

---

78) 김혜진, 「시집살이 노래 수용에서 공감의 양상 연구－결혼 이주여성을 대상으로」, 『국어교육연구』 제26집, 서울대학교 국어교육연구소, 2010, 145～176쪽.

79) 안은영, 「외국인 유학생을 위한 <한국고전작가론> 수업의 실제와 의의」, 『우리말교육현장연구』 제4집 2호, 우리말교육현장학회, 2010, 101～124쪽.

80) 안은영, 「한국고전문학 교수학습 내용과 실제」, 『한국어문화교육』 제5권 2호, 한국어문화교육학회, 2011, 89～109쪽.

연구는 신화, 전설, 민담, 야담, 고전시가(고려속요), 고소설, 탈춤, 고전 수필 등 고전문학의 전 장르에 걸쳐 이루어지고 있다는 점에서 한국문학교육 연구에서 가치 있는 작업이라 평가할 수 있다. 그러나 대부분이 문학 작품을 활용한 한국문화교육 연구라는 점에서, 또한 문화교육 연구도 고전문학 작품의 양식적 특성에 대한 이해나 이들 문학텍스트에 담겨 있는 한국문화 내용이나 요소만 제시하고 있어 아쉬움이 많다. 그리고 고전문학 작품 자체의 교육 연구에는 관심이 부족하다.

(2) 현대문학 작품(을 활용한) 실제 교수 방안 연구

먼저, 현대시를 활용한 연구를 살펴보자. 현대시는 일반적으로 이해하기 어려운 것으로 인식되어, 한국어교육이나 한국문학교육에서 그 효용성을 인정받지 못하는 경향이 많았다. 그러나 시의 장르적 특성을 잘 이해하고 활용한다면 한국문학교육의 좋은 제재가 될 수 있다. 시는 정서와 상상을 통한 문학으로서, 정서적인 언어와 비유적 함축적 언어를 통한 감동과 미적 아름다움의 향유라는 측면에서 학습자의 자발적이고 능동적인 참여를 유도할 수 있다. 그러므로 고급의 학습자에게 주로 활용되고 있다.

김지연(2001)[81]은 고급의 한국어 학습자가 한국어의 발화 맥락을 충분히 이해하고, 상황과 공감 정서에 적절하게 사용하는 발화가 가능할 수 있는 교육학습 방법론을 제시하였다. 이를 위해 정서학습, 문화학습, 역사학습에 적합한 시 작품을 활용하였다. 그리고 새를 키워드로 하여 학습자의 기억과 정서를 결합할 수 있도록 보편적 접근을 시도하면서,

81) 김지연, 「시를 활용한 한국어교육의 실제－발화의 내적 조건과 관련하여」, 『한국어교육』 제12권 1호, 국제한국어교육학회, 2001, 89~109쪽.

김소월의 시 「접동새」를 통해 한국어교육의 실제를 보이고 있다. 이를 통해 학습보조자료 및 학습방법을 다양화할 수 있고, 듣기, 쓰기, 말하기, 읽기교육에서 다각적으로 응용될 수 있다고 하였다.

김정우(2001)[82]는 시를 통한 문화교육의 가능성과 방법을 살펴 보았다. 문화교육의 자료로서 시를 선택할 때, 미묘한 의미의 이해와 활동이 가능한 어휘교육과 율격과 관련된 사고의 조직과 관습의 활동이 가능한 구와 문장을 지닌 시가 좋다고 하였다. 그리고 시를 통한 문화교육이 효과적으로 이루어지기 위해서는 새로운 시대와 매체 환경에 적합한 교육방법이 필요한데, 이에 상호텍스트성에 기반을 둔 교육 방법이 유용하다고 하였다.

신주철(2003)[83]은 한국어교육 고급과정에서의 시교육의 필요성과 의의를 밝히고, 수업의 목표를 한국시의 감상과 서로 다른 문화권의 삶을 통찰하는 것으로 보고, 시교육의 실제 수업 사례를 김소월의 「진달래꽃」, 윤동주의 「서시」, 심훈의 「그날이 오면」을 중심으로 제시하고 있다.

이선이(2003)[84]는 한국어교육에서 문화는 포괄적인 한국의 이해를 위한 통합적인 관점이 필요하다고 하면서, 한국문화를 지역학의 관점에서 지리 환경의 이해, 역사의 이해, 생활문제의 이해, 가치의식의 이해라는 네 가지 기본적 범주를 설정하고, 이를 박목월의 「나그네」에 적용하여 구체적으로 분석함으로서 문학텍스트의 문화텍스트로서의 가능성을 살펴보았다.

---

82) 김정우, 「시를 통한 한국 문화교육의 가능성과 방법」, 『선청어문』 제29집, 서울대학교 국어교육과, 2003, 167~193쪽.
83) 신주철, 「한국 시교육의 실제－외국어로서의 한국어교육 고급과정의 경우－」, 『한국어교육』 제14권 1호, 국제한국어교육학회, 2003, 109~129쪽.
84) 이선이, 「문학을 활용한 한국문화교육 방법」, 『한국어교육』 제14권 1호, 국제한국어교육학회, 2003, 153~171쪽.

오세인(2004)[85]은 시를 활용한 한국문화교육의 방안, 즉 교수-학습 모형을 개발하고, 이를 근거로 박노해의 「노동의 새벽」을 활용하여, 학생용과 교사용으로 나누어, 실제 교수 학습의 예를 제시하였다. 아울러 1960년대에서 1980년까지의 정치사회에 대한 이해를 도울 수 있는 시의 목록을 선정하였다.

우재영(2006)[86]은 한국 현대시의 역설적 표현의 이해 양상을 중심으로 외국인 학습자를 위한 한국 현대시교육을 살펴보았다. 시의 역설적 표현 해석 전략으로서의 유추하기의 방식을, 어휘의 기본 의미 분석과 의미장 확대하기, 인식의 유사성을 통한 공감의 원리-배경지식의 활성화, 한국사회의 시대적 배경 분석을 통한 의미 재구성 등 세 가지로 나누어 제시하였다.

신주철(2006)[87]은 한국어교육에서의 문학교육의 의의를 문학 작품의 언어 자료적 가치의 측면과 문학교육에서의 언어, 문화, 인간 성장 모델의 관점에서 설명하고, 나아가 한국어교육에서의 위계별 교수 목표와 내용을 나름으로 제시하였다. 그리고 김소월의 「엄마야 누나야」, 천상병의 「귀천」, 김규동의 「북에서 온 어머님 편지」를 각각 초급, 중급, 고급의 작품으로 들면서, 언어, 문화, 인간 성장 모델과 함께 기능별 교수안을 제시하였다.

이영조(2008)[88]는 시를 통한 한국어교육의 실제를 읽기와 쓰기교육에

85) 오세인, 「시를 활용한 한국문화교육 방안-1960년대에서 1980년대까지의 정치·사회에 대한 이해를 중심으로」, 『한국어교육』 제15권 1호, 국제한국어교육학회, 2003, 111~135쪽.

86) 우재영, 「외국인 학습자의 시 이해에 관한 연구-역설적 표현을 중심으로」, 『문학교육학』 21호, 문학교육학회, 2006, 287~312쪽.

87) 신주철, 「한국어교육에서 한국문화의 위계별 교수사례안-현대시 작품을 활용하여-」, 『한국어교육』 제17권 2호, 국제한국어교육학회, 2006, 135~155쪽.

88) 이영조, 「시를 통한 한국어교육의 실제-읽기/쓰기교육을 중심으로」, 『비평문학』

중점을 두고 수업 지도안을 제시하였다.

김수진(2009)[89]은 한국어교육에서 통합적 의사소통 능력을 향상시키기 위해 언어문화 교수 · 학습과정에서 맥락 활성화에 기반한 교수 · 학습의 실제를, 김소월의 시 「초혼」을 통한 한국시 감상 수업과 김규동의 시 「북에서 온 어머님의 편지」를 통한 한국시를 활용한 이산離散교육으로 각각 제시하고 있다.

윤영(2009)[90]은 고급 단계의 학습자를 대상으로 시를 통해 문학 프로젝트의 한 모형을 제시하였다. 프로젝트 수업은 학습자가 자신이 원하는 주제로 문학수업을 이끌어 갈 수 있기에 창의적인 문학 수업 방안이며, 이를 통해 한국어 이해 표현 능력을 통합적으로 발전시킬 수 있다고 하였다.

이기성(2009)[91]은 학습자의 심미적 체험을 고양시킬 수 있는 한국문학교육을 위한 텍스트 활성화 방법을, 고급반 시 수업을 중심으로 살펴보았다. 문화코드의 이해와 장르 접속을 통한 텍스트 활성화는 학습자가 창조적 주체로서 자아를 발견하도록 이끌어가는 교수 · 학습 전략이며, 또한 시 텍스트에 대한 관습적 해석을 해체함으로써 새로운 의미를 생성

28호, 한국비평문학회, 2008, 211~238쪽. 이 논문은 각주 52)의 논문 중 '시' 부분을 그대로 옮긴 것이다.

89) 김수진, 「문학 작품을 활용한 한국언어문화교육 연구－맥락 활성화에 기반한 수업 사례를 중심으로－」, 『한국어교육』 제20권 3호, 국제한국어교육학회, 2009, 31~58쪽.

90) 윤영, 「프로젝트 수업을 통한 학습자 중심의 창의적 문학수업 방안－고급 단계 학습자를 대상으로 한 시(詩) 수업 방안－」, 『한국언어문화학』 제6권 제1호, 국제한국언어문화학회, 2009, 71~95쪽.

91) 이기성, 「한국문학교육을 위한 텍스트 활성화 방법 연구－고급반 '시' 수업을 중심으로－」, 『외국어로서의 한국어교육』 34집, 연세대학교 언어연구교육원 한국어학당, 2009, 281~312쪽.

해나가는 과정으로, 그것은 학습자뿐만 아니라 교사에게도 심미적 체험의 기회를 부여한다고 하였다. 그리고 김소월의 시 「진달래꽃」을 해석하기, 이해하기, 감상하기, 심화하기의 네 과정으로 각 과정에서 다양한 방식의 텍스트 활성화 작업을 통해 심층적이고 입체적인 교수 · 학습의 활동모델을 구안하였다.

박배식(2009)[92]은 한국어 문학교육의 실행방안을, 시를 활용한 문법교육, 어휘교육, 문화교육, 정서교육으로 나누어 구체적인 작품을 들어 제시하고, 문학교육을 위한 텍스트 학습 전략을 설명하면서 초급, 중급, 고급교육에 적절한 시작품도 제시하였다.

오지혜 · 윤여탁(2010)[93]은 한국어교육에서 문학을 '예술'로서가 아니라 '삶'으로서, '문화'로서 바라보는 시각의 전환이 필요하고, 또한 '문학 연구 방법'으로서의 비교문학을 '문학교육의 내용과 방법'으로 전환하여야 한다고 하면서, 한국문학교육 방법론으로서의 비교문학적 관점을 제시하였다. 현대시 중 정서지향의 시(김용택의 「그 여자네 집」), 소재 형상화의 특성이 두드러진 시(서정주의 「국화 옆에서」), 정치 · 사회적 맥락이 강한 시(백석의 「여승」) 등을 통해 교수-학습의 실제를 보이고 활동 결과를 정리하였다.

다음으로, 현대소설을 활용한 연구를 살펴보자. 우한용(2004)이 지적한 바와 같이, 소설은 풍속과 관습을 이해하는 자료, 인간 행동의 이해, 문화적 원형의 이해 등을 통해 한국어교육에 유용하게 활용될 수 있다. 아울러 소설언어는 한국어 기본 어휘 목록 자료, 한국어 문형의 추출, 한

---

92) 박배식, 「한국어 문학교육의 실행 방안」, 『현대문학이론연구』 제37권, 현대문학이론학회, 2009, 311~336쪽.

93) 오지혜 · 윤여탁, 「한국어교육에서 비교문학을 활용한 현대시교육 연구」, 『국어교육』 131호, 한국국어교육연구학회, 2010, 551~589쪽.

국어 화법의 전형, 문체 효과의 교육 자료로 활용이 가능하다. 그러나 분량 면에서 한국문학교육 시 다소의 어려움도 있는 것도 사실이다. 발췌나 축약 등의 방법을 사용하면 좋은 학습자료가 될 수 있다. 그래서 중급이나 고급의 학습자에게 많이 활용된다.

변신원(2001)[94]은 외국인에 대한 문학교육이라는 측면에서, 우리 문학 속에 드러난 민족문학의 자취를 해학적 수사를 통해 살펴보았다. 외국인에 대한 언어교육으로 문학을 가르칠 때는 단순한 언어 접근의 차원을 넘어서야 한다고 하면서, 김유정 소설에 나타난 해학적 웃음을 통해 이를 살펴보았다.

이기성(2003)[95]은 소설과 다양한 장르의 통합적 교육을 위하여 학습자의 문화적 체험을 심화할 수 있는 교과과정의 모형을 제시하였다. 차이 읽기의 전략을 통한 장르 통합 수업의 실제를 이문열의 소설 「우리들의 일그러진 영웅」을 텍스트로 제시하였다. 읽기 전 활동, 수업활동-독해/감상하기, 소설과 영화의 차이 읽기의 실제, 확장활동 등으로 문학교육의 실제를 구체적으로 보여주었다.

김해옥(2004a)[96]은 다문화 시대에 한국문화를 세계화하는 작업의 일환으로서, 이효석의 「산협」을 통해 비교문화적 관점으로 한국문화의 특성을 고찰하였다.

김해옥(2004b)[97]은 이효석의 「산협」을 텍스트로 하여, 먼저 「산협」

---

94) 변신원, 「문학 속에 드러난 민족 문화의 자취와 외국인에 대한 문학교육-김유정 소설의 해학적 웃음을 중심으로」, 『외국어로서의 한국어교육』 25 · 26집, 연세대학교 한국어학당, 2001, 389~407쪽.

95) 이기성, 「장르통합적 방법을 이용한 한국어 문학교육-『우리들의 일그러진 영웅』을 중심으로-」, 『외국어로서의 한국어교육』 제28집, 2003, 169~199쪽.

96) 김해옥, 「다문화 시대의 문학 작품을 통해 본 한국 문화-이효석의 <산협>을 중심으로-」, 『비교문화연구』 제7호, 경희대학교 비교문화연구소, 2004a, 171~186쪽.

97) 김해옥, 「문학 작품을 통한 한국 언어 · 문화교육 방법」, 『비교문화연구』 제8호, 경

의 언어 · 문화교육적 가치와 더불어 이 작품의 서사구조와 이 작품에 나타난 한국 문화의 특질을 정리하고, 다음으로 「산협」을 통해 본 한국 언어 · 문화를 구체적으로 분석하고 있다.

김해옥(2005)[98]은 은희경의 「아내의 상자」와 이효석의 「산협」의 어휘를 분석하여, 이를 학습 자료로 활용하는 학습자 수준별 수업 모형을 제시하였다.

김현진(2007)[99]은 문학교육 모형인 언어모형과 개인성장모형을 바탕으로, 고급반 학습자를 대상으로, 학습자의 자율성을 최대한 보장하는 프로젝트 수업을 적용하여 은희경의 소설 「연미와 유미」를 활용한 실제 수업을 설계하였다.

윤영(2008)[100]은 중 · 고급 학습자를 대상으로, 실제 수업 현장에서 가르칠 수 있는 영상매체 활용 문학교육의 한 방식으로 영화를 활용하여, 주요섭의 소설 「사랑손님과 어머니」를 교수 · 학습하는 방안을 연구하였다. 소설과 영화를 비교 분석하고 영화를 활용한 소설수업의 실제를 제시하였다.

이강록 · 임명옥(2009)[101]은 중국인 학습자를 대상으로, 스키마 활성화 전략을 문학읽기에 적용하여 교재를 구성하고, 사전 설문으로 교재를

희대학교 비교문화연구소, 2004b, 205~226쪽.

98) 김해옥, 「문학 작품의 어휘를 통한 한국 언어 · 문화교육 방법 연구, 『한국언어문화』 제27집, 한국언어문화학회, 2005, 277~298쪽.

99) 김현진, 「단편소설을 활용한 한국어 고급반 수업 지도 방안－프로젝트 수업을 적용하여」, 『이중언어학』 제34호, 이중언어학회, 2007, 77~105쪽.

100) 윤영, 「영화를 활용한 소설 교수－학습 방안 연구－소설 '사랑손님과 어머니'를 중심으로－」, 『한국어교육』 제19권 1호, 국제한국어교육학회, 141~168쪽.

101) 이강록 · 임명옥, 「한국어 읽기 능력 향상을 위한 문학 작품 읽기－중국인 학습자의 스키마 활용을 통한 문학 작품 읽기」, 『비교한국학』 17－1, 국제비교한국학회, 2009, 463~496쪽.

선정하고, 수업 후 결과 설문으로 스키마 활성화 전략의 효과의 정도를 고찰하였다. 노신의 「축복」과 현진건의 「운수 좋은 날」, 그리고 노신의 「아큐정전」과 김유정의 「봄 · 봄」을 통해, 아이러니의 기법과 희극적 인물형을 살펴보았다. 교실 현장에서 내용 스키마와 형식 스키마 활성화 전략이 읽기에 유의미한 영향을 끼치며 수업 활성도와 집중도가 좋아졌다고 하였다.

송명진(2010)[102]은 문학교육은 문학 자체의 교육이 되어야 한다고 하면서 문학교육의 제재로 동시대의 소설 작품들 중 다문화소설을 제안하였다. 다문화소설은 등장인물에 대한 학습자들의 동일시가 쉽게 이루어질 수 있고, 동시대의 한국문화를 경험하는 장으로 기능할 수 있기 때문이라고 하였다. 그리고 김연수의 소설 「케이케이의 이름을 불러봤어」를 제재로 하여, 인물구성과 시간을 기준으로 발췌지문을 활용하여 구체적 교육 방안을 검토하였다.

김동환(2010)[103]은 한국문화교육은 외국인 학습자들에게 장애 요소로 작용하는 문화적 요소들에 대한 문제를 해결하는 방식으로의 접근이 필요하다고 보고, 상황과 장면을 중심으로 재화된 현대소설을 제재로 하는 문화교육의 설계를 제안하였다. 특히 재화(retelling)텍스트로 이문구의 『관촌수필』 중 「공산토월」의 한 장면을, 최명익의 『혼불』 중 한 장면을, 이호철의 「어느 이발소」를 선택하여, 각각 '결혼식과 가부장 의식', '한국인의 세시 풍속', '한국인의 행동 의식'이라는 한국문화의 교육 방법의 실례를 구체적으로 보여주고 있다.

---

102) 송명진, 「현대소설과 외국인을 위한 문학교육」, 『시학과 언어학』 18호, 시학과언어학회, 2010, 139~162쪽.

103) 김동환, 「한국어교육의 효율성 제고를 위한 읽기텍스트 선정 전략 연구—문화교육을 위한 현대소설 제재를 중심으로」, 『국어교육학연구』 제39집, 국어교육학회, 2010, 133~167쪽.

김혜영(2011)[104]은 한국문화교육에서 문화 항목에 대한 교육자들의 문화의식을 박완서의 소설 「그래도 해피 엔드」를 통해, 문화기술지의 방법으로 고찰하였다. 그리하여 교육자가 지닌 문화의식은 다양한 텍스트와 자료 등을 통해 점검될 필요가 있고, 같은 문화권에 속해 있는 다른 교육자의 선입견도 성찰되어 서로의 문화의식을 합성하고 통합하는 과정이 필요하다고 하였다.

이근영(2011)[105]은 김동리의 소설 「역마」에 나타난 한국문화의 특징을 살펴보았다. 특히 집단주의로 표상되는 한국문화의 기저에 흐르고 있는 한국인의 대표 정서인 정과 한의 문화를 구체적으로 검토하였다.

이상을 통해 볼 때, 현대문학에서는 현대시와 현대소설을 활용한 교육연구가 전부였으며, 현대희곡이나 현대수필은 다루어지지 않았다. 희곡 장르는 등장 인물의 대화를 활용하거나 역할극 등을 활용하면 한국문학교육의 좋은 제재임에도 불구하고 연구되지 않았다. 수필 장르 또한 한국어 교재에 많이 수록되어 있고, 일상어를 통한 친숙한 일상생활문화가 담겨 있는 좋은 제재임에도 연구가 이루어지지 않았다(앞의 신윤경(2008)에서 다소 이루어졌다). 그런데 문학 자체의 교육 연구를 지향한 이기성(2009)과 우재영(2006), 송명진(2010) 등을 제외하고는, 문학을 활용한 언어교육과 문화교육 연구가 대부분이다. 그러나 한국문학교육의 연구방법과 교수 · 학습방법 등은 세련되고 깊이 있는 연구가 많았다. 특히 영화 등의 매체활용의 수업이나 스키마 활성화 전략 수업, 프로젝트 수업

---

104) 김혜영, 「한국어교육에서 교육자의 문화의식 성찰의 필요성–박완서의 소설 '그래도 해피 엔드'에 나타난 한국 문화 항목을 중심으로–」, 『한국어교육』 제22권 1호, 국제한국어교육학회, 2011, 75~97쪽.

105) 이근영, 「외국인을 위한 한국 문학과 한국 문화에 대한 고찰–김동리의 「역마」에 나타난 정과 한의 문화를 중심으로」, 『국문학논집』 제21집, 단국대학교 국어국문학과, 2011, 153~187쪽.

등은 외국인 학습자들에게 흥미와 관심을 불러일으키고 문학텍스트에 대한 배경지식을 활성화할 뿐 아니라 학습자 자신이 주체적으로 수업 활동에 참여할 수 있다는 점에서 교육 효과를 높일 수 있다. 송명진(2010)은 최근의 다문화소설을 텍스트로 다루었다는 점에서, 텍스트 선정의 폭을 넓혔다고 하겠다.

4. 결론 : 앞으로의 과제

외국어로서의 한국문학교육은 연구가 시작된 지 10여 년이 지남에 따라 어느 정도 연구의 기반을 마련하였다고 볼 수 있다. 그러나 아직까지 미진한 점이 많다. 이에 앞으로의 과제를 간략히 제시하고자 한다.

첫째, 한국문학교육의 목표가 확립되어야 한다. 현재는 한국어능력 시험의 초급, 중급, 고급, 즉 1급에서 6급까지의 한국어교육 목표만 뭉뚱그리 제시되어 있다. 이는 정부 기관과 대학들의 공동작업에 의해 정해져야 한다.

둘째, 한국문학교육과정의 수립이 필요하다. 교육 목표와 목적에 적합한 교육과정이 개발되어야 하고, 이에 적합한 교과목 개발이 시급하다. 이는 한국문학교육의 내용에 해당되는 것으로 일반적인 모국어 교육에서의 문학교육의 내용과는 달리 구성되어야 한다.

셋째, 한국문학교육 교재의 개발 역시 시급하다. 이는 한국문학교육과정과 연관되어 있지만, 한국문학교육에서 가장 중요한 것이다. 학습자의 교육목적, 즉 일반목적 한국어교육, 학문목적 한국어교육, 특수목적 한국어교육 등에 따라 기본적이고 표준적인 교재가 개발되어야 한다. 이를 위해서 텍스트 선정과 위계화 작업이 이루어져야 한다. 이는 한국문학교육의 정전과 관계되는 것으로 앞으로 더욱 깊이 있는 연구가 필요하다. 아울러 원 텍스트의 개작, 발췌, 축약 등에 있어 일정한 기준이 마련되어야 한다. 또한 고전문학 작품인 경우 학습자 수준에 맞는 현대어 표기본이 필요하며, 아울러 가능하다면 교재에 수록된 작품은 외국인 학습자의 모어로 번역이 되어 있는 작품을 사용하는 것도 좋겠다.

넷째, 한국문학교육의 교수 · 학습 방법의 개발 또한 필요하다. 현재의 한국문학교육은 이론적 측면에서 뿐만 아니라 실제 교육 현장에서의 교수 · 학습 방법도 일반적인 외국어교육에서의 교수 · 학습 방법을 원용하고 있다. 새로운 이론과 연구 방법을 찾을 필요가 있으며, 모국어교육에서의 문학교육 방법도 원용하여 우리 나름의 독자적인 한국문학 교수 · 학습 방법론이 개발되어야 한다. 현재 한국문화교육에 관한 연구는 이론적인 측면뿐 아니라 교수 · 학습 방법에서도 상당히 진척된 수준을 보이고 있으나 언어(기능)과 문화 중심이 아닌 본격적인 문학 자체의 교육 방법도 개발되어야 한다. 또한 아직까지 연구되지 않는 고대가요, 향가, 경기체가, 악장, 가사, 판소리, 현대희곡, 현대수필 등의 활용 방법에 대한 연구도 필요하다.

해외 한국문학교육 연구 현황과 과제

류종렬

1. 서론

해외 한국학[1)]은 일제 강점기에 한국에 대한 영구적 통치와 효율적 착

1) 한국학은 '국학으로서의 한국학'과 '지역학으로서의 한국학'이라는 두 개념과 범주가 있다. 이 중에서 전자는 한국과 한국민들의 주체적인 관점에서 한국의 사회, 문화 전반에 걸치는 연구와 교육으로서, 여기에는 외국인에게 한국어와 한국의 사회, 문화를 가르치는 외국어로서의 한국어교육학이 포함될 수 있다. 특히 한국학의 여러 학문 영역 중에서 외국인을 학습자로 하는 한국의 언어 문화와 관련된 학문 연구와 교육은 넓은 의미에서 한국어교육학의 범주에 든다고 할 수 있다. 또 후자의 한국학, 즉 해외에서의 한국학 프로그램에는 한국어 의사소통 능력 함양과 관련된 교육이나 연구 내용과 한국이라는 지역의 언어, 문학, 역사, 정치, 경제, 문화, 사회 등의 문제를 연구하고 교육하는 좁은 의미의 한국학이 포함되어 있다. 즉 넓은 범주의 '지역학으로서의 한국학'에는 외국어로서의 한국어교육학과 한국이라는 지역에 대한 연구 및 교육을 다루는 한국학이 있다. 그리고 지역 연구로서의 한국학 일

취를 위해 한국의 모든 것을 철저히 연구하고 분석했던 일본에 의해 만들어졌다. 일제의 패망을 예고했던 제2차 세계대전 말기에 이르러 미국을 위시한 일부 연합국들이 한국에 대해 어느 정도 관심을 드러냈지만, 한국은 냉전 구도하에서 미국에 의해 비로소 서구 중심의 국제 무대 혹은 세계 학계에 데뷔한 셈이다. 광복 이후 해외 한국학의 전반적 부재에도 불구하고 그나마 그것의 효시를 만들고 또한 나름으로 명맥을 유지한 것은 냉전 체제하의 미국 학계라 할 수 있다. 냉전 및 한 · 미 동맹 관계가 태동시킨 미국에서의 해외 한국학은 1950년대 이후 한국의 역사, 문화, 언어, 종교 등으로 영역을 넓혀 나갔다.

1980년대 이후 한국학은 미국에서 나름의 위상을 차지했지만, 여전히 영세하고 미약하였다. 말하자면 냉전의 영향으로 미국이 20세기 후반 이후 해외 한국학을 주도했지만, 냉전 해체를 전후해서 한국학은 보다 전 세계적으로 확산되고 있다. 아직은 주로 한국어교육과 연구 중심이지만 중국이나 인도, 베트남 등은 한국학의 새로운 개척지로 급부상하고 있으며, 한국학과 관련해 전통적으로 강국이라 말할 수 있는 일본이나 러시아에서도 지속적인 연구가 이루어지고 있는 실정이다.[2]

部, 특히 한국어로 교육되고 연구되는 학문 영역은 한국어 의사소통 능력 함양을 목표로 하는 한국어교육학과 가까운 거리에 있다. 이렇게 볼 때 전자의 한국학 개념이든지 후자의 한국학 개념이든지 이것과 한국어교육학과의 관계를 고려하면, 한국학으로서의 고유한 영역에 대한 연구 및 교육이라는 좁은 의미의 한국학과 한국어교육학을 포괄하는 넓은 의미의 한국학으로 나눌 수 있다. 그리고 어떤 개념의 한국학이든지 간에 한국어 의사소통 능력 함양이라는 언어교육의 1차적 목표를 실현하는 데는 도움이 되지만, 학문 연구와 교육의 핵식점인 목표가 어디에 있느냐에 따라 한국학과 한국어교육학의 경계가 결정된다. 윤여탁, 『외국어로서의 한국문학교육』, 한국문화사, 2007, 23~24쪽.

2) 전상인, 「해외 한국학의 진흥을 위하여」, 한국국제교류재단 엮음, 『해외한국학백서』, 을유문화사, 2007, 16~19쪽.

21세기를 맞이하여 한국이 경제적으로 선진국 대열에 진입하고 국제 정치적으로 그 위상이 높아지면서, 한국에 대해 관심을 가진 외국과 외국인들이 더욱 많아졌다. 이는 10여 년 전부터 불기 시작한 한류의 영향도 크게 작용하였으리라 여겨진다. 이와 더불어 해외 한국학 연구는 더욱 활기를 띠게 되고 한국어와 한국문화를 배우고자하는 사람들이 급증하면서 외국어로서의 한국어교육에 관한 관심이 높아졌다. 그리하여 외국에서 한국어를 가르치는 교육기관이 많이 설립되었고,[3] 해외 대학 및 연구소 내에 한국학센터들도 많이 설치되었다.[4]

해외에서의 한국학 연구나 한국어교육에 대한 연구 성과는 어느 정도 학계에 보고된 바 있다.[5] 그러나 해외의 한국어교육 연구 중 문학교육에 대한 연구 성과는 현재 극히 일부만이 밝혀져 있다.[6]

이 글은 해외 한국문학교육의 연구 현황을 살펴보고, 앞으로의 과제를 제시하고자 하는 목적으로 쓰여졌다. 아울러 이 글은 국내의 한국문학교육 연구 현황과 과제를 다룬 필자의 논문[7]의 후속편임을 밝혀둔다.

외국어로서의 한국문학교육은 언어(기능)교육, 문화교육, 문학교육, 인간성장교육 등을 모두 포함한다.[8] 그러므로 한국문학 작품을 활용한

---

3) 재외동포재단, 『재외동포 교육기관 현황』, 2011, 1~285쪽 참조.
4) 해외 주요 한국학센터 현황은 2006년 현재 16개국 43개 처로 집계되어 있다. 『해외 한국학백서』, 1,592~1,604쪽 참조.
5) 한국국제교류재단 엮음, 『해외한국학백서』, 319~329쪽; 국제한국어교육학회 편, 「세계의 한국어교육 개관」, 『한국어교육론』 3, 한국문화사, 2005, 161~562쪽.
6) 증천부, 「대만의 한국어 문학교육」, 『한국어교육론』 2, 한국문화사, 2005, 319~329쪽; 유영미, 「미국의 한국어 문학교육」, 『한국어교육론』 2, 331~349쪽; 박혜주 외 3인, 『해외 한국학 대학 문학교재 연구』, 한국문학번역원, 2005.
7) 류종렬, 「외국으로서의 한국문학교육 연구 현황과 과제」, 『한중인문학연구』 제35집, 한중인문학회, 2012, 29~63쪽.
8) Carter, R. A. & Long, M. N., *Teaching Literature*, Longman publishing, 1992; Brumfit, C. J. & Carter, R. A. ed., *Literature and Language Teaching*, oxford university press,

언어(기능)교육과 문화교육, 그리고 문학 자체의 문학교육, 그리고 인간 성장교육 등을 다룬 논문 모두를 대상으로 한다. 아울러 학술지나 연구서에 수록된 것만을 대상으로 하였으며, 학술대회나 연토회 등에서 발표한 논문은 제외하였다.

그런데 외국에서 외국어로 쓴 논문이나 필자가 구할 수 없었던 논문들은 어쩔 수 없이 제외하였고, 한국어로 쓴 논문을 주 대상으로 하였다. 또한 외국 학자들의 연구뿐만 아니라 한국 학자들의 연구도 포함시켰다.

2. 중국의 한국문학교육 연구

중국의 한국학 연구나 한국어교육 연구는 역사가 상당히 오래되었다. 중국에서는 1946년 국립난징동방어문전문대학에서 한국어학과 학생을 모집하여 한국어교육을 실시한 이래, 1949년 베이징대학, 연변대학, 1951년 베이징경제무역대학, 1956년 뤄양외국어대학, 1972년에 베이징제2외국어대학, 중앙민족대학 등에서 한국학과 한국어교육이 더불어 연구되기 시작하였다.[9] 그러나 중국에서의 한국학(조선학, 한반도 연구, 조선반도 연구) 연구는 1992년 한 · 중 수교 이후부터 한국어교육을 중심으로 본격적으로 전개되었다. 그 이전에는 주로 북한과의 관계 속에서 조선어교육이 시행되었다. 한 · 중 수교를 바탕으로 한국과의 인적 · 물적

1999; 임병빈 · 한상택 · 강문구, 『영어 학습지도를 위한 문학텍스트 활용방법』, 한국문화사, 2007, 12~14쪽. 김순자, 「한국어교육에서 소설텍스트교육 연구」, 부산외국어대학교 대학원 박사학위논문, 13~16쪽, 류종렬, 위의 논문, 31쪽.

9) 김경선, 「중국의 한국어교육」, 『한국어교육론』 3, 161~176쪽 참조: 김경선, 「중국의 한국어 교육과 한국학 연구」, 『해외한국학백서』, 58~64쪽.

교류가 활발해지고, 2000년대 이후에는 정치 · 경제적 교류뿐만 아니라 한류 등의 영향으로 문화 교류도 비약적으로 확대되었다. 수교 당시에는 한국어과정을 개설한 대학교가 6개에 불과 하였지만, 1993년 이후 중국의 많은 대학들에 한국어학과를 개설하였고, 1997년에 25개, 2009년에 103개로 확대되었다. 한국은 그들에게 다소 기회의 땅이었고, 한국어는 중요한 외국어로서 인식되었기 때문이었다. 현재 중국의 4년제 대학에는 50개가 넘는 한국어학과가 설치되어 있고, 한국과의 학술교류도 활발히 이루어지고 있어서, 한국문학교육 연구가 한국학의 차원이나 한국문학 전공교육 차원에서도 학문적 성과가 계속 발표되고 있다.

그런데 중국에서의 한국어교육은 크게 두 가지로 나뉘는데, 하나는 모국어로서의 조선어 한국어교육이고, 또 다른 하나는 외국어로서의 한국어교육으로 존재하고 있다.[10] 그러므로 한국문학교육도 조선족 문학교육과 외국어로서의 한국문학교육으로 나뉠 수 있다. 그런데 본고에서는 조선족 문학교육 연구는 따로 연구될 필요가 있기에 제외하였다.[11]

중국의 한국문학교육 연구는 2002년 서영빈, 이은숙, 문복희 등의 연구로부터 시작되어 2012년 현재에 이르기까지 다양한 분야에서 일정한 성과를 보여주고 있다. 한국에서의 한국문학교육 연구가 윤여탁(1999)부터 시작됐다고 볼 때[12] 시기적으로도 결코 뒤떨어지지 않을 뿐 아니라, 몇 명을 제외하고는 중국학자들에 의해 주로 연구가 행해진다는 점에서 매우 고무적이다. 그리고 해외의 한국문학교육 연구에서 중국만큼 뚜렷

10) 김중섭 · 임규섭, 「중국에서의 한국학 연구 발전과정과 과제」, 『한국어교육』 제23권 1호, 국제한국어교육학회, 2012, 49쪽 참조.

11) 조선족 문학교육 연구는 이종순, 『중국 조선족 문학과 문학교육』, 서우얼출판사, 2006 참조.

12) 윤여탁, 「문학을 활용한 한국어교육 방법」, 『국어교육연구』 제6집, 서울대학교 국어교육연구소, 1999, 239~256쪽; 류종렬, 앞의 논문, 32쪽 참조.

한 성과를 보여주는 지역은 없을 정도로 독특한 양상을 보여주고 있다.

1) 한국문학교육의 일반론적인 이론 연구

한국문학교육의 초기 연구의 대부분이 이에 해당된다. 이들 연구는 한국어교육에 있어서의 문학의 위상과 문학교육의 현황과 문제점, 필요성과 효용성, 그리고 목표와 과제(방향)제시, 문학텍스트 선정 기준과 교재 개발 방안 제시, 교수－학습의 원리와 방법 등 다양하게 이루어졌다. 그런데 이들 내용들이 한 논문에 두루 언급되어 있기 때문에 이들 연구를 핵심 내용을 중심으로 다음의 세 가지로 나누어 살펴보고자 한다.

첫째, 문학과 문학교육의 위상, 의의, 필요성과 효용성 그리고 목표와 과제 제시 등의 연구

이는 서영빈(2002),[13] 이은숙(2002a),[14] 김영금(2003),[15] 임효려(2003),[16] 장명미(2004),[17] 주옥파(2004a),[18] 김경선(2004),[19] 박은숙(20

13) 서영빈, 「한국어교육을 위한 한국문학교재 개발방안」, 『중국에서의 한국어(조선어) 교육의 현황과 장래』, 월인, 2002, 315~326쪽.

14) 이은숙, 「중국에서의 한국어 문학교육의 문제와 전망」, 『중국에서의 한국어(조선어)교육의 현황과 장래』, 327~345쪽.

15) 김영금, 「문학교육의 현황과 문제점」, 연변과학기술대학 한국학연구소 엮음, 『중국에서의 한국어교육』 IV, 태학사, 2003, 609~624쪽.

16) 임효려, 「한국어학과 문학강독 개설에 대하여」, 연변과학기술대학 한국학연구소 엮음, 『중국에서의 한국어교육』 IV, 646~651쪽.

17) 장영미, 「한국어교육에서의 문학교육의 위상과 효과적인 교육 방법」, 『중국조선어문』 134호, 길림성민족사무위원회, 2004, 31~37쪽.

18) 주옥파, 「외국인을 위한 한국문학교육에 대한 반성－중국학 지향 중국 대학의 경우를 중심으로」, 『국어교육학연구』 제20집, 국어교육학회, 2004, 499~521쪽.

19) 김경선, 「중국의 한국어교육에서 문학 활용의 현황과 과제」, 『국어교육연구』 제14집, 서울대학교 국어교육연구소, 2004, 213~233쪽.

05),[20] 지수용(2005),[21] 김영옥(2005a),[22] 권혁률(2005),[23] 박충록(2005),[24] 김충실(2006)[25] 등에서 두루 언급되었다. 이들의 연구를 요약하면 다음과 같다.

한국문학교육 현황과 문제점, 앞으로의 과제는 주로 한국어학과의 교육과정 중에 한국문학교육 과목이 3~4학년의 '한국문학 작품 선독(강독)' 과 '한국문학사' 등에 그치고 있어 한국문학교육을 위한 교과목과 시수가 부족하다는 점과 문학교육에 대한 인식 부족, 그리고 전공 교수의 부족과 교재의 부족 등을 들고 이에 대한 해결을 과제로 제시하고 있다. 그리하여 한국어교육에서의 문학 작품의 효용성을 피력하여 문학교육의 의의를 강조하는 연구가 많았다. 주지하다시피 외국어교육에서 문학 작품의 효용성은 초기에는 인정되지 않았지만 현재는 보편화되어 있다. 이들 연구에서도 이러한 점이 강조되고 있다. 즉, 문학이 가치 있는 믿을만한 자료라는 점, 문화적 풍성함을 제공한다는 점, 언어적 풍부함을 제공한다는 점, 독자의 인간적 참여를 촉진시킨다는 점[26] 등을 통해서 문학

20) 박은숙, 「중국에서의 한국문학교육의 방안 연구」, 연변과학기술대학 한국학연구소 엮음, 『중국에서의 한국어교육』 VI, 태학사, 2005, 637~652쪽.
21) 지수용, 「한국어과 교육에서의 한국문학교육에 관하여」, 연변과학기술대학 한국학연구소 엮음, 『중국에서의 한국어교육』 VI, 653~666쪽.
22) 김영옥, 「문학교육에서의 효율적인 교수-학습 방안 연구」, 『한국(조선)어교육 연구』 제3호, 민족출판사, 2005, 209~226쪽.
23) 권혁률, 「언어학과 문학교육」, 『한국(조선)어교육 연구』 제3호, 243~250쪽.
24) 박충록, 「중국에서의 한국문학교육-북경대학에서의 한국문학교육을 중심으로-」, 연변과학기술대학 한국학연구소 엮음, 『중국에서의 한국어교육』 VI, 563~577쪽.
25) 김충실, 「한국어교육에서 한국문학교육의 실태와 그 전망-중국에서 문학교육을 중심으로」, 『비교문화연구』 18집, 부산외국어대학교 비교문학연구소, 2006, 25~39쪽.
26) Joanne Collie & Stephen Slate, *Literatare in the Language; A resource book of ideas and activities*, cambridge university press, 1987; 조일제 번역, 『영어교사를 위한 영문학 작품 지도법』, 한국문화사, 1997, 13~19쪽.

의 위상과 문학교육의 의의를 주장하고 있다.

그밖에 문학을 활용한 문화교육의 문제점을 지적한 연구로는 임효례(2010)[27]가 있는데, 문화교육의 의의로 학습 동기 강화, 학습 흥미 유발, 언어 능력 신장, 대화거리 제공, 한국 사회에 대한 이해력 제고, 한국 문화사회 적응력 배양, 문화적 언어 예절, 의식주형 문화, 전통 습속 문화, 여가 생활 문화, 민속 문화, 현대 예술문화, 문화유산, 정신문화 등을 구체적으로 제시하였다.

이들 연구는 한국문학교육의 초기 연구인 점을 감안하더라도, 대개 한국어학과의 한국문학교육과정의 현황과 문제점을 지적한 일반론적 연구로 거의 비슷한 내용이다. 임효례(2010)가 문학을 활용한 문화교육의 의의를 다양하게 제시한 점이 주목할 만하다.

둘째, 문학텍스트 선정과 교재 개발의 방안 연구

앞의 서영빈(2002)에서 한국문학 교재 개발 방안을 장르의 배정, 순서의 배치, 정전과 난이도, 현실성, 분량 등으로 제시한 이후 이에 대해 조금씩 언급되었으나, 김경선(2004), 이광재(2006),[28] 남연(2009)[29] 등에서 다소 구체적으로 연구되었다. 김경선(2004)은 통일 문학교재 편찬이 절실하고, 멀티미디어를 활용한 영상이나 음성 자료, 한중 대조 번역 문학 작품집 등 보조 자료의 개발을 통해 보다 문학적인 수업에 접근해야 한다고 주장하였고, 이광재(2006)는 한국문학 교재는 한국문학 강의를 한국어 습득의 보조적 역할로 인식하는 태도에서 탈피하여 진정으로 문

---

27) 임효례, 「중국의 한국어문화교육 의의와 내용에 대한 고찰」, 『언어와 문화』 제6권 2호, 한국언어문화교육학회, 2010, 23~43쪽.

28) 이광재, 「중국 내 대학생용 한국문학교재 개발 연구」, 『외국어로서의 한국어교육』 31집, 연세대학교 언어연구교육원 한국어학당, 2006, 191~206쪽.

29) 남연, 「중국인 학습자를 위한 한국문학 교재 편찬 연구」, 『*Journal of Korean Culture*』 제13호, 한국어문학국제학술포럼, 2009, 187~233쪽.

학에 접근할 수 있는 지도적 문학교재여야 하고, 이런 교재는 그 대상이 중국어를 모국어로 하는 대학생이라는 점을 충분히 고려해야 한다고 하였다. 그리고 한국문학 작품선과 한국문학 감상 길라잡이 성격의 보조교재도 개발되어야 한다고 주장하였다.

그러나 한국문학 교재 편찬의 문제는 남연(2009)에 이르러 본격적으로 연구되었다. 남연(2009)은 전면적 의사소통 능력을 통합적으로 신장시키고 문화적 소양과 창의적 사고력을 함양하기 위한 언어자료로서의 문학(작품)에 대한 교육을 위한 교재는 문학 작품의 언어성과 인문성을 강조하고, 문화능력 신장을 함양하기 위한 문화자료로서의 문학(작품)에 대한 교육을 위한 교재는 문학 작품의 문화성을 강조하며, 전문분야의 의사소통 능력(문학 능력)을 위한 문학(작품)에 대한 교육을 위한 교재는 문학 작품의 총체성과 정전성을 강조하여 편찬되어야 한다고 하였다.

이들 연구 역시 교재 개발에 대한 다소 원론적인 측면만이 강조되고 있으나, 서영빈(2002)과 남연(2009) 등에 의해 다소 구체적으로 이루어지고 있다. 특히 남연(2009)은 교육 목표에 따른 교재 개발을 주장한 점에서 주목할 만한 논문이다. 그러나, 문학텍스트 선정 기준과 기준에 따른 구체적인 작품 선정에 대한 연구는 거의 이루어지지 않았다.

셋째, 한국문학교육과정의 내용과 교수 · 학습방법 연구

남연(2004)[30]은 한국문학교육의 목표를 설정하고, 한국문학교육과정 내용을 몇 가지로 선정하여 이를 3단계로 위계화하여 제시하였다. 1단계(3학년)은 한국문학의 독해 단계(의사소통 능력을 신장시키기 위한 한국문학 작품의 독해교육), 2단계(4학년 1학기)는 문학 작품의 감상 · 비평

30) 남연, 「중국인 학습자를 위한 한국문학교육과정에 관한 연구－목표, 내용의 선정 및 위계화를 중심으로」, 『한국어교육』 제15권 3호, 국제한국어교육학회, 2004, 43~63쪽.

능력 신장 및 한국문학 특질 이해 단계(본격적인 문학교육), 3단계(4학년 2학기)는 문학 작품의 감상 · 비평 능력의 심화 및 한국문학사적 전개의 습득 단계(문학사 교육) 등으로 나누어 그 내용을 제시하였다.

아울러 한국어학과의 교과목 중 '한국 문학 작품 선독' 과목의 교육목표, 한국문학 작품 선정 및 조직화, 교수-학습 방법 등의 문제를 집중적으로 다룬 남연(2005)[31]은 이 교과목의 교수-학습 방법으로, 학습자 중심과 활동 중심, 과제 중심, 통합성 등의 기본 원칙을 제시하고, 교수-학습 방법을 구안하였다. 이를 위해 먼저 한국 문학 작품에 대한 해석 방법을 제시하고, 교수-학습의 일반적 절차 모형을 문학 작품의 기본 내용에 대한 감응 단계(수업 전, 계획단계), 문학 작품에 대한 해석과 인식 단계(수업 중, 진단단계, 지도단계, 평가단계), 문학 작품에 대한 이해 · 감상의 심화단계(수업 후, 내면화단계) 등을 제시하였다.

그리고 한국문학교육 교과목 중 '한국문학사'의 교수 · 학습 방법을 연구한 김대행(2003)[32]은 주목할 만한 논문이다. 이 논문은 외국어교육에서 문학의 효용성을 강조하면서, 한국어 능력을 위한 한국문학사 교재 구성 기준으로, 자료성의 기준, 문화성의 기준, 다양성의 기준, 적정성의 기준 등 네 가지를, 한국문학사 교수-학습의 방법으로, 학생 중심, 그리고 경험의 원칙, 반응의 원칙, 모방의 원칙, 비교의 원칙 등 네 가지를 들었다.

이들 연구는 국내의 한국문학교육 연구에도 도움이 될 정도의 수준 높은 것들이다. 특히 남연(2004)은 국내에서도 이루어지지 않은 연구로, 우

---

31) 남연, 「중국인 학습자를 위한 한국 문학 작품 읽기 교육 연구-'한국 문학 작품 선독' 과목을 중심으로-」, 『국어교육학연구』 제23집, 국어교육학회, 2005, 241~271쪽.
32) 김대행, 「한국문학사와 한국어 능력」, 『외국인을 위한 한국어교육연구』 제6집, 서울대학교 외국인을 위한 한국어 지도자과정, 2003, 27~40쪽.

리가 참고할 가치가 있는 연구이다. 현재 한국의 경우, 한국문학교육의 목표가 정확하게 정립되어 있지 않다. 한국어능력 시험의 초급, 중급, 고급, 즉 1급에서 6급까지의 한국어교육 목표만 뭉뚱그려 제시되어 있을 뿐이고, 이로 인하여 교육 목표와 목적에 맞는 한국문학교육과정도 개발되어 있지 않기 때문이다.[33] 아울러 김대행(2003)의 교수 · 학습 방법도 나름의 의의를 가진다고 하겠다. 그러나 전체적으로 보아 교수 · 학습 방법에 대한 연구가 다양하고 심도 있게 이루어져야 할 것이다.

2) 한국문학 작품(을 활용한) 실제 교수-학습 방안 연구

한국어교육 현장에서 문학 작품을 활용한 수업이나 문학 자체의 수업이든 실제 교수-학습 방안은 매우 중요하다. 여기서는 한국문학을 활용한 언어교육과 언어기능교육(이해와 표현교육), 문학 작품을 활용한 문화교육, 한국문학 자체의 교육, 그리고 이들을 아우른 통합교육 등으로 나누어 살펴보기로 한다.

첫째, 한국문학 작품을 활용한 언어교육과 언어기능교육 연구

언어교육 연구는 한국 문학 작품을 활용하여 발음, 어휘, 문법 등을, 그리고 언어기능교육 연구는 읽기, 쓰기, 말하기, 듣기 등의 이해와 표현교육의 실제에 대한 연구이다.

창작동요를 이용한 한국어 어휘교육의 방법을 고찰한 문영자(2004)[34]는 동요를 이용하는 이유를 제시하고, 실제에서는 의성의태어, 형용사, 의인화한 어휘, 관찰과 상상력이 풍부한 어휘, 서정이 담긴 어휘 등으로

---

33) 류종렬, 앞의 논문, 61쪽 참조.

34) 문영자, 「한국 동요를 이용한 어휘교육」, 『한국(조선)어교육 연구』 제2호, 중국 한국(조선)어교육연구학회, 2004, 141~158쪽.

나누어 살펴보았다.

다음으로 읽기를 중심으로 한 언어기능교육을 연구한 노금숙(2011)[35]은 대화적 방법에 의한 한국문학 읽기 교수-학습 방안을 고찰하였다. 먼저 지금까지 읽기교육과 문학 읽기교육에 관한 논의들을 고찰하고, 이어서 문학 읽기과정에 대한 이해의 변화와 함께 등장한 대화이론을 고찰하였고, 대화로서의 문학 읽기의 과정을 자세히 논의하였다. 문학 읽기의 과정은 독자와 텍스트의 대화의 과정이고, 문화적 시각에서 보면 외국문학교육이라는 점에서 이 대화는 결국 문학 작품에 반영되는 지역공동체 문화와 독자가 터한 공동체 문화의 대화이다. 그리고 대화란 자아와 타자, 문과 답, 평등과 교환 가능성을 속성으로 하며, 이는 개인 내 대화나 개인 간 대화에서 공유되는 부분이라고 보았다. 그래서 대화적 시각에서 문화 읽기교육은 중층적인 대화의 과정이라고 하였다. 또한 중국인 고급 학습자들의 한국문학 읽기 양상의 조사 · 분석 결과에 근거하여, 그리고 대화적 관점에 입각하여, 한국문학 읽기 교수-학습 방안을 설계하였다. 한국문학 읽기 교수-학습 전략으로 심층적 대화 전략, 창조적 대화 전략, 확장적 대화 전략 및 순환적 대화 전략을 제시하고, 이 전략들을 근간으로 서정주의 시 「추천사」를 활용한 실제 현장에서의 문학 교수-학습 방안을 제시하였다.

이처럼 언어교육이나 언어기능교육의 연구는 각각 한 편에 불과하였다. 그러나 문영자(2004)의 연구는 창작 동요를 활용한 한국문학교육 연구가 국내에서도 이루어지지 않았다는 점에서 그 의의가 있다고 하겠다. 그리고 노금숙(2011)은 읽기교육 연구의 이론과 실제를 대화적 관점에서 논리적이고 구체적으로 분석하고 있다는 점에서 그리고 국내의 연구 수

---

35) 노금숙, 「중국인 고급 학습자를 대상으로 한 한국문학 읽기교육 연구」, 서울대학교 대학원 박사학위논문, 2011.

준을 뛰어넘는 주목할 만한 논문이다. 전체적으로 보아 발음이나 문법, 그리고 쓰기, 듣기, 말하기 등에 대한 연구가 없다는 점에서 앞으로 이 분야의 연구가 필요하다.

둘째, 한국문학 작품을 활용한 문화교육 연구

문화교육의 경우는 고급학습자를 중심으로 연구가 진행되었는데, 박은숙(2006), 임상(2007), 임효례(2010), 김영옥(2010) 등이 이에 해당된다.

박은숙(2006)[36]은 황순원의 「소나기」를 활용하여 한국문화교육의 실례를 보이는데, 문화 내용을 자연환경, 역사, 사회, 가치의식 등의 항목으로 나누어 구체적으로 분석하고 있다.

임상(2007)[37]은 조지훈의 시를 활용하여 한국문화교육의 방안을 고찰하였다. 조지훈 시에 나타난 문화적 특징을 한국 민속의 형상화, 동아시아의 전통적 자연관 표현, 한국적 미의식의 형상화 등으로 설명하고, 그리고 현대시를 통한 문화교육의 목표를 설정하여, 내용과 방법을 검토하였다. 그 내용으로는 한 · 중 민속과 미의식의 비교, 한 · 중 자연관의 비교, 학습된 문화의 교육적 활동 등을, 그 방법으로는 문화 내용 발견하기, 문화 내용 비교하기, 문화 내용 내면화하기 등을 제시하였다.

그리고 김영옥(2010)[38]은 문화교육에 적합한 작품을, 한 민족의 정서와 애환을 보여주는 작품, 사회적인 배경과 현실을 보여 주는 작품, 한국사회와 여성의 지위를 보여 주는 작품, 한국인이 바라본 한국인과 한국

---

36) 박은숙, 「한국문화 교육에서 문학 작품의 실제적 적용-고급단계 학습자를 중심으로」, 『한국(조선)어교육 연구』 제4호, 중국 한국(조선)어교육연구학회, 민족출판사, 2006, 251~263쪽.

37) 임상, 「중국인 학습자를 위한 한국 문화교육 연구-조지훈의 시를 중심으로-」, 『한국언어문화학』 제4권 제2호, 국제한국언어문화학회, 2007, 183~213쪽.

38) 김영옥, 「문학 작품을 활용한 한국문화교육」, 『한국(조선)어교육 연구』 7호, 중국 한국(조선)어교육연구학회, 민족출판사, 2010, 61~76쪽.

문화와 관련된 작품 등으로 나누어 제시하고, 현진건의 소설 「운수좋은 날」을 통해 나름의 실제 수업모형을 제시하였다.

국내의 문화교육이 점차 활성화되는데 비하여 중국은 아직 시작단계에 불과하다. 전체적으로 보아 문화교육이 현대시와 현대소설에 국한되어 있고, 학문적 깊이 또한 부족하지만 나름의 성과를 보이고 있다. 앞으로는 다양한 장르의 작품을 활용한 연구가 필요하다고 하겠다. 특히 고전문학 작품을 활용한 연구는 한국의 전통문화를 이해하는 데 크게 도움이 될 것이다.

셋째, 문학 자체의 문학교육 연구

한국문학교육에서 문학을 활용한 언어(기능)교육이나 문화교육 연구 못지 않게 문학 자체의 교육 연구도 중요하다. 특히 한국학 연구를 지향하는 중국 대학의 경우 한국학 차원의 문학교육 연구는 중요하다.

양뢰(2010)[39]는 김승옥의 소설 「무진기행」을 대상으로, 먼저 작가와 작품의 시대배경을 고찰하고, 다음으로 소설의 구조와 이 작품에 나타난 모태회귀의식을 분석하였다. 또한 비교문학의 방법을 도입하여 중국 장승지의 「흑준마」와 비교 연구하였다.

그리고 노금숙(2010)[40]은 노래와 시의 상호텍스트성에 의한 한국 현대시 교수-학습 방안을 고찰하였다. 노래와 시의 상호텍스트성에 의한 시교육의 의의를 밝히고, 시교육의 실제를 김소월의 시와 마야의 「진달래 꽃」을 중심으로 제시하고 있다. 교수-학습 방안으로, 도입단계(학습자의 동기유발과 시 이해를 위한 선행학습 단계), 전개단계(시의 형식과

---

39) 양뢰, 「『무진기행』의 연구를 통한 한국 문화 교육의 방법론」, 『한국(조선)어교육연구』 7호, 2010, 203~222쪽.

40) 노금숙, 「노래와 시의 상호텍스트성을 활용한 한국어교육-김소월의 시와 마야의 "진달래꽃"을 중심으로」, 『국어교육학 연구』 제38집, 국어교육학회, 2010, 155~176쪽.

표현, 그리고 내용을 중심으로 한 활동), 마무리단계(빈칸 채우기, 노래 감상, 노래로 된 김소월의 다른 시 찾기 과제) 등을 들었다.

이들 연구는 현대시와 현대소설을 대상으로, 작가와 작품의 시대배경, 형식과 구조, 표현과 내용 등을 살펴보고, 아울러 비교문학적 방법과 상호텍스트적 방법을 도입하여 이루어지고 있다. 전체적으로 연구가 부족한 편인데, 앞으로 좀 더 심층적인 연구가 이루어져야 한다. 아울러 한국문학사의 측면에서 다양한 장르의 작품들을 활용한 문학교육 연구가 필요하다.

넷째, 언어(언어기능), 문화, 문학의 통합교육 연구

통합적 접근방법은 문학연구를 언어의 숙달(어휘나 문법 등)과 통합시키고, 언어기능(읽기, 쓰기, 듣기, 말하기)과 통합시키고, 다른 국가의 문화들에 대한 점진적 인식과 이해를 통합시키는 것이다.[41] 한국문학교육의 실제 교수-학습에서는 대부분 언어(언어기능), 문화, 문학이 통합적으로 이루어지기 때문에 이에 대한 연구는 매우 중요하다.

문복희(2002)[42]는 교수 학습 활동에 있어 다양하고 적절한 수업 방식을 제시하고, 현대시와 동화를 통한 도입, 전개, 발전, 정리의 수업단계별 학습지도 방법을 구체적으로 제시하였고, 한국문학을 통하여 한국적 사고와 정서를 이해하는 가운데 언어 표현 능력을 길러야 한다고 하였다.

이은숙(2002b)[43]은 최명희의 대하소설 『혼불』에 대해 고급 한국어 교재로서의 가치와 사용 방안을 고찰하였다. 한국어 교재로서는 한국어의 아름다움 체험과 방언과 경어법교육의 문제를 잘 드러낸다는 점에서, 한

41) 임병빈 · 한상택 · 강문주, 앞의 책, 28쪽.
42) 문복희, 「한국문학을 통한 한국어교육의 실제와 수업방식」, 연변과학기술대학 한국학연구소 엮음, 『중국에서의 한국어 교육』 III, 태학사, 2002, 315~331쪽.
43) 이은숙, 「외국인을 위한 고급 한국어 교재로써의 『혼불』 고찰」, 『한국언어문학』 제48호, 한국언어문학회, 2002, 407~423쪽.

국어문화 교재로서는 민속 문화, 우리말 확장, 현재적 문화를 잘 드러낸다는 점에서, 이 작품을 교재로 사용할 수 있다고 했다고 하였다.

주옥파(2003)[44]도 중국 지이池莉의 장편『라이라이왕왕(來來往往)』(1998)과 한국 박완서의 장편『아주 오래된 농담』(2000)을 선택하여, 주제에 대한 비교, 여성인물형상 연구, 남성인물현상 연구 등으로 비교 분석하고 통합적 방법으로 학습자 중심의 다양한 교수 · 학습을 시도하였다.

그리고 주옥파(2004b)[45]는 한국문학교육에서 다루어야 할 교육내용을 작가와 작품의 개관, 언어로서의 교육내용, 문학으로서의 교육내용(주제 및 성격, 배경묘사, 수사법, 번역을 통한 문학교육, 비교문학적 접근), 문화로서의 교육내용(민속 · 전통, 속담, 한국의 지리, 가치관 · 사고방식, 한국의 전통 복장) 등으로 나누고, 이효석의 단편소설「메밀꽃 필 무렵」을 중심으로 이를 구체적으로 분석하였다.

김영옥(2005b)[46]은 문학 작품을 활용한 언어와 문학과 문화의 통합적인 한국어교육 방법을, 적절한 작품의 선정, 문학 작품을 통한 어휘 지식 습득, 다양한 교수－학습 방법의 모색 등으로 나누어 설명하였는데, 다양한 교수 · 학습방법으로 비교학습, 이중 번역을 통한 문학수업, 미디어 활용, 여러 과목의 '그물망'식 수업 등을 들었다.

또한 김충실(2006)[47]은 문학교육의 특성을 외국문학이라는 점에 착안점을 두고, 기초성과 상식성을 강조하고, 한국어 어휘력과 표현력을 제

44) 주옥파,「중 · 한 현대소설 비교를 통한 고급 한국어교육」, 연변과학기술대학 한국학연구소 엮음,『중국에서의 한국어교육』IV, 271~292쪽.
45) 주옥파,「단편소설을 활용한 한국어교육의 내용 연구－, ≪모밀꽃 필 무렵≫을 중심으로」,『한국(조선)어교육 연구』제2호, 457~469쪽.
46) 김영옥,「문학 작품을 활용한 통합적인 한국어교육」, 연변과학기술대학 한국학연구소 엮음,『중국에서의 한국어교육』VI, 667~685쪽.
47) 김충실, 앞의 논문, 25~39쪽.

고하는 교육이어야 한다고 하였면서, 「메밀꽃 필 무렵」의 읽기에서 진행된 수업모형을 제시하였다.

김염(2007)[48]은 1차적 번역을 통한 언어지식교육과 2차적 번역을 통한 문화지식교육을 제시하고, 한국의 김소월의 시와 중국의 서지마의 시를 주제적, 형식적 측면에서 비교하였고, 아울러 한국 현대시의 교수 · 학습 방법으로 치환의 원리 : 번역하기, 비교의 원리 : 비교하기, 통합의 원리 : 소통하기 등을 들고, 김소월 시의 실제 교수 · 학습의 방법을 제시하였다.

이들 연구는 다양한 방법을 통해, 통합교육의 실제를 보여주고 있다. 특히 번역과 비교문학적 교수 · 학습 방법은 국내의 연구에도 도움이 될 수 있을 정도의 수준을 보이고 있다. 그러나 전체적으로 통합교육의 방법론에 대한 인식이 부족하고, 실제 교수 · 학습에서 언어기능교육에 대한 연구가 미진하다. 그런데 김염(2007)이 비교문학적 방법과 더불어 제시한 한국 현대시의 교수 · 학습방법은 참신하다고 하겠다.

이외에 증천부(2005)[49]는 대만의 한국문학교육의 역사와 현황을 설명하고, 아울러 문학교육의 목표와 대만에서의 한국문학교육의 문제점을 정리하였으며, 나아가 한국문학교육의 개선과 발전 방향에 대해서도 언급하였다.

48) 김염, 「중국어권 고급 학습자를 위한 한국 현대시교육 방법 연구-번역과 비교문학을 중심으로-」, 『한국언어문화학』 제4권 제2호, 국제한국언어문화학회, 2007, 21~42쪽.
49) 증천부, 앞의 논문, 319~329쪽.

3. 미주(미국과 캐나다)의 한국문학교육 연구

미국에서 한국학 강의가 시작된 것은 1960년대이다. 1952년 하버드 대학에서 동양학을 전공하는 학생들에게 제공된 한국어와 한국 역사 강의가 미국에서 시작된 최초의 한국 관련 강의로 알려져 있고, 이어서 1954년 하와이대학에서 한국어 강의가 개설되었다고 한다. 1960년대에는 콜롬비아대학이 1962년에 한국어 교수 자리를 만들고 정규 한국어 과목을 개설하면서 정식으로 한국학 강의를 시작하게 되었다. 1960년대에 한국학 강의를 설강하고 있는 대학은 5개 대학에 이른다. 1970년대에는 양적, 질적 팽창을 이루어 6개 대학이 새로이 한국학 강의를 시작하게 되고, 1980년대엔 20여 개 대학이 한국학 강의 개설 대학 목록에 추가된다.[50] 한국어과정이 도약을 하게 된 것은 1980년대 중반에 와서이다. 그 후 본격적으로 한국어교육에 대한 이론적인 관심과 실용적인 데이터가 모아진 것은 1990년대 중반의 일이었고, 2004년에는 정식 어학프로그램으로 한국어를 가르치는 대학이 120여 개가 넘고 나날이 늘어가는 추세이다. 지금은 그 어느 때보다도 한국어가 미국에서 제2외국어로서 튼튼하게 자리를 잡아가고 있다. 미국의 20여 개의 고등학교에서 정식 제2외국어로 채택되었고 대학입시에서도 외국어의 한 과목으로 인정되고 있다.

한국어교육은 이제 어느 정도 자리를 잡은 데에 비해서 한국문학 연구나 교육의 역사는 그렇지 못한 듯하다. 1960년 Peter H. Lee 교수가 콜롬비아 대학에서 처음으로 한국문학 강좌를 개설했지만, 그 후 30년 간 크게 변하기 않았다. 1980년대 말, 1990년대에 들어서야 대학에 한국문학

50) 박혜주 외 3인, 앞의 책, 12~13쪽.

교수 자리가 생겨서, 지금 한국문학 전공으로 학사, 석사, 박사를 받을 수 있는 대학은 하버드, 콜롬비아, UCLA, 하와이, 워싱턴 대학 등이고, 그 외에 한국문학 프로그램이 정규적으로 운영되고 있는 곳은 12개 대학 정도이다. 한국문학 전공 교수들도 20명 안팎이고, 그 중에서 정년보장을 받은 교수들은 다섯 명도 되지 않는다.[51] 아울러 한국문학 교수는 대부분 1명에 그치고 있어 모든 시기, 모든 장르의 문학, 심지어는 한국어까지 가르치는 경우가 빈번하다. 또한 영어로 번역된 교재가 적으며, 문학교육에서 번역의 중요성을 경시하는 경향이 있다고 한다.[52] 전체적으로 보아 미주 지역의 한국어교육계는 그 긴 역사만큼이나 닫혀 있다. 한국어교육을 하려는 학습자들이 없었던 시절이나 최근 학습자들이 급증한 시절이나 별로 달라진 것이 없다.[53]

한국문학교육에 대한 연구성과를 살펴보기로 하자.

먼저 미국에서의 한국 현대문학교육에 대해 개괄적으로 기술한 유영미(2005)[54]를 살펴본다. 유영미(2005)는 미국 대학의 한국어 프로그램에서 언어 유지와 습득을 강조해야 하지만, 한국에서와 같은 한국어교육은 사실상 불가능하므로, 어떻게 영어로 한국문학을 효과적으로 가르치느냐가 중요하며, 한국학을 보편적인 학문으로 확립하는 것이 궁극적인 목표라고 하였다. 그리고 한국문학교육을 활성화시키기 위한 방안으로, 여름학기를 이용한 문학이론 워크숍, 잘 정의된 토픽에 대해서 연구팀을 짜서 운영함, 한국문학 평론가, 작가, 그리고 미국의 한국문학 연구자 간

---

51) 유영미, 앞의 논문, 331~349쪽.
52) 로스 킹(Ross King), 「북미 대학의 한국어 · 한국문학교육 현황」, 『해외한국학백서』, 295쪽.
53) 윤여탁, 「한국어교육에서 문학연구 방법 연구－미주 지역 한국어교육을 중심으로」, 『국어교육연구』 제14집, 서울대학교 국어교육연구소, 2004, 119쪽.
54) 유영미, 앞의 논문, 331~349쪽.

의 정기적인 교류, 고전문학 및 한문학의 기본 소양을 훈련시키는 세미나 등이 필요하다고 하였다. 그리고 한국문학교육의 발전 가능성에 대해 다소 낙관적인 전망을 가지고 있다고 하며, 이에 부응하는 교재를 개발하는 일이 필요하다고 하였다. 유영미(2005)의 연구는 한국문학교육에 대한 구체적인 논문이라기보다 자신의 생각에 기초한 일반론적인 언급일 뿐이다.

다음으로는, 한국의 연구자가 미국이나 캐나다에서 현장에서 강의한 경험을 토대로 연구한 논문들을 살펴보자.

한승옥(2008)[55]은 전체적으로 미국에서의 한국 현대문학 강의는 매우 초보적인 단계에 있으며, 외국인으로서 한국어문학 및 한국문화 습득은 한국인이 미국이나 유럽 어문학 및 문화를 습득하는 것보다도 더 어려운 것이라 하였다. 한국에서의 재정적 지원이 필수적이고, 국비로 교수를 파견하는 것도 지금보다는 몇 배 활성화되어야 하며, 그 외에도 한국학을 진흥시키기 위한 교수 요원의 양성 및 각 방면의 재정적 행정적인 지원이 절실히 요청된다고 하였다. 한승옥(2008)은 미국 대학에서 실제로 현대 문학을 강의한 경험을 토대로 그 현황과 강의 효과, 그리고 문제점과 대책 등을 밝혔을 뿐이고, 한국문학교육의 구체적인 내용은 제시하지 않았다.

그러나 다음의 연구들은 현황뿐 아니라 구체적인 한국문학교육 방법을 제시하고 그 실제를 보이고 있어 주목된다.

윤여탁(2004)[56]은 미주 지역 한국문학교육의 실태와 현황을 직접 조사 관찰하고, 이를 바탕으로 효과적인 한국문학교육 방법의 방향과 교

---

55) 한승옥, 「미국에서의 한국 현대문학교육」, 『한중인문학연구』 제25집, 한중인문학회, 2008, 27~46쪽.

56) 윤여탁, 앞의 논문, 2004, 67~147쪽.

수 · 학습 방법을 제시하였다. 이를 바탕으로 백석의 시를 대상으로 한국 문학 교수-학습안을 구안하여 현장에 적용하였다. 윤여탁(2004)은 그동안의 한국문학교육 방법에 대한 문헌적 연구를 현장 연구로 전환하여 그 실제를 실험적으로 적용하였고, 이를 통하여 효과적인 한국문학교육의 방향이나 방법을 제시하고자 했으며, 한국어교육에서 문학 작품을 어떻게 교수-학습할 것인가에 대한 심층적인 연구의 기초를 마련하고자 했다. 아울러 이를 바탕으로 미주 지역 한국문학교육을 보다 발전시킬 수 있는 정책적인 방안을 제시하였는데, 문학 교과목 개발과 표준 교육과정의 구비, 문학 교수 요원의 확보 방안, 한국어교육 거점 대학의 선정 및 육성 등이 그 대안이라고 하였다.

또한 최지현(2004)[57]은 영어권의 한국어 교재 편찬에 활용되는 한국문학의 범위와 과제를 제시하였다. 먼저 한국어 교재에서의 '한국문학'의 의미를 밝히고, 다음으로 한국문학의 범위를 정하기 위한 판단 자료로 학습자, 교재 변인, 교사 변인 등 세 가지를 중심으로 설명하였다. 그리고 작품 선정의 기준과 적용에서는 몇 가지 기준이 필요하다고 하였다. 즉, 첫째, 교육내용에서 '문화'는 현재의 일상문화에서부터 출발하여 상급 수준으로 올라가면서 점차 심화하는 방향으로 수용한다. 둘째, 작품 선택 기준으로 정전보다는 번역이 용이한 것, 즉 주제나 내용면에서 보편성에 부합되는 것을 우선한다. 셋째, 같은 조건의 작품을 선별할 때는 발상과 표현을 아우를 수 있는 작품을 우선으로 하고, 다음으로 표현보다는 발상 쪽에서 교육적 효과가 큰 것을 선택한다. 넷째, 언어가 학습 목표 달성의 장애 요인이 되지 않는 작품을 선택한다. 다섯째, 실생활과 연계를 고려하여 작품을 선택하되, 언어 자체가 실제적인 것을 우선한다고 하였다.

57) 최지현, 「영어권 한국어 교재 편찬에 활용되는 한국문학의 범위와 과제」, 『국어교육연구』 제14집, 서울대학교 국어교육연구소, 2004, 337~364쪽.

최지현(2004)의 한국문학 작품 선정기준은 국내에서도 참조할 만한 수준의 내용이라 할 수 있다.

다음으로 이성희(2010)[58]와 신주철(2006)[59]의 경우를 살펴보자. 이성희(2010)는 미국 인디애나 대학 동아시아 언어 · 문화학과 한국어 프로그램에서 교수한 현장학습 내용을 중심으로, 한국문학 교수 · 학습의 실제 방법을 제시했다. 『삼국사기』의 「백결선생」을 텍스트로 하여, 상호문화 능력 신장과 개인성장을 목표로, 교수자, 학습자 변인 분석, 학습자 요구 분석, 교수 · 학습과정 설계, 교수 · 학습의 실제에 이르기까지 현장연구를 하였다. 또한 신주철(2006)은 캐나다 브리티시컬럼비아대학(UBC) 한국학센터에서 한국문학을 교수할 때, 시조는 외국인들의 관심을 촉발할 가능성이 높은 장르라고 하면서, 제한된 시간에 시조를 교수할 경우 주제 또는 사상적 배경, 향유 방식의 문제 등의 교수요목이 설정되어야 한다고 였다. 그리고 단순화, 중점화, 비교화 등의 원리를 적용하여 가르치는 것이 바람직하다고 하였다. 또한 교수 현장의 교육 방법으로 의미 번역식 교수, 의미번역식과 향유방식을 아우르는 교수, 비교문학적 교수 등을 제시하였다. 시조는 노래로 향유되었다는 점에서 의미 번역식 교수에 그치기보다 향유방식을 아우르는 교수가 바람직하다고 했다. 그리고 비교문학적 교수는 외국학생들이 이미 학습한 자국문학이나 또 다른 외국문학과의 비교를 통해 학습효과를 높일 수 있는 효율적인 방법이라고 하였다. 이성희(2010)와 신주철(2006)의 경우는 구체적인 작품을 텍스트로 한국문학교육의 이론과 실제를 보여준다는 점에서 그 의의가 있다.

58) 이성희, 「영어권 고급 학습자를 위한 한국문학 교수 · 학습의 실제－'상호문화능력 신장'과 '개인 성장'을 중심으로－」, 『한국어교육』 제21권 4호, 국제한국어교육학회, 2010, 153～182쪽.

59) 신주철, 「시조교수에 대한 일 고찰」, 『한국어교육에서 한국문학교육의 이론과 실제』, 커뮤니케이션북스, 2006, 103～123쪽.

이상을 통해 볼 때, 미주지역에서의 한국문학교육 연구는 한국학이나 한국어교육의 오랜 역사에도 불구하고 지극히 미미한 수준으로, 국내의 학자들이 미주 대학에서의 현장 교육 경험을 토대로 한국문학교육의 현황과 문제점, 교재 개발, 교수-학습 방법 등을 검토하고 앞으로의 대책을 제시하고 있을 뿐인데, 이는 한국의 국제적 위상과 연관되는 것이기에 앞으로의 과제를 구체적으로 제시하기는 무리가 있다.

4. 기타 지역의 한국문학교육 연구

기타 지역의 한국문학교육 연구는 중국과 미주지역을 제외한 체코, 이탈리아, 불가리아, 태국, 칠레, 베트남, 우주베키스탄 등에서 이루어진 연구를 아울러서 정리하였다. 이들 지역(국가)는 전체적으로는 1980년대 이후에 한국학이 연구되거나 한국어교육에 대한 강좌가 열리기 시작했으나, 사회주의 국가인 체코, 불가리아, 베트남 등에서는 1990년대 이후 늦게 시작되어 최근에 이르러 어느 정도 성과를 거두고 있다.[60)]

---

60) 이들 지역(나라)의 한국학과 한국어교육에 대한 개괄적인 소개는 생략하기로 한다. 이들에 대해서는 다음의 논문들을 참조할 수 있다. 마우리치오 리오토(Maurizio Riotto), 「이탈리아의 한국학 연구」, 『해외한국학백서』, 432~437쪽 참조; 서혁, 독일과 동유럽의 한국어교육, 『한국어교육론』 3, 439~440쪽 참조; 블라디미르 푸체크(Vladimir Pucek), 「체코의 한국학 연구 발전과정과 현황」, 『해외한국학백서』, 524~540쪽 참조; 서혁, 「러시아와 동유럽의 한국어교육」, 『한국어교육론』 3, 442쪽 참조; 알렉산드 페도토프(Alexander Fedotoff), 「불가리아의 한국학 현황」, 『해외한국학백서』, 484~493쪽 참조; 지라펀 잔줄라(Jirapporn Janjula), 「태국의 한국어교육」, 『한국어교육론』 3, 263~273쪽 참조; 담롱 탄디(Damrong Thandee), 「태국의 한국학 현황」, 『해외한국학백서』, 169~186쪽 참조; 민원정, 「중남미의 한국어교육」, 『한국어교육론』 3, 2005, 513~538쪽 참조; 카롤리나 메라(Carolina Mera),

이들 지역의 한국문학교육 연구 성과는 지역마다 각각 한 편 정도밖에 없으므로, 차례대로 살펴보기로 한다.

오세영(2004)[61]은 체코에서의 한국문학 수용은 역사적으로 한국과 체코의 접촉이 시작되던 19세기 후반부터 오늘에 이르기까지 세 시기로 나눌 수 있는데, 세 번째 시기에 자유민주주의 정부가 들어서서 남한과 국교를 수립하고 남북한 간 등거리 외교의 시대에 접어들었다고 하였다. 이때, 자유로운 번역과 상업출판이 가능해지고, 한국문학에 대한 긍정적 평가와 더불어 한국문학에 대한 관심이 소수독자, 일반독자 층으로 확대되고 있다고 하였다. 오세영(2004)은 논문의 제목과는 달리 한국문학교육이라기보다는 한국문학 수용의 측면이 더 강조된 논문이다.

빈센차 트루소(V. D'Urso, 2004)[62]는 이탈리아 베니스 대학에서 고급 학습자를 대상으로 시를 통한 한국어교육의 일반적인 원리를 제시했다.

최권진(2006)[63]은 불가리아 소피아대학교의 중급 한국어 학습자에게 한국의 전래동화 「혹부리 할아버지」를 활용해 한국어교육의 실제수업 모델과 교육내용을 밝혔다. 이를 통해 외국인 한국어 학습자의 언어능력과 번역능력을 향상시키고, 학습자의 한국어능력에 자신감을 주고, 지적 호기심을 자극하고 이를 충족시켜 주었다고 하였다. 그리고 다른 과목

「중남미 지역의 한국학 현황」, 『해외한국학백서』, 337~349쪽 참조; 조명숙, 「베트남의 한국어교육」, 『한국어교육론』 3, 243~261쪽 참조: 조명숙, 「베트남의 한국학 현황」, 『해외한국학백서』, 143~168쪽 참조; 남빅토르, 「우즈베키스탄의 한국어교육」, 『한국어교육론』 3, 351~359쪽 참조.

61) 오세영, 「동유럽에 있어서 한국문학 수용과 한국문학교육－체코 공화국을 중심으로」, 『문학교육학』 제13호, 한국문학교육학회, 2004, 297~350쪽.

62) 빈센차 트루소(V. D'Urso), 「시를 통한 한국어교육」, 『국어교육연구』 제14집, 서울대학교 국어교육연구소, 2004, 1~15쪽.

63) 최권진, 「전래동화를 활용한 한국어 교수－학습 방법 연구」, 『한국어교육』 제17권 2호, 국제한국어교육학회, 2006, 237~266쪽.

(문학)과 연계교육이 가능하고, 학습자 개인의 문화와 학습자가 속한 문화를 풍부하게 한다고 하였다.

티엔티다 탐차론키즈(Tientida Thamcharonkij, 2006)[64]는 한국의 『삼국지연의』 이본들과 태국의 『쌈꼭』 이본들의 비교연구를 통하여, 태국인 학습자를 대상으로 한 한국어교육에서 문화교육의 소재로서 『삼국지연의』의 활용 방안을 살펴보았다. 먼저 한 · 태 양국의 『삼국지연의』 수용 양상을 고찰하고, 한 · 태 양국의 『삼국지연의』를 비교하고, 공통점과 차이점을 살펴보았다. 그리고 이를 통한 한국문화교육의 내용을 제시하였는데, 그 내용으로는 한 · 태 양국의 『삼국지연의』류의 교육 현황을 살펴보고, 『삼국지연의』류를 중심으로 한 한국문화교육을 설계하여 제시하였다. 먼저 『삼국지연의』류의 한국문화교육의 목표를 설정하고, 한국문화의 이념 및 세계관의 이해, 한국 문화의 언어적 관습의 이해, 한국 문화의 미학과 수사의 이해 등 한국문화교육의 내용을 구체적으로 보여주고 있다.

민원정(2008)[65]은 스페인어로 번역된 한국문학 작품 중에 공지영의 「꿈」을 활용하여, 칠레 가톨릭대학교에서 스페인 화자를 대상으로 한국문화를 교육할 수 있는 방안을 검토하였다. 한국학에 대한 배경지식이 부족한 스페인권 국가에서는 언어능력 향상이나 문학교육을 위해 활용되는 문학이 아닌, 한국어를 모르는 사람들이 자국어로 번역된 문학 작품을 통해 한국문화를 배우고 이를 한국학에 대한 관심으로 이끌 수 있는

---

64) 티엔티다 탐차론키즈(Tientida Thamcharonkij), 「한 · 태 양국의 『삼국지연의』 수용 비교를 통한 한국문화교육 연구-*A Study of Korean Culture Education Through the Comparison of 『Sam Guk Ji Yeon Yi』in Korean and Thailand*」, 서울대학교 대학원 박사학위논문, 2006.

65) 민원정, 「문학을 활용한 한국문화수업-공지영의 『꿈』을 중심으로」, 『한국어교육』 제19권 3호, 국제한국어교육학회, 2008, 147~168쪽.

문화수업의 한 모형을 제시하였다. 한국문화 수업시간에 공지영의 「꿈」을 활용해 역사, 사회, 문화로 나누어 한국과 칠레의 공통점 및 차이점에 대해 토의하고 설명하였다. 그리고 이 작품이 칠레의 여성 작가 이사벨 아옌데의 「사랑과 그림자에 대하여」와 비슷한 상황을 다룬 작품이란 것을 밝히고 그 내용에 대해 설명을 덧붙였다.

하채현(2010)[66]은 베트남의 호찌민대학교 한국학과에서 실제 한국문학 수업의 경험을 근거로 외국인을 위한 한국문학교육의 방법을 고찰한 것이다. 외국인을 위한 문학교육의 영역을 탐색하고, '작품으로 배우는 한국문학사 수업'을 통해 언어 학습과 문화 학습을 가능하게 하는 문학교육이 필요하다고 하였다. 그리고 베트남 대학에서의 한국문학교육을 호찌민대학의 한국문학교육의 수업 설계와 「구지가」를 대상으로 한 수업의 실제, 그리고 비교문학적 관점의 한국문학사 수업 방안을 제시하였다. 이를 통해 학생들의 표현력을 높일 수 있고, 연계 학습도 가능하게 할 수 있다고 하였다.

박안토니나(2012)[67]는 우즈베키스탄의 한국문학교육 현황을 살펴보고 문제점을 파악하여, 앞으로의 대안과 과제를 제시하였다.

위의 연구들은 오세영(2004)과 박안토니나(2012)를 제외하고는 한국문학교육의 이론적 바탕 위에서 대개 현지의 교수 경험을 토대로 수업의 실제를 보여 주고 있다. 대부분이 문학을 활용한 언어교육과 문화교육의 관점에서 주로 이루어지고 있고, 비교문학의 방법을 활용하기도 하였다. 여기서 티엔티타 탐차론키즈(2006)는 문학을 활용한 비교문화론적 관점

66) 하채현, 「외국인을 위한 한국문학교육의 한 방법－해외 한국문학교육의 사례를 중심으로」, 『언어와 문화』 제6권 3호, 한국언어문화교육학회, 2010, 311~331쪽.
67) 박안토니나, 「우즈베키스탄의 한국문학교육의 현황과 과제」, 『우리말교육현장연구』 제6집 2호, 우리말교육현장학회, 2012, 257~285쪽.

의 문화교육의 내용을 제시했다는 점에서, 그리고 최권진(2006)과 하채현(2010)은 전래동화를 활용한 한국문학교육의 교수 · 학습 방법과 한국문학사 수업의 방안을 각각 제시했다는 점에서 주목할 만하다.

5. 결론 : 앞으로의 과제

해외 한국문학교육 연구는 앞에서 살펴본 것처럼, 중국에서의 연구가 가장 많았고, 미주 지역에서의 연구가 다음을 차지하였으며, 기타 지역의 경우는 그 성과가 거의 없었다.

중국의 경우는 다양한 분야에서 일정 수준의 성과를 보여주고 있으며, 대부분 중국인 학자들에 의해 연구되고 있다는 점에서 상당히 바람직한 현상을 보여주고 있다. 이러한 현상은 100개가 넘는 많은 대학에서 한국어학과를 개설하고 있고, 한국문학교육 연구가 이들을 중심으로 이루어지고 있고, 아울러 한국어학과의 교육과정이 언어 중심이 아닌 한국학 차원에서 이루어지고 있기에 한국문학교육도 그 중요성을 인정받고 있기 때문이다. 미주의 경우는 대부분 한국 학자들이 이들 지역의 현장 경험을 토대로 연구한 논문이 몇 편 있을 뿐이므로 연구 현황을 파악하기는 무리가 있었다. 그리고 중국과 미주를 제외한 다른 지역은 지역별로 각각 한 편에 그치고 있어 한국문학교육 연구의 현황을 파악하기조차 어려웠다.

그리고 해외 한국문학교육 연구에 있어서 앞으로의 과제를 제시하면 다음과 같다.

첫째, 중국의 경우, 한국문학교육의 이론적 측면에 대한 연구가 단지

한국어학과의 교육과정으로서가 아니라 학문적 측면에서 좀 더 심층적으로 이루어져야 한다. 아울러 최근 한국에서 학위를 취득한 신진학자의 경우를 제외하면 학문적 엄정성이 다소 부족하다. 특히 한국문학 텍스트 선정과 위계화에 대한 실제적인 연구가 부족하며, 교수 · 학습 방법론에 대한 연구 또한 깊이 있게 이루어져야 한다. 그리고 문학 작품을 활용한 어휘교육, 읽기교육, 문화교육이 많은 부분을 차지하고, 문학 자체의 교육에 대한 연구는 아직 부족하다. 물론 문학을 활용한 언어교육이나 언어기능 교육의 연구에서도 문법교육이나 발음교육에 대한 연구나 쓰기, 듣기, 말하기 등의 교육에 대한 연구도 더 이루어져야 한다. 그리고 한국문학의 특정 장르만을 활용한 문학교육을 연구하고 있어, 아직까지 연구되지 않는 다양한 장르의 작품들을 활용한 교수 · 학습 방법에 대해 폭넓은 연구가 필요하다.

둘째, 미주지역의 경우, 한국문학교육 연구는 한국학이나 한국어교육의 오랜 역사에도 불구하고 지극히 미미한 수준으로, 국내의 학자들이 미주 대학에서의 현장 교육 경험을 토대로 한국문학교육의 현황과 문제점, 교재 개발, 교수－학습 방법 등을 검토하고 앞으로의 대책을 제시하고 있을 뿐이다. 이는 한국의 국제적 위상의 발전과 연관되는 것이기에 앞으로의 과제를 구체적으로 제시하기는 무리가 있으나, 기본적인 한국문학교육의 이론적 측면뿐 아니라 실제 교수 · 학습 방안에 대한 연구가 필요하다고 하겠다. 아울러 기타 지역의 연구도 이와 마찬가지지만, 베트남이나 태국의 경우는 현재 한국어교육이 활기를 띠고 있기 때문에 한국문학교육 연구도 앞으로의 성과가 기대된다.

셋째, 위의 내용과는 별도로 한국문학교육의 연구가 발전적으로 이루어지기 위한 정책적인 방안으로 한국문학교육 교수 요원의 확보를 위한 한국 정부 기관의 지원과 노력이 절실하다. 물론 한국학이나 한국어교육

연구가 초보단계에 있는 지역에서는 한국어교육 거점 대학의 선정과 육성을 위해 국가적 차원의 적극적인 지원과 노력이 필요하다고 하겠다.

◆ 저자 소개

류종렬

부산대학교 국어국문학과, 동 대학원 석사, 박사과정 졸업(문학박사). 현 부산외국어대학교 한국어문학부 교수. 제23회 이주홍문학상(연구부문) 수상(2003년). 저서로 『가족사 · 연대기 소설 연구』, 『이주홍과 근대문학』, 『이주홍의 일제 강점기 문학 연구』 등.

박경수

부산대학교 국어교육과, 한국학중앙연구원 한국학대학원 석사, 부산대학교 대학원 박사과정 졸업(문학박사). 부산외국어대학교 한국어문학부 교수. 제25회 이주홍문학상(연구부문) 수상(2005년). 저서로 『한국 근대문학의 정신사론』, 『한국 근대 민요시 연구』, 『한국 현대시의 정체성 탐구』, 『한국 민요의 유형과 성격』, 『잊혀진 시인, 김병호의 시와 시세계』, 『정노풍 문학의 재인식』, 『아동문학의 도전과 지역 맥락』, 『현대시의 고전텍스트 수용과 변용』 등.

고봉준

문학평론가. 부산외국어대학교 국어국문학과, 동 대학원 석사, 경희대학교 대학원 박사과정 졸업(문학박사). 2000년 『서울신문』 신춘문예 문학평론 당선. 제12회 고석규비평문학상 수상. 현 경희대학교 후마니타스칼리지 객원교수. 평론집 『반대자의 윤리』, 『다른 목소리들』, 『유령들』과 연구서 『모더니티의 이면』 외 평론과 논문 다수.

권유리야

문학평론가 겸 문화평론가. 부산외국어대학교 국어국문학과, 부산대학교 대학원 석사, 박사과정 졸업(문학박사). 2004년 계간 『작가세계』

평론 신인상. 2006년 『부산일보』 신춘문예 문학평론 당선. 부산외국어대학교, 부경대학교 강사. 평론집 『야곱의 팥죽 한 그릇』과 연구서 『이문열 소설과 이데올로기』, 『문화 백일몽 대중요법』 외 평론과 논문 다수.

박형준

문학평론가. 부산외국어대학교 국어국문학과 및 동 대학원 국어교육전공 졸업. 부산대학교 대학원 박사과정 졸업(국어교육학박사). 봉생청년문화상(문학부문) 수상. 현 경성대학교 국어국문학과 강의전담교수. 『오늘의 문예비평』 편집위원. 부산작가회의 <젊은비평가포럼> 연구원. 논문 「한국 문학교육의 제도화 과정 연구」 및 평론집 『공존과 충돌: 적을 향한 상상들』(공저) 외 평론과 논문 다수.

정미숙

문학평론가. 부산외국어대학교 국어국문학과, 부산대학교 대학원 석사, 박사과정 졸업(문학박사). 2004년 『부산일보』 신춘문예 문학평론 당선. 『서정과 현실』 편집위원. 부산대학교, 부산외국어대학교 등 강사. 저서 『한국여성소설연구입문』, 평론집 『집요한 자유』, 공저 『페미니즘 비평』, 『젠더와 권력, 그리고 몸』 외 평론과 논문 다수.

정훈

문학평론가. 부산외국어대학교 국어국문학과, 부산대학교 대학원 국어국문학과 석사, 박사과정 수료. 부산외국어대학교, 동의대학교 강사. 2003년 『부산일보』 신춘문예 등단. 평론집 『시의 역설과 비평의 진실』, 논문 「김지하 미학에 나타난 소수자 인식 양상 연구」 외 평론과 논문 다수.

지역 · 주체 · 소수자 담론과 욕망 표상

초판 1쇄 인쇄일 | 2014년 2월 24일
초판 1쇄 발행일 | 2014년 2월 25일

지은이 | 류종렬 · 박경수 외 공저
펴낸이 | 정구형
책임편집 | 이가람
편집/디자인 | 심소영 신수빈 윤지영
마케팅 | 정찬용 권준기
영업관리 | 김소연 차용원 현승민
컨텐츠 사업팀 | 진병도 박성훈
인쇄처 | 월드문화사
펴낸곳 | **국학자료원**
등록일 2006 11 02 제2007-12호
서울시 강동구 성내동 447-11 현영빌딩 2층
Tel 442-4623 Fax 442-4625
www.kookhak.co.kr
kookhak2001@hanmail.net

ISBN | 978-89-279-0823-4 *93800
가격 | 30,000원